Luca Trugenberger

Das Siegel des Schicksals

Zu diesem Buch

Die Reise Damlos und seiner Freunde zum letzten magischen Turm von Betsin geht weiter. Damlo entdeckt, daß er über außergewöhnliche Fähigkeiten verfügt, die ihm bereits das eine oder andere Mal das Leben gerettet haben. Leider weiß er sie weder anzuwenden, noch ahnt er, was wirklich in ihm schlummert. Als er als begabter Dieb in die angesehene Zunft der Verbrecher aufgenommen wird und für diese das Siegel des Zanter von Eria stehlen soll, läßt er sich auf ein gefährliches Spiel ein ... Ein aufregendes Abenteuer, mit dem sich Luca Trugenberger »mit Recht auf die Liste der besten Fantasy-Romane katapultiert hat« (La Repubblica).

Luca Trugenberger, geboren 1955, ist Sohn eines Schweizers und einer Sizilianerin. Er studierte Medizin und war lange Jahre Schauspieler. Sein Debüt »Der magische Dorn« wurde aus dem Stand heraus in Italien ein großer Erfolg. Nun erscheint mit »Das Siegel des Schicksals« die Fortsetzung der Saga »Die Wege des Drachen«. Luca Trugenberger lebt als Psychotherapeut in Rom.

Luca Trugenberger

Das Siegel des Schicksals

DIE WEGE DES DRACHEN 2

Aus dem Italienischen von
Biggy Winter

Piper München Zürich

Von Luca Trugenberger liegen in der Serie Piper vor:
Der magische Dorn. Die Wege des Drachen 1 (6628)
Das Siegel des Schicksals. Die Wege des Drachen 2 (6634)

FSC

Dieses Taschenbuch wurde auf FSC-zertifiziertem Papier gedruckt. FSC (Forest Stewardship Council) ist eine nichtstaatliche, gemeinnützige Organisation, die sich für eine ökologische und sozialverantwortliche Nutzung der Wälder unserer Erde einsetzt (vgl. Logo auf der Umschlagrückseite).

Deutsche Erstausgabe
Mai 2007

Titel der italienischen Originalausgabe:
»La Spina del Drago«, Fanucci Editore, Rom 2002

Umschlagkonzept: Büro Hamburg
Umschlaggestaltung: HildenDesign, München – www.hildendesign.de
Umschlagabbildung: www.sxc.hu / Carmen Cordelia
und Eigenarchiv HildenDesign
Autorenfoto: Giliola Chistè
Satz: Filmsatz Schröter, München
Papier: Munken Print von Arctic Paper Munkedals AB, Schweden
Druck und Bindung: Clausen & Bosse, Leck
Printed in Germany ISBN 978-3-492-26634-5

www.piper.de

1

Flott ausschreitend suchte sich Damlo einen Weg zwischen den prachtvollen Bäumen des königlichen Schloßparks. Der Junge war mit der Natur aufgewachsen, er fühlte sich inmitten von Pflanzen jederzeit wohl und liebte sie sehr – so sehr, daß er häufig unter den schönsten Bäumen innehielt, um ihnen zum Gruß die Handflächen an die Rinde zu legen.

Heute jedoch war er so in Eile, daß er schon zweimal darauf verzichtet hatte, einen kleinen Umweg in Kauf zu nehmen, um einen der Baumriesen zu grüßen. Denn im Palast warteten zusammen mit König Vinathes von Drassol auch seine Freunde auf ihn.

Vorausgesetzt, man hatte sie inzwischen aus dem Gefängnis entlassen.

Als er an Irgenas Cuorsaldo und Clevas Barbacciaio dachte, erhellte sich Damlos Gesicht. Irgenas war nicht nur der künftige Erbe des Steinernen Thrones, sondern auch einer der tapfersten Krieger des Zwergenheeres. Clevas hingegen, Irgenas' früherer Lehrer und jetziger Ratgeber, war viel älter als der junge Prinz und ein ebenso kluger wie reichlich empfindlicher Zwerg. In Gesellschaft der beiden sollte sich mittlerweile auch der Halbelf Uwaen befinden, der sich begleitet von einem

Trupp Lanzenreiter auf den Weg gemacht hatte, die beiden Zwerge aus den Kerkern von Drassol zu holen. Mit tausend Entschuldigungen seitens König Vinathes'.

Damlo konnte es nicht erwarten, die drei wiederzusehen, denn es waren die ersten und einzigen Freunde, die er im Leben je gehabt hatte. Keine große Leistung, wenn man schon vierzehn Jahre alt war! Andererseits war er ein »Roter« aus Waelton, und für jemanden mit seiner Haarfarbe bedeuteten drei Freunde schon eine erhebliche Zahl.

Der Junge verzog den Mund und beschleunigte seine Schritte. Um rascher voranzukommen, nahm er die Abkürzung über eine Blumenwiese. Vor einer Buchsbaumhecke angekommen, suchte er nach der günstigsten Stelle, um unten durchzukriechen, und fragte sich, wie es wohl auf der anderen Seite aussah. Es wäre nicht schwer gewesen, einfach mit Gewalt durchzubrechen, denn die Hecke war zwar dicht, aber noch recht jung. Doch es hätte ihm leid getan, den einen oder anderen Zweig zu ruinieren, und so nahm er sich die Zeit, die nötig war, um sich – ohne Schaden anzurichten – durch das dichte Gebüsch zu schlängeln. Außerdem ließ er auf diese Weise keine Spuren zurück – und in Anbetracht dessen, was er in nächster Zeit auf sich zukommen sah, mochte es durchaus ratsam sein, sich eine solche Umsicht zur Gewohnheit zu machen.

Als er sich auf der anderen Seite des dichten Gebüsches schließlich wieder aufrichtete, lag ein langer, kiesbestreuter Platz vor ihm, der die Residenz des Herrschers säumte, so weit der Blick reichte. Die ockergelben Fassaden des riesigen Bauwerks bildeten einen fröhlichen Gegensatz zum tiefblauen Himmel.

Damlo blieb ein Weilchen stehen, um das Schloß zu betrachten. Es war ihm noch kaum vertraut, und so konnte es gut möglich sein, daß er sich irrte. Doch er hatte das sichere Gefühl, diese Seite des Gebäudes zuvor noch nicht gesehen zu haben. Allerdings war der Palast völlig unregelmäßig angelegt und sehr weitläufig, daher gab es unterschiedliche Fassaden in Hülle und Fülle. Außerdem besaß auch der königliche Park beachtliche Ausmaße, und Damlo war, ganz in seinen Gedanken versunken, lange und ziellos darin umhergewandert.

Er hatte vor der schwierigsten Entscheidung seines Lebens gestanden ... Wen wunderte es da, wenn er sich verlaufen hatte! Er seufzte. Auch deswegen konnte er es nicht erwarten, die Freunde wiederzusehen: um Irgenas und Clevas zu sagen, daß er nicht nach Waelton heimkehren, sondern die Reise mit ihnen fortsetzen würde.

Er sah sich um. Wie sollte er feststellen, an welcher Stelle des Parks er sich befand? Oder, besser: in welche Richtung er sich wenden sollte, um zu den Gemächern von König Vinathes zu gelangen? So wanderte er also an der nächstbesten Fassade des Gebäudes entlang und sprang jedesmal, wenn er unter einem der großen Fenster vorbeikam, so hoch, wie er nur konnte, um einen Blick ins Innere zu werfen. Doch die Simse lagen einfach zu hoch, und die Kiesschicht unter seinen Füßen war zu dick, um ihm einen wirklich hohen Sprung zu erlauben. Das einzige, was er zu sehen bekam, waren die Ränder von Bilderrahmen oder fein gearbeitete hölzerne Stangen, an denen Wandteppiche hingen.

Alles änderte sich ganz plötzlich, als er um eine Ecke bog. Hier – das wurde ihm augenblicklich klar – war er zusammen mit Uwaen vorbeigekommen. Er erkannte die große Rasenfläche mit den vielen bunten Hortensientupfen wieder, die sich jenseits des kiesbestreuten Bereiches sonnte. In ihrer Mitte stand ein eleganter weißer Pavillon, über dem muntere Fähnchen flatterten. Seine Wände waren von Kletterpflanzen mit zahllosen Blüten überwachsen. Er war unverkennbar.

Jedenfalls wußte Damlo jetzt, daß er sich entgegen seiner Hoffnung ziemlich weit von den Gemächern des Königs entfernt befand und, um dorthin zu gelangen, hätte umkehren müssen. Danach würde ein weiter Weg vor ihm liegen, gleichbedeutend mit einem enormen Zeitverlust.

Damlo warf einen genaueren Blick auf das Gebäude. Dieser Teil des Schlosses war ihm völlig unbekannt; er wußte nicht einmal, ob er überhaupt für Fremde zugänglich war ... Sollte er es versuchen? Vielleicht. Schließlich konnte er immer noch einfach umkehren, falls man ihn aufhielt. Außerdem wußte er, daß es irgendwo da drinnen, umschlossen von den hohen Mauern, große Innenhöfe gab. Sollte er auf einen von ihnen stoßen, würde das seinen Weg erheblich abkürzen.

Entschlossen schritt er auf ein hohes, reich verziertes Portal zu, das sich auf halber Länge der großen Fassade befand und zu dessen Seiten zwei elegante Schilderhäuschen thronten. Davor stand je ein Wachsoldat.

»He! He! He!« rief ihm einer der beiden zu, kaum daß Damlo Anstalten machte, sich dem Tor zu nähern. Es war ein Lanzenträger mittleren Alters, dessen linker Mundwinkel von einer alten Narbe nach unten gezogen wurde. »Wo soll's denn hingehen?« Er bewegte den Schaft seiner Lanze ein klein wenig in Damlos Richtung.

Für den Jungen war es alles andere als selbstverständlich, in königlichen Palästen aus und ein zu gehen. In Wirklichkeit war Drassol die erste Stadt, die er in seinem Leben überhaupt zu Gesicht bekommen hatte. Daher wußte er auch nichts von der Art und Weise, wie man mit Wachsoldaten umgehen mußte. Und so sagte er die Wahrheit.

»Zu König Vinathes.«

Die beiden Wachen starrten einander verblüfft an und wollten dann vor Lachen schier zerplatzen.

»Zu Vinathes!« wiederholte der erste Soldat.

»Phantastisch!« rief der zweite, der so mager aussah, daß er kaum mehr als einen Kleiderbügel für seine Rüstung abzugeben schien. »Und mit welcher Sicherheit er das sagt!« fügte er in anerkennendem Tonfall hinzu.

»Aus dir kann noch was werden, Freund!« stellte der Narbige fest. »Du lügst so gekonnt, daß du's noch weit bringen wirst, laß dir das gesagt sein. Aber diesmal mußt du's anderswo versuchen, denn hier kommst du damit nicht durch!«

»Aber nein! Das ist die Wahrheit! Ich muß zu König Vinathes!«

»Das hast du schon gesagt«, entgegnete der Narbige unbeeindruckt. »Und wir haben es verstanden. Und jetzt versuch *du* mal zu verstehen: Es hat nicht geklappt! Das kann schon mal passieren. Also gib es auf und verschwinde!«

»Hört mal, ich muß *wirklich* zu König Vinathes!«

»Läßt nicht locker, der Kerl!« lachte der Magere. »Will's einfach nicht aufgeben!«

»Mmmh …«, machte der Narbige plötzlich, mißtrauisch geworden. »Warum mußt du denn unbedingt zum König?« fragte er und sah Damlo mit einem bohrenden Blick in die Augen. »Hast du etwa eine Nachricht für Seine Majestät?«

Die Frage traf Damlo so unvorbereitet, daß er sich die gute Gelegenheit entgehen ließ; er zögerte einen Augenblick, dann einen zweiten, und dann war es zu spät. Bevor er sich noch eine Lügengeschichte ausdenken konnte, änderte sich der Gesichtsausdruck des Soldaten noch einmal, und er brach in ein lautes, ebenso derbes wie ehrliches Gelächter aus.

»Nein, nein, nein, mein Junge!« rief er, als er Atem holen mußte. »Laß es sein! Du bist doch nicht so gerissen, wie ich dachte!«

»Aber ich …«

»Vergiß es!« mischte sich sein Kamerad ein und grinste von einem Ohr zum anderen. »Wenn du jetzt sagst, du hättest ganz zufällig tatsächlich eine Botschaft für den König, würde dir keiner glauben. Und wenn du nicht lockerläßt, dann lassen wir uns die Nachricht zeigen.«

»Und da du keine hast«, ergänzte der Narbige, »nehmen wir

dich fest, weil du versucht hast, dir unrechtmäßig Eintritt in den Palast zu verschaffen.«

»Scherz beiseite, Kleiner«, sagte der Magere mit verändertem Tonfall, »das müßten wir wirklich tun. Und dann würdest du dem Wachhabenden vorgeführt, der nicht im Ruf steht, besonders nachsichtig zu sein. Vor allem heute nicht, wo ihm dieser Trottel von einem Fuhrknecht das Pferd verletzt hat ...«

»Achtung!« schrie der Narbige plötzlich und erstarrte in Habtachtstellung. »Wachablöse!«

»Hau ab, Junge!« zischte der andere und beeilte sich, makellos strammzustehen. »Verschwinde! Rasch! Hau ab!«

Entsetzt blickte Damlo hinter sich. Um die entfernteste Ecke des Gebäudes bogen soeben drei Soldaten, denen etwa ein Dutzend Zivilisten folgte. Zwei der Soldaten waren wie die Wachposten mit Lanzen bewaffnet und der dritte mit einem glänzenden Säbel, dessen Griff er in Höhe des Gürtels hielt, während die Klinge auf seiner Schulter ruhte. Er war es, der die Gruppe zu kommandieren schien.

Erschrocken durch das Verhalten der Soldaten, machte Damlo auf dem Absatz kehrt und nahm Reißaus. Atemlos flüchtete er bis zu dem Pavillon und versteckte sich hinter einem großen Topf mit Rosen, von wo aus er vorsichtig die Nase hervorstreckte, um sich zu vergewissern, daß ihm niemand gefolgt war.

Es war ein ganzes Stück bis zu den beiden Wachsoldaten, aber Damlo konnte trotzdem deutlich sehen, welche Mühe sie hatten, das Lachen zu unterdrücken. Und hätte er noch irgendwelche Zweifel daran gehabt, daß er einem Scherz aufgesessen war, dann hätte sie der belustigte Ausdruck, mit dem ihm der Narbige von ferne zuzwinkerte, restlos beseitigt.

Tatsächlich drohte nirgendwo auch nur die geringste Gefahr, und das kleine Gefolge, das die drei näher kommenden Soldaten hinter sich herzogen, wirkte alles andere als beängstigend. Es waren zehn oder zwölf Personen, zumeist Frauen und Kinder, die fröhlich in die Hände klatschend ein Dutzend Schritte hinter den Uniformierten hermarschierten. Ohne jeden Zweifel waren sie wegen der Wachablösung gekommen.

Wie zur Bestätigung organisierte der Mann mit dem Säbel eine kurze Zeremonie, während der die Wachposten durch die beiden anderen Neuankömmlinge ersetzt wurden. Immer noch gefolgt vom Schwarm der Zuschauer führte er danach den Narbigen und seinen Kameraden den langen gekiesten Platz entlang und verschwand mit ihnen um dieselbe Ecke, um die er auch gekommen war.

Aber es war ja nicht das erste Mal, daß sich Damlo zum Narren gehalten fühlte; in Waelton hatte dies zu seinem Alltag gehört – falls sich seine Schulkameraden überhaupt mit einem bloßen Scherz auf seine Kosten begnügten! Da hatte er noch von Glück reden können ...

Der Junge fuhr sich mit den Fingern über den Nacken. Auch wenn die Verletzung vollständig verheilt war, die Narbe juckte immer noch dann und wann. Vielleicht auch deshalb, weil die Haare rundherum wieder zu sprießen begonnen hatten. Das war wirklich eine üble Sache gewesen, sinnierte er, als er sich an die unzähligen Steine erinnerte, die ihm damals um die Ohren geflogen waren. Doch von dem einen, der ihn voll am Hinterkopf getroffen hatte, war ihm nicht die Spur einer Erinnerung geblieben. Wer hatte ihn geworfen? Busco Sinistronco wahrscheinlich. Oder vielleicht Proco Radicupo, der Anführer der Bande. Er selbst konnte es nicht wissen, da er in dem Augenblick gerade den Verfolgern den Rücken zugedreht hatte; er war, wie gewöhnlich, auf der Flucht gewesen ...

Er seufzte. Alles hatte so begonnen – mit einem Steinwurf, der ihm fast zum tödlichen Verhängnis geworden wäre. Irgenas und Clevas hatten sich zwar seiner angenommen, ihn damit aber, ohne daß es in ihrer Absicht gelegen hätte, aus seiner vertrauten Umgebung in seinem Heimatdorf Waelton gerissen. Von diesem Zeitpunkt an hatte er Dinge durchlebt, die jederzeit Stoff für Legenden abgeben konnten. Doch auch da hatte alles immer mit seiner Flucht geendet. Manchmal schien es ihm, als wäre Davonrennen das, was er im Leben am allerbesten beherrschte. Und wie sehr er sich deswegen verabscheute! Deswegen und wegen der Angst, die ihn jedesmal begleitete, wenn er Reißaus nahm.

Jedenfalls, so sagte er sich, wenn er an das breite Grinsen der beiden Wachsoldaten zurückdachte, war er diesmal wirklich ordentlich reingefallen – und das würde er den Freunden ganz sicher nicht erzählen. Zum Ausgleich dafür hatte er eine wertvolle Lektion gelernt: Falls er auf dem Weg zum König aufgehalten werden sollte, würde sein Wort nicht reichen. Im übrigen: Warum sollte man einem unbekannten Jungen auch glauben, der sich im Palast herumtrieb und behauptete, vom König erwartet zu werden? Noch dazu von einem König wie Vinathes, der ganz gewiß nicht zu den Herrschern gehörte, die großzügig Audienzen gewähren. Und wenn Damlo es sich genauer überlegte, dann galt eigentlich dasselbe auch für die unmittelbare Umgebung des Schlosses …

Wieder seufzte er. Was sollte er tun? In den sauren Apfel beißen und den weiten Weg durch den Park nehmen oder versuchen, die neuen Wachen zu überlisten und sich hier Eintritt zu verschaffen? Aber im einen wie im anderen Fall: Wie sollte er es anstellen, nicht angehalten zu werden?

Der einzige Trick, der ihm einfallen wollte, war der mit dem Überbringen einer Botschaft. Andererseits hatte der Narbige keinen Zweifel gelassen: Wer auch immer Damlo anhielt, er würde einen Beweis für seinen Auftrag verlangen. Und ein entsprechendes Schreiben zu improvisieren, war nicht unbedingt die einfachste Sache der Welt!

Er sah sich um. Der Pavillon war im Inneren mit kostbaren Stoffen dekoriert. In der Mitte stand ein für zwei Personen gedeckter Tisch, und in einer Ecke hinter einem Wandschirm lehnten einige Musikinstrumente. Offenbar hatte da jemand

Vorbereitungen für ein ganz besonderes Zusammensein getroffen.

Einen hohen Stellenwert unter den Dingen, die Damlo liebte, nahmen Sagen und Legenden ein. Und in diesen stieß man nicht selten auf das eine oder andere geheime Stelldichein, das in irgendeinem lauschigen Pavillon stattfinden sollte. In der Regel handelte es sich entweder um untreue Liebende oder um eine Verschwörung. Doch die duftenden Kerzen, die da und dort im Inneren des Pavillons aufgestellt waren, verrieten Damlo, daß an diesem Abend und an diesem Ort nicht von Politik die Rede sein würde.

Besser so, dachte der Junge. Mit alldem, was in Drassol und im Rest der Hegemonie Eria ohnehin schon an Schrecklichem geschah, gab es wirklich keinen Bedarf an einem weiteren Komplott.

Und wieder seufzte er. Um mit Hilfe des Tricks mit der Botschaft an den Wachposten vorbeizukommen, hätte er ein Stück Papier gebraucht. Das fand sich jedoch nicht im Pavillon, ebenso wenig wie Schränke, Schubladen oder Truhen, die Damlo hätte durchstöbern können. Er kapitulierte; also würde er den langen Weg durch den Park nehmen und hoffen, nicht von einem übel gelaunten Gärtner angehalten zu werden.

Neben dem Eingang des Pavillons wuchs eine herrlich blühende Kletterpflanze, und im Vorbeigehen ließ Damlo die Hand über die Knospen gleiten. Er hob die Fingerspitzen an die Nase, um den Duft der Blüten zu genießen, und mit derselben Bewegung stieß er an den Saum eines hauchdünnen Gewebes, das hübsch gerafft am Türpfosten herabhing.

Bewundernd blieb der Junge stehen. Der Stoff wirkte so fein wie aus Nebelschwaden gewebt und war erlesen bestickt; beim Flattern verströmte er einen Duft, der noch stärker war als jener der Blüten. Dieses Zusammentreffen mußte eine Frau vorbereitet haben …

Unversehens war Damlo zum Lächeln zumute: Jetzt wußte er, wie er es anstellen mußte.

Oben war das Gespinst mit zwei kleinen Knoten an einer Ranke der Kletterpflanze befestigt, an die Damlo nicht herankam, selbst wenn er hochsprang. Aber wenn er an dem Schleier zog, senkte sich die Ranke mit den Knoten so weit, daß er sie mit den Fingern erreichen konnte.

Das Gewebe ein ums andere Mal zu einem ordentlichen, immer kleiner werdenden Päckchen zusammenzulegen, erwies sich da als weitaus schwieriger. Dennoch gelang es Damlo nach einigen fehlgeschlagenen Versuchen unter Schnaufen und Stöhnen, den vielfach gefalteten, mit einigen Blättern versteiften Schleier wie ein viereckiges Futteral aussehen zu lassen. Es war ein zartes, duftendes Ding, und es als Botschaft an den König auszugeben, hätte bestimmt unerwünschte Neugier erregt. Doch an der Seite des Herrschers gab es eine wunderschöne Favoritin, die gewiß zahlreiche Freundinnen hatte. Alle so elegant wie sie.

»Eine Botschaft für Kefrin!« verkündete Damlo, als er am Wachposten vorbeilief und dabei mit dem hochgehaltenen Stoffpäckchen wedelte.

»Stehen bleiben!« befahl der Soldat. »Laß mal sehen!«

Wie erwartet betrachtete es der Mann von allen Seiten, wagte aber nicht, es zu öffnen.

»Riech mal, wie das duftet«, grinste er statt dessen und hielt es seinem Kameraden unter die Nase.

Die beiden schnüffelten abwechselnd an dem Päckchen, wobei ihnen einige ungehörige Bemerkungen entschlüpften.

Und dann ließen sie Damlo passieren.

Innerlich jubilierend machte er sich auf den Weg durch eine endlose Reihe riesiger Salons. Er fühlte sich mit einemmal außerordentlich gut, und daß es ihm gelungen war, die Wachposten hinters Licht zu führen, erfüllte ihn mit unerwarteter

Zuversicht für die Zukunft. Die würde er auch brauchen, sann er, denn die Weiterreise zusammen mit Irgenas und Clevas, zu der er sich entschlossen hatte, würde gewiß kein Spaziergang werden.

Unterwegs versuchte er zu ermitteln, ob es ratsam wäre, eine der zahlreichen Treppen hochzusteigen, an denen er vorbeikam, oder in einen der Korridore einzubiegen, die von den Hallen zu ebener Erde wegführten. Er entschied sich schließlich gegen die Treppen, denn er wollte nicht auf die Möglichkeit verzichten, auf einen der weiten Innenhöfe zu treffen, die ihm den Weg verkürzen würden.

Rund um die diversen Eingänge des Palastes waren viele Leute unterwegs, manche von ihnen äußerst kostbar herausgeputzt, andere weniger. Dazwischen sah Damlo auch immer wieder Jungen, die alle völlig anders gekleidet waren als er, ihm aber nicht die mindeste Aufmerksamkeit schenkten. Die Erwachsenen beachteten ihn entweder gar nicht, oder sie musterten ihn befremdet von oben bis unten. An letzteren schlenderte Damlo vorbei, als wäre seine Anwesenheit hier im Schloß die natürlichste Sache der Welt. Er achtete nur darauf, das duftende Stoffpäckchen gut sichtbar für alle vor sich herzutragen. Und immer wenn er in den nächsten Korridor einbog und die durchdringenden Blicke hinter sich ließ, mußte er sich sehr beherrschen, um nicht vor Freude einen Luftsprung zu machen.

Die Räume, die er durchquerte, waren höchst luxuriös eingerichtet. Überall sah er dicke Teppiche, Bilder, Wandbehänge und wertvolle Möbel, aufgelockert durch Sockel, auf denen Statuetten, Vasen oder andere kostbare Dinge standen. Wie alle Waeltoner war auch Damlo künstlerisch begabt und interessiert – besonders an Ziselierarbeiten und Holzschnitzerei. Und so würdigte er jedesmal, wenn er an einem farblich besonders ansprechenden oder harmonisch wirkenden Möbelstück vorbeikam, seine Schönheit mit einem anerkennenden

Lächeln. Doch nie hielt er inne, denn er wollte so rasch wie möglich seine Freunde wiedersehen.

Ein einziges Mal konnte er nicht widerstehen – und dabei handelte es sich nicht einmal um einen Gegenstand aus Holz, sondern um ein sehr großes Gemälde, das an einer Wand hing. Als sein Blick darauf fiel, hielt Damlo auf der Stelle inne. Das Bild stellte eine gewaltige Schlacht dar und war so vollendet ausgeführt, daß sich der Junge unversehens mitten im Kampfgeschehen zu finden glaubte.

Es raubte ihm den Atem, und ein paar Herzschläge vergingen, ehe er sich wieder fing. Während dieser wenigen Augenblicke schien sich die Luft mit dem Lärm und den Schreien eines wilden, unbarmherzigen Gefechtes rund um Damlo zu erfüllen, und dann, erst dann war er in der Lage, das Gemälde aus jenem Abstand zu betrachten, der notwendig war, um es in all seinen Einzelheiten zu erfassen.

Das ganze Bild, dessen vorherrschender Farbton ein dunkles, fast schwärzliches Braun war, strotzte vor scheußlichen Monsterwesen, die bluttriefende, schmutzige Klingen zückten: gedrungene, muskulöse Orks, von denen einige weitaus behaarter waren als in den Legenden beschrieben; gigantische Trolle mit grünlicher Haut, ausgestattet mit furchterregenden Hauern und Klauen; gruselige Skelette, auch sie bewaffnet, und Wesen, die auf den ersten Blick wie Menschen aussahen, bis man ihre Tierschnauzen mit den gefletschten Zähnen entdeckte. Es gab gräßliche, in dreckige Lumpen gewickelte Ungeheuer; wankende Kämpfer, deren Haut schon in Fetzen von den Körpern hing und die immer noch ihre Waffen schwangen; krumme, verkrüppelte Geisterwesen, schaurige Gespenster und tausend andere Kreaturen, alle durchdrungen von beängstigender Bösartigkeit.

Die haarsträubende Masse wälzte sich wie eine Lawine auf eine kümmerliche Schar von Helden zu, die ihr Schulter an Schulter entgegensahen – Elfen, Zwerge und Menschen jeglicher Herkunft, ihre Waffen gezückt haltend und unerbittliche Entschlossenheit ausstrahlend. Diese armselige Wand aus Schwertern und Mut war der einzige Teil des Bildes, in dem Licht vorherrschte: ein einzelner Tropfen Hoffnung im faulen Schlamm der Bestialität. Alles andere unterlag der Finsternis – und diesen Eindruck zu vermitteln hatte zweifellos in der Absicht des Künstlers gelegen, um so mehr, als er auf der rechten Seite des Gemäldes ein Stück noch tiefere Dunkelheit geschaffen hatte. Es hob sich unheilschwanger vom Rest der Szenerie ab und schien mit Arglist und Heimtücke die Monsterwesen gegen die Krieger des Lichtes aufzustacheln.

»Der *Schatten*«, murmelte Damlo vor sich hin. »Der Fürst der Finsternis!«

Ein Wesen, das viele Namen trug: Herr der Angst, Herr der Dunkelheit, der Pein … Ein alter Mythos, hatte Damlo bis vor einigen Tagen gedacht. Irgenas und Clevas hatten ihm jedoch enthüllt, daß dieses Wesen tatsächlich existierte – und nicht nur das: zahlreiche Hinweise ließen befürchten, daß der *Schatten* wieder erwacht war. Daß er nach Tausenden von Jahren wieder einen Ersten Diener gefunden hatte, der in der Lage war, einen Vermittler zur realen Welt abzugeben.

Und genau das war der Grund für die Reise der Zwerge. In ihrem Wagen transportierten sie etwas, das Klarheit verschaffen konnte, was das Wiedererwachen des *Schattens* betraf – aber natürlich nur dann, wenn das Unternehmen es bis zum Turm von Belsin schaffte. Und dieses Vorhaben erwies sich immer mehr als viel schwieriger denn erwartet. Obwohl sie unter höchster Geheimhaltung vorgingen, hatten Irgenas und Clevas vom Beginn der Reise an Überfälle und Hinterhalte überstehen müssen. Doch alles, was sie bis jetzt über ihre Angreifer hatten in Erfahrung bringen können, war der Umstand, daß sie von höchst gewandten, in makelloses Schwarz gehüllten Fechtkämpfern geleitet wurden. Damlo hatte ihnen den Namen »Schwarze Degen« verliehen, da ihre todbringenden Waffen aus der puren Finsternis der Nacht geschmiedet schienen.

Der Junge erschauerte und trat zurück; für seinen Geschmack wirkte das Bild ein wenig zu lebendig.

Zügig durchschritt er die Korridore des Schlosses, und entgegen seinen Erwartungen stieß er nirgendwo auf einen der großen Innenhöfe. Doch er wußte, daß es sie gab, also lag es offenbar an seinem Orientierungssinn. In Wahrheit hätte er wohl stärker darauf Bedacht nehmen müssen, daß er sich mit echten Gebäuden kaum auskannte ... Möglicherweise wäre ich längst am Ziel, überlegte er, wenn ich die große Runde draußen um den Palast herum in Kauf genommen hätte ...

Wie auch immer: jetzt befand er sich hier drinnen und mußte sich auf diesem Weg zurechtfinden. Er hätte natürlich fragen können, doch falls er dabei an den Falschen geriet, bestand die Gefahr, sich dadurch in die Nesseln zu setzen. Wie hätte er je erklären können, weshalb er mit Blättern durch den Palast irrte, die in einen kostbaren Schleier gepackt waren? Und über dessen Herkunft er noch dazu keine Rechenschaft ablegen konnte? Und außerdem – ohne je klar und ohne Umschweife sprechen zu können, weil die Mission der Zwerge eine höchst geheime war?

Nein, beschloß er, als er um die x-te Ecke bog und den x-ten Korridor entlangschritt; solange er nicht wirklich dazu gezwungen war, würde er versuchen, allein zurechtzukommen.

Er sah sich um, als er einen neuen Flügel des Palastes betrat. Dies war ein Bereich, der ganz besonders luxuriös und entschieden weniger bevölkert schien als der bisherige. Nach wenigen Schritten war er schon drei Wachposten begegnet, die alle ziemlich finster dreinsahen. Ob er hier wohl zufällig in die unmittelbare Nähe der königlichen Gemächer geraten war?

Keineswegs, wurde ihm eine Minute später klar, während er an einer geschlossenen Tür vorbeikam. Aus dem Inneren des Raumes dahinter drang eine unangenehme, aufdringliche

Stimme, die der Junge bereits gut kannte: Sie gehörte Madame Krider, der Gemahlin eines äußerst einflußreichen Würdenträgers bei Hof, einer Frau, die Damlo zusammen mit Uwaen getroffen hatte, um – dank eines Täuschungsmanövers auf ihre Kosten – eine erste Audienz bei König Vinathes zu erhalten.

Beim Gedanken daran mußte der Junge grinsen. Uwaen war wirklich etwas ganz Besonderes. Im Laufe von nur zwei Tagen hatte er Damlo vor dem Gelynchtwerden bewahrt, danach vor der Sklaverei, und später war es ihm auch noch gelungen, den Jungen in die Bettlerküste aufnehmen zu lassen – jene geheime Organisation, die für sich in Anspruch nahm, sämtliche Tätigkeiten der Unterwelt bis in den letzten Winkel der Erde einer gewissen Kontrolle zu unterwerfen. Sie gab die Bettellizenzen aus und bestimmte den Zehent, der zu zahlen war und schlichtete Streitereien. Sie war neutraler und geschützter Boden. Wenn man einen gedungenen Mörder brauchte, einen Fälscher oder jemanden, der einen Diebstahl ausführen sollte – hier konnte man ihn finden. Die Bettlerküste hatte in jeder Stadt einen Sitz, der mit allen anderen Niederlassungen in Verbindung stand.

Letztlich, dachte Damlo, hatte sich Uwaen als ein wahrer Freund von Irgenas und Clevas erwiesen, dem es – nachdem er sich einen schlimmen Scherz mit der unangenehmen Person hinter dieser Tür erlaubt hatte – sogar geglückt war, Damlo ein Gespräch mit König Vinathes persönlich zu ermöglichen, um das Mißverständnis aufzuklären, aufgrund dessen die Zwerge im Kerker gelandet waren.

Dies hier war also nicht jener Bereich, in dem sich die königlichen Gemächer befanden; hier wohnte der überaus mächtige Ratsherr Krider, was auch die stärkere Bewachung erklärte. Der Junge beschleunigte seine Schritte. Die List, die Uwaen bei der Gemahlin des Würdenträgers angewandt hatte, wäre Damlo im Fall einer neuerlichen Begegnung wohl alles andere als zugute gekommen …

Fast schaffte er es, ungesehen zu bleiben.

Er sah schon die Treppe, die aus diesem Bereich des Palastes hinausführte, als er an der hundertsten geschlossenen Tür vorbeieilte und dahinter ziemlich hitzige Stimmen hörte. Ihre Lautstärke verriet, daß sie sich hart an der Grenze zwischen einer lebhaften Diskussion und einem heftigen Streit bewegten – und daß beide Personen sich rasch der Tür näherten. Falls sie sie unvermutet aufrissen, mußten sie glauben, daß Damlo hier stehengeblieben war, um zu lauschen.

Es gab nicht viel zu überlegen – und keine Zeit, es auszuführen. Mit der Beweglichkeit eines Wiesels warf sich der Junge unter einen großen bemalten Schrank, der den Korridor schmückte.

Er schaffte es gerade noch, darunter zu verschwinden, da flog bereits die schwere Holztür auf, und die Gegner stürmten aufgebracht heraus. Ohne ihren Disput zu unterbrechen, rannten sie ein Dutzend Schritte in den Korridor, ehe sie innehielten. Dort standen sie einander gegenüber, und Damlo hatte Gelegenheit, sie zu betrachten. Beide trugen kostbare Kleider, doch der eine war fast noch ein Jüngling, während sich der andere schon in fortgeschrittenem Alter befand. Mit einiger Überraschung stellte Damlo fest, daß er sie beide kannte.

»Es tut mir leid, Onkel«, sagte der Jüngere in gereiztem Ton. »Es tut mir leid, aber nicht einmal für dich kann ich das tun!«

Es war der Offizier der Lanzenreiter, der zwei Tage zuvor – ohne Irgenas' wahre Identität zu kennen – die beiden Zwerge festgenommen und den Wagen beschlagnahmt hatte. Sein Gegenüber hingegen war niemand Geringerer als der Ratsherr Krider in Person. Groß und fett und – abgesehen von zwei dünnen grauen Haarstreifen links und rechts am Kopf – komplett kahl. Ein Schnurrbart, so dünn wie ein Strich, zierte seine Oberlippe, was seinem Gesichtsausdruck eine gewisse Öligkeit verlieh.

Er sprach mit lauter Stimme und schien sichtlich bemüht,

seine Wut zu beherrschen. »Es ist eine Sache, die die ganze Familie angeht, Tensival! Das ganze Geschlecht, verstehst du? Eine Frage der Ehre!«

»Ich *habe* verstanden, Onkel. Und du weißt, wie sehr ich unsere Familien und unsere Traditionen respektiere. Aber ich respektiere auch den König, und daher kann ich nicht tun, was du verlangst.«

»Du weißt ganz genau, in welchem Zustand Vinathes ist. Wenn wir nicht handeln, wird es ein anderer tun. Wahrscheinlich einer unserer Gegner. Und dann wird es zu spät sein, um es sich anders zu überlegen.«

»Ich werde den Verrat bekämpfen, wann immer er stattfindet, Onkel. Nicht vorher und vor allem nicht, indem ich ihn selber begehe.«

»Aber so verrätst du mich! Du verrätst uns und das ganze Vorhaben! Und warum? Wegen einer dummen Frage des Prinzips! So macht man das nicht in der Politik! Und vor allem *gewinnt* man so nicht!«

»Mag sein, Onkel. Aber ich werde nichts tun, was sich gegen meinen obersten Herrn richtet. Und bitte verlange nichts dergleichen mehr von mir, denn wenn du auf diese Weise gewinnen willst, wirst du es ohne mich tun müssen.«

Der junge Offizier drehte sich auf dem Absatz um. Viel zu wütend, um mit Argumenten zu antworten, packte der Ratsherr den Neffen am Arm, doch dieser schüttelte seine Hand ab und ging rasch davon.

Die Zornesröte im Gesicht, rannte Krider in die entgegengesetzte Richtung, stürmte in einen der letzten Räume an diesem Korridor und schlug hinter sich die Tür mit einer solchen Wucht zu, daß die Wände erzitterten.

Drassol ist voll von Verrätern, stellte Damlo bei sich fest, als er langsam unter dem Schrank hervorkroch; das hatten auch die Vorfälle der letzten Tage bestätigt. Ein Glück, daß sich wenigstens der eine oder andere Edelmann entschlossen hatte, dem König treu zu dienen. Gewiß war schwer zu unterscheiden, welche zu den loyalen Leuten gehörten und welche nicht – so man nicht im Verborgenen ihren Auseinandersetzungen lauschte … Aber selbst dann: wenn man es recht bedachte, hatte keiner der beiden irgend etwas wirklich Kompromittierendes von sich gegeben. Eine beabsichtigte Vorsichtsmaßnahme? Falls ja, dann hieß das, daß die Raffiniertheit der beiden …

»He, du! Was tust du da?«

Die Stimme riß Damlo aus seinen Gedanken, während er gerade im Aufstehen begriffen war. Sie gehörte einem ältlichen Diener, bemerkte der Junge, als er sich aufrichtete. Der Mann war aus jener Richtung aufgetaucht, in der sich der junge Offizier entfernt hatte, und sah gewiß genügend Gründe, um nachzufragen, was Damlo hier trieb.

Was tun? Der Mann hatte ihn angeschrien, und das würde er zweifellos gleich noch einmal tun. Und der Junge konnte nicht riskieren, daß der Ratsherr wiederum auf den Korridor trat, denn wäre diesem auch nur der leiseste Verdacht gekommen, daß Damlo während des Disputs mit seinem Neffen zugegen gewesen war …

Währenddessen war der Diener raschen Schrittes immer näher gekommen – er hatte zwei Hände wie Kohlenschaufeln.

Plötzlich bekam Damlo Angst. Er hob schüchtern sein Stoffpäckchen, um durchblicken zu lassen, daß er eine Botschaft zu überbringen hatte. Doch sein ganzer Körper war zur Flucht bereit. Mit gutem Grund: der Mann beschleunigte seine Schritte immer mehr.

»Stehenbleiben!« rief er. »Leg sofort hin, was du in der Hand hast!«

»Aber nein …«, begann Damlo. Er wollte erklären, daß es sich nicht um etwas handelte, das er irgendwo im Schloß gestohlen hatte, sondern um eine Nachricht, eine zarte Botschaft – doch plötzlich überkam ihn mit unwiderstehlicher Gewalt die

Furcht, hier festgehalten zu werden. Ohne ein weiteres Wort drehte er sich um und setzte zum Davonrennen an.

»Halt! Stehenbleiben!« brüllte der Diener. »Ein Dieb! Haltet den Dieb!«

Es schien, als hätten sämtliche Bewohner des Palastes startbereit hinter ihren Türen gestanden und nur auf diesen Schrei gewartet, denn augenblicklich füllte sich der Korridor mit Menschen. Und eine Sekunde später hetzten schon einige dienstbare Geister hinter Damlo her.

Glücklicherweise befand sich zwischen ihm und der Treppe nur der eine Raum, in dem Krider verschwunden war. Doch schon stürzte der Ratsherr, von den Schreien des Dieners angezogen, aus der Tür und starrte Damlo aus weit aufgerissenen, zornigen Augen entgegen. Er breitete die Arme aus, um dem Jungen den Weg abzuschneiden, und stellte so tatsächlich ein beachtliches Hindernis dar – das einzige in Damlos Fluchtrichtung. Doch genaugenommen kein unüberwindliches, denn die Art, wie sich der hohe Herr bewegte, ließ klar erkennen, daß er ebenso plump und steif wie dick war.

Und Damlo hatte es – zu seinem eigenen Leidwesen – wirklich zu einiger Meisterschaft gebracht, was das Türmen betraf.

Also täuschte er mit einer Körperbewegung einen Durchbruch auf einer Seite des Ratsherrn vor, und während dieser noch die Hände nach ihm ausstreckte, entkam er auf der anderen Seite zwischen Krider und einem Sockel, auf dem eine kostbare Vase stand. Damlo brachte sie nicht einmal zum Wanken.

Der einzige, der ungeachtet seines reifen Alters mit Damlo Schritt hielt, war der Diener, der ihn entdeckt hatte. Aber vielleicht verstärkte gerade dieser Umstand den Wunsch, ihn auch zu fangen.

Damlo schoß zur Treppe, rannte sie hoch und dann weiter einen langen Flur entlang. Außer Atem kam er bei der nächsten Treppe an und lief zwei Stockwerke höher. Doch der Diener hing hartnäckig an seinen Fersen, und jedesmal, wenn Damlo sich kurz umsah, schüttelte er drohend die mächtigen Fäuste. In einiger Entfernung folgten ihm weitere Bedienstete des Palastes, auch sie nicht mehr die Jüngsten. Doch sie waren nicht mit wirklicher Begeisterung bei der Sache. Sie rannten einfach hinter dem Anführer her, ohne sich besonders anzustrengen. Dieser jedoch brachte es sogar fertig, sein Gezeter bis zur Mitte der Treppe fortzusetzen, ehe er dort außer Atem geriet und sich darauf beschränkte, Damlo schweigend hinterherzukeuchen.

Am oberen Ende der letzten Treppe stand ein Wachposten – vielleicht weil dort auf dem breiten Flur drei Korridore zusammenliefen, die das Flair des Besonderen ausstrahlten. Als Damlo den Posten erblickte, wollte er schon den Mut verlieren, doch dann erinnerte er sich, daß er immer noch das zusammengefaltete Gespinst in der Hand hielt. Und daß sein Verfolger einen Rückstand von fast zwei Treppen hatte.

Als der Soldat die Hand ausstreckte, um ihn aufzuhalten, versuchte Damlo weder ihm auszuweichen noch Widerstand zu leisten.

»Eine Botschaft für Kefrin!« japste er und hielt dem Soldaten das Päckchen unter die Nase.

»Was ist los, Junge?« fragte der Mann und ergriff ihn am Arm. »Was rennst du so?«

»Weil es dringend ist!« antwortete Damlo und machte keine Anstalten, sich loszureißen. Dann fügte er wie als unwiderlegbaren Beweis hinzu: »Riechst du nicht, wie das duftet?«

»Das schon, aber warum schreien alle so?«

Der Junge hatte eine Eingebung. »Ich glaube, sie sind hinter einem Dieb her«, bemerkte er gleichmütig. »Er ist als Diener verkleidet, und alle verfolgen ihn. Er wird gleich auftauchen, denn er rannte genau in diese Richtung.«

Der Soldat ließ Damlos Arm los, trat eilig an das großzügig bemessene Treppenhaus heran und sah hinab. Dann nickte er.

»In welcher Richtung liegen die Gemächer des Königs?« fragte der Junge und hatte alle Mühe, sich das Lachen zu verbeißen.

Der Wachposten deutete mit dem Kinn auf den richtigen Korridor und rannte dann zur Treppe – zweifellos mit dem Vorhaben, den atemlosen Diener zu fassen. Und sowie er ihm den Rücken zukehrte, lief Damlo los.

Keine drei Minuten später wurde er wieder angehalten, diesmal jedoch von der königlichen Garde. Es waren zwei Soldaten, die auch während der Audienz, die Vinathes dem Jungen gewährt hatte, Dienst gehabt hatten und ihn daher schon kannten. So wurde Damlo also endlich vor den König gebracht.

In der Gesellschaft von Vinathes befanden sich Uwaen, Irgenas und Clevas, und nachdem der Junge den König gebührend begrüßt hatte, fragte der Halbelf, was es denn mit dem hübschen Päckchen auf sich hatte, das Damlo in der Hand hielt.

»Botschaft für Kefrin!« rief Damlo und fächelte Uwaen damit Luft zu.

Dann brach er in Lachen aus – während ihn alle anstarrten, als hätte er den Verstand verloren – und lachte weiter, bis ihm der Bauch so weh tat, daß er einfach damit aufhören mußte.

Wie üblich war Ticla Bedaran nicht dort, wo sie sein sollte, aber sie befand sich auch nicht dort, wo sie sein *wollte*.

Verblüfft starrte das Mädchen die antike hölzerne Säule an, die sie immer benutzte, um zum Gesims des Korridores hochzuklettern. Irgend jemand hatte die Risse im unteren Teil ausgebessert, und jetzt waren die ersten Verzierungen da oben unerreichbar. Ob wohl Angia den Auftrag dazu gegeben hatte? Unmöglich: falls Angia von Orti geargwöhnt hätte, daß Ticla heimlich die Regierungssitzungen verfolgte, hätte ihr schrilles Gezeter dem Mädchen längst die Haare zu Berge stehen lassen. Doch obwohl sie sich alle Mühe gab, es zu verbergen, war die ältliche Amme ein herzensguter Mensch. Aber sie konnte auch sehr energisch sein: Wenn sie hinter eine von Ticlas Missetaten kam, kannte sie keinen Pardon, und obwohl das Mädchen bereits dreizehn Jahre zählte, setzte es noch manchmal den einen oder anderen Klaps auf den Hintern.

Nein, daß man die Säule ausgerechnet heute repariert hatte, war zweifellos purer Zufall. Seltsam, daß sich der Haushofmeister des Schlosses zu einer Zeit mit solchen Kleinigkeiten beschäftigte, da alle ganz andere Probleme im Kopf hatten. Zufall oder nicht: wenn Ticla jetzt vorhatte, die Zwillinge zu beobachten, dann mußte sie den Umweg über die Außenseite des Gebäudes nehmen – immer in der Hoffnung, daß der von hier aus sichtbare Weg auch wirklich gangbar war!

Sie stieg einige Treppen hoch, schenkte den Wachposten in jedem Stockwerk ein Lächeln und erreichte schließlich das Dachgeschoß des Westflügels. Es bestand aus einem endlos langen Gang, der ausschließlich von dem Licht, das durch die Ritzen der Decke drang, erhellt wurde. Entlang der Wände schienen sämtliche Möbel der ganzen Welt gestapelt, bedeckt mit dem Staub einiger tausend Jahre und zahllosen Spinnennetzen, die sie zu einer kompakten Masse verpackten. Jene Truhen, Stühle und Kommoden, die direkt unter den Lichtquellen standen, waren völlig vermorscht, und die Feuchtigkeit hatte sogar die Intarsien der Nachbarmöbel gewellt.

Der Haushofmeister sollte lieber daran denken, das Dach reparieren zu lassen, murrte Ticla im stillen, statt die Risse in den Säulen anderer Leute zu verputzen!

Sie duckte sich unter den größten Spinnennetzen durch und wischte sich in aller Gelassenheit jene vom Gesicht, die sie nicht rechtzeitig wahrgenommen hatte. Obwohl sie ein zartes Mädchen war, knarrte der Boden bei jedem ihrer Schritte. Doch schließlich kam sie zur richtigen Dachgaupe. Es war die letzte in der Reihe – die neunte. Von hier aus konnte Ticla ohne großes Risiko auf das Dach gelangen. Sie bückte sich unter einem großen, mit einer Staubschicht bedeckten Schleier hindurch, umging einen vergoldeten Sessel, dem eine Armlehne fehlte, und zog das dicke Ölpapier zur Seite, das die Fensterluke verschloß.

Im ersten Moment wurde Ticla vom grellen Tageslicht geblendet, doch sobald sich ihre Augen daran gewöhnt hatten, blickte sie nach draußen. Beleuchtet von der grellen Morgensonne glänzten jenseits des Parks und der Gärten der benachbarten Villen die Dächer der Stadt. Eria: eine Unzahl tiefer Täler und abgeschrägter Bergkämme aus Schiefer, bewachsen mit einem lichten Wald aus Schornsteinen. Fast drei Meilen weit verliefen sie in nördlicher Richtung in einem weiten Halbkreis am Ufer des riesigen blauen, stillen Sees entlang.

Obwohl es ein vertrauter Anblick war, hielt Ticla jetzt inne und genoß ihn ein Weilchen. Dann widmete sie sich der schwierigen Aufgabe, aus der Dachgaupe zu klettern, ohne sich das türkisblaue Kleid schmutzig zu machen. Und ohne auf dem Kopfsteinpflaster des Hofes vierzig Fuß weiter unten zu landen.

Die rutschigen Schieferplatten des steilen Daches boten wenig Halt; aber Ticla hatte diesen Ausstieg gewählt, weil er weniger als drei Schritte vom Hauptflügel des Schlosses entfernt war, der zwar noch weitere zwanzig Fuß höher aufragte, an dessen Fassade jedoch in Höhe des Westflügel-Daches in ganzer Länge ein schmales Sims entlanglief. In seitwärts gekrümmter Haltung, um das Gleichgewicht zu halten, erreichte es Ticla und achtete auf einen sicheren Stand, ehe sie ihr ganzes Gewicht darauf verlagerte.

Das Sims war gar nicht so schmal, wie es von unten aussah. Ticla hielt sich an der Mauerecke fest und bewegte sich vorsichtig seitwärts fort. Sie setzte die Füße schräg auf und rückte Schrittchen für Schrittchen vor – mit ausgebreiteten Armen und den ganzen Körper in stetem Kontakt mit der Fassade, drückte sie sich an der Wand entlang. Der leichte Stoff ihres

Kleides verfing sich in den Unebenheiten des Mauerwerks, das auch schmerzhaft an Knien, Handflächen und der rechten Wange kratzte.

Seit einigen Monaten hatten ihre Brüste zu knospen begonnen, und nun spürte Ticla, wie sie durch den Stoff an der Wand entlangscheuerten; sie fragte sich, wie lange sie wohl weiterwachsen und wie groß sie einmal werden würden. Dann stieß sie ein kleines nervöses Lachen aus: Sollten sie, Gott bewahre, mit denen von Angia mithalten, so grübelte sie, dann würden sie mich hier so weit von der Wand wegdrücken, daß ich das Gleichgewicht verliere ...

Schließlich erreichte sie das erste Fenster. Die Mauern des Schlosses waren dick, und so bildete die große bogenförmige Öffnung ein breites Fenstersims. Mit einem kleinen Sprung brachte sich Ticla darauf in Sicherheit und kroch ins Innere des Gebäudes. Sie lächelte: Ihre Berechnungen erwiesen sich als richtig. Etwa zwanzig Fuß waren es bis zum Boden des langen Korridors hinab, und von dem Platz, an dem sie sich befand, kam Ticla an eine der rein dekorativen Säulen an der Innenwand heran, die fast bis an die gewölbte Decke sechs oder sieben Fuß weiter oben reichte. Sie glich jener, die Ticla für gewöhnlich emporkletterte und die auf der anderen Seite des Korridors stand. Zwischen den beiden Kapitellen verlief ein dicker Holzbalken, von dem ein Gobelin mit dem weißen, auf den Hinterbeinen aufgerichteten Einhorn der Bedaran herabhing.

Auf Ticlas Höhe war das Relief der Säule ausreichend erhaben, um einen festen Halt zu gestatten, und wenige Minuten später befand sie sich, nachdem sie den Korridor in fünfundzwanzig Fuß Höhe überquert hatte, am oberen Ende »ihrer« Säule. Von da an war es wohlbekanntes Terrain. Sie schlich auf dem massiven stuckverzierten Innensims weiter bis zu ihrem Wunschziel: der Fensteröffnung, durch die man vom Korridor aus den Zeremoniensaal im Herzen des Schlosses überblickte.

Flach ausgestreckt auf dem breiten Fenstersims und halb verborgen hinter den an der Innenwand des Saales herabhängenden drei Fahnen reckte sie den Hals, um zu lauschen und zu beobachten.

Die Sitzung hatte erst vor kurzem begonnen, der Saal war gesteckt voll. Unmittelbar unter Ticla saß neben einem leeren Armsessel, der den vakanten Thron darstellen sollte, ihr Vater Gevan Bedaran mit angemessener Würde auf einem einfachen Stuhl. Er war von seinen engsten Räten umgeben, unter denen besonders der Oberpriester Ijssilien hervorstach.

Ticla seufzte. Dieses Jahr stand die Repräsentation aller Religionen bei Hofe ihm zu, und das Mädchen konnte kaum den Tag erwarten, an dem sein Turnus endete. Er war nichts als ein alter Moralprediger, dem jeglicher Sinn für Humor fehlte, ja der sogar jedes Lachen, von wem immer es kam, mit höchstem Mißfallen quittierte. In den letzten Monaten hatte er die ganze Hauptstadt mit seiner starren Unduldsamkeit geprägt. Doch Ticla erinnerte sich an den Tag, als sie einen Korridor entlanggelaufen und über eine Falte des Teppichs gestolpert war. Im Fallen waren ihr die Röcke hochgerutscht. Der Oberpriester war in gerade jenem Augenblick vorbeigekommen und hatte ihr fast eine halbe Stunde lang eine flammende Predigt über Sittsamkeit und Anstand gehalten. Ticla vergaß jedoch nie, mit welch lüsternem Blick er sie verschlungen hatte, bis es ihr gelungen war, ihre Kleider wieder in Ordnung zu bringen.

In der Mitte des Saales hatten die vornehmsten Bürger der Stadt Aufstellung genommen. Ungeachtet der prunkvollen Gewänder, der pompösen Zeremonie und des aufgesetzten Lächelns sämtlicher Anwesender in alle Richtungen war die drückende, gespannte Atmosphäre zu spüren. Obwohl es weder Bänke noch Stühle oder Geländer gab, die eine räumliche Trennung hätten darstellen können, schienen die beiden Hauptgruppen von einer Klinge aus Mißtrauen und Groll messerscharf zweigeteilt worden zu sein, glatt und unerbittlich wie eine vergiftete Lanze. Und an der Spitze jeder Gruppe stand einer der Zwillingsbrüder: Gaalen und Udrian von Eria, die einzigen überlebenden Söhne Zanters, des Souveräns.

Ticla vermißte die beiden sehr, und nur um sie wenigstens aus der Ferne zu sehen, hatte das Mädchen vor fast einem Jahr begonnen, die Säule hochzuklettern. Sie blickte hinab und sehnte sich zurück nach den gemeinsamen Spielen, als sie alle drei noch Kinder gewesen waren. Nicht einmal ein Jahr ist es her, dachte sie. Trotz des Altersunterschieds – genau achtzehn Monate – waren die beiden damals ihre besten Freunde gewesen. Und dann hatten sie eines Tages an einem einwöchigen Jagdausflug teilgenommen, bei dem Zanter von Eria ums Leben gekommen war.

Wie jeder, der die Zwillinge kannte, konnte auch Ticla nicht fassen, daß einer von ihnen dem Vater das Gift verabreicht haben sollte. Doch einer der beiden mußte es gewesen sein: Sie hatten gemeinsam das zuvor von Gaalen erlegte Rebhuhn zubereitet und darauf bestanden, daß keiner der Diener dabei Hand anlegte. Und vor seinem Tod hatte ausschließlich Zanter davon gegessen.

Keiner der völlig gebrochenen Zwillingsbrüder war imstande gewesen, eine Erklärung zu liefern. Und als klar geworden war, daß nur einer der beiden den Herrscher über die Hegemonie vergiftet haben konnte, hatten sie angefangen, einander gegenseitig zu beschuldigen – und zwar mit solcher Überzeugungskraft, daß sie es schafften, jeden Zweifel an ihrer jeweils eigenen Unschuld auszuräumen.

Nach einem Jahr konnte sich Ticla immer noch nicht vorstellen, daß einer der beiden ein Mörder sein sollte. Was im übrigen nicht nur für Ticla zutraf, sondern auch für jedermann sonst. Und aus diesem Grunde hatten sich zwei Lager gebildet, deren Anführer das jugendliche Alter der beiden Erben Zanters ausnutzten, um den einen gegen den anderen auszuspielen.

Es tat dem Mädchen im Herzen weh, sehen zu müssen, wie die Spielkameraden von einst einander feindselig anstarrten oder so taten, als würden sie den anderen völlig unbeachtet lassen. Wie eng befreundet sie alle drei vor Zanters Tod doch gewesen waren! Und wie herzlich hatten sie miteinander über die absurden Ausreden gelacht, die Ticla erfunden hatte, um den wachsamen Augen der Hauslehrer des Hofes zu entkommen! Gaalen war stets der designierte Thronerbe gewesen, und Udrian hatte die Erstgeburt des Zwillingsbruders immer willig anerkannt. Vierzehn Minuten: der Unterschied zwischen Herrscher und Untertan. Doch seit Udrian entschieden hatte, daß sein Bruder ein Vatermörder war, weigerte er sich, ihm das Recht zuzugestehen, die Hegemonie zu regieren. Nur die außerordentliche Jugend der beiden hatte den Ausbruch eines Bürgerkrieges bislang verhindert; und vielleicht noch mehr das hohe Ansehen von Ticlas Vater Gevan Bedaran ...

Eine Windbö fing sich im Außenfenster des Korridors und drang an Ticla vorbei in den Zeremoniensaal ein. Der Luftzug hob die Fahnen ein wenig an, der Saum der mittleren strich über den Kopf des Mädchens und zerzauste das feine dunkelbraune Haar.

Mit einer plötzlichen Bewegung zog sie den Mund schief, um die Haare von den Augen wegzupusten, doch als einziges Resultat hob sich umgehend eine Staubwolke aus dem Fahnenstoff. Ticla reagierte augenblicklich: noch ehe das Kitzeln einsetzte, preßte sie sich die Nasenlöcher mit zwei Fingern einer Hand zu, während sie mit der anderen sanft über den Nasenrücken strich. Das gelang nicht immer, aber um ein Niesen zu vermeiden, kannte sie keinen besseren Trick. Sie hielt eine Weile die Luft an, bis sie merkte, daß die Gefahr vorbei war; dann endlich konnte sie den Vorhang aus Haarsträhnen hochschieben, der ihr die Sicht versperrte.

Sie warf einen Blick auf ihren Vater, der gerade mit feierlichem Ernst zu den Söhnen Zanters sprach. Es war ausschließlich sein Verdienst, daß sich die Lage noch nicht verschlimmert hatte. Einen Monat nach dem Begräbnis des Souveräns, als die ersten Unruhen ausgebrochen waren, hatte er diejenigen Generäle, die allzusehr Partei für die eine oder andere Seite ergriffen, ihres Kommandos enthoben und sie durch alte Kriegshelden ersetzt. Dann hatte er das Heer an die westliche Grenze verlegt, wo die Nomaden der Steppen augenblicklich noch rebellischer waren als sonst. Und dann war es ihm kraft der Freundschaft, die ihn mit dem verstorbenen Herrscher verbunden hatte, gelungen, die Zwillinge und die wichtigsten Persönlichkeiten der Hauptstadt in diesem Saal seines Schlosses zu versammeln und jene Zeremonie zu improvisieren, die sich heute zum zwölften Male wiederholte: nach außen hin war es der Versuch einer Vermittlung, in Wahrheit aber eine List, um Zeit zu gewinnen. In der Hoffnung, daß etwas – irgend etwas – den Bürgerkrieg noch abwenden könnte.

Es gab keinen Zweifel, daß der Thron mangels eines Beweises für seine Schuld Gaalen zustand. Unter diplomatischen Verrenkungen, die an Wunder grenzten, war es Gevan Bedaran jedoch gelungen, eine neutrale Stellung zwischen den Zwillingsbrüdern einzunehmen und sich so das Recht zu erwerben, in diesem Streit als Richter aufzutreten. Deshalb rief er einmal pro Monat die beiden Parteien zusammen, um ihre Argumente öffentlich zu hören. Theoretisch würde seine Entscheidung für beide Seiten verbindlich sein; doch alle wußten: sobald der Thronerbe feststand, würde die Partei des anderen einen Bürgerkrieg vom Zaun brechen. Und trotz des gewaltigen Drukkes, der auf ihn ausgeübt wurde, hatte Gevan Bedaran bisher elfmal einen Weg gefunden, seinen Urteilsspruch aufzuschieben.

Heute jedoch war er in Schwierigkeiten, seine Tochter erkannte es an tausend winzigen Kleinigkeiten. Eigentlich wußte der Regent bereits, was passieren würde. Am Tag zuvor hatte Ticla von ebendiesem Platz aus zugehört, wie er es Baldrin, dem Hauptmann der Ehrengarde, anvertraute. Die Spitzfindigkeiten, mit Hilfe derer er seine Entscheidung verzögern konnte, waren nicht besonders zahlreich, und im Laufe dieses Jahres hatten die beiden Parteien ihre Lektion gelernt. Schon im letzten Monat hatte Gevan, um das Schlimmste zu vermeiden, zu einem Trick greifen müssen. Er hatte die Zwillinge einzeln beiseite genommen und jedem von ihnen gestanden, den Argumenten des anderen zuzuneigen. Danach war ihm ein weiterer Monat als Nachdenkpause zugestanden worden, und er hatte den Brüdern geraten, bei der folgenden Sitzung neue Beurteilungsgrundlagen einzubringen, die ihm helfen könnten, seine Meinung zu ändern.

Dieses Vorgehen war geglückt, konnte aber nicht wiederholt werden. Auch weil in letzter Zeit jemand das Gerücht in die Welt gesetzt hatte, der Regent würde die Entscheidung mit der Absicht hinausschieben, sich selbst des Thrones zu bemächtigen. Völliger Unsinn, das wußte Ticla genau, aber übles Gerede war wie die leichte Brise auf dem Eria-See, die sich unversehens in einen heftigen Sturm verwandeln konnte.

Und heute wurden in der Tat sämtliche Anläufe Gevan Bedarans von kaum verhohlenem Murren begleitet. Das lauteste kam dabei von den weniger wichtigen Würdenträgern der Hauptstadt, die zusammengedrängt hinter der Gruppe von Botschaftern und Beobachtern aus der ganzen Welt standen. Noch genügte dem Regenten ein scharfer Blick, um die Ordnung wiederherzustellen, aber die allgemeine Unzufriedenheit war doch spürbar. Falls Gevan Bedaran seine lange herbeigesehnte Entscheidung nicht vor dem Ende der Sitzung fällte, würde der Argwohn die Dämme des gesunden Menschenverstandes zum Einsturz bringen.

Plötzlich verstummte ein jeder und richtete die Augen auf den Regenten. Alles war gesagt: Nun lag es an ihm. Als sie ihn zögern sah, wurde Ticla klar, daß er keine Ahnung hatte, wie er den Urteilsspruch weiter aufschieben sollte, und sie spürte, wie ihr die Tränen in die Augen stiegen. Auf die eine oder andere Weise schickte sich ihr Vater an, Zanters Andenken zu verraten, und nur sie wußte, wie sehr ihn dies quälte. Andererseits befand er sich in einer Zwangslage, die ihm keinen Ausweg ließ: traf er seine Wahl, würde die Partei des Verlierers das Zeichen zum Bürgerkrieg geben; traf er wieder keine Wahl, würde man ihn des Betruges beschuldigen und ihm die Regentschaft entreißen – und damit die Hegemonie gleichermaßen ins Chaos stürzen.

Gevan Bedaran schwieg eine Weile mit gesenktem Kopf, trat daraufhin an den Oberpriester heran und flüsterte ihm ins Ohr. Wenn er nun schon Hilfe bei Ijssilien suchte, dann mußte er wirklich verzweifelt sein – er, der nie sehr religiös gewesen war und der insbesondere die Moralpredigerei dieses Priesters verabscheute.

Wie zu erwarten war, richtete sich Ijssilien kerzengerade auf und schüttelte kaum wahrnehmbar den Kopf. Gevan fuhr mit seiner eindringlichen Rede fort, aber die Haltung des Oberpriesters blieb ablehnend – diesmal deutlicher spürbar. Bestrebt sich zu beherrschen und zu verbergen, wie sehr Ijssilien ihn zur Verzweiflung trieb, hob der Regent seinen Blick zu den Fahnen, die die Nordwand des Saales schmückten.

Ticla erschauerte, da ihr schien, die Augen des Vaters würden genau in die ihren sehen, aber Gevan betrachtete das Banner Zanters von Eria, das zusammen mit jenem der Bedaran die Fahne mit der Sonne und den Planeten, dem Emblem der Hegemonie, flankierte. Er bat den dahingegangenen Freund um Verzeihung; Ticla war, als könnte sie seine Gedanken lesen. Er bat um Verzeihung und bereitete sich darauf vor, mit der Erklärung, zu keiner Entscheidung kommen zu können, sein Amt niederzulegen. Das Mädchen unterdrückte ein Schluchzen.

Nach einigen Minuten wandte der Regent die Augen wieder ab und betrachtete die zahlreichen Anwesenden. Er holte tief

Atem und – zögerte. Dann richtete er den Blick unvermittelt wieder auf den Oberpriester, als wäre ihm eine plötzliche Idee gekommen, und trat erneut an Ijssilien heran, um ihm ins Ohr zu flüstern. Diesmal jedoch nickte der Priester gravitätisch, begab sich in die Mitte des Geschehens und hob die Arme.

Überaus versiert darin, die Aufmerksamkeit auf sich zu ziehen, verharrte er einige Sekunden lang unbeweglich in dieser Stellung, und während alle Anwesenden den Atem anhielten, wurde Ticla klar, daß sich der Mann anschickte, den Segen der Götter auf die Entscheidung des Regenten herabzuflehen.

Die Götter! Mit einemmal kam ihr ein Einfall. Die drei Fahnen waren mittels dicker Kordeln an den Stangen hochgezogen, und die Enden dieser Kordeln hatte man an Mauerhaken festgebunden. Der Staub, der Stoff und Schnüre bedeckte, verriet Ticla, daß die dafür zuständigen Bediensteten den Zustand der Fahnen schon seit langem nicht mehr kontrolliert hatten. Verständlich: um das zu tun, hätten sie lange, schwere Sprossenleitern herbeischleppen müssen. Ausgezeichnet, dachte das Mädchen, dies wird auch die Zweifler überzeugen, daß es sich nicht um einen Trick meines Vaters handelt!

Den Mauerhaken, an dem die Kordel der mittleren Fahne, jener der Hegemonie, befestigt war, konnte Ticla erreichen. Sie dankte dem Himmel, daß Ijssilien sich so gern reden hörte, und ging daran, den Knoten zu lösen, der die Fahne oben hielt. Er war sehr fest gezurrt, denn das Banner war schwer, aber letztlich gelang es Ticla doch, ihn zu lösen. Ein Glück, daß sie Nägel kaute: wären sie lang gewesen, hätte das Unterfangen ruinöse Folgen gehabt.

»... auf die Entscheidung des Regenten«, schloß Ijssilien in diesem Augenblick. »Und wenn der Himmel keinen Anlaß zur Mißbilligung sieht, dann möge er Erbarmen mit uns armen Sündern zeigen. Andernfalls komme sein Zorn über uns.«

In dieser Minute tief versunkenen Schweigens, das nun folgte, ließ Ticla die Kordel los. Das eindrucksvolle Rauschen, mit dem die Fahne zu Boden sank, erfüllte den Saal wie ein mächtiges Seufzen. Es folgte ein dumpfer Schlag, begleitet von einem lauten Knirschen.

Das Mädchen hatte sich augenblicklich zum Außenrand des Fenstersimses zurückgezogen, wo man sie nicht sehen konnte. Doch die Neugier ließ ihr keine Ruhe. Zwei lange Minuten vergingen – und dann, als kein Geräusch aus dem Saal heraufdrang, kroch Ticla näher und reckte den Hals.

Es herrschte tiefe Stille, in der alle die Fahne anstarrten. Das Mädchen folgte ihren Blicken und wurde blaß.

Abgesehen von der Sonne und den Planeten in Goldstickerei war das Banner fast ganz weiß – »fast«, weil jemand mit einem roten Nahtband jene Kante verstärkt hatte, durch das die Kordel lief, und in der Folge war der rote Streifen allmählich zu einem Bestandteil der Fahne geworden. Nun hatte sich der schwere Stoff nach seinem Fall über den Thron gebreitet, und das rote Band war so zusammengeschoben, daß es die Sonne der Hegemonie vollständig bedeckte. Es schien, als hätte ein riesiger Blutstropfen sie ersetzt, und nach dem atemlosen Schweigen zu urteilen, deuteten alle das Omen auf genau diese Weise.

Gut, dachte das Mädchen und blies die angehaltene Luft aus. Wenn sogar ich so betroffen bin, dann wird jetzt wohl niemand verlangen, daß mein Vater seine Entscheidung bekannt gibt. Und mit ein wenig Glück könnte die Regierung sogar die nächste Zeremonie streichen und so zwei ganze Monate Zeit gewinnen!

Ticla betrachtete sie ein letztes Mal: Edelleute, Würdenträger, Botschafter und Beobachter: alle immer noch sprachlos nach diesem Vorfall. Sie lachte still in sich hinein und schickte sich an zurückzukriechen. Doch dann zwang sie irgend etwas, einen Blick in die hinterste Ecke des Saales zu werfen. Aus der Masse der federgeschmückten Hüte stachen zwei tiefschwarze Augen hervor. Und bohrten sich in die ihren.

Ticla erstarrte kurz, drehte sich herum und ergriff die Flucht. Diesen Mann kannte sie, überlegte sie, während sie sich auf dem Innensims des Korridores vorantastete. Es handelte sich um einen der Beobachter, einen Edelmann aus einem fernen Land. Obwohl er weiße Haut hatte, behaupteten manche Leute, er stamme geradewegs aus dem südlichen Kontinent. Er hielt sich schon seit zwei Jahren hier in der Gegend auf und war mit seiner Eleganz, seinen vornehmen Manieren und seiner außergewöhnlichen Schönheit der ungekrönte König eines jeden Empfanges. Dank seines Charmes hatte er viele bedeutende Freundschaften geschlossen – und zahlreiche Frauenherzen erobert, deren Verfügbarkeit ihn jedoch offenbar nicht kümmerte.

Als Ticla dort, wo die Risse ausgebessert worden waren, die Säule entlang nach unten glitt, glaubte sie, sogar den Namen des Mannes zu kennen: Norzak von Suruwo.

Besorgt und unruhig hockte Damlo Rindgren zusammengekauert an der Rückwand des Wagens und fixierte den Rücken seiner Gefährten. Die beiden Zwerge saßen auf dem Kutschbock und schwiegen seit geraumer Zeit. Sie waren keineswegs gekränkt oder verstimmt, nur völlig entspannt. Die Glücklichen ... Er hingegen fühlte sich schon seit etlichen Meilen in dieser Gegend außergewöhnlich beunruhigt. Oder, besser, richtiggehend alarmiert.

Er wechselte seine Stellung ein wenig und blickte zum tausendsten Mal hinter sich.

Die Tore von Drassol waren schon fern, und obwohl die Stadt noch immer in Sichtweite lag, waren sowohl die gelben, beinahe übereinander getürmt wirkenden Gebäude als auch die hohen Mauern, die aussahen, als wollten sie in dem Häuserwirrwarr eine ordentliche Trennlinie abstecken, nicht mehr deutlich voneinander zu unterscheiden. Das ganze Stadtzentrum erschien nun vor dem Hintergrund der Dämmerung aus kaum mehr als einer Kuppel aus dunklem Dunst zu bestehen.

Die Stadt von König Vinathes lag am südlichen Rand der großen Grasebenen, umgeben von ausgedehnten Feldern, die von niedrigen Steinmäuerchen gesäumt waren. Noch ein Stück weiter südlich, dort, wo die geometrischen Muster der bestellten Äcker aufhörten, das Land mit Intarsien zu verzieren, tauchten seltene Flecken höherer Vegetation und auf dem Grasland nach und nach kleine Dörfer auf, die sich nahe an die Straßen drängten. Je weiter es nach Süden ging, um so mehr verdichteten sich die Baum- und Strauchgruppen, bis sie schließlich zu richtigen Wäldern wurden.

Der Wagen passierte das Scheitelstück einer sanften Erhebung und begann die Bergabfahrt in die dahinter liegende Talsenke. Jetzt war rundum nichts als dichte Bewaldung zu sehen – eine Umgebung, in der Damlo sich am liebsten befand. Ob sie nun spärlich standen oder einen dichten Urwald bildeten, zwischen Bäumen fühlte sich der Junge glücklich. Meistens. Heute hingegen war es gerade der Wald, der ihn beunruhigte. Oder vielmehr das, was sich verstohlen und lautlos im Wald zu bewegen schien.

Wieder warf Damlo einen Blick auf die Freunde. Das Volk der Zwerge war nicht unbedingt für sein feines Gehör berühmt. Vermutlich deshalb hatten die beiden Krieger nichts bemerkt. Deshalb – oder weil er sich irrte und es gar nichts gab, das man bemerken könnte …

Sehr gut möglich. Dennoch hatte er das bestimmte Gefühl, da rührte sich im dichten Unterholz … Was? Wer? Er fand keine Antwort und war sich auch wirklich nicht sicher. Und doch, schon öfter als einmal hatte er den flüchtigen Eindruck gehabt, eine Bewegung im Waldesdunkel wahrzunehmen.

Selbstverständlich hatte er sofort an eine Horde blutdürstiger Orks gedacht.

Wieder drehte er sich um. Bis zum letzten der Dörfer, an denen sie vorbeigekommen waren, hatten sie sich noch in Gesellschaft einiger weniger Wanderer und Fuhrwerke befunden, doch jetzt war der Verkehr in Anbetracht der späten Stunde versiegt. Die breite Straße, gepflastert mit großen Steinplatten, in die sich Spuren Abertausender Räder eingegraben hatten, schien völlig ausgestorben. Alles, was man vom Wagen aus zu sehen bekam, waren Sträucher, Baumstämme und Blattwerk. Baum um Baum um Baum in einer endlosen Folge, und zwar an beiden Seiten der Straße. Und dazwischen – nichts Besorgniserregendes. Wenigstens in diesem Augenblick.

Weil nicht der Hauch einer Gefahr zu erkennen war, versuchte sich der Junge ein wenig zu beruhigen. Und auch, weil er sich gewiß geirrt hatte. Und außerdem, sagte sich Damlo, wäre da im Wald wirklich jemand, der uns überfallen will, dann hätte er es mittlerweile wohl längst getan. Er seufzte, setzte sich bequemer hin und lehnte sich wieder an die Rückwand des Wagens.

Wie schade, daß Uwaen nach Drassol zurückkehren mußte, dachte er, aber wenn er nun mal in der Stadt noch einiges zu erledigen hatte … Der Halbelf war mit Damlo und den Zwergen ein paar Meilen mitgeritten, dann hatte er dem Jungen zugezwinkert und sich mit dem »Luft-rein«-Zeichen der Bettlerküste auf den Rückweg gemacht.

Damlo fing an, die Finger einer Hand zu bewegen und die geheimen Handzeichen durchzugehen, die man ihn gelehrt hatte. Dann holte er tief Atem. In Drassol war alles so rasch gegangen – und die letzten Momente am Hofe von König Vinathes waren dann geradezu hektisch verlaufen. Nachdem sich der König bei Irgenas noch einmal für das Mißverständnis entschuldigt hatte, war er bedacht gewesen, seine Gäste üppigst mit Proviant und Waffen versorgen zu lassen. Und im letzten Augenblick hatte er sie ungeachtet ihrer Proteste auch noch gezwungen, eine Börse voll von Silbermünzen anzunehmen. Dann erst hatte der Wagen seine Reise nach Süden wiederaufnehmen können.

Und jetzt verbrachte er, Damlo, die Zeit damit, sich aberwitzige Überfälle aberwitziger Orks vorzustellen, anstatt wie die Zwerge die Ruhe des Abends zu genießen! Nichts war da im Wald, gar nichts! Nichts, weswegen man sich Gedanken machen müßte. Er hatte einfach zu viel Phantasie, das war alles. So wie Onkel Pelno Scalbulin und Tante Neila Rindgren immer ganz richtig behauptet hatten. Und die beiden mußten es wissen, immerhin war er in ihrem Gasthof in Waelton aufgewachsen ...

Ja, das stimmte wohl. Nur stimmte auch, daß die beiden beispielsweise nie geglaubt hätten, der *Schatten* existiere tatsächlich! Und ebensowenig hätten sie an einen Ersten Diener und seine unbekannten Befehlsempfänger geglaubt.

Wieder verspürte der Junge Furcht. Konnte es ein Schwarzer Degen sein, der da heimlich, still und leise zwischen den Bäumen herumschlich? Damlo drehte sich ruckartig herum, während ihm ein heftiger Schauer über den Rücken lief.

Unter den Bäumen war nichts Außergewöhnliches zu sehen. Doch allein die Vorstellung, daß sich da irgendwo einer dieser höchst gefährlichen Degenfechter verbarg, jagte ihm schon Entsetzen ein. Er zwang sich zu einer gleichmütigen Miene, während er die Luft anhielt und die Hand unauffällig über den Boden des Wagens wandern ließ, bis er an eine der kleinen Armbrüste stieß, die König Vinathes den Zwergen zum Geschenk gemacht hatte. Doch zu seiner Enttäuschung mußte er feststellen, daß sie nicht gespannt war. Er sah die Freunde an: Sollte er sie rufen? Nun ja, und wenn er sich irrte? Sie würden ihn für einen Hasenfuß halten, fürchtete er, und das durfte einfach nicht geschehen. Ganz besonders, wenn man in Betracht zog, wie häufig er Angst hatte ...

An der Oberseite war die Armbrust mit einer Winde ausgestattet, die einen Haken zur Schulterstütze hin zog. Sie diente dazu, die gewaltige Kraft auszuüben, die notwendig war, um die Sehne bis zur Haltevorrichtung zu spannen, die mit dem Abzug verbunden war.

Sehr langsam drehte Damlo die Kurbel der Winde und spannte so die Sehne. Glücklicherweise war das schnappende Geräusch, das beim Einrasten entstand, sehr leise und wurde vom Quietschen des Wagens vollständig übertönt. Als der Vorgang beendet war, zog der Junge einen der Pfeile, die zur Waffe gehörten, aus einem Lederbeutel. Diese Pfeile, so hatte er gelernt, hießen auch »Bolzen« und waren kurz, schwer und sehr spitz. Mit größter Sorgfalt legte er ihn in die Vertiefung vor der gespannten Sehne ein und fühlte sich sogleich besser. So, dachte er, jetzt ist die Armbrust schußbereit. Wenn der Schwarze Degen angreifen sollte, dann konnte er sich auf etwas gefaßt machen!

Er drehte sich mit dem ganzen Körper herum und preßte die Brust gegen die Oberkante der Kastenwand. Dabei vermied er es, die Waffe zum Vorschein kommen zu lassen: Uwaen sagte immer, man durfte nie auf das Überraschungsmoment verzichten.

Ein Weilchen ließ er den Blick über die Baumwipfel gleiten und gab sich alle Mühe, ein Gesicht zu machen, als hätte er noch nie von Schwarzen Degen gehört. Doch dann merkte er, daß seine Gedanken abzuschweifen begannen – vielleicht, weil sich zwischen den Bäumen wirklich nichts rührte … Außerdem stellte sich die Stellung, die er eingenommen hatte, infolge seines Entschlusses, die Armbrust versteckt zu halten, als ausgesprochen unbequem heraus.

Schließlich schnaubte er und gab die Sache auf. Nachdem er einen letzten eindringlich warnenden Blick in den Wald geworfen hatte, entfernte er den Bolzen aus der Armbrust und kehrte zu einer angenehmeren Körperhaltung zurück.

Zu viel Phantasie, rügte er sich und machte es sich wieder auf dem Holzboden des Wagens bequem. Leichtsinnigerweise warf er den Pfeil unbekümmert auf den Lederbeutel, aber der Bolzen war schwer und landete mit einem lauteren Geräusch, als vorherzusehen gewesen wäre. Es war so laut, daß Irgenas sich umdrehte, um nachzusehen, was los war. Der Junge deutete mit dem Kinn auf den Pfeil und hob unschuldsvoll die Schultern. Der Erbe des Steinernen Thrones lächelte und wandte den Blick wieder zur Straße, die vor ihm lag.

Ein Glück, daß das Geschoß nicht auf etwas Zerbrechlichem gelandet ist, schoß es Damlo durch den Kopf – und damit kehrten seine Gedanken sofort wieder zu den geheimnisvollen Gegenständen zurück, die die Zwerge transportierten, und zum Unterbau des Wagens, in dem sie verborgen waren.

Es handelte sich um ein so gut getarntes Versteck, daß es so gut wie unmöglich war, es zu entdecken. Er, Damlo, hatte dies jedoch – ohne Wissen der beiden – geschafft. Bei der Erinnerung daran mußte er lächeln. Es war zufällig passiert, in einer Nacht, als er vor dem Regen unter den Wagenkasten geflüchtet war. Er hatte das Geheimfach nicht geöffnet und wußte auch nicht genau, was sich darin verbarg. Er wußte nur, daß die Dinge in dem Versteck Ailaram, den Magiarchen des Turmes von Belsin, in die Lage versetzen würden, den Ersten Diener des *Schattens* zu ermitteln. Immer vorausgesetzt, daß der Fürst der Finsternis tatsächlich wieder erwacht war.

Damlo schüttelte den Kopf. Was wohl Onkel und Tante gesagt hätten, wenn er je der Meinung gewesen wäre, daß der legendäre Weiße Turm noch immer existierte! Und doch … Der Junge hob die Schultern. Allgemein wurde angenommen, daß der Weiße Turm schon vor tausend Jahren zerstört worden war, damals, als die Magie vom Erdboden verschwand und die Zauberer beschuldigt wurden, sie geraubt zu haben. Kompletter Unsinn, da klar war: warum sollte jemand etwas rauben wollen, das er schon besaß? Wie auch immer, das Volk war in Raserei geraten und hatte alle Zaubertürme niedergebrannt. Auch jenen von Belsin, so hieß es. Aber das stimmte nicht.

Tatsächlich existierte der Turm von Belsin nach wie vor, und in seinem Inneren lebte sogar ein echter Magiarch! Ob es Tante Neila und Onkel Pelno nun gefiel oder nicht …

Plötzlich schien es ihm, als hätte er eine rasche Bewegung zwischen den Bäumen wahrgenommen. Er zuckte zusammen, denn diesmal war das Gefühl ganz besonders lebhaft gewesen. Was auch auf das Geräusch zutraf, das die Bewegung begleitet hatte, selbst wenn er sich durch das Quietschen und Rumpeln des Wagens vielleicht hatte täuschen lassen.

Sollte er Irgenas und Clevas rufen? Er zögerte. Ganz sicher war er nicht … Mit einemmal merkte er, daß er keuchte und dauernd schluckte. Er blickte noch einmal hinüber ins Unterholz, diesmal genauer, doch nichts war zu sehen. Die Sonne war allerdings schon untergegangen und die Sicht daher sehr schlecht. Außerdem hob sich allmählich rundum Nebel, der sich gierig auf alle noch vorhandenen Formen und letzten Farben stürzte. Ein bißchen wie bei jenem Gemälde in Drassol, erinnerte sich der Junge, in dem eine gigantische Finsternis die ganze Welt zu verschlingen schien.

Der *Schatten,* dachte Damlo und erschauderte. Schwarze Degen und todbringende Klingen … Das Herz begann ihm wie ein wild gewordener Tambour in der Brust zu trommeln.

Und plötzlich brach ein rötliches Etwas mit einem raschen Sprung aus dem dichten Unterholz. Eine wilde Bestie schoß kraftvoll mitten auf die Straße und blieb dort schlagartig stehen. Einen Augenblick lang schien sie über der Fahrbahn zu schweben, und in diesem Sekundenbruchteil richtete sie den Blick unverwandt auf den Wagen.

Gerade noch rechtzeitig bemerkte Damlo die Sanftheit in den großen dunklen Augen und die erstaunliche Noblesse der prachtvollen Geweihstangen. Und dann sprang der Hirsch mit zwei eleganten Sätzen zwischen die Bäume auf der anderen Seite der Straße und verschwand im Dickicht des Waldes.

Drei Stunden später hatte sich der Junge immer noch nicht recht von dem Schrecken erholt. Nun war es bereits vollkommen dunkel, und der Wagen bewegte sich, gezogen von dem abgrundhäßlichen, aber äußerst kräftigen Pferd namens »Majestät«, im Licht der Laterne voran, die vom Ende einer Stange hing. Der Holzstab war am Kutschbock befestigt und zeigte wie eine riesige Angelrute nach vorn. Bei jeder Erschütterung schwankte er hin und her, und die Flamme in der Laterne schien mit ihrem steten heftigen Flackern eine gewisse Mißbilligung ausdrücken zu wollen, so als wäre sie schwer im Zweifel, ob sie in einer so gefährlichen und feindlichen Welt überhaupt eine Straße erhellen sollte.

Bis zu diesem Zeitpunkt war die weitere Reise jedoch bis auf kurze Ruhepausen – um dem Tier Gelegenheit zur Erholung zu verschaffen – ereignislos verlaufen. Aus praktisch jedem Winkelchen quietschend und knarrend, hatte der Wagen einige kleine Siedlungen passiert und war überall an Wachposten in Gestalt piken- und mistgabelbewehrter Männer vorbeigekommen – und gelegentlich sogar an halbfertigen Befestigungsanlagen, deren Erbauer offenbar nur das Tageslicht abwarteten, um ihre Arbeit fortzuführen. Zumeist waren dies nur armselige Palisaden aus Holzpfosten, umgeben von kümmerlichen Wassergräben, die den Gemütszustand der Bevölkerung aber deutlich verrieten.

Wie es aussah, stieg in der ganzen Hegemonie die Nervosität in nie gekannte Höhen. Plötzlich schienen alle Städte beschlossen zu haben, Streit anzufangen, gruben alte Zwistigkeiten aus und beschuldigten einander gegenseitig, mit dem Unfrieden angefangen zu haben. Und niemand kam auf die Idee, daß hinter diesen neu aufgeflammten Feindseligkeiten möglicherweise irgend jemandes dunkle Machenschaften steckten.

Und er, Damlo, der dies ahnte, stürzte sich kopfüber mitten hinein, anstatt klug das Weite zu suchen … Er seufzte. Indem er sich entschlossen hatte, die Reise mit den Freunden fortzusetzen, hatte er tatsächlich die wichtigste Entscheidung seines Lebens getroffen. Auch die schwierigste, obwohl er jetzt den Eindruck hatte, daß er gar nicht anders hätte handeln können. Wie hätte er denn Irgenas und Clevas ihrem Schicksal überlassen können?

»Wißt ihr«, sagte er und unterbrach das lange Schweigen, »ich habe immer geglaubt, daß ich mit vierzehn plötzlich erwachsen sein würde.«

»Ach ja?« erwiderte Clevas, drehte sich zu Damlo um und lächelte: er hatte das runzeligste Gesicht, das man sich vorstellen konnte, und einen unglaublich langen, dichten grauen Bart. Ungeachtet seines ehrwürdigen Alters waren seine Augen so rege und fröhlich wie die eines jungen Bürschchens.

»Ja«, fuhr Damlo fort. »Und erwachsen zu sein bedeutet zu wissen, wer man ist und was man will im Leben.«

»Ein sehr weiser Gedanke«, bemerkte der alte Zwerg.

»Das ist mir im Garten von König Vinathes klar geworden, als ich mich zwischen Waelton und Belsin entscheiden mußte.«

»Und woher willst du wissen, daß wir nach Belsin reisen?« fragte Irgenas ein wenig schroff.

Der Prinz, der viel jünger war als sein Lehrer, jedoch mit einem ebenso respektablen Bart ausgestattet, hielt die Zügel »Seiner Majestät« fest, während er sich umwandte, um mit Damlo zu sprechen.

»Das hat mir Uwaen gesagt«, antwortete der Junge. »Ich habe den Namen Ailarams erwähnt, und er dachte, ich wüßte auch alles über den Weißen Turm. Aber du brauchst dir keine Sorgen zu machen: Ich kann ein Geheimnis für mich behalten. Und als ich mich dazu entschlossen habe, euch zu begleiten, war mir schon bewußt, daß der Erfolg der Mission über allem steht. Ich bin kein Held, aber ich kann ein Fuhrwerk lenken und bin bereit, mich ebenso mit ganzer Kraft einzusetzen wie ihr.«

»Ich danke dir«, sagte der Erbe des Steinernen Thrones, »deine Hilfe wird uns willkommen sein.«

»Sofern sie denn überhaupt zählen kann«, sagte Damlo und errötete ein wenig.

»Sie zählt, sie zählt«, versicherte ihm Clevas. »Außerdem gibt es noch weitere Gründe, weshalb wir über deinen Entschluß erfreut sind: dein Verhalten während des Aufruhrs in Drassol und der Stachel von Kaxalvorill.«

»Kaxalandrill«, korrigierte Damlo sofort.

Seine Gedanken kehrten zu den Vorfällen in der Stadt des Vinathes zurück, die sich zugetragen hatten, bevor es ihm gelungen war, den König zu sprechen. Es gab in diesen schrecklichen Stunden gewisse Geschehnisse, die auch er selbst nicht annähernd begriff. Wie er es geschafft hatte, am Leben zu bleiben, zum Beispiel …

Die allgemeine Unzufriedenheit ausnutzend, hatte ein Taschendieb namens Vodars in Drassol einen großen Tumult entfesselt, während er, Damlo, zweimal in Gefahr geriet, von der Volksmenge gelyncht zu werden. Beim ersten Mal hatte ihn Uwaen gerettet und beim zweiten … beim zweiten Mal hatte er nicht die geringste Ahnung, was genau geschehen war. Er wußte nur, daß er bei seiner Flucht in einer kurzen Sackgasse gelandet war. Da hatte er sich mit seinem unmittelbar bevorstehenden Tod abgefunden und sich in einem Winkel zu Boden sinken lassen. Vor den Augen des angriffslustigen Haufens, der es auf ihn abgesehen hatte. Und an das, was danach kam, erinnerte er sich eben nicht genau. Er wußte nur, daß sich die Verfolger um ihn versammelt hatten und vor ohnmächtiger Wut schrien und tobten. Doch keiner von ihnen hatte ihn, Damlo, auch nur angerührt. Genaugenommen hatte ihn niemand auch nur *beachtet!* So als hätten ihn alle schlagartig vergessen.

Also gut, dachte der Junge, vielleicht würden ihm die Freunde das Rätsel jetzt erklären.

»Was habe ich denn in Drassol getan?« fragte er. »Auch Uwaen hat etwas angedeutet, aber an diese Augenblicke erinnere ich mich nicht gut. Und was hat der Stachel mit Ailaram zu tun?«

»Hmmm«, brummte Irgenas, »wenn du von der Sache in diesem Drassoler Gäßchen sprichst, dann heißt das ... Also, weißt du was, über diesen Aufruhr in Drassol sollten wir besser erst reden, wenn wir in Belsin sind. Was hingegen den Stachel betrifft, so weißt du ja, daß wir sehr kostbare Gegenstände transportieren ...«

»Ja, im Unterbau.«

Der Prinz starrte ihn mit großen Augen an, während Clevas in Gelächter ausbrach.

»Also für meinen Geschmack bist du ein bißchen zu aufgeweckt, mein Junge«, murrte Irgenas. »Aber du hast recht. Sie sind im Unterboden des Wagens versteckt. Es handelt sich um einen Reißzahn und die Hälfte der Rückenschuppe eines Drachen.«

Und nun lag es an Damlo, große Augen zu machen. »Eines richtigen Drachen?«

»Eines ganz richtigen.«

»Aber du hast immer behauptet, die Drachen wären schon vor vielen, vielen Jahren ausgestorben!«

»Ich habe es behauptet und behaupte es noch immer, denn diese Gegenstände sind seit fast dreißig Jahrhunderten Teil des Kronschatzes der Zwerge.«

»Seit dreißig Jahrhunderten!«

»Seit die Cuorsaldo den Steinernen Thron innehaben. Vor dreitausend Jahren fand in unseren Bergen ein schrecklicher Kampf gegen einen weißen Drachen statt, und diese beiden Dinge sind alles, was von ihm geblieben ist.«

»Erzählst du mir die Geschichte?«

»Natürlich, wenn auch nicht jetzt. Erstens, weil sie etwas mit unserer Mission zu tun hat, und zweitens, weil ich deine Herausforderung ja wohl annehmen muß.«

»Welche Herausforderung denn?«

»Die Legende von Kaxalandrill«, grinste der Zwerg. »Glaubst du, ich habe die Geschichte vergessen, die du uns auf dem Weg nach Drassol erzählt hast? Ich habe sogar nachts von ihr geträumt, von der Drachin, die Waelton gegründet hat! Und da wir schon bei den Drachengeschichten sind, auch Clevas kommt noch mit dem Erzählen dran. Falls er überhaupt eine kennt.«

»Ich kenne Dutzende!« fuhr der alte Zwerg hitzig auf und machte ein grimmiges Gesicht.

»Das wird sich ja herausstellen«, sagte Irgenas und bemühte sich vergebens, die Miene noch furchterregender zu verziehen. »Aber jetzt bin ich jedenfalls müde, und mit eurer Erlaubnis lege ich mich schlafen.«

»Würde ich auch gern tun«, sagte Clevas, »aber nur, wenn Damlo es sich zutraut, den Wagen allein zu lenken.«

»Na klar!«

»Gut. Wenn du Leute siehst, ruf uns; wenn du Geräusche hörst, ruf uns; wenn du irgendwo eine Bewegung wahrnimmst, ruf uns! Wenn du irgend etwas Außergewöhnliches bemerkst, tu nichts, sondern ruf uns: Du hast die Wache, und die erste Regel für den Wachposten lautet, kein Risiko einzugehen, ehe die Gefährten nicht geweckt sind!«

»Ich dachte, die erste Regel lautet, nicht einzuschlafen!« lachte Damlo.

»Ganz recht«, grinste Irgenas. »Also achte auch darauf, schön wach zu bleiben!«

Nach diesen Worten wechselte Damlo auf den Kutschbock, und die Zwerge verzogen sich nach hinten, wo sie wie üblich auf der Stelle einschliefen.

2

Es war ein merkwürdiges Gefühl für Damlo, den Kutschersitz für sich allein zu haben, während alle anderen schliefen und das Fuhrwerk wie eine Blase aus orangefarbenem Licht in der finsteren Welt voranschaukelte.

Bis zu dieser Nacht hatten Irgenas und Clevas noch nie zur selben Zeit geschlafen, und der Umstand, daß sie ihm diese Verantwortung überließen, bescherte ihm ein Gefühl der Wärme und Vertrautheit. Zum ersten Mal in elf Tagen hatte er den Eindruck, nicht nur die Zügel des Wallachs, sondern auch jene über die ganze Lage fest in der Hand zu halten.

Er verspürte eine geradezu euphorische Zuversicht, und ganz plötzlich überkam ihn das dringende Bedürfnis zu singen. Selbstverständlich ging das nicht, solange die Freunde schliefen, also verwarf er den Gedanken sofort wieder. Und ebensowenig konnte er auf dem Kutschbock zu tanzen beginnen, wozu er gerade solche Lust hatte. Schade … Und schade auch, daß keine Kobolde in der Nähe waren, um in völliger Stille mit ihnen spielen zu können! Oder wenigstens ein richtiger Ortsgeist, mit dem Damlo seine Fröhlichkeit hätte teilen können …

Er lächelte, als ihm Onkel Pelno einfiel. Was hätte der wohl gesagt, wenn ihm zu Ohren gekommen wäre, daß Damlo in der Lage war, mit Ortsgeistern zu sprechen? Und daß jedes Zweiglein und jedes Blatt einen Funken Leben besaß, und daß er, Damlo, diese Funken sehen konnte, sobald sie sich zusammenschlossen und in der Luft umherwirbelten? Und wenn er dem Onkel erzählt hätte, daß diese Geisterchen es liebten, miteinander zu tanzen? Daß sie sich köstlich vergnügten, wenn sie ihre kleinen Scherze trieben? Der Junge sah die ablehnende, ärgerliche Ungläubigkeit auf dem Gesicht seines Onkels fast greifbar vor sich. Und doch hätte er die Wahrheit gesagt!

Er wußte nicht, woher diese besondere Fähigkeit stammte, die er besaß, dennoch war ihm klar, daß sie nicht von Dauer sein würde. Es gab eben gewisse Dinge, die er über sich selbst nicht wußte, so hatten ihm die Ortsgeister erklärt – und das verhielt sich aus dem einfachen Grund so, daß die Zeit, alles zu erfahren, noch nicht gekommen war.

Eines hatte er jedoch begriffen: All das stand in einem gewissen Zusammenhang mit den schrecklichen Krämpfen, an denen er seit seiner Kindheit litt. Mit ihnen und mit diesem entsetzlichen Wüten, das in seinem Körper tobte, wenn der Anfall losbrach. Das war etwas so Wildes und Zerstörerisches, daß es bislang alle anderen Kinder, die mit Haaren wie den seinen geboren worden waren, umgebracht hatte.

Er fuhr sich mit den Fingern durch den Schopf. Wie er sie verabscheute, diese Haare – diesen dichten Helm in der Farbe dunkler, fast erloschener Glut! Das Rot war so ungewöhnlich, daß es in seinem Heimatort hieß, es brächte Unglück. So gingen die Leute Damlo aus dem Weg und nannten ihn den *Roten* … und manchmal auch *roten Hasenfuß*, aber das riefen ihm nur die Schulkameraden hinterher.

Eine Sekunde lang sah er vor seinem geistigen Auge das Gasthaus, in dem er groß geworden war. Doch sogleich schob er das Bild zur Seite: Er hatte Wachdienst! tadelte er sich. Das Leben seiner Freunde hing von ihm und von seiner nicht nachlassenden Aufmerksamkeit ab!

Er setzte eine wild entschlossene Miene auf und legte die Hand an den Korb des langen roten Stachels, den er wie einen Degen an der Seite trug; er war sein kostbarster Besitz. Sein einziger, um genau zu sein, dessen Wert jedoch außer Frage stand, denn es handelte sich dabei um den Stachel eines Drachen. Vermutlich hatte er Kaxalandrill gehört, der roten Drachin, die, so sagte es die Legende, dereinst Waelton gegründet hatte.

Es stimmte zwar, daß die Drachen, wie Irgenas bei jeder Gelegenheit betonte, seit Tausenden von Jahren ausgestorben waren. Doch es stimmte auch, daß gelegentlich Überreste von ihnen gefunden wurden – genauso wie es sich mit den Knochen anderer Lebewesen verhielt, die in der Vergangenheit gelebt hatten. Und Damlo hatte den Stachel auf dem trockenen Boden einer Höhle entdeckt, nicht weit von zu Hause entfernt. Genau in jener Gegend, in der nach der Legende Kaxalandrill und ihr Gelieber Maspo Gemmalampo für immer beieinander ruhten.

Beim Auffinden des Stachels hatte der Junge selbstverständlich noch nichts von dessen Natur geahnt. Er hatte ihn einfach aufgehoben und, da er sehr hübsch war, beschlossen, ihn zu seinem »Zauberdegen« zu machen. Mit dem allen Waeltonern eigenen handwerklichen Geschick hatte er dem Degen einen kunstvollen Korbgriff aus Horn geschnitzt und eine Scheide angefertigt. Erst in der Folge und zu seiner allergrößten Überraschung hatte sich der Stachel tatsächlich als magischer Gegenstand herausgestellt – nach der Legende ebenso mit Zauberkraft erfüllt wie alle Überreste von Drachen.

Doch seine Magie zeigte sich nicht immer; obwohl er manchmal mit der Schärfe eines Rasiermessers alles durchschnitt, was sich ihm in den Weg stellte, war er bei anderen Gelegenheiten nicht einmal fähig, ein Hölzchen zu ritzen. Den Grund dafür kannte Damlo nicht, und ganz gewiß sah er darin keine Ursache zur Klage: Tatsächlich hatte ihm dieser Stachel bereits das Leben gerettet – und was wollte man von einer Waffe mehr?

Damlo spielte zwanglos mit den Zügeln herum und überließ es mehr oder weniger Seiner Majestät, sich einen Weg durch das Dunkel zu suchen. Alle paar Stunden hielt der Junge den Wagen an, um dem Pferd eine Rast zu gönnen, und jedesmal, wenn er das tat, öffneten die Zwerge kurz die Augen, um sich zu versichern, daß es keine Schwierigkeiten gab. Dann drehten sie sich auf die andere Seite und schliefen auf der Stelle höchst zufrieden wieder ein. Was bei Damlo mit der Zeit beträchtlichen Neid erweckte.

Nicht, daß der Junge müde gewesen wäre – oder, besser, er war es sehr wohl, und wie! –, aber er konnte problemlos dagegen ankämpfen. Doch das Wachehalten erwies sich allmählich als eine ganz andere Sache, als seine geliebten Legenden glauben machten: Weit entfernt, ereignisreich und abenteuerlich zu sein, war es ungefähr so spannend wie das Polieren von Tante Neilas Kupferpfannen!

Und so nahm der Junge, als die Zwerge ihren Schlummer endgültig beendeten, ihre Rückkehr aus der Welt der Träume mit Erleichterung und Freude auf.

Der Wagen wurde angehalten, alle stiegen ab, um sich die Beine zu vertreten, und Damlo entfernte sich ein Stückchen, um sich zu erleichtern. Natürlich getraute er sich nicht, tief in den Wald hineinzugehen, aber er war so froh und zufrieden, daß er kein einziges Mal an die Möglichkeit dachte, in der Dunkelheit könnte irgendeine Gefahr lauern.

Er hatte große Lust zu plaudern, aber noch mehr wünschte er sich, endlich die Legende zu hören, die ihm Irgenas versprochen hatte. Auch der Prinz mußte sich daran erinnert haben, denn kaum waren alle wieder aufgestiegen und Majestät flott in Bewegung gesetzt, vertraute Irgenas die Zügel Clevas an und wandte sich Damlo zu.

»Nun gut, mein junger Freund, bereite dich darauf vor zu

erfahren, was es mit Britelvorill, dem letzten weißen Drachen, auf sich hat.«

»Ich bin schon längst bereit!«

»Bei Britelvorill also handelte es sich um ein riesiges Monster, dessen Körper so lang und schmal war wie der einer riesigen Schlange. Er war ein alter Drache und daher sehr mächtig. Die Geschichte beginnt mit seiner Ankunft im Palast vor etwa dreitausend Jahren, als Bralinas Scintillascia auf dem Steinernen Thron saß und die Cuorsaldo nur eine bei Hofe gern gesehene Familie waren.

Niemand hat je erfahren, woher der Drache kam und wohin er wollte. Tatsache ist, daß er unseren Berg gerade in dem Augenblick überflog, als eine Ladung Harnische herausgebracht wurde, die für Tresin bestimmt war.

Nun mußt du wissen, Damlo, daß der Hauch der weißen Drachen von solcher Eiseskälte ist, daß er selbst Granit gefrieren läßt, falls dieser nicht zu dick ist. Aus diesem Grunde sorgen wir dafür, daß die Portale unserer unterirdischen Werkstätten und Domizile geradezu unsichtbar werden, sobald sie geschlossen sind. Außerdem werden sie von einem uralten Zauber geschützt, eben um zu verhindern, daß Drachen sie entdecken.

Jedenfalls standen an jenem Tag die Tore weit offen, und Britelvorill schnaubte, was alle draußen anwesenden Zwerge zu Eisstatuen erstarren und die Tore so tief gefrieren ließ, daß sie beim ersten Brüllen des Drachen in tausend Stücke zersprangen. Britelvorill legte die Flügel dicht an den Körper an und kroch in den Berg.

Viele Monate lang lebte er in unseren unterirdischen Gängen, zerstörte alles, was ihm unterkam und verschlang jeden, der sich in seine Reichweite wagte. Jedesmal, wenn er einen Schutzzauber überwand und ein neues inneres Tor entdeckte oder ein Geräusch hinter einer Wand vernahm, schnaubte er und zerstörte das Hindernis.

Zuletzt hatten bei dem Versuch, Britelvorill zu töten, fast alle unsere besten Krieger den Tod gefunden. Unter ihnen auch viele Cuorsaldo. Von der Herrscherfamilie lebte nur noch König Bralinas, ein überragender Kämpfer. Er hatte an allen Angriffen auf den Drachen teilgenommen und war nie auch nur einen Schritt zurückgewichen. Er war ein so außergewöhnlicher Krieger, daß selbst Britelvorill angefangen hatte, ihn zu bewundern. Jedesmal, wenn er bei einem Rückzug der wieder einmal geschlagenen Zwerge den König noch unter den Lebenden sah, erwies er ihm die Ehre. Das Monster schnaubte jetzt nur noch, wenn es um die Beseitigung eines Hindernisses ging, denn es machte ihm mehr Spaß, seine Opfer mit den Reißzähnen zu töten – oder, noch schlimmer, sie lebendig zu verschlingen. Doch selbst wenn Britelvorill das Schnauben eingestellt hatte, es war doch stets ein ungleicher Kampf, denn es ist zwecklos, einen erwachsenen Drachen mit irgendeiner Waffe anzugreifen, weil er von dieser nicht verletzbar ist. Nur eine Zauberklinge kann ihn treffen, und auch sie muß es erst mit seinen riesigen, steinharten Schuppen aufnehmen.

Glücklicherweise waren solche Waffen zur damaligen Zeit nicht allzu selten. Die königliche Schatzkammer durfte sich rühmen, ihrer vier zu besitzen: die Axt des Bralinas, zwei Lanzen und ein Schwert. Unsere Krieger konnten sich dem Drachen demnach jedesmal nur zu viert entgegenstellen, und das taten sie vorzugsweise in den engsten Gängen, dort, wo der Gegner keine Möglichkeit zum Ausweichen hatte.

Ich will gar nicht anfangen, dir von den unzähligen heldenhaften Gesten jener zu berichten, die sich etwa beim Tod eines Kameraden in den Rachen des Monsters stürzten, um wenigstens die Waffe zu bergen und den Kampf anstelle des Getöteten fortzusetzen. Das alles wurde genauestens aufgezeichnet, und du kannst alles nachlesen, wenn du uns in unseren Bergen besuchen kommst.

Tatsache ist, daß im Laufe eines ganzen Jahres der Drache

nur leichte Verletzungen erlitten hatte und zwei der Zauberwaffen nicht mehr zu gebrauchen waren. Das Schwert war zerbrochen und die Spitze einer Lanze zwischen zwei Schuppen stecken geblieben; Britelvorill hatte sie herausziehen und seinen Schätzen hinzufügen können. Also hatte man die Angriffe eingestellt, und mein Volk lebte in den wenigen Gängen, die noch als sicher galten. Die Leute waren so verängstigt, daß sie sogar gelernt hatten, keinen Lärm zu machen.

Schließlich entschloß sich Bralinas Scintillascia eines Tages, seinen Stolz zu überwinden und um Hilfe zu bitten. In einem waghalsigen Unternehmen, das in alle unsere Legenden Eingang gefunden hat, gelang es Thundras Cuorsaldo – zu dessen Gedenken mein Vater seinen Namen erhielt –, die Wachsamkeit des Drachen zu umgehen und das Innere des Berges zu verlassen. Bralinas' Stolz war noch nicht so weit gesunken, daß er Hilfe bei den Elfen suchte, und daher hatte Thundras den Turm von Belsin zum Ziel. Es gab ihn schon damals seit langer Zeit, und er war weltweit der berühmteste Ort des Wissens, sowohl was die Magie als auch was alle anderen Kenntnisse betraf. Ich weiß nicht, wer damals Magiarch gewesen sein mag, aber sein Rat machte dem Ruhm des Weißen Turmes alle Ehre; und als Thundras nach der Wiederholung des Wagnisses, das ihm erlaubt hatte, den Palast zu verlassen, dorthin zurückkehrte, brachte er eine Lanze mit, deren Spitze aus einem Drachenzahn bestand.«

»Gegen diese Bestien«, schaltete sich Clevas ein, »gibt es einfach keine andere Zauberwaffe, die sich mit ihren eigenen Reißzähnen messen kann, denn in allen Körperteilen eines Drachen bleibt ein wenig seiner Zauberkraft erhalten, auch wenn sie längst von dem Tier getrennt wurden. Selbst wenn es mittlerweile tot ist. Falls es hingegen noch lebt, ist die Restmagie ganz besonders stark, und die Reißzähne gehören zu jenen Körperteilen, die am meisten davon enthalten und bewahren.«

»Genau das wollte ich auch gerade sagen«, riß Irgenas das

Wort wieder an sich und bedachte den Freund mit einem scheelen Blick. »Der Magiarch des Turmes von Belsin besaß damals einen solchen Zahn, der mit starken Zauberkräften ausgestattet war. Er war so gerade wie ein Degen und über drei Fuß lang …«

»Drei Fuß!« rief Damlo.

»Ganz recht. An einem Ende war er rund und über vier Zoll dick; deshalb erklärte ich dir auch, daß dein Stachel einfach kein Drachenzahn sein kann. Und im übrigen kannst du denjenigen, den wir transportieren, mit eigenen Augen sehen, sobald wir bei Ailaram angekommen sind.«

»Ich kann es gar nicht erwarten!«

»Also, um auf die Geschichte zurückzukommen: Thundras hatte den Zahn aus Belsin an einem Eschenschaft montiert und ihn so in eine tödliche Lanze verwandelt, die er König Bralinas überbrachte. Der Magiarch hatte ihm versichert, daß der Zahn selbst die dicksten Schuppen mit Leichtigkeit durchdringen könne, denn auch Drachen kämpften untereinander, und aus diesem Grunde verfügten ihre Zähne über eine solche Kraft.

Und so konnte endlich die Abrechnung ins Auge gefaßt werden. König Bralinas zeigte seine ganze Verwegenheit, indem er allein und unbewaffnet zum Drachen ging. Der Zeitpunkt war gekommen, erklärte er der Bestie, den Streifzügen in seinem Palast ein Ende zu setzen. Britelvorill hatte ein Jahr lang seinen Spaß gehabt – und das war mehr als genug. Jetzt mußte er verschwinden oder sich dem König und seinen Kriegern stellen – und zwar nicht mehr nur jeweils einer kleinen Zahl und in engen Gängen, sondern allen zusammen im Thronsaal, wohin einzudringen es der Drache noch nicht geschafft hatte.

Wie ich schon sagte, Britelvorill schätzte König Bralinas sehr, und sein Mut gefiel ihm. Deshalb ließ er ihn am Leben. Selbstverständlich, so gab der Drache zur Antwort, hätte er nicht die leiseste Absicht, dieses bequeme Nest zu verlassen.

Und daher wäre es ihm ein Vergnügen, dem König und so vielen Kriegern, wie dieser haben wollte, im Thronsaal gegenüberzutreten. Und als Lohn dafür, daß er ihm auf diese Weise den Zugang zum Saal – nach dem er schon lange gesucht hatte – zeigte, versprach er, während des Kampfes nicht zu schnauben.

Am darauffolgenden Tag versammelten sich alle verbliebenen Krieger zur vereinbarten Stunde im Thronsaal. Doch statt sich zu einer einzigen Front aufzustellen, verteilten sie sich im ganzen Raum. Jene, gegen die sich der Drache zuallererst wenden würde, waren fast sicher dem Tode geweiht. Die anderen hingegen würden das Monster einkreisen und versuchen können, es zu verwunden, während die tödlichen Reißzähne anderswo beschäftigt waren. Du mußt wissen, Damlo, daß der Saal, in dem der Steinerne Thron steht, ein Kunstwerk ist, das auf der Welt seinesgleichen sucht: Er ist so groß, daß fast fünftausend Zwerge darin Platz finden, dennoch trägt sich das Gewölbe selbst und benötigt keine stützenden Säulen. An jenem Tag jedoch standen sehr viele darin. Falsche Säulen. Man hatte sie einzig zu dem Zweck aufgestellt, die Aufmerksamkeit des Drachen von der einzigen abzulenken, die tatsächlich von Bedeutung war: von jener nämlich, unter der Bralinas Scintillascia Britelvorill erwartete. Und auf deren oberem Ende versteckte sich Thundras Cuorsaldo, bewaffnet mit dem Drachenzahn. Der Plan sah vor, daß Bralinas das Monster herausfordern und so lange dicht an der Säule hinhalten sollte, bis mein Vorfahr Gelegenheit bekam, ihm auf den Rücken zu springen und ihm die Lanze in eine der verwundbarsten Körperstellen zu rammen. Es war natürlich ein aus der Verzweiflung geborener Plan, doch die Lage war damals eben schon so hoffnungslos. Sollte Thundras versagen, würde sich ein anderer der Lanze bemächtigen und versuchen, den Drachen auf herkömmlichere Art zu töten.

Der Plan ging nur zum Teil auf. Britelvorill stellte sich sofort gegen Bralinas, und die Kühnheit des Königs hielt ihn so lange auf, daß es Thundras tatsächlich gelang, sich auf den Rücken des Monsters fallen zu lassen. Doch genau diese Tugend des Königs vereitelte letzten Endes das Vorhaben. Tödlich verwundet, brachte Bralinas noch den Heldenmut auf, der Bestie seine Zauberaxt in die Fänge zu schleudern. Mit aller Kraft, über die er noch verfügte. Die Waffe schlug dem Drachen einen Reißzahn glatt ab und blieb genau in dem Augenblick in seinem Gaumen stecken, da sich mein Vorfahr auf seinen Rücken fallen ließ, wobei Thundras' ganzes Gewicht auf der Lanzenspitze lastete.

Drachen sind den Biß des Stahles nicht gewöhnt, und der plötzliche Schmerz der Verletzung war ein Schock für das Monster. Es machte eine heftige Seitwärtsbewegung, und so stieß der Drachenzahn meines Ahnherrn nicht in den Flügelansatz, wie es der Magiarch empfohlen hatte, sondern traf eine Rückenschuppe, spaltete sie mitten durch und drang Britelvorill in den Leib, ohne irgendein lebenswichtiges Organ zu berühren. Der Drache schien vor Schmerz verrückt zu werden, drehte sich wie tobsüchtig um sich selbst, schnaubte Eiseskälte und fegte mit seinem langen schuppigen Schwanz wild über den Boden des Thronsaales. Alle Krieger, die sich in seiner Nähe befanden, kamen ums Leben, und hätte es sich um echte Säulen gehandelt, so wäre der ganze Thronsaal eingestürzt, denn das Monster riß sie alle um. Thundras Cuorsaldo überlebte nur deshalb, weil er sich an den Schaft der Lanze klammerte, der aus dem Rücken des Tieres ragte. Und je öfter sich die Bestie hin und her warf, desto mehr bewegte das Gewicht meines Ahnherrn die im Fleisch steckende Waffe, wodurch sich die Wunde schnell vergrößerte und den Schmerz noch verstärkte.

Schließlich gab Britelvorill auf und schlüpfte blitzschnell in den Gang zurück, durch den er gekommen war. Mein Vorfahr ließ die Lanze los und sprang zu Boden, wodurch er gerade noch verhinderte, gegen die Decke des Ganges geschleudert und zerschmettert zu werden. Und dann verschwand der weiße Drache und brachte mit seinem Brüllen ein letztes Mal das Innere unseres Berges zum Beben.«

»Und welches Ende hat er genommen?«

»Niemand hat ihn danach je zu Gesicht bekommen. Vermutlich starb er an irgendeinem versteckten Ort. Die Überlebenden berichteten, daß die niedrige Decke des Ganges den Schaft der Lanze nur zurückgebogen, nicht jedoch abgebrochen hatte, als sich der Drache darin verkroch. Ganz sicher hatte sich die Lanzenspitze in die entgegengesetzte Richtung bewegt und möglicherweise irgendein lebenswichtiges Organ verletzt. Tatsache bleibt, daß man seinen Kadaver nie gefunden hat und kein Wort mehr über ihn zu hören war.

In der Folge wurde Thundras Cuorsaldo König auf dem Steinernen Thron, der erste jenes Geschlechtes, dem anzugehören ich die Ehre habe. Und von da an sind diese Gegenstände Teile des königlichen Schatzes.«

»Und wie kommt es, daß dir der König erlaubt hat, sie wegzubringen?« fragte Damlo.

»Vor dreitausend Jahren wurde in einem Augenblick höchster Not ein Drachenzahn vom Turm zu Belsin in die Steinernen Berge geschickt. Ist es da verwunderlich, wenn heute, zu einem Zeitpunkt möglicherweise noch größerer Bedrängnis, ein anderer Zahn in umgekehrter Richtung reist?«

»Das Schwierigste war«, warf Clevas ein, »Seine Majestät, den König, davon zu überzeugen, daß Ailaram diese Gegenstände wirklich benötigt. Denn es gibt ja keinen Beweis dafür, daß der *Schatten* tatsächlich zurückgekehrt ist.«

»So ist es«, nickte Irgenas. »Doch sollte der Fürst der Finsternis wahrhaftig wieder erwacht sein – und verglichen mit dem, was uns bei unserer Abreise bekannt war, wissen wir heute einiges mehr –, werden der Zahn und die Schuppe bei der Feststellung seines Ersten Dieners unerläßlich sein.«

»Weil es Zauberdinge sind?«

»Ja. Jede Magie kann durch das Vorhandensein magischer Gegenstände verstärkt werden. Je mehr davon vorhanden sind, desto mehr vergrößert sich auch die Wirkung.«

»Und da er vor so langer Zeit einem uralten Drachen gehört hat«, schloß Clevas, »besitzt der Zahn des Britelvorill ungeheure Zauberkraft.«

»Uwaen erzählte mir, daß Ailaram ein Zauberer ist«, sagte Damlo nach kurzem Nachdenken.

»Genau so ist es«, antwortete Irgenas, »und er wird auch deinen Drachenstachel benötigen, falls du ihn ihm leihen willst.«

»Klar. Aber ich verstehe nicht, wieso es überhaupt einen Zauberer geben kann! Ihr selbst habt mir erzählt, daß die menschliche Magie schon vor vielen Jahrhunderten ausgelöscht und alle Bücher darüber verbrannt wurden.«

»Um ehrlich zu sein, ich habe in Belsin unzählige Bücher zu Gesicht bekommen«, bemerkte Irgenas.

»Was weiß ich«, sagte Clevas, »es ist viel Zeit vergangen, seit ich im Weißen Turm war, und damals gab es keine. Ich habe dir nur das weitergegeben, was ich von Prinz Rinelkind in Gothror gehört hatte. In der Zwischenzeit kann viel geschehen sein. Es gibt Fälle, in denen das, was gelöscht wurde, wieder entfacht werden kann – wenigstens zum Teil. Ich verstehe nichts von Magie, aber wenn du es richtig anstellst, dann, denke ich, wird dir Ailaram alles genau erklären. Dennoch hat mir Rinelkind versichert, daß der Gegenzauber des Magiarchen tatsächlich die menschliche Magie auf der ganzen Welt zunichte gemacht hat. Es wird nie mehr Zauberer in jedem Ort geben, und nie mehr wird ein Mensch Zauberer werden können, ohne lange dafür zu studieren und tausend Hürden zu überwinden. Doch selbst unter diesen Voraussetzungen wird den einstigen Zauberern niemand gleichkommen können, was die magischen Kräfte betrifft, weil die heutigen Menschen ohne jede Begabung für die Magie geboren werden.« Plötzlich schien dem

Zwerg etwas durch den Kopf zu gehen, und er verstummte unvermittelt, wobei er Damlo einen schnellen Seitenblick zuwarf.

»Also mußte auch Ailaram lange studieren?« fragte der Junge, dem Clevas' jähes Innehalten nicht aufgefallen war.

»Sehr lange. Als ich ihn kennenlernte, war er schon alt und verbrachte trotzdem mindestens fünfzehn Stunden täglich mit Schreiben, Studieren, Experimentieren und damit, sich den Kopf zu zerbrechen, um das, was einst verlorenging, neu zu entdecken. Jeden Tag des Jahres, ohne Ruhepause. Er aß wenig, schlief noch weniger, und wenn er nicht zusammen mit Kudron studierte, verbrachten die beiden die Zeit damit, über alles zu sprechen, was mit Magie zusammenhing.«

»Wer ist Kudron?«

»Sein bester Freund. Ich habe nie jemanden kennengelernt, der so wißbegierig und dermaßen dem Studium ergeben war wie die beiden. Ich könnte nicht sagen, wer von ihnen der Klügere wäre, aber ich entsinne mich, daß sie mich beide unerhört beeindruckten.«

»Also ist Ailaram nicht der einzige Zauberer, den es gibt?« erkundigte sich Damlo.

»Nein, ganz sicher nicht. Es gibt viele, aber keinen, der so erfahren und mächtig wäre wie die beiden. Soviel ich weiß, besteht nur für den Lieblingsschüler des Ailaram eine gewisse Hoffnung, in seinen Fähigkeiten an die beiden heranzukommen. Er heißt Pheron.«

»Aber warum sind ihre Zauberkräfte nicht am Ende alle gleich stark? Du hast gerade gesagt, daß keinem das Talent zum Magier mehr in die Wiege gelegt wird!«

Clevas sah ihn mit einem seltsamen Blick an, überlegte ein Weilchen und sagte dann: »Ich habe dir nur das weitergegeben, was ich in meinen fast zweihundertundsiebzig Lebensjahren erfahren konnte. Aber ich bin bloß ein alter Zwerg, und obwohl ich viel darüber weiß, könnte ich mich bei gewissen Dingen auch irren.«

»Aber doch gewiß nur bei ganz nebensächlichen, nicht wahr?« zog ihn Irgenas auf.

»Ganz recht, junger Spund, ganz recht! Jedenfalls finden sich im Turm zu Belsin noch andere Talente, die aus einem Zauberer einen guten Zauberer machen: Klugheit und Beharrlichkeit, fürs erste; außerdem Willenskraft, die Bereitschaft, Opfer zu bringen, und weitere Voraussetzungen, die der Magiarch dir bestimmt besser erklären kann als ich.«

»Aber wenn ich dir einen guten Rat geben darf«, bemerkte Irgenas an Damlo gewandt, »dann erkundige dich bei Ailaram nicht nach Kudron.«

»Warum?«

»Vor etwa sechzig Jahren hatten die beiden einen Streit. Wegen irgendeiner Kleinigkeit, glaube ich. Jedenfalls verließ Kudron daraufhin den Weißen Turm. Ailaram hat furchtbar darunter gelitten, denn er betrachtete Kudron als seinen Bruder, und es vergeht keine Stunde, in der er ihm nicht nachtrauert. Er hat immer gehofft, ihn eines Tages zurückkehren zu sehen, und als diese Sache jetzt ihren Anfang nahm, sandte er Männer in die ganze Welt hinaus, die ihn finden und um seine Mithilfe bitten sollten.«

»Und er hat abgelehnt?«

»Zu dem Zeitpunkt, als ich Belsin verließ, war er noch nicht gefunden worden. Ailaram hat nicht viele Verbündete – und die Welt ist groß. Sicher würden sich die Dinge zum Besseren wenden, wenn es gelänge, ihn aufzuspüren und zur Mithilfe zu bewegen: Auch ohne den Drachenzahn könnten er und Ailaram gemeinsam Licht ins Dunkel bringen.«

»Vielleicht kommt er erst im letzten Augenblick, und alles findet ein gutes Ende!«

»Du hast zu viele Märchen gelesen, Junge«, lachte Clevas. »So geht es im wirklichen Leben nicht zu!«

Unter Scherzen und fröhlichem Geplauder wurde die Reise fortgesetzt, bis der Morgen schließlich graute.

Die Luft war so klar, daß man die Ausläufer des Zentralmassivs, gute neunzig Meilen weiter östlich, erkennen konnte. Richtung Westen dehnte sich, so weit das Auge reichte, das Flachland aus, und im Süden lagen die Hügel vor ihnen, die zwar nie höher als fünfhundert Fuß waren, sich allmählich aber als immer steiler und beschwerlicher erwiesen. Als sie erreicht waren, mühte sich der Wagen den ganzen Tag lang über die unaufhörlichen Windungen der Straße.

Sie erblickten den Raben am späten Nachmittag. Damlo war es, der ihn als erster bemerkte: ein schwarzes Pünktchen am Himmel, das in schnurgerader Linie von Norden her rasch näher kam. Es gab zahlreiche andere Vögel da oben: Sperlinge, die blitzschnell von einem Ast zum anderen flogen oder sich schwirrend in die Luft hoben; Schwalben – die ersten, die Damlo in diesem Jahr zu Gesicht bekam, und die sich im Sturzflug fallen ließen; Eichelhäher, die im leichten Auf und Ab dicht über den Halmen von einem Wäldchen zum nächsten flogen. Es gab sogar andere Raben, die weit entfernt über irgendeiner Stelle kreisten. Aber dieser hier war anders: Vor allem fiel auf, daß er im Unterschied zu seinen Brüdern nicht auf der Suche nach Futter war – und ebenso, daß sich die anderen Vögel niederließen oder sich sonstwie aus seiner Flugbahn entfernten, sobald er näher kam.

»Ich habe noch nie einen Raben so fliegen sehen«, bemerkte der Junge.

»Ich auch nicht«, nickte Irgenas, nachdem er hinter sich geblickt und den Flug des Vogels eine Minute lang verfolgt hatte. »Und es gefällt mir ganz und gar nicht. Er scheint ein ganz bestimmtes Ziel zu haben, fast wie eine Brieftaube. Aber Raben sind für eine solche Aufgabe ungeeignet.«

Ein Weilchen beobachteten sie ihn alle drei. Der Vogel schlug regelmäßig und kraftvoll mit den Flügeln und schien sich überhaupt nicht um das Terrain zu kümmern, das unter ihm lag. In tausend Fuß Höhe flog er über den Wagen mit den drei Reisenden hinweg.

»Er erinnert wirklich an eine Brieftaube«, sinnierte Clevas.

»Ich hab euch doch gesagt, daß der Schwarze Degen in Waelton so ein Tier bei sich hatte! Mein Vetter Trano …«

»Ich erinnere mich, ich erinnere mich! Aber ich habe so etwas noch nie gesehen und hielt es nicht für möglich.«

Plötzlich stieß aus der Richtung, in der die Sonne stand, ein mächtiger Falke auf den Raben herab; der Falke kam aus großer Höhe und schoß wie ein Stein mit angelegten Flügeln auf den Raben zu.

»Damit erledigt sich das Problem«, bemerkte Irgenas.

Doch er irrte sich. Der Rabe machte keine Anstalten, dem Falken zu entkommen, und er stellte sich auch keinem Kampf. Als der Raubvogel schon dicht über ihm war, drehte er ihm einfach den Kopf zu und stieß einen Schrei aus – einen einzigen Schrei, heiser und mißtönend, jedoch durchdrungen von einer solchen Tücke, daß selbst Majestät zusammenzuckte und den Kopf hob.

Der Falke war zur Seite gefegt, als hätte er einen Hieb erhalten. Er schlug einen Haken und fiel blind etwa hundert Fuß senkrecht nach unten, ehe er sich gerade noch rechtzeitig fing, um nicht auf dem Boden aufzuschlagen. Dann ließ er sich unsicher auf dem Ast eines nahen Baumes nieder.

Der Rabe war keine Handbreit von seiner Flugbahn abgewichen und flog schnurgerade weiter, bis er am Horizont verschwand.

»Ob er wohl uns gesucht hat?« fragte Damlo.

»Das glaube ich nicht«, antwortete Irgenas, »sonst wäre er sicher näher gekommen, um uns zu überprüfen.«

»Aber er kam genau auf uns zu.«

»Es erscheint mir schon unmöglich, daß er eine Botschaft überbringen könnte«, rief Clevas aus, »und ich weigere mich schlichtweg zu glauben, daß man einen Raben dazu abrichten kann, jemand Bestimmten zu suchen! Auch meine ich, daß es nicht irgendwelche Raben sind, die uns Sorgen machen müssen: In dieser Minute wissen die Schwarzen Degen bereits, daß wir noch am Leben sind, und daher könnten sie mit diesem fliegenden Ungeheuer, von dem der Alte auf dem Bauernhof vor Drassol erzählte, auf die Suche nach uns gehen!«

»Aber Vinathes hat versprochen, unsere Abreise geheimzuhalten!« wandte Damlo ein.

»Sei doch nicht einfältig, Junge«, sagte Irgenas. »Mindestens zwanzig Wachsoldaten sahen zu, als wir im Palast eintrafen. Dazu kommen noch die Lanzenreiter, die uns aus dem Kerker geholt haben. Das Äußerste, worauf wir hoffen können, wäre, daß die Sache eine Zeit braucht, um durchzusickern, aber nicht, daß sie geheim bleibt!«

»Was bedeutet, daß wir von nun an nur mehr bei Nacht reisen«, fügte Clevas hinzu.

Sie fielen in Schweigen, jeder der drei war in seine eigenen Gedanken versunken. Bei den Worten des Alten hatte Damlo instinktiv nach oben geblickt, und obwohl der Himmel nun vollständig leer war, wollte sich das Gefühl echter Beruhigung einfach nicht einstellen.

Bei der Entscheidung, die Reise mit den Freunden fortzusetzen, hatte er natürlich die Existenz dieser Schwarzen Degen berücksichtigt, das war klar. Aber rückblickend fragte er sich nun, ob er das Risiko dabei wirklich in seinem ganzen Ausmaß eingeschätzt hatte. Zwar war ihm die Gefahr, die von diesen unheimlichen schwarzen Gestalten ausging, bewußt gewesen, doch hatte er vielleicht zu wenig darüber nachgedacht, wer sich hinter ihnen verbarg. Und jetzt fühlte er sich plötzlich, als hätte er einen Stein in der Brust.

»Wer ist der Herr der Angst?« fragte er.

»Richtig würde die Frage lauten: ›was?‹ und nicht: ›wer‹«, entgegnete Clevas. »Kennst du den Ausdruck ›Entität‹?«

»Ja.«

»Also: Der *Schatten* ist eine Entität, ein Etwas und keine Person. Er existiert seit ewigen Zeiten und wird bis in alle Ewigkeit existieren.«

»Dann ist er aber unbesiegbar!«

»Man kann ihn nicht zerstören, aber besiegen kann man ihn schon. Das wurde auch schon getan.«

»Aber wenn man ihn nicht zerstören kann?«

»Man kann seinen Ersten Diener töten. Denn obwohl der Fürst der Finsternis in unserer Welt gegenwärtig ist, gehört er ihr in Wahrheit nicht an.«

»Das verstehe ich nicht.«

»Sagen wir, er existiert *anderswo* und agiert hier mit einem geringfügigen Teil seines Wesens. Stell dir vor, du würdest nur die Finger einer Hand ins Wasser tauchen – und denk dir, da wäre ein Fisch: Er würde von dir nichts als ein paar rosa Stöckchen sehen, die nicht einmal miteinander verbunden sind. Und so verhält es sich auch mit dem *Schatten* – und wir sind die Fische. Unter gewöhnlichen Umständen gibt es den Fürsten der Finsternis fast überall, aber eben nur mit seinen Fingerspitzen; er kann nicht ganz im Wasser untertauchen. Gelegentlich jedoch gelingt es ihm, mit einem ganzen Arm in die Welt einzudringen, wenn du verstehst, was ich meine. Um das zu bewerkstelligen, braucht er allerdings jemanden, der zu seinem Arm wird, denn er selbst besteht aus keinerlei Materie und kann ausschließlich über einen Vermittler in dieser Welt handeln.«

»Den Ersten Diener!«

»Genau. Aber dazu kann er nicht jeden nehmen. Zuerst einmal kann der *Schatten* jemanden nur vereinnahmen, wenn er von diesem akzeptiert wird. Und sobald der Erste Diener einmal erwählt ist, sind es dessen Fähigkeiten und seine Art, die Dinge zu verstehen und in die Wege zu leiten, die den Handlungen und der Macht des *Schattens* auf Erden Grenzen setzen.«

»Das heißt, wenn er sich einen Idioten aussucht, wird er nichts zustande bringen!« platzte Damlo lachend heraus.

»Da gibt es nichts zu lachen«, entgegnete Irgenas in scharfem Tonfall, »denn der *Schatten* sucht sich immer die Besten aus! Beim letzten Mal war es Ghaznev, der Magiarch des Turmes von Gothror, und sowohl die Streitmacht der Zwerge als auch jene der Elfen und alle Zauberer sämtlicher Magiertürme waren vonnöten, um ihm eine Niederlage zu bereiten!«

»Sieh mal, Damlo«, fuhr Clevas fort, »es stimmt zwar, daß der *Schatten* durch die Fähigkeiten des Ersten Dieners eingeschränkt wird, aber es stimmt auch, daß er dessen Entwicklungsmöglichkeiten bis zum Äußersten ausbauen kann. Der Fürst der Finsternis ist in der Lage, eine immense Macht zu verleihen, und das ist auch der Grund, weshalb er stets jemanden findet, der ihm das Herz öffnet und seine Präsenz in sich aufnimmt.«

»Und wenn Ailaram auch mit dem Drachenzahn kein Glück hat und nicht herausfindet, wer der Erste Diener ist?«

»Sag so etwas nicht mal im Spaß!«

»Warum?«

»Weil es keine andere Möglichkeit gibt, dem Fürst der Finsternis Einhalt zu gebieten!«

Damlo verstummte und schwieg lange. Auf der einen Seite Ailaram, vielleicht zusammen mit Kudron, auf der anderen der Erste Diener des *Schattens.* Und er, Damlo, mittendrin. Ohne Erfahrung. Ohne Wissen. Nur mit seiner Furcht. In was für einen Wald von Nesseln hatte er sich da hineingeritten?

Wieder einmal fuhren sie die Nacht durch, und im Morgengrauen hielten sie den Wagen nicht weit entfernt von der Straße an. Sie versteckten ihn in einem kleinen Buchenwäldchen und bedeckten ihn mit Laubwerk und toten Ästen, so daß er auch von oben nicht zu erkennen war. Dann legten sich die Zwerge aufs Ohr. Damlo, der bis zu diesem Zeitpunkt mehr Schlaf bekommen hatte als sie, übernahm die erste Wache.

Der Junge gürtete seinen Stacheldegen und lud eine Armbrust, dann entfernte er sich vom Wagen und suchte sich ein bequemes Plätzchen, um sich hinzusetzen. Obwohl sich die Zweifel vom Vortag nicht verflüchtigt hatten, waren sie in gewisser Weise doch besänftigt. Und nun hatte Damlo nichts anderes im Sinn, als einen guten Platz für seine Wache zu finden. Er schlenderte ein wenig herum … wie ein Hündchen auf der Suche nach der angenehmsten Stelle fürs Zusammenrollen, und ließ sich schließlich fünfzehn Schritt vom Wagen entfernt unter einer Buche nieder.

Der Tag versprach prachtvoll zu werden, und rundum wollte alles schier platzen vor Frühlingskraft. Damlo blieb lange sitzen und betrachtete Bäume und Sträucher. Das helle Grün der jungen Blätter schien vor Lebensfreude zu jubilieren, und der Junge fühlte sich ganz eins mit ihnen – ein angenehmer Zustand.

Nach der ersten Stunde, die in tiefer Ruhe verlief, machte er sich nach den hiesigen Ortsgeistern auf die Suche. Doch sie wollten sich nicht zeigen, und Damlo wußte nicht, wie er sie rufen sollte, falls das überhaupt möglich war.

So griff er nach der geladenen Armbrust und vertrieb sich die Zeit damit, hierhin und dorthin zu zielen. Doch nur ein, zwei Minuten lang, dann erschien ihm das Ganze ein bißchen zu lebensecht für ein Spiel. Er legte die Armbrust neben sich auf den Boden und zog den Stacheldegen aus der Scheide. Er versuchte, sich einen Kampf gegen die Orks vorzustellen, doch die plötzliche Erinnerung an den echten Orkpfeil, den sie vor ihrem Eintreffen in Drassol unterwegs im Wald gefunden hatten, vertrieb ihm gründlich die Lust. Er seufzte.

Dann stand er auf und machte einen Kontrollgang um das Fuhrwerk. Danach drehte er eine Runde, um die schönsten

Bäume zu grüßen, indem er ihnen die Handflächen an die Rinde legte.

Schließlich mußte er sich eingestehen, daß ihm schrecklich langweilig war. Und im selben Augenblick wurde ihm bewußt, daß er sich seit etlichen Tagen nicht mehr in seinen üblichen Phantasien verlor. Was wohl der Grund dafür war …? Jedenfalls wußte Damlo eines genau: noch vor zwei Wochen hätte er sich unter den gleichen Gegebenheiten schon mitten in einer großartigen Schlacht befunden. Gegen Tausende von Feinden natürlich und, wie immer, in der Rolle von Brabantis – also in jener des berühmtesten Orkjägers, der je gelebt hatte, der heldenhaften Hauptfigur aus Damlos Lieblingssage.

»Ber-Intaal!« stieß er innerlich den wohlbekannten Schrei aus – und ganz leise, um die Freunde nicht zu wecken.

Es war der Name des Dorfes, in dem die Orks die ganze Familie von Brabantis massakriert hatten; ein Name, den der Held in der Folge als Schlachtruf gewählt hatte. Die Legende war viel zu alt, als daß Brabantis noch hätte am Leben sein können, aber man konnte jede Wette darauf eingehen, daß selbst heute noch jedem Ork die Beine zitterten, wenn dieser Ruf durch den Wald hallte.

Tja, noch vor wenigen Tagen hätte er, Damlo, jetzt in seinem Spiel den Helden Brabantis dargestellt und sich Tausende und Abertausende von Abenteuern ausgedacht. Heute hingegen nahm er an einem wirklichen Abenteuer teil, hatte sogar die Wache übernommen – und langweilte sich. Wie rasch sich die Dinge ändern, wenn man erwachsen wird …

Er seufzte wieder und blickte sich ein Weilchen aufmerksam um, auf der Suche nach Hinweisen auf arglistig lauernde Feinde. Doch dann entschied er, daß keine vorhanden waren, und ging zu Majestät, um sich des Gaules anzunehmen, der jedoch überhaupt kein Verlangen danach hatte. Also trat Damlo zum Wagen und legte ein paar trockene Farnwedel oben auf den Haufen, unter dem das Gefährt auch zuvor schon praktisch verschwunden war.

Der Junge seufzte zum x-ten Mal: mal ehrlich, das Wachehalten war keineswegs so spannend, wie es die alten Geschichten glauben machten!

Schließlich kam ihm in den Sinn, zu kontrollieren, ob das Fuhrwerk auch aus der Ferne wirklich nicht zu sehen war. Er entfernte sich ein Stück vom Rastplatz, überquerte die Straße und zog sich, nachdem er die Armbrust auf dem Boden abgelegt hatte, sieben oder acht Fuß am Stamm einer Birke hoch. Aus dieser Höhe – der eines Reiters zu Pferde – waren die Felge eines Rades und der Kopf von Majestät deutlich auszumachen. Zufrieden, nunmehr etwas zu tun zu haben, prägte sich Damlo die Stellen ein, die besser getarnt werden mußten, und schickte sich an, den Stamm entlang hinabzugleiten.

In diesem Augenblick hörte er das Trappeln von Hufen, das aus Norden näher kam, und sprang hastig vom Baum: Keine Möglichkeit, rechtzeitig zurück über die Straße zu kommen: Wer immer es war, er ritt im Galopp. Also griff Damlo rasch nach der Armbrust und warf sich in eine Bodenmulde unter einem dichten Gebüsch aus Stechpalmen. Von da aus konnte er zwar die Straße nicht sehen, aber doch hören, ob es sich tatsächlich nur um ein einzelnes Pferd handelte. Er schloß die Augen ganz fest und hoffte, der Reiter würde den Wagen nicht bemerken. Der Unbekannte näherte sich in voller Geschwindigkeit, zog wie ein Wirbelwind vorbei und setzte seinen Teufelsritt fort. Und dann, als Damlo schon einen Seufzer der Erleichterung ausgestoßen hatte, hielt er doch jäh sein Pferd an und kehrte um.

Die Spuren! dachte der Junge; nach dem Abfahren von der Straße haben wir vergessen, die Spuren zu verwischen! Der Reiter mußte Augen haben wie ein Luchs, um sie beim Vorbeigaloppieren wahrzunehmen! Dennoch – warum hatte er angehalten?

Jedenfalls konnte Damlo nicht mehr in seinem Versteck bleiben. Die Zwerge schliefen, und in diesem Augenblick hatte der Fremde den Wagen und den Kopf Seiner Majestät zweifellos schon gesehen. Die Armbrust im Anschlag und jedes Geräusch vermeidend, erhob sich der Junge langsam.

Nach und nach konnte er die Gestalt des Reiters durch das Blattwerk ausmachen. Still stand er auf der Straße, blickte zum Wagen und wandte Damlo den Rücken zu. Er hatte einen großen Bogen umgehängt und war in einen grauen Umhang gehüllt, aus dem die Scheide eines langen Degens hervorsah. Die Kapuze des Mantels hatte er zurückgeschlagen, und seine braunen Haare bedeckten die Ohren in Gestalt zweier weicher Wellen, die im Nacken zusammengefaßt waren. Sein prachtvoller Fuchshengst bebte schaumbedeckt, und am hinteren Ende des Sattels war eine Laute festgemacht.

»Uwaen!«

Der Halbelf zuckte zusammen. Er tat in einer trillernden, melodiösen Sprache einen Ausruf, und der Hengst reagierte, indem er seitwärts ausbrach.

»Du bist ja schon schlimmer als ein Straßenräuber, Damlo! Hast es geschafft, mich zu erschrecken! So, und würde es dir jetzt was ausmachen, mit diesem Ding anderswohin zu zielen?«

Leise in sich hineinlachend stieg Uwaen vom Pferd, und der Junge beeilte sich, die Armbrust zu entladen. Dann umarmten sich die beiden wie alte Freunde.

Aufgeweckt von den lauten Stimmen tauchten auch die Zwerge auf, und alle ließen sich neben dem Wagen im Gras nieder.

»Probleme«, erklärte der Halbelf. »Große Probleme. Ich hatte fast schon die Hoffnung aufgegeben, euch noch rechtzeitig einzuholen. Ohne Zurkin hätte ich es vermutlich nicht geschafft. Dieses Pferd ist erstaunlich.«

»Vinathes hat es dir geschenkt?« fragte Damlo.

»Wenn man's ganz genau nehmen will, dann war's nicht unbedingt ein Geschenk«, schmunzelte Uwaen. »Aber ich bin sicher: Hätte ich ihn darum gebeten, er wäre gern bereit gewesen, es mir zu überlassen. Nach eurer Abreise verbrachte ich fast die ganze Zeit in Gesellschaft des Königs. Er hat mir sogar eine Wohnung im Palast angeboten.«

»Erzähl uns von den Schwierigkeiten«, schnitt ihm Irgenas das Wort ab.

»Da gibt's nicht viel zu erzählen. Als ich in mein Zimmer zurückkehrte, um meine Sachen zu packen, bemerkte ich in der Taverne darunter einen Schwarzen Degen, wie Damlo ihn nennen würde.«

»Das Loch im Bodenbrett!« rief der Junge.

»Genau. Durch die Öffnung im Fußboden konnte ich den Mann in Schwarz sehen, der an einem Tisch etwas abseits von den anderen saß. Er schien auf jemanden zu warten, also beobachtete ich ihn weiter, bis sein Gast eintraf.«

»Vodars, der Taschendieb?« erkundigte sich Damlo.

»Das wäre zu schön gewesen! Leider war es der Ratsherr Krider, ganz vermummt, um nicht erkannt zu werden.«

»Verdammt!« rief Irgenas. »Das heißt, daß die Schwarzen Degen unmittelbaren Einfluß auf König Vinathes haben!«

»Allerdings«, nickte Uwaen. »Krider kam durch die Hintertür und hat während der Unterhaltung mit dem Schwarzen Degen ein regelrecht unterwürfiges Verhalten gezeigt. Am Ende bekam er von seinem Gegenüber ein rotes Päckchen überreicht.«

»Geld?« fragte Clevas.

»Nein. Der Ratsherr holte etwas heraus und stopfte es sich so hektisch in den Mund, als ginge es um sein Leben. Danach lehnte er sich an die Wand und blieb in dieser Stellung, ohne ein weiteres Wort zu sagen. Er sah aus, als hätte er eins über den Schädel gekriegt!«

»Eine Droge«, stellte Clevas fest.

»Sehr wahrscheinlich. Der Schwarze Degen gab ihm das Päckchen erst ganz am Ende des Gespräches und schenkte ihm von diesem Augenblick an keine Beachtung mehr. Er begann, etwas auf einem Blatt niederzuschreiben und verließ dann den Tisch.«

»Worüber haben sie gesprochen?« erkundigte sich Irgenas.

»Über euch. In dieser Spelunke waren viele Leute, und bei dem Lärm rundum konnte ich nicht alles verstehen. Aber sie sprachen von euch, von einem Hinterhalt und von Orks.« Seine Augen blitzten bei diesem letzten Wort. »Ich habe mich gefragt, ob ich euch warnen soll, mich dann aber entschlossen, nichts zu unternehmen. Erstens wußtet ihr, daß die Geheimhaltung rund um eure Abreise nicht lange funktionieren würde, und ich hatte auch keinen Zweifel, daß ihr im Hinblick darauf auf der Hut wart. Zweitens mußte euch jemand, der euch aus dem Hinterhalt überfallen wollte, erst einmal einholen und überholen – und eben deswegen würdet ihr die größte Wachsamkeit an den Tag legen. Und drittens hattet ihr vierundzwanzig Stunden Vorsprung bei flottem Tempo.«

»Und was hat dich von deinem Entschluß abgebracht?« fragte Irgenas.

»Der Rabe!« rief Damlo.

»Ah, von dem wißt ihr schon?«

»Der Schwarze Degen in Waelton hatte einen, und mein Vetter Trano sagte, er hätte ihn wie eine Brieftaube behandelt. Und gestern nachmittag sahen wir wieder einen, der auf ganz sonderbare Weise dahinflog.«

»Ganz so als würde er eine Botschaft überbringen«, ergänzte Clevas. »So seltsam dir das auch vorkommen mag.«

»Nein, nein, das glaube ich dir«, versicherte ihm Uwaen, »denn ich habe gesehen, wie er abflog. Ich hatte schon meine Sachen gepackt und ging aus dem Haus, um mich ins Schloß zu begeben. Als ich zum Stall kam, sah ich jedoch den Schwarzen Degen, der auf das Dach kletterte, und bin ihm gefolgt. Er holte den Raben aus einem Käfig, band ihm die Nachricht, die er in der Taverne geschrieben hatte, an ein Bein und schmierte ihm eine rote, körnige Substanz um den Schnabel. Der Rabe fuhr hoch und versuchte sofort, den ganzen Schnabel in das Fläschchen mit der roten Masse zu tauchen, was ihm nicht gelang. Schließlich ließ ihn der Schwarze Degen frei, und der Rabe schoß wie ein Pfeil in Richtung Süden davon. Da dachte ich daran, daß ihr zwar auf einen Angriff von hinten gefaßt sein würdet, aber ganz gewiß nicht auf einen Hinterhalt. Und so habe ich beschlossen, mich sofort auf den Weg zu euch zu machen.«

»Und Zurkin?« fragte Damlo.

»Er stand dort, im Stall der Bettlerküste! Offenbar war er von Krider da untergestellt worden, nachdem sich der gute Ratsherr heimlich seiner bemächtigt hatte.«

»Und du hast ihn ihm gestohlen!« lachte der Junge auf.

»Tja«, grinste Uwaen, »auch wenn einige Überzeugungsarbeit bei einem unwilligen Stallburschen dazu nötig war ... Andererseits war der Fuchs das weitaus beste Pferd rundum, und ich mußte euch doch so rasch wie möglich einholen. Und jetzt muß ich zusammen mit euch nach Belsin, weil mich der Stallbursche kannte und mich bei Krider anschwärzen wird. Der Ratsherr ist sehr mächtig, und die Lanzenreiter werden mich bestimmt schon suchen.«

»Der Rabe flog gestern nachmittag über uns hinweg«, sagte Irgenas. »Wenn jemand beabsichtigte, uns einen Hinterhalt zu legen, dann hatte er reichlich Zeit dazu. Was meinst du, wo könnte man uns auflauern?«

»Wenn man in Betracht zieht, daß es sich um Orks handeln muß, würde ich die Brücke über Ringenims Klinge ausschließen: Dort befindet sich eine Garnison, und außerdem gibt es in der Umgebung keine Bäume. Die Orks hassen offenes Terrain, ganz besonders, wenn sie sich tagsüber dort aufhalten sollen.«

»Was ist Ringenims Klinge?« fragte Damlo.

»Eine tiefe Spalte im Gelände«, erklärte Clevas, »die im Zentralmassiv bei Irel ihren Ausgang hat und Richtung Westen beinahe bis zur Stadt Cilia verläuft. Kennst du die Geschichte von Ringenim nicht?«

Damlo schüttelte den Kopf.

»Ringenim war ein großer Held, der vor langer Zeit lebte; die Elfen hatten ein Schwert namens Saeltanir für ihn geschmiedet. Es besaß keine Schneide aus Gold, weil Gold ein weiches Metall ist; aber in die Klinge war ein goldenes Zöpfchen eingearbeitet – ein Geschenk Linfels, der Elfenprinzessin, für die der Held in Liebe entflammt war. Eines Tages wurde diese Elfenprinzessin von einem König aus dem Westen entführt, und nach tausend Widrigkeiten gelang es Ringenim schließlich, Linfel zu befreien. Der König verfolgte die beiden jedoch und holte sie nicht weit von hier ein. Und da, so berichtet die Legende, setzte der Held einen mächtigen Hieb, und Saeltanir spaltete den Boden zu einer hundert Meilen langen Kluft, die den Verfolgern den Weg abschnitt. Und diese Kluft nennen wir heute Ringenims Klinge.«

»Wenn wir die Legenden jetzt einmal beiseite lassen«, schnaubte Irgenas, »bleibt die Tatsache, daß nur eine einzige Brücke über die Schlucht führt. Wenn wir umkehren, um Ringenims Klinge zu umgehen, müssen wir entweder bis nach Irel oder nach Cilia fahren, was uns in jedem Fall zwei Wochen kosten würde. Das können wir uns nicht leisten. Daher werden wir die Straße verlassen, einen Bogen um den Hinterhalt machen und auch so die Brücke über die Schlucht erreichen.«

»Also«, wandte sich Clevas an Uwaen, »wo haben sie deiner Meinung nach den Hinterhalt vorbereitet?«

»Etwa sechs Meilen vor der Brücke führt die Straße durch eine tiefe Senke«, antwortete der Halbelf. »Es heißt Vallerotta, das in Trümmern liegende Tal, und ist ein bewaldeter, äußerst unebener Talkessel – schwieriges Terrain, eine natürliche Falle. Ich denke, dort werden sie auf uns lauern, aber natürlich kann man sich nicht darauf verlassen. Jedenfalls fürchte ich, daß es für ein Fuhrwerk keinen anderen Weg gibt: Wenn mich meine Erinnerung nicht täuscht, dann sind die Hügel zwischen diesem Ort hier und dem Hochplateau, das von Ringenims Klinge geteilt wird, für einen Wagen unpassierbar.«

»Was willst du damit sagen?« rief Irgenas. »Wir können doch nicht mitten durch den Hinterhalt fahren!«

»Ich weiß, mein Freund, aber so stehen die Dinge nun mal. Wenn ihr einverstanden seid, werde ich gleich auf Erkundung gehen. Dazu brauche ich einige Stunden, aber das wird es wert sein, denn auf der Grundlage dessen, was ich dabei entdecke, können wir unsere weiteren Entscheidungen treffen.«

»Wir haben uns ohnehin schon entschlossen, bei Nacht zu reisen und tagsüber Rast zu machen«, sagte Damlo.

»Das wird jetzt nicht mehr möglich sein. Wir können nicht unter der Nase der Orks mit einer brennenden Laterne dahinschaukeln, daher müssen wir bei Tage fahren. Heute nacht haben wir einen Viertelmond; dieses Licht reicht kaum aus, um auf der Straße vorwärts zu kommen, und abseits davon würde man zu wenig sehen. Immer vorausgesetzt, daß es überhaupt ein Durchkommen gibt.«

»Es muß eins geben!« knurrte Irgenas.

»In zwei Stunden werden wir es wissen.«

Uwaen warf sein Bündel und seine Laute auf den Wagen, nahm Zurkin den Sattel ab, legte ihn Majestät auf und ritt in leichtem Trab auf dem Wallach davon, während sich Damlo um den Hengst kümmerte.

Uwaen blieb viel länger weg als zwei Stunden – so lange, daß der Junge und die Zwerge schon das Schlimmste befürchteten. Sie hatten bereits fast die Hoffnung verloren, als der Halbelf im Galopp auftauchte. Noch ehe Majestät zum Stehen kam, sprang er zu Boden und ging sofort daran, dem Gaul den Sattel abzunehmen.

»Es gibt einen Weg«, sagte er, ohne in seiner Tätigkeit innezuhalten, »der ist aber schwierig. Wenn wir nicht sofort aufbrechen, riskieren wir, die Fahrt wegen der Dunkelheit auf halbem Wege unterbrechen zu müssen, und davon wäre dringend abzuraten. Im Vallerotta treiben sich zumindest fünfzig Orks herum.«

»Zumindest?« fragte Irgenas nach.

»Dort, wo sich der Hinterhalt befindet, habe ich sechsundvierzig gezählt, und in der Ferne hörte ich noch ein paar, die sich lautstark stritten. Ich habe nicht weiter nachgeforscht, sondern einen Weg abseits der Straße gesucht.«

Während er sprach, sattelte Uwaen Zurkin, und die Zwerge rissen schnell das Laubwerk vom Wagen. Damlo schirrte den Wallach an, und zehn Minuten später waren sie unterwegs.

Nach einer weiteren halben Stunde gab Uwaen das Zeichen zum Anhalten. »Hinter dieser Hügelgruppe liegt das Vallerotta. Da ist mittendrin der Hinterhalt gelegt, aber wir kommen gar nicht bis ins Tal.« Der Halbelf zeigte auf einen Wald zu seiner Rechten. »Dort hinten fahren wir daran vorbei, doch es erwarten uns ein sehr schwieriger Anstieg und eine ebenso steile, gefährliche Talfahrt. Außerdem müssen wir immer daran denken, daß uns die Orks möglicherweise hören können.«

Der Wagen, hinter dem Zurkin angebunden war, verließ die Straße. Uwaen blieb zurück, um sämtliche Spuren dieses Vorgangs zu verwischen, und holte danach die anderen im Laufschritt ein. Der erste Hügel der Gruppe war mit riesigen Bäumen bedeckt, und obwohl zahlreiche Lichtungen zu erkennen waren, konnte sich Damlo nicht vorstellen, wie sie da hochkommen sollten. Die Bäume wuchsen sehr dicht, und auf den ersten Blick schien es unmöglich, dazwischen eine Durchfahrt für den Wagen zu finden.

Doch als sie den Wald davor passiert hatten, stellte sich heraus, daß auch der erste Hügel umgangen werden sollte. Vor ihnen lag ein steiler kleiner Taleinschnitt, der an einer Kette von Hügeln endete, die höher und schroffer wirkten als die Erhebung, die sie hinter sich gelassen hatten. Hier standen zwar die Bäume weniger dicht, und das immergrüne Buschwerk dazwischen wuchs spärlicher, dennoch schien der Anstieg aufgrund seiner Steigung unmöglich zu bewältigen.

»Wir schaffen es nie, dort hinaufzukommen!« rief Clevas.

»Nicht in direkter Linie«, entgegnete Uwaen. »Aber im Zickzack könnte es gehen. Es gibt zwei, drei schwierige Stellen, doch alles in allem ist die Sache nicht undurchführbar.«

Sie legten etwa drei Viertel des ansteigenden Tales zurück, bevor sie nach rechts abbogen und die Bergfahrt in Angriff nahmen. Unter den Waren, die der Wagen geladen hatte, befanden sich auch etliche Seile; eines davon – mit zwei Umhängen gepolstert, damit sich das Tier nicht die Brust wund rieb – diente dazu, den Fuchs Seiner Majestät vorzuspannen. Uwaen ging zu Fuß neben den Pferden her und trillerte ihnen Elfenwörter ins Ohr. Gerüstet mit großen Steinen folgten die Zwerge dem Wagen, jeden Augenblick bereit, die Steine im Notfall unter die Hinterräder zu schieben. Damlo hingegen lief voraus, das Ende einer festen, langen Leine in der Hand, deren anderes Ende am Wagen befestigt war. Die Fahrt führte ja stets schräg nach oben, und wegen der Steigung des Hanges stand der Wagen dauernd auf der Kippe. Damlos Aufgabe bestand nun darin, die Leine so um einen Baumstamm zu führen, daß er sie für den Fall, daß sich die bergseitigen Räder vom Boden abheben sollten, rasch festziehen konnte. Alle zehn oder zwanzig Schritte hielten sie den Wagen an, blockierten ihn mit den Steinen, und der Junge lief voraus, um die Leine um den nächsten Baumstamm zu legen. Dann ging die Fahrt weiter, und Damlo hielt die Leine so lange um den Stamm gespannt, bis die ganze Prozedur wieder von vorne begann.

Uwaen führte die Gesellschaft in einer langen Schlangenlinie von einer Lichtung zur nächsten, vermied das immergrüne Buschwerk und zu dicht beieinander stehende Bäume.

An zwei oder drei Stellen waren sie durch die Vegetation gezwungen, einen steileren Weg zu nehmen als vorgesehen, und während Damlo dort besonders darauf achtete, den Wagen gut zu sichern, schoben Uwaen und die Zwerge das Gefährt von hinten an, um die Pferde bei ihrer gewaltigen Anstrengung zu unterstützen.

Es dauerte zwar Stunden, so aber erklommen sie den ganzen Hügel. Oben angekommen machten sie halt und rasteten eine Weile, ehe sie wieder aufbrachen.

»Dort unten werden wir zwar etliche Meilen von dem Punkt entfernt sein, wo sich der Hinterhalt befindet«, erklärte ihnen Uwaen sodann, »aber wir müssen uns dennoch möglichst leise verhalten. Disziplin ist nicht die stärkste Seite der Orks, und es kann durchaus sein, daß ein paar von ihnen auf eigene Faust durchs Gelände streifen.«

Obwohl sie in zahlreiche Etappen aufgesplittert war, stellte sich auch die Talfahrt als Schwerstarbeit heraus. An den Seilen festgemacht wurde der Wagen langsam hinabgelassen und, wo immer dies möglich war, an hangabwärts stehende Bäume gelehnt. Denn diesmal ging es nicht um die Schwierigkeit, das Gefährt im Gleichgewicht zu halten, sondern darum, zu verhindern, daß es immer schneller wurde. Und trotz der beiden Pferde wäre es ohne die erstaunliche Kraft von Irgenas wohl nicht zu schaffen gewesen.

Als der Fuß des Hügels erreicht war, machten sie in aller Stille eine kurze Rast. Dann umwickelten sie die Hufe der Pferde mit Stoff, fetteten alle beweglichen Teile an den Wagenrädern ein und fixierten jeden Gegenstand, der klappern oder klingeln könnte.

Diese simplen Handgriffe genügten schon. Bis zu diesem Zeitpunkt von dem Unternehmen so vollständig in Anspruch genommen, daß er zu keinem anderen Gedanken gekommen war, spürte Damlo, wie sich die Angst in ihm regte. Und als sich der Wagen wieder in Richtung Süden in Bewegung setzte, wobei man möglichst im Schutz der Bäume blieb, umklammerte der Junge die geladene Armbrust, wie um sich daran festzuhalten. Er ließ den Blick unaufhörlich über die bewaldeten Anhöhen wandern, und wohin er ihn auch richtete, überall schien er auf Orks zu treffen. Dann brachte er die Waffe in Anschlag, um nach einigen Sekunden unausweichlich zu erkennen, daß er einem Irrtum aufgesessen war. Dies wiederholte sich so oft, daß Clevas ihm an einem gewissen Punkt die Armbrust aus der Hand nahm. Er legte sie hin, zauste Damlo das Haar und lächelte ihm aufmunternd zu.

Irgenas hielt die Zügel, und Uwaen ritt auf Zurkin voraus. Damlo und Clevas saßen hinten auf dem Wagen, und der Junge war froh, daß die anderen seine Nervosität nicht bemerkten. Aus irgendeinem Grund hatte er das Gefühl, in Gesellschaft des alten Zwerges seine eigene Feigheit besser ertragen zu können.

Das Gelände stieg wieder an, der Weg war aber nicht sehr beschwerlich. Nach etwa einer Meile dirigierte Uwaen den Hengst neben den Kutschbock und an Irgenas heran und murmelte diesem etwas zu.

Dann ließ er sich zurückfallen und sagte mit leiser Stimme zu den anderen beiden: »Also hier beginnt der gefährliche Abschnitt. Für die nächsten beiden Meilen sind wir nur wenige hundert Schritt von der Straße entfernt, und zwischen uns und den Orks befinden sich bloß Bäume. Wenn alles gutgeht, haben wir es in ungefähr einer Stunde überstanden.«

Langsam, um das Knirschen der Räder auf ein Mindestmaß zu verringern, bewegte sich das Gefährt im Zickzackkurs zwischen Baumgruppen und immergrünen Hecken hindurch. Uwaen lief als Vorhut zu Fuß voran, und jedesmal, wenn es galt, eine besonders großflächige Lichtung oder die Querung eines anderen offenen Abschnittes in Angriff zu nehmen, nahm er sich die Zeit, die Lage auch von anderen Stellen des Waldrandes aus zu studieren.

Damlo war derart von Angst und Anspannung erfüllt, daß es ihn nicht einmal wütend machte, wie früh er sich von seiner Furcht hatte überwältigen lassen. Er zitterte sichtbar – und ärgerte sich, weil er es nicht schaffte, damit aufzuhören. Und auch, weil Clevas unerträglicherweise so tat, als bemerke er es nicht. Jedes Knarren des Wagens fuhr ihm wie ein Stich ins Herz, und er hatte das unwiderstehliche Bedürfnis, sich dafür zu rächen, indem er gegen die Bretter des Wagenkastens trat.

Endlich überwand das Gefährt eine letzte kleine Steigung, und Uwaen stieg wieder aufs Pferd. »Hinter diesem Wäldchen liegt die Straße«, sagte er. »Und ab dann ist das Land nur noch flach und ohne hohen Bewuchs. Ich würde sagen, wir haben es geschafft.«

Nachdem sie einen freien Geländestreifen zwischen vereinzelten Bäumen passiert hatten, kam die Straße wieder in Sicht. Der Wagen fuhr unter den letzten Bäumen hindurch und über die Böschung auf die Fahrspur.

Damlos Angst verwandelte sich in Euphorie. Wir haben die Falle umgangen! dachte er glücklich. Wir haben den Orks und den Schwarzen Degen eine lange Nase gedreht!

Er hatte Lust, zu tanzen und zu springen, und er beugte sich hinüber zu Clevas, um ihm frohgemut auf die Schulter zu klopfen. In diesem Augenblick vernahm er ein Zischeln, das dicht an seinem Ohr vorbeizog.

Mit einem dumpfen, harten Laut bohrte sich ein rot und schwarz befiederter Pfeil in die Rückenlehne des Kutschbockes.

3

Im Schatten des rundum laufenden Bogenganges seines Palastes in Eria rannte Fürst Norzak von Suruwo im Kreis. Er kochte vor Wut. Immer wieder trat er an die zarten Säulen heran, die die Arkaden vom Garten trennten, den sie umschlossen, und warf einen übellaunigen Blick auf den Stand der Sonne.

»Wir waren nur einen Schritt vom Bürgerkrieg entfernt!« wiederholte er ein ums andere Mal bei sich, »und das, noch ehe ich mich dazu entschieden hatte!«

Durch den kleinen Schwindel mit der Fahne hatte dieses junge Ding eine Katastrophe verhindert! Und der Gedanke, daß nur ein glücklicher Zufall seine Pläne vor dem Scheitern bewahrt hatte, brachte ihn zur Weißglut.

Hatte er Gevan Bedaran vielleicht überschätzt? Dennoch – obwohl der Regent keine Ahnung von seinen, Norzaks, Machenschaften haben konnte, hatte ihm Bedaran in diesem einen Jahr mit einem derart scharfen politischen Instinkt Steine in den Weg gelegt, daß der Gedanke nahe lag, er wüßte von allem.

Nein, er hatte ihn schon ganz richtig eingeschätzt: Bedaran verfügte über eine außergewöhnliche Begabung und war ein gefährlicher Gegenspieler. Auch wenn ihm dieses Mal die Lage fast aus der Hand geglitten war und beinahe in einer Katastrophe geendet hätte.

Die Schuld lag jedenfalls bei Ijssilien und seiner falschen Unparteilichkeit. Es war nicht das erste Mal, daß die lästige Unnachgiebigkeit des Oberpriesters Norzak im Wege stand: Zweimal hatte der Fürst als Folge der verschrobenen Willensstärke Ijssiliens sogar schon seine Pläne ändern müssen, und er konnte sich der Quertreibereien des Priesters nicht einmal zum eigenen Vorteil bedienen: Diktiert allein von Gefühlen und durchdrungen von törichtem Moralismus waren sie gefährlich unvorhersehbar und somit nicht verwertbar.

Die feindliche Haltung gegenüber Bedaran zum Beispiel war nicht Ergebnis einer politischen Entscheidung, sondern der reine Groll auf das Mädchen. Fürst Norzak grinste. Es gab zwar keinen Beweis dafür, aber alle wußten, daß ihm die kleine Bedaran aus Rache für eine übertriebene Maßregelung einst die sakralen Gewänder mit roten Waldameisen gefüllt hatte.

Es gibt nichts Schlimmeres als einen Politiker, der sich von persönlichen Gefühlen leiten läßt, sinnierte Norzak. Wenn Ijssilien nur endlich einmal Partei ergreifen würde – für welche Seite auch immer! Oder wenigstens eine eigene Linie verfolgte und sich daran hielte! Niemand ist schwieriger zu lenken, dachte er, als ein Starrkopf, der nicht weiß, was er will … Und tatsächlich war der Oberpriester einer der wenigen Einwohner von Eria, den er, Norzak, nicht auf zufriedenstellende Weise manipulieren konnte. Der Fürst gestattete sich ein halbes Lächeln: In den letzten Monaten war es ihm gelungen, die Aristokratie der Hauptstadt in fünf Splittergruppen zu zerschlagen, und keiner wußte, daß er selbst vier davon kontrollierte, eine gegen die andere aufhetzte und alle zusammen gegen die fünfte – jene des Regenten.

Zum x-ten Mal prüfte Norzak den Sonnenstand. Dieser Idiot Rojet Wernak war schon wieder zu spät dran, und das bedeutete, daß nicht genügend Zeit bleiben würde, ihn gebührend zu bearbeiten. Aufgrund seiner dünkelhaften Überheblichkeit war er schwer zu lenken, aber der Fürst konnte nicht riskieren, daß Wernak, wenn er ging, Denfos Mesintar begegnete, dem Kopf der Partei um Gaalen.

Plötzlich hörte Norzak Schritte. Er setzte eine beherrschte Miene auf, drehte sich um und erblickte Isbur, seine rechte Hand.

»Ist er eingetroffen?«

»Nein, Herr, aber es gibt Nachrichten vom Sektor Drassol.«

Isbur überreichte ihm ein noch versiegeltes Papierröllchen und zog sich zurück.

Sehr gut, dachte der Fürst von Suruwo, als er die Botschaft gelesen hatte. Wenigstens die Sache mit dem Wagen konnte man als erledigt betrachten: im Vallerotta erwartete ihn eine ganze Kompanie Orks – eine gut gedrillte Kompanie, nicht irgendeine dahergelaufene wilde Horde. Und unter der unwahrscheinlichen Annahme, daß dem Wagen trotzdem die Flucht in Richtung Ringenims Klinge gelang, so war seine Fahrt dort wohl mit Sicherheit zu Ende.

Die Garnison war ja dem Erdboden gleichgemacht und die Brücke verbrannt.

»Überfall!« schrie Uwaen. »Weg hier! Schnell! Schnell!«

Der Wagen schoß mit einem Ruck davon, während sich weitere Pfeile in die Rückwand und in seine Fahrspur bohrten.

»Schneller, schneller!« rief der Halbelf und hatte alle Hände voll zu tun, Zurkin soweit zu zügeln, daß er neben dem Gefährt blieb. »Die Orks können nicht reiten! Wenn wir zur Brücke kommen, sind wir in Sicherheit!«

Der Wagen holperte fünfzig, sechzig Schritt voran, dann war der Rand der Hochebene erreicht. Und in weiteren hundert Schritt Entfernung wartete im Schatten des letzten Wäldchens vor dem flachen Land die nächste Schar Orks, etwa ein Dutzend, soweit man erkennen konnte.

Damlo starrte sie mit weit aufgerissenen Augen an, während ihm die Angst die Kehle zuschnürte. Sie wirkten noch viel häßlicher und gefährlicher, als er sie sich immer vorgestellt hatte: Nicht sehr groß, aber breit und muskulös, trugen sie völlig verdreckte Rüstungen aus brüchigem Leder, das da und dort den Blick auf Haarbüschel und Muskelpakete freigab. Aus ihren großen und fast lippenlosen Mündern ragten kurze gelbliche Reißzähne hervor, und selbst aus dieser Entfernung gewahrte man die Grausamkeit, die aus ihren kleinen, engstehenden Augen funkelte. Sie hockten am Straßenrand, die Piken und Säbel nachlässig rundum auf den Boden geworfen, und machten einen Eindruck, als hätten sie nie im Leben erwartet, daß der Wagen jemals aus dem Vallerotta herauskäme.

»Stoßen wir durch!« rief Irgenas. »Attacke, Uwaen!«

Während hinter ihnen der schaurige Ruf eines Orkhornes ertönte, gab der Halbelf dem Hengst die Sporen und zog sein Schwert.

Es war eine ziemlich rasche Bewegung, doch als die Klinge aus der Scheide auftauchte, hatte Damlo das Gefühl, die Zeit verlangsame sich. Das metallische Rauschen, mit dem die Waffe gezogen wurde, ähnelte dem vibrierenden Wohlklang, mit dem ein Heldenlied angestimmt wurde. Er schien kein Ende zu nehmen und wurde von einem hellen Funkeln begleitet, das zwischen dem goldenen Zöpfchen in der Schwertklinge und dem Himmel hin- und hersprang.

Und nun beschleunigte sich die Zeit sofort wieder. Atemlos vor Aufregung sah der Junge, wie Zurkin davongaloppierte, während Uwaen Saeltanirs Spitze – denn es handelte sich gewiß um Ringenims Schwert! – auf die Orks gerichtet hielt.

»Ber-Intaal!« schrie der Halbelf mit kraftvoller Stimme.

»Brabantis!« murmelte Damlo ungläubig.

Mit einemmal war die Angst fort. Aus allen Poren Tatkraft verströmend packte der Junge die Armbrust, und ohne auf die heftigen Erschütterungen des Wagens zu achten, stürzte er nach vorn zum Kutschbock. Dort war Uwaen schon fast bei den Orks angelangt.

Beinahe ohne zu zielen schoß Damlo einen Pfeil mitten hinein in den Haufen; der Bolzen pfiff am Kopf des Halbelfs vorbei und bohrte sich zwanzig Schritt weiter vorn in den Boden. Mittlerweile war Clevas mit größter Vorsicht an den Jungen herangetreten. Wieder entwand er ihm die Armbrust mit sanfter Gewalt und ließ sie auf die Bretter des Wagens fallen.

»Du solltest besser die Schleuder benutzen«, riet er und legte seine eigene Waffe an. Eine Sekunde später warf sich ein Ork auf dem Boden herum, in dem vergeblichen Versuch, sich den Pfeil aus der Kehle zu ziehen.

Damlo bückte sich, holte die Schleuder aus dem Gürtel und tastete nach einem der Steine, die er für die Kaninchen vorgesehen hatte. Er konnte den Blick einfach nicht vom Kampfgeschehen weiter vorn losreißen, und noch bevor es ihm gelang, blind ein Geschoß zu ertasten, war alles zu Ende.

Im Laufe des ersten Angriffes hatte Uwaen einen Ork überrannt und einen zweiten mit Saeltanir getötet. Danach ließ er Zurkin hochsteigen, wendete und nahm sich die anderen vor. Klug und unerbittlich beugte er sich links und rechts hinab, und bei jedem Hieb fiel ein Ork, während der Schlachtruf des Brabantis durch das Wäldchen hallte.

Die letzten vier Orks ergriffen die Flucht, noch ehe der Wagen auf gleicher Höhe angekommen war. Zwei von ihnen verschwanden rechtzeitig zwischen den Bäumen, ein dritter wurde von Uwaen erbarmungslos eingeholt und getötet, und der letzte starb mit einem von Clevas' Pfeilen im Rücken.

»Nicht langsamer werden! Volles Tempo bis zur Brücke!« stieß der Halbelf grimmig hervor, als er wieder herangeprescht war und neben dem Kutschbock mit Irgenas herritt.

Der Zwerg wandte sich zu ihm, als wollte er etwas entgegnen, aber als er Uwaens Gesichtsausdruck erblickte, schien er sich eines Besseren zu besinnen. Der Halbelf hatte seine übliche Unbekümmertheit zur Gänze abgelegt; seine Züge waren zu einer furchterregenden Fratze verzerrt, und wilde Blitze schossen aus seinen Augen. Noch nie zuvor hatte Damlo einen so unerbittlichen Ausdruck auf einem Antlitz gesehen.

Also ging es in voller Geschwindigkeit dahin. Uwaen ließ sich den Elfenbogen vom Wagen reichen, und nachdem ein Pfeil eingelegt war, drehte er sich im Sattel um und blieb verkehrt herum sitzen, um das zurückgelegte Straßenstück im Auge zu behalten.

»Das ist nicht auf dem Mist der Orks gewachsen!« schrie er, um die Fahrtgeräusche des Wagens zu übertönen. »Die würden einfach irgendwo ein Hindernis aufbauen und dort lauern, nichts weiter. Äußerstenfalls stellen sie mal ein zweites auf, um dem Opfer den Rückzug abzuschneiden. Es ist aber noch nie vorgekommen, daß sie irgendwo einen gründlich durchdachten Hinterhalt legten!«

»Sie konnten die Straße nicht blockieren!« schrie Irgenas zurück. »Bei der Brücke liegt eine Garnison, und von dort werden ganz gewiß regelmäßig Patrouillen ausgeschickt!«

»Im Vallerotta haben sie sie blockiert! Aber darum geht es nicht. Um einen methodisch geplanten Hinterhalt zu legen, braucht es eine gewisse militärische Denkwei …«

Der Halbelf unterbrach sich unvermittelt und kniff die Augen zusammen. »Schneller, Irgenas!« rief er. »Gib dem Pferd die Peitsche!«

Damlo drehte sich um. Erst konnte er nichts Besonderes sehen, doch dann bemerkte er in der Ferne etwa zwei Dutzend schwarzer Pünktchen, die ohne Zweifel in Bewegung waren.

»Wolfsreiter!« schrie Uwaen. »Seit Jahrhunderten hat man sie in diesem Teil der Welt nicht gesehen!«

Nach und nach konnte Damlo die einzelnen Gestalten erkennen: Orks, die auf großen Wölfen ritten! Obwohl Irgenas die Peitsche ohne Unterlaß knallen ließ und Majestät sich bis zum Letzten verausgabte, kamen die Reiter rasch näher.

Durch die heftigen Erschütterungen wurden Clevas und Damlo dauernd gegen die Kisten geworfen, und so fielen sie unmittelbar an die Hinterwand des Wagens. Der alte Zwerg trug eine Streitaxt am Gürtel, die ihm König Vinathes geschenkt hatte. Nun kontrollierte er, ob sie rasch zur Hand sein konnte, und Damlo tat das gleiche mit seinem Stacheldegen. Dann griff der Junge nach einer Armbrust.

»Es geht darum, so viele wie möglich zu treffen, bevor sie den Wagen erreichen«, erklärte Clevas ruhig und bestimmt. Trotz des Lärms, den die wilde Fahrt verursachte, war seine Stimme ausgezeichnet zu hören. Und nun nahm er Damlo zum dritten Mal die Armbrust aus der Hand.

»Sei mir bitte nicht böse«, sagte er, »aber die da hinten sind schnell. Zwischen dem Zeitpunkt, da sie in Schußweite sind, bis zu dem, in dem sie sich auf uns stürzen, liegen nur Sekunden. Da können wir nicht riskieren, auch nur einen Pfeil zu verschießen. Wenn wir die Armbrust von Irgenas mitzählen, haben wir drei Stück. Du hast die Aufgabe, sie nachzuladen und mir der Reihe nach zu reichen. Einverstanden?«

Der Junge nickte und schluckte. Der Alte war etwa so aufgeregt, als würde er sich anschicken, alles fürs Kochen vorzubereiten. Aber seine Ruhe war ansteckend: sie drückte Damlos Angst auf ein erträgliches Niveau.

Die Wolfsreiter kamen in Schußweite von Uwaens Elfenbogen, und es begann ein langes, von winzigen Pausen unterbrochenes melodiöses Sirren. Der Halbelf schoß die Pfeile einen nach dem anderen ab, indem er sie in einer raschen, flüssigen Bewegung aus dem Köcher zog, der an Zurkins Sattel hing, auflegte, die Sehne spannte und losließ. Obwohl er verkehrt herum im Sattel saß, traf er mit jedem zweiten oder dritten Schuß einen Ork oder einen der Wölfe. Und als die Feinde in die Reichweite der Armbrüste kamen, waren nicht mehr als zwölf oder fünfzehn übrig.

Von diesem Augenblick an hatte Damlo keine Zeit mehr

zum Denken oder zum Angsthaben. Ohne die Orks auch nur anzusehen, hob er die Armbrust, die Clevas gerade fallen ließ, sofort auf und lud sie nach, so schnell es ging. Dann hielt er sie dem Alten hin und bückte sich nach der nächsten.

Das metallische Schnellen übertönte eine Zeitlang das Sirren des Elfenbogens – und dann gingen Uwaen die Pfeile aus. Mit einem raschen Seitenblick sah Damlo, wie der Freund im Sattel eine Pirouette drehte und nun wieder so auf dem Pferd saß, daß er sah, wohin der Ritt ging. Mit einer gezielten Bewegung warf der Halbelf seinen Bogen auf die Ladefläche, zog Saeltanir und dirigierte den Hengst in einem weiten Kreis vom Wagen weg.

»Ber-Intaal!« schrie er und griff die Wolfsreiter von der Flanke aus an.

Es waren zwar nicht mehr als zehn Orks übrig, doch nun befanden sie sich schon ganz in der Nähe, und Damlo konnte sie sich genauer ansehen. Die Verluste hatten sie offenbar keineswegs abgeschreckt, sondern ganz im Gegenteil noch mehr in Wut versetzt, und sie ließen die rostigen Säbel wie wild über ihren Köpfen kreisen. Sie grunzten und knurrten so laut, daß sie damit von Zeit zu Zeit sogar die Geräusche des Wagens übertönten. Und genau wie in Damlos Phantasien fletschten sie die Zähne und geiferten auf ihre Rüstungen aus genietetem Leder. Mit den kurzen, krummen Beinen klammerten sie sich an den Wölfen fest, wobei sie sich bei jedem Sprung geschickt mit dem ganzen Körper nach vorn beugten. Sie waren so nahe, daß Damlo die ganze Blutrünstigkeit in ihren kleinen Schweinsäuglein lesen konnte.

Auf Uwaens Angriff reagierten sie wie erfahrene Kämpfer: Die eine Hälfte warf sich in einer Konterattacke dem Halbelf entgegen, während sich die andere weiterhin unbeirrt dem Wagen näherte.

»Bei meinem Barte, das hier ist kein Kinderspiel«, platzte Clevas heraus. »Mach schon, Junge!«

Damlo zuckte zusammen. Abgelenkt von dem Kampf zwischen Uwaen und den fünf Orks, die den Hieben des Halbelfs geschickt auswichen, war ihm die Arbeit langsamer von der Hand gegangen, und nun mußte Clevas seine Armbrust schon selbst laden. Während der alte Zwerg noch dabei war, den Bolzen einzulegen, waren schon drei Orks von hinten an den Wagen herangekommen, und die anderen beiden rückten auseinander, um ihn links und rechts zu überholen.

»Laß sie nicht an den Gaul heran!« schrie Clevas, wich einem Hieb aus, der drei Zoll von seinem Kopf entfernt im Holz landete, richtete sich auf und schoß dem Ork den Bolzen ins Gesicht.

Sie wollen das Pferd töten, dachte Damlo, um uns zum Halten zu zwingen, bis ihre Kumpane eintreffen!

Er drehte sich zu Irgenas um, der ganz mit der Fahrt beschäftigt war. Schlagartig wurde ihm bewußt, daß nur er allein diese Mission retten konnte. Jetzt bin ich dran, dachte er, und die Angst wollte ihn schier erdrücken. Eine Sekunde lang war er wie gelähmt – und fühlte sich wie damals in der Fährmannshütte am Sweldal. Doch dann holperte ein Rad des Wagens über einen Stein, und Damlo wurde zur Seite geworfen. Instinktiv hob er den Arm, um nicht gegen die Kante einer Kiste zu prallen, und diese Bewegung reichte aus, ihn aufzurütteln. Jetzt bin ich dran, jetzt bin ich dran: Der Gedanke tönte wie eine Totenglocke durch seinen Kopf, doch er zückte auch schon seinen Stacheldegen und warf sich auf die linke Seite des Wagens.

»Waelton!« schrie er, ohne daß es ihm bewußt gewesen wäre, schwang den Degen wie eine Fliegenklatsche und beugte sich weit über den Rand des Wagenkastens, um einen Hieb anbringen zu können.

Das überlebte er nur, weil das Gefährt gerade mit einem heftigen Ruck über eine besonders hohe Unebenheit holperte. Der Ork hatte den Angriff erwartet und duckte sich darunter hinweg, ritt jedoch sogleich dicht an den Wagen heran und holte zu einem mächtigen Säbelhieb aus. Damlo, der das Gleichgewicht verloren hatte, war im Begriff hinauszustürzen. Die rostige Klinge streifte ihn kaum. Halb aus dem Wagen hängend und mit den Armen rudernd, um nicht zu fallen, gelang es dem Jungen, den Wolfsreiter zu treffen.

Das Ende des Stachels schlug dem Ork einen Arm in Höhe der Schulter ab, verbiß sich in die Lederrüstung und wurde von einer der großen Nieten am Rücken gestoppt. Der Ork stieß einen gräßlichen Schrei aus, verlor das Gleichgewicht und sank zum Wagen hin vornüber.

Der riesige Wolf und das Gefährt bewegten sich nebeneinander voran, und einen schrecklichen Augenblick lang waren Damlo und der Ork auf gleicher Höhe und blickten sich in die Augen. Über seinen Stacheldegen stützte sich Damlo auf den Gegner, der seinerseits nicht vom Reittier stürzte, weil das ganze Gewicht des Jungen auf der Metallniete ruhte und ihn so festhielt. Mit seiner einzig verbliebenen Hand krallte er sich ins Fell des Wolfes, und obwohl er ganz schief auf dem Tier hing, brachte er es fertig, ebenso schnell wie der Wagen daneben weiterzureiten.

Am Ende war es gerade diese Zähigkeit, die ihm zum Verhängnis wurde. Beim Versuch, sich aufzurichten, dirigierte er den Wolf noch näher an die Wand des Gefährtes heran, und das erlaubte es Damlo, gegen die Metallniete zu drücken und sich mit einer kräftigen Drehung zurück ins Innere des Wagenkastens zu werfen – zusammen mit dem Stacheldegen. Der Ork stürzte zu Boden.

Er wurde vom Hinterrad überrollt, und der folgende heftige Ruck schleuderte Damlo fast noch einmal über die Wagenwand. Als er sich wieder gefangen hatte, blickte er sich kurz um und bemerkte verblüfft, daß seit dem Beginn seines Kampfes mit dem Ork nur wenige Sekunden vergangen waren.

Über die Rückwand gebeugt wehrte Clevas mit der ungeladenen Armbrust die Säbelhiebe der beiden Orks dahinter ab, während er versuchte, die Streitaxt aus dem Gürtel zu ziehen. Auf der rechten Seite des Wagens war der letzte Wolfsreiter beinahe schon in Höhe von Majestät angekommen, wo Irgenas mit größter Geschicklichkeit seine Peitsche einsetzte, um den Ork und seinen Wolf mit Hieben ins Gesicht vom Pferd fernzuhalten. Weit hinten kämpfte Uwaen zusammen mit Zurkin gegen seine letzten beiden Gegner.

Einen Augenblick lang war Damlo unschlüssig, ob er Clevas oder doch besser Irgenas zu Hilfe kommen sollte. Dann besann er sich der Aufgabe, die ihm der alte Zwerg übertragen hatte, steckte den Stacheldegen zurück und griff in aller Eile nach seiner Schleuder und zwei Steinen. Er verspürte zwar immer noch Angst, seltsamerweise aber überkam ihn das starke Gefühl, keine Zeit zu haben, sich darum zu kümmern.

Er stand auf. Es war mühsam, sich auf den Beinen zu halten, ohne das Gleichgewicht zu verlieren, aber es gelang ihm doch, die Erschütterungen mit einem rasch abwechselnden Nachgeben der Knie auszugleichen. Dann ließ er die Schleuder kreisen, und das Pfeifen trug ihn in Gedanken zurück nach Waelton: Er fixierte zwar den Wolfsreiter, dessen Säbel einen Luftkampf gegen Irgenas' Peitsche führte, hatte aber das Gejohle seiner Schulkameraden im Ohr. Blitzartig kam ihm alles wieder ins Gedächtnis: die Verfolgung, der Stein, der ihn am Hinterkopf traf, der Wagen, der sich zwischen ihm und dem Eingang zum Gasthaus befand – und sein Bedürfnis, sich unter der Plane in Sicherheit zu bringen, ehe er das Bewußtsein verlor.

Mittlerweile kreiste die Schleuder immer schneller, und an einem bestimmten Punkt flog der Stein davon, fast ohne daß Damlo sich dessen bewußt wurde. Der Treffer brach dem Ork das Genick.

Der Junge stieß einen Jubelschrei hervor, verstummte aber

sofort wieder: Der reiterlose Wolf hatte sich instinktiv auf Majestät gestürzt, und Irgenas' Peitsche schaffte es nicht, ihn vom Pferd fernzuhalten. Augenblicklich legte Damlo den zweiten Stein in die Schlinge und schleuderte ihn auf die Bestie. Er traf sie an der Schulter und hörte über das Geklapper des Wagens hinweg das Geräusch, mit dem der Knochen brach.

Und auch jetzt kam er einfach nicht dazu, sich zu freuen. Majestät wieherte laut und machte einen Satz. Der Wolf des ersten Orks! wußte Damlo, ohne hinzusehen. Der heftige Vorwärtsruck schleuderte den Jungen zwischen die Kisten, und als er sich wieder hochrappelte, sah er gerade noch, wie Irgenas mit der Peitsche ausholte: Der Wolf lief knapp neben dem Gaul und versuchte, sich in seine Vorderbeine zu verbeißen, als ihn die Peitsche an der Schnauze traf. Instinktiv schnappte er danach – und das war sein Ende! Denn Irgenas mußte nur noch an der Peitsche ziehen: Dadurch wurde der Lauf des Tieres gebremst – es landete unter dem Rad des Wagens.

Wieder machte das Gefährt einen heftigen Satz, und Damlo saß von neuem zwischen der Ladung auf dem Boden. Doch diesmal war er mit dem Kopf gegen eine Kiste geprallt. Gerade schüttelte er ihn, um ihn wieder klar zu bekommen, als er Clevas' Hilfeschrei vernahm. Er drehte sich um und wurde blaß. Von dem alten Zwerg waren bloß noch ein Arm bis zum Ellbogen und der Kopf zu sehen; durch den Ruck war er über die hintere Kastenwand gekippt. Mit dem linken Arm daran festgeklammert, schwang Clevas seine Axt, um die Hiebe des einzig verbliebenen Orks abzuwehren.

Damlo stürzte hin, um ihn wieder auf den Wagen zu ziehen, doch der Alte konnte keine Hand befreien, um sie Damlo entgegenzustrecken. Und er war zu schwer, als daß ihn der Junge über die Kastenwand hätte heben können.

»Irgenas! Hilfe!« schrie er.

Mit einem raschen Blick hatte der Prinz die Lage erfaßt. »Übernimm die Zügel!« rief er.

Und dann, während Damlo schwankend zum Kutschbock wechselte, sprang Irgenas über die Lehne und rannte unsicheren Schrittes zur Rückwand des Gefährts. Er trug seine Streitaxt Kasn Trait am Gürtel, und sein Gesichtsausdruck verriet, wie sehr er sich um Clevas ängstigte.

Mittlerweile war das Pferd ganz wild geworden und galoppierte Hals über Kopf von der Straße weg. Der lehmige Untergrund auf der Hochebene war kahl, flach und von gelegentlichen Gräben durchzogen – eher sanften Mulden im Terrain. Nur ab und zu ragten zwischen den seltenen Flecken niedriger Vegetation graue Felsblöcke hervor.

Damlo ergriff die Zügel und legte sich mit aller Kraft nach hinten. Doch es kam ihm vor, als ziehe er an einem Seil, das um einen Baumstamm geschlungen war. So gab er es auf, Majestät Einhalt gebieten zu wollen und beschränkte sich auf den Versuch, den Gaul zurück zur Straße zu lenken. Aber da war nichts zu machen: Das Pferd schien die Kandare nicht zu spüren und setzte seinen närrischen Galopp unbeirrt fort.

Der Junge sah nach hinten; genau in diesem Augenblick war Irgenas im Begriff, eine Kiste mit duftenden Kerzen gegen den Wolfsreiter zu schleudern. Der Ork versuchte, ihr auszuweichen, doch das schwere Stück traf den Wolf, der sich augenblicklich auf dem Boden wälzte und seinen Reiter unter sich begrub. Beruhigt sah Damlo noch, wie sich der Prinz zu seinem Lehrer hinabbeugte, um ihm hochzuhelfen, ehe er sich dem wild gewordenen Gaul von neuem widmete.

Wieder wurde er blaß. Schon waren aus der Ferne Ringenims Klinge und die Gebäude der Garnison zu erkennen, aber das Pferd ließ sich einfach nicht in diese Richtung dirigieren. Es lief in vollem Galopp auf die Schlucht zu, und dieser Weg führte über einen Abschnitt des Geländes, der mit großen Steinen übersät war. Wenn er überhaupt so weit kam, mußte der Wagen spätestens dort umkippen.

Damlo stemmte die Füße gegen das Trittbrett und zerrte

mit aller Kraft die Zügel nach links. Ganz langsam bewegte sich der Kopf des Tieres, und die Fahrtrichtung änderte sich leicht. Jetzt rannte der Gaul zwar immer noch nicht auf die Brücke zu, aber wenigstens hatte er das steinige Gelände nicht mehr zum Ziel.

Doch nun tauchte nur wenige Schritte vor Majestät eine kleine Bodensenke auf. »Achtung, gleich gibt es einen Ruck!« schrie Damlo, ohne sich umzudrehen. Die Zügel weiter fest in der Hand, erhob er sich etwas vom Kutschersitz, um die nahende Erschütterung mit den Knien abzufangen.

Der Wagen überquerte die Mulde schräg und mit hüpfenden Rädern. Er krachte zwar bedenklich in allen Fugen, doch schließlich merkte Damlo erleichtert, daß er nicht zu Bruch gehen würde. Er hob den Kopf und konnte feststellen, daß das Gefährt nun genau auf die Gebäude zuhielt.

»Iiiaaa!« brüllte er glücklich und warf einen Blick nach hinten.

Etwa zwanzig Schritt hinter dem Wagen sah er die beiden Zwerge auf dem Boden rollen; irgendwann mußten sie den Halt verloren haben.

»Nein!« rief der Junge.

Wieder stemmte er die Füße mit aller Kraft gegen das Trittbrett und legte sein ganzes Gewicht in den Zug an den ledernen Riemen. Vergeblich. Obwohl es mit Schaum bedeckt war und vor Anstrengung bereits röchelte, galoppierte das Tier mit geblähten Nüstern, nach hinten gestellten Ohren und gesenktem Kopf unaufhaltsam weiter.

Von Furcht erfaßt ließ Damlo den Blick zwischen den Gebäuden und dem Gelände hinter dem Wagen hin- und herwandern, wo sich seine beiden Freunde endlich wieder aufgerappelt hatten. Wenigstens sind sie nicht verletzt, dachte er. Dann sah er weit hinten Uwaen den letzten Ork beseitigen und dem Hengst die Sporen geben, um zum Fuhrwerk zurückzukehren.

Er entspannte sich. Bevor noch die Fußtruppen der Orks eintreffen, werden wir alle in Sicherheit sein, dachte er: Bei der Brücke liegt die Garnison.

Und tatsächlich konnte er in der Ferne winzige Gestalten ausmachen, die ihnen entgegenzukommen schienen. Es müssen die Infanteristen von Pecsa sein! sagte sich Damlo hocherfreut. Dann kam Ringenims Klinge immer näher – und der Junge erstarrte: Das da vorn waren keine Soldaten, sondern Orks. Ein rundes Dutzend. Säbelschwingend rannten sie dem Wagen entgegen, und in Anbetracht der Geschwindigkeit, mit der Majestät auf sie zusteuerte, schienen sie sich atemberaubend schnell zu nähern. Doch sie waren gar nicht das schlimmste: Auf diese Entfernung konnte Damlo schon deutlich erkennen, daß einige der Gebäude niedergebrannt und von der Brücke nur mehr zwei Stummel vorhanden waren!

Wiederum stemmte sich der Junge mit aller Macht gegen das Trittbrett und zog an einem Zügel, so fest er konnte. Die Angst verlieh ihm zusätzliche Kräfte, und langsam, ganz langsam wandte sich der Wallach mit fast nach hinten gedrehtem Kopf nach rechts.

Doch es gab nicht viel, über das Damlo sich hätte freuen können. Das muskulöse Roß steuerte nun in vollem Galopp auf Ringenims Klinge zu, und der Abgrund lag nicht mehr als hundert Schritt vor ihm.

Als er sich aus dem Wagen beugte, um Clevas am Gürtel zu fassen, hatte die letzte Erschütterung Irgenas überrumpelt und ihn hinausgeschleudert. Instinktiv hatte er sich an seinem Freund festgehalten, und so waren sie beide zu Boden gefallen.

Als sie nicht weiter vom Wagen rollten, blieben sie ein paar Sekunden lang still liegen, um herauszufinden, ob sie ernsthafte Verletzungen erlitten hatten. Dann standen sie einer nach dem anderen auf.

»Was gebrochen?« fragte Irgenas.

»Nur geprellt«, brummte Clevas.

Der Wagen war schon weit entfernt, und die beiden Zwerge sahen sich um. Keine Wolfsreiter weit und breit, nur Uwaen ritt mit lockeren Zügeln auf sie zu.

Clevas ging ein paar Dutzend Schritte zurück, hob seine Axt auf und gesellte sich wieder zu seinem Freund. »Hoffen wir, daß der Junge den Wagen auf die Brücke bringt«, sagte er. »Wenn er erst einmal auf der anderen Seite ist, kann er den Gaul laufen lassen, bis ihm die Luft ausgeht.«

»Verdammtes Vieh«, knurrte Irgenas.

In diesem Augenblick traf Uwaen bei ihnen ein. »Hängt euch an die Riemen der Steigbügel!« rief er. »Die Orks aus dem Vallerotta werden gleich auftauchen!«

Tatsächlich hörte man bereits aus der Ferne die heiser tönenden Hornsignale der Orks. Mit einem Zwerg an jeder Seite steuerte Zurkin in langsamem Galopp auf die Gebäude zu, die noch mehr als eine Meile entfernt lagen.

»Bei meinem Barte!« rief Clevas plötzlich. »Was treibt er denn jetzt wieder?«

Das Fuhrwerk war unvermittelt nach rechts geschwenkt und entfernte sich noch mehr von der Straße. Uwaen, der mit seinen scharfen Augen jenen Teil des Hochplateaus überwachte, der hinter ihnen lag, wandte sich nun um und blickte hinüber zur Brücke, woraufhin er eine getrillerte Verwünschung ausstieß.

»Orks auch an der Brücke«, fügte er – diesmal für alle verständlich – hinzu. »Sie haben sie niedergebrannt!«

»Wie viele sind es?« fragte Irgenas.

»Ein Dutzend ist hinter Damlo her, und bei den Gebäuden sehe ich noch mal so viele. Aber das schlimmste ist, daß der Gaul auf die Schlucht zustürmt! Der Junge kann ihn nicht unter Kontrolle bringen.«

»Könntest du ihn einholen, wenn wir abspringen?«

»Zu spät. Wenn er es nicht selber schafft, ist er verloren!«

Uwaen dirigierte den Fuchs dennoch in Richtung des Fuhrwerks, und die drei verfolgten mit ängstlichen Blicken die Fahrt des Wagens. Nach einer Weile konnten auch die Zwerge die Gestalt des Jungen erkennen. Er stand, den Körper nach hinten durchgestreckt, auf dem Kutschbock und hängte sich mit seinem ganzen Gewicht in die Zügel. Seine Anstrengungen schienen jedoch keinerlei Erfolg zu haben, denn der Wagen steuerte weiterhin mit voller Geschwindigkeit auf den Abgrund zu.

Und dann raste Majestät auf eine Art Überhang zu, der einige Dutzend Schritte lang schien. Jetzt konnte Damlo nicht einmal mehr die Richtung ändern; wenn es ihm nicht gelang, das Tier augenblicklich zum Stehen zu bringen ... Bestürzt mußten die Freunde zusehen, wie er mit all seinen Kräften kämpfte. Und die drei konnten genau den Moment erkennen, da er jenen Punkt passierte, nach dem es selbst einem folgsamen Pferd nicht mehr möglich gewesen wäre, zum Stehen zu kommen, weil der Platz einfach nicht ausreichte.

»Spring ab! Spring! Runter vom Wagen!« schrien sie durcheinander, obwohl ihnen allen klar war, daß der Junge sie nicht hören konnte. Und so verstummten sie wieder und sahen hilflos zu, wie sich der Junge an das Trittbrett klammerte – und der Wagen über den Rand des Abgrundes hinausschoß.

Lange schienen die drei vor Entsetzen wie erstarrt, dann hatte der Hengst die Orks erreicht, die dem Wagen gefolgt waren.

Die Zwerge ließen gleichzeitig die Riemen los, ohne daß dazu auch nur ein Wort nötig gewesen wäre. Und während Uwaen Saeltanir zückte, rissen die anderen beiden die Äxte aus den Gürteln.

»Cuorsaldo!«

»Die blaue Flamme!«

»Ber-Intaal!«

Sie stürzten sich auf die Feinde, ließen die Waffen wirbeln und wüteten unter den Orks wie der Fuchs im Hühnerhaus. Leicht verletzt, aber nach wie vor wutentbrannt und noch immer nicht zufriedengestellt, fuhren sie fort, zwischen den Kadavern umherzuwandern und die blutbefleckten Klingen drohend zu schwingen, als wollten sie die toten Feinde auffordern, wieder ins Leben zurückzukehren, um sie ein zweites Mal umbringen zu können.

»Zur Brücke!« knurrte Uwaen nach einer Weile.

Wie um dem Ort der Tragödie zu entfliehen, liefen sie am Rand der Schlucht entlang und brachten den Mut nicht auf, bis zum Grund hinabzublicken.

Währenddessen schwärmten auch die Orks, die an der Brücke geblieben waren, aus den Gebäuden und rannten auf Uwaen und die Zwerge zu. Es waren etwa zwanzig, die wild brüllend ihre Piken und Säbel schwangen.

»Mehr seid ihr nicht?« schrie Uwaen in hilflosem Zorn. »Ihr seid mir zu wenig!«

Sie waren keine hundert Schritt mehr entfernt, als ihr Anführer zu straucheln schien und zu Boden stürzte. Fünf Sekunden danach fiel auch ein zweiter Ork. Und beim dritten Mal sahen sowohl Uwaen als auch die Zwerge den Stein.

Er kam von der anderen Seite der tiefen Kluft und traf den vordersten Ork an der Schläfe.

Die Füße gegen das Trittbrett gestemmt und den Körper nach hinten gebogen, hängte sich Damlo vergeblich an die Zügel. Das Pferd steuerte weiterhin auf den Abgrund zu, und es gab keine Möglichkeit einer anderen Richtung. Majestät galoppierte unbeirrt dem Tod entgegen, und der Junge konnte schon deutlich den Rand der gegenüberliegenden Kante von Ringenims Klinge sehen – dreißig Schritt von Damlos Seite der Schlucht entfernt. Beide Ränder der tiefen Spalte im Hochplateau waren zerklüftet, kleine Landzungen streckten sich da und dort ins Leere. Aber keine kam näher als etwa zwanzig Schritt an ihr Gegenüber heran.

Der Rand des Abgrundes war nur mehr zehn Schritt entfernt, und Damlo wurde klar, daß er hinabstürzen mußte. Er ließ den linken Zügel los und zog mit einer übermenschlichen Anstrengung am rechten. Den Kopf ganz nach hinten, in Richtung Hochebene gedreht, änderte der Wallach den Kurs der wilden Fahrt um ein geringes, und der Wagen kam im letzten Augenblick vor dem Absturz ins Schleudern. Steine und Erdreich spritzten in den Abgrund, und die Fahrt ging in vollem Tempo am Rand der Schlucht entlang weiter. Damlo stieß einen Freudenschrei aus. Noch ein solcher Kampf, sagte er sich, und ich kriege den Gaul in die Gegenrichtung!

Doch dann bemerkte er plötzlich, daß auch auf der rechten Seite nur Leere war: Der schmale Felsvorsprung, den Majestät gewählt hatte, ragte mehr als sechzig Schritt schräg in Ringenims Klinge hinein. Der Junge dachte daran, vom Wagen zu springen, aber der Landstreifen bot einfach zu wenig Platz dazu; Damlo wäre noch vor dem Pferd auf dem Grund der Schlucht gelandet. Also ließ er die Zügel in der Hoffnung los, der Gaul würde den Abgrund erkennen und von sich aus innehalten. Aber das Tier war völlig außer sich und galoppierte weiter, als wäre es blind.

Nun ja, so würden sie also alle beide sterben.

Es schien dem Jungen, als stünde die Zeit still. Ruhig und gelassen blickte er zurück auf die Begegnung mit den Wölfen zehn Tage zuvor. Und er wartete darauf, daß jeden Moment, so wie damals, der Gleichmut gegenüber dem bevorstehenden Tod eintrat, und bereitete sich darauf vor. Doch diesmal blieb er aus. Im Gegenteil, er spürte, wie in seinem Inneren ein unwiderstehliches Gefühl der Auflehnung entstand, und zur Angst gesellte sich eine unbezähmbare Wut. Und dann war da plötzlich diese Hitze an seinem Gaumen, die der Junge unbewußt durch die Zähne wegzublasen versuchte. Einen Augenblick darauf kam der Geruch nach Verbranntem hinzu, und die Furie brach mit rasender Gewalt aus ihrem Schlupfloch hervor. Sie schien fast die Beschaffenheit eines festen Körpers zu besitzen, der in Damlos Innerem wie ein versehentlich verschluckter Orkan tobte.

Der Junge war so erschrocken, daß er der Furie den ganzen Zorn über seinen bevorstehenden Tod entgegensetzte, und instinktiv nutzte er auch den »Ruck«, diesen seltsamen inneren Stoß, den er sich selbst versetzen konnte und mit dem es ihm stets gelang, seine Träume zu verändern. So bediente er sich seiner auch jetzt: wie bei einem Alptraum, den es zu verjagen galt. Es schien auch zu gelingen, denn der Kampf hörte sofort auf. Aber diesmal verflog die Wut nicht nach und nach, um sich dann wie damals am Sweldal ganz aufzulösen, sondern die Furie beruhigte sich einfach. Ohne einen weiteren Versuch, sich in Damlos Innerem noch weiter auszubreiten, doch auch ohne in ihren Schlupfwinkel zurückzukehren. Der Junge spürte sie in sich brodeln und fühlte in ihr die gleiche Angst vor dem Tod, wie er sie hatte.

Zum Entsetzen kam Verwunderung: Er empfand ein absurdes Gefühl der Gemeinsamkeit. Während der Rand des Überhanges immer näher kam, wurde Damlo schlagartig bewußt, daß ihm genau diese erschreckend blinde Wut die Kraft verleihen konnte, das Pferd zu stoppen. Also zerrte er wieder an den Zügeln, und tatsächlich stellte sich die Furie in diesem Kampf an seine Seite. Den Kopf tief auf die Brust gesenkt, machte Majestät endlich Anstalten, zum Stehen zu kommen.

Doch es war zu spät. Ringenims Klinge war nur noch fünf Schritte entfernt, und so stießen die Hufe des Tieres einen Augenblick später ins Leere. Offenbar wollte es die Schlucht mit einem weiten Sprung überwinden – wie einen Graben im Terrain.

Damlos Blick hing am gegenüberliegenden Rand des Abgrundes, keine dreißig Schritt zu seiner Linken. Alles umsonst gewesen, dachte er. Ausgerechnet in dem Augenblick, als er einen Weg entdeckt hatte, wie er sich mit dem Tod, den er in sich trug, verbünden konnte, wartete draußen der gleiche Tod mit weit ausgebreiteten Armen unter ihm: zweihundert Fuß Leere, und dann das Zerschmettern an der steinigen Brust des Bösen.

Der Junge spürte, wie seine Knie nachgaben, und ließ sich schwer auf den Kutschersitz zurückfallen. Instinktiv klammerte er sich mit beiden Händen daran fest und versuchte ebenso instinktiv, den mächtigen Satz des Pferdes zu unterstützen, indem er den ganzen Körper vorbeugte.

Er schloß die Augen. Obwohl er nur einen kurzen Blick in Ringenims Klinge hatte werfen können, sah er die gesamte Schlucht plötzlich in all ihren Einzelheiten. Er spürte sein eigenes Wesen, das sich darin ausdehnte und sie als geschlossenes Ganzes wahrnahm: die Ränder, den Wagen, die Leere und die gezackten Felsblöcke auf ihrem Grund. Wie in einem schleppend ablaufenden Traum stand er geradezu neben sich selbst und sah Majestät im Sprung über dem Rand des Abgrundes, den Wagen hinter sich herziehend. Der Flug dauerte unendlich lange, und Damlo hatte Zeit, sich zu fragen, ob gleich sein ganzes bisheriges Leben in einem einzigen Augenblick an ihm vorbeiziehen würde, so wie es in Waelton behauptet wurde. Aber die Reminiszenzen wollten nicht kommen, und wie er es bei seinen Träumen tat, wenn sich nach dem Erwachen die Erinnerung an sie nicht einstellen wollte, versuchte Damlo, sich völlig zu entspannen, um ihren Fluß in Gang zu setzen. Er verbannte alle Gedanken aus seinem Kopf – doch es gelang ihm nicht, die Wahrnehmung dieser Gesamtheit von Ringenims Klinge zu verscheuchen. Er empfand sich fast als ein Teil davon und stand in seltsamem Einklang auch mit der Furie in seinem Inneren. Ihr Vorhandensein schien ihn geradezu zu tragen und ihm eine merkwürdig prickelnde, euphorische Kraft einzuflößen.

Zwar verstrich die Zeit langsam, aber sie verstrich – und an einem gewissen Punkt bemerkte Damlo, daß die Hälfte der Strecke über die Schlucht überwunden war. Ohne nachzudenken brachte er mit einer unwillkürlichen Handbewegung die gegenüberliegende Kante des Hochplateaus an sich heran.

Pferd und Wagen landeten mit weichem Schwung und kamen zu einem sanften Halt. Als der Junge die Augen wieder öffnete, sah sich Majestät gerade neugierig um. Der Gaul war jetzt ganz ruhig und schien beinahe ebenso ungläubig wie Damlo. Die Zeit lief immer noch mit der Langsamkeit von schmelzendem Schnee ab, als der Junge drüben, auf der anderen Seite von Ringenims Klinge, seine Freunde auf der Jagd nach Orks erblickte. In tiefster Stille zog der Halbelf sein Schwert. Er schien Stunden dafür zu benötigen, und selbst die Sonne war zu träge, um Saeltanir ein sprühendes Gefunkel zu entlocken.

Zauberei! dachte Damlo und nannte sich selbst sofort darauf einen Dummkopf: Er erinnerte sich nur allzu genau an das, was Clevas zu diesem Thema gesagt hatte.

Dann betrachtete er Ringenims Klinge. Hier war die Schlucht etwa zwanzig Schritt breit, doch die Stelle auf dem Landstreifen, von der aus der Wagen die andere Seite verlassen hatte, lag viel weiter entfernt. Damlo schätzte die Länge des schrägen Satzes, den Majestät zurückgelegt hatte, auf mehr als sechzig Ellen.

Zauberei. Ich habe den Wagen zum Fliegen gebracht. Ich habe ein Zauberkunststück vollbracht!

Er verstand nichts mehr. Obwohl das Leben rundum immer noch im Schneckentempo ablief, überschlugen sich die Fragen in seinem Kopf mit atemberaubender Geschwindigkeit, bruchstückhaft und schwindelerregend. Schließlich schob Damlo die Gedanken verwirrt und wie betäubt zur Seite. Und mit einem Schlag fing alles wieder an, sich mit der üblichen Geschwindigkeit zu bewegen.

Ein paar Sekunden lang blieb der Junge reglos sitzen, ehe er vom Wagen stieg. Beinahe fiel er hin, da ihm seine Beine nicht gehorchten. Er fühlte sich erschöpft und leer und spürte in seinem Inneren weder das Wüten der Furie noch die Angst von kurz zuvor.

Unversehens wurde ihm klar, daß dort drüben auf der anderen Seite, in etwa zweihundert Schritt Entfernung, seine Freunde in einen Kampf verwickelt waren. Rasch stieg er wieder auf den Wagen und ließ Majestät am Rand der Schlucht entlanglaufen. Doch bevor er noch auf gleicher Höhe mit den dreien drüben angekommen war, verfolgte er, wie Uwaen den letzten Ork einholte und tötete.

Ohne zu begreifen, was die Freunde trieben, sah er zu, wie die Zwerge und der Halbelf mit beängstigend unheilschwangeren Mienen zwischen den Kadavern umherliefen. Und dann bemerkte Damlo, daß hinter ihnen weitere zwanzig Orks auftauchten und auf sie zurannten. Er setzte gerade zu einem Warnschrei an, als die drei selbst die Gefahr wahrnahmen. Aber statt davonzulaufen, warfen sie sich den Feinden entgegen, ein jeder mit seinem eigenen Schlachtruf.

Damlo hetzte Majestät wie ein Fuhrknecht aus Kurtin und hielt den Wagen erst an, als er fast auf gleicher Höhe mit den Orks drüben war. Schnell wie der Blitz schwang er sich nach hinten und packte die Schleuder, sprang ab und bückte sich nach ein paar Steinen. Während er seine Waffe kreisen ließ, sah er die beiden Gruppen wie wildgewordene Bestien aufeinander losstürzen – und er kam zu dem Schluß, daß noch keiner dort drüben seine Anwesenheit bemerkt hatte, obwohl er nicht mehr als fünfundzwanzig Schritt Luftlinie von ihnen entfernt war.

Damlo ließ den ersten Stein fliegen, und noch ehe er den Ork fallen sah, war die Schleuder schon wieder am Kreisen. Er traf auch den zweiten und den dritten Ork, und nun bemerkten ihn alle. Uwaen und die Zwerge stolperten vor Überraschung fast über die eigenen Füße, ehe sie sich mit einem Jubelschrei auf die verbliebene Schar Orks stürzten.

Damlo fuhr fort, Steine zu schleudern. Jetzt, da selbstverständlich auch sie seine Anwesenheit bemerkt hatten, gelang es den Orks, den meisten seiner Geschosse auszuweichen, aber der Junge sah mit leisem Stolz, daß er sie damit ausreichend ablenkte, um den Freunden die Arbeit zu erleichtern. Am Ende des Kampfes, nachdem Uwaen auch die letzten drei Orks erbarmungslos verfolgt und getötet hatte, hatte Damlo etwa dreißig Steine geschleudert, einen vierten Ork getötet und etliche weitere verletzt.

So standen die vier Freunde einander gegenüber, sahen sich über die Schlucht hinweg an und wußten nicht, was sie sagen sollten. Das Bedürfnis, sich zu umarmen, mußten sie unterdrücken.

»Du bist ein verdammter Zauberer!« schrie Uwaen schließlich.

»Und du bist Brabantis!« gab der Junge zurück und lachte.

»Das ist mein Menschenname, aber da mir der zu sperrig ist, trage ich für gewöhnlich meinen Elfennamen!«

»Ich dachte, du wärst viel älter!«

»In Wirklichkeit bin ich noch älter als Clevas!«

»Na, na!« schrie der Alte, damit auch Damlo ihn hören konnte, »was ist das für eine Art, sich ausgerechnet mit mir zu vergleichen? So vergreist bin ich nun wirklich noch nicht!« Aber es war schwer, in dieser Lautstärke zu zetern, und mitten im Satz mußte er lachen.

»Keineswegs, keineswegs!« erwiderte Uwaen. »Aber ich bin ein halber Elf, und bevor ich alt werde, müssen noch etliche Jahrhunderte vergehen!«

»Und ich«, lachte Damlo, »wollte dir noch in Drassol die Geschichte von Brabantis erzählen!«

»Vergiß die alten Geschichten, erzähl uns lieber, wie du es geschafft hast, über Ringenims Klinge zu springen!«

»Keine Ahnung. Ich habe den Wagen sechzig Ellen fliegen lassen, aber frag mich nicht, wie!«

»Auf die gleiche Weise, wie du dich in Drassol vor dem Pöbel in Sicherheit gebracht hast, denke ich!«

»Was willst du damit sagen?«

»Daß du dich dort, in diesem Gäßchen, unsichtbar gemacht hast!«

»Aber wie ist das möglich?«

»Erkläre du es uns!«

»Ich weiß es doch nicht!« protestierte Damlo. »Clevas, wie habe ich es gemacht?«

»Das fragst du mich? Bis vor kurzem habe ich noch fest behauptet, es würden keine Menschen mit magischen Kräften mehr zur Welt kommen!«

»Soll das heißen, daß ich noch andere Zauberkunststücke zustande bringen kann?«

»Sehr wahrscheinlich.«

»Wollt ihr, daß ich versuche, euch auf diese Seite zu bringen?«

»Nein!« schrie Uwaen hastig. »Es ist eine Sache, in einem Moment höchster Anspannung einen Zauber zu bewirken, aber eine völlig andere, ganz bewußt einen herbeiführen zu wollen. Wenn du nicht weißt, wie du ihn kontrollieren kannst, ist ein Zauber eine gefährliche Angelegenheit. Um ihn aber beherrschen zu können, braucht es eine lange Lehrzeit. Warte, bis du nach Belsin kommst. Falls Ailaram dich zum Schüler nimmt, kannst du dich nach Lust und Laune austoben. Doch bis dahin würde ich dir raten, es lieber nicht zu probieren.«

Den Zauber hatte Damlo eigentlich nur zum Spaß vorgeschlagen, doch jetzt wurde ihm plötzlich bewußt, daß die Freunde keine Möglichkeit hatten, auf seine Seite von Ringenims Klinge zu kommen.

»Und wie soll es weitergehen?« rief er.

»Wir wollen uns ansehen, was von der Brücke übriggeblieben ist.«

Es gab nur noch angesengte Reste von Holzträgern, zwischen deren Enden eine Lücke von wenigstens dreißig Schritt klaffte. Obwohl etliche Stellen zu sehen waren, an denen die Ränder der Schlucht näher zusammenrückten, war nur hier der Untergrund fest genug, um die Fundamente einer Brücke zu tragen.

»Versuchen wir, ein Seil zu spannen!« rief Uwaen.

Damlo sprang auf den Wagen und wühlte sich durch die Warenladung. Fünf Minuten später hatte er das Ende eines dicken Seiles an einem Brückenstummel festgemacht und warf die restliche Rolle den Freunden zu.

Es ging nicht. Das Seil war zu schwer für den Jungen, und bei seinen weitesten Würfen fiel es auf halbem Weg ins Leere. Es gelang auch nicht, als Damlo auf die Idee kam, das Ende des Seiles an einem Bolzen der Armbrust festzuknoten. Die dreißig Schritt über den Abgrund waren nicht zu überwinden.

»Wir brauchen eine dünnere Schnur!« rief Damlo. »Vielleicht findet sich eine in der Garnison!«

Auf beiden Seiten der Schlucht gingen die Freunde auf die Suche. Die Stallungen waren ausgebrannt und die anderen Gebäude völlig verwüstet. Die Orks hatten alles zerstört, was sie nicht stehlen oder auffressen konnten.

Zehn Minuten später verließ Damlo verzweifelt die letzte Baracke und trat zum Rand der Schlucht.

»Nichts!« schrie er den Freunden zu, die soeben einen großen Sack aus einem der Gebäude schleppten. »Habt ihr etwas gefunden?«

»Keine Schnur«, antwortete Uwaen. »Aber hier ist die Antwort auf viele Fragen. Hier in diesem Sack sind Gürtelschnallen, Waffenteile, zerbrochene Helme und zerrissene Banner. Gegenstände aus allen Städten, die kurz davor stehen, gegeneinander Krieg zu führen!«

»Und die sich gegenseitig die Raubzüge in die Schuhe schieben!« rief Damlo hinüber. »Das ist der Beweis, daß es immer nur die Orks waren!«

»Richtig! Genau so ist es!«

»Das müssen wir König Vinathes sagen!«

»Er würde uns vielleicht glauben, aber diejenigen, die den Krieg wollen, nicht. Niemand kann bezeugen, daß wir den Sack hier gefunden haben!«

»Was sollen wir also tun?«

»Darüber werden wir uns später den Kopf zerbrechen; jetzt müssen wir erst einmal überlegen, wie wir auf die andere Seite der Schlucht kommen!«

Die Orks vom Vallerotta! Damlo lief es kalt über den Rükken. Die Aufregung der Flucht, die pure Magie seines Fluges über Ringenims Klinge und die gewonnene Schlacht hatten ihn vergessen lassen, daß die Orks ohne Zweifel die ganze Zeit über in Richtung Brücke vorrückten!

In diesem Moment sagte Uwaen, der die Gegend im Norden nicht aus den Augen gelassen hatte, rasch ein paar Worte zu den Zwergen. Damlo strengte sich an, in der Ferne irgend etwas zu erkennen, aber die Augen des Halbelfs waren weit besser als die seinen, und er sah gar nichts. Die Freunde drüben fingen an, miteinander zu tuscheln, und zeigten nach rechts und nach links.

»Du mußt allein weiterfahren!« rief Uwaen schließlich. »Folge immer der Hauptstraße. Wir werden eine Stelle suchen, wo wir die Schlucht überqueren können, und treffen dich dann irgendwo unterwegs.«

»Und die Orks?«

»Es ist nicht das erste Mal, daß sie mir auf den Fersen sind.«

»Aber hier auf dem Hochplateau gibt es nichts, das als Versteck dienen könnte!«

»Haben wir denn eine Wahl?«

»Damlo«, schaltete sich Irgenas ein, »in sechs oder sieben

Tagen wirst du die Brücke über den Riguario erreichen. Ich glaube zwar, daß wir bis dahin zu dir gestoßen sein werden, aber falls nicht, warte dort auf uns. Jedoch nicht länger als achtundvierzig Stunden! Denk immer daran, daß Ailaram den Zahn des Britelvorill dringend braucht!«

»Aber ich weiß doch nicht, wo Ailarams Turm ist!«

»Im Wald von Belsin, nördlich von Tevilan.«

»Clevas hat doch gesagt, daß der Turm nicht zu sehen ist!«

»Such ihn trotzdem. Vielleicht kann Ailaram die Nähe des Zahnes wahrnehmen.«

»Also glaubt ihr nicht daran, daß ihr es schafft!«

»Unsinn, Junge!« rief Clevas. »Du wirst sehen, irgendwo unterwegs werden wir plötzlich auftauchen!«

»Fahr los, sie kommen näher!« schrie Uwaen.

»Schnell, weg!« schloß Irgenas sich an. »Im Galopp! Rasch, rasch!«

»Ich bleibe hier und helfe euch mit der Schleuder!«

»Wir können uns nicht auf einen Kampf einlassen, es sind mehr als fünfzig, sie würden Hackfleisch aus uns machen! Verschwinde endlich, zum Geier! Und denk immer daran, der Zahn muß nach Belsin kommen! Um jeden Preis!«

»Los, Junge!« schrie Uwaen. »Wir holen dich auf der Straße ein!«

Mit zusammengeschnürter Kehle und schweren Herzens sprang Damlo auf den Kutschbock und fuhr los. Als er sich umdrehte, sah er Uwaen am Rand des Abgrundes in Richtung Westen davongaloppieren, links und rechts je einen Zwerg in den Steigbügeln. Das Terrain vor ihnen war flach und mit niedrigem Strauchwerk bedeckt, so weit das Auge reichte. Es gab nicht die geringste Deckung. Und im Norden konnte man nun zahllose schwarze Pünktchen auftauchen sehen.

Damlos Augen füllten sich mit Tränen, während er Majestät die Peitsche gab.

Selbst als sich schon die Nacht über die Hochebene senkte, unterbrach der Junge die Fahrt nicht. Die Straße wurde vom Mond einigermaßen erleuchtet, und erst als die strahlend helle Sichel hinter dem Horizont verschwand, zündete Damlo während einer Ruhepause für den Wallach die Öllaterne an. Wie er es von den Zwergen bei ihren Nachtfahrten gelernt hatte, befestigte er sie am Ende der langen Stange über dem Kopf des Pferdes.

Noch vor Sonnenaufgang ging es bergab, und als der Tag anbrach, fuhr der Wagen bereits seit geraumer Zeit im Zickzack zwischen den Hügeln dahin. Anfangs schroff und ganz ähnlich jenen, die das Vallerotta gesäumt hatten, wurden die Erhebungen immer sanfter, aber ohne ganz so flach zu werden wie in dem nur leicht welligen Gelände nördlich von Ringenims Klinge.

An den folgenden Tagen schlief der Junge sehr wenig, und wenn, dann lenkte er jedesmal den Wagen fort von der Straße und versteckte ihn abseits in einem der seltenen Wäldchen in dieser Gegend. Immer wieder blickte er in der Hoffnung zurück, Zurkin mit den Freunden herangaloppieren zu sehen. Doch eine Stimme in seinem Inneren wiederholte mit grausamer Eintönigkeit: »Brabantis oder nicht Brabantis – fünfzig gegen drei bedeutet den Tod!«

Die Straße Richtung Süden wand sich zwischen den Hügeln dahin, und Damlo vertrieb sich die Zeit, indem er an allem herumzuschnitzen begann, was ihm in die Hände kam. Und wenn das Werk vollendet war, warf er es weg. Doch es gab seinen Händen etwas zu tun und beruhigte seine Nerven ein wenig, während es ihm gleichzeitig erlaubte, seinen Gedanken freien Lauf zu lassen.

Der Junge hatte viel Zeit zum Nachdenken – und er dachte viel nach. Er fühlte sich verändert, verwandelt. Es war ihm nicht klar, auf welche Weise, aber jenen Damlo, der vor wenigen Tagen auf Zurkin über das Grasland nördlich von Drassol gestürmt war, den gab es nicht mehr. Er fragte sich immer wieder nach dem Grund, fand aber keine befriedigende Antwort. Sicher, im Laufe dieser letzten Tage hatte er allerhand erlebt. Er war in die Bettlerküste aufgenommen worden, und obwohl es sich bei ihren Mitgliedern zugegebenermaßen um Kriminelle handelte, war es jedenfalls das erste Mal in seinem Leben gewesen, daß man ihn anerkannte. Dann hatte man ihn bei Hofe empfangen, und er war mit einem echten König ins Gespräch gekommen. Er hatte Brabantis kennengelernt, zusammen mit ihm gekämpft und etliche Orks getötet. Und obwohl er es nicht geschafft hatte, seine Angst zu besiegen, war es ihm doch fast gelungen, die wütende Furie in seinem Inneren zu bändigen. Und schließlich hatte er entdeckt, daß er Zauberkräfte besaß, und war zum einzig Verantwortlichen für eine Mission geworden, an der Elfen, Magier und der Zwergenprinz teilnahmen.

Dies schien ihm mehr als genug, um sich nun als ein anderer zu fühlen. Aber damit gab sich Damlo nicht zufrieden. Er wollte verstehen, auf welche Art und Weise er sich verändert hatte, und vor allem, welche Folgen diese Veränderung auf sein künftiges Leben haben würde. Wer – und wie – war er geworden? Er ahnte in sich etwas, das sich wie ein fremdes Sein anfühlte, und es verursachte ihm ein tiefes Unbehagen, nicht zu wissen, ob er ihm trauen konnte. Und auch dieser Argwohn war etwas, das er früher nicht gekannt hatte.

Am dritten Tag seiner Reise begegnete er einer Reiterpatrouille aus Pecsa. Unter den staubigen Rüstungen trugen sie Uniformen im Rot-Blau dieser Stadt. Verwundert, einen Jungen allein auf dem Kutschbock eines Fuhrwerkes aus dem Norden vorzufinden, befragten sie ihn ausführlich, aber ohne Feindseligkeit. Damlo gab sich als Lehrling aus, auf der Fahrt nach Eria zu seinem Onkel und künftigen Lehrherrn, einem Baumbildhauer, der ihn bei sich aufnehmen würde. Er erzählte auch von dem Überfall auf die Brücke über Ringenims Klinge.

Und indem er eine Lügengeschichte aus dem Ärmel schüttelte, erklärte er ihnen, wie es ihm gelungen war, gerade noch über die Brücke zu kommen, ehe sie zusammenbrach, während der Rest der Karawane danach auf der anderen Seite festsaß. Schließlich ließen ihn die Soldaten weiterziehen und wandten sich unverzüglich nach Westen, wo sich offenbar das Hauptkontingent ihrer Truppen befand.

Voller Sorge, sich in seinem Lügengespinst zu verheddern, hatte Damlo während des ganzen Gespräches gezittert, und so lenkte er den Wagen in östlicher Richtung zur Seite, kaum daß er wieder allein war. Von dieser Stunde an hielt er sich von der Straße fern und fuhr bevorzugt nachts. Der Mond war jetzt nur mehr eine dünne Sichel, und sein Licht reichte nicht aus, den Weg so weit zu erhellen, daß ein Vorwärtskommen möglich gewesen wäre. So mußte der Junge auf die Laterne zurückgreifen und sich nach den Sternen orientieren. Es ging nur langsam voran. Außerdem war es schwer, in der Finsternis die Ausdehnung der Waldstücke richtig einzuschätzen, und es geschah oft, daß er wenden und lange Umwege in Kauf nehmen mußte. Dafür begegnete er niemandem mehr. Wenn man von den Kobolden absah.

Die schienen einfach überall zu sein, und sie zeigten sich viel öfter als zu jenen Zeiten, als Damlo in Gesellschaft gereist war. Jedesmal, wenn der Junge den Wagen anhielt, erschienen sie in tausend Formen und Gestalten, eine drolliger als die andere. Fröhlichkeit versprühend zuckten sie um ihn herum, und als sie entdeckten, daß er sie sehen konnte, zeigten sie sich entzückt und verdoppelten ihre Späße und Kapriolen. Sie konnten sich zwar nicht in Worten ausdrücken, schafften das aber ausgezeichnet mit ihren Luftsprüngen. Sie trösteten Damlo, als er ihnen vom Tod seiner Freunde erzählte, und brachten ihn zum Lachen, wenn sie fanden, daß es nun genug der Traurigkeit sei.

Sie leisteten ihm Gesellschaft, und ihnen war es zu danken,

daß der Junge nicht mehr jedesmal am Boden zerstört war, wenn er an den Kampf bei Ringenims Klinge zurückdachte. Aber der Schmerz verschwand nicht etwa, er schwelte in seinem Inneren, ungerührt und hartnäckig. Doch Damlo verspürte nicht mehr das dringende Bedürfnis, ihn mit jemandem zu teilen. Allmählich hörte er auf, von Uwaen und den Zwergen zu sprechen, und behielt seine Erinnerungen und Gefühle bei sich, als könnte es sie irgendwie abschwächen, wenn er zuviel darüber sprach, und ihm das nehmen, was ihm von den verlorenen Freunden blieb.

Außerdem hegte er irgendwo tief in seinem Inneren immer noch die winzige Hoffnung, sie könnten weiterhin am Leben sein. So richtig daran zu glauben wagte er jedoch nicht. Er wagte nicht einmal, richtig daran zu denken! Doch in den Tiefen seines Herzens verlieh der Wunsch der Illusion einen Anstrich von Zuversicht. Und hin und wieder ertappte sich Damlo beim Träumen: wie er zur Brücke über den Riguario kam und dort auf seine Freunde stieß, die ihn schon grinsend erwarteten und wegen seiner Sorgen und Ängste auf den Arm nahmen.

Je weiter der Junge nach Süden vordrang, desto häufiger traf er auf bestellte Felder und vereinzelt in der Landschaft verstreute Bauernhöfe. Einige waren sichtlich vor kurzem erst befestigt worden, und überall herrschte beträchtliches Mißtrauen gegenüber dem fremden Jungen. Die Bauern waren verängstigt und feindselig, und mehr als einmal jagten sie Damlo mit Steinwürfen davon. Also brachte der Junge nach den ersten Erlebnissen dieser Art den Wagen wieder zurück auf die Hauptstraße.

Er entdeckte, daß sie nunmehr ziemlich stark befahren war, doch die Befürchtungen, die er deswegen hatte, erwiesen sich als unbegründet und niemand hielt ihn auf. Erst später kam er drauf, daß ihn die Reiterpatrouille für den Sohn eines Bauern aus der Gegend oder etwas Ähnliches gehalten haben mußte, und er ärgerte sich über die Angst, die ihm die Soldaten eingejagt hatten.

Am fünften Tag seiner Fahrt führte ihn der Weg an der Stadt Pecsa vorbei. Er sah sie aus der Ferne, halb verdeckt von einem Hügel, doch hütete er sich, in ihre Nähe zu kommen. Er fuhr weiter, den ganzen Tag und die ganze Nacht, ohne zu schlafen; er wagte es einfach nicht, denn dann wäre der Wagen unbewacht geblieben. Er ließ auch zahlreiche Dörfer hinter sich und schaffte es, bis zum Morgengrauen wach zu bleiben, doch dann drohte ihn die Schläfrigkeit zu überwältigen. Immer noch kämpfte er dagegen an, obwohl ihm die Augen schon zufielen. Aber gegen Mittag war nichts mehr zu machen, und so suchte er eilig und angestrengt nach einem Platz, an dem er den Wagen in sichere Deckung bringen konnte.

Doch obwohl nun kaum mehr Anzeichen menschlicher Besiedelung vorhanden waren, erschien dem Jungen kein Versteck geeignet genug. Und so wehrte er sich mit aller Kraft gegen das Verlangen nach Schlaf und setzte die Fahrt den ganzen Nachmittag über fort. Es regnete seit Stunden – kalte, scharfe Tropfen, die ihm jedoch halfen, wach zu bleiben.

Gegen Abend wurde ihm dann klar, daß er in Kürze vor Müdigkeit vom Kutschbock fallen würde, wenn er nicht bald zu seinem Schlaf kam. Die Nacht an der Straße zu verbringen, war undenkbar, und so lenkte er Majestät ins freie Gelände zwischen die Hügel, die seit Pecsa schroffer und steiler geworden waren. Doch nicht einmal hier fand er einen Winkel, der ihn zufriedenstellte, und so entschloß er sich schließlich dazu, den Wagen einfach dicht am Steilabfall eines Hügels abzustellen. Es ging noch einen kleinen, mit allerlei Gesträuch bewachsenen Hang hinauf, dann fuhr er den Wagen dicht an die Felswand heran.

Und auf diese Weise entdeckte er die Passage. Kaum ausreichend für das Gefährt, hielt der Junge sie erst nur für eine Einbuchtung in dem dicht bewachsenen Felsen. Doch als er den

Wagen in ihren Schutz bringen wollte, bemerkte er, daß sie in einer Biegung mündete, die erst zu sehen war, wenn man unmittelbar davor stand. Und dahinter bildeten die Steilwände eine kleine Schlucht.

Damlo durchquerte sie mit fast geschlossenen Augen, froh, endlich doch einen sicheren Schlupfwinkel gefunden zu haben. Und nach fünf Minuten erweiterte sich die Schlucht. An einer Seite wölbte sich die Felswand in etwa zwanzig Fuß Höhe nach innen und schuf so einen prächtigen Unterstand.

Damlo spannte den Wallach rasch aus und kroch unter den Wagen. Er streckte sich aus, zog sich einen trockenen Umhang über die Schultern und versank augenblicklich in tiefen Schlaf.

Er schlief wie ein Stein und erwachte ausgeruht beim ersten Morgenlicht. Er rutschte unter dem Wagen hervor, streckte sich genüßlich und sah sich um.

Da erstarrte er. Der Platz war bewohnt!

Ein paar Sekunden lang verhinderte seine Angst jeglichen klaren Gedanken, doch dann bahnte sich eine einfache Tatsache ihren Weg in sein Hirn: Rundum im Gelände gab es keine einzige frische Spur – ja es gab außer seiner eigenen *überhaupt* keine andere Spur! Und doch hatte auf diesem Platz ohne Zweifel jemand gelebt. Im Fels unter dem Überhang waren etliche Nischen zu erkennen, die sichtlich mit der Hand herausgeschlagen sein mußten, und an einer Seite war die Wand oberhalb einer großen Steinplatte sogar bis zur Decke rußgeschwärzt.

Nur Augenblicke später entdeckte Damlo das Skelett. Es lag gegenüber der Feuerstelle in einem Winkel, der ein gut geschütztes Plätzchen war, an dem wohl jedermann seinen Strohsack aufgelegt hätte. Das Skelett schimmerte weiß und war vollständig erhalten; die Knochen eines Armes lagen unter dem Schädel. Es schien zu schlafen und verströmte eine sonderbare

Heiterkeit. In seinem Leben mußte der Mann bitter arm gewesen sein; die einzigen Besitztümer, die Damlo finden konnte, waren ein Kochtopf und ein Messer, dessen Klinge vom häufigen Schleifen fadendünn geworden war. Beide Gegenstände waren vollkommen verrostet und zerkrümelten bei der ersten Berührung.

Der Junge machte Feuer, holte dann den Spaten vom Wagen und sah sich um. Der Platz war ganz und gar von Felswänden umschlossen, aber Damlo entdeckte dennoch eine Ecke, in die ein Sonnenstrahl fiel. Dort wuchsen Büschel kleiner, strahlend blauer Blumen, die der Junge nicht kannte. Er nahm sich die Zeit, sie ein Weilchen zu bewundern, ehe er sie vorsichtig – um die Wurzeln nicht zu beschädigen – zusammen mit ihrem Rasenstück abhob, zur Seite tat und eine Grube aushob.

Dann hüllte er das Skelett in einen der Mäntel vom Wagen, bettete es in sein Grab und bedeckte es mit dem Erdreich. Zum Schluß legte er das mit blauen Blumen bewachsene Rasenstück zurück an seinen Platz und begoß es mit Wasser aus einem der mitgeführten Fäßchen. Danach setzte er sich ans Feuer und rupfte einen Fasan, den er zwei Tage zuvor mit der Schleuder erlegt hatte.

»Das war wirklich eine schöne Geste deinerseits. Isandlan hätte sich darüber gefreut.«

Damlo fuhr erschrocken hoch. Er ließ den Fasan fallen und blickte sich um, die Hand an seinem Stacheldegen. Aber er mußte nicht lange suchen: gleich vor ihm hatten sich die Funken mit Leben erfüllt und sprühten fröhlich in alle Richtungen.

»Laß das Ding stecken, junger Rotschopf, hier lauert keine Gefahr.« Die Stimme klang kräftig und gesetzt, doch obwohl sie ehrwürdiges Alter und tiefe Weisheit ausstrahlte, schwang ein unüberhörbar spitzbübischer Unterton mit.

Damlo sah den übermütig tanzenden Kobolden zu. »Hallo, Feuer!« lächelte er.

»Ich bin nicht das Feuer. Isandlan sagte ›Alter Felsbuckel‹ zu mir, und du kannst mich auch so nennen.«

»Dann bist du also dieser Hügel. Du hast mich erschreckt, weißt du das?«

»Natürlich! Ich habe mit größter Sorgfalt den richtigen Zeitpunkt abgewartet! Diesen Streich habe ich Isandlan des öfteren gespielt, und er schien mir genau das richtige, um sein Begräbnis zu feiern.«

»Die Idee, sich mit einem Lachen an tote Freunde zu erinnern, gefällt mir«, sagte Damlo mit etwas brüchiger Stimme. »Auch wenn es nicht leichtfällt, vor allem, wenn es erst vor kurzem passiert ist.«

»Darüber haben wir lange geredet, Isandlan und ich. Er hatte ein geliebtes Wesen verloren und konnte sich einfach nicht damit abfinden. Schließlich und endlich aber dachte er mit Heiterkeit an sie zurück und konnte noch mehr darüber scherzen als ich.«

»Für einen Elf ist es leichter. Die Elfen lachen und spaßen von Natur aus über alles.«

»Das ist wohl richtig, aber er war ein Mensch. Wie kommst du darauf, daß er ein Elf gewesen sein könnte?«

»Ich war davon überzeugt, daß Menschen nicht mit Ortsgeistern reden können. Ich natürlich ausgenommen, aber ich bin ein Waeltoner, und ich nehme an ...«

»Dich ausgenommen? Als Waeltoner? Ich verstehe nicht, wovon du sprichst. Wie auch immer, jedenfalls hat auch Isandlan eine Weile gebraucht, bis er soweit war: hundertfünfzig Jahreszeiten – ein paar mehr, ein paar weniger.«

»Willst du damit sagen, daß er vierzig Jahre lang hier gelebt hat? Wer war er denn? Erzähl mir von ihm!«

»Als er eintraf, war er bloß der König von Laria, aber bis er ging, veränderte er sich sehr. Er kam vor langer Zeit durch Zufall her, untröstlich in seinem Schmerz. Er hatte sich in die Frau eines anderen verliebt, und in der Überzeugung, es werde ihm gelingen, früher oder später ihr Herz zu erobern, hatte er sie entführt. Doch sein Rivale konnte sie sich zurückholen und in der Folge sogar der Rache des Königs entgehen.«

»Ringenim!« murmelte Damlo verblüfft.

»Ja, das war der Name des anderen. Isandlan war so verzweifelt, daß er beschloß zu sterben. Doch der Gedanke an einen Selbstmord ekelte ihn an, und so floh er weit, weit weg, um ein natürliches Ende zu suchen.«

»Statt dessen traf er dich!«

»Nein. Als er hierherkam, mager wie ein Rohr im Wind, begegnete er erst einem Bären, der seit vielen Jahren bei mir lebte. Und sobald er ihn sah, stürzte er sich auf ihn.«

»Er hat ihn mit bloßen Händen niedergerungen?«

»Nein. Vielmehr konnte ich das Tier davon abhalten, ihn zu töten.«

»Weshalb hast du das getan? Mir ist gesagt worden, daß sich die Ortsgeister nie in die Angelegenheiten der Menschen einmischen.«

»Regeln sind dazu da, um gebrochen zu werden, mein roter Freund, wenngleich mit Augenmaß. Ich hatte in dem Menschenmann einen Lebensfunken von seltener Schönheit wahrgenommen, und deshalb schaltete ich mich ein.«

»Und der Bär?«

»Er schlug den Besucher mit einem Prankenhieb bewußtlos, und als Isandlan wieder zu sich kam, achtete der Bär nicht mehr auf ihn. Am Anfang wollte der König immer noch sterben, und deshalb blieb er stets in der Nähe des Tieres, in der Hoffnung, es töte ihn. Doch der Bär fuhr fort, ihn nicht zu beachten, und nach einer Weile wurden die beiden sogar Freunde. Das Tier war wirklich ein guter Lehrmeister für Isandlan, denn ohne es hätte er die ersten Monate nicht überlebt. Aber auch so war diese Zeit sehr hart für den König, denn der hatte keine Ahnung von einem Leben voller Entbehrungen. Einige Jahre später starb der Bär an Altersschwäche, und mein Freund begrub ihn ganz nahe jener Stelle, wo du sein Grab ausgehoben hast. Deshalb sagte ich auch, Isandlan hätte sich gefreut, dort begraben zu sein.«

»Dann freut es mich auch. Und als der Bär gestorben war, blieb Isandlan allein?«

»So lange, bis er lernte, meine Stimme zu hören. Als sich seine erste Verzweiflung gelegt hatte, schlug er die Straße der Weisheit ein und verfolgte sie mit größter Gewissenhaftigkeit. Mit allzu großer, nach meinem Dafürhalten, und ich mußte alles mögliche anstellen, um seinen Ernst ein wenig anzukratzen. Anfangs ärgerte er sich darüber, doch dann begriff er, daß ohne die Fähigkeit zu lachen die ganze Weisheit keine Weisheit ist. Wir wurden gute Freunde, und ich muß dir gestehen, daß er mir nun fehlt. Er brachte es fertig, daß ich mich leichter an seine Gegenwart gewöhnen konnte als an einen Wald, und zwar nach einem Millenium.«

»Dieses Wort hat er dich gelehrt!« lachte Damlo.

»Natürlich! Er hat mir die Feinheiten der Sprache beigebracht und schaffte es, mir begreiflich zu machen, wie der menschliche Geist arbeitet. Du kannst dir gar nicht vorstellen, was er mir alles über seine Stadt berichtet hat: von den Untertanen, den Kriegen, den Hofintrigen ... Oh, jetzt, da ich es mir überlege, kommt mir erst zu Bewußtsein, daß du über solche Dinge wahrscheinlich mindestens ebensoviel weißt wie ich!«

»Um ehrlich zu sein: nein. Bis vor drei Wochen lebte ich in meinem Dorf, und alles, was ich von der Welt wußte, wußte ich aus Büchern.«

»Ach ja, die Bücher. Isandlan hat davon gesprochen. Was für eine komische Art die Menschen haben, einander die Welt zu erklären! Vor drei Wochen, sagst du? Und wie kommt es, daß du an einem so einsamen Ort wie diesem gelandet bist?«

Damlo hatte den Fasan fertiggerupft, und während er ihn über dem Feuer briet, erzählte er von den Ereignissen, die ihn hierher geführt hatten.

»Ach ja«, seufzte der Alte Felsbuckel, »auch ich habe schon gehört, daß sich das Böse wieder rührt.«

»Das Böse?«

»Du nennst ihn Fürst der Finsternis, Isandlan hätte ihn jedoch genannt wie ich.«

»Aber böse ist irgend etwas Schlimmes, etwas Unrechtes, das man tut!« rief Damlo. »Der Herr der Angst hingegen ist ein Wesen!«

»Eigentlich doch nur eine umfassende Kraft, die es seit dem Anbeginn der Welt darauf anlegt, sich ihrer zu bemächtigen; und die erst am Ende aller Zeiten – wenn überhaupt je – besiegt werden wird.«

»Ich dachte, der *Schatten* wäre ein Feind. Der Erzfeind vielleicht, aber nicht das Böse«, sagte Damlo.

»Er ist es.«

»Dann ist er also tatsächlich erwacht?«

»Ich weiß nicht, was du damit sagen willst: Das Böse schläft nie. Aber es ist wahr, in diesen Zeiten ist seine Wirkung auf der Welt stärker geworden.«

»Weißt du, wer sein Erster Diener ist?« fragte der Junge.

»Nein.«

Damlo drehte den Spieß mit dem Fasan über dem Feuer und überlegte ein Weilchen. »Existiert außer dem Bösen auch das Gute?« fragte er dann.

»Natürlich.«

»Und gibt es auch da einen Ersten Diener? Denn wenn man den finden würde, könnte man sich mit ihm im Kampf gegen den Herrn der Angst verbünden.«

»Es kann keinen Diener des Guten geben, weil das Gute niemanden versklavt«, erklärte der Alte Felsbuckel. »Aber es stimmt, die Natur des Guten und des Bösen ähneln einander sehr. Zum Beispiel zeigen sich beide in den Handlungen der fühlenden Wesen. Aber ihre Kräfte arbeiten auf unterschiedliche Weise.«

Damlo schwieg eine Minute und schüttelte dann den Kopf. »Das verstehe ich nicht«, sagte er.

»Das Böse agiert als Heerführer verlorener Seelen. Es ist ein unheilvoller Geist, dessen Kern sich in einer Wesenheit findet, die dieser Welt nicht angehört. Dem ganz und gar Bösen steht das Gute gegenüber, das jedoch außer dem ewigen Streben nichts Umfassendes kennt. Es gibt keinen Herrn des Guten, seine Kräfte sind zersplittert und rar im Inneren eines jeden fühlenden Wesens.«

»Dann hat also das Böse viel mehr Macht?«

»Nein. Die größte Macht, über die das Böse durch den Umstand der Verdichtung verfügt, wird durch seine Nichtzugehörigkeit zu dieser Welt begrenzt.«

»Also ist das Gute mächtiger?«

»Nein. Insgesamt gesehen sind die Kräfte ausgeglichen, und aus diesem Grund dauert der Krieg zwischen den beiden auch schon seit dem Anbeginn der Zeiten an.«

»Wie kann es das geben? Gerade hast du gesagt, daß das Böse dieser Welt gar nicht angehört!«

»Nur jener Teil, den du Fürst der Finsternis nennst. Der Rest wirkt als dunkler Anteil zusammen mit dem Guten in den Lebenden. Würde es dem Bösen daher gelingen, vollständig auf dieser Welt zu erscheinen, wäre das Gleichgewicht verschoben und der Sieg wäre sein.«

»Und mit Hilfe des Ersten Dieners kann er es schaffen, richtig?« fragte der Junge.

»Es ist ein erster Schritt. Eine Brücke. Wir alle sind die Brücke, auf der und mit deren Hilfe Gut und Böse miteinander kämpfen.«

»Also bin ich nicht mehr als ein Hampelmann!«

»Keineswegs! Weder das Gute noch das Böse können sich jemandem aufzwingen. Nur ein lebendiges Wesen kann ein anderes lebendiges Wesen unterjochen. Gut und Böse bieten sich uns an, die Entscheidung müssen wir selbst treffen – die

Entscheidung, eines davon anzunehmen, das andere zurückzuweisen. Es ist immer und einzig eine Frage der Wahl, und jeder ist in jedem Augenblick frei, seine Wahl zu treffen.«

»Warum wählen dann nicht alle das Gute?« fragte Damlo.

»Weil das Böse lockt und täuscht. Sicherheiten bietet. Wer das Böse wählt, ist in seiner Wahl selten schwankend, denn es kümmert ihn kaum, welche Folgen sein Handeln zwangsläufig für die anderen mit sich zieht. Zum Guten hingegen gehört der Zweifel, was oft schmerzlich und schwer zu ertragen ist.«

»Aber warum ... Was ist das Böse? Welche Befriedigung verschafft ihm das, was es tut?«

»Es ist keine Befriedigung, sondern die einzige Möglichkeit, die es hat, zu wachsen und sich auszudehnen. Das Böse ist Selbstsucht und Gleichgültigkeit. Die zusammen mit dem Bedürfnis, sich durchzusetzen, und der Notwendigkeit, für immer fortzubestehen, zu ebendiesem Bösen werden.«

»Und aus welchem Grund verweigern sich die Leute dem Bösen nicht?«

»Sobald die Wahl einmal getroffen ist, wird das – obwohl immer noch möglich – sehr schwer.«

»Warum?«

»Stell dir einen großen Stein vor«, begann der Alte Felsbuckel seine Erläuterung. »Er ist oben so flach wie eine Platte und ruht auf äußerst weichem Untergrund. Darauf liegen hundert völlig runde Kiesel. Der Stein versinkt nur deshalb nicht, weil er, sagen wir, in seinem Mittelpunkt von einem spitzen Felszacken unterstützt wird. Er könnte sich auf die eine Seite oder auf die andere neigen, aber das geschieht nicht, weil er dank der hundert Kiesel in vollkommenem Gleichgewicht gehalten wird.

So ist im Prinzip auch das fühlende Wesen gestaltet. Und dann entschließt sich das Wesen eines Tages zu einer Handlung, die ihm von seiner dunklen Seite eingegeben wird. Eine Frau zu entführen, in die es sich verliebt hat, zum Beispiel.

Und schon ist es geschehen: ein Kiesel auf dem großen runden Stein hat sich auf die Seite des Bösen verschoben, und nun gerät das Ganze aus dem Gleichgewicht. Ein Teil beginnt in den weichen Untergrund zu sinken, wodurch auch die Stellung der anderen Kiesel beeinflußt wird, weil sie auf der nunmehr schrägen Oberfläche des großen Steines alle leichter ins Rollen in dieselbe Richtung – und zwar in die des Bösen – geraten.

So braucht es also vom ersten Entschluß an immer mehr Kraft, um die Neigung des Steines umzukehren. Und wenn sich jemand damit zufriedengibt, stets das zu wählen, was die geringste Anstrengung verspricht – oder wenn er, noch schlimmer, meint, nicht wählen zu können –, dann geht es mit den Dingen im wahrsten Sinn des Wortes nur noch bergab. Am Ende ist dann bloß die Macht tiefster Verzweiflung in Verbindung mit einem gewaltigen Bärenhieb und vierzig Jahren Meditation in der Lage, den Stein wieder anzuheben und in die andere Richtung zu neigen.«

»Und das alles gilt auch für den Fall, daß der erste Stein auf die Seite des Guten rollt?«

»Natürlich. Aber denk daran, daß es ein Bild ist. Du darfst es nicht wörtlich nehmen, sondern mußt das Prinzip verstehen, um das es geht. Tatsächlich geht die Anzahl der Kiesel in die Millionen, und sie werden ohne Unterlaß in die eine oder andere Richtung verschoben. Jede Handlung des Lebewesens, selbst die kleinste, hat eine solche Auswirkung. Und das Gesamtergebnis liegt selten auf der Hand. Daher ist es kaum möglich, jemanden zu finden, dessen Stein offenkundig nach der einen Seite oder nach der anderen geneigt ist.«

»Aber es gibt die Diener des *Schattens.*«

»Richtig, und genauso die Verteidiger des *Lichtes.* In beiden Fällen sind die Steine stark auf eine Seite oder auf die andere gekippt. Die Diener des Bösen könnten sich noch ändern, aber das werden sie nicht tun – ebensowenig wie diejenigen, die die

Straße des Guten gewählt haben, absichtlich eine wirklich böse Handlung begehen werden. Sie könnten es tun, aber sie tun es nicht, weil sie nicht wollen. Ich wiederhole: Es ist eine Frage der Wahl, und jede Wahl bringt eine Ablehnung mit sich.«

»Man muß etwas aufgeben«, murmelte Damlo. »Das habe ich in Drassol begriffen, als ich mich entscheiden mußte, ob ich nach Waelton zurückkehren oder die Reise mit meinen Freunden fortsetzen sollte.«

»Etwas aufgeben, ja, aber immer zugunsten von etwas anderem. Leben bedeutet Bewegung. Zu leben bedeutet in gewissem Sinne: nicht stehenbleiben zu können. Und daher wird jemand, der an einer Gabelung des Weges seine Wahl nicht trifft, von den anderen in jene Richtung mitgezogen, die sie bevorzugen; derjenige hingegen, der zu wählen versteht, setzt den Weg in seine eigene, gewollte Richtung fort. Doch indem er das tut, verläßt er sogleich die andere, denn man kann nicht gleichzeitig zwei Straßen verfolgen, und sich für eine zu entscheiden heißt, auf die andere zu verzichten. Keine Wahl ohne Verzicht.«

»Genau das ist mir im Park von König Vinathes klar geworden.«

»Aber Vorsicht: es bedeutet nicht, das aufzugeben, was man ist! Man kann eine Reise nur von dem Punkt aus antreten, an dem man sich befindet; leugnet man die tatsächlichen Gegebenheiten, würde man sich nur vormachen, in einer anderen Richtung unterwegs zu sein. Gib nichts auf von dem, was du bist!«

»Aber ich will das Böse in mir nicht dulden!«

»Das habe ich nicht gemeint. Ich meinte die Teile, aus denen du bestehst.«

»Verstehe ich nicht.«

»Ehrlich?«

»Ehrlich.«

»Das ist nun wirklich kurios«, gab der Alte Felsbuckel zurück.

»Das sagt ihr Ortsgeister mir alle, und dann laßt ihr es dabei bewenden, und meine Neugier bleibt ungestillt!«

»Weil alles im Leben seine Zeit hat, und in manchen Fällen ist es gefährlich, übereilt vorzugehen und dem richtigen Zeitpunkt zuvorkommen zu wollen.«

»Das sind fast die gleichen Worte, die Sweldal verwendet hat«, murrte Damlo. »Aber schließlich habe ich doch auch gelernt, euch zu hören und zu sehen, und wenn ihr etwas über mich wißt, dann wäre doch wohl langsam der Zeitpunkt gekommen, es mir auch zu sagen, finde ich!«

»Du weißt nicht, wovon du sprichst, junger Rotschopf. Du bist etwas Besonderes, und die Tatsache, daß wir uns unterhalten, ist nur ein Aspekt deiner Besonderheit. Es gibt noch andere, die nach und nach zutage treten werden, und es wäre unvorsichtig, vor der Zeit darüber zu sprechen.«

»Die Zauberei, ich weiß«, entgegnete der Junge leicht schmollend, »und ein solches Kunststück habe ich schon zuwege gebracht. Eigentlich sogar zwei, glaube ich. Aber es gelingt immer nur dann, wenn die Magie will!«

»Hör mir gut zu, Junge: Nimm deine doppelte Natur nicht auf die leichte Schulter, wenn du überleben willst!«

»Doppelte Natur?«

»Oh, das wußtest du noch nicht …! Siehst du, und jetzt habe ich dich vielleicht in Gefahr gebracht! Du verfügst über ein seltenes Gleichgewicht, und das eröffnet dir große Möglichkeiten. Aber bevor du es dir zunutze machst, mußt du es festigen. Für dich ist seine Kontrolle lebenswichtig. Aber du mußt sie schrittweise übernehmen; wenn du versuchst, die dazu nötige Zeit zu verkürzen, wirst du sterben.«

»Das hat etwas mit dieser Furie in mir und den Krampfanfällen zu tun, stimmt's?«

»Stell mir keine Fragen mehr. Im richtigen Augenblick wirst

du drauf kommen. Aber denk dann daran, daß du dich in Lebensgefahr befindest!«

»Ja, ja, ich weiß ... Schon seit ich klein war, habe ich damit gerechnet, plötzlich zu sterben!«

»Was meinst du damit?«

Während er den Fasan weiterhin über der Glut drehte, erklärte Damlo dem Alten Felsbuckel die Sache mit den »Roten« von Waelton. Und dann, weil er gerade einen guten Zuhörer hatte, erzählte der Junge ausführlich von sich und seinem Leben.

»Das bestärkt mich in meiner Überzeugung«, sagte schließlich der Geist des Hügels. »Denn ich sehe, daß du im Besitz aller Voraussetzungen bist, um zu verstehen. Und wenn das noch nicht geschehen ist, so heißt es eben, daß die Zeit noch nicht reif dafür ist.«

»Oder daß ich ein Dummkopf bin«, entgegnete Damlo und verzog den Mund, »und an einem Anfall sterben werde, bevor ich noch irgend etwas verstehen kann.«

»Rede keinen Unsinn. Und vor allem nimm nichts, was ich dir sage, auf die leichte Schulter, denn du bist in ernster Gefahr. Mit dem Älterwerden wirst du allmählich die Kräfte entwickeln, um ihr entgegentreten zu können, aber zugleich und aus demselben Grund wird die Gefahr immer deutlicher. Deine einzige Möglichkeit zu überleben besteht darin, der Natur ihren Lauf zu lassen und ihr Zeit zu geben. Das hat dich bis jetzt gerettet. Verbinde dich mit dem Rhythmus des Lebens und erzwinge keine Harmonie, denn es handelt sich um gewaltige Kräfte, die da im Spiel sind. Aus einer verfrühten Konfrontation würdest du nicht lebend hervorgehen.«

Zurückgekehrt auf die Straße fuhr Damlo den ganzen Tag mit den Warnungen des Alten Felsbuckels im Sinn.

Von klein auf war er daran gewöhnt gewesen, von einem Augenblick zum nächsten den Tod zu erwarten, und obwohl das Wüten in seinem Inneren ihn jedesmal zutiefst erschreckte, hatte er sich doch in gewisser Weise damit abgefunden. Dann jedoch hatte der Umstand, daß die Furie in jüngster Zeit auch ohne die Krampfanfälle auftrat, die Hoffnung in ihm geweckt, die Bedrohung könnte allmählich schwinden. Doch wenn er auf den Ortsgeist des Hügels hören sollte, dann war die Gefahr nicht nur nicht abgeflaut, sondern würde mit der Zeit sogar noch wachsen! Und all das, ohne daß er, Damlo, die mindeste Ahnung hatte, welcher Art diese Gefahr war! Er verfügte zwar über die Voraussetzungen, um zu verstehen – das hatte ihm wenigstens der Alte Felsbuckel versichert –, aber so sehr er sich auch den Kopf zerbrach, er konnte sich nicht vorstellen, worum es sich bei diesen Voraussetzungen handeln mochte. Geschweige denn, sie dann noch so zusammenfügen können, daß es zu einer Schlußfolgerung reichte!

Er grübelte stundenlang und schnitzte gedankenverloren an der Rückenlehne des Kutschbockes herum, um seine Hände irgendwie zu beschäftigen. Geduld, dachte er. Aber das war so einfach gesagt! Wie sollte man Geduld haben, wenn einen jeden Augenblick ein unbegreiflicher Tod ereilen konnte? Abwarten, daß die Natur ihren Lauf nahm! Ein schöner Gedanke, aber was, wenn ihr Lauf tödlich war? Auch eine Lawine ist etwas Natürliches, dachte er, doch wenn man weiß, welche Wirkung sie hat, sieht man zu, daß man schleunigst aus ihrer Bahn kommt!

Er verspürte ein Gefühl ohnmächtiger Wut, und da er sie auf andere Weise nicht ablassen konnte, legte er sie in das Messerchen, mit dem er das Holz bearbeitete. Und dann war es soweit: Er höhlte eine Stelle zu tief aus und schnitt ein Loch in die Lehne. Was ihn noch wütender machte.

Er fuhr fort, Gedanken zu wälzen, bis die Sonne unterging, und selbst als der Riguario bereits in Sicht kam, schien der Junge einer Klärung seiner Fragen nicht eine Handbreit näher gekommen zu sein.

Die Straße führte bergab, als er im Licht der untergehenden Sonne im Osten einen riesigen Wasserfall erblickte. Der Fluß brach in einem weiten, starken Bogen aus einem Gebirgsmassiv hervor, der unten auf tausend spitzen Steinen zerbarst. Von dort floß der Riguario in einer kaum angedeuteten Schlucht weiter, die sich um kleine Unebenheiten im Terrain wand, ehe er sich in Richtung Westen von neuem einen Weg zwischen steil abfallenden Bergwänden grub. Verglichen mit ihrer gebirgigen Umgebung schien das von Wäldern bedeckte Gebiet dazwischen fast eine kleine Ebene zu bilden. Vor langer Zeit, vermutete Damlo, mußte hier ein See gewesen sein – bevor sich das Wasser einen Ausweg verschafft hatte.

Jetzt hingegen war die Landschaft von der Brücke geprägt.

Die Sonne färbte den Himmel in ein bedrohliches Rot, ihr noch vorhandenes Licht legte sich seitlich gegen den Bau und füllte ihn mit harten Schatten. Etwa hundert Schritt lang und weitaus breiter als nötig, wirkte die Brücke wie ein über dem Wasser schwebendes Dorf, denn links und rechts der Fahrbahn standen dicht an dicht zahlreiche hohe, aber schmale Häuser, deren aneinandergereihte spitze Dächer wie eine Kette aus Reißzähnen aussahen.

Kasernen und Kneipen, erinnerte sich Damlo. Es war eine berühmte Brücke, die sich da über den Riguario spannte, und in Waelton hatten sich Lehrer und Schüler in den Geschichtsstunden eingehend mit ihr beschäftigt. Seit Jahrhunderten Gegenstand des Streites zwischen den Städten Pecsa und Sigat, war es nur der eisernen Hand des Großen Königs, des Vaters Zanters von Eria, zu verdanken, daß den Feindseligkeiten ein Ende gesetzt werden konnte.

Ohne zu wissen, weshalb, verspürte Damlo ihr gegenüber vom ersten Augenblick an ein starkes Gefühl der Abneigung; die Idee einer bewohnten Brücke erschien dem Jungen großartig, aber wenn er diese hier ansah, wollte er nichts lieber als den Wagen wenden und zurückfahren. Warum?

Es mußte die Wirkung des schräg einfallenden Lichtes sein, schloß er nach einer Weile – zusätzlich zu dem Umstand, daß er heute auf die ganze Welt böse war. Er zuckte die Achseln, schnalzte mit der Zunge und ließ Majestät weitertrotten. Vielleicht warteten da unten ja schon Uwaen und die Zwerge; und zusammen mit ihnen – und vielleicht nach einer tief und fest durchschlafenen Nacht – würde ihm nicht mehr alles so sonderbar erscheinen.

Nach der Talfahrt war eine kleine bewaldete Anhöhe zu umgehen, und dann erreichte der Wagen die verbreiterte Stelle, an der sich die Straßen aus Pecsa und Laria vereinigten. Hier traf Damlo auf Soldaten: fünf Mann, hingelümmelt um ein großes, fast erloschenes Feuer. Auf dem Boden lagen in wildem Durcheinander Helme, Rüstungen, Piken und Schwerter. Geöffnete Kisten standen herum, neben denen einige Tonkrüge und die Scherben zahlloser weiterer zu sehen waren. Es herrschte ein derartiger Gestank nach billigem Fusel, daß er auch auf dem Kutschbock noch deutlich wahrzunehmen war.

Die Soldaten trugen rot-blaue Jacken und lange, ungepflegte Bärte. Nur einer von ihnen schaffte es, auf die Füße zu kommen. Er schwankte auf den Wagen zu und hielt sich an der Gebißstange des Pferdes fest.

»He, wo soll's denn hingehen, du?« lallte er.

»Zur Brücke. Dort wartet mein Vater mit zwei Freunden auf mich.«

»Tja, aber dafür muß man aber was bezahlen!«

»Den Brückenzoll, ich weiß. Aber den wird mein Vater bezahlen, er hat das Geld.«

»Aber hier ist auch was fällig, Kleiner«, entgegnete der Soldat und rülpste. »Was würden wir sonst hier wollen, he?«

Gelegentlich hatte Damlo in Waelton das Theater miterlebt, das manche Gäste aufführten, wenn sie den Wirt beim Bezahlen übers Ohr hauen wollten. Der Junge hatte Onkel Pelno stets für die Art und Weise bewundert, in der er die Unehrlichen abgefertigt hatte – indem er sie zwar höflich, aber mit aller Bestimmtheit zwang, sich ihren Lügen zu stellen.

»Aber seid ihr nicht Wachposten?« fragte Damlo.

»Sag mal, Hübscher, willst du hier den Schlauen spielen?«

»Nein, Herr.«

»Ich hab nichts übrig für kleine Schlitzohren, kapiert? Was hast du da auf dem Wagen geladen?«

»Wieviel ist hier zu bezahlen?«

»Das kommt drauf an.«

»Wenn ich bezahlen muß, möchte ich eine Quittung. Und ich möchte bitte auch mit dem Wachoffizier sprechen.«

Die Augen des Mannes bekamen einen heimtückischen Glanz. »Der Offizier ist nicht da, und es wäre auch besser, wenn er sich nicht blicken läßt, weil mir sein Gequatsche auf die Nerven geht. Was hast du geladen?«

»Wachskerzen, Berghonig, Wollstoffe und andere Waren«, antwortete Damlo mit zusammengepreßten Zähnen.

»Wieviel Geld hast du bei dir?«

»Gar keines, das hab ich doch schon gesagt. Mein Vater hat es, und der wartet an der Brücke.«

»Das werden wir gleich sehen.« Der Soldat stützte sich an der Kastenwand ab und setzte sich zum Wagenende hin in Bewegung.

Damlo beherrschte seine Angst, ließ die Hand unauffällig unter den Sitz wandern und zog die Armbrust hervor. Während der Wachposten vergeblich versuchte, sich auf die Ladefläche des Wagens zu schwingen, betätigte der Junge rasch die Winde und legte einen Pfeil in die Rille. Dann verbarg er die Armbrust unter seinem Umhang auf den Knien.

»Bitte, ich möchte gern wissen, wieviel zu zahlen ist«, sagte er.

»Das hängt davon ab, was du geladen hast. Und ob du mir genehm bist oder nicht«, brabbelte der Soldat. Er hatte den Aufschwung schließlich doch geschafft und nun stöberte er zwischen den Kisten herum. »Und weil du mir zuwider bist, beträgt deine Gebühr die Hälfte der Ladung.«

»Die Hälfte der Ladung!« rief Damlo.

»Ich mag keine Schlaumeier.«

»Nun ja, dann muß ich wohl umkehren.«

»Zu spät, Kleiner! Schließlich bist du ja schon da, also mußt du zahlen. Kannst mir noch Dank sagen, daß ich nicht den ganzen Wagen einziehe!«

Damlo antwortete nicht. Der Soldat torkelte nach vorn zum Kutschbock und blieb keine zwei Armlängen von Damlo entfernt stehen.

»Los!« lallte er. »Sag ›danke‹!«

»Danke«, antwortete der Junge, verschob eine Falte des Umhanges und ließ wie zufällig die Armbrust sehen.

Der Soldat erstarrte: Aus diesem Abstand wäre der Bolzen glatt durch ihn hindurchgegangen. Sein Dusel schien sich schlagartig in Luft aufzulösen, und nach einer Schrecksekunde fing er an, laut zu lachen. Aber Damlo hatte das Aufblitzen von Angst in seinen Augen gesehen.

»Was willst du denn mit diesem Ding?«

»Nichts, Herr«, antwortete Damlo. »Aber mein Vater hat mir eingeschärft, die Armbrust immer griffbereit zu haben. ›Sie könnte dir bei einem Überfall gute Dienste leisten‹, sagte er.«

»Du weißt, daß es hier vor Soldaten nur so wimmelt?« Der Mann fuhr fort zu lachen, wenngleich ein wenig gequält; doch er blieb reglos auf der Stelle stehen.

»Jawohl, Herr«, nickte Damlo. »Ich weiß, unten bei der Brücke ist eine Garnison.«

»Und es gibt auch eine Streife, sie müßte jeden Augenblick vorbeikommen.«

»Wird auch der Wachoffizier dabei sein?«

»Nein«, grinste der Soldat. »Wir haben uns unsere Offiziere schon vor einer ganzen Weile gut abgerichtet; jetzt geben sie

Ruhe und schnüffeln nicht mehr dauernd hinter uns her. Na, jedenfalls kann ich dir sagen, daß ich mich bei der Berechnung geirrt habe. Bist ein kluges Köpfchen, ich denke, wir werden schon zu einer Einigung kommen.«

Während er sprach, kam der Soldat allmählich immer näher. Damlo ließ die Armbrust ein wenig erzittern, als Hinweis auf seine höchst nervöse Gemütslage, was ihm nicht allzu schwer fiel. Der Mann wurde blaß und erstarrte von neuem. Sein Blick zuckte zwischen der Spitze des Bolzens und dem Abzug hin und her, von dem die Finger des Jungen nicht lassen wollten.

»Hör mal«, sagte er schließlich, »wir sind uns doch schon einig. Warum zielst du mit dem Ding nicht woanders hin?«

»Oh, gewiß! Verzeihung!« rief Damlo und bewegte die Armbrust keinen Fingerbreit.

»Man sieht, daß du keine Erfahrung damit hast. Der Pfeil könnte doch versehentlich abgeschossen werden!«

»Das wäre schrecklich und würde mir sehr leid tun. Es wäre wohl empfehlenswert, sich wieder zu entfernen, jetzt, da die Ladung kontrolliert ist.«

Der Wachposten schluckte seine Wut zusammen mit seiner Angst hinunter, schwankte zur Rückwand und ließ sich vom Wagen hinab. Die scharfe Spitze des Bolzens folgte jeder seiner Bewegungen.

»Also gut«, sagte der Mann schließlich. »Und was nun?«

»Nichts, Herr. Ich warte auf die Erlaubnis weiterzufahren.«

»Du bist ein richtiges Schlitzohr.«

»Danke, Herr. Darf ich jetzt fahren? Mein Vater wartet auf mich.«

»Also, eigentlich haben wir noch die Sache mit dem Weggeld zu klären. Du bist ein kluger Junge und begreifst sicher, daß dir das Zahlen nicht erspart bleibt. Am Ende zahlen alle. Wenn meine Kameraden aufwachen, wollen sie ihren Anteil, und die sind nicht so verständnisvoll wie ich.«

Damlo warf einen Blick auf die Schnapsleichen, die ausgestreckt am Feuer lagen. »Ob sie sich wohl an mich erinnern, Herr?«

»Nachts bleibt die Brücke gesperrt, und morgen bei Sonnenaufgang können sie den Wagen sehen, der darauf wartet, daß sie geöffnet wird.«

Damlo bezweifelte, daß die vier bis dahin in der Lage waren, ein Auge zu öffnen, doch plötzlich wurde ihm bewußt, daß er die ganze Zeit über auf einen Wachposten der pecsanischen Armee zielte. Auf einen regulären Soldaten, keinen Banditen! Gut, der Mann hatte sich wie ein gewöhnlicher Straßenräuber benommen, aber wo waren die Beweise? Falls Damlo ihn verletzte, würde niemand seiner Version der Geschichte Glauben schenken! Dem Zustand seiner Saufkumpane nach zu schließen und nach dem, was der Posten über die Offiziere gesagt hatte, entsprach es vermutlich der Wahrheit, daß die Bande jedem vorbeikommenden Fuhrwerk etwas abpreßte. Und für den Fall, daß Uwaen und die Zwerge noch nicht eingetroffen waren, würde Damlo bis zu achtundvierzig Stunden auf die drei warten müssen – immer griffbereit für den Wachposten und seine Kumpel!

»Wieviel muß ich bezahlen?« fragte er und schluckte seine Entrüstung herunter.

Er verhandelte, ohne die Armbrust aus der Hand zu geben, und bekam am Ende das Gefühl, doch mehr zu bezahlen, als der Mann erwartet hatte. Und tatsächlich, als sich der Wagen in Richtung Brücke in Bewegung setzte, grinste der Soldat offen über das ganze Gesicht. Auch nicht schlecht, sagte sich der Junge, falls ich wirklich zwei Tage hier bleiben muß, wird er sich wenigstens keinen Nachschlag holen …

Die Sonne war schon eine Weile hinter den Höhenzügen im Westen verschwunden, und am Himmel verharrte nur noch das letzte Glimmen des Tages. Mit klopfendem Herzen und wachen Augen auf der Suche nach den Freunden, legte Damlo die letzte Meile zurück. Doch bis zu seinem Eintreffen an der

Brücke hatte keine vertraute Gestalt seine Aufmerksamkeit erweckt.

Zutiefst enttäuscht stellte er den Wagen am Gebäude der Wachmannschaft ab, dessen erleuchtete Fenster ihm zusammen mit denen der anderen spitzen Häuser aus dem Dunkel zuzwinkerten und ihn auslachten. Ein langer Balken versperrte den Zugang zur Brücke, und obwohl am anderen Ende noch etliche Soldaten umherliefen, war an diesem Ufer kein Mensch mehr unterwegs. Dem Geschrei, Gelächter und Gefluche nach zu schließen, das aus dem ersten Fenster drang, waren die Soldaten beim Würfelspiel.

Damlo wartete fast zwanzig Minuten, während es Nacht wurde. Er wartete und sonst nichts. Er wagte nicht, sich vom Wagen zu entfernen, wußte nicht, was er tun sollte, und fühlte sich sehr allein. Schließlich, als er schon daran dachte, umzukehren und sich einen abgelegenen Lagerplatz zu suchen, kam ein Soldat aus dem Gebäude, der – zumindest – angeheitert schien. Er verrichtete seine Notdurft gegen die Wand, und ohne den Wagen auch nur mit einem Blick zu streifen, rief er Damlo zu, das Fuhrwerk auf dem eingefriedeten Platz abzustellen, auf den er mit einer nachlässigen Handbewegung zeigte. Dann wankte er zurück ins Haus.

Der Abstellplatz nahm eine große freie Fläche ein, die nur durch eine kleine Böschung vom Fluß getrennt war. Auf den anderen Seiten wurde er von einem morschen Lattenzaun begrenzt. Riesiggroß und trostlos leer erschien er Damlo.

Im Licht der Laterne fuhr der Junge den Wagen an jene Stelle, die am weitesten von der Einfahrt entfernt lag; dann kümmerte er sich um Majestät, ehe er einen Umhang unter dem Wagen ausbreitete. Schließlich löschte er die Flamme in der Laterne, streckte sich im Dunkeln auf dem Mantel aus und nagte lustlos an ein paar Zwiebackstücken herum.

Kein Ork schafft es, Brabantis zu töten, versuchte er sich einzureden. Außerdem sind auch Irgenas und Clevas zwei große Kämpfer. Wenn wir uns noch nicht getroffen haben, so nur, weil sie abends eingetroffen sind. Sie werden irgendwo in der Nähe lagern und behalten ganz sicher den Stellplatz im Auge. Morgen früh bei Tageslicht werden sie den Wagen sehen, und wir werden wieder vereint sein.

In dieser Nacht träumte er von ihnen.

4

Mit versteinerter Miene sog Norzak von Suruwo den Anblick seines Sohnes Dernel in sich auf. Der Junge lag im Hof der Festung Tigiris, eintausendfünfhundert Meilen südlich von Eria. Vor den Augen des Vaters hatte er den Tod gefunden, während Norzak verzweifelt ins Leere schrie und um Erbarmen flehte.

Natürlich war *er* nicht eingeschritten, *er* war nicht einmal erschienen.

»Das Geschick der Zwerge interessiert mich nicht«, hatte *er* Norzak keine Stunde zuvor erklärt, nachdem *er* sich den Bericht von den Vorfällen an Ringenims Klinge angehört hatte, um dann in diesem eisigen Ton, den *er* verwendete, wenn *er* sehr unzufrieden war, fortzufahren: »Die Gegenstände sind noch nicht in deinem Besitz. Vielleicht verdienst du den Zahn nicht.«

Welch hintergründige Heimtücke: die schlimmste Strafe anzudrohen und statt dessen eine andere, derart schmerzhafte zu verhängen!

Und bald darauf hatte ihn der schwarze, gekrümmte Zahn mit der wohlbekannten Empfindung von Wärme und Übelkeit gerufen, und das Bild war vor seinen Augen erschienen: der Hof der Festung, wo Dernel den schwarzen Hengst im Kreise traben ließ. Das war ihm zwar verboten, doch Wobani, der Waffenmeister, hatte noch nie widerstehen können, wenn ihn sein Schüler umschmeichelte.

Doch selbst wenn der Junge seinen eigenen Schecken geritten hätte, nichts an den weiteren Geschehnissen wäre anders verlaufen, denn das Roß hatte ganz sicher nicht von sich aus so heftig gescheut. Und nachdem ihn der Rappe aus dem Sattel geworfen hatte, war er wie wild auf Dernel herumgetrampelt. Bei dem Versuch, den Jungen zu retten, war auch Wobani ums Leben gekommen, und die Wachen hatten das kräftige Tier mit Lanzenstößen töten müssen, weil es niemanden an die beiden Leichname heranließ.

Da wich plötzlich alle Glut aus dem Zahn, und Norzak war in seinem Palast in Eria wieder allein. Vollkommen in Schweiß gebadet wankte er in sein Schlafzimmer und ließ sich auf die kostbare Bettdecke aus Damast fallen. Wie betäubt blieb er lange Zeit so liegen. Doch dann fraß sich nach und nach die Wut wie eine ätzende Säure in sein Gemüt und ersetzte die Verzweiflung. Und irgendwann sprang der Fürst vom Bett.

Er würde *ihn* umbringen! Er würde *ihn* unter tausend Qualen sterben lassen! Er würde *ihm* die Haut in Fetzen vom Leib reißen!

Mit zusammengebissenen Zähnen und zuckenden Kiefermuskeln lief Norzak im Zimmer auf und ab. Wieder und wieder führte ihn dieser Weg an der fein auf schwarzen Samt gestickten Landkarte vorbei, die an der Wand hing, während er nach immer neuen und immer grausameren Torturen sann.

Über eine halbe Stunde rannte er so auf und ab. Doch allmählich nahm die Anzahl seiner Schritte in jeder Richtung ab. Schließlich blieb er vor der Wandkarte stehen und starrte sie haßerfüllt an.

»Wirklich?« schienen die mit Goldfaden gestickten Gebiete zu grinsen. »Du würdest für deine Rache wirklich wenige

Wochen vor dem Sieg alles wegwerfen? Und bist du wirklich sicher, daß du deinen Meister bezwingen kannst?«

Der Fürst nahm einen tiefen Atemzug, nahm einen zweiten und dann einen dritten. Daraufhin trat er an das große Fenster. Als er die dunklen Vorhänge zur Seite ziehen wollte, kam ihm zu Bewußtsein, daß er den schwarzen Zahn immer noch in der Hand hielt, und er blieb stehen, um zu überlegen. Er war stets ein gelehriger Schüler gewesen und verstand es seit geraumer Zeit, sich die Zauberkraft dieses Gegenstandes zunutze zu machen. *Sein* Zugang zur Magie war aber ein unmittelbarer, rascher, und folglich hatte auch er, Norzak, nur einen solchen erlernt. Daher wußte er zwar, wie mit der Kraft und den Möglichkeiten des Zahnes umzugehen war, doch das Verständnis für seine tiefere Natur fehlte ihm ganz. Oder jedenfalls insoweit, als Norzak diese Zauberkraft nicht gegen seinen eigenen Lehrmeister einsetzen konnte.

Er steckte den Zahn in das schwarzsamtene Beutelchen zurück, das er um den Hals gehängt trug, und erinnerte sich an den Tag, da sie ihn gefunden hatten – ungefähr hundertfünfzig Meilen nördlich von Suruwo, im Gletscher des Kirazar. Der Zahn gehörte einem schwarzen Drachen, der im Eis vollkommen erhalten war. Dies war das einzige Mal, bei dem Norzak seinen Meister – überwältigt vom Gefühl – zittern gesehen hatte. Zu jener Zeit hatte *er* sich noch nicht mit dem *Schatten* verbündet, und Norzak fing gerade damit an, *seinen* besonderen Unterricht zu genießen. Der Fürst nickte. Er schuldete *ihm* viel, räumte er bei sich ein. Aber auch *er* schuldete dem Geschlecht der Suruwo viel. Dessen Erben *er* nun getötet hatte.

Er wollte *ihn* umbringen. Augenblicklich! Er wollte *ihn* vierteilen, in Stücke reißen und den Hunden vorwerfen. Danach gierte Norzak wie ein Verdurstender nach Wasser.

Er nahm einen weiteren tiefen Atemzug und drehte sich langsam um, bis er den Wandteppich mit der Karte vor sich hatte. Nur ein Dummkopf belügt sich selbst, sagte sich Norzak, und er war alles andere als ein Dummkopf. Er kannte *seine* Macht besser als irgend jemand sonst und wußte, daß er gegen *ihn* keine Chance hatte.

Vor seinem geistigen Auge überlagerte Dernels Bild nach und nach die Berge und Flüsse, die auf der Karte eingestickt waren. Doch dann verschwand es plötzlich wieder und überließ den schwarzen Samt dem Strahlen der einzelnen Städte der Hegemonie.

Ein letztes Mal nahm der Fürst von Suruwo einen tiefen Atemzug. Dann straffte er die Schultern. »Ich werde andere Söhne haben«, murmelte er.

Mit heiserer Stimme rief er eine Sklavin und befahl ihr, ein Bad und seine Galauniform vorzubereiten. In Eria war er offiziell nur ein fremder Edelmann auf Besuch. Er hatte den Status eines Beobachters, das Tragen von Dienstabzeichen war ihm versagt. Doch wenn er sich auf ungewohnte Weise kleidete, fühlte er sich unbehaglich, und so hatte er einige seiner Uniformen so abändern lassen, daß sie fast wie Zivilkleider wirkten. Seine strenge Eleganz hatte bei Hofe ihre Wirkung nicht verfehlt, und auch dieser Erfolg trug dazu bei, seine Manöver voranzutreiben.

Als er sich vor dem großen silbernen Spiegel entkleidete, betrachtete er wie immer seinen muskulösen Körper; doch diesmal konnte er sich nicht so recht daran erfreuen. Rund um ihn arbeiteten die Sklaven lautlos, und jede ihrer Bewegungen verriet Angst. Ich muß mich beruhigen, dachte der Fürst, in Kürze werde ich Rojet Wernak treffen, und meine Gefühle dürfen nicht bloßliegen.

Es war die Neuerwerbung, die den Bottich fallen ließ: ein junges Mädchen von sechzehn, siebzehn Jahren. Sie machte zum ersten Mal Dienst in Norzaks Gemächern und schien deshalb besonders unruhig. Als sie das Wasser in die Wanne aus bemaltem Holz geleert hatte, war sie bemüht, sich hastig zu entfernen, und stieß gegen das Mädchen, das mit den Badesalzen herbeigeeilt war. Der leere Bottich fiel ihr aus den Händen, rollte davon, und die wenigen Tropfen, die er noch enthielt, spritzten auf den Teppich.

Ohne ein Wort zu sagen, steckte Norzak die Hand in den Beutel, der immer noch an seinem Hals hing, und faßte nach dem Zahn. Dann konzentrierte er sich. Unter den entsetzten Blicken der anderen Mädchen preßte sich die Unglückliche die Hand an die Kehle, hob sich vom Boden und schwebte zum Fenster, aus dem sie wild um sich schlagend getragen wurde. Nur ein ersticktes Röcheln brachte sie hervor, dann verschwand sie aus dem Blickfeld der Anwesenden.

Der Fürst achtete nicht auf den dumpfen Aufprall, der aus dem Hof zu hören war, sondern legte seine letzten Kleidungsstücke ab.

Als Isbur später ins Arbeitszimmer des Fürsten trat, schien dieser wieder derselbe wie immer zu sein. »Als erstes zum Wagen«, sagte Norzak. »Es fährt ihn jetzt ein Junge mit rotem Haar. Den finde mir und bring mir diese Sachen. Sorg dafür, daß in allen Niederlassungen der Bettlerküste ein Kopfgeld auf ihn ausgesetzt wird. Aber biete keine Belohnung auf den Wagen an! Ich will nicht, daß jemand ihn auf der Suche nach dem Grund für seinen Wert durchwühlt. Laß verlautbaren, daß eine großzügige Anerkennung erhält, wer seinen Verbleib meldet, und versetz die Ulkraner in Alarmbereitschaft – und zwar alle südlich von Drassol. Falls du dafür nicht genügend Raben hast, sag es mir, dann benutze ich den Zahn. Laß besonders den Riguario überwachen, der Wagen muß ihn überqueren.«

»Der Verantwortliche für die Brücke steht bereit, Herr. Er wartet nur auf Euren Befehl.«

»Sehr gut. Später werde ich das Zeichen zum Start geben. Jetzt mach mir Meldung.«

In kurzen, wohlgewählten Worten berichtete Isbur von den laufenden Operationen. Die Probleme waren zwar zahlreich, man merkte jedoch an der Art dieser Schwierigkeiten, daß das Vorhaben in zufriedenstellender Weise voranschritt. In der Hauptstadt hatte sich das Chaos bereits bis in die Ränge der Wachsoldaten hinab ausgebreitet, und Bedaran war nicht mehr in der Lage, sich um die Satellitenstaaten zu kümmern. Die Randgebiete waren gefühlsmäßig schon nicht mehr mit ihrem Mittelpunkt verbunden, und der Kampf um die Macht würde ausschließlich in Eria stattfinden. Das hieß: ohne das Eingreifen eines außenstehenden Verbündeten, welches das Land nur in einen echten Bürgerkrieg stürzen würde.

Selbstverständlich hätte dies für seinen Meister keinerlei Unterschied gemacht, das wußte der Fürst. *Er* war nur am Zusammenbruch der Militärmacht der Hegemonie interessiert, auf welche Weise auch immer dieser eintreten sollte. Aber ihm, Norzak, stand der Sinn nach anderem, und diese letzten Wochen waren für ihn unentbehrlich gewesen, denn in seinen Plänen bedeutete die Hegemonie alles und nicht nur ein Feld auf einem riesigen Schachbrett.

Nicht, daß seine Absichten nun von seinem ursprünglichen Vorhaben abwichen: Die Gedanken von zuvor waren nichts als die ganz gewöhnliche Auflehnung eines gekränkten Vaters. Kein Verrat, kein Wortbruch, sondern nur eine Neuauslegung *seiner* Richtlinien, wie seit einiger Zeit geplant. Eine persönliche Deutung, die *seinen* Weg zur Macht erleichtern und ihm, Norzak, Vorteile und Ruhm bringen würde. Und im übrigen konnte sich ein Fürst von Suruwo nicht damit zufriedengeben, nur dank der Großzügigkeit eines anderen zu herrschen.

»Gut!« rief Norzak, als Isbur geendet hatte. »Jetzt gilt es, sich zu beeilen! Die Stunde der politischen Vernichtung Gevan Bedarans ist gekommen!«

»Im Schloß haben wir ...«

»Gewiß«, unterbrach ihn Norzak. »Ein vortreffliches Werkzeug, auf das wir als letzte Möglichkeit zurückgreifen werden. Doch um den Regenten in Mißkredit zu bringen, spreche ich in Kürze mit Rojet Wernak, wobei ich ihn glauben lasse, es handle sich um seine eigene Idee. Wer weiß, ob er nicht einen Plan ausheckt, der noch besser ist als der meine. Man darf ehrgeizige Leute nie unterschätzen, nicht mal dann, wenn sie strohdumm sind.«

Damlo erwachte bei Sonnenaufgang und wartete auf die Freunde. Der Zwischenfall mit dem Wachposten hatte ein massives Mißtrauen gegen die Soldaten in ihm geweckt. Und so wagte er es nicht, den Wagen unbeaufsichtigt zu lassen und sich vom Abstellplatz zu entfernen – nicht einmal, um Erkundigungen einzuholen.

Am Rand der Uferböschung gab es eine Pumpe, die Wasser aus dem Riguario bezog, der etwa dreißig Fuß tiefer vorbeifloß. Damlo wusch den Wassereimer gut aus und füllte ihn. Dann schaffte er die Ladung vom Wagen und reinigte auch ihn, ehe er alles wieder auflud und mit größter Sorgfalt neu ordnete. Er räumte alle Waffen in eine einzige Kiste, in die er auch die Börse mit den Münzen tat. Als er damit fertig war, wandte er sich Majestät zu, wusch auch den Gaul und striegelte ihn ausgiebig. Danach war nichts mehr zu tun, also kehrte Damlo zu seiner Holzschneidearbeit an der Lehne des Kutschbocks zurück, wo er ein Weilchen den Schaden begutachtete, den er am Vortag angerichtet hatte. Am Ende kam er zu dem Schluß, daß er das Mißgeschick zu seinem Vorteil wenden konnte, indem er die ganze Lehne statt mit einem Flachrelief mit Lochmustern versah.

Er arbeitete lange, aber diesmal wollte ihm die manuelle Tätigkeit keine Seelenruhe bringen. Hin und wieder zog ein Fuhrwerk am Abstellplatz vorbei, und Damlo hob den Kopf in der Hoffnung, eine bekannte Gestalt darauf zu sehen; doch jedesmal senkte er die Augen enttäuscht wieder und konzentrierte sich von neuem auf die Schnitzerei. Er bearbeitete das Holz mit übertriebener Aufmerksamkeit und bemühte sich, den Gedanken, die Freunde könnten tot sein, aus seinem Kopf zu verbannen. Wenn es gar nicht gelingen wollte, unterbrach er die Arbeit und lief ein wenig auf und ab. An der Ostseite wurde der Platz von Bäumen begrenzt, und gegen Abend kannte Damlo schon die schönsten von ihnen; er hatte sie mit den Handflächen begrüßt und in der vergeblichen Hoffnung zu ihnen gesprochen, den hiesigen Ortsgeist zu treffen.

An diesem Tag vergingen die Stunden schrecklich langsam, und zum ersten Mal in Damlos Leben machte ihm die Stille etwas aus.

Kurz vor Sonnenuntergang, als die Soldaten gerade dabei waren, die Brücke für die Nacht zu schließen, traf ein Wagen ein, der von vier Ochsen gezogen wurde und viel größer war als jener der Zwerge. Über seine Seitenwände war in einer Höhe von fast zwei Ellen eine Plane gespannt, und vorne und hinten an den offenen Enden war das Leinen so zusammengerafft, daß es aussah wie das Rüschenhäubchen einer Riesin. Bei jedem Holpern des Wagens wackelte die Plane über den bogenförmigen Stützen hin und her: wie ein hünenhaftes Großmütterchen, das ununterbrochen den Kopf schüttelte.

Noch ehe das Fuhrwerk auf den Abstellplatz einbog, ging ihm ein ohrenbetäubendes Kindergeschrei voraus, und als Damlo den Kutscher erblickte, riß er die Augen auf: Der Mann hatte rote Haare! Sie waren nach der Art des aufgesetzten Kochtopfes geschnitten und sahen aus wie ein Helm aus Karotten.

Tresin! fuhr es Damlo durch den Kopf. Das Tal nördlich von Waelton oder die Stadt Tresin selbst! Nur in jener Gegend färbte das Blut der Väter die Haare der Söhne zu einem solchen Rot!

Offenbar unberührt von dem Krach, den er mitbrachte, und mit der gleichen dickfelligen Geduld wie seine Ochsen, lenkte der Mann den Wagen an die Pumpe heran.

Damlo ging rasch seine gesammelten Geographiekenntnisse

durch: Um von Tresin zum Riguario zu gelangen, mußte man entweder über Argiol am Fluß Fomfrot fahren oder die nördlichere Straße nehmen – über den Blauen Paß, Waelton und Drassol. Aber diese Gesellschaft mußte die südlichere gewählt haben, denn die weiter nördlich verlaufende war für Ochsengespanne nicht geeignet. Doch am Weißen Paß gab es Banditen! Ihretwegen waren ja die Zwerge gezwungen gewesen umzukehren, was ihre Reise um einiges verlängert hatte.

An den Seitenwänden des Wagens waren zahlreiche Kisten und Fässer befestigt. Sie schienen in bestem Zustand und ließen darauf schließen, daß das Gefährt unterwegs keinen Widrigkeiten begegnet war. Was bedeutete dies? Hatte jemand den Straßenräubern am Weißen Paß das Handwerk gelegt? Oder war ihnen der Wagen nur durch einen glücklichen Zufall entgangen? Oder hatte sich die Lage in der Hegemonie dermaßen verbessert, daß lange Reisen wieder möglich waren …

»Guten Abend«, sagte Damlo und ging auf den Kutscher zu.

»Auch dir einen guten Abend, mein Junge.«

»Kommt ihr aus Tresin? Wie habt ihr das geschafft? Seid ihr keinen Banditen begegnet? Sind die Straßen wieder sicher?«

Angesichts dieses Schwalles von Fragen lachte der Mann auf. Er hatte eine ruhige Art zu lachen, die Kraft und Sicherheit ausstrahlte. Ohne zu antworten stieg er gemächlich vom Wagen und betätigte die Pumpe. Er trank ausgiebig und wandte sich dann Damlo zu.

»Wir kommen aus einem Dorf bei Laria«, sagte er, »drei Tage Fußmarsch von hier.«

»Aber Ihr habt doch rotes Haar!«

»Das ist das Blut der Vedalin. Mein Vater stammte aus Kurtin, im Tal von Tresin.«

Während der Mann sprach, tauchte aus der vorderen Öffnung der Bespannung ein Gesicht nach dem anderen auf – drei Jungen, die Damlo mit kecker Neugier anstarrten. Zwei von ihnen hatten den gleichen Rotkopf wie der Vater, während die

Brauen und das kurzgeschnittene Haar des dritten so weiß waren wie Schnee.

»Primo, Tondo und Bianco, ihr helft mir, die Ochsen auszuspannen. Bella, du machst Feuer. Dann kümmerst du dich um Pelo.«

»Das Feuer will ich anzünden!« rief der kleine Albino.

»Du tust, was der Vater sagt.« Die Stimme der Mutter kam hinter der Plane hervor, sanft und ruhig; sie ließ Damlo an die angenehme Wärme in einem Stall voller Kühe denken.

Lautstarke Einwände und harmloses Gezänk vermischten sich zu einem fröhlichen Geschrei, unter dem die Jungen dem Vater beim Ausspannen der Ochsen halfen. Bella, ganz offensichtlich ein äußerst schüchternes kleines Mädchen von sieben oder acht Jahren, stieg unbeholfen vom Wagen und ging in Richtung der Bäume davon. Wie ihre Brüder hatte auch sie breite, kantige Gesichtszüge, und jeder Name hätte besser zu ihr gepaßt als Bella – »die Schöne«. Doch durch ihre Schüchternheit wirkte sie so zerbrechlich, daß sie Damlo sofort für sich einnahm.

Ohne sie anzusprechen folgte er ihr zu dem Baumbestand, und als sie anfing, Brennholz zu sammeln, tat er es ihr gleich. Bella sagte kein Wort, aber Damlo fing den kurzen Seitenblick auf, mit dem sie ihm dankte. Die Kleine war nicht imstande, viele Äste auf einmal zu tragen, und so packte Damlo sich auch diejenigen auf, die sie gesammelt hatte. Er fühlte sich unendlich stark, als er alles zum Fuhrwerk trug und wieder zu ihr zurückkehrte. Während Bella die Äste auflas und am Fuß einer Birke ablegte, wanderte der Junge zwischen dem Sammelplatz und dem Wagen hin und her und brachte das Holz.

Mittlerweile war auch die Mutter abgestiegen und bereitete das Abendessen vor; neben ihr lag in eine Decke gewickelt ein Säugling. Ein zweites Söhnchen von etwa eineinhalb Jahren hockte nicht weit entfernt in einem schlammigen Loch und spritzte sich begeistert von oben bis unten voll. Dann stampfte er mit größtem Ernst durch die Pfütze, und wenn die Tropfen es in seinen Mund schafften, verzog er das Gesichtchen zu drolligen Grimassen.

Als genug Holz für etliche Stunden zusammengetragen war, machte Bella Feuer. Dann schnappte sie sich den bekleckerten Kleinen aus dem Schlammloch und säuberte ihn mit größter Sorgfalt. Es sah aus, als spiele sie mit einer Puppe, und nach einer Weile bemerkte Damlo, daß sie leise vor sich hin sang.

An diesem Abend gab es auch für den Jungen warme Suppe. Ohne zu fragen, ohne ihn einzuladen und ohne überhaupt ein Wort zu sagen, hatte die Frau einfach eine Portion mehr zubereitet. Und als sich die Kinderschar mit hungrigem Gejohle zusammenrottete und auf den Topf stürzen wollte, schüttelte der Vater den Kopf und erklärte, dem Gast sollte zuerst serviert werden. Dann rief er Damlo, der die fröhliche Familienszene neben dem Wagen der Zwerge sitzend verfolgt hatte, zum Essen – zusammen mit einer Aufforderung zur Eile, da die Suppe sonst kalt würde.

Die Eltern hießen Ruset und Lya Vedalin und waren auf dem Weg zu irgendwelchen Verwandten, die in Darilan lebten. Dort zogen sie hin, weil sie zwei Wochen zuvor bei einem Feuer, das von Tondo versehentlich gelegt worden war, fast alles verloren hatten. Mit der Resignation und Zurückhaltung eines Menschen, der die Grausamkeiten des Lebens als gegeben hinnimmt, erzählte der Mann, daß in den Flammen zwei ihrer Kinder und eine alte Frau, die nebenan gewohnt hatte, ums Leben gekommen waren. Aber sie konnten sich noch glücklich schätzen, sagte er, denn das Feuer hatte sich sehr rasch ausgebreitet, und so war es ein Wunder, daß es nur drei Opfer gegeben hatte.

Doch das Verhältnis zu den anderen Dorfbewohnern, das schon Jahre zuvor wegen Biancos – des »Weißen« – Andersartigkeit Risse bekommen hatte, war nach dem Brand endgültig verdorben. Dies waren keine Zeiten der Toleranz, erklärte der Mann. Es geschahen seltsame Dinge auf der Welt, und die Leute hatten Angst. Aus der Angst entstand Feindseligkeit. Und so hatten die Dorfbewohner nach jener Nacht des gemeinsamen Kampfes gegen die Flammen den Vedalins zu verstehen gegeben, daß sie im Ort nicht mehr willkommen waren.

Wenn man nicht sehr reich ist, kann man in einem kleinen Dorf ohne den Beistand der Gemeinschaft nicht leben. Und so hatte die Familie fast ihren ganzen Besitz verkauft, die Nachbarn entschädigt und das wenige, das geblieben war, für den Wagen eingetauscht. Und sich auf den Weg gemacht.

Nach dem Abendessen wurden die Kinder mit dem Tellerwaschen beauftragt, und für eine Weile ertönte von der Pumpe her Geschrei und Gezank über die Frage, wer den Schwengel bedienen durfte und wer mehr oder weniger Teller als die anderen zu waschen hatte. Währenddessen plauderte Damlo mit den Vedalins am Feuer. Der Junge erzählte von sich und seinem Leben in Waelton und erklärte seine Anwesenheit in dieser Gegend mit einer leicht abgewandelten Fassung der üblichen Geschichte. Eria lag ja schon hinter ihm, und daher wohnte Onkel Baumbildhauer jetzt in Tevilan.

Der Junge wagte nicht, von den Freunden zu berichten, auf die er wartete, denn der Umstand, daß sie noch nicht eingetroffen waren, hatte seine schlimmsten Befürchtungen geweckt, und er wollte das Schicksal nicht einmal mit Worten herausfordern. Statt dessen erzählte er ausführlich von dem Abenteuer mit den Wölfen und den brennenden Dornbüschen.

Mitten in seiner Erzählung kamen die Kinder tropfnaß von der Pumpe zurück. Sie setzten sich alle dicht ums Feuer, und Damlo war gezwungen, von neuem zu beginnen. Alles lauschte ihm in einem Schweigen, das nach dem Radau etwas geradezu Wundersames an sich hatte. Und als die Geschichte zu Ende war, mußte Damlo wieder und wieder die Narben des Wolfsbisses zeigen. Aufgeregt bestürmten ihn die Jungen, sie die Spuren der Wolfszähne auch bei Tageslicht sehen zu lassen.

Sich ganz erfahren gebend, versprach ihnen Damlo, sie am nächsten Morgen noch mal für alle zur Schau zu stellen. Dann entschied Lya, daß die Kinder ihn zu sehr piesackten, und schickte sie weg.

Das Geschrei hob augenblicklich wieder an, und die Geschwister begannen in einiger Entfernung mit ihrem Spiel. Es hieß: *Die Brücke der brennenden Dornen*. Damlo traute seinen Ohren nicht! So also werden Legenden geboren, dachte er. Eine Sekunde lang sah er sich so, wie er sich noch nie gesehen hatte – von der Warte des Außenstehenden. Er sah den unbekannten, etwas geheimnisvollen Jungen, dessen Abenteuer geradezu danach schrien, als Vorlage für ein Spiel genommen zu werden!

Er plauderte noch ein Viertelstündchen mit den Vedalins, während die Kinder darum stritten, wer die Brücke bauen und wer das Recht haben sollte, die Dornbüsche anzuzünden. Dann hörte das Geschrei schlagartig auf, und kurz darauf präsentierte Primo der Mutter seine blutige Wade. Er weinte nicht und sagte kein Wort, aber es war deutlich zu erkennen, wie sehr er sich erschreckt hatte. Obwohl er beide Hände fest um sein Bein preßte, floß das Blut weiter.

»Er hat das Beil genommen, ohne um Erlaubnis zu bitten«, stellte Bianco fest. Damlo erkannte die Stimme als diejenige wieder, die zuvor wild um das Vorrecht ihres Besitzers gestritten hatte, die Brücke zu bauen.

»Man petzt nicht!« schrie Tondo entrüstet. »Und außerdem wolltest du das Beil auch!«

Seufzend, jedoch ohne Eile und ohne auf das Gebrüll der Kinder zu achten, erhoben sich Lya und Ruset und legten Primo nahe ans Feuer, wo sie die klaffende Wunde in Augenschein nahmen.

»Zum Glück tropft das Blut nur und kommt nicht stoßweise«, murmelte der Mann.

Während die Mutter die Wunde auswusch, ging Ruset zum

Wagen und kehrte mit einigen sauberen Lappen zurück. Es war nicht einfach, das Blut zu stillen, und Ruset mußte die Wundränder des längeren mit einigem Druck zusammenpressen. Dann legte er einen eng sitzenden Verband an und hob den Jungen in den Wagen.

Damit war dem Abend ein Ende gesetzt. Lya beruhigte die Kinder und schickte sie zu Bett, und Damlo bedankte sich für die Mahlzeit, ehe er die zehn Schritte zu seinem eigenen Gefährt ging.

In dieser Nacht schlief er tief und fest, ausgestreckt unter dem Wagen, und die Anwesenheit der Vedalins zog sich durch seine Träume wie eine warme Brise, die ihn angenehm umfing.

Mit dem folgenden Morgen begann der letzte Tag des Wartens. Entsprechend der Abmachung würde Damlo, falls Uwaen und die Zwerge nicht bis zum heutigen Abend eintrafen, tags darauf Richtung Süden aufbrechen und allein versuchen, den Turm von Belsin zu finden.

Der Junge erwachte mit diesem Gedanken im Kopf, und obwohl das Rendezvous für das Nordufer des Riguario ausgemacht war, beschloß er, zur Brücke zu gehen, um dort nachzufragen, ob vielleicht irgend jemand einen Mann und zwei Zwerge bei der Überquerung des Flusses gesehen hatte.

Als er unter dem Wagen hervorkroch, saß Ruset Vedalin bereits am Feuer. Aus den dunklen Ringen unter seinen Lidern schloß Damlo, daß der Mann kein Auge zugetan hatte. »Wie geht es Primo?« fragte Damlo.

»Er hat Fieber bekommen.«

Mit einem Gleichmut, der von den schweren Tränensäcken sichtbar Lügen gestraft wurde, lud er Damlo ein, mit ihm Brot und Käse zu teilen. Kurz darauf stieg auch Lya vom Wagen. Sie ging geradewegs zur Pumpe und wusch sich das vor Müdigkeit ganz schlaffe Gesicht.

»Ich muß zur Brücke«, sagte Damlo. »Könntet ihr vielleicht

ein Auge auf meinen Wagen haben, solange ich weg bin? Ich habe gemerkt, daß die Soldaten keineswegs vertrauenswürdig sind.«

»Das wird Lya machen«, antwortete Ruset und rieb sich die Augen, »denn ich komme mit dir. Ich muß einen Heiler für meinen Sohn suchen.«

Damlo verstand zwar nichts von militärischen Dingen, doch der verheerende Zustand, in dem sich die Garnison befand, fiel selbst ihm sofort auf. Clevas sagte immer, die Disziplin einer Abteilung wäre aus dem Zustand ihrer Ausrüstung abzulesen – und hier waren keine zwei Soldaten gleich gekleidet. Nur wenige trugen die vorschriftsmäßigen Uniformen, und von denen waren kaum welche so sauber, daß man wenigstens die Farben von Pecsa erkannte. Ein einziger Soldat trug den dazugehörigen Umhang und das Schwert an der Seite. Die übrigen begnügten sich mit einem in den Gürtel gesteckten Dolch – wohl eher, um die Gewinne beim Würfelspiel zu verteidigen, als für den Einsatz in einem eventuellen Scharmützel mit den Soldaten von Sigat, nahm Damlo an. Niemand trug eine Rüstung, und die einzigen Wachen, die auf ihrem Posten waren, befanden sich am anderen Ende der Brücke. Doch auch dort lümmelten sie beim Würfelspiel auf dem Boden herum.

Überzeugt, ein Gastwirt würde ihm am ehesten die benötigten Hinweise liefern, war Ruset sofort in eine der zahlreichen Tavernen eingetreten. Damlo hingegen bezweifelte, daß die Freunde in einer Schenke auf ihn warteten, und wandte sich mit seiner Frage an die Soldaten der Garnison. Es waren nur wenige zu sehen, und diese schleppten sich mit den offensichtlichen Nachwirkungen eines schlecht überstandenen Besäufnisses von einem Ort zum anderen.

»Frag Bithor und stör mich nicht!« lautete die am wenigsten ruppige Antwort.

Bei Bithor schien es sich um einen wichtigen Unteroffizier zu handeln, aber niemand wußte, wo er sich gerade aufhielt.

Und als er nach dem befehlshabenden Wachoffizier fragte, erhielt Damlo als Antwort nur einen schiefen Blick. So versuchte auch er es mit einer Kneipe und wandte sich an den Wirt, der auf eines der schmalbrüstigen Häuser deutete, die sich auf der Brücke aneinanderdrängten.

»Dort wohnen die Offiziere«, erklärte er, »aber einer ist letzte Woche ums Leben gekommen, und ein zweiter wurde verletzt, als er ihm zu Hilfe eilen wollte. Der Garnisonskommandant wacht bei ihm, und der hat jetzt ganz sicher anderes im Kopf als die Wachrunden.«

Damlo wagte sich weiter auf die Brücke. Er fühlte sich, als spaziere er durch eine kleine Stadt, doch die Häuser mit den spitzen Dächern riefen die gleiche innere Abwehrhaltung in ihm hervor wie am Abend seiner Ankunft. Er beeilte sich, an die Tür zu klopfen, an die ihn der Wirt verwiesen hatte.

Es öffnete der Kommandant persönlich. Er hielt ein Schwert in der Hand und forderte den Jungen hastig auf einzutreten. Sofort schloß er die Tür wieder und verriegelte sie. Im Gegensatz zu seinen Männern trug er eine vollkommen saubere Uniformjacke, seine Rüstung glänzte. Auf einem Schemel neben der Tür lag ein mit roten und blauen Federn geschmückter Helm. Auch der Schild, der beim Ausgang lehnte, war in bestem Zustand.

Der Raum war schmal und lang. An seinem Ende, neben der steilen Treppe, die in den Oberstock führte, lag auf einem Feldbett ein Mann mit bandagiertem Brustkorb. Im Fieberwahn murmelte er leise vor sich hin.

»Was kann ich für dich tun?« fragte der Kommandant. »Hast du schon mit Bithor gesprochen?«

Damlo riß die Augen auf. »Wieso wißt Ihr, daß ich Bithor suche?«

»Ich weiß, daß er dich sucht. Jedenfalls einen Jungen wie dich. Hier in dieser Gegend haben wir nicht viele mit rotem Haar.«

Damlo spürte, wie seine Knie nachgaben. Er ließ sich auf eine Bank fallen, die an der Wand stand.

»Mir scheint, das macht dich nicht besonders froh. Warum willst du ihn denn sprechen?«

Mit einem Kloß im Hals erklärte Damlo, daß er drei Freunde erwartete, einen Mann und zwei Zwerge, und daß diese ihm geraten hatten, sich um Nachrichten an Bithor zu wenden. Er selbst jedoch würde ihn nicht kennen.

»Das freut mich, denn er ist ein dreckiger Schurke.«

»Aber ... wenn Ihr so denkt, wie kommt es dann, daß er doch offenbar an der Brücke das Kommando hat?«

»Er ist tüchtig und klug, aber ich habe zu spät bemerkt, aus welchem Holz er geschnitzt ist. Er ist vor drei Monaten zusammen mit den Neueinberufenen eingetroffen, und sein Diensteifer war so vorbildlich, daß er sich eine Beförderung nach der anderen verdiente. Ich hatte sogar vor, ihn zum Offizier zu machen, sobald wir wieder nach Pecsa zurückgekehrt wären.« Der Mann seufzte. »Doch er hat hinter dem Rücken von uns Offizieren intrigiert, und es ist ihm tatsächlich gelungen, die Truppen gegen uns aufzubringen. Als die Eiterbeule platzte, wurde der Befehlshaber der ersten Kompagnie getötet, und jener der zweiten ...« Der Kommandant deutete mit dem Kinn auf den Fiebernden am Ende des Raumes. »Nur weil ich zu diesem Zeitpunkt nicht anwesend war, bin ich überhaupt noch am Leben. Aber ich würde keine Wette darauf eingehen, daß ich es noch sein werde, wenn in drei Wochen die Ablöse aus Pecsa eintrifft.«

»Warum flieht Ihr dann nicht?« fragte Damlo.

»Ach ja, Kleiner ... Man merkt, daß du noch jung bist. Ich habe das Kommando über diese Garnison, und ein pecsanischer Offizier verläßt seinen Posten nicht. Aber sieh her – der dort ist Bithor!«

Damlo sprang auf, warf einen Blick durchs Fenster und machte einen jähen Satz rückwärts: Der Unteroffizier war genau der Mann, den er vorhin nur von hinten gesehen hatte, der einzige, dessen Uniform in Ordnung zu sein schien. Und obwohl er keine schwarze Kleidung trug, glich sein Gesichtsausdruck beängstigend jenem des Schwarzen Degens in Waelton. Außerdem war der Griff der Waffe, der unter seinem Umhang hervorsah, von einem Knauf aus schwarzem Obsidian gekrönt, wie Damlo ihn von damals kannte. Einen Augenblick lang spürte der Junge auf seiner Handfläche wieder das erschrekkende und zugleich erregende Gefühl, das das Zücken dieser furchtbaren Waffe vermittelte. Er erschauerte.

Bithor war indessen vorbeigegangen, ohne auch nur einen Seitenblick zum Fenster des Kommandanten zu werfen. Der Junge sah ihm nach, bis er am Ende der Brücke angekommen war, wo ein Soldat an ihn herantrat, sich flüchtig mit den Fingern ans Haar tippte und auf den eingefriedeten Platz deutete, wo die Wagen abgestellt waren. Augenblicklich lenkte Bithor seine Schritte in diese Richtung, und unmittelbar darauf verschwand er aus Damlos Gesichtsfeld.

»Wie ich sehe, ist er dir doch nicht völlig unbekannt«, bemerkte der Garnisonskommandant.

»Wir haben uns noch nie gesehen«, sagte Damlo. »Aber er ist nicht der einzige, der mich sucht, und einem anderen, der ihm ähnlich sieht, bin ich schon mal begegnet.«

»Wie bist du eigentlich hergekommen? Zu Fuß? Zu Pferde? Wie?«

»Auf einem Wagen.«

»Aha. Wenn du damit über die Brücke fahren willst, mußt du es unter Bithors Augen tun.«

Der Mann holte einen nadelspitzen Dolch hervor und trat auf den Jungen zu, der instinktiv zurückzuckte und die Schultern gegen die Wand preßte.

»Keine Angst«, sagte der Kommandant. »Ich habe auch zwei Kinder in deinem Alter, und jedes Jahr vor dem Sommer schneide ich ihnen die Haare. Leider habe ich keine Schere hier, aber ich werde dir nicht weh tun. Und wenn wir fertig sind, schenke ich dir eine Mütze. Mit diesen Haaren wärst du zu leicht zu erkennen, und Bithor hält die Augen offen.«

»Ich hatte keine Angst«, log Damlo. »Ihr habt mich nur ein wenig überrumpelt.«

»Es hat dich jemand von hinten erwischt, sehe ich. Mit einem Stein?«

Wortlos nickte der Junge.

»Derjenige, der dich verarztet hat, verstand sein Geschäft. Nicht alle schneiden die Haare um die Wunde so sorgfältig ab. Die meisten Heiler beschränkten sich darauf, die Ränder zusammenzupressen und zu hoffen, daß kein Fieber hinzukommt.«

Ein paar Minuten später las Damlo das Häufchen glutroter Haarbüschel vom Boden auf und warf es in den fast kalten Ofen. Er rüttelte die Asche durch und drehte sich zum Kommandanten um, in dessen Rüstung er sein Spiegelbild betrachtete. Der Mann lächelte und drückte ihm eine rot-blaue Mütze auf den Kopf, die den Rest seiner Haare komplett verbarg.

»Die Mütze hatte ich zwar meinem Sohn versprochen, aber ich denke, es wird ihn freuen zu hören, daß ich sie dir geschenkt habe. Geh jetzt und achte darauf, daß dich niemand sieht, wenn du das Haus verläßt.«

Besorgt warf Damlo einen Blick aus dem Fenster. Dann trat er rasch aus der Tür und wandte sich in Richtung des Ufers. Er hatte noch keine zehn Schritte zurückgelegt, als er mit einem Ruck innehielt und zum Haus des Kommandanten zurückrannte.

»Was ist los?« fragte der Mann, nachdem er geöffnet hatte.

»Ihr habt mir noch nicht gesagt, ob Ihr einen Mann und zwei Zwerge gesehen habt.«

»Nein, aber sie könnten auch durchgekommen sein, ohne daß ich es bemerkt habe.«

»Und dann wollte ich Euch noch danken«, fügte der Junge

hinzu. »Ich heiße Damlo Rindgren und … darf ich auch Euren Namen erfahren?«

»Vankar von Charaznable aus Pecsa«, antwortete der Offizier mit einem Lächeln. »Und jetzt raus mit dir! Sieh zu, daß du aus dieser Gegend verschwindest.«

»Ich will erst morgen früh abreisen«, sagte Damlo, »weil ich hoffe, daß meine Freunde bis zum Abend eingetroffen sein werden.« Er zögerte ein wenig verlegen und fuhr dann fort: »Und ich möchte Euch noch sagen: indem Ihr mir geholfen habt, habt Ihr auch mitgeholfen …« Er verstummte und schloß hastig: »Also ich glaube, daß diese Mütze auch Eurer Stadt zur Ehre gereichen wird.«

Der Kommandant nickte, worauf die beiden einander ansahen und nicht wußten, was sie sagen sollten. Schließlich drehte sich Damlo um und lief aus dem Gebäude.

Mit allergrößter Vorsicht näherte er sich dem Stellplatz, doch Bithor war schon nicht mehr da. Nur Ruset war zu sehen, der neben dem großen Hinterrad seines Fuhrwerkes saß und das Gesicht in den Händen vergraben hatte. Verlegen bemühte sich Damlo, beim Gehen laut scharrende Geräusche zu machen, dann blickte er hinüber zu Ruset und grüßte ihn, als hätte er ihn in diesem Augenblick erst bemerkt.

Ruset starrte Vankars Mütze an, schüttelte zwei-, dreimal langsam anerkennend den Kopf und stand auf. »Es waren Soldaten da«, sagte er.

»Die habe ich gesehen, aus der Ferne.«

»Ich glaube, sie haben dich gesucht.«

Damlo stockte der Atem.

»Glücklicherweise geraten die Kinder sehr nach Lya und mir.«

Damlo nickte.

»Die Soldaten dachten, wir würden mit zwei Wagen fahren.«

Wieder nickte der Junge, immer noch mit angehaltenem Atem.

»Sie haben uns keine Unannehmlichkeiten bereitet.«

»Ich ... Das ist schön ...«

»Deine neue Mütze ist auch schön, mein Junge.«

»Danke«, murmelte Damlo mit einem Kloß im Hals. »Wie geht es Primo?«

»Besser. Das Fieber ist zurückgegangen.«

»Wollt ihr schon aufbrechen?«

»Nein«, seufzte der Mann, »und ich weiß auch noch gar nicht, wann wir überhaupt von hier wegkönnen.«

»Wieso?«

»Der Heiler wollte einen Silberling, und jetzt haben wir das Wegegeld nicht mehr. Es hat sich im Vergleich zu früher verdreifacht, und die Soldaten lassen nicht mit sich handeln.«

»Und was werdet ihr tun?«

»Ich weiß es nicht. In unser Dorf können wir nicht zurück. Ich weiß es wirklich nicht.«

Ohne ein weiteres Wort lief Damlo zum Wagen der Zwerge und holte die Börse hervor, die König Vinathes spendiert hatte. Er nahm fünf Silbermünzen heraus, dann überlegte er. Es waren noch überreichlich viele vorhanden, und Geld war etwas, was er am wenigsten brauchte. Also holte er noch fünf Münzen hervor, verschloß die Börse und steckte sie zurück in die Kiste mit den Waffen.

»Ich hab nicht deshalb den Mund gehalten, um eine Belohnung zu kriegen«, sagte Ruset, als Damlo ihm die Geldstücke hinhielt.

»Und ich will weder für Euer Schweigen noch für Eure Freundschaft bezahlen«, erwiderte der Junge. »Mein Vater ist ein reicher Mann, ich brauche das Geld nicht.«

Ruset nickte und nahm die Münzen. »Um nach Tevilan zu kommen, mußt du an Darilan vorbei. Frag dort nach den Vedalins, und du wirst mich finden. Dann werde ich dir alle zehn zurückgeben – und eine zusätzlich, denn nur so kann man die Freundschaft erhalten.«

»Wenn Ihr möchtet«, nickte Damlo und lächelte. Er hatte nicht die leiseste Absicht, eine Stadt zu betreten, und würde es ganz gewiß nicht tun, um sich etwas zurückzuholen, das er als Geschenk betrachtete.

Das große Fuhrwerk setzte sich eine halbe Stunde später in Bewegung, und wie bei seiner Ankunft hüpfte die Plane auf und ab und erinnerte an das Rüschenhäubchen eines alten Weibleins. Doch diesmal sahen die lachenden Gesichter Lyas und der Kinder daraus hervor. Die einzige, die Damlo zum Abschied nicht zuwinkte, war Bella. Aber für eine lange Zeit, selbst als der Wagen schon die Brücke passiert hatte, spürte der Junge noch die Eindringlichkeit ihres letzten Blicks.

Während des Tages tat sich nur wenig auf der Straße, und dieses wenige kam ausschließlich von Norden. Mit immer schwererem Herzen erlebte Damlo das Verrinnen der Stunden, die zugleich zu lange dauerten und zu schnell vergingen. Je weiter sich die Sonne am Himmel voranbewegte, desto geringer wurde seine Hoffnung, die Freunde wiederzusehen, und er fühlte sich schrecklich einsam.

Kurz vor Sonnenuntergang trafen vier Wagen auf dem Platz ein, jeder davon gezogen von zwei prachtvollen Pferden. Sie hatten zwar keine Bespannung wie jener der Vedalins, waren aber alle deutlich größer als derjenige, auf dem Damlo saß. Auf jedem von ihnen befanden sich zwei Personen, und der Kutscher des dritten hatte eine so dunkle Haut, daß sie fast schwarz wirkte.

Verblüfft sah Damlo hin. Er hatte zwar schon von den Bewohnern des südlichen Kontinents gehört, aber noch nie einen von ihnen zu Gesicht bekommen. Die Züge des Mannes waren voll, fleischig, breit und schienen irgendwie eingedrückt. Strahlend weiß blitzten die Zähne aus dem Schwarz des übrigen Gesichtes. Der Mann hatte ein freundliches, kluges Lächeln und war Damlo auf Anhieb sympathisch.

Die Gruppe stellte die Fuhrwerke in einer Ecke des Platzes ab, die von schütterem Gras bewachsen war. Von dort aus war es zwar weit bis zur Pumpe, doch die Stelle hatte den Vorteil, nicht schlammig zu sein wie fast das ganze Areal innerhalb der Einfriedung. Und dann holten einige der Neuankömmlinge unter den verdutzten Blicken des Jungen Beile und seltsame Gegenstände vom Wagen und stellten in Minutenschnelle einen wahrhaftigen Speisesaal auf: vier Stühle mit Lehnen, einen Tisch, einen Servierwagen und zwei Beistelltischchen. Anschließend gingen der Schwarze und ein zweiter Mann mit olivenfarbener Haut zur Pumpe und füllten vier kleine Eimer mit frischem Wasser, während Damlo fortfuhr, ihr Tun erstaunt zu verfolgen.

Er konnte den Blick einfach nicht von dem Mann vom anderen Kontinent losreißen, und auf dem Rückweg vom Brunnen schnellte der Schwarze mit einem mächtigen Sprung auf den Jungen zu.

»Buuuh!« schrie er mit tiefer, mächtiger Stimme.

Damlo machte einen Satz nach hinten, und der Mann brach in Lachen aus. Nach einer Schrecksekunde stimmte auch Damlo mit ein, aber der Schwarze setzte schon vergnügt seinen Weg zurück zu den Wagen fort. Dort angekommen senkte der Olivenhäutige einen Weinkrug in jeden Eimer, und der Schwarze begann, zusammen mit zwei anderen den Tisch zu decken: feinste Stoffdecken und Silbergeschirr. Während die vier, die Damlo schließlich als Diener eingeordnet hatte, emsig arbeiteten, standen die anderen vier – ihrem Aussehen nach Kaufleute – beieinander und hörten nicht auf zu schnattern und zu lachen.

Das Abendessen wurde mit größerem Pomp aufgetragen als an Festtagen in der »Apfelesche«: Tante Neila wäre sprachlos gewesen. Während drei der Diener am Feuer und an der festlich geschmückten Tafel zu tun hatten, machte sich der vierte auf den Weg zur Brücke. Als er zurückkehrte, trat er zu einem der Tischgenossen, einem großen, mageren Mann mittleren Alters, der ohne Unterlaß redete. Und bei jedem seiner Worte hielten sich seine Zuhörer den Bauch vor Lachen. Der Diener flüsterte ihm etwas ins Ohr, und der Schwätzer nickte ohne aufzusehen und beendete seine witzige Geschichte.

So ging es zwei Stunden lang. Die vier aßen und tranken und beachteten Damlo, der einsam an einem Stück Zwieback knabberte, mit keinem einzigen Blick. Nach dem x-ten Krüglein Likör schließlich rief der Schwadroneur mit einer Handbewegung seinen Diener herbei, und dieser sprach ein paar Minuten lang zu den anderen, worauf sich ein Sturm der Entrüstung erhob. Aus dem Protestgeschrei schloß Damlo, daß der Diener die neue Höhe des Wegegeldes bekanntgegeben hatte. Die Kaufleute empörten sich eine Weile, dann aber fuhren sie fort zu trinken und zu scherzen. So ging es die halbe Nacht weiter, bis sie sich zu guter Letzt doch noch in die Zelte zurückzogen, die die Diener in der Zwischenzeit aufgestellt hatten.

Erst als sich plötzlich Stille über den Platz legte, wurde Damlo bewußt, daß die bizarren Vorgänge rund um die Reisegesellschaft mitgeholfen hatten, seine Gedanken vom Ausbleiben der Freunde fernzuhalten. Den Rest der Nacht über fiel ihm das nicht so leicht, und nicht einmal die Sonne, die hinter dem Wasserfall aufging und die hochspritzenden Tröpfchen in tausend Farben aufblitzen ließ, konnte ihn aufheitern.

Schweren Herzens bereitete der Junge seinen Aufbruch vor. Er spannte Majestät vor den Wagen, kontrollierte, ob er auch nichts vergessen hatte, stülpte sich die neue Mütze über den Kopf und setzte den Wagen in Bewegung.

Noch bevor er die Ausfahrt des Platzes passiert hatte, brachte er den Gaul wieder zum Stehen. An der Brücke stand der Schwarze Degen, und die Vorstellung, unter dessen Nase vorbeizufahren, ließ Damlo in kalten Schweiß ausbrechen. Er schalt sich einen Feigling, und so zuwider er sich deshalb selbst auch war, er konnte sich trotzdem nicht dazu überwinden, die Fahrt wieder aufzunehmen. Also stieg er ab und fing an, um das Gespann herum im Kreis zu laufen, während er versuchte herauszufinden, ob es wirklich nur die Angst war, die ihn innehalten ließ, oder ob nicht tatsächlich eine klügere Vorgehensweise angebracht wäre, als unter den wachsamen Augen von Bithor die Brücke passieren zu wollen.

So grübelte der Junge lange vor sich hin, indes Majestät befremdet verfolgte, wie er rechts auftauchte, vorne vorbeistapfte und links wieder verschwand, ehe die ganze Sache von neuem begann.

Schließlich entschied Damlo, daß er sich Bithor jedenfalls nicht zeigen konnte. Mütze hin oder her, letzten Endes war er doch ein Junge, der ohne Begleitung ein Fuhrwerk kutschierte, und das allein würde schon die Aufmerksamkeit des Mannes erregen.

Er mußte sich verkleiden, tarnen – aber wie? Er zerbrach sich eine Weile den Kopf, dann tauchte die Lösung unvermutet in Form eines ärgerlichen Gezeters auf. Es kam von den Zelten der Kaufleute, wo einer der vier Schlemmer den Mann mit der Olivenhaut mit Fußtritten traktierte. Es waren keine besonders heftigen Tritte, und der Mann ließ sie über sich ergehen, ohne sich zu wehren. Trotzdem – Damlo fand die Szene zutiefst abstoßend. Das Opfer war wohl ein Sklave, vermutete der Junge, und kein Diener, wie er gedacht hatte. Mit einemmal überkam ihn wilder Zorn gegen den Kaufmann, und er mußte zwei-, dreimal tief Luft holen, um sich zu beruhigen. Er durfte sich nicht von Gefühlen leiten lassen, ermahnte er sich, denn diese Reisegesellschaft verkörperte seine einzige Chance, die Mission weiterzuführen.

Er marschierte auf die abgestellten Gefährte zu. Mit der Begründung, vor dem Alleinreisen Angst zu haben, würde er die Männer bitten, sich ihrer Gruppe anschließen zu dürfen. Die Schwarzen Degen hielten Ausschau nach *einem* Wagen: fünf

Stück davon – und ohne einen Rotschopf in Sicht – würden wohl kaum ihren Verdacht erregen.

Die Kaufleute nahmen sein Ersuchen freundlich auf, und Damlo wurde allmählich klar, daß sie ihn am Abend zuvor nicht aus Blasiertheit unbeobachtet gelassen hatten; wahrscheinlich hatten sie ihn, so völlig vertieft in ihre Unterhaltung, gar nicht bemerkt.

Während die Diener damit beschäftigt waren, die Abfahrt vorzubereiten, und Damlo vor Ungeduld über die Gemächlichkeit seiner neuen Reisegefährten innerlich bebte, ließen sich diese ein reichhaltiges Frühstück servieren und luden den Jungen ein, ihnen dabei Gesellschaft zu leisten.

Plötzlich erschien auf der anderen Seite des Flusses eine lange Karawane. Es war der erste Konvoi, der aus dem Hoheitsgebiet von Sigat eintraf, überlegte Damlo, doch seine Ausmaße machten alles wett, was in den letzten achtundvierzig Stunden aus nördlicher Richtung an der Brücke eingetroffen war. Er bestand aus gut vierzig Planwagen und wand sich aus einem Wald in etwa einer Meile Entfernung hervor, als würde er nie enden. Vor der Rampe am südlichen Ende der Brücke zog er sich wie eine Raupe zusammen und kam zu einem Halt.

Um noch vor der Karawane drüben über den Riguario zu kommen, hatten es die Kaufleute plötzlich recht eilig. Aber als die fünf Wagen endlich an der Nordrampe eintrafen, rollten gerade zwei Fuhrwerke aus Sigat von Süden her auf die Brücke.

Ein paar Wachsoldaten scheuchten Damlo und seine Reisegefährten grob zur Seite und trugen ihnen auf, auf dem Platz vor dem eingezäunten Gelände zu warten. Murrend gehorchten die Kaufleute und stellten ihre Gefährte widerwillig nebeneinander ab. Doch die schlechte Laune hielt nur kurz an; zwei Minuten später flogen schon wieder die Scherze, und die ganze Bande brach in unbändiges Gelächter aus. Die Plaudertasche machte eine witzige Bemerkung nach der anderen, und obwohl Damlo sie nicht ganz so lustig fand, vergingen die anderen drei schier vor Lachen darüber – besonders die beiden jüngsten, Zwillingsbrüder, um die zwanzig Jahre alt, die sich, ohne es selbst zu bemerken, auf dieselbe Art und Weise auf die Schenkel klatschten.

Indessen überquerten die Wagen aus Sigat den Riguario. Dabei befanden sich nie mehr als drei oder vier Fuhrwerke zugleich auf der Brücke – das Unternehmen ging sehr langsam voran. Also stellten auch die Kutscher, die bereits am Nordufer angekommen waren, ihre Gespanne auf dem Platz vor dem Zaun ab und stiegen von den Wagen. Mit lauten Stimmen erkundigten sie sich bei den Pecsanern nach den Häusern, in denen sich die Tavernen befanden, kehrten zu Fuß auf die Brücke zurück und verschwanden lachend und johlend in den Kneipen.

Doch Damlo hatte das dumpfe Gefühl, diese ganze übertriebene Heiterkeit klinge ein bißchen gezwungen. Da fiel ihm plötzlich auf, daß alle Sigater, obwohl der Tag recht warm war, weite Mäntel trugen. Geschlossen.

Die Ratte mußte krank sein, denn sie schoß von irgendwo hervor und rannte in völliger Mißachtung ihrer eigenen Sicherheit über die Straße und zwischen die Hufe der Pferde, die einen der letzten Wagen zogen. Die Tiere scheuten und stiegen hoch. Diese Erschütterung warf einen Mann um, der sich unter der geschlossenen Plane befunden hatte.

Wie ein kurzer Blitz durchstieß eine Schwertklinge das Gewebe, und unmittelbar darauf drückte sich das unverwechselbare Profil eines Schildes von innen gegen den Stoff.

Damlo merkte, daß keiner der pecsanischen Soldaten den kleinen Zwischenfall bemerkt hatte, und so wandte er sich seinen Gefährten zu, um sie zu warnen. Doch die kletterten bereits voller Hast auf ihre Wagen, und der Junge beeilte sich, es ihnen gleichzutun.

Es ging ein wenig chaotisch zu, als die Kaufleute ihre Gespanne wenden ließen und so schnell wie möglich Richtung Norden zurückfuhren. Und in dem Augenblick, als der kleine Konvoi in den Wald einfuhr, hörten die Männer auf den Wagen den Alarmruf eines Hornsignales hinter sich; als sie bei den vorgeschobenen Wachposten ankamen, waren dort bereits alle Soldaten auf den Beinen. Ihre Ausrüstung lag noch auf dem Boden – mehr oder weniger genau dort, wo Damlo sie zwei Tage zuvor gesehen hatte. Fineris, der Mann, der den olivenhäutigen Sklaven mit Tritten traktiert hatte, schrie ihnen zu, daß die Soldaten von Sigat im Begriff waren, die Brücke anzugreifen, worauf sich die Wachposten rasch die Triefaugen rieben und zu ihren Waffen und Rüstungen stürzten.

Ouklar, die Plaudertasche, fuhr den ersten Wagen des Konvois und bog an dieser Stelle in Richtung Westen auf die Straße nach Laria ab. Der Weg führte bergan, und die Serpentinen brachten die Wagenkolonne immer höher über den Fluß. An der höchsten Stelle angekommen, lenkte Ouklar sein Gefährt an den Straßenrand und stellte es ab. Alle anderen reihten sich dahinter an.

Nur wenige Schritte entfernt endete die Hochfläche jäh an einem Steilabfall, und von diesem Punkt aus war die Brücke in ganzer Länge zu sehen. Die Kaufleute versammelten sich am felsigen Rand des Abgrunds; die Luft war klar, deutlich konnte man die Farben der kämpfenden Seiten ausmachen: Weiß und Braun für Sigat, Blau und Rot für Pecsa. Die Letzteren waren vor allem daran zu erkennen, daß sie die Angreifer mit den erstbesten Waffen abwehrten, die sie in die Hände bekommen hatten – und das zumeist ohne Uniformjacken und ohne Rüstung.

Damlo war erstaunt: In Anbetracht des Zustands der Garnison hätte er angenommen, die Angreifer würden einen leichten Sieg davontragen; doch die Soldaten von Pecsa hatten, obwohl sie von der Attacke überrascht worden waren, dem Ansturm standgehalten, und jetzt kämpften sie da unten wie die Teufel. Irgend etwas mußte sie aufgerüttelt haben – aber was, um alles in der Welt, konnte diese Horde Trunkenbolde in eine Truppe vollwertiger Kämpfer verwandelt haben? Die Antwort wurde Damlo klar, als er in ihren Reihen einen Helm ausmachte, der mit Federn geschmückt war. Die Bewegungen des Offiziers strahlten Ruhe und Ermutigung aus, als er Ordnung in die Verteidigungslinien brachte und immer dort zugegen war, wo die Lage am kritischsten schien.

»Vankar von Charaznable aus Pecsa«, murmelte Damlo in das faszinierte Schweigen der Umstehenden hinein.

»Was sagtest du?« fragte Fineris.

»Nichts«, antwortete der Junge kurz und konzentrierte sich wieder auf die Schlacht da unten.

Aus irgendeinem Grund mußten die Pläne der Angreifer fehlgeschlagen sein, denn den Kriegern aus Sigat war es nicht gelungen, die Brücke zu besetzen. Sie kämpften noch immer an der Rampe, wo die pecsanischen Soldaten aus den Gebäuden geströmt waren und das nördliche Ende der Brücke blockierten. Unter den unermüdlichen Kommandorufen ihres Offizieres bereiteten sie sich offensichtlich auf die Gegenattacke vor.

Das begriff Damlo nicht: Die Sigater befanden sich nördlich der Brücke, so als wären sie aus Pecsa gekommen! Warum hatten sie sie erst überquert, bevor sie angriffen? Das erschien ihm unverständlich.

Genau in diesem Augenblick gab Vankar von Charaznable das Signal zur Attacke, und unversehens rückten die Pecsaner geschlossen gegen die Angreifer vor. Zurückgetrieben vom Ansturm der Verteidiger flohen die Sigater zu ihren abgestellten Wagen. Doch sobald die pecsanischen Soldaten die Rampe der Brücke überschritten hatten, kamen die sigatischen Wagenlenker, die sich so lautstark nach den Tavernen erkundigt hatten, aus den Gebäuden gerannt.

Jetzt verstand Damlo: Die in den Planwagen versteckten

Soldaten hatten den ersten Angriff ausgeführt, während die anderen nur abwarteten, daß die Verteidiger dadurch von der Brücke gelockt wurden, damit man sich ihrer sodann umgehend bemächtigen konnte!

»Ganz schön listig, diese Sigater!« rief Ouklar aus. »Denn hätten sich die Pecsaner in den Häusern verschanzt, wäre es schwierig geworden, sie hinauszubringen!«

Die Wagenlenker, die da unten aus den Kneipen gekommen waren, trugen immer noch ihre weiten Mäntel, und Damlo bemerkte verblüfft, daß ein pecsanischer Soldat sie anführte. Bithor! dachte er. Eine Minute später ließ der Mann den rotblauen Mantel fallen: darunter war er ganz in Schwarz gekleidet. In einem Aufblitzen von Rüstungen und Schwertklingen taten es ihm die anderen gleich.

»Schwere Infanterie«, stellte Ouklar fest. »Harte Gegner, aber um die Brücke zu halten, sind es zu wenig.«

In diesem Augenblick setzte Bithor ein langes Horn an die Lippen und entlockte ihm einen düsteren, kräftigen Ton, der selbst auf der Anhöhe noch deutlich zu hören war.

»Allmächtige Götter!« rief Ouklar. »Klingt wie ein Furz von meinem Großvater, dem Totengräber!« Er setzte eine trübselige Leichenbittermiene auf.

Die Zwillingsbrüder, Fineris und zwei der vier Diener brachen in wildes Gelächter aus, während Vadde, Ouklars Sklave, nur ein angedeutetes Lächeln auf den Lippen hatte. Und Rako, der Schwarze, zeigte überhaupt keine Regung.

Aus dem Wald südlich des Riguario hatte dem Horn inzwischen eine Trompete geantwortet, und zwischen den Bäumen waren weitere hundert Reiter aufgetaucht. In Braun und Weiß gekleidet, galoppierten sie mit lose gehaltenen Zügeln auf die Brücke zu.

Damlo richtete den Blick auf den Befehlshaber der Pecsaner, der sich beim Ertönen des Hornes umgedreht hatte. Mit ein paar raschen Gesten, die offenbar von kurzen Befehlen begleitet wurden, bereitete Vankar von Charaznable seine Männer auf die neue Lage vor. Noch vor den Umtrieben Bithors mußte er seine Leute großartig gedrillt haben, denn nun teilten sich die Pecsaner ohne die geringste Konfusion in zwei Gruppen. Während sich die eine auf einen Gegenangriff jener Soldaten vorbereitete, die eine Flucht zu den Wagen vorgetäuscht hatten, nahm die zweite geordnet Aufstellung, um sich der schweren Reiterei entgegenzustellen, die auf der Brücke aufgetaucht war.

Und dann sprang der Kommandant, ohne im geringsten auf das zu achten, was rund um ihn vorging, auf den nächstbesten Wagen und ließ die Pferde im Galopp lospreschen. Einen Augenblick lang sah es so aus, als wolle er die eigenen Männer überrennen, doch im letzten Augenblick sprangen sie zur Seite, und das Gespann raste in voller Geschwindigkeit der sigatischen Reiterei entgegen, erreichte sie und durchstieß ihre Linien. Dabei überrollte es zahlreiche Gegner und setzte seine wilde Fahrt fort.

Obwohl es der schwarzen Klinge von Bithors Degen gelungen war, eines der beiden Pferde zu streifen – das nur noch mühsam das Tempo hielt –, schaffte es der Kommandant, den Wagen bis ans Südende der Brücke zu bringen. Auf Höhe des letzten Gebäudes dirigierte er das Gespann überraschend zur Seite, und der Wagen donnerte gegen die Mauer und stürzte um. Nun versperrte er der Kavallerie den Weg. Vankar von Charaznable, der im letzten Augenblick noch abgesprungen war, rollte etwa zehn Schritt weit über die Fahrbahn. Während die Reiter mit der Gewalt einer Lawine heranpreschten, kehrte er hinkend zum Wagen zurück und schaffte es gerade noch hinaufzuklettern.

Erstaunt sah Damlo zu, wie er sich auf dem zu Bruch gegangenen Wagen aufrichtete; in der Rechten schwang er sein Schwert und mit der Linken lud er die Reiter spöttisch ein, sich ihm zum Kampf zu stellen, während er über die Verwirrung lachte, die sich ergeben hatte, da das Vorwärtsstürmen der Reiter jäh ins Stocken geraten war.

Am anderen Ende der Brücke kämpften die Pecsaner indes an zwei Fronten. Angespornt von der Tapferkeit ihres eigenen Kommandanten hatte die Gruppe, die gegen die schwere Kavallerie kämpfte, die Gegner bereits in Schwierigkeiten gebracht. Und wäre Bithor nicht gewesen, die Sigater hätten wahrscheinlich längst die Flucht ergriffen. Aber als der erste von ihnen seine Waffe fallen ließ und dem Feind den Rücken zukehrte, tötete ihn der Schwarze Degen so schlagartig und brutal, daß auch der Kleinmütigste unter seinen Kameraden den Gedanken an ein solches Vorhaben fallenließ.

Damlos Blicke wanderten unentwegt von einem Ende der Brücke zum anderen. Auf einer Seite hielt Bithor reiche Ernte unter den Pecsanern, von denen offenbar kein einziger in der Lage war, seiner tödlichen Waffe zu widerstehen; auf der anderen mähte Vankar von Charaznable mit mächtigen Hieben die Sigater dahin, die versuchten, die neue Barrikade zu erstürmen, und hielt die Stellung allein gegen hundert Gegner. Obwohl der Raum zwischen den Gebäuden zu eng war, um den Sigatern zu gestatten, Vankar in Massen anzugreifen, erschien dem Jungen das, was dort vorging, wie eine Szene aus einer Heldensage.

Die Schlacht wütete lange Zeit ohne irgendeinen erkennbaren Vorteil für eine Seite. Besorgt sah sich Bithor des öfteren um, ob es die Verstärkung endlich geschafft hatte, die Hürde zu überwinden. Doch der Kommandant der Pecsaner harrte aus. Und so entschloß sich der Schwarze Degen schließlich, das Risiko einzugehen: Er verließ seine Truppen und setzte sich in Trab. Er rannte über die Brücke und sprang mit katzenhafter Behendigkeit auf den umgestürzten Wagen.

Trotz des Kampflärms hörte ihn Vankar von Charaznable kommen und unterbrach die Verteidigung der Barrikade, um sich umzuwenden und Bithor abzuwehren. Doch er blutete bereits aus mehreren Wunden, sein Reaktionsvermögen war geschwächt. Und so stieß ihm Bithor, noch ehe sich Vankar ganz umgedreht hatte, die Klinge in die Achselhöhle und durchbohrte ihm das Herz. Dann schlug er ihm den Kopf ab und hielt ihn am Helmschmuck hoch, während er zu seinen Männern zurückrannte. Die sigatischen Reiter hingegen setzten wie Wassermassen nach einem Dammbruch über das Wrack des Wagens hinweg und ergossen sich in einer weiß-braunen Woge über die gesamte Brücke.

Es war die makabre Trophäe, die der Schwarze Degen hochgereckt hielt, und nicht der Anblick der gegnerischen Verstärkung, die den Pecsanern den Kampfgeist nahm. Die Soldaten lösten die Linien auf, gesellten sich zu den Kameraden, die weiter nördlich kämpften, und durchbrachen mit einem verzweifelten Ansturm die Aufstellung des Feindes, ehe sie wild die Flucht ergriffen.

»Da haben wir nun wirklich ein Problem«, rief Ouklar aus.

»Warum?« fragte Basner, einer der Zwillinge.

»Genau!« schloß sich Vasner, sein Bruder, an. »Was geht es uns an, wer gewinnt oder verliert?«

»Weil sich jetzt«, erklärte Ouklar, »in den Wäldern zwischen uns und der Brücke zahllose versprengte Soldaten herumtreiben werden, die versuchen, irgendwie nach Pecsa zurückzukommen. Und da kämen ihnen unsere Gefährte sehr gelegen.«

»Und?« entgegnete Vasner. »Da wird es doch wohl reichen, ein, zwei Tage abzuwarten, bis die Sigater die Gegend gesäubert haben.«

»Aber ich kann nicht warten!« rief Damlo dazwischen. »Ich bin ohnehin schon zu spät!«

»Und das wird noch später werden, Junge«, erwiderte Ouklar. »Denn außer mit versprengten Pecsanern werden wir es auch mit den Soldaten von Sigat zu tun haben. Und da stellen die Pecsaner wahrscheinlich sogar das geringere Problem dar.«

»Das verstehe ich nicht«, sagte Damlo. »Sie haben die Brücke erobert, gut. Aber welchen Unterschied macht das für uns?«

»Sigat ist mit Irel verbündet – und zwar gegen Pecsa und Drassol. Es ist richtig, daß die Kontrolle über die Brücke eine reine Prestigefrage ist, denn darüber wird schon seit Jahrhunderten gestritten. Aber das kann kein Motiv für eine Schlacht wie diese hier gewesen sein. Es muß einen anderen Grund geben, und der einzige, der mir einfällt, wäre eine Entlastungsstrategie.«

»Was heißt das?«

Ouklar hob einen dürren Zweig auf und zerbrach ihn in kleine Stücke, die er auf dem Boden auslegte. »Schau mal: dies ist Irel, das hier Sigat, und das da sind die beiden feindlichen Städte. Wie man sieht, leiden die Irellianer am meisten unter dem Druck, der von Drassol und Pecsa ausgeht, weil in gewissem Sinn ihre Stadt umzingelt ist. Wäre ich Herrscher von Irel, ich würde meinen Bündnispartner ersuchen, etwas in die Wege zu leiten, das die Truppen von Drassol und Pecsa von meinen Grenzen fernhält. Und wenn du mich fragst, dann sind die Sigater dieser Bitte soeben nachgekommen.«

»Das glaube ich nicht«, entgegnete Fineris. »Als der Große König im vergangenen Jahrhundert das Imperium gründete, dekretierte er, daß Pecsa und Sigat die Kontrolle über die Brücke alle fünf Jahre an die jeweils andere Seite abgeben müssen. Das gilt nun seit langem schon als allgemein anerkanntes Recht, und meiner Meinung nach haben die Sigater die Brücke nur deshalb angegriffen, weil der Zeitpunkt der Übergabe seit Monaten verstrichen ist und die Pecsaner sich weigern, die Kontrolle abzugeben.«

»Dann waren also die Sigater im Recht!« rief Basner.

»Ganz und gar!« nickte Fineris. »Und daher denke ich, daß die Pecsaner nicht versuchen werden, sich die Brücke zurückzuholen.«

»Mag sein«, räumte Ouklar ein, »aber das macht dann diese

Gegend noch gefährlicher. Ich sage es noch einmal: Irel benötigt Unterstützung, um den Druck an seinen Grenzen zu vermindern. Wenn also die Pecsaner keinen Versuch machen, die Brücke zurückzuerobern, dann, da bin ich ganz sicher, werden die Sigater Raubzüge auf Pecsaner Territorium unternehmen, um die feindlichen Truppen auf diese Weise im Süden zu binden. Nicht zufällig haben sie die Kavallerie eingesetzt, um die Brücke zu erobern. Ich weiß nicht, wie ihr denkt, aber ich für mein Teil habe nicht vor, mich in den nächsten Wochen in dieser Gegend aufzuhalten.«

»Vielleicht hast du recht«, meinte Fineris.

»Aber wie sollen wir dann über den Riguario kommen?« rief Damlo verzweifelt. »Ich muß doch nach Süden!«

»Wir auch, Junge. Unser Ziel ist Velat. Aber wenn wir Wert darauf legen, unsere Fuhrwerke zu behalten, müssen wir eine andere Straße nehmen.«

»Wir fahren über die Hauptstadt«, sagte Fineris mit Entschiedenheit.

»Eria?« schrie Damlo auf. »Aber das ist furchtbar weit!«

»In Eria wohnt unser Vater«, bemerkte Vasner.

»Ich sehe auch keine andere Möglichkeit«, erklärte Ouklar, ohne die Einwände zu beachten.

»Wir fahren nach Laria«, sagte Fineris, »und von dort aus nehmen wir eines der Schiffe in die Hauptstadt. Sie verkehren doch sehr häufig. Mit ein wenig Glück sind wir in einer Woche in Eria und in drei Wochen in Velat.«

»Drei Wochen!« rief Damlo. »Aber von hier aus braucht man doch nur sechs oder sieben Tage!«

»Nur wenn der Teufel hinter dir her ist«, antwortete Ouklar. Der Junge verstummte.

»Bei normaler Geschwindigkeit«, fuhr der andere fort, »benötigt man etwa zehn Tage. Daher kommen wir mit weiteren zehn Tagen Verspätung an, und das ist in der heutigen Zeit kein Drama.«

Damlo nickte – mit schwerem Herzen und verwirrenden Gedanken. Wenn er sich den Kaufleuten anschloß, würde er die vorgesehene Straße verlassen müssen und damit auf jede Chance verzichten, mit seinen Freunden irgendwann wieder zusammenzutreffen. Falls sie überhaupt noch am Leben waren … Andererseits war jetzt vielleicht der Augenblick gekommen, sich der Wahrheit zu stellen: Die Orks mußten alle drei umgebracht haben, denn wäre auch nur einer von ihnen am Leben geblieben, er hätte doch alle Zeit der Welt gehabt, ihn, Damlo, einzuholen.

Sie waren also tot. Im Grunde genommen hatte er es immer gewußt. Seit er sie auf der anderen Seite von Ringenims Klinge zurückgelassen hatte, waren all seine Hoffnungen nichts als ein Versuch gewesen, den Schmerz, den er jetzt verspürte, vor sich herzuschieben.

Er hatte das Gefühl, ein Felsblock läge auf seinem Herzen. Ein so schwerer Stein, daß er nicht einmal Tränen hochsteigen ließ. Sein Gesicht wurde so weiß wie frisch gewaschenes Leinen.

Besorgt umringten ihn die Kaufleute und überschütteten ihn mit Fragen, doch der Junge wollte nicht antworten. In seinem Innern schrie eine Stimme: »Ich will nach Hause! Ich will zurück nach Waelton! Ich will zurück ins Gasthaus *Zur Apfelesche*!«

Schließlich geleiteten ihn Ouklar und Vadde, sein Diener, zum Wagen und halfen ihm aufzusteigen. Während sich die Gesellschaft zur Abfahrt bereitmachte, übernahm Ouklar allein die Spitze der Wagenreihe und ließ Vadde auf dem Kutschbock von Damlos Wagen zurück.

Der Junge saß mit einem Herzen, das vor Schmerz zu zerreißen drohte, neben ihm und verfolgte so unbeteiligt den Aufbruch, als würde ihn das Ganze überhaupt nichts angehen. Und während ihn die Erschütterungen des Wagens regelmäßig durchrüttelten, galten die einzigen Gedanken, die aus dem glühenden Meer seiner Qual auftauchten, seinem Zuhause: »Ich will zu Onkel und Tante. Ich will unter meinem eigenen Federbett schlafen!«

Ohne es zu bemerken, nickte er ein, den Kopf auf Vaddes Schulter gelegt. Und während dieses Schlafes brach etwas in ihm entzwei.

5

Ticla Bedaran konnte dem unerwarteten Hieb gerade noch um ein Haar ausweichen, worauf sie mit einer Reihe markierter Ausfälle versuchte, den Mann auf Abstand zu halten. Sie wußte, daß dies nicht lange gelingen würde, und hielt, ziemlich außer Atem, mit raschen Blicken Ausschau nach einem Fluchtweg.

Die Stallungen waren im Augenblick leer. Es gab keine Kutschen darin, und die Pferde ihres Vaters befanden sich bei der täglichen Arbeit am anderen Ende des Vorplatzes. Und die großen Stalltore hatte sie selbst vor kurzem geschlossen.

Langsam wich sie zurück, wobei sie die Spitze ihres kurzen Schwertes immer näher an die Augen des Gegners heranwirbeln ließ. Das sollte manchmal glücken, hatte sie gehört. Diesmal jedoch nicht. Wie eine Katze folgte der Mann jeder ihrer Bewegungen, und seine Waffe war immer in der besseren Stellung, um einen eventuellen Stoß zu parieren. Er spielt mit mir, dachte Ticla, er macht mich lächerlich, bevor er richtig angreift!

Wutentbrannt ging sie leicht in die Knie, so als würden ihre Kräfte nachlassen; doch statt zu Boden zu sinken, stürzte sie voran und versuchte einen blitzartigen Ausfall. Der Mann sprang ebenso behende zur Seite, und um nicht am Rücken getroffen zu werden, mußte sich Ticla fallen lassen. Sie rollte seitlich weiter, während der Stahl des Gegners neben ihr auf dem Boden aufschlug. Sie versuchte wieder aufzustehen, doch das gelang ihr nur zur Hälfte: Der Mann bewegte sich zu rasch. Auf allen vieren krabbelte sie eilig auf eine große Futterkrippe zu. Der Boden war mit Strohhalmen übersät, ihre Knie fanden keinen Halt. Plötzlich glitten sie ganz unter ihr weg, und Ticla lag von neuem flach da. Wieder rollte sie sich zur Seite, diesmal noch hektischer als zuvor. Der Gegner war groß und stark, doch obwohl von geradezu unheimlicher Beweglichkeit, fiel es ihm nicht leicht, ihren zierlichen Körper zu treffen, der auf dem Boden hin und her flitzte. Und schließlich schaffte es das Mädchen tatsächlich, unter die Futterkrippe zu schlüpfen, ohne getroffen zu werden.

Rasch kroch sie auf der anderen Seite darunter hervor und stand auf, während der Mann um das Hindernis herumlief. Wieder stellte sie sich ihm entgegen, die Waffe beständig auf ihn gerichtet; dann wich sie allmählich zurück, wobei sie ihn in Schach hielt und darauf achtete, daß ihr Rückzug sie zu dem Gang führte, in dem das Zaum- und Sattelzeug hing. Klein und zart, wie sie war, erhoffte sie sich in dem schmalen Korridor einen gewissen Vorteil. Doch das durchschaute auch der Gegner und blockierte ihr mit zwei raschen Sprüngen den Weg.

Sekundenlang standen sich die beiden Auge in Auge gegenüber, während die Spitzen ihrer Klingen einander in kleinen Kreisen umspielten. Dann griff der Mann an. Mit einer Finte nach links ließ er sich fast zu Boden sinken und stieß nach rechts zu. Ticla kannte diesen Stoß jedoch und ließ sich nicht irritieren; sie machte einen Satz rückwärts und parierte nach rechts.

Ihre Klinge traf nur auf leere Luft. Eine Finte in der Finte! Augenblicklich zog Ticla das kurze Schwert zurück vor die Brust und konnte gerade noch die Waffe des Gegners abwehren. Der Mann führte den Hieb jedoch nicht zu Ende, und noch ehe dem Mädchen der Grund dafür klar wurde, schlitterten die beiden Klingen aneinander entlang. Die des Mannes machte eine blitzschnelle Kreisbewegung, und Ticla spürte, wie ihr die eigene von einer unwiderstehlichen Kraft aus der Hand gerissen wurde. Und eine Sekunde später glitt die abgerundete Spitze des gegnerischen Schwertes über ihre Kehle.

»Das gilt nicht!« rief sie.

»Alles gilt, wenn man kämpft!« entgegnete der Mann und grinste.

»Außerdem hast du versucht, mich zu treffen, als ich auf dem Boden lag!«

»Es gefällt mir, daß du nicht verlieren willst, aber wenn du ein Theaterduell möchtest, mußt du dir jemanden anders suchen!«

»Ich bitte dich! Wer außer dir würde es riskieren, sich mit Angia anzulegen? Und selbst mit dir ist ein gutes Versteck Voraussetzung!«

»Du bist ein Mädchen, meine Liebe. Das heißt – schon eher eine junge Dame; das mußt du zur Kenntnis nehmen.«

»Eben«, entgegnete Ticla und machte einen Schmollmund, »und gerade weil ich ein Mädchen bin, durftest du nicht zustoßen, solange ich auf dem Boden lag!«

»Hör mal, ich bin Soldat, kein Fechtlehrer! Ich bringe dir bei, wie man mit einem Eisen in der Hand überlebt, und nicht, wie man in einem Ballsaal voller nobler Herren tanzt!«

»Ja, das weiß ich doch. Und überleben heißt, den Gegner umzubringen.«

»Ganz genau. Und möglichst schnell, und außerdem so, daß man selbst nicht getroffen wird.«

Vor sich hin murmelnd bemühte sich Ticla, das Kleid von den Strohhalmen zu befreien; dann hob sie ihr kurzes Schwert vom Boden auf und kehrte langsam zu dem Freund zurück. Plötzlich machte sie einen Satz auf ihn zu und traf ihn mitten auf der Brust. Der Mann zuckte mit keiner Wimper, er versuchte nicht einmal, dem Stoß auszuweichen. Und nachdem er ihn erhalten hatte, beschränkte er sich darauf, ihr in die Augen zu sehen. Schweigend.

»Ich weiß, ich weiß«, murrte Ticla, grinste ein wenig und sah ihm schief von unten ins Gesicht. »Es ist nicht nötig, daß du es mir sagst: Das war ein hinterhältiger Stoß und hat rein gar nichts mit dem zu tun, was du mich gelehrt hast.«

»Na, Gott sei Dank!« lachte er.

Er holte sein Cape mit den Insignien von dem Strohhaufen, auf dem er es abgelegt hatte, warf es sich um die Schultern und schickte sich an, auf den großen Platz zurückzukehren, der die Flügel des Schlosses trennte.

»Morgen können wir nicht üben«, sagte er und öffnete das Tor des Reitstalles.

»O nein! Weshalb?«

»Meine Frau ist krank, wie du weißt, und für morgen habe ich um einen Tag Urlaub gebeten. Um an ihrer Seite zu bleiben.«

»Wie geht es ihr? Verzeih, daß ich dich nicht schon früher danach gefragt habe.«

»Es wird nicht besser.« Die Züge des Mannes hatten sich auf einmal verfinstert. »Mit der morgigen Karawane wird auch ein Heiler aus Tevilan eintreffen. Wir hoffen, daß er sein Handwerk versteht.«

»Das wünsche ich dir aus ganzem Herzen, Baldrin. Deine Frau ist ein wunderbarer Mensch.«

»Danke, aber leider hat die ... Krankheit sie stark verändert. Sie ist nicht mehr dieselbe, die du kanntest – und das nicht nur äußerlich.«

»Das tut mir wirklich leid.«

Der Mann nickte. Sie verließen zusammen den Reitstall, da erstarrte das Mädchen plötzlich.

»Ticla!« Die Stimme Angia von Ortis', ihrer Amme, erscholl laut und deutlich über den ganzen Platz.

»Sie hat mich schon gesehen!« stieß das Mädchen halblaut hervor. »Jetzt kann ich mir etwas anhören!«

Die füllige Gestalt näherte sich den beiden im Sturmschritt und pflanzte sich mit verschränkten Armen und leicht außer Atem vor ihrem Augenstern auf.

»Wo warst du denn?« rief sie. »Ich habe dich im ganzen Schloß gesucht! Dein Vater erwartet Gäste, und du verschwindest für eine Stunde, statt dich zurechtzumachen!«

»Ich mag es nicht, wenn ich die Hausherrin spielen soll.«

»Das haben wir bereits besprochen, und diese Auseinandersetzung ist beendet. Du bist groß genug, um an deines Vaters Seite Gäste zu empfangen, und das wirst du auch tun, ob es dir nun gefällt oder nicht.«

»Es gefällt mir nicht, und ich werde es nicht tun!«

»Und wie du es tun wirst! Jawohl! Und wenn ich dir den Hintern versohlen muß! Schau dir das an, wie du wieder aussiehst! Wenn deine arme Mutter dich sehen könnte! Aber diesmal rede ich mit deinem Vater, da kannst du sicher sein! Und Ihr, Hauptmann! Ist es denn eigentlich denkbar, daß Ihr nicht das mindeste bißchen Verstand habt? Wie oft habe ich Euch schon gebeten, sie mir zurückzuschicken, wenn Ihr sie irgendwo umherstreichen seht?«

»Um die Wahrheit zu sagen, Amme …«, begann Baldrin.

»Er hat nichts damit zu tun, Angia«, schaltete sich Ticla hastig ein. »Er hat mich ja sofort zu dir zurückbeordert, aber ich habe ihm nicht gehorcht.«

»Nein, Ticla«, widersprach der Hauptmann, »sagen wir, wie es ist. Die Sache verhält sich nämlich so, daß …«

»Heiliger Himmel!« schrie Angia auf und packte Ticla am Handgelenk. »Die Gäste! Schnell weg von hier!«

Tatsächlich bog soeben eine luxuriöse Kutsche auf den weiten Platz ein, und sofort liefen zwei livrierte Reitknechte auf die Pferde zu.

»Nun gut, dann darf ich mich wieder meinen Pflichten zuwenden, Amme«, verneigte sich Baldrin, wandte sich Ticla zu, kniff ein Auge zusammen und schritt davon.

»Ist das dort nicht die Tochter von Bedaran?« Rojet Wernak beugte sich leicht aus dem Fenster der Kutsche.

»Richtig«, knirschte Ijssilien.

»Ganz schön groß geworden in den letzten Monaten. Ist ja fast schon eine Frau.«

»Erspart Euch das ›fast‹. Gevan Bedaran sollte einen Gatten für sie finden, und zwar rasch!« Die Stimme des Oberpriesters klang spitz und bedeutungsschwanger.

»Glaubt Ihr wirklich?« Wernak kannte Ijssilien seit langem und harrte freudig des neuesten gepfefferten Tratsches, während die Lakaien die Pferde vor das Eingangstor des Schlosses führten.

»Seht Euch nur ihr Kleid und das Haar an!« begann der Oberpriester, »und achtet auf die Erregung der Amme.«

Von Angia am Handgelenk festgehalten und hinter sich hergezogen, verschwand Ticla genau in diesem Augenblick in einem Seiteneingang des Schlosses.

»Ich verstehe nicht.«

»Wo habt Ihr Eure Augen, Rojet? Habt Ihr denn nicht das Stroh auf ihrem Rücken und im Haar gesehen?«

»Was soll daran Besonderes sein? Das Mädchen kam doch aus den Ställen.«

»Ganz recht. Und sie war in Begleitung des Hauptmanns der Garde. Seht ihn Euch genau an, dort drüben geht er.«

Rojet blickte hinüber und riß verblüfft die Augen auf. »Der hat ja auch Stroh an sich! Bei allen Göttern, sein ganzer Umhang ist voll davon!«

»Wernak!« entrüstete sich Ijssilien. »Hütet Euch davor, in meiner Gegenwart zu lästern!«

»Verzeiht mir, Eure Heiligkeit, das ist mir in der Aufregung entschlüpft!«

»Seht zu, daß es nicht mehr vorkommt. Jedenfalls ist diese Sache hier ein Skandal.«

»Wenn Ihr recht habt, dann wäre es wahrhaftig schlimm.«

»Selbstverständlich habe ich recht! Ich kenne es sehr gut, das Dämchen. Trotz ihrer Jugend ist sie eine wahre Verführerin. Schuld daran ist ohne Zweifel die schlechte Erziehung – also der Vater. Bedaran ist ein Gottloser!«

»Er besucht Eure geistlichen Zeremonien nicht, das ist wohl wahr; aber ich glaube kaum, daß ihm jegliches religiöse Gefühl fehlt. Außerdem sind auch andere ...«

»Die anderen zählen nicht!« schrie der Priester auf. »Er ist der Regent und müßte ein Vorbild sein! Er müßte über jeder Kritik stehen, statt dessen läßt er dieses junge Weib, dem jegliches Schamgefühl fehlt, frei herumstreunen!«

Wernak enthielt sich eines Kommentars. Alle wußten um den Haß Ijssiliens auf die Tochter Gevan Bedarans, und Wernak hatte nicht vor, sich den Oberpriester zum Feind zu machen.

»Im übrigen«, fuhr Ijssilien fort, »habe ich immer die Ansicht vertreten, daß Gevan der Aufgabe, die er sich hier anmaßt, ohnehin nicht gerecht wird. Zu meinem größten Leidwesen ist das junge Ding so schnell verschwunden, denn ich hätte Gevans Tochter liebend gern vor allen Leuten als das hingestellt, was sie ist. Und ein derartiger Skandal hätte Bedaran gezwungen, die Regentschaft zurückzulegen – mit höchst ersprießlichen Auswirkungen auf die öffentliche Moral.«

Ruckartig wandte Wernak den Kopf und starrte den Oberpriester unverwandt an. Es stimmte tatsächlich, das wurde ihm in diesem Augenblick bewußt: Seit einem Jahr, seit Ijssilien jene hohe Stellung erreicht hatte, die ihn in den Palast führte, um dort alle Religionen zu repräsentieren, quoll die Atmosphäre in der Hauptstadt vor Tugendhaftigkeit geradezu über. Eine Modeerscheinung, fand Rojet, die innerhalb weniger Monate wieder verschwinden würde. Doch bis dahin regierte die eiserne Moral. Man darf die Macht der Mode nicht unterschätzen, dachte er, ganz besonders wenn sie von der Angst bestärkt wird. Und die politische Krise, die gerade herrschte, erschreckte wohl jedermann. Heutzutage konnte ein Skandal dieser Art tatsächlich eine Regentschaft ins Wanken bringen, sinnierte er.

In solche Gedanken versunken stieg Rojet hinter Ijssilien aus der Kutsche, wobei er sorgsam darauf achtete, nicht auf der Trittstufe aus poliertem Holz auszugleiten, die die Lakaien zurechtgerückt hatten.

Wenige Stunden zuvor war er mit diesem überheblichen Norzak von Suruwo zusammengetroffen und hatte im Gespräch mit ihm einen Plan ausgearbeitet, der den Regenten in Mißkredit bringen sollte. Es war ein guter Plan, aber kompliziert und umständlich. Falls er Ijssilien jedoch gefiel und seine Billigung fand, spekulierte Rojet …

»Eure Heiligkeit«, sagte er zum Oberpriester, bevor sie das Schloß betraten, »heute abend, wenn wir hier fertig sind, muß ich unbedingt mit Euch sprechen. Ich habe da eine Idee …«

Es war das plötzliche Aufhören der Erschütterungen, das Damlo am späten Nachmittag schließlich weckte. Die Kaufleute hatten die Fuhrwerke auf einer grasbewachsenen Lichtung am Straßenrand abgestellt, und das kräftige, lebendige Grün des dichten Rasens war das erste, was der Junge sah, ohne sich jedoch sofort im klaren zu sein, um was es sich dabei handelte. Dann merkte er, in welcher Stellung er geschlafen hatte, hob erschrocken den Kopf von der Schulter seines Nachbarn und entschuldigte sich. Als Antwort erhielt er ein stummes Lächeln von Vadde und ein freundliches Neigen des Kopfes.

Der Junge fühlte sich seltsam. Er wußte, daß etwas Schwerwiegendes geschehen war, und doch reizte ihn der Gedanke daran überhaupt nicht.

Er stieg vom Wagen und machte ein paar Schritte, kostete

die Weichheit des frischen Rasenteppichs aus und sah sich um. Von dem Hügel, der sanft nach Norden zu anstieg, floß plätschernd ein kleiner Bach herab, und im Südwesten war ein letztes Stückchen des Eria-Sees zu erkennen. Sein Tiefblau leuchtete wie ein Augusthimmel, der auf grüne Wolle getröpfelt war, durch die Bäume. Damlo lächelte, überwältigt von dem Anblick.

»Wie ich sehe, fühlst du dich jetzt besser«, sagte Ouklar und trat zu ihm. »Was war denn los mit dir?«

»Nichts«, antwortete der Junge, ohne den Blick vom See abzuwenden. »Das passiert hin und wieder. Manchmal kommen auch noch Krampfanfälle dazu.«

Sein Hirn erinnerte sich genau an alles: an den Tod der Freunde, an die Mission, den Zauber, Ailaram ... Doch nichts von alldem konnte an sein Herz rühren. Obwohl ihm die Bedeutsamkeit dieser Erinnerungen in gewisser Weise bewußt war, fühlte er, wie sie an ihm abglitten: wie Wassertropfen an der Haut. Sie erschienen ihm lästig und verschwommen, und er hatte keine Mühe, sie beiseite zu schieben.

»Ich verstehe«, sagte Ouklar. »So was Ähnliches habe ich schon gesehen, doch für gewöhnlich passiert das nach einer Kopfverletzung.«

»Vor drei Wochen hat mich ein Stein getroffen.«

»Aber so schlecht hast du erst ausgesehen, als wir uns entschlossen, den Riguario nicht zu überqueren.«

»Weil ich versprochen habe, Tevilan ganz schnell zu erreichen, und schon jetzt so spät dran bin.«

»Für die Schlacht an der Brücke kannst du nichts.«

Damlo nickte. »Ich habe noch nie einen so großen See gesehen«, sagte er dann.

»Groß?« lachte Ouklar. »Das, was man hier sieht, ist nur ein kleiner seitlicher Ausläufer! Der richtige See beginnt weit hinter diesen Hügeln dort; er ist so groß, daß man das andere Ufer nicht erkennen kann: zweihundertvierzig Meilen lang, und an der breitesten Stelle sind es fast sechzig von einer Seite zur anderen.«

Mit einemmal wurde Damlo bewußt, daß ihm der Mann sympathisch war. »Du warst mal Soldat, stimmt's?«

»Ach ja.«

»Und wo?«

»Überall und nirgends, aber in erster Linie in der Gegend um den Toten See herum. Ich stamme aus Menitar.«

»Dann hast du gegen die Nomaden des Westens gekämpft!«

»Und wie! Ich war in Crular, als sie die Goldbergwerke stürmen wollten.«

»Du bist einer der Überlebenden! Erzählst du mir die wahre Geschichte des Widerstands? Ich kenne nur das, was die Leute so darüber phantasieren.«

»Gern, aber nicht jetzt. Die Diener sind mit den Vorbereitungen für das Bad fertig, und ich kann es nicht erwarten, mir den Reisestaub abzuwaschen.«

Damlo folgte ihm zu den Wagen. Wenn der gute Mann die Fahrt dieses Nachmittages schon ermüdend gefunden hat, dachte er, was hätte er dann zum Marschtempo der Zwerge gesagt?

Milo, der alte Sklave eines der Zwillingsbrüder, machte sich an den Feuern zu schaffen, über denen mächtige Töpfe hingen. Als das Wasser die gewünschte Temperatur erreicht hatte, kippten es Rako und Sikaf, der Schwarze und der Olivenhäutige, in zwei große Holzwannen, in denen sich die Männer sodann einer nach dem anderen kurz ausstreckten. Derweil hängte Vadde etliche kleine Krüge an Schnüren befestigt in den Bach und deckte anschließend den Tisch.

Damlo durfte erst als letzter in die Wanne steigen, dafür hatte er am längsten das Vergnügen, das Wasser zu genießen, das Rako ihm über den Kopf goß, sobald es richtig warm war. Damlo dankte ihm jedesmal dafür, und schließlich bat ihn der Schwarze, endlich damit aufzuhören.

»Ich bin ein Sklave«, erklärte er mit gleichmütiger Stimme, »und führe nur die Anordnungen meines Herrn aus. Es ist nicht nötig, mir zu danken.«

Der Junge suchte nach einer Antwort, fand keine und schwieg. Nach einer Weile stieg er aus der Wanne und trocknete sich mit einem weißen Baumwolltuch ab, das Rako ihm genau im richtigen Augenblick gereicht hatte. Damlo dankte ihm.

Ouklar, Fineris und die Zwillinge saßen schon bei Tisch. Sie empfingen den Jungen mit fröhlichen Gesichtern und einem Becher eiskalten Weißwein. Auf dem Tisch lag ein Tuch aus kostbarem Stoff, auf dem etliche Silbertellerchen mit verschiedenen Häppchen standen. Ihr würziger, starker Geschmack paßte gut zu dem Wein. Die Männer spießten sie mit winzigen dreizackigen Gabeln aus Gold auf, und Damlo tat es ihnen gleich.

Er war an Alkohol nicht gewöhnt, und nach dem ersten Becher spürte er schon, wie er ihm ein wenig zu Kopf stieg. Doch es war ein angenehmes Gefühl, und er ertappte sich dabei, wie er die launige Stimmung teilte, die am Tisch herrschte. Alle behandelten ihn sehr freundschaftlich, bezogen ihn in ihre Unterhaltung mit ein und fragten ihn des öfteren nach seiner Meinung. Selbst Fineris, den Damlo eher kühl behandelte, schien den Jungen liebgewonnen zu haben.

Es war ein sehr vergnüglicher Abschluß des Tages, und als Damlo am nächsten Morgen mit leichten Kopfschmerzen aufwachte, erinnerte er sich weder daran, wie der Abend geendet, noch wer ihn zum Wagen gebracht hatte.

Die ganze Reise nach Laria entpuppte sich als ein einziges Gelage. Die Kaufleute liebten den Luxus und schienen weder Zeit- noch Geldnöte zu kennen, denn der Weg, der täglich zurückgelegt wurde, war nicht der Rede wert. Der morgendliche Aufbruch erfolgte spät, und sobald die Sonne die ersten Anstalten machte unterzugehen, wurden die Gespanne angehalten und die Sklaven angewiesen, den Reisesalon aufzubauen. Dort verbrachte die Gesellschaft Stunden um Stunden, um genüßlich an exquisiten Weinen zu nippen und über alles und nichts zu plaudern.

Damlo fügte sich willig in diese Schlemmeratmosphäre, angezogen einerseits vom Luxus und andererseits von der Gleichmütigkeit, mit der die Männer den alltäglichen Problemen des Lebens begegneten. Sie waren unbeschwert und guter Dinge, was Damlo gefiel, und so ließ er sich ohne schlechtes Gewissen davon anstecken. Mit einer Schnelligkeit, die sogar ihn selbst ein wenig befremdete, machte er sich den Hang der Freunde zu edlen Genüssen zu eigen, und allmählich wurde ihm bewußt, daß er zum ersten Mal in seinem Leben reich und Herr seiner selbst war.

Denn abgesehen von König Vinathes' Börse mit den Silberstücken verbargen sich im Geheimfach des Wagens noch etwa fünfzehn Edelsteine von allergrößtem Wert. Der Umstand, daß sie den Zwergen gehört hatten, störte ihn nicht besonders, denn in seinem Leben hatten Geld und Kostbarkeiten noch nie eine große Rolle gespielt. Ohne richtig darüber nachzudenken, betrachtete er die Steine als eine Art Erbschaft oder als Lohn für die Gefahren, denen er begegnen würde, indem er die Mission der Zwerge weiterführte.

Keineswegs aber hatte er den Zahn des Britelvorill vergessen; doch wann immer ihm besonders deutlich zu Bewußtsein kam, in welchem Schneckentempo die Kaufleute unterwegs waren, redete er sich ein, daß das Reisen in Gesellschaft die günstigste Art war, kein Aufsehen zu erregen. Er hatte ja die allerbesten Absichten, nach Belsin zu kommen, sagte er sich, auch wenn ihm die Vorstellung, ganz allein den Weißen Turm zu finden, der durch einen Zauber tief in einem Wald von der Größe eines ganzen Königreiches versteckt war, von Tag zu Tag absurder erschien.

Ich werde es dennoch versuchen, zwang er sich wieder und wieder zu geloben – und dann ließ er es nur allzu gern zu, daß sich seine Aufmerksamkeiten anderen Dingen zuwandten. Das gleiche geschah, wenn ihm Waelton in den Sinn kam. Vor der Abreise aus Drassol hatte er einen Brief geschrieben, den König Vinathes' Lanzenreiter auf ihrem Weg nach Norden seinem Onkel und seiner Tante überbringen würden, zusammen mit der Versicherung, daß es dem Neffen gutging. Und nach dem Rest von Waelton verspürte er nicht die geringste Sehnsucht.

Nachdem die Hügelkette, von der Ouklar am ersten Tag gesprochen hatte, umgangen war, erreichte der Konvoi den Eria-See und fuhr in Richtung Westen auf der Straße weiter, die an seinem Ufer entlangführte. Im Norden waren die Anhöhen zu sehen, einige davon sanft geformt, andere dagegen schroff und so hoch, daß sie eigentlich schon zu richtigen Bergen gezählt werden konnten. Im Süden hingegen schien das Land einen Schlag mit einer riesigen flachen Hand abbekommen zu haben, die es hinterher mit Wasser gefüllt hatte.

Die ordentlich gepflasterte Straße folgte jeder Bucht und schlängelte sich in weichen Biegungen durch die grüne Ufervegetation. Obwohl der See selbst kaum je in seiner ganzen Größe zu überblicken war, reichten die häufigen Seitenarme, die durch die Bäume und blühenden Sträucher immer wieder zu sehen waren, bei weitem aus, um eine Vorstellung von seinen Ausmaßen zu erhalten.

Trotz des Friedens und der Ruhe, die die Landschaft dem Jungen vermittelte, raubte ihm der erste Blick auf einen Horizont, der von Wasser gebildet wurde, eine Minute lang den Atem. Wie viele Tränen sind wohl geweint worden, um ein so riesiges Becken wie dieses zu füllen? fragte er sich. Doch das war nur der Gedankenblitz eines Augenblicks, unmöglich zurückzudrängen, weil er, kaum aufgetaucht, auch schon wieder verschwunden war.

Fasziniert verbrachte Damlo Stunden damit, das Wasser zu betrachten, während Majestät gemächlich dem Wagen folgte, der voranfuhr. Der Himmel war klar und heiter, und die Farbe des Wassers schien mit seinem Blau wetteifern zu wollen.

»Es ist ein trügerischer See«, erklärte Ouklar. »Bei schönem Wetter liegt er so friedlich da, und du würdest ihm blind das Leben deiner Kinder anvertrauen. Wenn er aber durch irgend etwas aufgewühlt wird, dann so richtig: Die Stürme brechen ohne Vorwarnung los und können verheerend sein, auch wenn sie nicht lang andauern. Jedes Jahr verschlingt der Eria-See ungefähr ein Drittel der Boote und Schiffe, die ihn befahren, und fordert ebenso viele Opfer wie eine große Schlacht.«

Sie sprachen noch eine ganze Weile über Stürme und Schiffbrüchige, und wieder einmal war Damlo überrascht von der Leichtigkeit, mit der sich Ouklar zu verwandeln schien: Zeitweilig war er der eitle, oberflächliche Schwätzer, der die anderen Händler mit Witzen von zweifelhaftem Geschmack zum Lachen brachte; und dann wieder wurde er zu einem Mann, der über Kriegsführung sprach, sich um Damlos Befinden sorgte und ihm heute davon erzählte, wie er einmal vier Menschen das Leben gerettet hatte, indem er sich an einem dicken Seil in die tobenden Wellen des Sees stürzte.

Beim Plaudern von Wagen zu Wagen oder indem er auf ein anderes Gefährt überwechselte, während sein eigenes von einem der Diener kutschiert wurde – oder auch bequem im Reisesalon sitzend, der, wie er herausgefunden hatte, zur Gänze den Zwillingen gehörte –, hatte Damlo nach und nach vieles aus dem Leben seiner neuen Freunde erfahren. Es überraschte ihn nicht zu hören, daß mit Ausnahme von Ouklar alle aus sehr reichen Familien stammten.

Doch der Mund blieb ihm offenstehen, als Fineris enthüllte, daß er der Bettlerküste angehörte. Dabei handele es sich um eine Geheimorganisation von Kriminellen, erzählte der Händler vergnügt, der er vor einigen Jahren aus Langeweile beigetreten war. Um aufgenommen zu werden, erklärte er, müsse man eine Probe bestehen, und die seine, so habe sich herausgestellt, sei kaum mehr als ein Scherz gewesen.

Es hatte sich darum gehandelt, einen alten Wucherer umzubringen, einen Halsabschneider, der beim Ausquetschen seiner Klienten einmal zu weit gegangen war. Fineris hatte keine Ahnung gehabt, wie er sich der Aufgabe nähern sollte. Doch am ersten Abend, an dem er dem Mann gefolgt war, hatte dieser in den Armen einer Dirne einen Herzanfall erlitten und den Tod gefunden. Als der Leibwächter des Wucherers aus der Hütte gelaufen kam, um Hilfe zu holen, hatte sich Fineris hineingeschlichen und dem Opfer in Gegenwart der Frau, der bei dem Anblick fast die Augen aus den Höhlen getreten waren, den Kopf abgeschnitten. Und dann hatte er ihn unablässig lachend wie ein Verrückter zum Sitz der Bettlerküste gebracht. Noch am selben Abend hatte man ihm dort als Berufsmörder die Mitgliedschaft verliehen und ihn mit Komplimenten geradezu überschüttet.

Damlo hörte sich die Geschichte mit Unbehagen an und entschloß sich dann, als sie zu Ende war, seine eigene Zugehörigkeit zur Küste für sich zu behalten. Aber die Zwillinge hatten die Anekdote ohnedies bereits als Stichwort betrachtet, um nun unanständige Witze zum besten zu geben. Es schien eine fixe Idee der beiden zu sein: Sie schafften es, ihre Zoten in sämtliche Unterhaltungen einfließen zu lassen – und jedesmal war der Junge peinlich davon berührt.

In diesem Zusammenhang wußte Damlo zwar so viel wie jeder seiner Altersgenossen in Waelton, denn bei den Treffen der Legion war das Thema stets Gegenstand langer Diskussionen gewesen, und der Junge hatte viele davon aus seinem Versteck heraus heimlich verfolgt; doch obwohl dieses Wissensgebiet natürlich verlockend war, empfand Damlo es als eine verstörende Materie, und es war ihm unangenehm, diese auf eine so unflätige und aufgezwungene Weise unter die Nase gehalten zu bekommen.

Sobald also die Zwillinge mit dem Erzählen ihrer zweideutigen Abenteuer begannen, brauchte Damlo, um sich wieder wohl zu fühlen, mindestens einen Becher Wein. Im übrigen war er schon am ersten Abend darauf gekommen, daß dieses Getränk eine wertvolle Entdeckung war: Es hatte die Macht, ihm jedwede Art von Kummer vom Leib zu halten.

Am dritten Abend machte die Reisegesellschaft in einem berühmten Gasthof halt, und schon beim Absteigen vom Wagen bereitete sich Damlo darauf vor, ihn mit der »Apfelesche« zu vergleichen. Keine glänzende Idee: überall standen hier livrierte Sklaven und mit Intarsien verzierte Möbel herum. Die Korridore waren mit dicken, sichtlich nach Maß gewebten Teppichen bedeckt, und auf jedem Tisch türmte sich kostbares Silbergeschirr. Überall roch es nach Luxus, und Pelno Scalbulins Herberge in Waelton ging aus der Gegenüberstellung arg zerzaust hervor.

Sonst verlief der Abend äußerst angenehm. Überwältigt von den unbekannten raffinierten Gerichten, begeistert von den zarten Soßen und dem köstlichen Geschmack, beschwipst vom teuren Wein, den der dafür Zuständige unaufhörlich nachschenkte, führte der Junge das große Wort. Er kannte sich einfach auf allen Gebieten aus, verzapfte dummes Zeug ohne Ende und erfand immer neues. Er flunkerte das Blaue vom Himmel herab – das wußte er, und das wußten auch die Freunde. Aber ihm zuzuhören, wie er so frei von der Leber weg plauderte, das war so unterhaltsam, daß die Kaufleute den Abend damit verbrachten, ihn nach seiner Meinung über alles und jedes zu fragen, was ihnen in den Sinn kam. Und sie wälzten sich geradezu vor Lachen bei den langen Abhandlungen, die der Junge daraufhin ganz offensichtlich aus dem Stegreif entwarf.

Unter anderen tausend Dingen erklärte er ihnen haarklein,

wie Gold aus den Bergwerken geholt wurde, was Ouklar, der als Junge selbst darin gearbeitet hatte, dazu brachte, Tränen zu lachen. Dann veranschaulichte er ihnen, wie Festungen gebaut wurden – indem man sie nämlich rund um die bereits vorhandenen Geheimgänge errichtete. Und nach etlichen Humpen Wein beschäftigte er sich mit der heiklen Frage des Geschlechtslebens der Drachen, worauf das Gespräch unausweichlich auf sein eigenes kam. Unter den Begeisterungsrufen der Zwillinge erfand er so zahlreiche Absurditäten über die Mädchen von Waelton, daß die Tischgenossen ihn anflehten, das Aufzählen zu unterbrechen, damit die Lachkrämpfe abflauen konnten.

Damlo fühlte sich als König, und zwar den ganzen Abend lang. Er war den Freunden so dankbar für die Aufmerksamkeit, die sie ihm schenkten, daß er sich am Ende entschloß, für alle zu zahlen. Schwankend lief er zum Wagen der Zwerge, holte Vinathes' Börse aus der Kiste mit den Waffen und kehrte damit in den Speisesaal zurück. Dort leerte er sie unter den verblüfften Blicken der Gefährten über dem Tisch aus.

»Dann bist du ja reich!« rief einer der Zwillingsbrüder.

»Das glaube ich auch!« kicherte der Junge.

»Und weshalb reist du allein, auf einem so kleinen, miserablen Wagen?« fragte der andere Zwillingsbruder.

»Ohne Sklaven?« fügte der erste hinzu.

Damlo legte den Zeigefinger über seine Lippen. »Schsch!« murmelte er, »das ist ein ganz geheimes Geheimnis.«

Ungeachtet des beharrlichen Drängens der Freunde war der Junge zu diesem Zeitpunkt noch so weit bei Vernunft, um zu widerstehen und nichts Unüberlegtes zu verraten. Als er aber so betrunken war, daß er nicht mehr wußte, was er sagte, hatte sich das Gespräch längst anderen Themen zugewandt.

Am Ende war es Ouklar, der mit dem Wirt verhandelte und die Silberstücke abzählte, um die Rechnung zu begleichen, denn nachdem der Mann die pralle Geldbörse erblickt hatte,

hatte er einen absurden Betrag verlangt, und Damlo war nicht mehr imstande gewesen zu wissen, was er tat. Auch so wurde es ein hübscher Aderlaß, aber Vinathes war ja großzügig gewesen. Als Damlo am nächsten Morgen erwachte, lag die Börse nur wenig geschrumpft unter seinem Kissen.

Ouklar machte ihm heftige Vorwürfe. »Es ist eine Narretei, mit so viel Geld zu reisen! Und es noch dazu allen rundum unter die Nase zu halten!«

»Aber ich habe doch vollstes Vertrauen zu euch!« antwortete der Junge auf Ouklars Vorhaltungen entrüstet.

»Ein solcher Schatz könnte jeden in Versuchung führen: Die Weiber und das Geld haben schon mehr Freundschaften zerbrochen als alles andere!«

Ouklar saß zu diesem Zeitpunkt auf dem Kutschbock von Damlos Wagen, da der Junge ihn gebeten hatte, ihm endlich vom heldenhaften Widerstand der Truppen der Hegemonie zu erzählen, auf den zwanzig Jahre zuvor die Steppennomaden gestoßen waren, nachdem sie bis an die Minen von Crular vorgerückt waren. »Also ich habe dich gewarnt«, fuhr Ouklar fort und zuckte die Achseln. »Und weiter geht's mich nichts an.«

»Na gut, ich werde es nicht mehr tun«, antwortete der Junge wenig überzeugt.

Laria war nur noch eine Tagesreise entfernt, und die Straße führte ständig durch kleinere Orte. Die Reisegesellschaft begegnete des öfteren anderen Fuhrwerken, Reitergruppen und Wanderern zu Fuß. Manchmal sogar geschlossenen Kutschen. Den ganzen Vormittag über waren die Wagen keine zehn Meilen vorangekommen, weil die Kaufleute spät aufgestanden waren und eines von Fineris' Pferden kurz nach dem Aufbruch ein Hufeisen verloren hatte. Dafür war Vadde zuständig gewesen, der das Tier unter den aufmerksamen Blicken Damlos neu beschlagen hatte.

Am Himmel waren Wolken aufgezogen, und es blies ein

unangenehmer Wind. Ouklar mußte sich ohne Unterlaß den Mantel festhalten, während er seine Geschichte erzählte, und irgendwann, als er sich besser einzupacken versuchte, verschob sich bei einer seiner Bewegungen die Stoffbahn, die Damlo über die Rückenlehne des Kutschbocks geworfen hatte.

»Was ist denn das?« rief der Mann überrascht.

»Nichts«, entgegnete der Junge. »Daran habe ich an den letzten Tagen herumgeschnitzt, um mir die Zeit zu vertreiben.«

Das Brett war durchbrochen wie Lochstickerei, und das Werk war so gut wie vollendet. Es stellte ein Waldstück dar, in dem sich eine Vielzahl von Tieren verbarg – alle bis ins Kleinste ausgearbeitet: Eichhörnchen, Dachse, ein liegendes Hirschjunges und zahllose Vögel, von denen keiner dem anderen glich.

»Was für ein Kunstwerk!« Ouklar war beeindruckt.

»Für einen Waeltoner ist das gar nichts«, erklärte Damlo. »Außerdem ist das Weichholz. Schwierig wird es nur bei hartem oder sprödem Material, wo ein kleiner Fehler die ganze Arbeit zunichte machen kann. In der Schule ließ uns Falno Gallaspessa an Wildschweinzähnen üben, und da gab er sich nicht mit Figuren zufrieden, sondern er wollte, daß wir lange Sätze eingravieren. Und das Gravieren von Schriften war wohl das schwerste überhaupt, denn der Lehrer verlangte eine vollkommene Kalligraphie. Ich mußte mich so konzentrieren, daß ich in diesem Augenblick alles rundum vergaß, sogar meine widerlichen Schulkollegen.«

Und so kam das Gespräch auf Waelton. Der Junge quittierte die Geschichte der Belagerung von Crular mit verschiedenen Berichten von den Verfolgungsjagden seiner Altersgenossen, denen er so oft ausgeliefert gewesen war. Dann erzählte er ganz allgemein von seinem Leben im Dorf. Er ließ die Umstände aus, unter denen er Waelton verlassen hatte und hielt die Sache mit dem Onkel Baumbildhauer in Tevilan aufrecht, die er jedoch nur am Rande streifte. Statt dessen gab er in jeder Einzelheit die Legende von Maspo Gemmalampo und Kaxalandrill wieder, erzählte von der Bücherei, die im Inneren des Lindenbaumes Platz fand und schilderte, wie ihn der griesgrämige Bibliothekar nach und nach in sein Herz geschlossen hatte. Wenn sich Damlo so reden hörte, staunte er, wie fremd ihm alle diese Dinge geworden waren, die nur einen Monat zuvor sein ganzes Leben gebildet hatten.

Am Nachmittag hielt der Konvoi an einer bekannten Quelle, deren Wasser nach faulen Eiern stank und für heilsam gehalten wurde. Die Sklaven füllten einige Fässer davon ab, und ihre Herren nutzten den Halt für einen Aperitif und ein gemütliches Schwätzchen.

»Ich überlege, ob wir für die Nacht hier bleiben sollen oder ob es besser wäre, gleich bis nach Laria weiterzufahren«, sagte Fineris nach einer Weile.

»Ausgerechnet hier?« rief Vasner. »Bei diesem Gestank?«

»Hier oder ein Stück weiter, denn sonst kommen wir bei Dunkelheit in Laria an; vielleicht wäre es günstiger, sich bei Tageslicht einzuschiffen.«

»Ich hätte Lust, nach Kamsit weiterzufahren«, bemerkte Basner, der andere Zwilling.

»Bist du verrückt? Vater würde uns umbringen!« entgegnete Vasner.

»Hör mal, wir sind erwachsen«, fuhr ihn Basner an. »Ich habe keine Angst mehr vor Papa!«

»Er hat uns mit einer Aufgabe betraut!«

»Ja, aber die Briefe aus Sigat konnten wir ohnehin nicht abholen, und die aus Cilia und aus Versa kann ihm Milo bringen. Mit dem Schiff ist er in zwei Tagen zu Hause. Wozu sollen wir denn auch hin? Hast du Lust, schon wieder mit dem Zahlenkritzeln anzufangen?«

»Nein, nein«, schüttelte sich Vasner. »Und gegen so einen Abstecher nach Kamsit hätte ich auch nichts – ganz im Gegenteil!«

»Was gibt es in Kamsit?« fragte Damlo, jetzt neugierig geworden.

»Weißt du das denn nicht?« riefen die Zwillinge gleichzeitig. »Was Vergnügungsstätten angeht, ist Kamsit die Nummer eins in der Hegemonie!«

»Wenn du noch nie dort gewesen bist, mußt du unbedingt mitkommen«, fuhr Basner fort. »Prachtvolle Weiber, jede Menge Luxus, feine Speisen und Getränke in jeder Kneipe! Du wirst sehen, es ist unvergeßlich! Wir lassen dich vom schönsten Mädchen von Kamsit in die Liebe einführen, du wirst die besten Weine der ganzen Hegemonie trinken und, wenn du willst, kannst du dir eine Sklavin kaufen, wie man sie nicht mal in Eria findet.«

»Ja, komm mit uns nach Kamsit«, bettelte Vasner, angesteckt von der brüderlichen Begeisterung. »Du bist ein lustiges Kerlchen, und es ist nett, dich dabeizuhaben. Du kannst uns nicht entkommen!«

Die Zwillinge fuhren mit ihren Schilderungen von Kamsit fort, wobei der Luxus immer luxuriöser und die Vergnügungen immer vergnüglicher wurden. Doch das, was den Jungen wirklich umstimmte, war ein einziger Satz von Ouklar: »Ich glaube, Damlo hat sein Wort gegeben, Tevilan so schnell wie möglich zu erreichen.« Seine Stimme klang völlig ruhig.

»Das ist richtig, aber ich habe ohnehin schon große Verspätung«, wandte der Junge hastig ein. »Ein paar Tage mehr oder weniger machen überhaupt keinen Unterschied.«

»Ich verstehe«, sagte Ouklar und hob die Schultern. »Und außerdem bist du schon groß genug, um mit deinen Versprechen so umzugehen, wie du es für richtig hältst.«

Schließlich entschlossen sich die Kaufleute, doch nicht an der Quelle der faulen Eier zu übernachten, und so setzte der Zug seine Fahrt in jene Richtung fort, wo die Straße nach Kamsit abbog. Dort wollten sich die Zwillinge von den anderen verabschieden und den See entlang weiterfahren.

Ein böiger Wind war aufgekommen und wehte Damlo den Geruch des Wassers ins Gesicht. Alles wäre trotzdem sehr angenehm gewesen, hätte sich Ouklars letzte Bemerkung nicht höchst störend in seinem Kopf eingenistet. Galt ein Versprechen auch einem Toten gegenüber? Was war es wert? Zwei Stimmen stritten sich in seinem Inneren und droschen im Kampf um die Vorherrschaft abwechselnd aufeinander ein.

Es ist gar nichts wert! schrie die erste aufgeregt; keiner kann mehr Rechenschaft von dir fordern!

Es ist mehr wert als das Wort, das man einem Lebenden gibt, echote von weit her die andere, weil dein Wort dich selbst betrifft und nicht die Person, der du es gegeben hast! Diese Stimme stammte aus einem dunklen, beunruhigenden Raum und sickerte durch eine Art Barriere, über die der Junge nicht hinwegzublicken wagte.

Aber hier handelt es sich doch gar nicht um ein nicht eingehaltenes Versprechen, hämmerte wiederum die erste Stimme. Du wirst ja den Drachenzahn nach Belsin bringen – nur eben nach deinem Abstecher nach Kamsit! Ein paar Tage Verspätung mehr sind noch lange keine Tragödie, bei den Zwergen hatten sich schließlich zuvor schon Dutzende angesammelt!

Aber falls der *Schatten* tatsächlich wieder erwacht ist, zählt jede Minute!

Wenn hier die Minuten zählen, dann ist es ohnehin schon längst zu spät! Außerdem wird Ailaram mittlerweile Kudron wiedergefunden haben, und den Drachenzahn braucht er dann nicht mehr.

Du hast versprochen, ihn nach Belsin zu bringen!

Aber dein Versprechen sagt nicht, wann. Ailaram kann die Einzelheiten deiner Reise nicht kennen – er wird nie erfahren, daß du einen Umweg genommen hast.

Aber *du* wirst es wissen. *Du* hast den Zwergen dein Wort gegeben!

Das hast du auch den Zwillingen gegeben. Und außerdem gilt das Wort, das man einem Toten gegeben hat, nicht mehr.

Und der Schlagabtausch fing von vorne an, es war zermürbend.

An diesem Morgen hatte Damlo in der Absicht, sie seinen Gefährten anzubieten, ein halbes Dutzend Krüge hochwertigen Weines gekauft, und nun riß der Junge, um den quälenden Zwiespalt aus seinen Gedanken zu verjagen, das Siegel des ersten auf und trank Schluck für Schluck direkt daraus, ohne einen Becher zu benutzen.

Im Gegensatz zu Drassol und Pecsa lag Laria nicht auf einer Anhöhe. Die Stadt war in einer großen grünen Talmulde entstanden und hatte sich sanft zwischen den Hügeln ausgebreitet, indem sie nach und nach die Hänge emporgeklettert war. Damlo erblickte sie schon von weitem – aufgrund des Weines nicht allzu klar –, als die kleine Karawane den letzten Anstieg der Straße überwunden hatte und die Talfahrt begann. Danach nahmen ihm die niedrigen Hügel die Sicht, und als die Wagen vor den Toren Larias angekommen waren, war die Dämmerung schon seit einer Weile in Dunkelheit übergegangen.

Ein wenig enttäuscht nahm sich Damlo vor, die Stadt bei der Rückfahrt zu besuchen. Er war nun ausgesprochen angeheitert und bemerkte weder das Getuschel der Zwillinge noch ihre Verlegenheit und ihr Zögern. Und auch nicht den Umstand, daß ihre beiden Sklaven, Rako und Milo, sie grinsend beobachteten und wissende Blicke austauschten.

Damlo stieg vom Wagen und wankte zu Ouklar hinüber. In den letzten Tagen hatte er ihn ins Herz geschlossen, und so tat es ihm leid, sich von ihm trennen zu müssen. Daher hatte er es sich in den Kopf gesetzt, ihn wenigstens fest zu umarmen.

Auch Fineris trat auf den Wagen des früheren Soldaten zu und verabschiedete sich mit warmen Worten von dem Jungen. Sein Verhalten war Damlo rätselhaft, der ihm nie verzeihen konnte, wie er mit Sikaf umgegangen war, und deshalb den Mann von Anfang an auf Abstand gehalten hatte. Doch je kühler er ihn behandelte, desto mehr schien Fineris seine Gesellschaft zu suchen, und so brachte es der Junge einfach nicht übers Herz, ihm mit Unfreundlichkeit zu begegnen.

Schließlich kamen auch die Zwillinge dazu.

»Hör mal, Damlo«, begann Basner.

»Wir haben uns etwas überlegt«, fiel ihm Vasner ins Wort.

»Nur wenn es dir nichts ausmacht, natürlich«, fuhr Basner fort.

»Für dich würde es keinen großen Unterschied machen«, versicherte ihm Vasner eilig.

»Für uns hingegen schon.« So Basner.

»Einen kleinen, zumindest. Aber immerhin.«

»Was sagst du dazu?«

»Ich verstehe überhaupt nichts«, gluckste Damlo.

»Also«, erklärte Vasner, »statt sofort nach Kamsit aufzubrechen, möchten wir diese Nacht in Laria bleiben. Um Milo zum Schiff zu begleiten, verstehst du?«

»Wir möchten ihn persönlich an Bord bringen, und wenn er aussteigt, hat er es nur ein paar Schritte bis nach Hause. So wird Papa weniger an unserer Reise nach Kamsit auszusetzen haben.«

»Wie schön!« rief Damlo. »Ich habe noch nie einen Hafen gesehen! Und so bleiben wir noch ein Weilchen mit Ouklar zusammen.«

»Die Briefe, die wir bei uns haben, sind wichtig«, sagte Vasner zu Fineris. »Und schließlich haben wir es ja versprochen.«

»Nicht, daß wir Angst vor unserem Vater hätten!« Basner wandte sich an Ouklar. »Es ist einfach eine Frage der Korrektheit.«

»Und außerdem kennen wir einen schönen Gasthof in Laria«, sagte Vasner zu Damlo. »Mit einem Hof für die Wagen und Wachposten vor der Einfriedungsmauer.«

»Heute nacht wird gefeiert!« fügte sein Bruder hinzu. »Dort gibt es einen phantastischen Holunderlikör, und ganz in der Nähe kennen wir ein Etablissement voll von wunderschönen Sklavinnen!«

Und so fuhren sie alle in die Stadt Laria, fröhlich und erleichtert, weil sie sich nicht hatten trennen müssen. Mittlerweile hatte sich ein lästiger Nieselregen zum Wind gesellt, und die Freunde passierten die uralten Stadttore warm eingepackt, aber hellauf lachend über Ouklars nie enden wollende Kalauer.

Sie durchquerten die Stadt im schwachen Licht der seltenen Straßenlaternen, während der zunehmende Halbmond immer wieder zwischen den Wolken hervorsah und die nassen Blätter der Bäume aufblitzen ließ. Es gab sehr viel Grün in Laria, und während mehr als der Hälfte der Fahrt fuhr der Wagenzug an privaten Parkanlagen vorbei. Trotz des immer wieder einsetzenden Regens waren in vielen Gärten Feste im Gange. Die Musik, das Geschrei und Gelächter drangen bis zu Damlos vernebelten Sinnen vor und hüllten ihn in ein seltsames Gefühl der Dazugehörigkeit.

Ich bin ohnehin reich, dachte der Junge, ich möchte auch so ein Haus wie diese hier haben – mit einem grasbewachsenen Dach und einem großen Park voller Bäume, Blumen und Menschen. Jeden Abend werde ich meine Freunde einladen, und wir werden zusammensitzen und uns köstlich amüsieren ...

Doch je weiter sich die Wagen dem Hafen näherten, desto mehr veränderte sich das Aussehen der Stadt: Große Gebäude aus Stein und Holz standen nebeneinander aufgereiht und wurden nur selten von niedrigen Häusern abgelöst, die kaum je über einen eigenen kleinen Garten verfügten. Und auf den Straßen gab es massenweise Schlammlöcher, faules Stroh und Pferdemist.

Endlich, nachdem sie des längeren an den Mauern der Schiffswerft entlanggefahren waren, bogen die Wagen ins Hafengebiet ein. Trotz der Dunkelheit – oder vielleicht gerade ihretwegen – wirkte auf Damlo alles riesenhaft. Aber Fineris und die Brüder kannten es genau, und sie lenkten die Kolonne sicher auf die Mole zu, von der die Schiffe nach der Hauptstadt Eria ablegten.

Die Kähne, die an den zahlreichen Kais festgemacht hatten, waren praktisch unsichtbar, aber das Knarren der Schiffsrümpfe übertönte zeitweise das Klappern der fahrenden Wagen. Aus dem Wasser des Hafens stieg ein seltsam fauliger Geruch auf, der Damlo ungeachtet des Windes in die Nase stieg und dazu beitrug, daß ihn die Schiffe wie große schlafende Ungeheuer anmuteten.

Sie versäumten den Segler nach Eria ganz knapp. Als sie auf der Hafenmole angekommen waren, sahen sie ihn noch in der Nacht entschwinden. Zum dumpfen Rhythmus einer Trommel klatschten die Ruder ins Wasser, während die Matrosen geschäftig hin und her rannten und alles zum Hissen der Segel vorbereiteten.

Auf dem Kai waren noch etliche Leute unterwegs, unter ihnen ein alter Mann mit einem überquellenden Bauch und mächtigen Oberarmen.

»Wann legt das nächste Schiff nach Eria ab?« fragte ihn Ouklar.

»Also ich sage mal«, antwortete der Mann, »das da war das letzte für die nächsten zwei Tage. Bei dem Wetter wird der See unruhig, und mich würd's gar nicht wundern, gäbe es morgen Sturm. War schon ein Risiko, heut nacht zu fahren, und das hab ich ihnen auch gesagt. Wollen nicht auf mich hören. Ihre Sache.«

»Herrlich!« rief Vasner ganz glücklich. »Dann bleiben wir noch mal achtundvierzig Stunden zusammen! Ihr werdet sehen, in dem Gasthof, in den wir euch führen, wird's keine Langeweile geben.«

Damlos Stimmung verdüsterte sich. Jetzt hatte er sich schon

für Kamsit entschieden, aber er wußte, seine Wahl würde erst endgültig werden, wenn Laria hinter ihm lag. An den nächsten beiden Tagen würden ihn die Zweifel von neuem plagen, dessen war er sicher. Schon jetzt, da die Wirkung des Weines anfing zu schwinden, begannen wieder lästige Gedanken aufzutauchen und wollten ihm nicht aus dem Kopf.

Er entfernte das Siegel eines weiteren Kruges und trank gleich daraus. Und als sie beim Gasthof ankamen, war er wieder so beschwipst wie zuvor.

Zum duftenden Ölbaum stand auf dem Schild, das am Gittertor angebracht war. Das Gebäude war nicht weit vom Hafen entfernt und befand sich unmittelbar am Seeufer. Es war von einer Mauer umgeben, die auch einen großen Hof einschloß. Innen war die Mauer großenteils mit zarten, duftenden Wikken bewachsen, und der Baum, der dem Gasthof den Namen gab, war zwar nicht hoch, aber so ausladend wie Damlos Gespann, und wuchs in einer abgelegenen, gut geschützten Ecke. Er blühte zweimal im Jahr, erzählten die Zwillinge, und dann verströmte er einen derart starken Duft, daß er auch bei Wind und Regen in der ganzen Gegend zu riechen war.

Als die Wagen auf dem Hof untergebracht und die Pferde den Stallburschen anvertraut waren, nahm die Gesellschaft am Tisch Platz. Obwohl die Zwillinge nicht müde wurden, den anderen zu versichern, daß die Güte der Speisen stark nachgelassen hätte, stellten sich alle Gerichte und Weine als köstlich heraus. Die allgemeine Fröhlichkeit sorgte für den Rest, und der Abend wurde ein großer Erfolg.

Damlo stand wieder inmitten der Aufmerksamkeit, und wie üblich unterhielt er die Anwesenden, indem er eine endlose Folge von Unsinnigkeiten von sich gab, bei denen eine jede die vorhergegangene immer zu übertreffen schien.

Er beschrieb in allen Einzelheiten die verschiedenen Techniken zur Einfärbung von Sonnenuntergängen, den letzten Schrei in Schneetüchern für den Sommer und sogar die Kunst,

Brieftauben anhand von bunten Zeichnungen des Terrains auszubilden. Und schließlich enthüllte er, angetrieben von den Freunden, ein weiteres Mal seine Theorien über die zügellosen Sitten der Drachen, wobei er mit neuen, erstaunlichen Beobachtungen aufwartete.

Dabei trank er ohne Unterlaß, und sehr rasch wuchs sich der angenehme Schwips des Nachmittages zu einem gewaltigen Rausch aus.

Er redete unentwegt bis tief in die Nacht, und als er am nächsten Morgen im weichen Bett des Gasthofes erwachte, kam ihm das Nagen der Holzwürmer in den Balken der Decke wie Lawinengedonner vor. Der Geruch von Erbrochenem stieg ihm in die Nase.

Eine Weile blieb er liegen, ohne sich zu bewegen, ehe er sich aufsetzte. Seine letzten zusammenhängenden Erinnerungen drehten sich um ein Krüglein Holunderlikör, danach verschmolz alles wie in einem Traum. Er hatte auch das ganz bestimmte Gefühl, daß ihn in dieser Nacht Alpträume heimgesucht hatten und es ihm zum ersten Mal seit Jahren nicht gelungen war, den »Ruck« einzusetzen, um ihnen eine sanftere Beschaffenheit zu verleihen.

Nach und nach begannen in seinem Kopf aus wirren Bruchstücken einzelne Erinnerungsbilder zusammenzuwachsen. War da nicht irgendwann auch eine Frau gewesen? Oder hatte er sie nur geträumt? Nein, da hatte es ganz gewiß auch eine Frau gegeben. Spät nachts hatten ihn Basner und Vasner in ein Haus gebracht, das vor Stoffen überquoll und ganz in gedämpftes Licht getaucht war. Ja, dort hatte sich die Sache mit der Frau zugetragen. Zwischen dem ordinären Gelächter der Zwillinge und der Scham, die selbst sein Rausch nicht gemildert hatte. Bruchstücke der Erinnerung. Verschwommene Eindrücke von fettigem Haar, schlechtem Atem und einem gelangweilten, unwirschen Tonfall. Er hatte sie vollgekotzt! erinnerte er sich plötzlich, und dafür hatte er eine schallende Ohrfeige kassiert.

Und dann hatte ihn die Frau aus dem Zimmer geworfen. Die Zwillinge, die draußen gewartet und ihn durch die Tür angefeuert hatten, hatten das als persönliche Beleidigung aufgefaßt und waren an Damlos Stelle getreten, um ihn zu rächen. Daraufhin hatte er Schreie und dumpfe Geräusche gehört – und dann nur noch Stille, die nach einer Weile von einem unechten Lachen durchbrochen wurde. Damlo hingegen hatte sich währenddessen weiter auf dem Korridor übergeben.

Je besser er sich erinnerte, desto schmutziger und abstoßender fühlte er sich.

Er war noch immer vollständig bekleidet – die Schuhe mit eingeschlossen. Er stand auf, bezwang die Übelkeit und zog sich aus. Dann wusch er sich ausgiebig mit dem Wasser aus dem bereitgestellten Becken, ehe er sich wieder anzog und zum Bett zurückging, um die Geldbörse unter dem Kissen hervorzuziehen.

Sie war nicht da.

Es dauerte nicht lange, das kleine Zimmer bis in den letzten Winkel zu durchsuchen: Die Börse blieb verschwunden. Von Unruhe erfaßt, lief der Junge aus dem Zimmer, um rasch zu den Freunden zu gelangen; er hoffte, daß sie das Geld bei sich verwahrt hatten.

»Ich habe sie persönlich unter dein Kissen gesteckt, als wir dich zu Bett brachten«, schüttelte Ouklar den Kopf.

»Das können wir bezeugen«, bestätigte Fineris. »Wir waren alle dabei.«

Damlo hatte sie auf dem Korridor getroffen, als sie soeben aus ihren Türen getreten waren, um sich zu den Zwillingen, die schon unten waren, zu gesellen. So liefen sie gemeinsam die Treppe hinab und zu dem Tisch, wo die Brüder ein spätes Frühstück einnahmen.

»Gestern abend warst du ganz groß!« sagte Basner, als er ihn mit einem breiten Lächeln empfing. »Die letzte Fassung der Drachenabenteuer war noch besser als die von vorgestern.«

»Auch die Sache mit dem Zwergenprinzen und der Zauberei war sehr amüsant«, fügte Vasner hinzu.

Damlo fühlte sich sterbenselend.

»Aber dieser Brabantis – der paßt überhaupt nicht dazu«, fuhr Basner fort und strich Marmelade auf ein großes Stück Weißbrot. »Den hättest du meiner Meinung nach in eine Schilderung vom ausschweifenden Leben der Orks einbauen können. In den Turm von Belsin vielleicht, da du nun mal eine solche Vorliebe für ihn hast.«

Der Junge sank verzagt auf einen Stuhl.

Zwei Stunden später saß Damlo auf einer niedrigen Steinmauer nicht weit vom See und betrachtete das aufgewühlte Wasser.

Er dachte an Ouklar, der das Geplauder der Zwillinge mit der Frage nach der verschwundenen Börse unterbrochen hatte, und in der Folge war Damlos Erschütterung auf den Verlust der Silberstücke zurückgeführt worden. Außerdem hatte der ganze Unsinn, den er sich zur Unterhaltung der Freunde einfallen ließ, alles übertüncht, was ihm so nebenher entschlüpft war, und damit glücklicherweise das wirkliche Geheimnis der Mission bewahrt. Trotzdem, sein Verhalten war einfach unverzeihlich gewesen!

Der Junge konnte es einfach nicht fassen, daß er den Turm von Belsin erwähnt hatte, und fürchtete, daß er sogar vom Drachenzahn gesprochen haben könnte. Er erinnerte sich nicht, und es war unmöglich, das unauffällig herauszufinden, ohne das Augenmerk der anderen erst recht darauf zu lenken. Doch schon der Gedanke daran preßte ihm vor Angst die Kehle zusammen. Falls er aber tatsächlich davon erzählt hatte, dann würde eine harmlose Erwähnung eines der Kaufleute – selbst Tage später – reichen: dann hätten die Schwarzen Degen seine Spur wieder gefunden.

Was den Diebstahl betraf, so hatte keiner der Freunde etwas

Verdächtiges gehört, und auch der Wirt konnte einfach nicht begreifen, wie es zu dem Vorfall hatte kommen können. Sein Haus stand im Hafengebiet, hatte er erklärt, und um sich die Klientel aus zahlungskräftigen Reisenden zu erhalten, war es unerläßlich, für einen Wachdienst zu sorgen: das waren zwei Männer auf ständiger Patrouille rund um die Mauer und ein weiterer am oberen Ende der Treppe, dort, wo die Korridore zusammenliefen.

Bei ihrer Befragung schworen die Wachen, daß sich kein Unbekannter dem Gasthof genähert oder bei den Zimmern herumgetrieben hatte. Letztlich wurde die Börse im Hof gefunden – leer, und Damlo begrub seine Hoffnungen, ihren Inhalt je zurückzubekommen.

Es war einer von ihnen gewesen, davon war Damlo überzeugt. Der Gedanke verursachte ihm Übelkeit. Ouklar? Fineris? Die Zwillinge? Er würde es nie erfahren. Die Silbermünzen selbst waren nicht unterscheidbar, und in Anbetracht des Reichtums der Händler konnte jeder von ihnen das Vorhandensein einer derartigen Summe im Gepäck rechtfertigen. Schließlich kehrten sie ja von einer langen Geschäftsreise zurück.

Ohne auch nur das Bedürfnis zu verspüren, sich vor dem Wind zu schützen, kamen Damlo die verlegenen Gesichter der Freunde in den Sinn. Er hatte gebeten, allein bleiben zu dürfen, und die vier hatten den Aufenthalt in Laria ausgenutzt, um sich in die Stadt zu begeben und dort irgendwelche Dinge zu erledigen.

Es war einer von ihnen gewesen, dessen war sich Damlo gewiß. Und er war auch sicher, daß ihnen das klar sein mußte, denn die Sklaven hatten in den Ställen geschlafen, und nur einem der Kaufleute war es möglich gewesen, sich in Damlos Zimmer zu schleichen, ohne daß die Wache am oberen Ende der Treppe es bemerkte. Und im übrigen wußte niemand sonst von der Börse, weil er nach Ouklars Schelte viel diskreter damit umgegangen war.

Die grauen Wolken am Himmel schienen sich angriffslustig aufzutürmen. Sie bissen und fraßen einander, während unten über dem See der Wind ständig stärker wurde. Heftige Böen jagten über die Wellen und verwandelten die Kämme in einen beißend kalten Sprühnebel, der bis zu dem Mäuerchen fegte, auf dem Damlo saß.

Als die leere Börse gefunden worden war, hatten ihn die Zwillinge sofort auf ihre Kosten nach Kamsit eingeladen, Ouklar hatte ihm ein Darlehen angeboten, und Fineris war bereit gewesen, die Rechnung des Gasthofes für ihn zu begleichen. Diese Großzügigkeit aber hatte Damlos Gemütsverfassung eher noch verschlimmert, denn sie unterstrich nur seine Hilflosigkeit angesichts der Frage, wer der Dieb sein könnte.

Jedenfalls hatte er nicht die mindeste Absicht, das Geld der Kaufleute anzunehmen. Statt dessen würde er einen der Edelsteine verkaufen. Der Erlös würde auch für die Schiffsreise über den See reichen, wenn er seinen Weg nach Belsin wieder fortsetzte. Aber wo sollte er einen Käufer finden? Und wie einen guten Preis herausschlagen?

Da er im Feilschen keinerlei Erfahrung hatte, dachte er daran, einen der Händler um Rat zu fragen. Doch sofort kamen ihm Zweifel, an wen von ihnen er sich wenden könnte, und es wurde ihm bewußt, daß ihm der Dieb zusammen mit den Silberstücken auch das Vertrauen in die Gefährten gestohlen hatte.

Unversehens mischte sich Zorn in seine Niedergeschlagenheit. Am Geld lag ihm letzten Endes nicht viel, aber der Gedanke, daß der Dieb ihm auch die einzigen Freunde rauben könnte, die ihm auf der Welt noch geblieben waren, war ihm unerträglich. Das wird ihm nicht gelingen! dachte er. Und die Lust auf einen kleinen Schwenk nach Kamsit, die ihm in den letzten Stunden ziemlich vergangen war, erwachte von neuem.

Er sprang von der Mauer, ging zum Wagen und öffnete das

Geheimfach neben dem Kutschbock, wobei er sein Tun mit dem Körper verdeckte. Fünf Minuten später passierte er das Gittertor des Gasthofes im Laufschritt und machte sich auf den Weg in die Stadt. In der Tasche seines Wamses hatte er einen von Irgenas' Rubinen, im Gürtel den Stacheldegen und auf dem Kopf, sorgfältig zurechtgesetzt, die Mütze des Vankar von Charaznable.

Beim Anblick des Häufchens kostbarer Steine waren ihm mit überwältigender Eindringlichkeit die schönen Momente in den Sinn gekommen, die er zusammen mit den Zwergen verlebt hatte, und im Unterschied zu den vergangenen Tagen fiel es ihm nun ziemlich schwer, die Gedanken an die toten Freunde zu verscheuchen. Das war ihm erst gelungen, als er seinem Zorn freien Lauf ließ, und noch jetzt pulsierte diese maßlose Wut in ihm.

Zum ersten Mal im Leben verspürte er den Wunsch zu töten, und selbst jetzt, unterwegs auf den Straßen der Stadt, betrachtete er die Passanten aus feindseligen Augen. Er hoffte, auf irgendeinen Räuber zu stoßen, um Hackfleisch aus ihm machen zu können. Und wenn er andere Fußgänger nach dem Weg fragte, bemerkte er, daß ihm die Leute mit befremdeter Miene antworteten. Er sah auch einige Zwergenkaufleute, aber sie erschienen ihm so grundverschieden von Clevas und Irgenas, daß ihr Anblick ihn fast beleidigte – so als würde ihr bloßes Dasein die Erinnerung an die Freunde entweihen.

»Wo hast du dieses Steinchen her?« fragte ihn der Schmuckhändler.

Er war groß, blond und wohlbeleibt. Als er den Edelstein prüfte, schien die blasse Haut seiner Hände zu leuchten.

»Das ist ein Rubin reinsten Wassers«, antwortete Damlo trocken, »und kein Steinchen. Und woher ich ihn habe, ist wohl meine Sache.«

Er war wahllos in einen der zahlreichen kleinen Läden der schmalen Gasse eingetreten und wußte, daß nur wenige Schritte entfernt alle Konkurrenten seines Gegenübers beheimatet waren.

Außerdem kannte er dank Irgenas' Lektionen den Wert des Steines, den er sich anschickte zu verkaufen, ganz genau.

»Das ist nicht gesagt, mein Junge!« entgegnete der Mann und lachte glucksend vor sich hin. »Das ist nicht gesagt. Wir haben strenge Gesetze gegen Hehlerei.«

»Na, dann nennt mich doch einen Dieb und bezahlt für die Konsequenzen!«

»Schon gut, schon gut! Ach, diese Jugend! Eigentlich interessiert es mich nicht besonders, ob du ein kleiner Dieb bist oder nicht. Du gefällst mir, Junge, und ich werde dir nicht viele Fragen stellen. Zufrieden?«

»Ja, weil das heißt, daß Euch der Rubin interessiert. Wieviel wollt Ihr mir dafür geben?«

»He, nicht so hastig! So macht man doch keine Geschäfte!« Der Juwelier riß den Blick vom Stein los und fixierte den Jungen. In seinen Augen lag ein unangenehmes Licht. »Und nur, wenn du nichts zu verbergen hast!«

»Das habe ich schon beantwortet.«

»Du hast mir geantwortet, das ja. Aber du hast mich nicht wirklich überzeugt. Parnek, bring dem Jungen einen Stuhl.«

Am Ende des schmalen Lädchens befand sich ein Vorhang, der auf den Befehl des Mannes zur Seite geschoben wurde. Ein hoch aufgeschossener, magerer junger Mann, bewaffnet mit einer geladenen Armbrust, brachte Damlo einen Schemel.

»Man muß immer auf der Hut sein«, bemerkte der Juwelier und lachte in sich hinein. »Wenn man einen solchen Beruf hat, weiß man nie, wer durch die Tür tritt.«

»Danke, aber ich bleibe lieber stehen«, sagte Damlo.

»Wie du willst, wie du willst. Also, was hat man dir erzählt? Was soll dieses Ding wert sein?«

Damlo zögerte. Laut Irgenas war der Stein fünfunddreißig Goldstücke wert, aber der Junge wollte nicht als erster eine

Zahl nennen. Auch weil ihm nicht klar war, wieviel Verhandlungsspielraum es gab, und er keine Ahnung hatte, welche Summe er vor dem Feilschen auf den tatsächlichen Wert aufschlagen mußte.

»Sagt Ihr es mir«, stieß er schließlich hervor.

»Gleich, gleich«, murmelte der Mann.

Er brachte die Lampe noch näher an den Stein heran, der auf einer Unterlage aus dunkelblauem Samt glühte. Dann faßte er ihn mit einer silbernen Pinzette, hob ihn zusammen mit der Lampe an und betrachtete ihn zum x-ten Mal.

»Ich könnte dir fünf Silberstücke geben«, sagte er abschließend.

»Wie?« schrie Damlo auf und ließ den Mann vor Schreck zusammenfahren.

»Vielleicht ein wenig mehr, aber nicht viel«, setzte der Mann hastig hinzu und sah Damlo ausdruckslos an. »In letzter Zeit kamen viele Rubine auf den Markt, und der Preis ist stark gefallen.«

»Dann gebt ihn mir wieder«, rief Damlo. »Ich werde ihn woanders verkaufen!«

»Hör mal«, sagte der Juwelier, stellte die Lampe zurück auf den Tisch und hielt die Pinzette mit dem Stein weiterhin hoch. »Ich hab gesagt, du gefällst mir, also möchte ich dir entgegenkommen. Ich biete dir zwei Goldstücke an.«

»Soll das ein Witz sein? Er ist zumindest fünfunddreißig wert!«

Der Mann kniff die Augen zusammen. »Man hat dich reingelegt, Junge. Geröll wie dieses hier werfen sie dir nach.« Er wirkte verärgert, denn seine Stimme klang gepreßt, und in seinen Händen war ein leichtes Zittern zu bemerken.

»Das glaube ich nicht«, sagte Damlo. »Egal, gebt ihn mir einfach wieder; wenn Ihr die Wahrheit sagt, werde ich eben warten und ihn zu einem günstigeren Zeitpunkt verkaufen.«

»Wage es nicht, mich einen Lügner zu nennen!« brauste der

Juwelier auf und sprang von seinem Schemel. Jetzt zitterte er am ganzen Körper, und dadurch glitt der Rubin plötzlich aus der Umklammerung der Pinzette.

Fluchend bückte sich der Mann hinter den Ladentisch, um ihn aufzuheben. Er knallte ihn auf den Samt und schob ihn dem Jungen rüde hin. »Da hast du deinen Mist wieder«, knurrte er, »und jetzt mach, daß du aus meinem Laden verschwindest!«

Überrascht vom plötzlichen Ungestüm des anderen ergriff Damlo den Rubin und drehte sich um, um zu gehen. Nach zwei Schritten hielt er inne, als ihm bewußt wurde, daß der Mann den Stein ungeachtet des Halbdunkels hinter dem Ladentisch so rasch wiedergefunden hatte. Um ihn zu suchen, hatte er nicht einmal nach der Lampe gegriffen, die doch vor ihm stand! Und als der Stein auf den Samt geknallt war, hatte er ihn sofort aus dem Lichtkegel geschoben, indem er die Handbewegung als zornige Geste tarnte.

Der Junge zog den Stacheldegen aus dem Gürtel und drehte sich ruckartig herum. Die Wut hatte sein Blut in Wallung gebracht; noch bevor Parnek die Armbrust ganz gehoben hatte und das zufriedene Grinsen aus dem Gesicht des Juweliers gewichen war, spürte dieser schon die Spitze von Damlos Waffe an der Kehle und den Druck, der stärker wurde.

»Gib mir meinen Rubin zurück!« zischte der Junge und schmiß den wertlosen Stein, den ihm der Mann untergeschoben hatte, auf den Samt.

»Keine Dummheiten, Junge«, krächzte der Mann und wurde weiß im Gesicht. »Parnek hat dich im Visier!«

»Das ist mir ganz gleich«, entgegnete Damlo mit harter Stimme. »Du bekommst noch rechtzeitig dein Loch in die Gurgel, ob er mich trifft oder nicht. Gib mir meinen Rubin!«

Der Junge bebte fast ebenso sehr vor Zorn wie der Juwelier vor Angst, und das dünne Rinnsal aus Blut, das aus der kleinen

Wunde sickerte, rief in Damlo ein seltsames, perverses Glücksgefühl hervor.

»Ich geb ihn dir ja! Ich geb ihn dir!« ächzte der Mann. »Tu das Ding weg, um Himmels willen!«

»Zuerst den Rubin.«

»Der liegt noch auf dem Boden! Wenn ich ihn suchen soll, muß ich mich bücken!«

»Dann sag deinem Diener, er soll die Armbrust entladen.«

Der Juwelier gehorchte, wie auch sein Helfer, aus dessen Augen Blitze schossen. Damlo versuchte sich vorzustellen, was er selbst an Stelle des Jungen getan hätte.

»Und jetzt leg die Armbrust hin und schieb sie zu mir«, sagte Damlo. »Und dann streck dich auf dem Boden aus.«

Der Diener tat wie geheißen, und Damlo gab der Armbrust einen Tritt, so daß sie zum Ausgang flog. Da wurde ihm bewußt, daß er sich in großen Schwierigkeiten befinden würde, falls jemand plötzlich zur Tür hereinkäme. Er hätte keine Chance zu beweisen, daß er der Betrogene war, und die Szene hätte sich einem nüchternen Betrachter als Raubüberfall dargestellt.

Ohne die Spitze des Stachels von der Kehle des Juweliers zu nehmen, trat er rasch hinter den Ladentisch. »Und jetzt heb mir meinen Rubin auf!« schrie er mit etwas schriller Stimme.

Der andere nahm die Lampe und bückte sich. Damlo konnte sehen, daß da unten, an der Hinterseite des Tisches, ein Brett mit Dutzenden kleiner Ausnehmungen angebracht war, die alle Steine von unterschiedlicher Farbe und Größe enthielten, und der Junge fühlte sich augenblicklich sicherer. Jetzt konnte er beweisen, daß der Juwelier, um gutgläubige Kunden zu betrügen, gut vorbereitet war und planmäßig vorging.

Als Damlo den Rubin wieder in der Hand hielt, befahl er auch dem Schmuckhändler, sich hinzulegen. Und dann war er in zwei Sätzen auf der Straße.

Jetzt mußte er sich sputen, ehe der Mann aus seinem Laden

stürzte und »Haltet den Dieb!« schrie. In dem Gäßchen befand sich tatsächlich ein Schmuckladen neben dem anderen, und Damlo trat einfach in den nächstbesten ein.

Ohne auch nur zu grüßen, erzählte er dem Besitzer in wenigen Worten, was ihm gerade widerfahren war. Der Alte hatte olivbraune Haut, eine platte Nase und kohlschwarze Augen, aus denen die Klugheit blitzte.

»Das werden wir gleich haben«, sagte er, als Damlo geendet hatte.

Er nahm einen Metallstab von einem Bord und hielt das Ende eines dünnen Fadens, der in Spiralen daraus hervorsah, an die Lampe. Und dann trat er hinaus auf die Straße, gefolgt von Damlo.

Nach weniger als einer Minute kam der Betrüger aus seinem Laden gelaufen. Er preßte sich ein Taschentuch unter das Kinn und riß den Mund auf, um zu schreien. Dann erblickte er Damlo zusammen mit dem Kollegen und sah, daß dieser das Ende des Stabes, den er in der Hand hielt, aufmerksam betrachtete. Der Schrei blieb ihm im Hals stecken, und der Mann zauderte ein paar Sekunden lang. Dann warf er Damlo einen haßerfüllten Blick zu und verschwand wieder in seinem Laden.

»Warum hat er nicht die Wachen gerufen?« erkundigte sich Damlo.

»Er hätte die Verspätung nicht rechtfertigen können, mit der er Alarm geschlagen hat«, sagte der Alte, löschte das Flämmchen am Ende des Baumwollfadens und zeigte dem Jungen den Stab. »Das ist ein Sekundenzähler«, erklärte er, »und dient dazu, bei Lötarbeiten die Zeit zu messen, während der ein Gegenstand der Hitze ausgesetzt wird. Nicht alles kann man nur durchs Hinsehen beurteilen, und gewisse Metallegierungen … Aber ich denke nicht, daß dich das sehr interessiert, und außerdem handelt es sich um ein Berufsgeheimnis. Jedenfalls beweist die Länge des abgebrannten Fadens, daß dein Freund noch einige Minuten in seinem Laden geblieben ist, ehe es ihm einfiel, nach draußen zu rennen und um Hilfe zu rufen. Wahrscheinlich, um das Brett mit den Steinen hinter dem Ladentisch abzumontieren.«

»Also brauche ich keine Angst mehr zu haben, daß er mich anzeigt?«

»Keiner würde ihm glauben. Junge, du bist wirklich nicht auf den Kopf gefallen, wenn du den Trick gleich durchschaut hast. Und genauso klug war es, sofort mit einem seiner Kollegen zu reden.«

»Ich dachte, nur so könnte ich allen Schwierigkeiten aus dem Wege gehen – zumindest, wenn ihr nicht alle eisern zusammenhaltet.«

»Das tun wir nicht. Aber faule Äpfel finden sich in jedem Korb. Und nun zeig mir den Rubin.«

Der Alte betrachtete den Rubin eine ganze Weile, was Damlo Zeit gab, sich zu beruhigen. Dann bot er dem Jungen ein heißes Getränk und Gebäck an. Er behandelte ihn wie einen Erwachsenen, was in seinem Laden eine freundschaftliche Atmosphäre schuf, in der die Verhandlungen vor sich gehen konnten, ohne daß sich die Temperamente allzu sehr erhitzten. Dann begann das Duell. Der Mann erkannte ehrlich den Wert des Edelsteines an, aber wie es von Berufs wegen nun einmal ungeschriebenes Gesetz war, er erörterte das Geschäft lange und mit größter Wortgewandtheit.

Obwohl ohne jede Erfahrung schlug sich auch Damlo gar nicht übel und schaffte es schließlich, einunddreißig Goldstücke, vier Silberlinge und dazu den privaten Münzgürtel des Alten auszuhandeln. Der Gürtel bestand aus weichem, dunkelrotem Leder, und der Junge beeilte sich, ihn zu füllen und unter dem Hemd anzulegen.

Von einem Gefühl der Euphorie erfaßt, machte er sich auf den Rückweg zum Gasthof. Der Gedanke an die gestohlene Geldbörse lag ihm zwar noch immer wie ein Stein im Magen, aber der Umstand, einem Betrug nicht aufgesessen zu sein, sondern ihn mit der Spitze seines Degens verhindert und sich sodann mit dem zweiten Juwelier wacker geschlagen zu haben, ließ ihn sehr stolz auf sich sein.

Vor sich hin singend beschloß er, noch einen Umweg zu machen. Er nahm wiederum den Weg durchs Villenviertel, da er die Gärten bei Tageslicht sehen wollte. Viele Pflanzen standen in Blüte, und trotz des starken Windes war die Luft vom Duft der ersten Rosen und Holunderblüten erfüllt.

Jetzt war er also wieder reich, ging es Damlo durch den Kopf. Er würde mit den Zwillingen ein paar Tage in Kamsit verbringen und sich dann nach Belsin aufmachen. Und wie er sich so zügigen Schrittes unter die Einwohner von Laria mischte, gelang es ihm fast, das auch zu glauben.

6

Als Damlo beim Gasthof eintraf, war noch keiner der Kaufleute zurückgekehrt. Nachdem er den Münzgürtel im Wagen versteckt hatte, lief er hinauf in sein Zimmer, setzte sich auf das Bett und starrte tatenlos vor sich hin.

Die Euphorie von kurz zuvor war verflogen, und die bloße Vorstellung, die Reisegefährten wiederzusehen, lag wie eine schwere Last auf ihm. Ouklar und Fineris im besonderen, denn Damlo hatte das Gefühl, daß die Zwillinge – die dem Geld so gleichgültig gegenüberstanden – nicht die Schuldigen sein konnten.

Es herrschte tiefe Stille. Dem Zimmer schien jede Spur von Luft zu fehlen, und der ganze Gasthof kam ihm kalt und verlassen vor. Mit einemmal fühlte er sich unbehaglich; unvermittelt sprang er auf und lief zu den Ställen. Vom Luxusleben und der ewig ausgelassenen Stimmung ganz in Anspruch genommen, hatte er in den letzten Tagen Majestät vernachlässigt, und jetzt verspürte er den Wunsch, ein wenig mit dem Gaul zu plaudern. Erst einmal kraulte er ihn des längeren am Hals und erzählte ihm in allen Einzelheiten die Sache mit dem Rubin. Der Wallach hörte sich geduldig und mit dem Ausdruck allerhöchster Herablassung – der ihm auch seinen Namen eingetragen hatte – alles an. Er wurde nur ein wenig nervös, als ihm der Junge vorführte, wie er sich im Laden des Betrügers diesem mit einem mächtigen Satz entgegengestellt hatte, denn dabei zückte er seinen Zauberdegen und verfehlte um Haaresbreite Seiner Majestät Nüstern.

Damlo blieb eine halbe Stunde im Stall und verließ ihn mit einem Gefühl der Erleichterung, weil das gute Verhältnis zu seinem Pferd wiederhergestellt war. Er ging durch das hintere Gartentor und setzte sich wieder auf die niedrige Mauer.

Zu seiner Linken lag der Hafen von Laria, der eine gute Hälfte des Gebietes zwischen der Stadt und dem See einnahm; er zog sich in einem Halbrund die Küste entlang und erstreckte sich über Dutzende von Molen aus Holz oder Stein. Die äußersten waren durch Wälle aus Felsblöcken geschützt, die man im Wasser aufeinandergetürmt hatte, bis sie etliche Fuß aus den Wellen ragten. Im Inneren des Ganzen warteten zahlreiche Schiffe am Kai vertäut darauf, be- oder entladen zu werden. Manche von ihnen waren schon zum Ablegen bereit, konnten es aber nicht tun, weil das Wetter sich so verschlechtert hatte. Aus der Ferne ähnelte das Gewirr der kahlen Masten den Resten eines größeren Waldbrandes.

An den Schutzdämmen des Hafens brachen sich ununterbrochen riesige Wellen, so dicht hintereinander, daß es schien, als kämpften sie darum, jeweils als erster gegen die Felsen zu schlagen. Sie trafen mit enormer Wucht auf und stiegen in weißen Gischtwolken hoch, ehe sie wie dichter Regen auf der anderen Seite der Hindernisse herabfielen, auf die Decks der Schiffe, die immer noch geschützt vor Anker lagen. Der steife Wind blies aus Westen, und die Wellen trafen unmittelbar vor Damlos Augen schräg auf dem steinigen Strand auf. Mit gezackten Kämmen warfen sie sich wie wild von rechts nach links, als wollten sie an die Molen, die einige hundert Schritt entfernt waren, herankommen und sich darin verbeißen.

Mit einemmal trugen die Böen Schreie aus westlicher Richtung an Damlos Ohr. Er wandte den Kopf und erblickte auf dem tobenden Wasser ein kleines Boot, das von den Wellen wie ein Korken hin und her geworfen wurde. Es war etwa zweihundert Schritt vom Ufer entfernt, aber die Kraft des Seitenwindes hinderte es daran, sich dem Strand zu nähern, und drückte es Richtung Osten auf die Felsblöcke des Hafens zu. Im Boot befanden sich vier Personen: ein alter Mann, zwei junge Männer und ein Knabe von etwa zehn Jahren. Auf halber Höhe des einzigen Mastes waren zwei Stöcke befestigt und formten ein Dreieck, dem eine Seite fehlte. Dazwischen war ein winziges Stück Tuch gespannt: ein kleiner Rest des Segelwerks, von dem der größte Teil an einem der Hölzer befestigt war und schlaff im Wind schlug.

Doch die Schreie, so wurde Damlo bewußt, kamen nicht von dem Boot! Die Passagiere waren viel zu sehr mit dem Kampf gegen die Elemente beschäftigt, um Hilfe herbeizurufen. An Land, auf dem Strand, den die Wellen schon zum Großteil für sich beanspruchten, lief eine junge Frau mit einem kleinen Mädchen an der Hand hart am Wasser entlang, ohne auf die Brandung zu achten, die ihr schon an die Fußgelenke faßte.

Der Wind schob sie vor sich her und blies ihr die Haare wie einen Witwenschleier vors Gesicht. Ab und zu hob die Frau die Hand, um sie sich von den Augen wegzuschaffen. Sie zerrte daran, drehte sie nach hinten und lief weiter.

Sie schrie um Hilfe, während ihr die Wellen den Sand unter den Füßen wegspülten und das Kind an ihrer Seite dahinstolperte. Aber der Strand war verlassen, und der Wind, der die Schreie bis zu Damlo trug, verhinderte zugleich, daß sie bis zu den nahen Häusern gelangten. Doch selbst wenn jemand sie gehört hätte, überlegte der Junge, wäre er nicht in der Lage gewesen, ihr und den Ihren beizustehen: Nur ein Wahnsinniger hätte sich in dieses tosende Wasser gewagt, um den Fischern draußen zu helfen.

Der Alte stand am Ruder, die beiden Jungen legten sich in die Riemen, und der Kleine gab sich verzweifelte Mühe, das Wasser aus dem Boot zu schöpfen. Die stürmischen Windböen tobten äußerst launisch – sowohl was ihre Heftigkeit als auch was ihre Richtung betraf –, und um zu verhindern, daß sie das Boot zum Kentern brachten, mußte der Alte wahre Wunder vollbringen.

Nun waren sie schon fast auf Damlos Höhe angekommen, und die Frau war nicht weiter als zehn Schritt von ihm entfernt. Das kleine Mädchen weinte vor Angst und klammerte sich an die Hand der Mutter; und jedesmal, wenn ihr ein Windstoß in die Kleider fuhr, um sie in den See zu treiben, stieß sie einen schrillen Schreckensschrei aus.

Plötzlich fegten zwei Wogen, die sich fast überlagerten, schräg über den Strand hinauf. Eine riß das Kind um, und die zweite begrub es unter sich, noch ehe die Mutter es wieder aufrichten konnte. Und dann wollte es die rücklaufende Brandung mit sich davonziehen.

Damlo erschrak. Ohne zu überlegen sprang er von der Mauer und rannte auf die beiden zu. Er hatte sie beinahe erreicht, als eine dritte große Welle den Strand erreichte, sich in seine Knöchel krallte und wieder zurücklief. Der Junge spürte, wie der Kies unter seinen Fersen nachgab. Die Kraft des wilden Gebrodels zu ihren Füßen brachte auch die Frau aus dem Gleichgewicht: sie fiel mit dem Gesicht nach unten. Dann schaffte sie es zwar, die Hand der Tochter auch weiterhin festzuhalten, doch wurde sie zusammen mit ihr von der Strömung hinausgezogen.

Mühsam voranhüpfend, während das Wasser ihm um die Waden wirbelte, kämpfte sich Damlo zu den beiden vor. Die Frau stemmte sich indessen mit den Füßen und der linken Hand gegen die Steine auf dem Strand – in dem Bemühen, dem Sog des rücklaufenden Wassers zu widerstehen. Mit der Rechten hielt sie die Kleine am Handgelenk fest, aber das Wasser hatte ihren Griff unsicher und rutschig gemacht. Als er herankam, sah Damlo noch, wie ihre zupackende Faust von der Hand des Mädchens zu den Fingern glitt; schließlich verlor sie auch diese und griff ins Leere.

Es gelang ihm gerade noch, sich hinzuwerfen und das Kind am Kleidchen zu fassen, während die nächste Woge hereinbrandete, und lange Sekunden kämpfte er tapfer – immer auf der Hut, nicht zusammen mit dem Kind hinausgetragen zu werden. Schließlich konnte er sich aufrichten, die Kleine an sich ziehen und ihren Kopf über das Wasser halten.

Hustend und spuckend, weinend und schreiend klammerte sich das Mädchen mit aller Kraft an Damlos Hals, und der Junge drückte sie ebenfalls an sich. Dann begann der Kampf zurück zum Ufer. Der Sog war so stark, daß jeweils zwei Schritte Richtung Land von einem gefolgt waren, der ihn wieder in die Richtung des Wassers zerrte. Es gelang ihm einfach nicht, dem Strand näher zu kommen, und bald war er völlig erschöpft. Das Gewicht der Kleinen hinderte ihn daran, seine Bewegungen wirkungsvoll einzusetzen, und jedesmal, wenn er ausrutschte, mußte er bei seinem Kampf gegen die Strömung auch an sie denken.

Er kämpfte mit vollem Einsatz, mit der ganzen Kraft und Energie, die er aufbringen konnte, doch irgendwann wurde ihm bewußt, daß sie beide ertrinken würden, wenn er die Kleine nicht losließ. Doch er ließ sie nicht los. Er fuhr fort, gegen die Gewalt der Drift und die rücklaufende Brandung Widerstand zu leisten, auch wenn er dabei nicht mehr vorankam. Seine Kraft reichte gerade noch aus, sich nicht von der Stelle ziehen zu lassen. Das Dröhnen in seinen Ohren war so laut geworden, daß es jetzt nicht einmal mehr vom Tosen der Fluten übertönt wurde. Sein Blick hatte sich getrübt, und er betrachtete das Wasser jetzt durch einen roten, zuckenden Vorhang. Er schaffte es kaum mehr zu atmen. Seine Glieder zitterten vor Anstrengung, während er bewegungslos auf allen vieren kauerte und das kleine Mädchen wie eine bleierne Kette an seinem Hals hing. Und mit einemmal merkte er, daß ihn die Strömung, die ihm den Kies unter Händen und Knien hervorzog, unerbittlich zu sich zerrte.

In diesem Augenblick nahm er einen starken Geruch nach Verbranntem wahr, und unmittelbar darauf spürte er in seinem Inneren das Wiedererwachen »dieser Sache«. Daß sie sich erneut rührte, jagte ihm einen tödlichen Schrecken ein. Ich habe nicht die Kraft, gegen See und Furie gemeinsam zu kämpfen! dachte er verzweifelt, während ihm die Angst die Kehle zuschnürte.

In der nächsten Sekunde packte ihn jemand am Kragen, und noch ehe dieser Jemand anfing, ihn aufzurichten, konnte er sehen, daß es Fineris war. Strauchelnd und die Wellen verwünschend zog er Damlo und das kleine Mädchen in Sicherheit.

Die Krämpfe dauerten nur kurz an, aber der Kampf gegen das Wüten in seinem Inneren erwies sich als äußerst hart, und als er ihn überstanden hatte, fand sich Damlo flach ausgestreckt und völlig ermattet auf dem Kies des Strandes wieder. Er benötigte einige Minuten, bis er die Kraft aufbrachte, sich aufzusetzen und umzublicken.

Neben ihm befand sich niemand, aber zu seiner Linken, in östlicher Richtung, hatte sich der Strand belebt; eine Gruppe aus etwa einem Dutzend Personen stand dort und verfolgte das Abdriften des Segelbootes. Auch die Frau stand da, die Kleine auf dem Arm, und ein Mann, der sie am Arm gefaßt hatte und davon abhielt, wieder ans Wasser zu laufen.

Fineris aber war nirgendwo zu sehen. Die Leute schienen aufgeregt zu schreien, doch an Damlos Ohren drang nichts als das Pfeifen des Windes, der aus der entgegengesetzten Richtung kam.

Das Boot draußen hatte in der Zwischenzeit einen hübschen Weg zurückgelegt, doch obwohl es sich dem Ufer nun etwas genähert hatte, war es noch immer mehr als hundert Schritt davon entfernt. Und die Gewalt der Elemente trieb es unaufhaltsam auf die schartigen Felsen vor dem Hafen zu.

Erschöpft, völlig durchnäßt und vor Kälte zitternd erwartete Damlo, demnächst den Tod von vier Personen mitzuerleben. In diesem Augenblick jagte eine Sturmbö unbarmherziger als alle vorangegangenen über den See. Der Junge sah sie schon von weitem kommen: Sie fegte über die Wellen und riß ihnen mitten in der Luft die Schaumkronen weg, um einen breiten grauen Wasserschleier daraus zu weben. Ihre Wucht ruckte Damlo ein ganzes Stück zur Seite, obwohl er saß, und stieß die Leute voran, die auf dem Strand herumstanden, was sie zu einem widerwilligen Tanz aus plumpen kleinen Schritten zwang. Dann traf sie beim Boot ein, fing sich in dem schmalen Dreieck aus Segeltuch und knickte den Mast. Das abgebrochene Stück fiel in einem Gewirr aus Tauen auf die Bordkante, und das Boot legte sich zur Seite und füllte sich mit Wasser.

Jetzt ist es aus, dachte Damlo, und sein Herz krampfte sich zusammen. Auf dem Strand wand sich die Frau unter dem festen Griff des Mannes, der sie zurückhielt, und wollte zum Wasser. Nur der brutale Zwang seiner Hand hinderte sie daran, sich in den See zu stürzen.

Die Fischer draußen hatten Riemen und Ruder verlassen, und während sich einer der jungen Männer mit einem Beil abmühte, beeilten sich alle anderen, das Wasser aus dem Boot zu schöpfen. Sie haben keine Chance, dachte Damlo, während er sie zwischen den Wogen auftauchen und wieder verschwinden sah. Um sie zu retten, müßte ein Wunder eintreten.

Ein Wunder – oder …

Der Gedanke traf ihn mit der Gewalt eines Blitzes: Im Grunde hatte er doch ein Pferd und einen Wagen sechzig Ellen weit fliegen lassen!

Er kniete sich hin, denn es schien ihm unangemessen und

auch nicht möglich, seine magischen Kräfte im Sitzen zum Einsatz zu bringen. Und nun wußte er nicht, wo er anfangen sollte. Er fixierte das Boot und setzte alles daran, es mit der Kraft seines Blickes aus dem Wasser zu heben, was dazu führte, daß er sich albern fühlte. Doch da ihn dieser Gedanke von seinem Vorhaben ablenkte, verscheuchte er ihn umgehend. Er richtete seine Gedanken auf die Tragödie, die sich dort draußen abspielte, und spürte deutlich, wie sich seine Muskeln anspannten, als müßte er das Boot durch reine Körperkraft an Land hieven. Nichts geschah. Er fixierte das halb gesunkene Boot mit einer solchen Anstrengung, daß ihm schien, er würde es durch ein Rohr anstarren, dessen Wände nur verschwommen wahrzunehmen waren. Er stellte sich vor, wie es sich aus den Wellen erhob und an Land schwebte, und gab sich verzweifelte Mühe, die Vorstellung auf das Boot anzuwenden.

Damlo war so angespannt, daß er fast aufhörte zu atmen. Und je stärker ihm die fehlende Atemluft zu schaffen machte, desto mehr glaubte er daran, etwas zur Rettung der Fischer tun zu können. Ohne die Augen von dem Boot abzuwenden, schnappte er in regelmäßigen Abständen wie nach einem Dauerlauf nach Luft. Und dann begann die Anstrengung von neuem, denn die Vorstellung, daß diese Leute da draußen ertrinken könnten, war ihm unerträglich. Nun, da er zum ersten Mal bewußt eine magische Handlung vollbringen wollte, schien ihm, als wäre es seine Schuld, sollten diese vier Leute sterben.

Und dann schwappte eine Woge über das Boot und trug den Jungen mit sich davon, und die folgende riß auch den Alten über Bord, der sich hinausgebeugt hatte, um nach dem Kleinen zu fassen.

Damlo schrie auf. Es war ein heiserer, erstickter Schrei, so als dringe das Wasser in seine eigenen Lungen. Eine Sekunde lang tauchten die Köpfe der beiden Unglücklichen zwischen den Wellen wie Beeren in einem windgebeutelten Brombeerbusch auf, und dann verschwanden sie für immer.

Die Frau auf dem Strand sank auf die Knie, legte den Kopf zurück und krallte die Finger in die Kehle. Ihr Oberkörper schwang vor und zurück.

Damlo kam es vor, als sehe er, wie die leblosen Körper des Alten und des Knaben auf den Grund des Sees sanken. Er schloß die Augen und konzentrierte sich verzweifelt auf dieses Bild, um die Schiffbrüchigen mit der Kraft seines Willens an die Wasseroberfläche zurückzuholen. Aber nicht einmal im Geiste gelang es ihm zu verhindern, daß sie immer weiter hinabsanken.

Als er die Augen wieder öffnete, war auch das Boot nicht mehr da. Es blieben nur die beiden jungen Männer, die kräftiger waren als der Alte und das Kind und es schafften, sich über Wasser zu halten. Aber die Wellen und der Wind trugen sie blitzschnell auf die Felszacken zu, die den Schutzwall vor den Molen bildeten. Noch einmal sammelte sich Damlo. Er beugte sich vor, um die magische Kraft in sich zu suchen, die notwendig war, um die beiden zu retten.

Auf der Mole hatten sich nun zahlreiche Menschen versammelt, und einer warf den beiden jungen Männern ein Tau zu. Den beiden gelang es, danach zu greifen, aber obwohl die Retter darauf achteten, nur dann daran zu ziehen, wenn die Strömung hinaus lief, türmten sich die Wellen derart übereinander, daß sie es unmöglich machten, die Annäherung der beiden an den Wall aus Felsen zu kontrollieren.

Körperlich und geistig am Ende seiner Kräfte, gab Damlo den Versuch auf, die beiden hochheben zu wollen, und verlegte sich auf das Wasser, um es wenigstens auf dem Stück, das die beiden jungen Männer noch von der Mole trennte, zu beruhigen.

Alles vergeblich. Der See schmetterte die beiden gegen die Felsen und warf sich über sie, Woge auf Woge auf Woge. Und so gestattete er den ohnmächtigen Zeugen des Dramas nicht einmal, die Leichen der beiden zu bergen.

Als Fineris, nachdem er die nassen Kleider gewechselt hatte, wieder auf den Strand zurückkam, war er in Begleitung von Ouklar. Der ehemalige Soldat hörte nicht auf, Fineris Vorwürfe zu machen, weil er den Jungen allein gelassen hatte, während dieser mit einem Krampfanfall kämpfte.

»Ich verstehe nichts davon«, verteidigte sich Fineris. »Ich wäre ihm keine Hilfe gewesen. Und außerdem war mir saukalt.«

Damlo kniete immer noch benommen auf dem Kies, und als ihn die Gefährten ansprachen, antwortete er nicht. Schließlich hoben ihn die beiden hoch und schleppten ihn zwischen sich zum Gasthof zurück, wo sie ihm das nasse Zeug auszogen und ihn ins Bett legten. Und dann blieben sie bis zum Abend an seiner Seite und hielten abwechselnd mit den Zwillingen Wache.

Aber Damlo war gar nicht da. Er irrte irgendwo in einem Winkel seiner selbst umher und gab sich die Schuld am Tod der Fischer. Sicher, er hatte sie nicht mit eigener Hand getötet, sagte er sich; im Gegenteil, er hatte sogar ein kleines Mädchen gerettet. Aber falls es ihm gelungen wäre, diesen einen Akt der Magie zu vollbringen, säße die ganze Familie jetzt schon um ein Feuer und würde nicht genug davon bekommen, das furchtbare Erlebnis mit dem guten Ausgang wieder und wieder zu erörtern.

Was soll ich mit einer Zauberkraft anfangen, von der ich nicht weiß, wie ich sie einsetzen kann? Darum kreisten seine Gedanken unaufhörlich.

Die Fischer waren tot. Ertrunken oder zerschmettert an den Felsen, wie sein eigener Vater, als er vom Hochwasser des Flusses mitgerissen worden war. Seit langer Zeit hatte er nicht mehr an diese Tragödie gedacht, denn dank des »Rucks« begegnete er in seinen Träumen regelmäßig beiden Eltern. Doch nun drehte das Bild des kleinen Mädchens das Rad der Zeit um sieben Jahre zurück, denn nirgendwo bei seiner Wanderung durch die zerklüfteten Weiten seiner Seele vermochte der Junge, diesem Bild zu entgehen. Und bei der Kleinen war auch immer die Mutter: sie lag auf den Knien, preßte das verschreckte Kind an sich und schrie ihm immerzu wie besessen ins Ohr, daß es seinen Vater nie wiedersehen werde. Zeitweise fing sie an, Tante Neila zu ähneln. Da wischte Damlo ihr Bild rasch weg.

Er irrte umher und versuchte dabei, jenen Stätten seines Gemütes, an denen sich der Schmerz verbarg, aus dem Weg zu gehen. Doch es waren ihrer zu viele, und so schien es unumgänglich, daß er früher oder später an eine von ihnen geriet. Da rannte er los, so schnell er konnte, und ließ sie hinter sich. Um sogleich wieder der Frau und ihrem Kind zu begegnen.

Der Gedanke an den Tod schien ihn zu verfolgen, klebrig und verschwommen, wohin er auch ging. Seit einem Monat schien er ihn schon zu treffen – und dazu hatte er auch selbst getötet. Am Riguario hatte er an einer blutigen Schlacht teilgenommen, aber damals hatte ihn der allgegenwärtige Tod nicht annähernd so betroffen gemacht wie beim Ende der vier Fischer auf dem See. Vielleicht weil dieses dem Ende seines eigenen Vaters so ähnlich war, vielleicht, weil es ungerecht und grausam war – oder vielleicht auch, weil er es hätte verhindern können, wäre ihm die Magie geglückt.

Unablässig hämmerte der Gedanke in seinem Hirn: Was soll ich mit einer Zauberkraft anfangen, von der ich nicht weiß, wie ich sie einsetzen soll?

Innerlich gab er sich die Schuld am Vorgefallenen, suchte nach Rechtfertigungen und zerfetzte sie, sobald sie gefunden waren. Es verursachte ihm zwar starkes Unbehagen, aber er litt nicht wirklich darunter, denn er ließ nie zu, daß ihn der Schmerz überwältigte.

Doch plötzlich, von einem Augenblick zum anderen, wurde aus dem Unbehagen Ekel, und er fühlte sich minderwertig; da hielt er inne, um zu überlegen. Zum ersten Mal, seit er die

Straße nach Belsin verlassen hatte, wurde ihm bewußt, wie gefühllos er gegenüber dem Schmerz geworden war. Es war wie nach einem harten Schlag, den man erhalten hatte: Wenn man danach leicht über die Haut strich, spürte man zwar die Finger, die sie betasteten, aber man nahm die Berührung nur gedämpft und abgemildert wahr. Damlo hielt das für ein entsetzliches Gefühl, und beinahe ohne es zu bemerken ließ er zu, daß die Ausläufer des miterlebten Leides anderer ihn streiften. So als würde er das brauchen, um sich wieder lebendig zu fühlen.

Augenblicklich stand er erneut vor der Barriere – vor jener Barriere, die erst seit dem Riguario existierte. Sie hatte sich aufgebläht und schien stellenweise fast durchsichtig zu sein. Damlo wandte die Augen ab. Ich habe Angst davor, dachte er, und da fiel ihm auf, daß schon seit etlichen Tagen die Angst nicht mehr seine ständige Begleiterin war.

Am Ende bin ich noch mutig geworden! dachte er – nicht sehr überzeugt. Nun wagte er doch einen schnellen Blick auf die Barriere. Und dahinter sah er mit einem Aufwallen reiner Qual die Gesichter von Uwaen und den Zwergen. Da begriff er: er verstand das Ausbleiben von Schmerz und das Fehlen von Angst, er verstand seine Anhänglichkeit gegenüber den Kaufleuten, verstand seine unerwartete Liebe zu Luxus und Wein und verstand auch, warum ihn das langsame Vorankommen bis Laria nicht gekümmert hatte. Und außerdem verstand er, warum er die Idee, zusammen mit den Zwillingen nach Kamsit zu fahren, überhaupt in Betracht gezogen hatte.

Angst: immerzu und nach wie vor Angst. Angst vor der Mission, Angst, den Tod der Freunde als gegeben anzunehmen, ja selbst Angst davor, Angst zu haben. Eine Angst, die sich diesmal mit einer Maske getarnt hatte und der es gelungen war, ihn vollkommen hinters Licht zu führen.

Er versenkte den Blick in die Barriere und sah, daß sie allmählich anfing, sich aufzulösen. Er begann den Schmerz wahrzunehmen, der dahinter gefangen war.

Instinktiv entfloh er diesem Mahlstrom aus Leid, stürzte eilig zurück in sein Inneres, wo er, wie ihm schien, unendlich lange verweilte und den Bildern der Frau und des Kindes auswich, die sich zu vervielfachen schienen, wohin er sich auch wandte. Und dann hielt er inne, weit, weit entfernt.

Angst: die Erbauerin der Barriere. Die Angst vor dem Schmerz, die Angst vor dem Alleinsein, Angst, der Aufgabe nicht gewachsen zu sein, die er in Drassol übernommen hatte. Die Angst – die verfluchte, trügerische Angst. Diesmal in einer nicht so offenkundigen Gestalt, aber ebenso machtvoll wie die wohlbekannte. Ein Feind, weitaus gefährlicher, weil er heimtückisch war. Getarnt. »Ich will nicht daran denken.« Das war sie, die Täuschung: Angst, die sich ein anderes Kleid umgeworfen hatte.

Ich muß diese Barriere in Angriff nehmen, dachte der Junge.

Doch sogleich wurde ihm klar, daß er dazu nicht fähig war, und er verabscheute seine eigene Feigheit aus ganzem Herzen. Na gut, dachte er dann, vielleicht kann ich es jetzt noch nicht, aber ich will es tun und ich werde es tun.

Von weitem sah er die Frau mit dem schwarzen Haar, die gemeinsam mit der Tochter weinte. Die beiden kamen näher. Ich werde es bald tun, versprach er ihnen. Und in der Zwischenzeit bringe ich Ailaram den Zahn des Britelvorill. Ohne noch mehr Zeit zu verlieren. Und dort werde ich lernen, mit der Magie umzugehen. Es wird nicht mehr passieren, daß jemand stirbt, weil etwas in mir wohnt, dem ich nicht ins Auge sehen kann. Nie mehr.

Ich fahre nach Belsin, und zwar sofort.

Ticla Bedaran verabscheute elegante Geselligkeiten, doch dieses Mal hatte sie ihre Teilnahme einfach nicht verweigern können. Der »Ball des Mantels«, der jährliche Empfang der

Pinvan-Geros, war nicht irgendeiner der üblichen Tummelplätze für Edelleute, sondern die wichtigste Wohltätigkeitsveranstaltung der Hauptstadt. Und er verfügte über eine Besonderheit, die Ticla erlaubte, sich richtiggehend darauf zu freuen.

Der Ball war vor mehr als einem Jahrhundert ins Leben gerufen worden, als Lutan Reides – aus dem später dann der »Große König« werden sollte – bloß ein in Ungnade gefallener Feldherr war. Zu jener Zeit hatte Lutan nicht genügend Geld besessen, um seine Truppen zu bezahlen, und wurde sogar von den Wachen der damaligen Regierung gesucht. Lutan war mit der Familie Pinvan-Geros befreundet, die ihm Zuflucht gewährte. Und von dort aus hatte auch sein unaufhaltsamer Aufstieg begonnen, bei dem es im Laufe von neun Jahren zuerst zur Gründung seines Königreiches und dann des Imperiums gekommen war. Der erste Anstoß dazu, die finanzielle Grundlage, rührte von einem Empfang her, dessen jährliche Wiederholung der »Ball des Mantels« hieß.

Die Idee dazu hatte von Lendea von Pinvan-Geros gestammt, der Gemahlin des damaligen Familienoberhauptes. Der Adelige besaß einen prachtvollen, mit Gold bestickten Umhang, und die edle Dame beschloß, einen großen Wohltätigkeitsball zu Gunsten Lutans zu geben, im Laufe dessen sie vorhatte, die Goldfäden des Mantels zu einem besonders hohen Preis zu verkaufen.

Die gesellschaftlichen Vorbereitungen für diesen Ball dauerten Wochen; sie waren von geschickter diplomatischer Wühlarbeit begleitet – und auch von einem ständigen Tröpfeln gewisser Manöver, die dazu dienten, die Eifersüchteleien der bedeutendsten Damen der Stadt zu schüren. Und so hatte sich schließlich der gesamte Adel von Eria an jenem schicksalhaften Abend zu dem Empfang eingefunden. Nicht nur jene Familien, die insgeheim Partei für Lutan ergriffen, sondern auch die anderen, die dem alten Regime aufgrund mannigfaltiger Eigeninteressen verbunden waren, denn Lendea war auf eine Weise vorgegangen, daß einfach keine Dame, die sich dieser Bezeichnung als würdig erweisen wollte, dem Ball fernbleiben durfte.

Das Geld floß in Hülle und Fülle. Rasch waren alle Goldfäden verkauft, und so mußte der Umhang selbst in dünne Streifen geschnitten werden, denn niemand wollte von dieser Orgie zur Schau gestellter Großzügigkeit ausgeschlossen sein. Und dann wanderte die gesamte Summe in die Taschen des in Ungnade gefallenen Feldherrn, der seine Soldaten damit bezahlen und die Stadt erobern konnte.

Später, nachdem er das Imperium gegründet hatte, äußerte der Große König den Wunsch, jedes Jahr von neuem dieses Ereignisses zu gedenken, sowohl um an die Hilfe zu erinnern, die ihm zuteil geworden war, als auch um auf irgendeine Weise den Menschen der Stadt etwas von dem zurückzugeben, was man ihnen damals entzogen hatte. Selbst im Laufe der langen Zeit hatte sich der Ball das Flair eines Ereignisses bewahrt, das man einfach nicht versäumen durfte, und so galt jedes Jahr beim Empfang der Pinvan-Geros eine ungeschriebene Waffenruhe, die es Freunden und Feinden erlaubte zu erscheinen. Niemals, weder während des Imperiums noch später, als Zanter seinen Herrschaftsbereich ausdehnen und damit die Hegemonie schaffen konnte, war diese Waffenruhe verletzt worden. Unabhängig von der politischen Lage und des Grades der Feindschaft, die zwischen den Teilnehmern herrschte.

Deswegen hegte Ticla die Hoffnung, beide Zwillingsbrüder dort zu treffen; und aus diesem Grund hatte sie die stundenlangen Vorbereitungen und das liebevolle Getue von Angia auch willig über sich ergehen lassen.

Sie stieg vom Wagen und reichte dem Vater den Arm, während sie sich fragte, warum elegante Kleider wohl immer so unbequem und schwer sein mußten. Von dieser lächerlichen

Frisur ganz zu schweigen! Sie sah wie eine hohe Krone aus Zöpfen aus, und um sie anzufertigen, hatte es der ganzen Geschicklichkeit und Geduld von Angia bedurft.

Obwohl das Protokoll beim Empfang aufgehoben war, kamen ihnen Gräfin Alena und Graf Caril entgegen und geleiteten sie in den großen Ballsaal. Es waren tatsächlich alle da – die Zwillinge eingeschlossen. Weit voneinander entfernt, in der gleichen Körperhaltung an die Wand gelehnt und jeder umgeben von einer entsprechenden Schar von Ratgebern. Beide wirkten wie ein Spiegelbild des anderen, selbst was den trübsinnigen Gesichtsausdruck betraf.

Der ganze Saal wandte sich zur Tür, um das Eintreffen des Regenten zu verfolgen, und die Mienen der Zwillinge schienen sich mit neuem Leben zu erfüllen. Den Umstand ausnutzend, daß alle in die andere Richtung blickten, zwinkerten die beiden Ticla nicht sehr würdevoll zu. Mit Mühe verbiß sich das Mädchen das Lachen; sie würde später zu ihnen gehen, nahm sie sich vor, wenn keiner der Anwesenden es merkte und hinterher darüber spekulieren konnte, welchen der beiden sie zuerst begrüßt hatte.

Mit klopfendem Herzen schritt sie durch den Saal. Es war das erste Mal, daß sie nicht zur Kindergruppe verbannt wurde; dennoch fühlte sie sich unter all diesen Blicken seltsam nackt. Sie hängte sich an den Arm des Vaters und drückte ihn weit stärker als nötig.

Fast augenblicklich wurden sie von der Menge verschluckt, und keine Minute später zog jemand den Regenten zur Seite und redete ohne Unterlaß auf ihn ein. Ticla blieb sich selbst überlassen.

Norzak von Suruwo bemerkte das Gefühl von Verlorenheit, das das Mädchen hinter einer gelassenen Miene verbarg, und sah, daß ihr Gräfin Alena sofort zu Hilfe eilte und sie zur Tafel mit den Erfrischungen geleitete.

»Bald voll erblüht«, kommentierte Isbur, der der Richtung von Norzaks Blick gefolgt war.

»Was man daran erkennt, wie Ijssilien sie anschaut«, erwiderte der Fürst.

Halb hinter einer nahen Säule versteckt, ließ Ijssilien kein Auge von dem Mädchen, während er mit Rojet Wernak tuschelte. Dann grinsten die beiden. Doch während Wernaks Blicke denen eines Raubvogels glichen, wirkten jene des Oberpriesters finster und übelwollend – in ihrem Ausdruck schwang eine laszive Verderbtheit mit.

»Sie sollte sich besser an diese Art von Blicken gewöhnen«, sagte Isbur. »Ein paar Monate noch, dann ist sie eine erwachsene Frau. Ein prachtvolles Exemplar von einer Frau, wenn ich das sagen darf.«

»An diesem Tag wird alles zu Ende sein«, antwortete Norzak.

Ein Weilchen sah sie der Fürst noch nachdenklich an. Kurz zuvor hatte er daran gedacht, sie gegen ihren Vater zu verwenden, aber dann war er davon abgekommen. Der Plan hätte wohl auch kaum Aussicht auf Erfolg gehabt; ungeachtet des Gemunkels war die Kleine einfach noch zu jung, um etwas mit ihr anzufangen, und nur ein verbohrter Moralist wie Ijssilien konnte annehmen, daß an diesen bösen Gerüchten etwas Wahres war. Falls er sie nicht überhaupt selbst in die Welt gesetzt hatte …

Als einziger im ganzen Saal hatte Norzak den Blick bemerkt, mit dem die beiden Thronerben die kleine Bedaran gestreift hatten, und nun fragte er sich, wie man sich diese offenkundige Sympathie der Zwillinge für das Mädchen möglicherweise zunutze machen könnte. Es wäre nicht schwierig gewesen, das Verhältnis zwischen den beiden noch mehr zu vergiften, aber er, Norzak, mußte darauf achten, daß sich der ganze Groll stets gegen den Regenten wandte. Die gesamte Operation hatte ja fast ihre letzte Phase erreicht, und es ging gar nicht mehr darum, die scharfe Trennung zwischen den Parteien aufrechtzuerhalten. Nun galt es, sie unter der geschickten Lenkung von Rojet Wernak zusammenzuführen und gegen Gevan Bedaran zu vereinen. Sobald der Regent hinweggefegt war, würde er, Norzak, Wernak dazu drängen, die Säuberungen und Greueltaten anzuordnen, die nun einmal notwendig waren, um die Macht zu festigen. Dann würde er ihn unter dem Beifall aller Überlebenden absetzen, den Thron besteigen und eine neue Dynastie gründen.

Auf diese Weise würde *er* nicht, wie vorgesehen, eine ruinierte, harmlose Hegemonie vorfinden, sondern eine einige Nation, mächtig und in annehmbarem Zustand.

Es war ein guter Plan, beglückwünschte sich der Fürst. Und damit er auch klappte, reichte es schon aus, den Regenten zu kompromittieren.

»Hast du diesen Oljed gefunden?« fragte er Isbur barsch.

»Noch nicht, Herr. Vor einigen Wochen hat man ihn in Drassol gesehen, und wir suchen ihn genauso verbissen wie den Jungen.«

Norzak machte eine zornige Handbewegung. War das denn vorstellbar, daß keiner es schaffte, einen bestens erkennbaren Jungen zu finden, der auf einem offenen Wagen einem bekannten Reiseziel entgegenfuhr?

»Dann vergeßt Oljed«, befahl er. »Konzentriert euch auf den Jungen.«

»Und das Projekt Bedaran?«

»Wir haben lange genug gewartet. Finde hier in Eria eine andere Möglichkeit; wir werden sie mit Hilfe des Handlangers einsetzen, den wir im Schloß haben. Die Dokumente sind bereit, und der Zeitpunkt zum Handeln ist gekommen. Gib das Startzeichen. Sofort. Ich möchte, daß der Vorgang innerhalb einer Woche zum Abschluß kommt.«

»Wie Ihr befiehlt, Herr.«

Isbur entfernte sich, und der Fürst lenkte seine Schritte zum

Garten. Im Vorbeigehen bemerkte er, daß sich rund um die Zwillinge das adelige Pack der jeweiligen Gefolgschaft versammelt hatte. Alles entbehrlicher, wertloser Unrat, den man beseitigen mußte, sobald man an der Macht war. Doch heute abend kam ihm dieser Unrat ganz gelegen, denn er würde sich dauernd um die Thronerben drängen und die kleine Bedaran daran hindern, die beiden jeweils unter vier Augen zu sprechen und möglicherweise sogar den Versuch zu machen, eine Versöhnung herbeizuführen.

Beim Verlassen des Saales warf Norzak einen Blick zu Dynu Mebars, seinem Mann in jener Fraktion, die Udrian unterstützte, und bedeutete Mebars, ihm zu folgen. Es war an der Zeit, ihn ein wenig zu bearbeiten.

Während der Nacht ließ der Sturm nach, und am nächsten Morgen war der See wieder ruhig. Zum letzten Mal nahmen Damlo und die Kaufleute ihr gemeinsames Frühstück ein, und gemeinsam trafen sie auch ihre Vorbereitungen für die Abreise. Wortkarg und ein wenig abweisend hatte der Junge den Zwillingen mitgeteilt, daß er sie nicht nach Kamsit begleiten würde. Auf ihre Fragen hin – die, um ehrlich zu sein, nicht einmal besonders interessiert klangen – hatte er sich darauf beschränkt, ohne jede Erklärung zu antworten, daß er nun mal zu diesem Entschluß gekommen war. Nach der Ablehnung des Angebotes von Fineris – das über Nacht von einem »Geschenk« zu einem »Darlehen« geworden war – hatte er die entsprechenden Münzen aus der Tasche gezogen und seine Rechnung bezahlt. Was alle überraschte, denn diesmal hatte sich Damlo gehütet, den Geldgürtel des Juweliers zur Schau zu stellen. Doch auch zu dem Umstand, wie er zu Geld gekommen war, hatte der Junge keine Erklärung geliefert.

Auf der breiten Straße, die zum Hafen führte, herrschte ein ziemliches Gedränge. An einer Seite verlief sie an der Mauer der Werft entlang, und die andere wurde von Läden eingenommen, die oftmals nicht größer waren als der Wagen der Zwerge. Jeder Winkel quoll vor Handelsgütern über; sie waren an den Wänden aufgeschichtet, unter Markisen auf der Straße ausgestellt und sogar an Stangen in und vor jedem Kabuff aufgehängt. Überall waren Menschen, bunt gekleidet und fröhlich: die Wagen kamen nur langsam voran.

Die Luft war von den Schreien der Händler erfüllt, vom Flehen der Bettler und dem Geschnatter der Passanten. Doch keine dieser Stimmen drang bis zu Damlo vor. Mit gesenktem Kopf lenkte der Junge den Wagen und achtete nur darauf, daß Majestät nicht den Anschluß an das Gespann vor ihm verlor. Versunken in seinen Gedanken schenkte er dem heiteren Trubel der Stadt keine Aufmerksamkeit und bemühte sich, auch das Gelächter der Gefährten nicht zu hören.

Die Kaufleute hatten sich alle auf dem Wagen von Fineris eingefunden, wo sie sich wie immer so unterhielten, als ob sie nicht wüßten, daß sich in ihrer Mitte ein Dieb befand; und bei jedem Auflachen fühlte sich Damlo noch mehr betrogen und noch einsamer.

Er hatte sie für Freunde gehalten, aber in Wahrheit war er ihnen völlig gleichgültig, erkannte er nun. Sie hatten ihm nur Beachtung geschenkt, solange er sie mit seinen Späßen amüsieren konnte, und jetzt behandelten sie ihn, als ob er gar nicht existierte. Im übrigen gab es nichts, was so überraschend daran gewesen wäre: Er war Damlo Rindgren. Damlo der Rote. Damlo der Einzelgänger. Damlo ohne Freunde. Damlo, dessen Schicksal es war, für sich allein zu leben, so wie es in Waelton immer schon gehalten wurde. Der Tod von Uwaen und den Zwergen war der Beweis, und die Lektion, die er von den Kaufleuten gelernt hatte, nur die endgültige Besiegelung des Ganzen. Sein einziger Trost bestand in der Magie: In allen Geschichten hieß es, Zauberer wären Einzelgänger, und so handelte es sich vielleicht um den Preis, den er zu bezahlen hatte. Er war sich nicht sicher, ob ihm dieses Geschäft wirklich zusagte, aber da ihm Freundschaften nun einmal versagt blieben, würde er wenigstens etwas dafür bekommen.

Er schoß aus seinen Gedanken hervor wie ein Korken aus dem Wasser und landete wieder auf dieser Welt, wo er sich mit weit aufgerissenen Augen umsah. Die Wagen waren am Hafen angekommen und kämpften sich mühsam durch die Menschenmengen und Warenstapel auf den Kais. Melancholisch gestimmt ließ sich Damlo den Krach aus Geschrei, gebrüllten Befehlen und Gelächter um die Ohren brausen und hatte auch nichts dagegen, daß die unbeständige Brise, die von allen Seiten durch den Hafen wehte, den Geruch von Fäulnis und Schweiß an seine Nase trug.

Der erste Wagen, auf dem sich die vier Kaufleute befanden, verließ den Kai und bog auf eine Mole ein, die zu einem großen, dickbäuchigen Schiff führte, das gut hundert Schritt weiter draußen vertäut war. Dort, wo es lag, gab es keine festen Ladeeinrichtungen, weil das Schiff nicht mittels Seilen und Netzen beladen wurde, sondern über eine bewegliche Ladebrücke aus Holz verfügte, die den Fuhrwerken eine direkte Auffahrt erlaubte. Und tatsächlich waren zwei Wagen zu sehen, die zwar schon darauf warteten, an Bord zu kommen, aber noch durch ein bockendes Maultier blockiert wurden. Die Fuhrleute fluchten, die Matrosen brüllten, und die Müßiggänger blieben stehen und sahen mit offensichtlichem Vergnügen zu. Damlo verfolgte die Szene ein Weilchen und ließ dann seine Blicke wandern.

Der Junge erstarrte: Neben dem Landungssteg, etwas abseits des kleinen Menschenauflaufs stach ihm die unverwechselbare Gestalt eines Schwarzen Degens ins Auge. Unter heftigem Herzklopfen rückte Damlo seine Mütze sehr sorgfältig zurecht. Er kennt mich nicht, dachte er, und wenn er meine Haare nicht sieht, schöpft er auch keinen Verdacht. Er sucht einen Jungen, der allein unterwegs ist. Er kommt nicht auf die Idee, daß ich in einem Konvoi fahre.

Er hatte zwar Angst, aber keine, die ihn zu lähmen vermochte. Komischerweise amüsierte ihn die Vorstellung, sich genau unter der Nase des Mannes in Schwarz herumzutreiben, mehr als sie ihn schreckte.

In diesem Augenblick, als der zweite Wagen der kleinen Karawane einbog, entstand auf einer Seite der breiten Mole Verwirrung. Ein Seil war gerissen, und ein großes Faß rollte langsam in die Mitte der Fahrspur. Die Schauerleute fingen an zu schreien, um die Umstehenden vor der Gefahr zu warnen, und etliche Matrosen eilten hinzu, um sie tatkräftig zu unterstützen. Das Faß schien geradezu riesig, und obwohl es nicht besonders schnell rollte, erwies es sich aufgrund seines Gewichts als nahezu unaufhaltbar. Trotz der Anstrengungen der Freiwilligen kam es am Ende ausgerechnet mitten auf der Mole zum Liegen: zwischen Ouklars Wagen, der gerade eingebogen war, und dem folgenden, den der Sklave Milo kutschierte.

Damlo zog die Zügel an und brachte sein eigenes Gefährt zum Stillstand. Hinter ihm hielt der Wagen, mit dem die Zwillinge nach Kamsit wollten und der vom Schwarzen Rako gefahren wurde.

Auf dem Kai hatte sich mittlerweile eine Menge Neugieriger eingefunden, die stießen und drängelten, um den Zwischenfall besser in Augenschein nehmen zu können. Ungehalten über die Unterbrechung und den Kopf voller Bilder von wildgewordenen Massen in Drassol, sah sich Damlo hektisch nach einem Fluchtweg um, den er diesmal gar nicht brauchte. Und wie es sich zwei Wochen zuvor in der Stadt von König Vinathes zugetragen hatte, entdeckte er auch hier unter den Gaffern einen kleinen, mageren Mann mit leicht pockennarbigem Gesicht in geschmackvollen, doch keineswegs luxuriösen Kleidern.

Es war Vodars, der Taschendieb, der den Tumult in Drassol losgetreten hatte. Er wand sich mit beachtlicher Geschmeidigkeit zwischen den Leuten hindurch, während er die Augen auf die Hafenarbeiter gerichtet hielt, die sich mit vereinten Kräften bemühten, das Faß zur Seite zu rollen, um den Weg wieder freizugeben.

Rasch, doch ohne heftige Bewegungen, die hätten Aufmerksamkeit erregen können, bückte sich der Junge und tat so, als würde er unter dem Kutschersitz nach etwas suchen. Zwar hatte ihn der Schwarze Degen noch nie gesehen, der Taschendieb aber sehr wohl, und der hätte ihn mitsamt seiner Mütze erkannt.

Vodars drängelte sich voran, bis er das Schiff erreicht hatte, und fing an, mit dem Schwarzen Degen zu sprechen. Er schien ihm Rapport zu erstatten, denn er hob einen Finger nach dem anderen und tupfte jeden mit dem Zeigefinger der anderen Hand an, als zähle er etwas auf. Des öfteren schüttelte er den Kopf. Der Mann in Schwarz hörte ihm unbeweglich zu und sagte kein Wort. Er strahlte alles andere als Zufriedenheit aus.

Sie konnten nicht wissen, daß er, Damlo, hier war, versuchte sich der Junge zu beruhigen. Wahrscheinlich suchten sie ihn überall, und dies hier war einfach nur eine jener Stellen, wo sie hofften, ihn anzutreffen. Wie auch immer, zweifellos konnte er sich unter den Augen des Taschendiebes nicht einschiffen. Umzukehren war auch nicht möglich: ein Wagen, der mitten in der Menschenmenge wendete, hätte Verwirrung gestiftet und ganz sicher Aufmerksamkeit erregt. Was also tun? Damlo sah sich noch einmal um, diesmal ohne auf die Leute zu achten, und eine Sekunde später stieß er einen Seufzer der Erleichterung aus: Drei Molen weiter schickte sich ein anderes Schiff an auszulaufen, und daneben warteten noch etliche Wagen. Bestimmt fuhr das Schiff nicht nach Eria, aber es stellte Damlos einzige Chance dar, von Vodars wegzukommen.

Fast atemlos vor Angst sprang der Junge vom Kutschbock, nahm Majestät am Zaum und bahnte sich einen Weg zwischen den Umstehenden. Unter dem gleichmütigen Blick von Rako, der die Lücke mit seinem Gefährt sofort gefüllt hatte, marschierte der Junge den Kai entlang und duckte sich hinter die beachtliche Masse des Wallachs, wann immer er auf einem offenen Stück den Blicken von drüben preisgegeben war. Eine Minute bevor die Matrosen die Platten hoben, die es mit der Mole verbanden, fuhr Damlo auf das Deck des Schiffes.

Ohne Vodars und den Schwarzen Degen, die weniger als zweihundert Schritt von ihm entfernt waren, auch nur für einen Moment aus den Augen zu lassen, schirrte Damlo Majestät ab und führte den Gaul ans Heck, wo auch die Pferde der anderen Fuhrwerke untergebracht waren. Dann trat er zum Bootsmann, bei dem die Überfahrt zu bezahlen war.

Das Schiff war voll, und unter Deck war kein Platz mehr; also mußte er auf seinem Wagen schlafen, erklärte der Mann, ehe er eine verwirrende Erklärung vom Stapel ließ, weshalb der volle Preis trotzdem zu bezahlen war. Damlo wußte genau, daß der Mann ihn übervorteilte, doch es interessierte ihn nicht; er hatte nur den Wunsch, möglichst schnell von Laria wegzukommen. Und so bezahlte er ohne jeden Einwand.

Kurz darauf legte das Schiff von der Mole ab, gezogen von einer langen Schaluppe. Nachdem die Luken geöffnet worden waren, senkten die Ruderer ihre langen Riemen in die Wellen. Währenddessen beschäftigten sich die Matrosen mit dem Segel, bereit, es zu hissen, sobald sich das Schiff in offenem Wasser befand.

Zu einem anderen Zeitpunkt hätten all diese neuen Dinge Damlo neugierig gemacht. Doch jetzt konnte er die Augen einfach nicht von Vodars und dem Schwarzen Degen abwenden. Seine ganze Aufmerksamkeit galt der anderen Mole, wo sich die Kaufleute unter dem wachsamen Blick der Diener des *Schattens* nach Eria einschifften.

Endlich spannte sich das Segel mit einem Knattern, das Boot machte einen Satz, und jemand begann, eine Trommel zu schlagen, um den Ruderern den Takt anzugeben. Und Damlo sah zu, wie die Molen von Laria immer kleiner wurden. Ich bin in Sicherheit! jauchzte er innerlich. Er hatte sie überlistet! Uwaen, Irgenas und Clevas wären stolz auf ihn gewesen ...

Er lachte hell auf – um unmittelbar darauf in Tränen auszubrechen. Es war ein Weinen ohne Schluchzen, das der Junge nicht begriff, weil es sich wie ein alter Freund anfühlte: ein lautloses Weinen, das in den Tränen aufgelöst schien, die ihm vom Kinn tropften.

Das rhythmische Klatschen der Ruder mischte sich mit dem Schwappen der Wellen gegen den Schiffsrumpf, und die Küste verschwand nach und nach vom Horizont. Seltsamerweise kam es Damlo so vor, als würden sich zusammen mit ihr auch die toten Freunde von ihm entfernen.

Auf einmal spürte er, daß er sich nun von ihnen verabschieden konnte. Für immer. Und jetzt wußte er, weshalb er weinte: Er sagte ihnen Adieu. Es war ein echtes, tief gefühltes Adieu aus vollem Herzen. Ein Adieu, das er ihnen persönlich nicht hatte mitgeben können.

Er weinte. Er weinte, ohne vor dem Schmerz davonzulaufen, denn erst jetzt erschien es ihm als echter Tribut an die dahingegangenen Freunde.

Und so kam es, daß er, ohne es zu bemerken, in jene Zone seiner Seele vordrang, die ihm die Angst versperrt hatte. Dort fand er zwar den Schmerz vor, doch das wußte er schon, und diesmal ertrug er ihn. Der Schmerz aber rief weiteren Schmerz hervor – und letzten Endes brach die Barriere.

Obwohl er sehr litt, war es keine grausame Qual.

Sie zog sich lange hin, löste sich nur allmählich auf und wandelte sich schließlich zu einem sonderbaren Gefühl der Wärme, das ihn tröstete und erschöpft zurückließ. Die Überfahrt dauerte drei Tage und Nächte, und der Junge weinte die ganze Zeit über lautlos vor sich hin. Er schlief unter dem Wagen, aß ein wenig Zwieback, wenn er daran dachte, und ließ sich auch beim Preis für den Unterhalt des Pferdes übers Ohr hauen. Es kümmerte ihn nicht. Es kümmerte ihn auch nicht, daß er immer noch weinte. Er spürte, daß es sich nicht um kindische oder wehleidige Tränen handelte, und in gewisser Weise empfand er sie sogar als lustvoll. Manchmal suchte er geradezu danach, indem er sich Erlebnisse mit den Freunden in Erinnerung rief, denn er spürte, daß diese Tränen etwas Sauberes, Gesundes waren – so rein und klar wie der Schmerz, dem sie entsprangen.

Das Schiff fuhr nach Tival an der Südküste des Eria-Sees, und als Damlo dort von Bord ging, fühlte er sich wie neugeboren und bereit für alles, was nun kommen mochte. Ein wenig wie damals, vor Jahren, als ihm Tante Neila im Holzbottich ein heißes Bad bereitet und ihn ausgiebig mit dem Handschuh aus Roßhaar geschrubbt hatte.

An den drei folgenden Tagen trieb er Majestät zu Höchstleistungen an und legte dabei doppelt soviel Entfernung zurück als an fünf Tagen in Gesellschaft der Kaufleute. Zu seiner Linken spiegelte das Wasser den Himmel und erstreckte sich glatt und blau, so weit das Auge sah. Wenn Damlo den See so betrachtete, schien es unmöglich, daß er so wild werden konnte wie vor einigen Tagen in Laria.

Zu seiner Rechten erhoben sich die Ausläufer der Berggipfel dahinter. Die Straße führte zwischen Tausenden und Abertausenden wilder Rosenbüsche hindurch und war ziemlich stark befahren. Doch der Junge sprach mit niemandem. Und obwohl er an zahlreichen Dörfern und ebenso zahlreichen Herbergen vorbeikam, verbrachte er die Nächte an ausgesucht einsamen Plätzen. Er versteckte den Wagen in irgendeinem Wald, und sobald die Sonne aufging, setzte er seine Fahrt in die Hauptstadt fort.

Und endlich, eines Nachmittags, nachdem der Gaul eine felsige Anhöhe überwunden hatte, tauchte der Golf von Eria vor Damlos Augen auf. Er war viel größer als jener von Laria und öffnete sich sanft im Laufe von gut fünfzehn Meilen zu einer Serie halbmondförmiger Sandstrände, unterbrochen von schmalen Felsvorsprüngen, die steil und schroff zum Wasser abfielen. Überall gab es Häuser, und hier und dort waren die Mündungen kleiner Flüsse auszumachen, deren Lauf nur anhand des Röhrichts an ihren Ufern zu verfolgen war.

Die Stadt Eria schien sich von den Hügeln auf den Hafen hinabzustürzen, der zumindest viermal so groß war wie jener von Laria. Die Anhöhen waren allesamt mit braunen, gelben und rosa Häusern bebaut; und auch aus dieser Entfernung konnte Damlo deutlich die Villenviertel mit ihrem vielen Grün erkennen. Die dichter besiedelten Gegenden lagen zwischen den Hügeln und dem See, und die dort zusammengedrängten Gebäude stapelten sich über drei oder vier Ebenen. Die weißen Stadtmauern von Eria waren von eindrucksvoller Höhe und überragten sämtliche Dächer der Häuser, die innerhalb und außerhalb dieses schneeweißen Ringes gleichermaßen zahlreich waren. Inmitten des Villenviertels erhob sich der Herrscherpalast, der allein drei hohe Hügel für sich beanspruchte. Einer blieb zur Gänze einer Festungsanlage vorbehalten, und die verschiedenen Ringmauern, unterbrochen von mächtigen, mit Zinnen versehenen Türmen, waren so hoch, daß sie die Gebäude in ihrem Inneren allen Blicken entzogen.

Ich fahre nicht in die Stadt, dachte Damlo, falls mich die Schwarzen Degen auch auf dieser Seite des Sees suchen, dann gewiß in Eria.

Er rief sich den Erdkundeunterricht von Falno Gallaspessa in Erinnerung: Hinter der Hauptstadt würde er auf einer guten Straße nach Merlat und Darilan kommen und dann über die südlichen Ausläufer des Zentralmassivs und durch irgendeinen Teil der großen Wälder von Belsin zum Weißen Turm. Etwas mehr als dreihundert Meilen. Eine Reise von zwei Wochen, wenn es ihm gelang, seinen Rhythmus beizubehalten und alle Städte zu meiden. Ich werde kurz vor Eria zur Nacht halten, beschloß er, morgen dann umgehe ich die Stadt und fahre weiter in Richtung Merlat.

Doch schon nach wenigen Meilen merkte er, wie einfältig er gewesen war. Dies war die Hauptstadt der Hegemonie und nicht die irgendeiner Provinz wie Drassol. Sie erstreckte sich vom See bis zu den Bergen weiter südlich, und alle wichtigen Straßen führten in ihre Mitte.

Nach und nach wuchs die Stadt Damlo von allen Seiten entgegen, und als er den Wagen beim Einbruch der Dämmerung auf einer kleinen Anhöhe noch weit entfernt von den Mauern abstellte, zeigte sich, daß er sich schon inmitten von Häusern befand. Um sich von ihnen zu entfernen, hätte er in einen der vielen Seitenwege einbiegen müssen, aber in diesem Labyrinth von Straßen und Gassen schien es nur allzu leicht, sich zu verirren – ganz besonders jetzt, da es dunkel wurde. So entschloß er sich, auf der Hauptstraße weiterzufahren und sich eine Herberge zu suchen.

Er wählte einen Gasthof mit einem großen Hof, in dem er den Wagen einstellen konnte, und nachdem er Majestät versorgt hatte, gönnte er sich die erste richtige Mahlzeit seit sechs Tagen. Er vertilgte drei Portionen Fleischauflauf, etliche Fladen Brot und spülte alles mit reichlich klarem Wasser hinunter.

Der Gasthof war fast vollbesetzt, und die Gäste drängten sich im Speisesaal und füllten ihn mit ohrenbetäubendem Lärm. Um den Wagen im Auge behalten zu können, hatte sich Damlo für einen Tisch an einem der Fenster entschieden, und so befand er sich ein wenig abseits; aber sämtliche Anwesenden unterhielten sich in voller Lautstärke, und der Junge konnte den meisten Gesprächen mühelos folgen. Er spitzte die Ohren, weil er – wenngleich ohne große Erwartungen – hoffte, irgendwelche Hinweise auf das Treiben der Schwarzen Degen aufzuschnappen.

In dieser Hinsicht hörte er jedoch wie vermutet kein Sterbenswörtchen; dennoch unterhielten sich zwei Gäste, die an einem nahen Tisch saßen, über etwas, das auch Damlo am Rande betraf.

»Er hat sich benommen wie ein Idiot«, sagte ein großer, dicker Mann zu seinem schmächtigen Freund.

»Vielleicht hatte er nur einen Unfall, und in Kürze taucht er wieder in Eria auf.«

»Aber klar! Und die Fische wachsen auf Bäumen!« spottete der Dicke.

»Ein Monat Verspätung, das ist doch zu diesen Zeiten nicht so außergewöhnlich! Und außerdem hatte er gar nicht vor, das Zentralmassiv selbst zu überqueren. Er sagte bloß, er würde es südlich von Taeliens Bogen umgehen.«

»Gehüpft wie gesprungen! Die Sache ist doch die: Wer sich allein auf den Weg nach Tevilan macht, der legt es ja geradezu darauf an, Ärger zu bekommen!«

»Er war nicht allein«, wandte der Schmächtige ein, »er hatte drei Leibwächter dabei!«

»Dann werden auch sie im Bauch von irgendeinem Troll gelandet sein.«

»Das ist doch nur Gerede. Die Trolle treiben sich weiter oben im Norden herum!«

»Mag sein, daß es bloß Gerede ist. Aber ich würde jedenfalls nur zusammen mit einer großen Karawane den Weg nach Tevilan in Angriff nehmen. Und mit einer ordentlichen bewaffneten Eskorte.«

»Du übertreibst wirklich!« Der Schmalbrüstige schüttelte den Kopf.

»Findest du? Dann frag mal unseren Freund! Und außerdem machen es jetzt schon alle so. Vorbei die Zeiten, als der König von Tevilan für Sicherheit auf den Straßen sorgte. Und ich habe gehört, daß auch Kamiat und Mettenal, weiter nördlich, mit den gleichen Problemen kämpfen.«

»Zu Kamiat kann ich nichts sagen, aber mir scheint, daß in Mettenal Bürgerkrieg herrscht.«

»Der ist wirklich nicht schuld. Alle drei Übergänge im Zentralmassiv sind unpassierbar geworden; dorthin kann man sich nur im Verband eines großen Zuges mit Geleitschutz wagen, so wie man es früher mal gehalten hat.«

Während die beiden ihr Gespräch fortsetzten, stand Damlo auf, beglich die Rechnung und kehrte umgehend zum Wagen zurück. Das, was er da gehört hatte, warf alle seine Pläne über den Haufen. Um nach Belsin zu kommen, mußte er das Zentralmassiv überqueren, und wenn sich sogar gewöhnliche Reisende zu umfangreichen Karawanen zusammenschlossen, dann hatte er – noch dazu mit den Schwarzen Degen an den Fersen – erst recht keine andere Wahl. Am folgenden Morgen würde er daher entgegen seines Vorsatzes in die Stadt fahren und sich einer Karawane anschließen.

Er schlief unter dem Wagen, und da er schon bezahlt hatte, fuhr er ohne mit jemandem zu sprechen los, als die Sonne aufging. Bei einem so frühen Aufbruch hoffte er, die Straßen leer zu finden, doch sehr bald schon mußte er sich in eine Kolonne von Fuhrwerken einordnen, die Gemüse auf den Markt brachten.

In Eria gab es zwar keinen Jahrmarkt, doch hier herrschte selbst vor den Mauern schon ein Alltagsgedränge, das jenes von Drassol in den Schatten stellte. Die Straßen waren dicht bevölkert, und alles drängte sich um die Läden und Verkaufsstände der täglichen Märkte. Überall bewegten sich Gespanne, Kutschen, Pferde und Menschen voran – und alle wollten als erste passieren, so daß sich Staus bildeten und lautstark gestritten wurde.

Bevor er in die eigentliche Stadt fuhr, hielt Damlo den Wagen unter der Mauer am Straßenrand an. Die weißen Mauern von Eria, dachte er und starrte sie mit offenem Mund an. In Waelton hatte Falno Gallaspessa im Unterricht des öfteren von ihnen gesprochen und ihre Schönheit wiederholt in den höchsten Tönen gelobt. Sie umschlossen die gesamte Stadt und stellten zusammen mit dem gigantischen imperialen Palast das stattlichste Gesamtbauwerk dar, das der Große König in der Hauptstadt hatte errichten lassen. Vom Militärhafen zog sich die Mauer allmählich nach oben bis auf die Felskuppe, auf der die königliche Festung, der Sitz vergangener Dynastien, emporragte. Und auf ihrer ganzen Länge – Damlo erinnerte sich nicht an die genaue Anzahl der Meilen – war sie sowohl innen als auch außen mit schneeweißen Marmorplatten bedeckt. Vom militärischen Gesichtspunkt aus eine Verschönerung ohne jeden Nutzen, hatte Gallaspessa erklärt, aber politisch gesehen sehr wirkungsvoll. Der weiße Marmor machte sie noch beeindruckender und flößte den Botschaftern und Würdenträgern aus dem Ausland, die das neue Imperium besuchten, höchste Achtung ein. Die Mauerkrone in gut hundert Fuß Höhe war mit Schwalbenschwanzzinnen geschmückt und zog den Blick des Betrachters nach oben, wo sie weiß leuchtend den ganzen Himmel zu erfüllen schien.

Damlo bewunderte sie eine ganze Weile, dann passierte er das Westtor der Stadt, dessen Maße selbst jene der für sich schon eindrucksvollen Portale von Drassol verblassen ließen. Die mächtigen bronzenen Torflügel waren in bebilderte Viertelkreise unterteilt, deren Reliefs den Jungen schier verzaubern wollten: Die Armee des Großen Königs schien zu leben und vermittelte den Eindruck, sich geradewegs aus dem Metall heraus an die Verfolgung der besiegten Heerscharen machen zu wollen.

Damlo durchquerte den Fuß der Mauer, der mehr als fünfzig Schritt mächtig war, und befand sich in der eigentlichen Stadt, ohne jedoch irgendeinen Unterschied zum Treiben auf der anderen Seite zu bemerken. Auch hier waren Straßen und Plätze von Fuhrwerken und Menschen verstopft, und alle schienen irgendeinem Ziel zuzustreben: Dort transportierte einer seine eigenen Erzeugnisse, da stritten sich ein zweiter und ein dritter um die Vorfahrt, und drüben feilschte ein vierter verbissen um den Preis einer Ware.

Verwirrung herrschte über allem, und in diesem Getümmel fühlte sich Damlo gar nicht wohl. Er war einfach nicht daran gewöhnt, unter so vielen Menschen zu sein, und das böse Erlebnis in Drassol hatte ihn tief geprägt. Außerdem wurde ihm klar, daß er wieder einmal einfältig gewesen war: Er hatte sich vorgestellt, bis in die Stadtmitte auf der Hauptstraße zu bleiben, von dort aus in Richtung Osten weiterzufahren und dann am Stadtrand nach einer Karawane Ausschau zu halten, der er sich anschließen konnte. Doch nun merkte er, daß Eria zu groß war, um einen Hauptplatz oder eine andere Art von echtem Kern zu besitzen. Darüber hinaus war der Verlauf der Straße alles andere als gerade. Die tausend Kurven um Gebäude und Plätze, zusammen mit den Dutzenden von Gabelungen, von denen aus gleichermaßen belebte Straßen weiterführten, verunsicherten den Jungen und ließen ihn die Orientierung verlieren.

Schließlich gestand er sich ein, daß er sich verirrt hatte. An dieser Stelle war die Straße von einem Gefährt versperrt, das eine Kurve zu eng genommen und einen Prellstein gestreift hatte, wobei ein Rad gebrochen war. Rundum drängten sich die Neugierigen, und Damlo beugte sich vom Kutschbock hinab, um sich an einen von ihnen zu wenden:

»Verzeihung, Herr, wo sammeln sich die Karawanen nach Tevilan?«

Der Mann war klein und rundlich und hatte ein kluges, freundliches Gesicht. Er musterte erst Damlo und dann den Wagen – eingehend. Schließlich antwortete er mit ruhiger, gesetzter Stimme: »Seltsam, mein Junge, daß du das ausgerechnet mich fragst, weil ich gerade dorthin unterwegs bin. Ich arbeite dort.«

»Was für ein Glück!« rief Damlo. »Ihr geht zu Fuß, Herr; wenn Ihr mir den Weg zeigt, könnt Ihr gern mitfahren.«

Der Mann lächelte und schwang sich höchst behende auf den Wagen. Eine Stunde später, nach einer Fahrt durch zahllose Gassen und Gäßchen, kamen die beiden zu einem riesigen Platz an der östlichen Peripherie von Eria. Sie hatten während der ganzen Fahrt miteinander geplaudert, und der Mann, der Tatini hieß, war von so sympathischem Wesen, daß er Damlo im Laufe dieser Stunde völlig für sich einnehmen konnte. Nicht nur, daß er mit vielen Episoden aus seinem eigenen Leben aufwartete, er zeigte sich auch sehr interessiert an jenem des Jungen, was diesen insofern etwas in Verlegenheit brachte, als das Märchen mit dem Onkel in Tevilan wohl nicht besonders sorgfältig ausgedacht war.

Ein Großteil des Platzes wurde von einer festen, zweigeteilten Einfriedung abgetrennt, in deren Innerem die eine Seite zur Gänze von Fuhrwerken in Anspruch genommen wurde, die andere hingegen von Pferden und Ochsen. Beim Zugang standen bewaffnete Männer, bei denen es sich zweifellos um Soldaten handelte. Doch ihr schlampiges Aussehen und gelangweiltes Verhalten erinnerte Damlo an die pecsanischen Wachposten an der Brücke über den Riguario. Andere Bewaffnete schlenderten müßig hierhin und dorthin, mischten sich unter die fliegenden Händler, unter Banden brüllender Jungen und auch unter die Kaufleute, die um die Plätze im künftigen Zug würfelten.

Überall befanden sich Menschen, aber der allgemeine Eindruck war einer von Nachlässigkeit und Chaos. Alles drehte sich um eine Reihe großer grauer Zelte, in denen, erklärte Tatini, Vereinbarungen getroffen wurden und wo sich die Leitung der Karawane, die gerade zusammengestellt wurde, befand.

»Du mußt dort drüben in das größte Zelt gehen«, sagte der kleine Mann und sprang vom Wagen, »und nach dem Karawanenführer fragen.«

»Wie heißt er?«

»Keine Ahnung«, lachte Tatini auf, »ich arbeite am Zaun. Frag einfach jemanden, er wird es dir gewiß sagen.«

Der Mann nahm Majestät am Zaum und führte ihn vor den Eingang zu dem großen Zelt, wo zwei Bewaffnete standen. Sie wirkten nur geringfügig weniger gelangweilt als ihre Kollegen weiter draußen.

»Bring den Wagen da weg«, sagte einer der beiden zu Damlo.

»Aber ich muß mit dem Karawanenführer sprechen!«

»Der ist nicht da.«

»Was heißt: er ist nicht da? Ich muß nach Tevilan!«

»Alle müssen irgendwohin.«

»Genau. Und ich muß nach Tevilan. Wo kann ich den Karawanenführer finden?«

»Der Konvoi ist schon komplett voll.«

»Wie soll eine Karawane voll sein? Das ist doch kein Wirtshaus!«

»Es hängt von der Zahl der Bewaffneten ab, über die sie verfügen«, flüsterte ihm Tatini ins Ohr. »Sie nehmen nur dann neue Wagen dazu, wenn sie genügend Männer als Eskorte haben.«

»Ist es sicher, daß kein Platz mehr frei ist?« fragte Damlo den Soldaten. »Ich muß dringend nach Tevilan! Es ist wirklich sehr wichtig!«

»Das Geld hast du?«

»Ja.«

»Na, dann trag dich in die Warteliste ein. Falls morgen irgendwer nicht zur Stelle ist, kannst du seinen Platz einnehmen.«

»Tu das!« riet ihm Tatini leise. »Für die, die auf der Liste stehen, machen sie oft eine Ausnahme.«

»Stehen schon andere drauf?« erkundigte sich der Junge.

»Klar.«

»Du mußt dich beeilen«, flüsterte Tatini. »Wenn es zu viele werden, nimmt der Karawanenführer nur die ersten auf der Liste!«

Damlo sprang vom Kutschbock und wollte das Zelt betreten.

»Was soll das? Wo willst du hin?« bellte der Wachposten.

»Ich will mich in die Warteliste eintragen.«

»Zuerst mal schaffst du uns den Karren vom Hals! Er blockiert die Durchfahrt.«

»Soll ich ihn in den umzäunten Teil bringen?«

»Dort dürfen nur die Mitglieder der Karawane rein. Du nicht.«

»Wo soll ich ihn dann lassen?«

»Wie soll ich das wissen!«

»Na gut, dann stelle ich ihn neben dem Zelt ab. Könnt ihr beide ein Auge darauf haben, während ich drinnen bin?«

»Also ich übernehme keine Verantwortung!« schüttelte der Soldat den Kopf.

»Wie soll ich es dann anstellen? Es ist doch entscheidend, daß ich mich gleich in die Liste eintrage!«

»Das ist deine Sache. Jedenfalls fährst du sofort den Wagen von hier weg.«

Tatini sah, daß Damlo begann, den Mut zu verlieren, und zog ihn beiseite. »Machen wir es so: Du trägst dich sicherheitshalber sofort in die Liste ein. Aber dann bleib drinnen und warte auf den Karawanenführer. Bitte ihn, dich schon heute abend in den Zug einzugliedern. Zeig dich verständnisvoll für die Unannehmlichkeiten, die du ihm damit bereitest und biete ihm an, die Kosten für die Schreibarbeit zu ersetzen, wenn du weißt, was ich meine. Das gelingt manchmal.«

»Ja, aber was ist mit dem Wagen?«

»Überlaß das mir. Ich bringe ihn vor das Gittertor der Umzäunung. Da ist das Abstellen zwar auch verboten, aber ich arbeite ja dort, und da werden sie keine Schwierigkeiten machen. Aber sobald du das Kennzeichen in der Hand hast, sieh zu, daß du rasch zu mir kommst. Einverstanden?«

»Ich weiß gar nicht, wie ich dir danken soll, Tatini.«

»Wenn du willst, kannst du mich heute abend zu einem Bier einladen. Und jetzt geh schon, wir sehen uns am Tor.«

Nach zwanzig Minuten traf der Karawanenführer ein. Er war beschwipst, recht fröhlich und nahm freudig den Aufpreis an, den Damlo ihm bot. Und so eilte der Junge aus dem Zelt, in der Hand das Kennzeichen, das ihn als Mitglied des Zuges auswies, und bahnte sich in Hochstimmung seinen Weg durch das Gewühl.

Doch als er an das Gittertor kam, war der Wagen der Zwerge nicht mehr da. Und als er sich rasch erkundigte, mußte Damlo erfahren, daß keiner der hier Tätigen je etwas von einem Tatini gehört hatte.

7

Den ganzen Tag lang irrte Damlo durch die Straßen von Eria. Er hatte keine Ahnung, wie oder wo er den Wagen suchen sollte, und das Entsetzen über den Verlust des Drachenzahns verhinderte jeden klaren Gedanken. Er war sich dessen verzweifelt bewußt, aber es fiel ihm einfach nichts Besseres ein, als in der nächsten Straße Ausschau zu halten, in der übernächsten und dann in der folgenden – immer in der Hoffnung, irgendwo zufällig Tatini und seine Beute zu erblicken.

Er verlor im Nu die Orientierung, fuhr jedoch unbeirrt fort, aufs Geratewohl eine Straße nach der anderen abzusuchen. Er sprach Passanten an und beschrieb ihnen das Gefährt, das Pferd und den Dieb, aber nur wenige Leute schenkten ihm überhaupt Beachtung. Und auch jene, die ihn anhörten, wußten nicht, wie sie ihm helfen sollten: In der Stadt gab es Hunderte von Wagen wie den seinen.

Gegen Abend fand sich der Junge müde und völlig durcheinander in der Hafengegend wieder. Er setzte sich auf den Boden, zog die Beine an und lehnte den Rücken an die Mauer eines Lagerhauses. Er sah den Leuten zu, wie sie an ihm vorbeigingen, aber ohne jegliches Interesse. Selbst das Bedürfnis, den einen oder anderen Fremden um Hilfe zu bitten, war ihm abhanden gekommen. Nach einer Weile schlang er die Arme um die Knie und legte die Stirn darauf. Der Stacheldegen, den er schräg zwischen die Füße geklemmt hatte, erinnerte ihn an den Schwanz eines geprügelten Hundes.

Lange blieb er ohne jede Regung so sitzen. Dann hörte er, wie sich neben ihm etwas bewegte, und ein kräftiger moschusartiger Geruch stieg ihm in die Nase. Obwohl deutlich verschieden von jenem, den Onkel Pelno Scalbulin gelegentlich verströmte, erkannte Damlo darin das herbe, stechende Aroma schwerer Arbeit wieder. Der Geruch war so stark, daß er durch die Nasenlöcher bis hinauf ans Schädeldach zu steigen schien. Trotz allem empfand ihn Damlo nicht als störend, denn er wirkte sauber und ehrlich.

Er hob den Kopf. Neben ihm, in regloser Stille, saß Rako.

Der Junge riß die Augen auf und setzte zum Reden an, doch dann fiel ihm auf, daß der schwarze Sklave ihn gar nicht ansah. Er saß einfach nur da und starrte ins Leere. Damlo hätte Lust gehabt, ihn zu umarmen, zusammen mit ihm zu singen, die Straße entlangzuhüpfen und vor Glück zu schreien und Purzelbäume zu schlagen. Aber er unterdrückte den Wunsch, denn irgendwie spürte er, daß angesichts der reglosen Beherrschtheit des Mannes ein solcher Gefühlsausbruch nicht am Platz gewesen wäre.

Damlo holte tief Atem. Warum tat Rako so, als kenne er ihn nicht? Weshalb benahm er sich so, als würde er, Damlo, nicht existieren? Offenbar war er zufällig hier vorbeigekommen und hatte ihn verzagt an der Mauer lehnen sehen. Warum setzte er sich neben ihn, wenn er ihn dann nicht beachtete?

Obwohl der Mann auf dem Boden hockte, strahlte er eine gewisse Würde aus; unwillkürlich und ohne es auch nur zu merken, richtete Damlo den Rücken gerade. Sofort schien in seiner Lunge mehr Platz für Luft zu sein, und so nahm er instinktiv einen langen und tiefen Atemzug. Irgend etwas löste sich in seiner Kehle und machte der Luft den Weg frei. Also holte der Junge erneut tief Atem, zwei, drei Mal – und plötzlich schien es ihm, als könnte er diesen quälenden Tag zur Seite und von sich schieben. Er entspannte die Schultermuskeln und spürte, wie seine ganze Sitzhaltung mit einemmal viel bequemer wurde, obwohl er nach wie vor den Rücken gerade hielt.

Rako fuhr fort, reglos ins Leere zu starren. Warum nahm er keine Notiz von ihm?

Und dann ging Damlo unversehens ein Licht auf: Der Mann wollte ihn auf etwas hinweisen! Ohne Worte zwar und auf andere Weise, als Onkel Pelno oder Falno Gallaspessa es getan hätten, aber dennoch erteilte ihm der Sklave soeben eine Lektion! Gewiß auf eine Art, wie es in seinem Heimatland Brauch war, aber durchaus verständlich.

Der Junge schickte sich an, die Körperhaltung des Schwarzen nachzuahmen und vor sich hin zu starren wie er. Eine Weile saßen sie beide so da – schweigend und ohne sich zu bewegen. Die Sonne ging hinter den Häusern drüben unter, und die Straße war fast schon menschenleer. Rundum herrschte nichts als Ruhe, und die fand Damlo nun auch in seinem Inneren.

»Der Sonnenuntergang ist die Stunde, wenn das Wasser erstirbt«, sagte Rako schließlich; er sprach langsam und mit feierlichem Ernst. »Blutig rötet sich der Himmel, aber der Mensch schnappt nach Luft und erfreut sich an den Farben.«

Damlo atmete tief ein.

»Das tut er, der Mensch«, wiederholte der Schwarze. Und dann fügte er nach einer bedeutungsvollen Pause hinzu: »Die Affen hingegen fürchten sich, wenn die Sonne untergeht.«

Der Junge nickte langsam und schwieg ein Weilchen, ehe er sich im gelassensten, würdevollsten Tonfall, den er zustande brachte, erkundigte: »Und was sind Affen?«

Doch Rako schwieg wieder.

»Wo ist dein Wagen?« fragte er schließlich mit ruhiger Stimme; es war mehr eine Feststellung als eine Frage.

»Er wurde mir gestohlen.«

Rako nickte. »Hast du nach ihm gesucht?«

»Den ganzen Tag.«

Der Sklave schwieg eine Weile und dachte nach. Er hatte sich immer noch keinen Zoll bewegt. »Hast du Fineris schon um Hilfe gebeten?«

»Fineris? Aber ...«

Plötzlich hätte sich Damlo am liebsten geohrfeigt. »Die Bettlerküste!« rief er.

Wieder nickte der Schwarze. Dann erhob er sich mit einer langsamen, geschmeidigen Bewegung – und erst jetzt sah er den Jungen an. »Ich muß gehen.«

»Warte!« schrie Damlo und sprang auf. »Wohin gehst du?«

»Nach Hause zu meinem Herrn.«

»Und ich, was soll ich jetzt tun? Wo finde ich dich wieder?«

»Hier.«

»Was soll das heißen – hier?«

»Das hier ist die Mauer des Lagerhauses. Das Wohnhaus steht auf der anderen Seite, aber ich schlafe hier. Das da ist mein Fenster.«

Rako schickte sich an zu gehen.

»Warte noch einen Augenblick! Wo kann ich Fineris antreffen?«

»Das weiß ich nicht«, antwortete der Sklave und blieb stehen. »Und ich weiß auch nicht, wo in der Stadt die Bettlerküste ihren Sitz hat.«

Damlo schluckte. »Na gut. Ich werde sie schon finden.«

Der Mann lächelte und setzte sich in Bewegung.

»Danke!« rief ihm Damlo hinterher.

Doch plötzlich kam ihm ein Gedanke, und er rannte dem Sklaven nach. »Warte!« sagte er. »Solltest du nicht gerade mit den Zwillingen in Kamsit sein?«

»Sie sind doch nach Hause zurückgekehrt«, erwiderte der Schwarze, ohne innezuhalten. Er hob die Schultern. »Es war die Angst vor ihrem Vater. Sie spucken nur große Töne. Leeres Blabla und nichts dahinter. So, und jetzt weißt du, was Affen sind.«

Es war nicht schwer, den Sitz der Bettlerküste zu finden. Auf den Hauptstraßen trieben sich immer noch zahlreiche Bettler herum, und schon der erste, an den Damlo sich zu wenden wagte, erwiderte das Geheimzeichen. Er mußte umkehren, erklärte der Mann, und bis zum Hafenmittelpunkt gehen, wo der Tempel des Seegottes stand. Die Küste hatte ihren Sitz an einem kleinen Platz dahinter, der an seinem Brunnen mit den vier steinernen Hechten zu erkennen war.

Damlo legte den gesamten Weg im Laufschritt zurück.

Der Tempel war ein stattlicher grauer Bau, umgeben von Dutzenden hoher, wuchtiger Säulen. Als er daran vorbeilief, erschien die große Zirbelkiefer von Waelton vor Damlos geistigem Auge. Der Unterschied zwischen diesen beiden geweihten Orten konnte nicht größer sein – und nicht nur vom ästhetischen Standpunkt aus gesehen. Der heilige Baum vermittelte Frömmigkeit, dieser Tempel hingegen flößte Furcht ein. Der Junge rannte an seiner Westfassade vorbei und dachte an die Einwohner von Eria. Was für eine Sorte von Göttern beteten sie bloß an, wenn sie ihnen so schwere, düstere Tempel bauten?

Der Platz erwies sich nicht als richtiger Platz, sondern nur als eine Stelle, wo sich die Straße zu einem mit Kopfsteinen gepflasterten Rechteck verbreiterte, an dessen Rand vier Bäume verdorrten und zwei morsche Bänke vor sich hin gammelten. Das Brunnenbecken hatte einen Sprung, einer der Hechte war zur Hälfte abgebrochen und der Ausfluß von Unrat verstopft, infolgedessen sich der Boden rundum in Schlamm verwandelt hatte.

Damlo klopfte vergeblich an vier Türen. Die fünfte, die aussah, als hätte man sie mit Gewalt in einen Winkel zwischen zwei Gebäuden gezwängt, erwies sich als die richtige. Jemand starrte durch das viereckige Guckloch, und der Junge machte das Zeichen der Bruderschaft.

Er erkannte, daß es sich nur um einen Hintereingang handelte, und so galt es, einen langen, gewundenen Korridor hinter sich zu bringen, ehe man tatsächlich am Sitz der Bettlerküste war. In der großen Halle stand ein Empfangstisch wie in Drassol, vor dem sich viele Leute drängten, und so mußte sich Damlo in die Reihe stellen.

Zappelnd vor Ungeduld wartete er darauf, daß er drankam, und nach einer Viertelstunde war er endlich bei dem Alten hinter dem Pult angelangt.

»Wer bist du und was willst du?« fragte der Mann in gelangweiltem Tonfall.

»Damlo, der Dieb«, antwortete der Junge – mit falscher Sicherheit in der Stimme und dem Gefühl, ein Lügner zu sein. »Und ich bin auf der Suche nach einer bestimmten Person.«

»Ich hab dich noch nie hier gesehen.«

»Es ist das erste Mal, daß ich in Eria bin.«

»Deine Nummer?«

»Welche Nummer?«

»Bist du sicher, daß du der Küste angehörst?« fragte der Alte und sah Damlo mißtrauisch an.

»Ganz sicher! Seit fast einem Monat!« rief der Junge.

»Wer hat dich eingeführt? Wer sind deine Paten?«

»Trax aus Drassol. Uwaen und Oljed.«

Der Mann riß die Augen auf. »Diese beiden? Paten bei einem wie dir?«

»Warum?« begehrte Damlo auf. »Was gefällt dir nicht an mir?«

»Schon gut, schon gut! Ich trage dich mit einer vorläufigen Nummer ein. Sobald die Bestätigung aus Drassol eintrifft, bekommst du eine eigene. Bis dahin kannst du nicht hier in der Niederlassung der Küste wohnen, aber wir haben ein Gästehaus zwei Blocks weiter. Wie lange willst du bleiben?«

»Ich hoffe, mich morgen früh einer Karawane anschließen zu können«, antwortete der Junge und zeigte das Kennzeichen her, das er erhalten hatte.

Der Alte warf einen kurzen, gelangweilten Blick darauf. »Wenn du heute nacht arbeitest, mußt du noch vor dem Verlassen der Stadt den Zehent entrichten.«

»Ich bin nur auf der Durchreise. Kennst du Fineris, den Mörder?«

»Habe ihn schon eine Weile nicht gesehen.«

»Kannst du mir sagen, wo er wohnt?«

»Diese Art von Information geben wir nicht her.«

»Und wie soll ich ihn dann finden? Es ist sehr wichtig!«

»Probier's in der Schenke, am Ende dieses Ganges. Frag den Wirt nach ihm.«

»Danke. Ach ja – kennst du zufällig auch einen Betrüger namens Tatini?«

»Das ist kein Betrüger. Er arbeitet mit Geldschränken und ist der beste Einbrecher der Stadt. Er ist gerade vorhin eingetroffen, den findest du sicher in der Schenke. Noch Fragen?«

Auf einmal schrecklich aufgeregt, schüttelte Damlo den Kopf, während der Alte etwas auf ein Blatt schrieb.

»Das ist nun erst mal deine Nummer«, sagte der Mann, reichte Damlo das Blatt und wandte sich schon dem nächsten in der Reihe zu.

Der Junge rannte den Korridor entlang, während ihm das Herz bis zum Hals klopfte. Wie sollte er an die Sache herangehen? Er konnte doch schlecht mit gezücktem Stacheldegen in die Kneipe stürzen – auch wenn er allergrößte Lust dazu hatte. Wahrscheinlich würde Tatini nicht allein sein, und jedenfalls war er in der hiesigen Bettlerküste eine wohlbekannte Figur. Er, Damlo, hatte hingegen nicht einmal eine endgültige Nummer!

Vor dem Betreten der Schenke blieb er stehen und warf einen raschen Blick durch die Tür, deren Flügel man entfernt hatte. Der Raum war viel größer als die Spelunke in Drassol und trotzdem gedrängt voll. Drei Bedienstete, schwer beladen mit Trinkkrügen, liefen zwischen den Tischen hin und her, und zwei weitere arbeiteten hinter dem langen Tresen aus massivem Holz. Wie in Drassol waren auch hier einige Sklaven beiderlei Geschlechts zu sehen, allesamt sehr jung.

Tatini saß mit dem Gesicht zur Tür in der Mitte des Raumes. Er befand sich in Gesellschaft von vier Freunden, mit denen er trank und aus voller Kehle lachte.

Damlo blieb eine Zeitlang vor der Schwelle stehen – ein Hindernis für alle, die eintreten oder die Schenke verlassen wollten. Der Lärm und die Düfte, die ihn aus der Gaststube kommend umwehten, lenkten ihn mächtig ab, während er sich den Kopf zerbrach, wie er vorgehen sollte – und plötzlich verspürte er einen übermächtigen Appetit auf geschmortes Kaninchen. Die Gemütsbewegung, die dadurch hervorgerufen wurde, war nur schwer zu verscheuchen. Doch es gab anderes, worüber er jetzt nachdenken mußte, sagte er sich: etwa, wie er an Tatini herankommen und was er dann tun sollte! Der Gauner sah in Damlos Richtung und hätte ihn erblickt, sobald er durch die Tür getreten wäre. Wie würde sich Tatini verhalten? Würde er alles abstreiten? Würde er Reißaus nehmen? Nein, aller Wahrscheinlichkeit nach würde er ihm, Damlo, ins Gesicht lachen – und seine Freunde würden lauthals einstimmen. Was sollte er tun? Was sollte er nur tun?

Plötzlich stieß ihn jemand von hinten an und preßte ihn gegen den Türpfosten. Eine Entschuldigung war nicht zu erwarten, ganz im Gegenteil: begleitet von Gegröle und Gejohle verstärkte sich der Druck auf seinen Rücken noch. Damlo wand sich, drehte sich um und versuchte, sich der Bedrängung entgegenzustemmen, aber es waren drei große, breite Besoffene, die unbedingt zugleich in die Gaststube eintreten wollten – und sie schoben Damlo vor sich her. Sie hatten einander untergehakt, und da die Türöffnung zu schmal war, schafften sie es nicht hindurch, was unbändige Heiterkeit bei ihnen auslöste. Dazu warfen sie einander in aller Freundschaft die ordinärsten Beschimpfungen an den Kopf.

Der Junge mußte seine ganze Kraft aufbieten, schließlich aber gelang es ihm, den dreien irgendwie auszuweichen. Augenblicklich rückte er seine Mütze sorgfältig zurecht, denn der Stoß hatte sie verschoben, und er hatte nicht vor, die Farbe seiner Haare zur Schau zu stellen. Dann schafften es die drei Kolosse endlich, sich durch die Tür zu zwängen, und ohne recht zu überlegen schlüpfte er dicht hinter ihnen in die Gaststube.

In dem Gedränge, das darin herrschte, ging es nur langsam voran, und Damlo achtete darauf, stets das Trio zwischen sich und Tatini zu halten. Schließlich kamen sie alle am Tresen an, und um Haltung zu bewahren, bestellte der Junge einen Krug Bier. Er wurde ihm vom Wirt persönlich vorgesetzt, der ihm die Hälfte seiner Kupfermünze zurückgab, nachdem er sie mit einem Handbeil entzweigehackt hatte.

Jetzt drehte ihm Tatini den Rücken zu. Damlo tat so, als würde er in dem Gewühl nach jemand Bestimmten Ausschau halten, und näherte sich dabei ganz langsam dem Tisch, an dem der Gauner saß.

»... Es ist nicht mein Metier, wie ihr wißt«, sagte der gerade, »aber der Wagen war voll beladen und die Gelegenheit einfach zu günstig. Ich schwöre euch, er hat mich geradezu auf Knien angefleht, ihn zu beklauen!«

Die vier Freunde brachen wieder in Gelächter aus, Damlo fühlte sich zutiefst beleidigt. Er war nun bis auf eine Handbreit an den Dieb herangekommen und hinter ihm stehengeblieben; in der Linken hielt er den Bierkrug am Henkel fest, und mit der Rechten malträtierte er den Griff des Stacheldegens.

»Hättet ihr Interesse an einer Partie Mäntel?« fragte Tatini in die Runde.

Damlo verschlug es den Atem. Er hatte nicht in Betracht gezogen, daß der Gauner die Beute verkaufen könnte! Und wenn er den Wagen bereits verscherbelt hatte? Möglicherweise an einen Unbekannten?

»Es ist Wolle aus Kurtin«, fuhr Tatini fort, »aber ich mache euch einen guten Preis, wenn ihr interessiert seid. Schließlich ist die kalte Saison längst vorbei.«

Der Junge spürte den Zorn in sich hochsteigen. Er fixierte den Nacken des Gauners, und das einzige, was ihm dabei in den Sinn kam, war, ihm den Bierkrug über den Schädel zu schlagen.

»Sag mal«, grinste einer von Tatinis Trinkkumpanen, der Damlo seit einer Minute zu mustern schien, »er hatte doch nicht etwa ein grünes Wams an, der Gimpel, den du um den Wagen erleichtert hast?«

»Doch, doch, das hatte er«, antwortete sein Gegenüber.

»Und eine rot-blaue Kappe auf dem Kopf?« fügte ein anderer aus der Runde hinzu.

Jetzt lachten sich alle vier krumm und sahen zu Damlo hoch, der immer noch hinter Tatini stand.

»Woher weißt du das? Kennst du ihn? Also hört mal, was ist denn nur los mit euch?«

Trotz seiner hellen Empörung konnte sich auch der Junge das Lachen nicht verbeißen. Doch nach einem Augenblick riß er sich wieder zusammen und leerte den Bierkrug über Tatinis Kopf aus.

Fluchend sprang der Gauner auf die Füße, schüttelte sich das Bier aus dem Haar und wischte sich mit dem Ärmel übers Gesicht. Dann fuhr er herum und riß Mund und Augen auf. Er sah aus wie ein toter Fisch.

Damlo hatte einen Satz rückwärts gemacht und hielt dem Dieb die Spitze seines Stacheldegens an die Kehle.

Schlagartig verbreitete sich Eiseskälte im Raum, während alle sich umdrehten, um zu sehen, was geschehen war. Eine

Sekunde lang herrschte angespanntes Schweigen, und dann fingen Tatinis Freunde an, gleichzeitig zu reden.

»Ruhig Blut, Junge!« rief einer.

»Mach keine Dummheiten!« ein anderer.

»Geh nicht auf ihn ein, Tatini!« warnte ein dritter.

»Bist du verrückt geworden? Denk daran, wo du bist!« rief der vierte Damlo zu.

»Ich weiß genau, wo ich bin!« brüllte der Junge. Die Lust zu lachen war ihm vergangen, und obwohl ihm bewußt war, daß er sich wie in seinen Spielphantasien aufführte, fuhr er fort zu schreien. Fuchsteufelswild. »Ich stehe vor demjenigen, der mir meinen Wagen gestohlen hat, und wenn er ihn mir nicht sofort zurückgibt, dann haue ich ihn entzwei!«

Tatini wurde aschfahl im Gesicht, aber einer seiner Kumpane fing an zu lachen. »Mit diesem Stöckchen?« fragte er.

»Es ist kein Stöckchen, aber selbst wenn es eines wäre, würde es reichen, ihm die Gurgel zu durchlöchern!«

Unvermutet sprach jemand hinter Damlos Rücken – mit leiser Stimme, unbewegt und dickflüssig wie kalter Honig: »Weißt du, was jemandem passiert, der in der Bettlerküste fremdes Blut vergießt?«

Nun schob sich die feiste Gestalt des Wirtes in Damlos Gesichtsfeld. »Man bricht ihm die Knochen der Arme und Beine mit einem Wagenrad. Alle zwölf. Dann wirft man ihn in einen Kanalschacht, wo ihn die Ratten nach und nach bei lebendigem Leib auffressen.«

Ein Schaudern überlief den Jungen, und vor seinem geistigen Auge tauchten die beiden Betrunkenen aus der Kneipe der Bettlerküste von Drassol auf. Jetzt wurde ihm klar, warum sie trotz der Wut und des Alkohols, den sie in sich gehabt hatten, aus dem Haus und hinaus ins Freie getorkelt waren, ohne einander zuvor auch nur anzurühren!

»Das habe ich nicht gewußt«, sagte er. »Ich bin neu hier.«

»Dann nimm dieses Stäbchen weg.«

»Einen Augenblick! Und mein Wagen? Was geschieht mit demjenigen, der ein anderes Mitglied der Küste bestiehlt?«

»Jetzt tu erst einmal, was ich dir sage, Junge, und steck dieses Ding weg«, entgegnete der Wirt. »Du hast Tatini bedroht. Wenn du ihm auch nur einen Kratzer zufügst – und sei's aus Versehen –, dann liegst du im Kanal, ehe du dich's versiehst.«

»Also gut, aber der Gauner hat mir meinen Wagen gestohlen!« rief Damlo und steckte eilig seinen Degen zurück.

»Wie konnte ich denn wissen, daß du einer von den Unsrigen bist?« knurrte Tatini und setzte sich wieder hin. Während das Bier langsam aus seinen Haaren herausgetröpfelt war, kehrte wieder Farbe in sein Gesicht zurück. »Ich dachte, du wärst gerade von irgendeinem Berg runtergestiegen! Du hast dich übertölpeln lassen wie der einfältigste Bauer!«

»Das würde mich wundern«, mischte sich jemand mit lauter Stimme ein.

Damlo drehte sich um und erblickte den Alten vom Empfangstisch. Offenbar hatte er seinen Dienst draußen beendet, denn jetzt lehnte er am Tresen, einen Krug Bier in der Hand.

»Weißt du, wer seine Paten sind?« fuhr der Alte fort. »Uwaen und Oljed!«

Nachdem Damlo seine Waffe weggesteckt hatte, waren alle wieder zu ihren eigenen Angelegenheiten zurückgekehrt. Jetzt hingegen drehten sie sich erneut um, während Tatini überrascht die Augen aufriß.

»Und wenn schon«, sagte der Wirt. »Aber jetzt mal angenommen, daß deine Beschuldigung zu Recht besteht, dann haben wir für solche Zwistigkeiten ja die ›Blinden‹.«

Damlos Blick war wohl sehr beredt, denn der Mann holte zu einer Erklärung aus, ohne daß der Junge darum bitten mußte. »Das sind vier weise Männer, denen die Küste die Beurteilung aller weniger schweren Streitfälle anvertraut. Wenn man sie darum ersucht und natürlich auch entsprechend bezahlt, nehmen sie sich aller kleineren Zwistigkeiten und Meinungsverschiedenheiten unter den Mitgliedern an.«

»Wir nennen sie ›die Blinden‹, weil sie niemandem ins Gesicht sehen«, schaltete sich einer der Gäste grinsend ein, »aber sie sehen uns genau! Das merkst du, wenn es ans Bezahlen geht.«

»Dann gehen wir dorthin!« rief Damlo. »Und zwar gleich, denn meine Karawane fährt morgen früh ab!«

Wie plötzlich wachgerüttelt sah sich Tatini um. Offenbar kam ihm erst jetzt zu Bewußtsein, daß er den Diebstahl zuvor schon vor allen Anwesenden zugegeben hatte.

»Also gut, gehen wir zu den ›Blinden‹«, seufzte er schließlich. Und dann murmelte er trübsinnig vor sich hin: »Tresorschlösser, damit kann ich umgehen. Aber wenn mir einer an die Kehle geht, werde ich ganz kopflos.«

Das Urteil war schnell gesprochen und lapidar: Sie waren beide schuldig – Damlo wegen der Einfalt, sich so bestehlen zu lassen, und Tatini, weil er sich nicht zuvor des Erkennungszeichens der Bruderschaft bedient hatte.

»Was getan ist, ist getan«, sagte der Greis in dem schäbigen Kämmerchen im Oberstock, der das Prüfungskollegium verkörperte, »und kann nicht mehr rückgängig gemacht werden. Tatini wird jedoch verpflichtet, Damlo mit einer Summe zu entschädigen, die der Hälfte des Wertes des Diebesgutes entspricht.«

»Nein!« schrie der Junge auf, was ihm einen strafenden Blick des Alten eintrug. »Entschuldigung«, fuhr er dann zurückhaltender fort, »aber für mich ist der Wagen unendlich wichtig! Könnte ich ihn nicht an Stelle des Geldes zurückhaben?«

»Warum liegt dir so viel daran?«

Die Frage traf Damlo unvorbereitet, und er zögerte einen Moment.

»Es ist wegen der Rückenlehne des Kutschbocks«, flunkerte er schließlich. »Morgen soll ich nach Tevilan aufbrechen, wo mich mein Onkel erwartet. Er ist Baumbildhauer von Beruf, und ich hoffe, daß er mich als Gehilfen bei sich aufnimmt. Die Rückenlehne ist meine Prüfungsarbeit, und es hat Monate gedauert, bis ich die Schnitzerei fertig hatte. Ich kann die Reise nicht ohne den Wagen fortsetzen!«

»Ich verstehe«, sagte der »Blinde«. »Aber dann hättest du ihn dir eben nicht stehlen lassen sollen. Das Urteil ist gesprochen. Wenn Tatini das möchte, könnt ihr jedoch auch ein anderes Abkommen treffen.«

»Bitte!« flehte der Junge. »Ich bin auch bereit, den Wagen zurückzukaufen!«

»Für wieviel?« fragte Tatini sofort.

»Das hängt davon ab, was von der Ware noch vorhanden ist.«

»Ich habe fast alles verkauft. Die Mäntel sind noch da, ein paar Waffen und etlicher Kleinkram.«

»Dann mußt du mir einen guten Preis machen«, verlangte Damlo.

»So gut kann er gar nicht sein, daß du ihn bezahlen könntest!« feixte Tatini. »Es sei denn, ich habe das Allerbeste bisher übersehen …!«

Damlo erschauerte, er dachte sofort an den Drachenzahn und die Edelsteine in ihrem Versteck.

»Ich kann dich sofort bezahlen«, versicherte er dem Gauner hastig.

Tatini blickte Damlo scharf an, drehte den Jungen sodann um seine eigene Achse und musterte ihn von oben nach unten, während der Alte geduldig wartete.

»Aha, ich verstehe, du trägst einen Geldgürtel unter dem Hemd!«

»Also, wieviel willst du für das, was von meinen Sachen noch übrig ist?«

Tatini fuhr noch ein Weilchen fort, ihn abschätzend zu betrachten, ohne zu antworten. Offenbar war er dabei, Berechnungen anzustellen. Dann schien er zu einem Entschluß zu kommen. »Zwanzig Goldstücke«, sagte er.

Sogar der »Blinde« zuckte zusammen.

»Soll das ein Witz sein? Der Wagen war selbst vollbeladen keine fünf wert!« stieß Damlo hervor und nannte die erste Ziffer, die ihm in den Sinn kam. »Ich kann dir zwei Goldstücke geben. Vergiß nicht, du hast schon einen Haufen Sachen zu Geld gemacht!«

»Das einzige, was ich nicht vergesse, ist die Rückenlehne, die du unbedingt brauchst. Aber in Anbetracht dessen, wer deine Paten sind, könnten wir möglicherweise zu einer anderen Einigung kommen.«

»Und zwar?«

»Heute nacht muß ich eine kleine Arbeit erledigen. Wenn du mir dabei hilfst, bekommst du alles, was noch vorhanden ist, für sieben Goldstücke zurück.«

»Du bist verrückt!« Er wollte schon hinzufügen: »Ich bin doch kein Dieb wie du«, hielt sich jedoch im letzten Augenblick noch zurück: Für die Bettlerküste war er ja genau das – ein Dieb.

»Ich habe bei weitem nicht deine Erfahrung«, sagte er statt dessen. »Ich würde dir nur Ärger machen.«

»Es ist eine ganz einfache Sache. Eigentlich sollte mein Sohn mitmachen, aber der hat sich heute morgen erwischen lassen. Und ich brauche einen schmal gebauten Jungen, begreifst du? Ich würde ja meinen Neffen nehmen, aber wenn du mitkommst, erspare ich mir das Gezeter meiner Schwester. Und im übrigen: wenn du den Wagen wiederhaben willst, dann ist das der Preis dafür, Punktum.«

»Aber warum ausgerechnet ich? In der Bettlerküste wird es doch Hunderte von Jungen wie mich geben!«

»Erstens kostest du mich nichts – ganz im Gegenteil, du bezahlst mir noch was. Zum zweiten muß ich diesen Auftrag heute nacht erledigen und ich habe keine Zeit, mir einen anderen Jungen zu suchen. Drittens war Oljed mal mein Lehrer, und der Gedanke, mit einem seiner Schüler zusammenzuarbeiten, macht mir Spaß.«

Damlo wurde klar, daß er in der Falle saß. Die Vorstellung, einen echten Diebstahl zu begehen, erschreckte ihn. Doch er hatte keine andere Wahl.

»Hör mal, daß ich viel zuviel bezahlen muß, um mein Hab und Gut wiederzubekommen, ist die eine Sache«, versuchte er es von neuem. »Aber das Risiko, im Kerker zu landen, eine ganz andere!«

»Na gut, dann bleiben wir beim Urteilsspruch des ›Blinden‹. Ich zahle dir die Hälfte von dem, was der Wagen wert ist, und adieu.«

»Zehn Goldstücke«, schaltete sich der Alte feixend ein. »Die Hälfte deiner eigenen Einschätzung.«

Tatini warf ihm einen giftigen Blick zu, während Damlo sich zurückhielt, um nicht laut aufzulachen. Das war zwar eine schöne Summe, aber er konnte sie nicht annehmen: Im Wagen befand sich der Drachenzahn; er konnte ihn nicht verkaufen.

»Ich komme mit dir«, entschied der Junge seufzend. »Aber ich will alles zurückhaben, ohne etwas zu bezahlen.«

»Sieben Goldstücke.«

»Mit sieben Goldstücken kann ich mir einen anderen Wagen kaufen und einen Holzschnitzer beauftragen, die Rückenlehne neu anzufertigen!«

»Also gut, dann vier, der Teufel soll dich holen!«

»Einverstanden«, nickte Damlo. »Aber du mußt mir alles sofort zurückgeben.«

»Na klar doch!« schnaubte Tatini sarkastisch. »Damit ich ganz sichergehen kann, daß du dich an unsere Abmachung hältst und brav mit mir kommst!«

»Und wie soll ich wissen, daß ich alles zurückbekomme, nachdem ich dir geholfen habe?«

»Schließt doch einen Bettlerküstenpakt«, schlug der Greis vor, der sich allem Anschein nach königlich amüsierte.

»Und was soll das sein?« erkundigte sich Damlo.

»Das ist eine Vereinbarung, deren Einhaltung von der Bettlerküste garantiert wird«, erklärte der Alte. »Was bedeutet: Wer sich nicht daran hält, wird von ihr verfolgt und umgebracht.«

»Bis in den letzten Winkel der Erde«, fügte Tatini hinzu und durchbohrte Damlo mit seinem Blick. »Denn die Bettlerküste gibt es auf der ganzen Welt.«

»Sehr gut!« rief der Junge. »Schließen wir also diesen Pakt!«

Der »Blinde« setzte ihn auf, und die beiden Gegner unterzeichneten ihn mit Namen und Nummer. Dann bezahlte Damlo Tatini, und beide übergaben dem Alten drei Silbermünzen als Lohn für seinen Schiedsspruch.

Der Dieb hatte den Wagen vor den Ställen der Bettlerküste abgestellt; nachdem er ihn Damlo übergeben und einen Zeitpunkt für das nächtliche Treffen mit ihm vereinbart hatte, ging er seiner Wege.

Der Junge hingegen öffnete zuallererst das Geheimfach mit den Edelsteinen. Sie waren alle da. Also mußten auch Britelvorills Schuppe und Zahn noch vorhanden sein, denn, so überlegte Damlo, wäre Tatini auf einen doppelten Boden unter dem Wagenkasten gestoßen, hätte er wohl auch den Rest des Gefährtes genauestens untersucht und die kostbaren Steine entdeckt. Doch obwohl sich gerade niemand im Stall aufhielt, konnte jede Sekunde jemand eintreten, und so fand Damlo es nicht klug, sich gerade jetzt auf die Suche nach dem Öffnungsmechanismus des Verstecks zu begeben.

Er nahm sich aber fest vor, gleich am nächsten Morgen seinen Inhalt zu kontrollieren, und ging daran durchzusehen, was von der Ladung übriggeblieben war. Unendlich traurig bemerkte er, daß die Laute und der wunderbare Elfenbogen Uwaens verschwunden waren, ebenso wie die Armbrüste und alle Waffen, die Irgenas nicht bei sich gehabt hatte, als er vom Wagen gefallen war. Doch den schwarzen Degen hatte Tatini glücklicherweise noch nicht verscherbelt; es schauderte Damlo, wenn er daran dachte, daß ein eventueller Käufer damit unwissentlich eine Waffe in Händen gehalten hätte, die mit einem diabolischen Zauber belegt war.

Es blieben die Umhänge und Teile des Wagenzubehörs, darunter das Wasserfaß, eine Schaufel und die Spitzhacke; darüber hinaus einige leere Kisten, ein paar Krüge mit Öl, die Laterne und etliche andere Kleinigkeiten. Auch der Beutel mit Clevas' Kräutern war noch da, den Damlo mit Wehmut im Herzen auf den Kutschersitz legte. Er behielt ihn während der ganzen Fahrt zum Lagerhaus der Zwillinge neben sich.

Dort angekommen hielt er unter Rakos Fenster an und warf ein Steinchen gegen die Läden. Als der Schwarze den Jungen auf dem Wagen sitzen sah, überzog sich sein Gesicht mit einem breiten Lächeln.

»Bevor ich abreise, muß ich noch etwas erledigen«, erklärte Damlo, »und ich brauche einen Platz, wo ich den Wagen so lange unterbringen kann. Darf ich ihn dir anvertrauen?«

»Klar«, nickte der Sklave. »Bis wann?«

»Bis morgen früh«, sagte Damlo. »Hoffe ich wenigstens.«

Der Schwarze nickte wortlos.

»Ich mußte ihn zurückkaufen«, setzte der Junge Rako ins Bild. »Und als Bezahlung verlangt der Dieb, daß ich ihm bei einem seiner Vorhaben helfe.«

Der Sklave nickte wieder, wobei er Damlo unverwandt in die Augen blickte.

»Es ist nur für diese Nacht und es soll nicht gefährlich werden«, fügte der Junge rasch hinzu und fragte sich, weshalb er sich so gedrängt fühlte, Rako zu beruhigen. »Sonst hätte ich auch nicht zugestimmt, denn meine Karawane bricht morgen auf.«

»Dann hoffe ich für dich, daß du die Abfahrt nicht versäumst«, sagte der Sklave leise. »Den Wagen bringe ich im Lagerhaus unter. Ohne meine Erlaubnis geht da niemand hinein, und alle deine Sachen können dort bleiben, bis du kommst und sie abholst.«

Zurückgekehrt in die Bettlerküste, marschierte Damlo in die Kneipe, um auf Tatini zu warten. Er setzte sich an einen Einzeltisch in einer nicht einsehbaren Ecke, bestellte etwas zu essen und fragte sich, was er für den angeblichen Meistereinbrecher wohl tun sollte. Es war ihm völlig klar, daß er dadurch riskierte, ins Gefängnis zu kommen, aber wenn er den Drachenzahn seiner Bestimmung zuführen wollte, durfte er keinen Rückzieher machen. Außerdem hatte er ja auch einen Pakt der Bettlerküste unterschrieben!

Vielleicht, so versuchte er sich einzureden, sah er die Lage schwärzer, als sie war. Tatini suchte einen möglichst mageren Jungen, also handelte es sich vermutlich darum, sich durch ein schmales Fenster in ein Haus einzuschleichen, um dem Gauner dann von innen die Tür zu öffnen. Er, Damlo, war ein Virtuose im Leisetreten ...

Nun – und wenn man ihn doch dabei ertappte? Uwaen hatte es damals, in seiner Kammer in Drassol, getan. Aber gut, Uwaen war Brabantis, und daher war es nicht einfach, ihn hinters Licht zu führen.

Ja, ja – aber wenn sie ihn nun doch erwischten?

Schon stellte er sich vor, seinen Zauberdegen gegen eine arme verschreckte Frau oder einen unschuldigen Sklaven zu schwingen, und die Vorstellung, anderen Angst einzujagen, gefiel ihm nicht. Angst? Vor ihm? Aber – wenn ihm andererseits nun plötzlich der Herr des Hauses gegenüberstand? Am Ende bewaffnet? Der Mann wäre im Recht, und ... auf Seiten des Unrechts zu kämpfen, um das eigene Leben zu retten? Und wenn er den Mann umbrächte?

Nein, entschied Damlo, er konnte es nicht riskieren, bewaffnet in ein fremdes Haus einzusteigen. Er sprang auf und ging zum Tresen.

»Gibt es hier eine Möglichkeit, einen Gegenstand sicher zu verwahren?« fragte er den Wirt.

»Du kannst ihn bei mir lassen, Junge«, lautete die Antwort.

»Sicher. Warum sollte ich dich schließlich nicht für vertrauenswürdig halten? Willst du auch mein ganzes Geld, wenn wir schon dabei sind?«

Der Mann brach in Lachen aus und erklärte Damlo, daß es im Obergeschoß Schließfächer gäbe, die den Mitgliedern der Bruderschaft zur Verfügung stünden. Gegen Bezahlung natürlich. Sie wurden von einem bewaffneten Posten bewacht, waren aus Metall und besaßen ein Schloß.

»Was völlig unnötig ist«, schloß der Wirt und grinste von einem Ohr zum anderen, »denn eines davon aufzubrechen würde als Beleidigung der Bettlerküste gelten, und es gibt angenehmere Methoden, sich umzubringen.«

Als Tatini in die Gaststube trat, war Damlo unbewaffnet. Mit wackeligen Knien stand er vom Tisch auf.

»Hör zu, ich habe dich gewarnt!« sagte er, als sie aus dem Haus traten. »Ich bin nicht sehr mutig, und ich bringe dich mit Sicherheit in irgendein Schlamassel!«

»Es ist doch ganz einfach, du mußt dich nur zwischen Gitterstäben hindurchquetschen, um in einen Garten zu kommen.«

»Das ist alles? Warum gehst du nicht über die Mauer?«

»Die ist sehr hoch, und auf der Krone sind Igel.«

»Igel?«

»Aus Eisen. Sie haben Spitzen in alle Richtungen, und ich kann nicht riskieren, mir die Hände zu verletzen. Deswegen verwende ich auch keine Seile, um irgendwo hochzuklettern. Ich beschäftige mich nur mit Schlössern, die Hände sind mein Arbeitsgerät.«

Die Mauern von Eria umschlossen nur einen kleinen Teil der

Stadt, und während der Nachtstunden wurden bloß Fahrzeuge von den Wachen angehalten. Damlo und Tatini marschierten eine gute Stunde immer weiter in Richtung Süden, nachdem sie das Südtor passiert hatten; anfangs ging es noch durch Gassen und Gäßchen und dann über eine Anzahl breiterer Straßen, bis sie zu einer Hauptstraße kamen, die sich zwischen den Hügeln dahinwand.

Die Stadt veränderte nach und nach ihr Gesicht, je weiter hinauf sie stiegen: Die großen Wohnhäuser und mit Pferdeäpfeln übersäten Fahrbahnen machten Villen Platz, die von Grün umgeben waren und an deren Einfriedungsmauern breite und recht saubere Straßen vorbeiliefen. Da und dort, zwischen einem Grundstück und dem anderen, traf man auch auf nicht umzäunte Wiesen und Wäldchen.

Ungeachtet der späten Stunde fuhren gelegentlich Kutschen voller lauter, fröhlicher Menschen vorbei. Sie waren stets sehr schnell unterwegs und zwangen die beiden Fußgänger jedesmal, rasch zur Seite zu springen, um nicht unter Rösser und Räder zu kommen. Wie in Laria drangen Damlo des öfteren Musik, laute Stimmen und der dazugehörige Festlärm aus den Gärten ans Ohr.

»Hier sind wir im höher liegenden Stadtviertel«, erklärte Tatini, »wo die vornehmen Leute wohnen, wenn sie nicht gerade auf ihren Landsitzen sind. Ihre Kinder lassen es hoch hergehen – auch in diesen schwierigen Zeiten. Sie haben die Angewohnheit, von Zeit zu Zeit von einer Villa in die nächste zu wechseln, und dieser Verkehr auf den Straßen kann uns nur recht sein.«

»Wie lange bereitest du diesen Einbruch schon vor?« erkundigte sich Damlo.

»›Coup‹, Junge. ›Coup‹. Rede nicht wie ein Amtsschreiber!«

»Also gut, Coup. Wie lange arbeitest du schon daran?«

»Seit wenigen Tagen. Es ist keins von meinen eigenen Vorhaben, sondern eine Auftragsarbeit.«

»Was müssen wir stehlen?«

»Das geht dich nichts an. Deine Aufgabe beschränkt sich darauf, das Eisentor in einer Parkmauer von innen zu öffnen.«

»Also muß ich nicht mit dir zusammen in ein Haus einsteigen?«

»Das mach ich allein.«

»Und ich? Was soll ich tun, während du weg bist?«

»Du wartest auf mich«, antwortete Tatini. »Ich muß einen Gegenstand an mich nehmen, ihn bei einer gewissen Person abliefern und dann zurückbringen. Während ich weg bin, könnte jemandem auffallen, daß das Tor offensteht, und er könnte es schließen. In diesem Fall müßtest du noch einmal in den Park schlüpfen und es mir öffnen.«

»Wie lange werde ich warten müssen?«

»Nur kurz. Man erwartet mich in einer Villa ganz in der Nähe.«

Damlo war erleichtert. Letzten Endes handelte es sich also nicht um eine schwierige Aufgabe. Und das Licht des Mondes erhellte alles recht gut. Während er hinter Tatini eine Wiese überquerte, fielen dem Jungen die Obstgärten der Venaraggio in Waelton ein; in jedem beliebigen Park, das wußte er, würde er sich wohler fühlen als in irgendeinem Haus.

»Gibt es Hunde?« fragte er auf einmal.

»Ja, aber heute nacht werden sie eingesperrt bleiben. Ich bekomme Unterstützung von jemandem im Schloß. Und jetzt sei still, wir sind gleich da.«

Damlo spürte, wie ihm eine Welle der Angst durch den ganzen Körper lief – jedoch auch begleitet von einer sonderbaren Erregung.

Am Ende der Wiese befanden sich einige Pappelreihen, zwischen denen dichtes Gestrüpp wucherte. Hier versteckten sie sich. Jenseits der Pappelbestände war eine sorgfältig gekehrte Straße zu erkennen, an deren anderer Seite eine Mauer entlanglief. Sie war etwa zwanzig Fuß hoch und dicht bestückt mit

Eisenspitzen, die büschelartig aufgesetzt waren. Etwa fünfzig Schritt weiter sah Damlo einen Nebeneingang, der zwischen zwei Steinsäulen gezwängt war. Weit und breit war niemand zu sehen, also überquerte Tatini die Straße.

»Dies hier ist die Westmauer des Parks«, erklärte er. »Das Schloß befindet sich zirka zweihundert Schritt nordöstlich von hier.«

Leise näherte er sich dem Seitentor und warf einen Blick durch das kleine Eisengitter, das als Guckloch diente. »Niemand in Sicht.«

»Und wie soll ich es öffnen?« fragte Damlo.

»An der Innenseite findest du einen Riegel. Es reicht, wenn du die Stange hochziehst. Zuerst aber …« Er drückte gegen die Torflügel, die mit Eisenbändern verstärkt waren.

»Was ich befürchtet habe«, nickte er dann. »Mein Helfer hat es nicht geschafft.«

»Haben sie ihn geschnappt?« Die Frage kam so hastig, daß Damlo den halben Satz verschluckte.

»Nein. Er hat mir versprochen, daß er versuchen würde, das Tor zu öffnen, aber wie es aussieht, hatte er keine Möglichkeit dazu. Und jetzt ruhig Blut: je mehr man sich aufregt, desto größer wird die Gefahr, einen Fehler zu begehen.«

»Entschuldige. Aber ich sagte dir ja von Anfang an, daß ich nicht sehr mutig bin.«

»Was ich von dir will, ist eine lächerliche Kleinigkeit, und wenn du dich nicht von der Aufregung zerfressen läßt, schaffst du das mit links«, erwiderte Tatini mit einem Seufzer. »Und jetzt komm zum Gitter.«

Sie marschierten fast eine halbe Meile in südlicher Richtung an der Mauer entlang und folgten ihr auch, als sie nach Osten abschwenkte. Gute hundert Schritt weiter blieb Tatini an einer Brücke stehen. Sie führte über einen Bach, dessen Wasser durch einen massiven Eisenrost, der fest in der Mauer verankert war, in den Park floß. Auf einer Seite jedoch sah man einen kleinen offenen Durchlaß, wo jemand den Kalk und die Ziegel ausgehöhlt hatte.

»Das Ding ist verdammt solide gebaut«, knurrte Tatini, »das Gitter reicht fast einen Fuß weit ins Gemäuer. Zwei ganze Nächte haben wir für dieses Loch gebraucht, und am Ende hat mein Junge auch nur mit Mühe durchgepaßt. Ein Glück, daß du noch dürrer bist.«

»Kann's losgehen?« fragte Damlo, der es kaum erwarten konnte, diese unangenehme Pflicht hinter sich zu bringen.

»Wir warten ab, bis die Wache auf ihrem Rundgang vorbeikommt; so muß ich nicht auf irgendeinem Umweg zum Tor zurückschleichen.«

Die beiden sprangen von dem niedrigen Deich herunter und kauerten sich auf einen schmalen trockenen Streifen unter der Brücke.

»Um zum Tor zu kommen, laufe ich einfach innen an der Mauer entlang, richtig?« fragte Damlo.

»Nicht sofort. Der südliche Teil des Parks ist halb verwildert und dicht mit Dornengestrüpp überwuchert, unter dem sich sogar Ruinen befinden. Es heißt, es bringt Unglück, sich dort aufzuhalten. Du mußt den Bach ungefähr dreihundert Schritt entlanggehen und wenn er zum See hin abbiegt ...«

»Moment mal – der See liegt nördlich von uns, und der Bach fließt in dieselbe Richtung! Warum sollte er dann eine Biegung machen?«

»Nicht der Eria-See. Es ist ein künstlicher See in der Mitte des Parks. Sobald du den sehen kannst, gehst du Richtung Westen weiter. Von dort aus sind es dann noch etwa dreihundert Schritt bis zum Tor, aber in diesem Teil stehen viele Bäume, hinter denen man sich gut verstecken kann.«

»Wozu? Gibt es denn im Inneren des Parks auch Wachen?«

»Bevor du nach Westen abbiegst, kommst du an ihren Unterkünften vorbei. Aber solange du an diesem Ufer des Baches bleibst, hast du nichts zu befürchten«, versicherte ihm Tatini.

»Gibt es noch etwas, das ich wissen muß?«

»Ich glaube nicht. Im Park stehen auch einige Pavillons, aber die werden nur bei Festlichkeiten benutzt. Wenn du den Weg nimmst, den ich dir beschrieben habe, wirst du sie nicht einmal zu Gesicht bekommen. Und jetzt sei still, da kommt die Wachpatrouille.«

Die Soldaten querten langsam die Brücke, deren Balken unter den Hufen der Pferde erdröhnten. Dann entfernte sich der Schein ihrer Laternen, bis er völlig verschwand.

Zwischen den Eisenstangen des Gitterrostes und dem abgebröckelten Mauerstück war sehr wenig Platz, und Damlo hatte die größte Mühe, sich durch die Öffnung hindurchzuzwängen.

»Falls irgend etwas passieren sollte«, hob Tatini von neuem an, »bleibst du auf dieser Seite des Sees und rennst in südlicher Richtung. Das ist der einzige Fluchtweg, denn am anderen Ende des Parks befinden sich die Stallungen und die Unterkünfte der Ehrengarde.«

»Ehrengarde? Wer wohnt hier eigentlich?« fragte der Junge mißtrauisch.

»Ein hohes Tier, aber das braucht dich nicht zu kümmern. Alles, was dich angeht, ist der Riegel des Tores. Und jetzt mach dich auf die Beine. Ich möchte drinnen sein, bevor die Wache beim nächsten Rundgang um die Mauer wieder auftaucht!«

Damlo drehte sich um und drang in den Park ein. In gewisser Weise war es wie zu Hause: wo man hinsah Buchen, Ulmen, Eschen und Eichen. Obwohl überall Dornengerank wucherte, war das Unterholz weniger dicht als erwartet. Man merkte, daß sich dieser Teil des Parks selbst überlassen blieb, aber er war ganz gewiß nicht undurchdringlicher als der Wald rund um Waelton.

Durch das Geäst fiel ausreichend Licht, um den Weg zu erkennen, und Damlo folgte dem Bach. Er kam an den Ruinen vorbei, die er ziemlich enttäuschend fand. Es handelte sich um nicht mehr als eine Anzahl halb im Erdreich versunkener Quadersteine und einen alten, mit morschen Brettern bedeckten Brunnenschacht. Damlo versuchte, die Aura des Fluches wahrzunehmen, der angeblich über diesem Ort lag und den Tatini erwähnt hatte, aber die Atmosphäre hier erschien ihm eigentlich recht freundlich.

Er kämpfte sich weiter voran, und nach etwa zehn Minuten erblickte er auf der anderen Seite des Baches undeutlich die Unterkünfte der Soldaten. Es waren zwar Lichter zu sehen, sonst aber keine Menschenseele. Ein Stück weiter verwandelte sich der Wald unversehens in einen Garten. Auf den jetzt größeren Abständen zwischen den Bäumen wuchs Rasen statt Gestrüpp, und das, was an Sträuchern noch vorhanden war, hatte man ordentlich zurechtgestutzt. Gleich danach bog der Bach zum See hin ab, der in etwa hundert Schritt Entfernung im Mondlicht glänzte. Rund um den See dehnte sich eine wohlgepflegte, weite Rasenfläche aus, die von einigen Wegen, einem üppigen Rosengarten und wenigen Gruppen hoher Bäume unterbrochen wurde. Nur das friedliche Gurgeln des Baches brachte Leben in die Stille der Nacht, und die reglose Luft war vom Duft der Rosen erfüllt.

Damlo lenkte seine Schritte in Richtung Westen, wo es zur Mauer gehen sollte, wobei er mit Absicht jenen Weg wählte, wo die Vegetation am dichtesten wucherte. Sein Mund war staubtrocken, und alle paar Sekunden warf er einen wachsamen Blick ins Innere des Parks. Mit einemmal war ihm, als würde er eine Gestalt ausmachen, die sich in der Ferne zwischen den Bäumen hindurchbewegte. Er hielt inne und gab sich alle Mühe, scharf hinzusehen; da verschwamm jedoch alles vor seinen Augen, und er sah gar nichts mehr. Also setzte er sich wieder in Bewegung.

Endlich war er am Tor angelangt, von dem aus eine schmale Erlenallee ins Innere des Parks führte. Hier lag alles in fast völligem Dunkel.

»Da bin ich!« flüsterte der Junge und reckte den Hals, um durch die kleine vergitterte Sichtöffnung zu lugen.

»Beeil dich!« knurrte Tatini zurück. »Da hat sich irgendwas gerührt, das gefällt mir nicht!«

Damlo tastete nach dem Riegel. Gerade hatte er ihn gefunden, als scharfe Töne alarmierend die Nacht durchschnitten. Irgend jemand schlug mit einer Metallstange gegen ein Eisentriangel, und das harte Geräusch schrillte durch den ganzen Park. Damlo hatte das Gefühl, jeder Schlag dringe ihm wie eine scharfe Spitze ins Gehirn.

»Irgendwas ist schiefgegangen!« stieß Tatini hervor. »Mach auf, flott, flott! Nichts wie weg hier!«

Der Junge zog mit aller Kraft, doch der massive Eisenbolzen hob sich keinen Viertelzoll.

»Er ist festgefressen!«

»Es wird ein Stein sein, der darunter liegt, oder einfach der Dreck. Mach schnell, bei allen Göttern, mach schnell!«

Vor Angst dröhnten Damlo die Ohren, als er sich zu Boden fallen ließ und mit den Fingern unter der Verriegelung herumzustochern begann. Er fegte Erdreich zur Seite, Steinchen und einiges Laub, und wußte dennoch von Anfang an, daß das alles nicht die Ursache dafür war, daß der Bolzen klemmte.

»Rasch!« drängte Tatini. »Leute kommen!«

Wirklich waren jetzt aus dem Inneren des Parks Schreie zu hören. Schon etwas außer Atem von der Anstrengung richtete sich Damlo wieder auf und zog erneut mit aller Kraft an der Verriegelung.

»Es rührt sich nicht! Es rührt sich einfach nicht!«

Alle Muskeln angespannt und mit gebeugtem Rücken zerrte der Junge an der Stange, doch sie wollte sich nicht lösen. Von Panik ergriffen begann Damlo, daran auf und ab zu rütteln, ohne das Geräusch zu beachten, das er dabei verursachte. Jetzt waren in der Ferne schon Fackeln zu erkennen, und die Schreie kamen immer näher.

»Verschwinde, Junge!« rief Tatini. »Lauf denselben Weg zurück, den du gekommen bist, und verlier nicht den Kopf! Du hast genügend Zeit zur Flucht! Wir sehen uns in der Bettlerküste!«

»Warte! Wo gehst du hin? Laß mich nicht allein!«

»Sie schnappen mich, wenn ich hierbleibe! Also los, verschwinde! Verlier keine Zeit!«

Immer noch festgeklammert am Tor hörte Damlo an den hastigen Schritten, wie Tatini draußen Fersengeld gab. Er drehte sich um, und was er sah, legte sich wie eine Eisenklammer um sein Herz: Im ganzen Nordteil des Parks wimmelte es von Männern mit Fackeln und Laternen – und auch aus dem Südteil drangen Schreie und gebrüllte Befehle herüber.

Damlo rannte los. Er hatte nicht mehr die Zeit für eine Rückkehr auf genau dem gleichen Weg, den er gekommen war, also hielt er geradewegs auf die Biegung des Flüßchens zu, indem er eine Abkürzung quer durch den Park zum Südufer des Sees nahm. Er rannte weiter, auch als er schon völlig außer Atem war, denn jedesmal, wenn er sich umdrehte, waren die Lichter ein wenig näher gekommen.

Plötzlich standen die Bäume dichter beieinander, und bald darauf kam der Junge auf eine kleine Lichtung, in deren Mitte sich ein niedriger Holzbau befand. Einer der Pavillons, stellte Damlo fest; von dieser Stelle aus waren die Lichter der Verfolger nicht zu sehen, und einen Augenblick lang spielte der Junge mit dem Gedanken, sich hier zu verstecken.

Und dann stand er plötzlich vor einem Mann. Halbnackt wankte er wie ein Betrunkener über das Gras der Lichtung, und als er Damlo erblickte, torkelte er mit ausgestreckten Armen, die Finger wie Krallen gekrümmt, auf Damlo zu.

»Komm«, stöhnte er mit heiserer Stimme. »Komm her!«

Dem Jungen zitterten die Knie. Wie versteinert starrte er dem Mann entgegen, der auf ihn zukam. Die Ruinen wären mit einem Fluch belegt, hatte ihm Tatini verraten, und dieser

Mensch bewegte sich tatsächlich wie ein Geist – oder wie ein auferstandener Toter …

Gerade noch rechtzeitig, bevor ihn der Mann packen konnte, riß sich Damlo zusammen. Er sprang zur Seite und lief, während ihm der Betrunkene auf unsicheren Beinen folgte.

»Wo willst du denn hin? Komm her!« wiederholte er gurgelnd.

Der Mann war bei weitem zu langsam, um Damlo gefährlich zu werden, und der Junge ließ ihn leichtfüßig hinter sich. Er umrundete den Holzbau, wobei er bemerkte, daß die Eingangstür von außen verriegelt war. Er lief daran vorbei und wandte sich in Richtung Süden. An der gegenüberliegenden Ecke des Pavillons befand sich ein eingeschlagenes Fenster, und eine Sekunde lang fragte sich der Junge, ob es wohl empfehlenswert wäre, da hineinzuklettern und sich im Inneren des Gartenhauses zu verstecken. Doch dann entschied er sich, in den Schutz der dicht stehenden Baumstämme zurückzukehren: Er wollte nicht plötzlich in einer Falle sitzen.

Also rannte er auf die Bäume zu, wobei er noch im letzten Augenblick einem riesigen Stapel Brennholz ausweichen mußte, der mitten auf seinem Weg lag. Nach weniger als einer Minute hatte er das Wäldchen hinter sich gelassen, in dessen Mitte sich der Pavillon verbarg. Jetzt befand er sich auf freiem Gelände ohne Unterholz und konnte laufen, so schnell er wollte. Doch natürlich war er hier auch besser zu sehen.

Die Biegung des Flüßchens war keine hundert Schritt mehr entfernt, und das Dickicht kurz dahinter wirkte undurchdringlich. Wenn ich es bis dorthin schaffe, dachte der Junge, bin ich gerettet. Niemand von diesen Herrschaften kann mich in einem Wald einholen!

Der Gedanke war noch nicht zu Ende gedacht, als er genau in dieser Richtung Lichter bemerkte, und eine Sekunde darauf erschienen zwischen den Bäumen fünf oder sechs mit Fackeln ausgerüstete Wachsoldaten. Sie schwangen fluchend ihre Schwerter, um sich des wilden Gestrüpps aus Dornenranken zu erwehren.

Der Junge machte kehrt und lief wieder los, aber die Soldaten erblickten ihn sofort und machten sich gleich an die Verfolgung. Auf ihre Schreie antworteten neue Schreie von anderswoher, und nach wenigen Sekunden befand sich Damlo schon wieder in dem bewaldeten Ring, der den Pavillon auf seiner Lichtung umgab. Noch einmal überlegte er, sich in seinem Inneren zu verstecken, und wieder entschied er sich dagegen. Da klettere ich lieber auf einen Baum, dachte er, und warte ab, bis sie unter mir durch sind …

Er stand am Rand der Lichtung und sah sich erst um, ehe er den Schutz der Bäume verließ und ins Freie hinaustrat. Der halbnackte Mann wankte immer noch um das Häuschen herum und murmelte zusammenhanglos vor sich hin. Wenn es mir gelingt, mich zu verstecken, dachte Damlo, werden die Wachen denken, er wäre es gewesen, den sie vorhin gesehen haben. Das erschien ihm eine prächtige Idee, und so suchte er sich einen Baum, um daran hochzuklettern.

Doch dazu blieb keine Zeit mehr, denn in diesem Augenblick drangen die Wachsoldaten in das Wäldchen ein. Nun blieb ihm nur der Pavillon, erkannte er blitzartig, und er rannte auf den niedrigen Holzbau zu. Wieder vermied er im letzten Augenblick einen Zusammenstoß mit dem Brennholzstapel und sauste um die Ecke. Vor dem offenen Fenster stand jedoch der halbnackte Mann.

»Da bist du ja!« ächzte er und taumelte Damlo entgegen.

Der Junge machte einen Satz zurück und setzte sich in Trab. Der Mann stolperte hinter ihm her – immer weiter weg von der Fensteröffnung. Wenn ich es nur rund um den Pavillon schaffe, bevor die Wachen eintreffen, dachte Damlo, dann bin ich gerettet!

Doch einen Augenblick später erschienen schon die Fackeln und Laternen der Soldaten zwischen den Bäumen.

Damlo ließ sich auf der Stelle zu Boden fallen, wobei er den Schwung seines Laufes ausnutzte, um sich bis in einen Winkel zwischen dem Holzstapel und der Hauswand zu rollen. Dort herrschte zwar die tiefste Finsternis, aber den Soldaten standen ja jede Menge Lichter zur Verfügung.

Fieberhaft suchte Damlo nach einer Möglichkeit, irgendwo unterzukriechen, sich flach auszustrecken. Er ließ die Hände hastig suchend über seine nächste Umgebung gleiten, während die Soldaten zwischen den Bäumen hervor auf die Lichtung rannten und sich brüllend auf den halbnackten Mann stürzten.

Unten auf Bodenhöhe konnte Damlo nicht den kleinsten Schlupfwinkel entdecken, aber zwischen dem Holzstoß und der Wand des Pavillons befand sich ein schmaler Spalt. Mit Mühe konnte er sich da hineinzwängen, und so drückte er sich keuchend an den rohen Holzblöcken entlang. Doch es war nicht der Lauf gewesen, der ihm den Atem geraubt hatte, sondern die Angst.

Er sah gar nichts. Tastend streckte er die Hände aus, um zu verhindern, daß ihm ein Span ins Auge geriet.

Und plötzlich erstarrte er zu Eis: In der Finsternis hatten seine Fingerspitzen nicht Holzklötze berührt, sondern den weichen, warmen Körper eines Menschen.

8

»Sei jetzt brav, Sil!« rief Ticla Bedaran.

Das Äffchen versuchte die ganze Zeit, nach den Juwelen zu greifen, die ausgebreitet auf dem Schreibtisch lagen, und Ticla hatte alle Hände voll zu tun, das zu verhindern. Das Tierchen war ein kleiner Racker, und gelegentlich, wenn Ticla besondere Mühe hatte, es von einem Vorhang herabzulocken oder unter dem Bett hervorzuziehen, dachte sie auch daran, wie sehr sie selbst wohl Angia das Leben schwermachen mußte. In diesen Minuten der Zerknirschung nahm sie sich dann stets vor, ihr eigenes Benehmen zu ändern.

Sie bekam das Äffchen gerade noch zu fassen, ehe es mit einer Saphirnadel davonflitzen konnte. Ticla streichelte es ein Weilchen, und nachdem sich das Tier vergewissert hatte, daß es sich bei dem Schmuckstück um nichts Eßbares handelte, ließ es die Nadel los.

Ticla erhob sich und sperrte das Äffchen wieder in seinen vergoldeten Käfig. Es war klar, daß sie es demnächst wieder freilassen würde, wie immer, doch heute abend durfte sie nicht Gefahr laufen, daß sich Sil an einem der Schmuckstücke vergriff. Der Erpresser hatte ihr eine genaue Liste ausgehändigt, die Stunde des Zusammentreffens stand bevor, und das Fehlen auch nur eines einzigen Stückes wäre eine Katastrophe gewesen.

»Kannst du mir noch mal vergeben, Sil?« lächelte Ticla, während sie zwischen den Gitterstäben hindurch das Fell des Äffchens kraulte. »Du weißt ja, daß ich das ungern tue, aber dies ist kein gewöhnlicher Abend.«

Zutiefst beleidigt wandte ihr Sil die Kehrseite zu. Ticla blieb noch eine Minute am Käfig, um das Äffchen zu umschmeicheln, doch als sie merkte, daß Sil weiter unzugänglich bleiben würde, kehrte sie an den Schreibtisch zurück. Wehmütig seufzend betrachtete sie die prachtvollen Kostbarkeiten und fragte sich, wie der Erpresser sie wohl zu verkaufen gedachte: Sie stammten ausnahmslos von ihrer verstorbenen Mutter, die sie zu allen offiziellen Anlässen getragen hatte. Ganz Eria kannte sie!

Noch einmal fragte sie sich, ob sie die richtige Entscheidung getroffen hatte.

Am Nachmittag, als Ticla durch den Park geritten war, hatte sich ihr ein Soldat genähert, gelächelt und – noch ehe es ihr gelungen war, ihn richtig anzusehen – eine Maske übers Gesicht gezogen. Dann hatte er ihr ein Blatt Papier überreicht. Alle Soldaten der Garde beteten Ticla an, und so hatte sie an einen kleinen Scherz gedacht und mit dem Lesen begonnen.

Es war jedoch kein Scherz. Es handelte sich um einen Brief ihres Vaters an Gaalen, den erstgeborenen der Zwillingsbrüder, die jetzt beide den Thron beanspruchten. Gevan Bedaran versicherte ihn darin seiner persönlichen Loyalität und versprach ihm alle Unterstützung, die vonnöten sein würde. Der Regent hatte den Brief unmittelbar nach dem Tod des Alleinherrschers vor einem Jahr abgesandt, als sich Udrian der Krönung seines Bruders noch nicht widersetzt hatte. Ticla wußte das genau, weil sie selbst am Ende des Briefes zwei Zeilen der Teilnahme hinzugefügt hatte.

Doch nun waren diese beiden Zeilen verschwunden, zusammen mit dem Originaldatum. Auf dem Blatt stand dagegen das Datum des heutigen Tages – und das machte ihn zum Beweisstück für einen Verrat.

Für den Fall, daß Ticla nicht Stillschweigen bewahrte und Hilfe suchte, hatte ihr der Soldat angedroht, ein zweites Schreiben in Umlauf zu bringen, das sich in sicheren Händen befand. Ticlas Vater hatte es zeitgleich mit dem anderen an Udrian gesandt und ihm darin in einem Augenblick, der für ihn und die ganze Hegemonie ein sehr schwerer war, seinen ganzen väterlichen Halt und Beistand angeboten. Doch seit damals waren zwei kleine Wörter in dem Brief verändert worden – und damit der ganze Tenor der Botschaft.

Die Verbreitung dieser Briefe, so hatte der Soldat überflüssigerweise erläutert, würde alle Versuche des Regenten zunichte machen, sich als unparteiisch hinzustellen. Es wäre, ganz im Gegenteil, damit erwiesen, daß Gevan Bedaran beide Parteien belog, um die Zeit seiner eigenen Regentschaft zu verlängern. Jene Stimmen, die von seinen angeblichen Manövern, um selbst auf den Thron zu kommen, wissen wollten, hätten Bestätigung erfahren, und man könnte ihn mit Schimpf und Schande aus seinem Amt jagen.

»Wollt ihr denn, daß der Bürgerkrieg ausbricht?« hatte Ticla, weiß wie die Wand, den Mann gefragt.

»Nein«, hatte die Antwort gelautet, »wir wollen nur die Juwelen deiner Mutter.«

Ticla hatte sich sofort einverstanden erklärt, um Zeit zum Überlegen zu gewinnen. Der Soldat hatte ihr die Liste gereicht und einen Zeitpunkt für das Zusammentreffen genannt.

»Hör gut zu, wenn auch nur ein einziges Stück fehlt«, hatte er dann gedroht, »wenn du nicht allein kommst oder wenn jemand anders an deiner Stelle auftaucht, lasse ich mich nicht blicken, und die beiden Schriftstücke werden den Feinden deines Vaters zugespielt.«

Den ganzen Abend über war Ticla in ihrem Zimmer geblieben, um nachzudenken, und schließlich zu dem Ergebnis gekommen, daß ihr keine andere Wahl blieb, als zu tun, was man von ihr verlangte. Der Erpresser war ein Soldat der Garde, daher hätte er von einer geplanten Falle erfahren, bevor sie noch gestellt war. Außerdem hätte er sich bei den ersten verdächtigen Vorgängen unauffällig unter seine Kameraden gemengt – unter jene Soldaten, die auf der Suche nach ihm selbst sein würden.

Nein. Der einzige Weg, ihren Vater vor dem Verderb zu bewahren, bestand in einer Übergabe der Juwelen.

Zum letzten Mal betrachtete Ticla die Schmuckstücke, dann legte sie sie auf ein Tuch und schlug sie sorgfältig darin ein. Jetzt galt es nur noch, unentdeckt zu dem vereinbarten Treffpunkt zu gelangen: was für eine Katastrophe, sollte irgend jemand bemerken, daß sie nachts allein im Park herumspazierte!

Sie zog ein dunkelblaues Kleid an, schlüpfte in Reitstiefel und fand in einer Truhe eine dunkelbraune Wollmütze, unter der sie ihr langes Haar verstecken konnte. Die Farben paßten zwar nicht zueinander, aber schließlich mußte sie sich ja nicht für ein romantisches Rendezvous zurechtmachen. Nachdem sie Handschuhe übergestreift hatte, nahm sie das Bündelchen mit den Juwelen, zog den Vorhang zur Seite und trat hinaus auf den kleinen Balkon.

Der Mond schien hell genug, um eine Laterne überflüssig zu machen – besonders für Ticla, die jede Ecke des Parks kannte. Sie sah sich aufmerksam um, doch es war weit und breit niemand zu sehen. Beruhigt stieg sie über die Brüstung aus Granit und begann den Abstieg über die Glyzinie. Es war eine sehr alte Pflanze, deren massive Ausläufer bis zum dritten Stockwerk hochkletterten. Wenn sie blühte, färbte sie die ganze Seitenfassade des Gebäudes mit ihren blauen Blütentrauben, und des öfteren baten Gäste ausdrücklich darum, eine Runde um das Schloß machen zu dürfen, um diesen grandiosen Anblick zu genießen. Doch jetzt waren die Blüten abgefallen, es gab nur noch die grünen Blätter und frische Triebe.

Das Mädchen ließ sich geschickt bis zum Boden hinab. Es war nicht das erste Mal, daß sie diesen Weg nahm, um Angias wachsamem Auge zu entgehen. An den knotigen Windungen konnte man sich gut festhalten, und die Kletterübungen machten Ticla immer großes Vergnügen.

Auf dem Boden angekommen, zog sie die Handschuhe aus und versteckte sie hinter dem dicken Hauptstamm der Pflanze; der feste Stoff schränkte die Bewegungsfreiheit ihrer Finger ein, und jetzt mußte sie ja nicht mehr fürchten, sich die Hände zu zerkratzen. Wieder blickte sie auf der Suche nach einer möglichen Anwesenheit menschlicher Wesen in die Runde – und da fiel es ihr auf: Merkwürdigerweise liefen die Hunde nicht frei herum. Für gewöhnlich waren sie sehr wachsam, und Ticla hätte erwartet, daß sie ihr entgegenstürmten wie sonst auch, um sie freudig zu begrüßen.

Sie vergewisserte sich, daß die Juwelen immer noch sicher in dem Tuch eingeschlagen waren, und rannte dann auf die Bäume zu. Sie waren weniger als fünfzig Schritt von der Ecke des Gebäudes entfernt, doch jeder einzelne Schritt ging über offenes Gelände. Ticla überquerte es wie der Blitz, kauerte sich hinter den Stamm einer großen Platane und lugte hinüber zu den Stallungen ihres Vaters. In jenen des Militärs auf der anderen Seite des Parks befand sich des Nachts nie jemand, in diesen hingegen wurden auch die Kutschen untergestellt, und häufig blieben die Handwerker bis spät abends an ihrer Arbeit. Heute jedoch lag alles im Dunkeln.

Beruhigt machte sich das Mädchen auf den Weg zum Ort des Zusammentreffens. Sie lief am westlichen Pavillon vorbei und lenkte ihre Schritte zu demjenigen, der verborgen mitten im Wäldchen stand. Der Erpresser hatte klug gewählt: Seit dem vergangenen Sommer hatte ihn niemand benutzt, was man daran erkannte, daß die winterliche Holzreserve noch zur

Gänze vorhanden war. In den letzten Monaten hatten sich nur Bedienstete dort aufgehalten, um Instandhaltungsarbeiten durchzuführen, die von ihr, Ticla, selbst angeordnet worden waren. Im übrigen hatte ihr Vater in diesem Jahr anderes im Kopf, als Empfänge und Gartenfeste für seine Freunde zu veranstalten.

Sie sah schon die Bäume vor sich, die in der Nähe des Pavillons dichter wuchsen, als sie plötzlich eine Bewegung wahrnahm. Zu ihrer Rechten, weit drüben bei der Mauer.

Sie erstarrte auf der Stelle und glitt in den Schutz eines dicken Ahornstammes. Hinter ihr spiegelte sich das Mondlicht im See, und sie wußte: würde sie den Kopf vorstrecken, um zu schauen, hätte sich ihre Silhouette dagegen abgehoben. So blieb sie minutenlang reglos hinter dem Stamm stehen und fragte sich, wer um alles in der Welt wohl zu dieser Nachtstunde im Park herumschleichen mochte. Dann schlug sie sich im Geist auf die Stirn: Natürlich hatte der Erpresser Komplizen, die jeden ihrer Schritte auf dem Weg zu ihm verfolgten!

In gewisser Weise beruhigt setzte sie sich wieder in Bewegung und durchquerte das Wäldchen. Die Fenster des darin versteckten Pavillons waren dunkel, denn das dicke Ölpapier ließ keinen Lichtschein durch; die Ritzen und Spalten rund um die Tür bildeten jedoch einen dünnen, hellen Rahmen.

Ticla klopfte – und wieder nahm sie eine Bewegung wahr. Diesmal zu ihrer Linken. Sie zuckte zusammen und fragte sich, wer das wohl gewesen war. Eine Stimme, die hinter einem dunklen Hortensiengebüsch hervordrang, flüsterte ihr zu, daß die Tür offen war; sie sollte eintreten.

Das Mädchen gehorchte und stand im nächsten Augenblick im vertrauten Innenraum des Pavillons. Niemand war zu sehen. Die Möbel waren nach wie vor mit großen Leinentüchern bedeckt, nur auf dem großen Tisch in der Mitte des Raumes brannte eine einzelne Kerze. Die Bettvorhänge waren jedoch zugezogen, und Ticla erinnerte sich genau, sie offen gelassen zu haben, als sie sich das letzte Mal zusammen mit den Arbeitern hier aufgehalten hatte.

»Zuerst will ich die Briefe haben«, sagte sie laut, bestrebt, jegliches Zittern aus ihrer Stimme fernzuhalten.

Vom Bett her antwortete ihr ein seltsames Geräusch.

»Ich habe nicht verstanden«, sagte sie ebenso laut wie zuvor und machte unwillkürlich einen weiteren Schritt voran.

Die Vorhänge wurden langsam – und offenbar mit Mühe – zurückgezogen, und vor dem Mädchen tauchte ein halbnackter Mann auf.

»Komm, Hübsche«, stöhnte er mit heiserer Stimme.

Ticla machte einen Satz rückwärts, aber genau in diesem Augenblick schloß jemand hinter ihr die Tür. Sie hörte das dumpfe Geräusch des Riegels, der ihr nun den Ausgang versperrte.

»Komm her!« ächzte der Mann und krabbelte aus dem Bett.

Er hatte Schwierigkeiten beim Gehen und bewegte sich nur langsam voran. Er ist betrunken, dachte das Mädchen, oder im Drogenrausch ... aber warum halb nackt?

»Komm, du Schöne!« lallte er und schwankte näher.

Schlagartig wurde Ticla klar, daß das Ganze eine Falle war. Voller Entsetzen sah sie sich nach irgendeinem Fluchtweg um.

In diesem Augenblick begann jemand, mit einer Eisenstange auf das riesige Triangel zu schlagen, das hinter Schloß Bedaran hing und auf dem Alarm gegeben wurde. Sein harter Klang durchdrang mühelos den ganzen weitläufigen Park.

Eine Weile dachte Ticla, die Wachen wären auf der Suche nach ihr, und sie fühlte sich erleichtert. Doch dann erinnerte sie sich, weshalb sie hier war, und ihr Herz machte einen Satz: Jetzt mußte der Erpresser glauben, verraten worden zu sein, und würde die Briefe veröffentlichen!

Und das war noch nicht alles, wurde ihr sofort danach bewußt: Was würde geschehen, wenn man sie hier in diesem Pavillon in Gesellschaft eines halbnackten Mannes aufstöberte?

Sie kannte etliche Damen, die wegen weitaus geringerer Dinge geächtet wurden – natürlich nur auf das eifrige Betreiben Ijssiliens hin ... Ijssilien! Auf einmal fiel es Ticla wie Schuppen von den Augen.

Immer darauf achtend, daß sich der Tisch zwischen ihr und dem Halbnackten befand, bewegte sie sich stetig auf ein Fenster zu. Ijssilien steckte hinter dem Ganzen! Der Oberpriester hatte einen Weg gefunden, sich für die roten Ameisen in seinem Ornat zu rächen! Und was für einen Weg! Das hier sollte das Stadtgespräch von ganz Eria werden! Die alten Klatschbasen sollten sich zumindest ein Jahr lang über sie, Ticla, das Maul zerreißen! Und über ihren Vater ...

Plötzlich lief es ihr kalt über den Rücken. Ihr Vater war der Regent! Einen solchen Skandal konnte er nicht überleben! Vergessen wir die Rache für die roten Ameisen! dachte sie. Der Oberpriester wollte Gevan Bedaran von der politischen Szene entfernen! Und das würde das Zeichen für einen Bürgerkrieg abgeben, auch wenn der Dummkopf Ijssilien das nicht erkannte.

Ticla durfte sich hier einfach nicht ertappen lassen. Die Augen starr auf den armen Idioten gerichtet, der dazu ausersehen war, ihren Ruf zu ruinieren – und bei dem es sich ganz gewiß um einen entbehrlichen Sklaven handelte –, streckte das Mädchen eine Hand zum Fenster aus. Auf der Suche nach der Kordel, die das Ölpapier fixierte, trafen ihre Finger nur auf Holz. Sie tastete genauer darüber hinweg, weil sie dachte, an der falschen Stelle zu suchen, aber da war einfach nichts als Holz. Jetzt sah sie hin – und dann ließ sie den Blick vor Schreck blitzartig über die anderen Fenster gleiten: Sie waren alle von fachgerecht festgenagelten Holzplatten bedeckt.

Der Mann war fast an das Mädchen herangekommen, er hatte die Arme ausgestreckt und die Finger zu Krallen gekrümmt. Ticla wußte genau, sobald er sie einmal zu fassen bekäme, würde er sie nicht mehr loslassen – sternhagelvoll oder nicht. Also ließ sie sich zu Boden fallen und rollte sich unter dem Tisch durch, so als ginge es darum, einem von Baldrins Schwerthieben auszuweichen. Als sie auf der anderen Seite wieder auf die Füße sprang, sah sie, wie der Sklave völlig verwirrt um sich blickte. Als er ihrer schließlich ansichtig wurde, stöhnte er wieder auf und wankte auf sie zu. Langsam, aber unerbittlich.

Weg, nur weg da! Sie spürte, wie sie immer mehr in Panik geriet, und zwang sich, Ruhe zu bewahren. Aus dem Park drang schon das Geschrei der Wachsoldaten herüber, und sie durfte sich nicht einmal draußen vor dem Pavillon erwischen lassen! Sie mußte weg hier, weg!

Keine Chance. Die einzigen Wege hinaus ins Freie führten durch Tür oder Fenster. Obwohl Ticla wußte, daß der Ausgang verriegelt war, warf sie sich in dem Augenblick, da sich der Mann auf der anderen Seite des Tisches befand, mit voller Wucht gegen die Tür. Ohne Erfolg, der Riegel brach nicht. Dann also die Fenster, entschied sie und zog sich wieder in die sichere Zone zurück. Vielleicht war ja eines der Bretter schlecht vernagelt.

Sie kontrollierte alle, wobei sie jedesmal knapp den Klauen des Sklaven entging. Nichts zu machen, sie saß tatsächlich in der Falle. Wenn sie daran dachte, daß sie selbst es gewesen war, die diese Holzplatten hatte anfertigen lassen! Sie waren jedoch für außen vorgesehen und dazu, in Angeln eingehängt zu werden! Während ihr die Verzweiflung die Kehle zusammenschnürte, erinnerte sie sich daran, wie viel Zeit sie im Winter damit verbracht hatte, sie zu bemalen.

Unversehens hielt sie inne. Sie hatte in diesem Winter doch nicht nur an den äußeren Läden gearbeitet! Neben dem Bett befand sich ein Fenster, das nach Osten ging, und wenn sie sommers im Pavillon schlief, wurde sie stets sehr früh von der Morgensonne geweckt. Daher hatte sie vor Monaten eine große Platte aus Pappmaché kommen lassen, auf die sie das

Einhorn der Bedaran – mit stolz erhobenem Kopf auf einem Felsen stehend – gemalt hatte. Die Handwerker hatten die Platte dann im Inneren des Pavillons angebracht, doch sie war mehr als mannshoch und gut doppelt so breit und bedeckte einen größeren Teil der Wand, nicht nur das Fenster. Ticla entsann sich genau ihrer Gedanken von damals: daß sie nämlich diesen Sommer so lange würde schlafen können, wie sie wollte.

Es reichte ein Blick, um ihre Hoffnung neu aufleben zu lassen. Um zu verhindern, daß sie, Ticla, vorzeitig Verdacht schöpfte, hatte Ijssilien am Äußeren des Pavillons nichts verändern lassen, und von innen war das Fenster nicht zu sehen: Das weiße Einhorn befand sich unversehrt an seinem Platz.

Mit einem weiten Satz sprang das Mädchen aufs Bett, dann über eine antike Kommode und warf sich gegen das Pappmaché. Sie erinnerte sich genau, wie die Platte montiert war, und tatsächlich durchbrach sie sie ohne jede Schwierigkeit – ohne den Fensterrahmen auch nur zu streifen, saß sie im nächsten Augenblick schon draußen im Gras.

Jetzt mußte sie sofort in ihr Schlafzimmer zurück, ohne entdeckt zu werden. Sie sprang auf, rannte über das Gras der Lichtung in den Schutz der Bäume und hastete zwischen den Stämmen hindurch davon. Als sie jedoch am Rand des Wäldchens ankam, blieb sie wie angewurzelt stehen: Die Nacht wimmelte von Fackeln, und die ersten waren keine hundert Schritt entfernt. Irgend jemand hatte die Soldaten geholt, sehr wahrscheinlich Baldrin. Sie rückten in Reih und Glied vor, zehn Schritt waren zwischen einem Mann und dem nächsten, und durchkämmten auf diese Weise Baum für Baum das Gelände. Es war die Ehrengarde, sah Ticla, und gewiß führten die übrigen Wachen das gleiche Manöver im gegenüberliegenden Teil des Parks aus.

Ticla kehrte um und lief zurück in Richtung Pavillon. Wohin konnte sie sich flüchten? Auf einen Baum? Wo konnte sie vorübergehend Unterschlupf finden? Auf dem Dach des Pavillons? Wie aber hinkommen? Sie stürzte hinaus auf die Lichtung, auf der sich das kleine Gebäude erhob – und stand dem umhertaumelnden Sklaven gegenüber. Es gelang ihr nicht, rechtzeitig stehenzubleiben, und sie prallte gegen ihn.

Glücklicherweise war sie so schnell gelaufen, daß ihn der Zusammenstoß umwarf. So rollten sie beide über das Gras, doch Ticla konnte den Schwung des Sturzes ausnutzen, um wieder auf die Beine zu kommen, während der Mann unbeholfen mit den Armen ruderte, um nach dem Mädchen zu fassen.

Jetzt hörte man Schreie aus südlicher Richtung, es klang, als würden die Wachsoldaten jemanden verfolgen. Vielleicht Ijssiliens Komplizen, dachte Ticla und lief wieder los. Sie wollte den Pavillon umrunden – und hielt plötzlich inne. Wo wollte sie hin? Sie konnte doch nicht davonrennen! Sie mußte ein Versteck finden!

Aber es gab keine Verstecke. Verzagt lehnte sich Ticla an die Wand des Pavillons. Die Angst hinderte sie am klaren Denken, und die Schreie der Wachen, die schon so nahe klangen, trugen auch nicht zu ihrer Beruhigung bei. Der einzige, immer wiederkehrende Gedanke war absurderweise der, daß nur die Holzplatten an allem schuld waren. Ohne die verdammten Bretter hätte sie es vermutlich rechtzeitig geschafft, aus dem Pavillon zu gelangen und zu entkommen.

Plötzlich erinnerte sie sich an das letzte Mal, als sie zusammen mit den Handwerkern hier gewesen war. Sie hatte auch das Äffchen mitgehabt, und einer der Hunde hatte es angegriffen. Die dünne Kette des Tieres war zwar lang gewesen, aber nicht lang genug, um ihm zu erlauben, sich auf einen Baum zu flüchten, und so hatte es sich zwischen den aufgeschichteten Brennholzblöcken verkrochen. Ticla hatte sich damals im Schweiße ihres Angesichts abgemüht, das Äffchen hervorzuziehen, ohne es zu verletzen. Die Arbeiter entfernten etliche Blöcke zwischen dem Stapel und der Pavillonwand, Sil aber biß und kratzte und wollte sich nicht von den Männern anfassen lassen. Letztlich hatte sie sich selbst in den Spalt gezwängt und einen Holzblock nach dem anderen hervorgezogen, bis eine brauchbare Nische vorhanden gewesen war. Es hatte fast zwanzig Minuten gedauert, bis sich das Äffchen beruhigte, und am Ende hatte Ticla dennoch seine festgekrallten Finger einzeln von den Holzblöcken lösen müssen.

Schlagartig trat ein Aufwallen von Euphorie an Stelle der Panik. Mit drei Sätzen war Ticla beim Holzstoß und zwängte sich in Sekundenschnelle zwischen die Wand und die aufgestapelten Blöcke. Murmelnd und gurrend taumelte der Sklave an ihr vorbei, während sie den Atem anhielt. Ich bin in Sicherheit! jubelte sie im stillen.

Der Gedanke war noch nicht zu Ende gedacht, als sie ein Scharren vernahm, ein dumpfes Geräusch von etwas, das außen an den Holzstoß streifte. In diesem Augenblick trafen die Wachen auf der Lichtung ein, und das Etwas quetschte sich in Ticlas Versteck. Es keuchte schwer. Und einen Augenblick später tastete eine Hand nach ihrer rechten Brust.

Ticla setzte an zu einem Schrei.

Damlo ahnte nicht, wo er da im Dunkeln hingelangt hatte, er wußte nur, daß es sich um eine Person handelte – und bei der Berührung stellten sich ihm sämtliche Nackenhaare auf. Dann vernahm er den ersten Ansatz eines Aufschreies und handelte sofort: Er stürzte sich auf die Person und hielt ihr den Mund zu. Der Mund biß in seine Finger, während zwei Hände versuchten, die seine wegzuzerren. Das unbekannte Wesen hatte etwas Wolliges auf dem Kopf – eine Haube oder ähnliches. Damlo riß es an sich und schob es zwischen seine eigene Hand und die Zähne des Gegners. Erst jetzt wurde ihm bewußt, daß die Stimme, die zum Schrei angesetzt hatte, einem weiblichen Wesen gehörte, daß der Gegner somit schwächer sein mußte als er – und daß sich der Körper, auf den er sich geworfen hatte, alles in allem fein und zierlich anfühlte.

Der mordlüsterne Widersacher verwandelte sich in ein Mädchen – und das kopflose Entsetzen in schlichte Angst.

»Nicht schreien, bitte!« flüsterte er heiser. »Die Wachen sind da! Bitte, bitte, nicht schreien!«

Mittlerweile hatten die Soldaten draußen den halbnackten Mann gefangengenommen. Mit lauter Stimme besprachen sie, auf welche Weise sie das Gebiet weiter durchsuchen würden, um mögliche Komplizen des Mannes aufzustöbern.

Ticla spürte die Angst in Damlos Bitte und erkannte die Stimme eines Gleichaltrigen. Doch am meisten beruhigte sie, daß der Junge »bitte« gesagt hatte. Soviel sie wußte, sagte kein Räuber oder Mörder jemals »bitte« zu seinem Opfer! Sie nickte stumm unter der Hand, die sich auf ihren Mund preßte, und als Damlo ängstlich zögernd seinen Griff lockerte, zog sie ihre Mütze hervor.

»Entschuldige«, flüsterte Damlo, »aber du hast mich zu Tode erschreckt!«

»Wem sagst du das!« erwiderte das Mädchen mit einer Stimme, so hauchdünn wie ein Seidengespinst.

»Du hast ja recht. Aber jetzt müssen wir still sein, sonst entdecken sie uns!«

»Du bist schwer.«

»Oh, entschuldige!«

Verlegen richtete sich der Junge auf, und dabei wurde ihm unversehens klar, was er vorhin beim Herumtasten in der Finsternis berührt hatte. Er spürte, wie er bis in die Haarwurzeln errötete, und seine Hand schien ihm plötzlich glutheiß geworden.

»Entschuldige wegen vorhin«, murmelte er und dankte dem Himmel, daß es dunkel war.

»Ich hab schon verstanden«, kam die geflüsterte Antwort, »du brauchst es nicht hundertmal zu sagen!«

Damlo sagte nichts darauf. Erst nach einigen Sekunden wurde Ticla klar, was er gemeint hatte. Ein leises Auflachen entschlüpfte ihr.

»Schsch!«

»Schsch!« gab sie spöttisch zurück. Ihr Herausplatzen hatte sich offensichtlich mit den lauten Stimmen der Soldaten vermischt, und jetzt, da die größte Angst vorbei war, fand Ticla diese Lage ganz unterhaltsam.

Die Soldaten hatten mittlerweile das Innere des Pavillons durchstöbert, und die Truppen aus dem nördlichen Teil des Parks waren eingetroffen. Das Geschrei hatte aufgehört, und eine ruhige, Autorität ausstrahlende Stimme erteilte Anordnungen.

»Das ist Baldrin«, raunte das Mädchen, »der Hauptmann der Garde.«

»Still! Hör mal, das hier ist kein Spiel! Sie hören uns, wenn wir reden!«

Und so verbrachten sie fast zwanzig Minuten in tiefstem Stillschweigen. Damlo erwartete, daß die Soldaten jeden Augenblick verschwinden würden, aber die dachten gar nicht daran, ihm diesen Gefallen zu tun.

Plötzlich ertönten gebellte Befehle, und der Junge hörte das Geräusch eiliger Schritte.

»Achtung! Stillgestanden!« rief die Stimme von vorhin, und Damlo zuckte zusammen. »Hauptmann Baldrin von der Ehrengarde mit seiner Abteilung! Zu Euren Diensten!«

»Steht bequem«, antwortete ein warmer Bariton.

Damlo spürte, wie sich die Finger des Mädchens fest um seinen Arm schlossen.

»Also, Baldrin, was haben wir denn da?«

»Einen Mann, Herr. Einen Unbekannten, volltrunken oder unter Drogen.«

»Er wirkt nicht sehr gefährlich.«

»Ich weiß nicht, Euer Gnaden«, entgegnete eine Stimme, die

sich anhörte wie feines Sandpapier, »meine Leute haben von einem oder mehreren gedungenen Mördern gesprochen, ohne Genaueres dazu zu sagen.«

Das Mädchen krampfte die Finger noch fester um Damlos Arm, wobei sich die Nägel schmerzhaft in sein Fleisch preßten.

»Ach ja?« sagte der Bariton; es klang nicht sehr überzeugt.

»Und tatsächlich«, fuhr die Sandpapierstimme fort, »haben die Wachen einen Unbekannten in Eurem Park entdeckt.«

»Das ist unbestritten, Eure Heiligkeit. Ebenso wie Eure Fürsorglichkeit, die Euch zu dieser späten Stunde so prompt zu mir geführt hat, um mich persönlich zu benachrichtigen.«

»Angesichts eines Mörders werden unsere Meinungsverschiedenheiten zweitrangig. Ich rate Euch, sofort den ganzen Park durchsuchen zu lassen. Es könnten sich noch andere Unbekannte darin verborgen halten, die möglicherweise gefährlicher sind als dieser Mann hier.«

»Aber gewiß doch«, sagte der Bariton. »Baldrin!«

»Jawohl, Herr!«

»Wo sind die Hunde?«

»Jemand hat ihnen ein Schlafmittel verpaßt. Sie wachen gerade auf, sind aber noch benommen.«

Die Hunde! Damlo hatte sie ganz vergessen – ebenso wie wohl auch das Mädchen, denn er spürte, wie sie beim Gehörten zusammenzuckte und erschauderte.

»Das bestätigt meine Nachrichten«, schaltete sich die Sandpapierstimme ein.

»Jedenfalls bestätigt es die Existenz eines Komplotts«, sagte der warme Bariton. »Baldrin, laßt den gesamten Park durchsuchen.«

»Das wird bereits erledigt. Ich habe sämtliche Männer beider Wachmannschaften dazu abgestellt und rechne damit, Euch in zwanzig Minuten Bericht erstatten zu können.«

»Gut. Sobald sich die Hunde erholt haben, sollen auch sie zu einem Kontrollgang mitgenommen werden. Anschließend laßt sie frei laufen.«

»Zu Befehl, Herr.«

»In der Zwischenzeit soll dieser Mann in Gewahrsam genommen werden.«

»Er liegt im Sterben, Herr.«

»Wurde er verprügelt?«

»Nein. Es liegt vermutlich an irgendeiner Droge, von der er eine zu große Menge eingenommen hat.«

»Ich verstehe. Das kommt wohl demjenigen, der ihn geschickt hat, sehr zupaß.«

»Ich habe versucht, ihn zu befragen, aber er ist zu keiner Antwort imstande«, sagte die Stimme des Hauptmannes der Garde.

»Das dachte ich mir. Nun gut. Eure Heiligkeit, falls Ihr die Güte habt, mich zurückzubegleiten, möchte ich mehr über diese Leute erfahren, von denen Ihr spracht.«

»Wie Ihr wünscht, Euer Gnaden.«

Damlo hörte an den Schritten, wie sich das Grüppchen entfernte, und dann gab Baldrins Stimme den Befehl, den Gefangenen zu einem Heiler zu bringen. Danach legte sich wieder tiefe Stille über die Lichtung.

»Und jetzt raus!« sagte das Mädchen.

»Aber die Wachen sind doch unterwegs!«

»Ich weiß, wie sie vorgehen. Diese Zone haben sie schon kontrolliert.«

Die zwei zwängten sich aus ihrem Versteck, und jetzt konnten sie einander endlich sehen. Sie lächelten beide, und Damlo errötete von neuem; er konnte den Blick nicht von ihr losreißen.

»Bist du die Mörderin, die sie suchen?« flüsterte er nach einer Weile, nur um das Schweigen zu brechen. »Solltest du den Mann mit der tiefen Stimme umbringen?«

»Bist du verrückt? Das ist mein Vater!«

»Dein …« Damlo schluckte bestürzt.

»Es gibt keinen Meuchelmörder«, erklärte das Mädchen. »Das ist alles bloß eine Intrige von Ijssilien.«

»Was für eine Intrige?«

Sie klärte ihn auf über das, was hier vorging.

»Und die Sache ist noch keineswegs zu Ende«, sagte sie. »Wenn man mich nach allem, was sich heute nacht hier zugetragen hat, jetzt noch im Park sieht, dann ist der Skandal genauso groß. Und führt letzten Endes zu einem Bürgerkrieg.«

»Also werden wir noch fünf Minuten abwarten«, sagte Damlo. Er wußte, wie er das Mädchen in Sicherheit bringen konnte, und dieser Umstand gab ihm das Gefühl, gleich um drei Handbreit zu wachsen. »Sobald sie alles durchsucht haben, verschwinden wir Richtung Süden, dort ist ein Loch in der Mauer.«

»Du kannst dich darauf verlassen, daß die Wachen es schon entdeckt haben. Die wurden alle von Baldrin ausgebildet.«

Damlo war enttäuscht. »Was sollen wir denn tun?« fragte er kleinlaut.

»Ich muß wieder im Schloß sein, ehe sie die Hunde freilassen«, sagte das Mädchen. »Sie sind erstklassig ausgebildet und würden mich sofort aufspüren.«

»Und mich auch«, schüttelte sich der Junge.

»Ach ja, das wollte ich dich schon fragen: Was tust du hier eigentlich? Bist du ein Dieb?«

»Nein. Das heißt ja – also eigentlich nein.« Damlo errötete wieder, dann sprach er weiter, hastiger als nötig: »Ich habe noch nie etwas gestohlen. Doch, jetzt fällt's mir ein: Einmal habe ich einer Räuberbande die Pferde gestohlen, aber die wollten mich ja umbringen.«

»Was willst du dann hier?«

»Ein Kerl hat mir meinen Wagen abgejagt, und um ihn zurückzubekommen, sollte ich ihm das Tor zum Park von innen öffnen. Er paßte nicht durch das Loch in der Mauer.«

»Wer ›er‹?«

»Der Dieb. Er wollte etwas aus dem Schloß stehlen, aber er hat mir nicht gesagt, was.«

Sie schwiegen beide ein Weilchen, blickten einander nur tief in die Augen.

»Aber du hast den Mond gestohlen. Hast ihn aus dem See geholt«, murmelte Damlo fast unabsichtlich.

Das Mädchen senkte sofort den Blick und errötete – sichtbar auch im schwachen Silberlicht des Mondes. Erst jetzt wurde Damlo bewußt, was er gesagt hatte, und nun errötete auch er vor Verlegenheit. Aber das machte ihm nichts aus, ganz im Gegenteil, er hätte sogar Lust gehabt, ihr auch noch andere Dinge dieser Art zu sagen. Doch plötzlich merkte er, daß sich sein Kopf ganz leer anfühlte – und leicht. Aber auch das empfand er nicht als störend; in gewisser Weise fühlte er sich dadurch sogar groß und stark.

Das Mädchen hob den Blick wieder, und noch einmal sahen sie einander in die Augen. Damlo verspürte eine nie gekannte Spannung in seinem Inneren und wagte keinen Muskel zu rühren, er fürchtete, daß die leiseste Bewegung die Zeit beschleunigen und dem Augenblick ein Ende setzen könnte.

Und dann war von ferne Hundegebell zu hören.

»Sie kommen!« japste das Mädchen.

»Ich kümmere mich um sie«, rief Damlo. »Du lauf nach Hause, ich locke sie in die Gegenrichtung und lasse mich verfolgen.«

»Hast du den Verstand verloren? Bei mir sind sie völlig zahm, bei Fremden aber ganz und gar nicht!«

»Vergiß es, ich kann sehr gut mit Tieren umgehen. In welchen Teil des Gebäudes mußt du zurück?«

»Es reicht, wenn ich bis zur Glyzinienfassade komme. Ich wohne im ersten Stock und kann an den Ästen bis zu meinem Zimmer hochklettern.«

»Versteck dich jetzt im Pavillon«, sagte Damlo. »Wenn die

Hunde kommen, renne ich in südlicher Richtung davon und ziehe sie hinter mir her.«

»Paß auf, sie können bösartig sein!«

»Ich renne sehr schnell. Und wenn ich bis dorthin komme, wo der Wald am dichtesten ist, bin ich außer Gefahr. Dort kriegen sie mich sicher nicht zu fassen.«

»Du kennst meine Hunde nicht!« warnte Ticla.

»Na, dann klettere ich eben auf einen Baum. Aber weit entfernt von hier.«

»Die Wachen werden dich entdecken.«

»Wenn der Durchlaß in der Mauer nicht mehr offen ist, bin ich ohnehin gefangen. Aber wenigstens entdecken sie dich nicht!«

»Danke«, sagte das Mädchen, ohne den Blick von seinem zu lösen.

»Und jetzt versteck dich schnell! Du hast nicht mehr viel Zeit.«

Und tatsächlich kam das Hundegebell, begleitet von den anfeuernden Rufen der Wachen, rasch näher.

»Jetzt sind sie noch angeleint«, stellte das Mädchen fest und kletterte durch die freie Fensteröffnung ins Innere des Pavillons, »das hört man an der Art, wie sie kläffen. Aber sobald dich die Wachen erblicken, lassen sie sie von der Leine.«

»Da bin ich schon auf halbem Weg.«

»Also renn los! Sofort! Nein, warte! Wie heißt du eigentlich?«

»Damlo Rindgren.«

»Ich heiße Ticla Bedaran.«

Ticla. Der Junge ließ den Namen versuchsweise auf der Zunge zergehen. »Wie kann ich dich wiedersehen?«

»Wenn du es schaffst, komm ins Schloß und frage nach Baldrin, den Hauptmann der Ehrengarde. Er ist mein Freund, und morgen werde ich ihm die Sache erklären. Und jetzt lauf und laß dich nicht erwischen, ich bitte dich! Lauf!«

Damlo rannte los, und als die Wachsoldaten mit den Hunden auf der Lichtung auftauchten, lief er bereits am anderen Ende in den Wald.

»Dort ist jemand!« schrie einer der Männer.

Ohne auf die lauten Geräusche zu achten, die von den brechenden Zweigen der Sträucher verursacht wurden, stürmte Damlo voran. Wie ein Pfeil schoß er aus dem Dickicht und hielt geradewegs auf die Biegung des Flüßchens zu. Doch schon nachdem er etwa hundert Schritte zurückgelegt hatte, änderte sich der Tonfall des Gebells und kam näher. Beunruhigend rasch.

Nicht weit von ihm entfernt erblickte Damlo die Unterkünfte der Wachen und konnte die zurückkehrenden Männer genau sehen: Sie kamen in kleinen Gruppen und unterhielten sich miteinander. Doch offenbar hatte das Hundegebell manche von ihnen neugierig gemacht, und sie liefen schon in Damlos Richtung. Gleich darauf war die Luft von ihrem Geschrei erfüllt, und Dutzende von Soldaten rannten auf den Bach zu.

Der Junge änderte sofort die Richtung und drang ins dichte Unterholz ein, wo ihn das Gewirr von Dornenranken zwang, seine Geschwindigkeit zu verlangsamen. Sie schienen ihn hier festhalten zu wollen, und obwohl Damlo wußte, daß er sich in dieser Umgebung weitaus rascher vorwärts bewegen konnte als die Soldaten, lag die Sache bei den Hunden doch völlig anders. Also sah Damlo den Augenblick gekommen, sich auf einen Baum zu flüchten, und er suchte sich einen aus, der leicht zu erklettern war.

Doch er fand ihn nicht rechtzeitig. Zwei riesige Mastiffs tauchten hinter ihm auf und stürzten sich augenblicklich auf ihn. Sie warfen ihn zu Boden, und er mußte spüren, wie sich ihre Reißzähne in seinen Schenkel und den Nacken bohrten.

Blitzartig durchzuckte ihn der Gedanke, daß jetzt alles aus war. Er schloß die Augen und hoffte nur noch, daß der Tod nicht allzu schmerzhaft sein würde – und da wurde ihm bewußt, daß die Hunde keineswegs fester zubissen und ihre Zähne nicht in sein Fleisch senkten. Ganz im Gegenteil: die beiden mächtigen Tiere rückten von ihm ab und zeigten nicht das geringste Anzeichen von Angriffslust mehr. Sie wirkten beinahe verlegen! Und auch die anderen beiden, die sich mittlerweile ihren Freunden zugesellt hatten, standen unbeweglich da und vermieden es sogar, den Jungen anzusehen.

Hatte er vielleicht ein weiteres Wunder vollbracht? War er wieder einmal unsichtbar geworden? Damlo stand auf und machte einen Schritt vorwärts. Die Tiere bewegten sich, taten aber nichts, um ihn aufzuhalten – ganz im Gegenteil: mit immer noch sorgfältig abgewendetem Blick rückten sie zur Seite, um ihm auf seinem offensichtlichen Weg Platz zu machen. Also sahen sie ihn. Weshalb griffen sie ihn dann nicht an? Hatten sie vielleicht Ticlas Geruch wahrgenommen? Schließlich war er zwischen den Holzblöcken eine ganze Weile mit ihr in Berührung gewesen. Bei dem Gedanken spürte er, wie ihm die Röte erneut ins Gesicht stieg. Nein, sagte er sich dann; der dritte und der vierte Hund waren nicht einmal in seine Nähe gekommen – und ganz gewiß überdeckte der Geruch des Fremden, den er verströmte, jenen des Mädchens.

Die Flüche der Wachen, die sich mit Schwerthieben einen Weg durchs dornige Dickicht bahnten, rüttelten ihn auf. Jetzt kamen sie auch schon aus östlicher Richtung auf ihn zu! Allem Anschein nach hatten die Soldaten aus der Kaserne das Flüßchen durchwatet, und so blieb Damlo nur ein einziger Fluchtweg: derjenige, der gezielt zu dem Durchschlupf in der Mauer führte.

Er sah die Hunde an. Jetzt, da sie es nicht mehr auf ihn abgesehen hatten, verspürte er geradezu Mitgefühl mit ihnen.

»Arme Viecher«, murmelte er, »wer weiß, was für eine fürchterliche Giftmischung man euch eingeflößt hat!«

Waren es möglicherweise die Nachwirkungen der Droge, denen ihre plötzliche Friedfertigkeit zuzuschreiben war? Wohl kaum. Und doch, aus irgendeinem Grund hatten sie sich so seltsam aufgeführt. Warum hatten sie ihn nicht auf der Stelle zerfleischt?

Es wurde Damlo klar, während er sich eilig in Bewegung setzte. Auch die Tiere nahmen ihren Lauf wieder auf – aber in der Gegenrichtung und ganz so, als gäbe es den Jungen einfach nicht.

»Der Schutz der Kaxalandrill!« rief er bei sich.

Seit undenklichen Zeiten wußte man in seinem Heimatort, daß die Waeltoner ein ganz besonderes Verhältnis zu Tieren hatten. Tatsächlich konnte man sich dort an keinen einzigen Vorfall erinnern, bei dem ein sogenanntes »wildes« Tier irgendeinen der Bewohner angegriffen hätte. Zugegeben, man behandelte diesen Umstand im allgemeinen als Legende, denn die Vorsicht gebot es einfach, sich nicht darauf zu verlassen – aber diese Legende wurde unweigerlich mit jener von der roten Drachin in Verbindung gebracht.

Märchen oder Wirklichkeit – wie auch immer: wenn ein Waeltoner und ein Raubtier einander begegneten, wandten sie beide die Augen ab und wechselten die Richtung, ohne dem anderen in die Quere zu kommen. Genau wie es jetzt mit diesen vier Mastiffs geschehen war. Damlo hätte nie gedacht, daß sich dieser Schutz auch auf Haustiere ausdehnen könnte – aber warum eigentlich nicht?

Recht zufrieden, ja erfreut setzte er seine Flucht fort – ein abwegiges Gefühl, das mußte er sich eingestehen, wenn er sich vor Augen hielt, daß er in einem weitläufigen Park festsaß, mit Hunderten von Wachsoldaten auf den Fersen! Ihre Stimmen klangen schon ziemlich nahe – und nun kamen sie auch aus südlicher Richtung. Jetzt wußte er, daß er umzingelt war.

Plötzlich fiel ihm auf, daß er während dieser letzten Flucht überhaupt keine Angst verspürt hatte. Er fragte sich nach dem Warum, doch statt einer vernünftigen Antwort kamen ihm nur die Augen von Ticla in den Sinn, in denen sich der Reflex des Mondlichts im See gespiegelt hatte.

Er war an den Ruinen angelangt. Die Schreie der Soldaten kamen jetzt aus allen Richtungen und klangen sehr nahe. Er mußte sich verstecken, aber ganz gewiß nicht auf einem Baum, wie er sich vorgenommen hatte, denn er hatte gesehen, daß die Soldaten auch oben im Geäst nach ihm Ausschau hielten. Ticla hatte recht gehabt: Die Männer waren gut ausgebildet.

Damlos Blick fiel auf den alten Brunnen, und in zwei Sätzen stand er neben den morschen Brettern, die ihn bedeckten. Er hob eines davon hoch und bemerkte, daß eiserne Streben – wie die Sprossen einer Leiter – in den Schacht eingemauert waren. Als Versteck schien es dem Jungen nicht so großartig, aber vielleicht würden die Soldaten annehmen, sie hätten seine Spur schon anderswo verloren. Außerdem hatte er gar keine andere Wahl, denn die Stimmen waren in seiner unmittelbaren Umgebung angelangt.

Er schob das Brett noch weiter zur Seite und kletterte in den Schacht. Die Eisensprossen waren verrostet, und ihre äußerste Schicht zerkrümelte unter seinen Händen und Füßen. Ein Glück, daß ich so ein Leichtgewicht bin, dachte der Junge. Er schob das Brett wieder an seinen Platz, und ein Splitterregen fiel ihm über den Kopf. Dann verging ein ganzes Weilchen, ehe der Regen leise unten auf dem Wasser auftraf. Das bedeutete einen Flug von etlichen Dutzend Fuß.

Damlos Verfolger waren bei den Ruinen angelangt, und nun fingen sie an zu streiten, wen von ihnen das Schicksal traf, den Fluch herauszufordern und in den Brunnen zu blicken.

Unten im finsteren Schacht schüttelte Damlo die Splitter vom Kopf, seufzte und setzte seinen Abstieg fort. Doch je tiefer er kletterte, desto schlechter wurde der Zustand der Eisenstangen. Einige Male zerbrachen sie unter seinen Füßen, und er hing mit einer Hand an derjenigen über seinem Kopf, die noch hielt.

Als ein Soldat die Deckbretter oben zur Seite schob, war Damlo bereits weit unten, doch es blieb noch ein ziemliches Stück bis zum Wasser. Der Soldat beugte sich über den Brunnenrand, bemerkte die Eisensprossen und teilte dies einem Kameraden mit.

Damlo verhielt sich vollkommen reglos, denn der Schacht verstärkte die Geräusche beachtlich. Doch die Männer oben begannen sofort, darüber zu streiten, auf welche Weise man am besten eine Fackel bis zum Wasser hinablassen könnte. Also mußte der Junge den Abstieg schleunigst wieder aufnehmen.

Er war noch weit von der Wasserlinie entfernt, als sich der Soldat auf eines der morschen Bretter stützte und es unter seinem Gewicht zerbarst. Während die Kameraden ihn festhielten und vor dem Absturz bewahrten, wünschte der Mann laut und ausgiebig den Fluch zum Teufel, der über diesem Ort lag; Damlo konnte ihm bei jedem Wort nur beipflichten, denn obwohl er sich sofort so flach wie möglich gegen die Wand des Schachtes gedrückt hatte, waren die Holztrümmer fast ausnahmslos auf seinen Kopf gefallen – und er hatte den Halt verloren.

Der Sturz schien endlos zu dauern, aber seltsamerweise ging ihm nichts anderes durch den Kopf, als daß ihn die Soldaten nun nicht mehr entdecken würden, weil das Geräusch seines Aufpralles auf dem Wasser sich mit jenem der Bruchstücke überschnitt.

Halb betäubt sank er viele Fuß tief ins dunkle Naß hinab. Der Aufprall hatte ihm die Luft aus den Lungen gepreßt, und der Drang zum Atemholen überfiel ihn augenblicklich. Er bemühte sich zwar sofort, nach oben zu schwimmen, doch er war zu verwirrt, um zu erkennen, wo »oben« sein könnte. Das Wasser war eiskalt, und er spürte eine Art von Strömung, die ihn gegen die Wand des Schachtes stieß. In einem Brunnenschacht kann es keine Strömung geben, dachte er flüchtig und kämpfte darum, weiter nach oben zu kommen. Es schien aber, als wäre er von steinernem Gemäuer umgeben: Wohin er sich auch drehte, er stieß gegen eine Wand.

Ich schaffe es nicht! dachte er, von Panik erfaßt; in einer Sekunde ertrinke ich!

Und dann spürte Damlo plötzlich, wie mit einer nie zuvor gekannten Heftigkeit »diese Sache« aus ihrem Schlupfwinkel in seinem Inneren hervorbrach. Wie immer erfüllte sie ihn mit Todesangst, doch im Unterschied zu früher besaß sie diesmal eine Gestalt. Sie war nicht mehr nur ein formloses Gebilde zerstörerischen Wütens: Jetzt besaß sie die Züge eines Drachen. Eines riesigen roten Drachen, ausgerüstet mit Flügeln, Krallen und Reißzähnen, der Feuer spuckte und schauerlich brüllte. Noch nie zuvor hatte die Bestie derart entsetzliche Töne ausgestoßen. Es war furchterregend und wunderbar zugleich.

Während sein Körper zuckte, schickte sich Damlo an, das Monster zu bekämpfen. Doch es wurde ihm sofort klar, daß er den Kampf diesmal verlieren würde: Der Drache war zu stark, und er, Damlo, mußte in seiner Benommenheit auch noch darum ringen, an die Oberfläche des Wassers zu kommen.

Es gelang ihm nicht einmal, sich in seinen Turm aus klarem Verstand zurückzuziehen, der ihm während seiner Anfälle sonst immer geblieben war. Er verlor das Bewußtsein, und während er spürte, wie die Welt vor ihm zurückwich, war sein letzter Gedanke, daß ihm wenigstens das schreckliche Gefühl des Wassers, das ihn erstickte, erspart bliebe.

Umgeben von einem seltsamen Glanz, der kaum das Dunkel durchbrach, erwachte er völlig durchnäßt. Außerdem fror er, aber der Anfall hatte keine Nachwirkungen hinterlassen.

Er stützte sich auf einen Arm, blickte sich um und entdeckte, daß er sich in einem Tunnel befand. Im Licht des blassen Schimmers, der von einem sonderbaren Belag an den Wänden ausging, sah er, daß der Untergrund sanft abfiel und schließlich in schwarzes, stilles Wasser eintauchte – in dem er selbst noch bis zur Körpermitte lag.

»Willkommen«, ertönte eine uralte Stimme, getragen vom Nachhall Tausender Jahrhunderte und all ihrer Weisheit.

Damlo fuhr hoch und kniff die Augen zusammen, um in dem tiefen Halbdunkel etwas zu erkennen. »Wer ist da?«

»Richtig«, sagte die Stimme, »immer dieser fixe Drang nach Namen, den ihr alle habt, die ihr aus Fleisch und Knochen besteht! Das war mir entfallen. Du kannst mich ›Brunnen‹ nennen, wenn's dir recht ist.«

»Und ich heiße Damlo Rindgren. Aber ich dachte, es gäbe keine künstlich geschaffenen Ortsgeister.«

»Wenn du ein wenig darüber nachdenkst, merkst du sicher von ganz allein, welchen Unsinn du gerade von dir gegeben hast«, stellte die Stimme trocken fest.

»Ich wollte sagen ... Also, ich dachte, daß an Plätzen, die vom Menschen geschaffen wurden oder an denen er lebt, keine Ortsgeister existieren würden. Aber du bist der Geist des Brunnens, richtig? Ich war am Ertrinken, hast du mich gerettet? Wo sind wir hier?«

»Fragen, Fragen, nichts als Fragen! Jahrhunderte und Jahrhunderte der Stille, und dann kommt plötzlich so ein Grünschnabel, der sie alle auf einmal mit seinen Fragen füllen will!«

»Ich bin eben neugierig. Aber wenn du es als Ungezogenheit empfindest, bitte ich um Vergebung.«

»Aber nein. Im Grunde mag ich Fragen ganz gern. Und dich mag ich auch. Du bist interessant und besitzt eine edle Seite.«

»Das heißt, ich habe auch eine andere – die ungezogene?«

»Nein, so würde ich es nicht unbedingt nennen. Außerdem müßtest du es wissen.«

Aha, dachte Damlo, jetzt fängt das Rätselraten wieder an. Erst will er mich neugierig machen und dann sagt er, es wäre zu früh für mich, es zu erfahren, und läßt mich mit wäßrigem Mund zurück. Sie sind alle gleich, diese Ortsgeister!

Da erinnerte er sich an die erste Unterhaltung mit Uwaen in Drassol und an die Art und Weise, wie er vom Turm von Belsin erfahren hatte. Jetzt würde er nach der gleichen Methode vorgehen, beschloß er.

»Ah, meine doppelte Natur«, warf er leicht hin.

»Mmmh. Warum tust du so gleichgültig? Du weißt doch, daß du vorhin fast daran gestorben wärst, oder?«

»Ja, das passiert mir öfter.«

»Nein, mein junger roter Freund. Heute ist dir etwas zum ersten Mal passiert. Und ohne mich wärst du gestorben.«

»Was willst du damit sagen? Ich weiß, daß du mich gerettet hast, und dafür bin ich dir auch dankbar!«

»Wasser einzuatmen ist eine schlimme Art zu sterben, nicht wahr?«

»Ganz schrecklich! Letzte Woche habe ich erlebt, wie ein Boot in einen Sturm geriet – die Fischer sind ertrunken. Damals hätte ich nicht gedacht, daß ich ein paar Tage später fast das gleiche Ende nehmen würde!«

»Tja, aber du wärst nicht ertrunken«, lachte »Brunnen« auf. »Und du müßtest es wissen. Nach dem, was du mich glauben machen willst, jedenfalls.« Sein Lachen klang tief, voll und von einer abgeklärten Fröhlichkeit getragen.

»Meinst du den Krampfanfall?« versuchte es Damlo von neuem. »Ich glaube, ich wäre noch vorher ertrunken. Ich hatte wirklich keine Luft mehr.«

»Hör zu, junger Rotschopf. Die Krampfanfälle sind nur die Auswirkungen von etwas anderem. Deiner doppelten Natur, wie du ganz richtig gesagt hast. Einer Natur jedoch, die du offenbar nicht kennst. Warum versuchst du, mir das Gegenteil vorzumachen?«

»Ich hatte gehofft, du würdest mir etwas darüber sagen können«, erklärte Damlo und spürte, wie er errötete.

»Und welcher ist der beste Weg, um etwas zu erfahren, was man nicht weiß?«

»Fragen«, murmelte Damlo. »Aber das gelingt nicht immer!« Er erzählte in aller Kürze von den Ortsgeistern, denen er schon begegnet war, und von dem großen Geheimnis, das sie alle um seine doppelte Natur gemacht hatten.

»Jetzt verstehe ich!« sagte »Brunnen«, als der Junge geendet hatte. »Was für Bauern!«

»He, Augenblick mal!« brauste Damlo auf. »Was hast du gegen Bauern? Und außerdem sind es alle meine Freunde! Wer bist du, daß du dir ein Urteil über sie anmaßt? Ich finde es besser, auf dem freien Land zu leben, als in einem Park eingesperrt zu sein! Noch dazu in einem Teil, den alle meiden!«

»Bravo!« lachte »Brunnen« wieder auf. »Deine Energie gefällt mir. Und scharfzüngig bist du auch. Aber es gibt Dinge, die du nicht weißt. Zum ersten: ich bin nicht der Ortsgeist des Brunnens.«

»Und wer bist du dann?« fragte Damlo mürrisch; er schmollte immer noch ein wenig.

»Du mußt wissen, daß es diesen Park vor einiger Zeit noch gar nicht gab. An seiner Stelle erhob sich ein großartiges ZBauwerk – eine Gruppe von Bauwerken sogar, um genau zu sein, deren höchstes ein Turm war. Die Menschen nannten ihn den ...«

»Zauberturm von Eria!« unterbrach ihn der Junge, der sich plötzlich an Clevas und seine Erzählungen erinnerte.

»Genau. Hier an dieser Stelle folgten einander jahrtausendelang Magier ohne Zahl, und dieser Platz ist so sehr vom Zauber durchdrungen ...«

»Also bist du der Geist des Turmes? Soll ich dich so nennen?«

»Ich bin der Geist dieses Ortes, um es so auszudrücken, daß es in deine Denkweise paßt. Der Geist des Brunnens, der Ruinen und des alten Turmes. Aber du kannst mich ruhig weiter ›Brunnen‹ nennen, wenn du möchtest.«

»Aber das sind alles Dinge, die vom Menschen geschaffen wurden!« wandte Damlo ein.

»Es stimmt, daß wir dort, wo Menschen leben, einer nach dem anderen entschlafen, und genauso richtig ist es, daß wir ihre Häuser für gewöhnlich nicht bewohnen. Aber eine gewisse Art von Magie hat viel mit der Liebe zur Natur gemein, und jene, die hier geübt wurde, war von dieser Art. Das ist der Grund dafür, daß ich zusammen mit dem Turm existieren und seine Zerstörung überleben konnte.«

»Er wurde niedergebrannt, nicht wahr?«

»Ja«, seufzte »Brunnen«. »Das Feuer wütete tagelang, und die Glutnester unter der Asche glosten noch eine weitere Woche weiter.«

»Verbrannten auch die Bücher?«

»Alles.«

»Wie viel verlorenes Wissen!«

»Das bringt uns zu deiner Natur zurück, junger Rotschopf. Deine Freunde vom Lande hatten in gewisser Hinsicht recht. Es ist richtig, daß alle Rhythmen der Natur einen wertvollen Sinn haben und nicht durcheinandergebracht werden dürfen. Doch es ist auch richtig, daß der Kampf ums Überleben in der Natur unbarmherzig ist. Wenn man sich dabei nur von der Absicht leiten läßt, die Realität nicht zu verändern, wird man unterliegen. Denk an die Heiler: Besteht ihr Beruf nicht darin, die Natur zu bekämpfen, indem sie ihren Lauf verändern? Siehst du? Wie bei allen Dingen ist es auch hier eine Frage des Maßhaltens.«

»Also hätten mir der Alte Felsbuckel und die anderen Ortsgeister auch schon alles sagen können?«

»Davon bin ich überzeugt. Wie auch immer, jetzt ist die Lage aber eine andere. Nach dem, was soeben vorgefallen ist, wird es notwendig, daß du es erfährst.«

Unversehens wurde Damlo bewußt, daß er keinen Speichel mehr im Mund hatte.

»Hmmm«, brummte Brunnen nach kurzem Schweigen. »Ich frage mich, wie ich es dir sagen soll. Auch weil ich, um ehrlich zu sein, nicht verstehe, wie es dich überhaupt geben kann.«

Damlo riß die Augen auf.

»Machen wir es so«, fuhr »Brunnen« fort. »Erzähl mir erst einmal von dir. Wo du geboren bist, wer deine Eltern waren, wo du gelebt hast und wie. So in dieser Art eben.«

Jetzt stehe ich da wie ein Idiot, dachte Damlo. Sogar der Alte Felsbuckel hatte ihm schon erklärt, daß er über alle Elemente verfügte, um von ganz allein draufzukommen!

Doch er begann, von sich und seinem Leben zu berichten. Es fühlte sich sehr seltsam an, jemandem von Waelton zu erzählen, den es schon gegeben hatte, lange bevor das Dorf gegründet worden war. Darüber lachten sie beide, und »Brunnen« wollte die Legende von Kaxalandrill und Maspo Gemmalampo hören. Damlo erzählte sie ausführlich und sprach dann von seinen Eltern, von den sogenannten »Roten« in Waelton und dem frühen Tod, den bislang alle Kinder gefunden hatten, die so waren wie er. Und im Laufe seiner Erzählung versöhnte er sich wieder mit der Erinnerung an sein Heimatdorf, die er während der Reise mit den Kaufleuten verscheucht hatte, wann immer sie sich ihm aufdrängen wollte. Und zuletzt sprach er zum Ortsgeist auch über seine magischen Kräfte und wie es ihm dennoch nicht gelungen war, die Fischer zu retten.

»Jetzt verstehe ich«, sagte »Brunnen« schließlich. »Nun ja, mein Junge: leider gibt es keine zartfühlende Art, dir … Außerdem ist die Sache einigermaßen verwirrend, und ich … Also, um es klar und einfach zu sagen: in dir lebt ein Drache.«

Der Junge setzte zum Sprechen an, doch statt dessen mußte er rasch nach Luft schnappen. Der Anfall von vorhin kam ihm wieder in den Sinn, und er sah auch gleich die Gestalt vor sich, die die wütende Furie angenommen hatte. Das Bild gefiel ihm gar nicht.

»Das ist unmöglich!« piepste er schwach. »Außerdem sind die Drachen schon ausgestorben!«

»Es gibt etwas in uns – selbst in mir –, das die Zeiten überdauert«, fuhr »Brunnen« mit sanfter Stimme fort. »Es reicht in die dunkle Nacht der Vorzeit zurück und geht vom Vater auf den Sohn über – immer gleich und immer anders. Wir können es ›das Blut‹ nennen, um ihm einen Namen zu geben. Nun, Damlo: in deinem Blut ist etwas, das sich seit Jahrtausenden weitervererbt, und dabei handelt es sich um einen Drachen. Genauer gesagt: um einen *roten* Drachen.«

»Aber das kann doch nicht sein!« stotterte der Junge.

»Du bist ein Abkömmling der Kaxalandrill. Daß die Drachin sich in eine Frau verwandelte und Maspo Gemmalampo zum Ehemann nahm, hast du mir ja selbst erzählt.«

»Aber sie hatten keine Kinder!«

»Und woher weißt du das?«

»Ich ... na ja, also die Legende erzählt nichts davon.«

»Sie erzählt auch nicht davon, was die beiden aßen oder welche Kleider sie trugen. Dennoch ernährten sie sich wohl ihr ganzes Leben lang irgendwie und liefen sicher auch nicht nackt herum. Die Legenden berichten in erster Linie von den außergewöhnlichen Dingen und nicht vom Alltäglichen. Und es ist ganz natürlich und alltäglich, daß zwei Liebende auch Kinder haben.«

»Aber ich will nicht ... außerdem – wenn es so ist, wie du sagst, warum gibt es dann in Waelton keine anderen Leute, die einen Drachen in sich haben?«

»Du selbst hast mir von den sogenannten ›Roten‹ erzählt.«

»Aber die sind alle tot!«

»Sieh mal, Damlo, wenn sich das Blut zweier so verschiedener Arten von Lebewesen vermischt, um ein neues zu bilden, versucht eines die Oberhand über das andere zu gewinnen. Es ist ein durchaus verständlicher Kampf, denn jedes der beiden wird von der Natur dazu gedrängt, die eigene Substanz weiterzugeben.«

»Und was für ein Kampf!« stieß Damlo hervor. »Aber ich will keinen Drachen in mir tragen! Und warum haben alle Roten eine menschliche Gestalt?«

»Ich würde meinen, daß die Abkömmlinge der Kaxalandrill in gleicher Zahl Drachen- wie Menschengestalt angenommen haben müßten. Bist du wirklich sicher, daß in Waelton noch nie irgend etwas geboren wurde, das Ähnlichkeit mit einem Drachen hatte?«

»Ganz sicher«, antwortete Damlo. Dann kam ihm plötzlich etwas in den Sinn, und er fuhr fort: »Aber bei uns haben die Frauen nur sehr wenige Kinder. Sehr oft endet ihre Schwangerschaft, kaum daß sie begonnen hat, und würden wir nicht so lange leben, wäre unser Dorf seit geraumer Zeit ausgestorben.«

»Das erklärt vieles. Das, wovon du sprichst, nennt man Fehlgeburt, und es ist möglich, daß es sich in den meisten dieser Fälle um einen raschen Sieg des Drachenblutes handelt. Ein Sieg, der jedoch, wie mir scheint, mit der Entwicklung eines Drachenkindes im Leib einer Menschenfrau nicht vereinbar ist.«

»Also sind die Roten diejenigen, bei denen das Menschenblut gesiegt hat?«

»Nein. In diesem Fall, denke ich, erblickt ein Wesen die Welt, da die Drachenseite ihre wahre Natur nicht entfaltet hat.«

»Willst du damit sagen, daß alle Waeltoner ein wenig Drachenblut in sich tragen?« fragte Damlo ungläubig.

»Das ist sehr wahrscheinlich.«

»Und die Roten?«

»Natürlich auch sie, aber in größerer Menge. Zieh die beiden Extreme in Betracht: der Drache, der in den ersten Monaten nach seiner Zeugung abstirbt, und das Menschenkind, das wie gewöhnlich weiterwächst. Nun: was geschieht, wenn der

Kampf einen anderen Verlauf nimmt? Wenn es keiner der beiden Seiten gelingt, sich durchzusetzen? Fast sicher beruhigt sich der Konflikt nach und nach, und dann wird ein sogenannter ›Roter‹ geboren, ein Wesen, in dem die menschlichen mit den Drachenanteilen verschmolzen sind und sich als Gesamtheit entwickeln.«

»Aber warum haben sie dann alle menschliche Form?«

»Das weiß ich nicht. Man könnte sich vorstellen, daß sie durch ihr Heranwachsen im Körper einer Menschenfrau jene Gestalt annehmen, die am ehesten dem Geburtsvorgang entspricht, der ihnen bevorsteht. Eine Art praktische Überlebenshilfe.«

»Aber dann sterben auch sie.«

»Ja, sobald der Kampf wieder entflammt, einige Jahre später. Das kommt daher, daß Menschen und Drachen unterschiedliche Entwicklungsphasen durchmachen. So etwa entsinne ich mich, daß die Drachenjungen nach dem Schlüpfen aus dem Ei jahrelang schliefen.«

»Aus dem Ei?« wiederholte Damlo entgeistert.

»Ein Drache wurde nicht so geboren wie ein Mensch. Wahrscheinlich liegt hier der Grund für die vielen Fehlgeburten in Waelton: Wenn das Drachenblut anfangs sogleich den Sieg davonträgt, dann versucht es natürlich, ein Ei zu bilden. Welches jedoch vom Körper der Frau umgehend abgestoßen wird.«

»Und die Roten?«

»Gehen wir davon aus, daß in ihnen ein schlafendes Drachenjunges existiert. Dann, eines Tages, erwacht es ...«

»Die Krampfanfälle!«

»Genau.«

»Aha!« rief Damlo triumphierend. »Jetzt siehst du, daß du dich irrst! Wenn es so wäre, wie du sagst, dann würden nicht alle Roten sterben! Wenigstens bei einigen von ihnen wäre die menschliche Seite stärker als die andere!«

»Was heißt ›stärker‹? Es ist immer leichter, zu zerstören als zu bewahren, und beide Seiten sind in der Lage, das Ganze umzubringen. Was passiert, ist, denke ich, folgendes: Das Drachenjunge erwacht und empfindet verständlicherweise den eigenen Körper als fremd. Also versucht es natürlich, daraus zu entkommen.«

»Aber warum?« warf Damlo angsterfüllt ein. »Dann stirbt es doch auch!«

»Mmmm ... Hast du je ein Neugeborenes schreien hören?«

Der Junge nickte.

»Denk an die Heftigkeit, mit der so ein winziges Kindlein brüllt. Sieh mal, es versteht gar nichts; es kann nicht einmal das deuten, was es sieht oder hört, denn auch das Wesen von Formen und Tönen muß erlernt werden. Das Kleine nimmt nur verschwommene Eindrücke von Leben oder Tod wahr. Schwarz und Weiß, ohne Grau. Wenn dem Menschlein eine Sache gefällt, dann bedeutet sie Leben, und das will es. Wenn ihm eine Sache nicht gefällt, dann ist sie Tod – und den bekämpft es mit seiner ganzen Energie.«

»Das Wüten!«

»Das Wüten, ja. Die tobsüchtige Wut eines Wesens, das spürt, daß es stirbt, aber mit allen Mitteln, die ihm zur Verfügung stehen, den Kampf um das Leben gewinnen will. Und darum sterben die Roten bei den ersten Krampfanfällen.«

»Und ich? Was ist mit mir?«

»In dir herrscht ein einzigartiges Gleichgewicht zwischen diesen beiden Naturen. Vielleicht hat aus diesem Grund der Drache in dir länger geschlafen. Oder er ist zwischendurch zwar aufgewacht, aber nicht so ganz. Oder die beiden Arten von Blut sind einfach nur harmonischer in dir verschmolzen. Vermutlich trifft alles davon zu.«

»Während der Anfälle hatte ich immer schon den Eindruck, als würde dieses Wüten in mir, diese Furie nicht ganz aus ihrem Winkel hervorkommen.«

»Vorhin ist sie fast zur Gänze erwacht. Hätte ich sie nicht wieder zum Einschlafen gebracht ...«

»Dann werde ich also sterben, wenn sie das nächste Mal aufwacht?«

»Das kann sein, mein junger Freund. Es muß aber nicht ...«

»Was soll das heißen? Gerade hast du gesagt, daß sie mich umgebracht hätte, wärst du nicht gewesen!«

»Du mußt bedenken, daß ihr in diesem Augenblick am Ertrinken wart, und das hat der Drache zweifellos auch gespürt. Erinnere dich, daß er bei anderen Gelegenheiten nicht versucht hat, aus dir herauszukommen, sondern dir das Leben zu retten.«

»Das verstehe ich nicht.«

»Als du den Wagen über die Schlucht fliegen ließest, stellte er sich doch nicht dagegen, oder? Das bedeutet, daß ihr im Augenblick der Gefahr einander nicht bekämpft, sondern eure Kräfte vereint habt. Das habt ihr ganz ahnungslos getan, denn du wußtest nichts von seiner Existenz, und der Drache war im Halbschlaf. Und dennoch habt ihr es geschafft.«

»Was soll's? Vor kurzem hat er trotzdem versucht, mich zu töten!«

»Nein, mein junger roter Freund. Vor kurzem hat er versucht, auf die einzige Weise zu überleben, die er kennt: aus einem Körper auszubrechen, den er nicht als seinen eigenen empfindet!«

»Und konnte er statt dessen nicht irgendeinen Zauber vollbringen?«

»Den hättest du vollbringen müssen, nicht er.«

»Ich? Da ich doch keine Ahnung habe, wie ich das anstellen sollte! Während des Sturmes habe ich es mit aller Kraft versucht, aber die Fischer sind trotzdem ertrunken!«

»Wie soll ich es dir erklären?« »Brunnen« unterbrach sich eine Minute lang, dann fuhr er fort: »Sagen wir mal, der Drache ist noch zu klein, um zu verstehen, was Zauberei ist, ja? So gesehen verfügt er zwar über gewisse Kräfte, aber er ist sich ihrer nicht bewußt, und so beschränkte er sich darauf, keinen Widerstand zu leisten, als du darauf zurückgriffst und dich ihrer bedientest.«

»Und wie habe ich das getan?«

»Das kann ich dir nicht erklären.«

Der Junge schwieg; sein ganzes Gemüt war in Aufruhr.

»Wenn ich es recht verstanden habe«, sagte er nach einer Weile, »dann brauche ich keine Angst mehr zu haben, daß er mich umbringt – wenigstens solange wir nicht beide dem Tod ins Auge sehen. Richtig?«

»Nicht ganz. Das wird zutreffen, sobald dem Drachen klar wird, daß er nicht in Todesgefahr ist, wenn er sich in dir befindet. Doch das kann erst geschehen, nachdem er vollkommen erwacht ist. Und selbst falls er es sofort begreift, bleibt er ein Neugeborenes, das ›Tod‹ wittert, wenn ihm etwas nicht gefällt. Dein Zustand ist ein äußerst gefährlicher, mein junger Freund, und du solltest hoffen, daß … nun, sagen wir es so: daß der Drache noch möglichst lange schläft.«

»Wenn er lange genug schläft, hört er auf, gefährlich zu sein?«

»Er wird jedenfalls weniger gefährlich.«

»Und hört er je damit auf?«

»Natürlich, sobald er seine doppelte Natur begreift.«

»Und wie lange wird er dazu brauchen?«

»Das weiß ich nicht«, räumte die tiefe Stimme des »Brunnens« ein. »Einige Jahrhunderte, würde ich meinen.«

»*Was?*« rief der Junge entsetzt.

»Hast du eine Vorstellung, wie lange Drachen leben?«

»Aber da sterbe ich doch lange zuvor an Altersschwäche! Gibt es denn keine Möglichkeit, ihn mir da rauszureißen?«

»Ich fürchte, dir ist ein wesentlicher Punkt entgangen, mein Junge«, seufzte die Stimme. »Weißt du, was eine Metapher ist?«

»Ein Bild, das man in übertragener Bedeutung verwendet, ein Beispiel, um etwas besser zu erklären.«

»Ganz richtig«, lobte »Brunnen« mit einem leicht amüsierten Unterton in der Stimme. »Also: bisher haben wir die Sache rein metaphorisch besprochen, verstehst du? Es gibt nicht wirklich einen Drachen da drinnen in dir. Der Drache bist du. Dein Blut ist Menschen- und Drachenblut zugleich. Wäre es nicht so, dann hättest du deine Geburt gar nicht erlebt – oder du wärst zur Gänze ein Mensch geworden.«

»Soll das heißen, daß ich Tausende von Jahren alt werde?«

»Das ist sehr wahrscheinlich, wenn du nicht vorher umgebracht wirst. Du mußt mit dem Gleichgewicht, das zwischen deinen beiden Naturen herrscht, sehr pfleglich umgehen. Das ist es, was dich bis jetzt am Leben gehalten hat.«

»Und wie soll ich das anstellen?«

»Vermeide um jeden Preis, in riskante Lagen zu geraten. Der Drache fühlt, was du fühlst, und wenn du dein Leben in Gefahr bringst, dann erschrickt er, so wie es vorhin geschah. In diesem Fall würde er plötzlich hellwach sein. Bildlich gesprochen, zugegeben – aber dein Tod wäre dann etwas sehr Tatsächliches.«

Damlo versank für eine ganze Weile in tiefes, bedrücktes Schweigen. Seine Lage erschien ihm so entsetzlich, daß er ein ums andere Mal wünschte, der alte Brunnen wäre einfach nicht mehr ganz bei Verstand.

Aber da waren die Haare der »Roten«: nicht das Karottenrot der Leute aus dem Tresiner Tal, sondern dieses besondere Rot, dieses tiefdunkle Glutrot. Und da war noch die Tatsache, daß er, Damlo, das Wüten in sich immer schon als ein Monster empfunden hatte, das im Begriff war, brüllend aus seinem Bau zu stürzen. Dazu kam sein müheloser Umgang mit fremden Sprachen und der Umstand, daß er die Fähigkeit besaß, Ortsgeister zu sehen und zu hören, was sie sagten: Jeder weiß, daß sich Drachen mit allen Lebewesen unterhalten können, dachte er. Und der Geruch nach Verbranntem? Und dieses Gefühl der Hitze, das er während der Anfälle im Mund verspürte? Und der Drang, es auszuspucken? Und dann der Zauberstachel, den er bei sich trug: der stammte ohne Zweifel von Kaxalandrill. Aber die Ortsgeister hatten ihn für seinen Drachenschwanz gehalten! Und alle hatten ihn »junger roter Freund« genannt – »junger roter Drache« war wohl gemeint! Außerdem stimmte es: Dadurch, daß er wie wild dagegen angekämpft hatte, war es der Furie verwehrt gewesen, sich ganz zu offenbaren, denn während seiner Anfälle war ihm stets diese kleine Festung aus klarem Menschenverstand geblieben, in die er sich zurückziehen konnte. Ja, es gab einen Drachen in ihm. Oder besser: Er selbst war ein Drache. Ein Mensch und ein Drache zugleich. Ein halber Drache, so wie Uwaen ein halber Elf war. Der Gedanke, etwas mit dem toten Freund gemein zu haben, tröstete ihn. Ein wenig.

Er seufzte. Plötzlich spürte er, daß er fror. Es kam ihm zu Bewußtsein, daß er immer noch völlig durchnäßt war. Er sah sich noch einmal in diesem Tunnel um: Jetzt erschien er ihm eher als ein Gang, denn die Wände und die Decke waren glatt, und auch der Untergrund sah recht sauber aus.

»Wo sind wir hier?« fragte er.

»In den unterirdischen Gewölben und Gängen des alten Turmes.«

»Sie existieren immer noch?«

»Wie du siehst …«

»Und gibt es viele davon?«

»Vor dem Brand waren es viele«, sagte Brunnen. »Jetzt sind nur noch wenige Teile davon vorhanden.«

»Erlaubst du mir, daß ich sie erkunde?«

»Da kämst du nicht weit. Aufgrund der Einbrüche sind jeweils nur Abschnitte davon frei.«

»Schade«, seufzte Damlo. »Ich hatte gehofft, einen anderen

Weg hinaus zu finden. Mir ist kalt, und ich habe keine Lust, mich wieder in das eisige Wasser zu stürzen. Auch weil ich hinterher, wenn ich aus dem Brunnen steige, ein ziemliches Stück Fußmarsch vor mir habe.«

»Komm mit.«

Damlo stand auf und begab sich langsam in das Halbdunkel des Tunnels. Das sanfte Leuchten hatte den schimmelartigen Belag an den Wänden verlassen und bewegte sich mitten in der Luft vor Damlo her, um ihm den Weg zu weisen. Was für ein seltsames Gefühl, einen Lichtschein zu sehen, der keine Quelle hatte!

So ging es eine Weile voran und vorbei an etlichen schmäleren Seitengängen, bis der Ortsgeist an einer Stelle ankam, wo sich der Tunnel erweiterte. Hier hielt er an, denn der Weg war von quadratisch behauenen Steinblöcken versperrt.

Der Junge nahm einen schwachen Luftzug wahr. Hier war keine Spur mehr von der Feuchtigkeit zu spüren, die bisher überall geherrscht hatte, und der Untergrund schien leuchtend weiß zu sein.

»Hier über uns gab es einmal riesige Felsen«, erklärte Brunnen. »Die Hitze des Feuers spaltete sie, und etliche dieser Einschnitte reichen immer noch bis hier hinab in die Gänge. Von außen wirken sie wie bloße Bruchstellen im Fels, aber du bist schmal genug gebaut, um durchzupassen.«

Damlo antwortete nicht. Reglos, die Augen wie fixiert auf den Boden gerichtet, erkannte er soeben, daß die schimmernde Helligkeit des Untergrundes auf Dutzende und Aberdutzende von blanken Knochen und Schädeln zurückzuführen war.

»Hier muß ein Massaker stattgefunden haben!« murmelte er schließlich.

»Weißt du, weshalb der Turm in Brand gesetzt wurde?«

»Die Menschen glaubten, die Zauberer hätten die Magie gestohlen.«

»Richtig. Und um der Lynchjustiz zu entgehen, flüchteten sich der Magiarch und viele seiner älteren Kollegen hierher in den Untergrund. Doch dann stürzten die Gewölbe der Gänge ein, und sie wurden lebendig begraben.«

»Und der Pöbel hat sie aufgespürt«, fügte Damlo mit leiser Stimme hinzu.

»Nein, Junge, niemand hat sie je gefunden. Sie sind verdurstet. Das Feuer hatte den Brunnen ausgetrocknet, den Bach gab es noch nicht. Den hat man erst hierher umgeleitet, als der Park angelegt wurde.«

»Warum sind die Magier nicht durch den Brunnenschacht hinausgestiegen?«

»Draußen war die Hitze groß. Und selbst als die Flammen erloschen, gloste es darunter noch viele Tage lang weiter. Außerdem waren die Magier sehr, sehr alt, und das Ende der Magie hatte sie geschwächt. Sie hatten einfach nicht mehr genügend Kraft.«

»Ein echter Magiarch«, murmelte Damlo ehrfürchtig und beugte sich über ein Skelett, das noch mit hellen Stoffstreifen bedeckt war.

»Genauer gesagt, das hier war einer der Köche. Während des Angriffes auf den Turm befand er sich zufällig bei den Magiern, und so floh er zusammen mit ihnen und teilte ihr Schicksal. Der Magiarch liegt dort in der Ecke. Du kannst ihn an dem Siegel erkennen, das er um den Hals hängen hat.«

Leicht verlegen richtete sich Damlo wieder auf und trat an die sterblichen Überreste des großen Magiers heran. Rund um seine Nackenwirbel und über die Schlüsselbeine lief eine goldene Kette, an der ein seltsam gebogener Anhänger auf dem Brustbein des Skeletts ruhte. Vorsichtig und respektvoll, um sonst nichts zu berühren, öffnete Damlo die Schließe der Kette und nahm den Anhänger an sich.

Das Siegel war aus dem Schnabel eines Raubvogels herausgearbeitet worden, aber kein Adler konnte jemals ein solches Mordwerkzeug zwischen den Augen getragen haben. Als echter Waeltoner sah Damlo sofort, daß die scharfen Ränder des Schnabels absichtlich stumpf geschliffen worden waren, und er bewunderte die Meisterschaft, mit der der Künstler den spitzen Teil mit einer Hülle aus fein gearbeitetem Gold versehen hatte. Die Wölbung darüber war besonders breit, und auf dem flacheren Teil, dort wo der Schnabel einst mit dem Schädel verbunden war, konnte Damlo das Relief eines Drachen mit ausgebreiteten Flügeln erkennen.

Er betrachtete es eine Weile, wobei er in seinen Gefühlen nach einer gewissen natürlichen Seelenverwandtschaft zu dem Monster forschte, doch er entdeckte keine.

»Was für einem Kaliber von Vogel gehörte denn dieser Schnabel?« fragte Damlo schließlich. »So ein Riesending habe ich noch nie gesehen.«

»Alle Siegel des Turmes wurden aus Greifschnäbeln gefertigt.«

Der Junge beäugte den Gegenstand von neuem, diesmal mit leichter Befangenheit. Der Vogel Greif war ein Tier, um das sich zahlreiche Legenden rankten – eine Art geflügelter Luchskörper, groß wie ein Kalb, und dann mit einem Adlerkopf. Auch der Greif war bald nach dem Verschwinden der Drachen ausgestorben.

»Haben die Überreste von Greifen ebenfalls magische Eigenschaften – so wie Drachenzähne?«

»Allerdings. Aber ihre Zauberkraft ist weniger stark.«

»Dann möchte ich das Siegel behalten, wenn du erlaubst.« Unwillkürlich senkte Damlo die Stimme, als er fortfuhr: »Dir kann ich es ja sagen: Ich bin auf dem Weg zu Ailaram, dem gegenwärtigen Magiarchen des Turmes von Belsin, und bringe ihm einen Drachenzahn. Auch dieser Schnabel könnte ihm von Nutzen sein.«

»Wozu?«

»Offenbar ist der Fürst der Finsternis wieder erwacht.«

»Das stimmt. Seit einiger Zeit merke ich, daß er wieder tätig ist.«

»Bist du sicher?« rief der Junge. »Ailaram hat nur einen Verdacht, aber wenn du dessen sicher bist ...«

»Ganz sicher. Seit mehr als einem Jahr ist die Stadt Eria von seiner Anwesenheit durchdrungen.«

»So muß also unbedingt sein Erster Diener gefunden werden! Weißt du, wer es ist?«

»Nein.«

»Darf ich das Siegel behalten? Es wird Ailaram helfen, ihn zu entlarven und zu bekämpfen.«

»Nimm es nur, Junge, aber jetzt beeile dich. Der Tag bricht bald an, und das Gebiet rund um die Felsen da draußen ist bewohnt. Ich möchte nicht, daß dich jemand aus einer der Spalten klettern sieht. Er könnte neugierig werden und hier unten herumzustöbern beginnen.«

Aus Angst vor unangenehmen Begegnungen kehrte Damlo im Laufschritt in die Stadt zurück. Den rechten Weg zu finden, war kein Problem: Es reichte, die nördliche Richtung einzuhalten, denn dort lagen der See und der Hafen.

Völlig außer Atem traf er bei der Bettlerküste ein. Obwohl er merkte, wie sehr ihm der entgangene Schlaf fehlte, beschloß er, seinen Stacheldegen und den Wagen gleich zu holen und sich so schnell wie möglich der Karawane anzuschließen. Jetzt erschien es ihm noch wichtiger, die Mission der Zwerge zu Ende zu führen. Er würde unterwegs schlafen, nahm er sich vor; schließlich war Majestät ohnehin schon daran gewöhnt, dem Gespann vor sich zu folgen.

Als er ins Gebäude der Bettlerküste eintrat, fiel ihm Ticla wieder ein. Er wünschte sich inständig, sie wiederzusehen, aber das würde warten müssen, bis der Auftrag erledigt war. Dann würde er nach Eria zurückkehren, ehe er seine Ausbildung bei Ailaram begann. Gut gelaunt ob dieser Aussicht näherte er sich dem Empfangstisch.

»Immer noch da?« fragte der Alte dahinter.

»Und du schläfst wohl nie?« lachte der Junge zurück. »Ich gehe nur nach oben zu den Schließfächern, und dann verlasse ich dich«, fügte er erfahren hinzu.

»Vorher mach noch einen Sprung in die Taverne. Tatini hat mir aufgetragen, dich zu ihm zu schicken, falls du heimkommst. Er ist davon überzeugt, daß sie dich geschnappt haben.«

»Das wäre nicht so einfach, wie es aussieht!«

»Glaub ich dir aufs Wort, wenn ich daran denke, wer deine Paten sind«, rief ihm der Alte nach, denn Damlo war schon auf dem Weg nach oben.

Der Junge trat in die große Gaststube, während er noch dabei war, den Gürtel mit dem Stacheldegen zurechtzurükken. Die Kneipe war nach wie vor gedrängt voll, und Damlo fragte sich, wann die kleinen und großen Gauner von Eria wohl schlafen mochten.

Tatini saß wieder am selben Tisch, diesmal jedoch umgeben von anderen Freunden. Als er den Jungen eintreten sah, sprang er auf.

»Damlo! Söhnchen!« schrie er mit belegter Stimme. »Du hast es geschafft! Komm in meine Arme!«

Der Junge beging den Fehler, der Einladung zu folgen, und wurde von einer fürchterlichen Wolke aus Bierdunst überrollt. Es war ein Kampf, sich aus Tatinis Umarmung zu befreien, und am Ende gelang es nur mit Hilfe seiner Tischgenossen.

»Erzähl, wie bist du rausgekommen?«

»Ich habe mich in den Bach geworfen«, berichtete Damlo, der sich eine Geschichte zurechtgelegt hatte, »und dann hat mir eine Dienstmagd geholfen. Sie hat mich bei sich in ihrer Kammer versteckt, bis die Luft rein war.«

Dies wurde mit Applaus und mit Anerkennungsrufen bedacht, gewürzt mit schlüpfrigen Bemerkungen. Darauf hatte Damlo gezählt, in der Hoffnung, Tatini damit vom Rest der Geschichte abzulenken, die auf sehr wackligen Beinen stand.

»Da bin ich froh!« rief Letzterer. »Da bin ich aber wirklich froh!« Nun sprudelten die Worte nur so aus ihm hervor, und er unterbrach sich nur, um einen gelegentlichen Schluck aus seinem Bierkrug zu nehmen: »Ich konnte einfach nicht mit dem Gedanken fertigwerden, daß ich auch deine Verhaftung auf dem Gewissen hätte! Ich habe schon genug Schwierigkeiten, weil die Sache in die Hose gegangen ist! Und jetzt müssen wir es noch mal versuchen, denn wenn ich dem … hmmm … also wenn ich einer gewissen Person nicht einen gewissen Gegenstand besorge, dann riskiere ich, eines Morgens gevierteilt in irgendeinem Abwasserkanal aufzuwachen! Er war fuchsteufelswild, ehrlich! Hat mir einen Mordsschrecken eingejagt. Aber es hat doch nicht an uns gelegen, und das habe ich ihm auch gesagt! Das kümmerte ihn aber überhaupt nicht. Wenn du willst, verrate ich dir ein Geheimnis. Hier in der Küste verbreiten sich Neuigkeiten ja ziemlich schnell. Also, dort oben sollen letzte Nacht zwei Sachen gleichzeitig stattgefunden haben, und die sind sich gegenseitig in die Quere gekommen. Und drum hat keine von beiden geklappt. Aber kommende Nacht versuchen wir es wieder, und diesmal werden wir es schaffen!«

»Einen Augenblick!« rief Damlo. »Was heißt: ›wir‹ werden es schaffen? Ich habe meine Arbeit getan! Der Pakt gilt nicht mehr!«

»Du kränkst mich, Söhnchen.« Tatini schien ehrlich betroffen. »Haben wir beide denn nicht gut zusammengearbeitet? Du würdest mich derart enttäuschen? Du weißt, daß mein Junge noch zwei Monate hinter Schloß und Riegel bleiben muß, oder? Willst du, daß ich auch noch meinen Neffen in Gefahr bringe? Willst du wirklich einen Familienstreit zwischen mir und meiner Schwester herbeiführen? Dann mußt du mich wohl hassen!« Der kleine Mann schien gleich in Tränen ausbrechen zu wollen.

»Nein, Tatini«, antwortete Damlo und bemühte sich, so verständig wie möglich zu klingen. »Ich will dir nichts Böses. Es ist nur so, daß ich in Kürze abreisen muß. Auch ich habe dringende Verpflichtungen, ich kann nun mal nicht hierbleiben.«

»Aber du *mußt* mir helfen!« In Tatinis getrübten Augen war jetzt ein bösartiges Funkeln erschienen. »Wir beide haben einen Bettlerküstenpakt!«

»Und wir haben ihn beide eingehalten.«

»Du nicht. Du hast geschworen, mir bei diesem Coup zu helfen, und solange der Coup nicht erledigt ist, bleibt der Pakt in Kraft!«

»Wie kommst du darauf? Ich habe getan, was von mir verlangt wurde; wenn du die Sache nicht zu Ende führen konntest, dann ist das nicht meine Schuld. Ich habe mein Wort gehalten.«

»Der Pakt ist so lange in Kraft, bis der Coup erfolgreich zu Ende geführt ist«, beharrte der kleine Mann eigensinnig.

Und so ging der Streit eine ganze Weile weiter, und die Gemüter erhitzten sich immer mehr. Schließlich mußte einer von Tatinis Freunden eingreifen, und die beiden Streitparteien begaben sich erneut zum »Blinden«, um einen zweiten Schiedsspruch zu hören.

»Tatini hat recht«, erklärte der Alte. »Damlo hat versprochen, daß er ihm helfen würde, den Diebstahl auszuführen, und solange der Diebstahl nicht ausgeführt ist, bleibt der Pakt aufrecht.«

»Aber ich habe doch alles getan, was er verlangt hat! Der Rest war seine Aufgabe! Ich weiß nicht einmal, was er stehlen sollte!«

»Das ist gegen die Regel«, stellte der Blinde fest. »Damlo hat ein Recht, das zu erfahren.«

»Das Siegel des Zanter von Eria«, brummte Tatini nach einem kurzen Zögern. »Der Regent bewahrt es in einem eisernen Schrank in seinem Arbeitszimmer auf.«

»Du übernimmst auch immer die simpelsten Aufträge, wie?« grinste der Alte.

»Das kommt, weil ich der Beste bin«, erklärte Tatini und unterdrückte ein Schluchzen.

Plötzlich erinnerte sich Damlo, daß der Gauner etwas stehlen wollte, das er dann zu einer nahegelegenen Villa schaffen und hinterher wieder zurückbringen sollte. Als Tatini ihm das gesagt hatte, war Damlo die Frage durch den Kopf gegangen, was für eine merkwürdige Art von Diebstahl das war, bei dem man die Beute noch in derselben Nacht wieder zurückgab! Jetzt wurde ihm alles klar: Irgend jemand hatte die Absicht, das Siegel ohne Wissen des Regenten zu benutzen! Zweifellos um ein Dokument zu fälschen. Wer konnte das sein? Ganz gewiß nicht Ijssilien, denn es lag auf der Hand, daß die Falle, in die er Ticla gelockt hatte, letztlich Tatini daran hindern mußte, seinen Coup durchzuführen. Ticlas Worten nach stand die Regentschaft Gevan Bedarans auf der Kippe, und ein gut gefälschtes Dokument …

Plötzlich verschlug es Damlo den Atem: Es gab nur eine einzige Person, die sich einen Bürgerkrieg in Eria wünschen konnte – dieselbe, die seinen Ausbruch in Drassol, Irel und in den übrigen Randgebieten des Reiches wollte; dieselbe, die den Orks den Sack mit den Überresten der militärischen Rüstungen überlassen hatte, um so unter den Städten der Hegemonie Zwietracht zu säen; dieselbe, die Bithor aufgetragen hatte, die Schlacht am Riguario zu planen!

Der Junge erschauerte. In jener Nacht hatte Bithor für den Ersten Diener des *Schattens* gearbeitet!

»Also gut!« rief er. »Ich kümmere mich darum!«

Tatini und der Blinde starrten ihn an, als wäre er plötzlich übergeschnappt.

»Ja«, fuhr Damlo fort, während er versuchte, so schnell zu denken, wie es nur ging, »die Dienstmagd, die meine Rettung war, ist eigentlich eine Kammerfrau des Regenten. Ich gehe ins Schloß zurück und überrede sie, mir den Schlüssel der Eisenkassette zu beschaffen.«

»Du bist verrückt«, murmelte Tatini. »Bedarans Personal ist überaus loyal. Wie glaubst du, sie herumkriegen zu können?«

»So wie ich sie dazu herumgekriegt habe, einem triefnassen Fremden Unterschlupf zu gewähren, der durch den Park rannte, die Palastwachen auf den Fersen!«

»Na, selbst wenn dir das gelingen sollte, es wäre dir gewiß nicht möglich, in die Arbeitsräume des Regenten zu kommen. Gar nicht davon zu reden, die Sache später noch mal durchzuziehen und das Siegel an seinen Platz zurückzubringen! Das ist eine Arbeit für Experten!«

»Du vergißt, wer meine Paten sind. Denkst du, daß mir Uwaen und Oljed gar nichts beigebracht haben?«

»Er hat das Recht, es zu versuchen«, griff der Alte in die Auseinandersetzung ein, »da sich ja herausgestellt hat, daß die Sache auf deine Weise nicht durchführbar war.«

»Überleg mal, Tatini«, versuchte es Damlo von neuem. »So gehst du kein Risiko ein. Nach letzter Nacht wird ohnehin alles in Alarmbereitschaft sein, und die Gefahr wird um so größer. Und wenn's auch mir nicht glückt, dann kannst du es immer noch zusammen mit deinem Neffen versuchen!«

»Mir erscheint das ein angemessener Vorschlag zu sein«, erklärte der Alte.

»Also gut«, knurrte Tatini nach kurzem Überlegen. »Aber vergiß nicht, die Belohnung gehört ganz allein mir! Du hast schon den Wagen bekommen.«

»Natürlich!« rief der Junge sofort. »Also mache ich mich heute nacht wieder auf ins Schloß Bedaran, und morgen oder übermorgen gebe ich dir Nachricht. So kannst du das Zusammentreffen mit deinem Kunden festsetzen. Wie erkenne ich das richtige Siegel?«

»Ganz einfach«, antwortete der kleine Mann immer noch grollend, »es ist aus einem alten Greifschnabel gearbeitet.«

Damlo riß die Augen auf, überspielte seine Verblüffung jedoch sofort. »Und was stellt es dar?« fragte er mit aufgesetzter Gleichgültigkeit.

»Einen Greif«, schaltete sich der Alte ein. »Du kannst ihn auf der Begnadigungsurkunde des Wirts unten in der Kneipe sehen. Sie hängt über dem Tresen.«

Schade, dachte der Junge, als er die Kammer des Blinden verließ. Einen Augenblick lang hatte er gehofft, das Siegel aus dem unterirdischen Gewölbe im Park des Schlosses verwenden zu können. Dann hieß er sich jedoch einen Dummkopf: Es lag in der Natur der Sache, daß Siegel unterschiedlich waren, auch wenn sie auf den ersten Blick die gleiche Figur zeigten. Außerdem würde der Erste Diener gewiß seine Echtheit prüfen, ehe er es benutzte.

»Gute Reise!« wünschte ihm der Alte hinter dem Empfangspult. »Und richte deinen Paten einen schönen Gruß von mir aus, wenn du sie siehst!«

Damlo nickte, ohne sich in Erklärungen zu verlieren, und ging weiter zur Taverne.

Tatsächlich! dachte er, als er das Pergament an der Wand hinter dem Tresen sah. Der Abdruck auf dem Siegellack bestand aus einem komplizierten Ornament, in dessen Mitte die Figur eines Greifs ins Auge stach. Das Siegel ähnelte jenem des Magiarchs wie ein Eimer einer Schaufel.

Unwichtig, dachte der Junge. Was zählte, war, daß der Gegenstand, den »Brunnen« ihm überlassen hatte, Ailaram von Nutzen sein würde. Außerdem war der wesentliche Punkt bei der Sache, dem Feind das Siegel *nicht* in die Hände zu geben. Aus diesem Grund hatte sich Damlo die Geschichte mit Bedarans Kammerfrau ausgedacht: um jene Zeit zu gewinnen, die es ihm erlauben würde, irgend etwas auszuhecken. In Drassol hatte er sich entschlossen, an der Mission der Zwerge teilzunehmen – und sie bekämpften den Fürst der Finsternis. Jetzt ging es darum, seinem Ersten Diener Steine in den Weg zu legen, und er, Damlo, würde sich vor dieser Aufgabe nicht drücken.

Außerdem erlaubte sie ihm, Ticla wiederzusehen.

9

»Sie ist ein Geschenk, das mir Zanter von Eria gemacht hat«, erklärte Ticla im Plauderton und fuhr fort, das braune Äffchen zu streicheln. »Ungefähr einen Monat vor seinem Tod.«

Damlo versuchte, sich auf das Tierchen zu konzentrieren, scheiterte aber jämmerlich. Das freudige Aufblitzen in den Augen des Mädchens, als sie ihn nach dem ersten Schrecken erkannt hatte, wollte ihm nicht aus dem Sinn gehen.

Der Junge hatte im Gästehaus der Bettlerküste geschlafen und sich dann, als es dunkel geworden war, auf den Weg zur Umfriedungsmauer von Schloß Bedaran gemacht. Er hatte sich ausgezogen, seine Kleider über die Mauer geworfen und sich in die Felsspalte hinabgelassen, die in den Tunnel zum Brunnen führte. Dann war er den Schacht hochgeklettert und durch das Dornengestrüpp zu seinen Kleidern vorgestoßen, wobei er darauf geachtet hatte, möglichst wenige Kratzwunden davonzutragen. Die Hunde hatten ihn sofort entdeckt, aber genau wie beim letzten Mal so getan, als würden sie ihn nicht sehen. Kurz darauf war Damlo, nunmehr wieder vollständig angezogen, unter dem Glyzinienbaum angelangt und nach kurzem Zögern hinauf zum Balkon geklettert, wo er gegen eine Tonvase geklopft hatte.

Im ersten Augenblick war Ticla erschrocken, doch nachdem sie erkannt hatte, wer vor ihr stand, hatte sie ihm ein Lächeln geschenkt, das er sein Leben lang nicht vergessen würde.

Und jetzt plauderte sie über alles und jedes, ohne an seiner Person besonders interessiert zu scheinen. Doch hin und wieder sah sie ihm unvermittelt tief in die Augen und vergaß, den Blick wieder abzuwenden.

»Sie heißt Sil«, sagte das Mädchen und unterbrach ein Schweigen, das beide in Verlegenheit zu bringen drohte, so lange hatte es angehalten. »Und ist das unfolgsamste Affenmädchen auf der ganzen Welt.«

»Ich verstehe«, nickte Damlo auf der Suche nach irgendeiner geistreichen Bemerkung.

Unversehens gingen ihm Rakos Worte über Affen und die Zwillinge durch den Kopf, und er mußte laut auflachen. Ticla lachte erst einmal – ganz ohne Grund – mit, um dann schlagartig damit aufzuhören.

»Vor einem Jahr«, erklärte sie wieder im gewohnten Plauderton, »brachte eine Delegation aus Senrif zwei Dutzend davon als Gastgeschenk mit, und Zanter hat die anderen unter den Gemahlinnen der Edelleute verteilt.«

»Aha.«

Wieder entstand eine lange Pause. Und dann, als hätte jemand das Zeichen dazu gegeben, fingen beide zugleich zu reden an.

»Es freut mich ...«, sagte Damlo leise.

»Ich bin froh ...«, flüsterte Ticla.

Sie unterbrachen sich, sahen einander an und brachen wiederum in Gelächter aus. Diesmal kam es gemeinsam.

»Wie hast du es angestellt, den Hunden zu entrinnen?«

»Es liegt daran, daß ich ein Waeltoner bin.«

Ticla hatte noch nie von Waelton gehört, also fing Damlo zu erzählen an. Er berichtete auch von den »Roten«, aber ohne ihr zu enthüllen, was er von »Brunnen« erfahren hatte; diese

Sache mußte er erst selbst verdauen, ehe er darüber sprechen konnte. Irgendwann zeigte er Ticla auch seinen Stacheldegen und erklärte ihr, daß er von einem Drachen stammte. Hier wechselte das Thema zu den Legenden über, und Damlo hörte mit Freude, daß auch Ticla ganz vernarrt in Märchen und Sagen war. Also legte er los und erzählte die Legende von Maspo Gemmalampo und Kaxalandrill. Als er dann aber von der roten Drachin sprach, kam es ihm vor, als gebe er alte Familiengeschichten zum besten. Ein recht angenehmes Gefühl, bemerkte er im stillen, ohne seine Erzählung zu unterbrechen.

Kaum war die Geschichte zu Ende, wurde Damlo bewußt, daß er sie nun schon zum dritten Mal innerhalb von drei Tagen wiedergegeben hatte, und dieser Umstand erschien ihm mit einemmal so komisch, daß er sich das Lachen nicht verbeißen konnte. Und wieder stimmte Ticla mit ein – und wieder ohne Grund. Jetzt aber auch ohne jedes verlegene Verstummen.

»Du kannst wirklich gut erzählen«, stellte sie dann fest. »Weiter, bitte!«

»Was möchtest du hören?«

»Ich weiß nicht. Was du willst.«

Damlo dachte ein Weilchen krampfhaft nach, aber das Kompliment schien sich ihm aufs Gedächtnis geschlagen zu haben.

»Warum erzählst du nicht von deiner Reise hierher?« fragte das Mädchen, »und von dem Mann, der dir das Gespann gestohlen hat?«

»Also eigentlich …«

Damlo unterbrach sich. Aus Gewohnheit hatte er sich angeschickt, ihr zu erklären, daß er darüber nicht sprechen konnte, weil es hierbei um Geheimhaltung ging. Aber plötzlich wurde ihm bewußt, daß er gerade deshalb zu ihr gekommen war: um sich ihr anzuvertrauen. Schließlich war sie die Tochter des Regenten – und nicht nur das hübscheste, netteste Mädchen auf der ganzen Welt.

»Und so sitze ich jetzt in der Patsche«, schloß er seinen

Bericht. »Wenn ich das Siegel nicht stehle, bringen sie mich um, und wenn ich mein Wort halte, helfe ich dem *Schatten*, die Hegemonie zu zerschlagen.«

»Mir erscheint es dermaßen unglaublich, daß es den Fürsten der Finsternis tatsächlich geben sollte ... In den Büchern unserer Bibliothek ist viel von ihm die Rede, aber immer als Teil von Legenden.«

»Er existiert, und wie!« murmelte Damlo. »Ich weiß wirklich nicht, was ich tun soll. Ich hatte gehofft, du hättest eine Idee, weil du immer schon hier gelebt hast und die Lage im Lande gut kennst.«

»Das ist ein zu großer Brocken für mich.« Sie zögerte einen Augenblick und fuhr dann mit einer Stimme fort, die nur ein schwaches Flüstern war: »Weißt du, bei einem anderen wäre ich längst zu meinem Vater gelaufen und hätte ihn geweckt.«

»Und ich wäre schon im Gefängnis.«

»Vermutlich nicht.«

»Er ist der Regent und dürfte nur an die Hegemonie denken!«

»Nein, er sieht sich auch die Menschen genau an. Er ist ganz anders, als die Leute denken. Nie hat er nach der Macht gestrebt. Hätte Zanter ihm nicht das Siegel anvertraut, damals, als er zu seiner letzten Jagd aufbrach, er wäre niemals in die Politik gegangen!«

»Möglich, aber jetzt regiert er wie ein König. Und ich glaube nicht, daß er etwas dagegen hat.«

»Ach nein?« rief Ticla aus. »Was weißt denn du schon davon? Hast du je gesehen, wie müde er abends ist? Hast du ihm jemals zugehört, wenn er von seinen Sorgen spricht? Mein Vater verabscheut das, was er tun muß, jede Stunde und jede Minute! Hast du eine Ahnung von den Schwierigkeiten, denen er sich gegenübersieht? Von den scheußlichen Dingen, die seine Feinde über ihn verbreiten? Von all den Fallen, die sie ihm ohne Unterlaß stellen?« Das Mädchen sprang auf und fing an, auf und ab zu laufen. »Eine davon hast du ja jetzt selbst miterlebt, aber die anderen? Seit einem Jahr ist er mehr damit beschäftigt, seinen guten Ruf zu bewahren, als zu regieren! Und wenn er nur ein einziges Mal dabei scheitert, bricht der Bürgerkrieg aus! Weißt du, was es bedeutet, Dutzende Städte im Auge zu behalten, die nur darauf warten, ohne jeden Grund übereinander herzufallen? Und dabei auf die Prügel zu achten, die ihm unentwegt vor die Füße geworfen werden? Weißt du, daß er so davon in Anspruch genommen ist, den Bürgerkrieg in Eria zu verhindern, daß er sich nicht mehr um den Rest der Hegemonie kümmern kann? Nein, du weißt es nicht. Du weißt gar nichts. Also maße dir kein Urteil an!«

Damlo schwieg, sprachlos über diesen Ausbruch, und dachte eine Weile nach. Da war etwas Wichtiges in Ticlas Worten gewesen – etwas, das nun durch sein Hirn geisterte und sich nicht fassen ließ.

Schließlich fiel es ihm wie Schuppen von den Augen. »Moment mal!« rief er. »*Ich* muß mit Gevan Bedaran sprechen!«

Ticla warf ihm einen mißtrauischen Blick zu.

»Während der Tumulte in Drassol«, erklärte Damlo, »wurde der Botschafter von Eria getötet. Ein schwerwiegender Zwischenfall, und Irgenas hatte König Vinathes versprochen, vor dem Regenten ein gutes Wort für die Stadt einzulegen. Er hatte sein Wort gegeben, verstehst du? Und er war mein Freund. Daher muß *ich* sein Versprechen einlösen. Und ich muß deinem Vater von den Machenschaften des Ersten Dieners berichten.«

Geheim oder nicht geheim, jetzt war sich der Junge völlig sicher. Wenn der Fürst der Finsternis gegen Gevan Bedaran kämpfte, dann stand er, Damlo, auf Seiten des Regenten.

»Bitte ruf deinen Vater«, sagte er. »Und verzeih mir, vorhin habe ich wie ein Idiot geredet.«

Ticla antwortete nicht. Ein wortloses Lächeln erhellte ihr

Gesicht, sie lief auf Damlo zu und drückte ihm einen raschen Kuß auf die Lippen. Worauf sie rot wurde, und noch ehe Damlo sich von seiner Verblüffung erholen konnte, packte sie ihn am Arm und zog ihn aus dem Zimmer.

Hand in Hand, die Finger ineinander verflochten, rannten sie durch die Korridore von Schloß Bedaran. Es war kein langer Weg, den sie zurücklegen mußten, aber Damlo kam es vor wie ein endloses Schweben auf Wolken. Sie begegneten nur einem einzigen Wachposten, der beim Treppenabsatz stand. Als er das Mädchen erkannte, lächelte der Mann und schüttelte den Kopf in gespielter Mißbilligung.

Ticla blieb vor einer Tür aus dunklem Nußholz stehen, deren Messingklinke hell glänzte. Die beiden hielten inne, um einander anzusehen, und dann näherte Damlo sein Gesicht dem des Mädchens. Es kam ihm vor, als bräuchten sie dazu ein Jahr, und jeder Zoll schien auf Kosten jenes Raumes zu gehen, der in der Lunge für Luft vorgesehen war. Auf halbem Wege war Damlo schon außer Atem, und beim letzten Stück spürte er ein pulsierendes Dröhnen in den Ohren, das sich wie das Donnern von tausend Hufen anhörte. Und als seine Lippen endlich jene von Ticla berührten, schoß ihm der Atem in Form eines Röchelns durch die Kehle.

Das Mädchen zuckte zurück und prustete vergnügt los, während sich Damlo nur noch wünschte, in der Erde zu versinken. Doch dann merkte er, daß es nur Fröhlichkeit war, was in Ticlas Blick lag, daß seine Arme irgendwie den Weg um ihre Schultern gefunden hatten und daß es so schien, als wollte sich das Mädchen ihnen keineswegs entziehen. Und da war auch ihm nach Lachen zumute.

Wieder sahen die beiden einander sekundenlang in die Augen, überwältigt von ihren Gefühlen, und dann – langsam, ganz langsam – schoben sich die beiden Köpfe von neuem aufeinander zu.

Dabei wurden sie jäh von der Tür unterbrochen, die sich öffnete, und schafften es gerade noch, sich voneinander loszureißen. Auf der Schwelle erschien ein kräftiger Mann, der sich kerzengerade hielt. Er hatte eisengraues Haar, eine Adlernase und außergewöhnlich markante Gesichtszüge.

Als er Damlo erblickte, runzelte er die Stirn. »Und was soll das heißen?« fragte er Ticla barsch.

»Bitte, Papa, werd nicht gleich wütend! Er heißt Damlo und gehört zu meinen Freunden. Es gibt etwas Wichtiges, das du erfahren mußt …«

»Hast du etwas getan, dessentwegen du dich schämen müßtest?« unterbrach Gevan Bedaran seine Tochter.

»Aber nein!« rief das Mädchen und wurde rot. »Es ist nur so, daß er dir einige sehr wichtige Dinge zu sagen hat.«

»Fang damit an, mir zu erklären, wer du bist«, herrschte der Regent Damlo an, »und wie du dazu kommst, mitten in der Nacht zusammen mit meiner Tochter im Schloß herumzuspazieren!«

»Ich heiße Damlo Rindgren – und wenn ich Zanters Siegel nicht stehle, werde ich von der Bettlerküste umgebracht.«

Gevan Bedaran riß die Augen auf – aber nur eine Sekunde lang, dann kniff er sie zusammen und sah noch finsterer drein als zuvor.

»Ich will es ja nicht tun«, fuhr der Junge fort, »aber ich weiß wirklich nicht, was ich machen soll.«

»Kommt rein«, sagte Bedaran und ging voraus.

Damlo hätte sich vorgestellt, daß jedes Gemach des Regenten ein Schmuckkasten voller erlesener Möbel, luxuriöser Brokate und feinster Seide sein würde. Er mußte seine Meinung jedoch ändern: Der Raum war groß, wirkte aber reichlich nüchtern. Auf einer Seite befand sich das Bett, noch unberührt, und auf der anderen, neben einem intarsienverzierten Schreibtisch, standen zwei Armstühle, eine kleine Polsterbank und etliche Tischchen, auf denen sich jede Menge Schriftstücke stapelten. Im Unterschied zu den Korridoren im Schloß, deren Wände von kostbaren Teppichen geschmückt wurden, waren die Wände in diesem Zimmer kahl, und die Vorhänge, die die beiden Fenster verdeckten, waren nicht einmal bestickt. Auf dem Boden lag ein einziger Teppich, gerade groß genug, um den Platz vor dem Bett auszufüllen.

»Wer ist das? Wie hast du ihn kennengelernt?« fragte Gevan Bedaran seine Tochter, nachdem er die beiden jungen Leute auf dem Sofa hatte Platz nehmen lassen.

Ticla erzählte ihrem Vater sofort von der Erpressung und den Ereignissen der vergangenen Nacht, wobei sie sichtlich darauf achtete, Damlos Anteil bei ihrer Rettung hervorzuheben.

»Und ohne ihn«, schloß sie ihren Bericht, »wäre jetzt schon Bürgerkrieg!«

»Ich habe die Lügengeschichten, die Ijssilien mir auftischte, ohnehin nie geglaubt«, knurrte der Regent, »aber derart niederträchtige Manöver hätte ich ihm doch nicht zugetraut.«

»Ich konnte dir vorher nichts sagen«, entschuldigte sich das Mädchen, »weil ich Angst hatte, sie würden diese Briefe in Umlauf bringen. Aber jetzt ist mir klar, daß es sich um eine Intrige ganz anderer Art gehandelt haben muß, und daher ...«

»Ich verstehe, Töchterchen«, schnitt ihr Bedaran das Wort ab. Blanker Zorn brachte seine Augen zum Funkeln. »Aber du mußt wissen, daß man einen Brief nicht verändern kann, ohne daß es einem Experten auffiele. Man hat dich ganz einfach hinters Licht geführt.«

Beschämt senkte Ticla den Kopf.

»Und was dich betrifft, junger Mann«, wandte sich der Regent an Damlo, »so bin ich dir natürlich dankbar. Aber du mußt mir eine Menge Dinge erklären, und es wäre angebracht, augenblicklich damit zu beginnen.«

»Vielleicht glaubt Ihr mir nicht«, begann Damlo, »aber ich bitte Euch dennoch, mich bis zum Ende anzuhören. Alles, was ich Euch sagen werde, ist wahr. Das schwöre ich.«

»Diese Entscheidung überlaß ruhig mir; und jetzt sprich.«

Der Junge zögerte noch und fragte sich, wo er beginnen sollte.

»Der Fürst der Finsternis ist keine Phantasiegestalt«, hob er an. »Er existiert wirklich und ist wieder erwacht.«

»Was willst du schon von diesen Dingen wissen?«, rief Gevan Bedaran, und seine Augen wurden zu schmalen Schlitzen.

»Ich habe gegen seine Soldaten gekämpft!«

»Es gibt keine fremden Truppen in der Hegemonie.«

»Doch, doch: getarnt als Banditen. Aber sie hinterlassen keine Spuren, um den Leuten Angst einzujagen.«

»Erkläre das näher.«

»Alle Probleme, die die Hegemonie hat, sind in Wahrheit Teil eines großen Gesamtplanes! Die Banditen stehen im Dienst des *Schattens*, und auch die Orks ...«

»Orks?«

»Sie arbeiten vermutlich mit den Trollen zusammen. Und das allein ist bereits ein Beweis, denn sie sind schon überallhin vorgedrungen, selbst in den Wald von Waelton! Sie schleudern schwere Eisenspeere mit der Hand, besitzen Pfeile mit Stahlspitzen und haben sich organisiert: In der Nähe von Drassol haben sie uns einen gründlich durchdachten Hinterhalt gelegt! Es waren Hunderte!«

»Was heißt ›uns‹? Mit wem warst du auf der Reise zusammen?«

»Mit Irgenas Cuorsaldo, Clevas Barbacciaio und Uwaen. Wir waren auf dem Weg zum Turm von Belsin, denn die Geschichte, daß die Tevilaner ihn niedergebrannt hätten, ist nichts als eine Legende; der Turm steht sehr wohl noch. Dort lebt ein Magier, der einen Drachenzahn benötigt, um den Ersten Diener des Herrn der Angst zu entlarven, und wir wollten ihm diesen Zahn bringen. Aber die Orks haben meine Freunde getötet, und ich allein bin übriggeblieben. Dann hat man mir noch den Wagen gestohlen, und um ihn zurückzubekommen, muß ich nun dem Dieb helfen, das Siegel des Zanter zu stehlen. Und jetzt weiß ich nicht, was ich tun soll ...«

»Schon gut, Junge, schon gut. Jetzt beruhige dich wieder und erzähl mir alles der Reihe nach. Von Anfang an.«

Damlo holte tief Atem und tat wie ihm geheißen. Er erzählte von dem Steinwurf, der ihn in Waelton getroffen hatte, von den Zwergen und ihrer Mission, von den Schwarzen Degen und den Orks. Dann legte er ein gutes Wort für Drassol ein, erzählte von den Machenschaften des Ersten Dieners und vom Tod seiner Gefährten. Die Art und Weise, wie er den Riguario überquert hatte, bog er mit einer Lüge zurecht, indem er erklärte, gerade noch über die brennende Brücke auf die andere Seite gekommen zu sein. Er ließ alles aus, was mit Magie zusammenhing, und verschwieg auch sein Zusammentreffen mit dem Ortsgeist jener Stelle, an der der Turm von Eria einst gestanden hatte. Die Reise zusammen mit den Kaufleuten streifte er nur, dafür ging er bei der Schlacht am Riguario in die Einzelheiten und sprach ausführlich über das heldenhafte Verhalten Vankar von Charaznables.

Mit verschränkten Armen und geschlossenen Augen lehnte der Regent an der Wand und hörte zu, ohne Damlo zu unterbrechen. Als der Junge beim Diebstahl des Wagens mit dem nachfolgenden Bettlerküstenpakt angelangt war, öffnete Bedaran die Augen und blickte Damlo unverwandt an.

»... Ich weiß nicht, wer der Erste Diener ist und was er mit dem Siegel vorhat«, schloß der Junge, »aber ich könnte mir vorstellen, daß er ganz fürchterliche Dinge damit anstellen will.«

»Nun gut, mein Junge, hör zu. Ich durchschaue zwar, daß du mir ein paar Fakten unterschlagen hast, aber für den Augenblick sollte das, was du mir berichtet hast, genügen.«

»Also glaubt Ihr mir?«

Der Regent nickte.

»Warum?«

»Du hattest wohl Angst, ich würde dich für einen Lügner

halten«, antwortete Gevan Bedaran mit einem herben Lächeln. »Und jetzt, da ich dir glaube, möchtest du eine Begründung dafür?«

»An Eurer Stelle hätte ich meine Geschichte nicht geglaubt. Und wenn Ihr nicht wirklich überzeugt seid, werdet Ihr nichts tun, um den *Schatten* zu bekämpfen.«

»Ich verstehe. Das ist natürlich ein guter Grund, nach dem ›Warum‹ zu fragen.« Der Regent begann, im Zimmer auf und ab zu gehen. »Sieh mal, Junge, du hast mich überzeugt, weil sich unter all dem, worüber du gesprochen hast, etliches befindet, was du nicht wissen könntest, wenn du nicht ehrlich wärst. Daß der Turm von Belsin nicht niedergebrannt wurde, zum Beispiel. Oder daß der Fürst der Finsternis nicht nur eine Erfindung ist: In Eria weiß niemand außer mir, daß es ihn tatsächlich gibt.«

»Das wußtet Ihr schon?«

»Ich wußte es, ja, aber ich hatte es vergessen. Es gibt Dinge auf der Welt, uralte Dinge, die nach langer, langer Zeit wieder zurückkehren ... wie ein Schmerz – dann, wenn niemand mehr daran denkt. Und wenn sich diese Dinge nicht ins gewohnte Bild einfügen lassen, dreht sich der Mensch zumeist um und richtet den Blick anderswo hin.« Er seufzte. »Wie du selbst weißt, ist es in der Hegemonie schwierig geworden, miteinander Verbindung aufzunehmen: Die Kuriere werden überfallen oder verschwinden einfach von der Bildfläche. Um zu Nachrichten von den Randgebieten zu kommen, bin ich geradezu gezwungen, ganze Reitertrupps zu schicken, und manchmal reichen nicht einmal die. Es gab Terrorakte und Morde, Raubüberfälle, bei denen die Beute auf dem Schauplatz des Verbrechens zurückblieb, und nicht einmal die besten Spurenleser waren in der Lage, das Vorgefallene zu rekonstruieren. Alles dies hat die Angst und den Aberglauben genährt, und die Menschen haben das Vertrauen in die Zentralmacht verloren. Im besten Fall wurden sie gleichgültig, im schlimmsten feindselig.

Und ich dachte, daß die Wurzel der Probleme in dieser Kluft zwischen dem Volk und der Regierung liegt. Ich verwechselte in meiner Naivität die Ursache mit der Wirkung.«

»Ja, mein Junge, ich hatte die Existenz des Fürsten der Finsternis vergessen. Und seine Strategie war offenbar brillant, denn die ganze Zeit über kam der Regent der Hegemonie nicht auf den Gedanken, daß sich hinter all diesen Problemen ein allumfassender Plan verstecken könnte. Doch dann hat mir vor einigen Tagen jemand das Gedächtnis aufgefrischt, und jetzt bringst auch du mir neue Aspekte. Orks, die sich organisieren und gute Waffen tragen! Trolle! Schwarze Degen mit teuflischen Klingen! Das sind alles wichtige fehlende Bruchstücke, Damlo, und sie ergänzen auch das politische Bild der Hauptstadt. Das Ziel des *Schattens* war immer schon die Eroberung der Welt, und jetzt erscheint es klar, daß seine Marionette bei der Hegemonie anfangen will.«

»Marionette?« fragte Damlo verständnislos.

»Der Schwarze Fürst ist ein körperloses Wesen. Er kann nur mittels des Ersten Dieners handeln und ist auf die vorhandenen Fähigkeiten desjenigen beschränkt, den er sich als solchen erwählt. Sicher, er führt den Ersten Diener auf den Gipfel aller seiner Möglichkeiten, aber das schließt nicht aus, daß er in seinen Handlungen einzig und allein auf die Kräfte und Absichten dieser Kreatur angewiesen ist. Aus diesem Grund haben immer noch alle, derer sich der *Schatten* bemächtigt hat, geglaubt, ihren Herrn und Meister vielleicht doch zum eigenen Vorteil lenken zu können. Aber selbst wenn sich der Fürst der Finsternis als Verbündeter gibt, so entspricht ein solches Konzept keineswegs seiner Natur. Und bisher mußten noch alle am Ende feststellen, daß sie zu seinen Sklaven geworden waren. Zu seinen Marionetten.«

»Da hatten sie eben Pech.«

»So kann man es sagen. Aber nur die Achseln zu zucken, hat

noch kein Problem gelöst. Jetzt ist es unerläßlich, so rasch wie möglich herauszufinden, wer der Erste Diener sein mag. O ihr Götter im Himmel, wäre er nur nicht so überstürzt abgereist!«

»Wer?«

»Ailaram von Belsin, Junge. Er war letzte Woche hier.«

Einen endlosen Herzschlag lang vergaß Damlo zu atmen.

»Er war es, der mich an die Existenz des *Schattens* erinnerte«, erklärte Gevan Bedaran. »Ich habe Ailaram schon zu Zeiten Zanters, der seinen Rat sehr schätzte, kennengelernt. Der Magiarch kam selten nach Eria, und ihm vorgestellt zu werden, empfand ich als große Gunst. Vielleicht bin ich der letzte noch Verbliebene in der Stadt, der ihn persönlich kennt.«

Der Regent blickte eine Weile sinnend vor sich hin und nahm die Gelegenheit wahr, sich eine eingelegte Pfefferschote in den Mund zu schieben. Sie waren mittlerweile alle drei in Bedarans Arbeitszimmer übergewechselt, wohin er sich ein Tablett mit Erfrischungen hatte servieren lassen.

»Bei seinem letzten Besuch blieb er nur einen Tag lang«, fuhr der Regent fort, »weil es schon ein gewaltiges Risiko war, Belsin überhaupt zu verlassen. Ohne ihn ist der Turm wehrlos und stellt für den Herrn der Dunkelheit einen ganz besonders verlockenden Leckerbissen dar.«

»Wieso?« erkundigte sich Damlo.

»Er ist getränkt mit Macht und Kraft und war immer schon ein Bollwerk gegen ihn. Nur die Elfen des Turmes von Gothror und die Zwerge in den Steinbergen verfügen über vergleichbar wertvolle Orte.«

»Die Zwerge und die Elfen!« rief der Junge. »Warum bitten wir nicht sie um Hilfe, jetzt, da wir am Erwachen des Schattens keinen Zweifel mehr haben!«

»Das muß Ailaram tun. Auf mich würden sie nicht hören. Du mußt wissen, Damlo, daß sie in der Vergangenheit bereits von etlichen Königen um ihren Beistand gebeten wurden, die nur ihre Feinde zu Fall bringen wollten, indem sie sie als Diener des *Schattens* in Verruf brachten. Das entsprach jedoch nie der Wahrheit, und von da an vermieden es die alten Rassen, sich in die Zwistigkeiten der Menschen hineinziehen zu lassen. In diesem Teil des Kontinentes etwa haben sie nie in die Eroberungskriege des Großen Königs eingegriffen, ebensowenig wie sie sich in die Kleinkriege des Imperiums der Flüsse verwickeln lassen.«

»Ich wußte gar nicht, daß es im Osten ein Imperium gibt!«

»Es gab eines. Heute existiert es nur noch dem Namen nach, und der sogenannte ›Imperator‹ ist ein bedeutungsloser Provinzkönig unter vielen, genau wie diejenigen, gegen die er Krieg führt. Jedenfalls hat mir Ailaram vor seiner Abreise zugesichert, sowohl die Elfen als auch die Zwerge zu verständigen.«

»Also ist auch er sicher, daß der *Schatten* erwacht ist!«

»Leider ja. Er ist das Risiko eingegangen, Belsin zu verlassen, weil er in Sorge war – nämlich wegen der Verspätung Prinz Irgenas' und des Fehlens jeglicher Nachricht vom Verbleib des Drachenzahns …«

»Also wußtet Ihr auch darüber Bescheid!«

»Glaubst du denn im Ernst, ich hätte andernfalls so frei vor dir gesprochen? Ich bin genau über die Mission im Bilde, und das ist einer der Gründe, weshalb ich deiner Geschichte geglaubt habe. Ailaram bat mich, Truppen auszusenden und nach dem Zwerg und nach Ailarams altem Studienkollegen suchen zu lassen.«

»Kudron?«

»Ja, genau. Und dann ersuchte er mich, ihm das Siegel des Zanter zu leihen.«

»Auch er?«

»Aber aus einem anderen Grund«, lächelte der Regent. »Dieser Gegenstand enthält noch ein wenig von der Magie des

Greifs, dem er einst gehörte, und Ailaram hat versucht, ihn zur Wiedererlangung seines Gesichtes einzusetzen.«

»Ist er blind geworden?«

»Nein, nicht so, wie du es meinst, Damlo. Das Gesicht ist eine Art von Vision, von Magie, die dazu dient, das Tun des *Schattens* wenigstens zum Teil zu kontrollieren. Seit einiger Zeit wirkt der Zauber jedoch nicht mehr, und mit Hilfe des Siegels hat Ailaram herausgefunden, daß der Grund dafür ein Gegenzauber ist.«

»Der Fürst der Finsternis!« rief der Junge.

»Es gibt keine andere Erklärung«, nickte Gevan Bedaran ernst.

»Ich muß so schnell wie möglich zum Turm«, murmelte Damlo.

»Du kannst schon morgen reisen«, pflichtete ihm der Regent bei. »Ich gebe dir eine bewaffnete Eskorte unter Baldrins Kommando mit. In seiner Begleitung brauchst du keine Gefahr zu fürchten.«

»Aber Damlo kann nicht aus der Stadt heraus!« schaltete sich Ticla ein. »Wenn er das Siegel nicht stiehlt, wird er umgebracht!«

»Das weiß er selbst, mein Kind, aber er kennt auch die Folgen eines möglichen Diebstahls. Leider ist im Vergleich zur Tragödie eines Bürgerkrieges der Wert eines einzelnen Menschenlebens verschwindend klein.«

»Papa!«

»Dein Vater hat recht«, warf Damlo ein. »Ich flüchte mich in den Turm von Belsin, wo die Bettlerküste nicht an mich heran kann, und verlasse ihn nie mehr. Oder ich gehe in den Osten, um das Elfenreich kennenzulernen.«

»Aber ich will nicht …« Das Mädchen verstummte und wurde rot.

»Ich auch nicht«, lächelte Damlo, »aber was kann ich sonst tun? Als ich herkam, hoffte ich, eine Lösung zu finden, und jetzt ist mir klar geworden, daß es keine gibt.«

»Es muß einfach eine geben!« Ticla fuhr kämpferisch hoch. »Warum übergibst du den Gaunern nicht ein falsches Siegel? Man könnte ihnen auch eine Falle stellen und sie alle gemeinsam fassen!«

»Das würde nicht den geringsten Unterschied machen.« Der Regent schüttelte den Kopf. »Wenn ich recht verstanden habe, müßte es für ihn sogar alles noch verschlimmern, denn die Bettlerküste würde mit noch größerem Eifer nach ihm fahnden, weil er einen von ihnen betrogen hat. Richtig, Junge?«

Damlo antwortete nicht; mit weit aufgerissenen Augen starrte er Ticla an.

»Junge«, wiederholte Gevan Bedaran und versuchte, ein Lächeln zu unterdrücken, »ich rede mit dir!«

»Ticla!« japste Damlo, »du bist phantastisch!«

Das Mädchen errötete von neuem und senkte die Augen.

Ihr Vater räusperte sich. »Mein junger Freund«, sagte er dann nachsichtig, »ich teile deine Beurteilung zwar voll und ganz, aber ist denn jetzt wirklich der richtige Augenblick, um meiner Tochter schöne Augen zu machen?«

»Aber nein!« rief Damlo – und wurde noch röter als sein Haarschopf, »ich meine, ja, aber ich wollte ihr nicht ... also: ich sagte es doch bloß, weil sie die Lösung gefunden hat!«

»Was für eine Lösung?« fragte Ticla.

»Das falsche Siegel!«

»Komm, komm!« zügelte der Regent Damlos Eifer. »Es ist nicht möglich, ein Siegel zu fälschen. Noch dazu jenes des Zanter! Oder wo willst du so schnell einen Greifschnabel finden?«

Wortlos zog Damlo das uralte Siegel des Magiarchen von Eria aus dem Hemdkragen.

Der Regent erbleichte. »Wie ist es dir gelungen, das zu bekommen?«

»Seht Ihr, Hoheit? Sogar Ihr seid darauf hereingefallen! Aber es ist nicht Zanters Siegel!«

»Erst mal dazu: nenn mich nicht ›Hoheit‹! Ich bin kein König und will auch keiner sein. ›Euer Ehren‹ reicht durchaus. Und wenn wir unter uns sind, kannst du mich auch Gevan nennen. Und jetzt laß mich das Ding sehen.«

Damlo öffnete die Schließe und nahm die Kette vom Hals.

»Ein Drachen!« rief Bedaran nach einer genauen Betrachtung des Siegels. »Aber davon abgesehen ist es vollkommen gleich. Wo hast du das her?«

»Es ist ein Erbstück«, flunkerte der Junge und handelte sich damit einen skeptischen Blick ein, worauf er hastig weitersprach, um sich auf weniger glattes Terrain zu begeben. »Ich bin sicher, man könnte den Drachen entfernen und durch Zanters Greif ersetzen.«

»Du irrst dich, mein Freund. Das ist ein Kunststück, das vielleicht der beste Goldschmied der Zwerge oder ein Waeltoner Meistergraveur vollbringen könnte – und selbst dann würde ich ein gelungenes Resultat in Zweifel stellen. Es ist eine gute Idee, aber leider nicht durchführbar.«

»Ich bin aus Waelton, und in meinem Jahrgang war ich der beste Holzschnitzer und Graveur. Ganz bestimmt würde ich es schaffen, mit meiner Arbeit jeden zu täuschen! Außerdem muß das Duplikat ja nicht fehlerlos sein – keiner rechnet damit, daß es eine Fälschung sein könnte. Sie werden sich nur davon überzeugen, daß es tatsächlich aus einem Greifschnabel geschnitten ist. Wer sollte denn auf den Gedanken kommen, daß es einen zweiten gibt? Noch dazu als Siegel!«

»Da hast du recht«, räumte Gevan Bedaran ein.

»Der Diebstahl soll nachts stattfinden, daher wird der Schnabel bei schwachem Licht kontrolliert. Dazu kommt, daß der Erste Diener nicht viel Zeit zur Verfügung haben wird, weil das Siegel an seinen Platz zurückgebracht werden soll, bevor jemand den Diebstahl bemerken könnte. Sie werden erst später erkennen, daß es eine Fälschung war, aber das geht mich dann auch nichts mehr an, denn wie hätte ich wissen sollen, daß der

Regent ein falsches Siegel in seinem Kassenschrank aufbewahrt? Schließlich hat mich Tatini nur beauftragt, einen gravierten Greifschnabel zu stehlen, und das habe ich getan!«

Wieder fing der Regent an, mit halbgeschlossenen Augen – die Hände am Rücken verschränkt – den Raum mit langen Schritten zu durchmessen, während ihm die beiden jungen Leute wortlos dabei zusahen. Das ging eine Weile so, bis er ein zufriedenes Brummen von sich gab und vor Damlo stehenblieb.

»Also gut«, nickte er. »Das Siegel mit dem Drachen gehört schließlich dir, und du kannst damit tun, was du willst. Aber du mußt dir darüber im klaren sein, daß dies eine äußerst heikle Angelegenheit ist und ich dir nicht erlauben kann, das Siegel des Zanter aus meinem Schloß zu entfernen. Wenn du es kopieren willst, so mußt du das hier tun.«

Mit Mühe unterdrückte Damlo einen Triumphschrei und sah Ticla mit leuchtenden Augen an.

Ihr Lächeln schien den Raum zu erhellen.

Wie er es Tatini versprochen hatte, kehrte Damlo am Abend in die Bettlerküste zurück. Bis zu dieser Stunde hatte er das Siegel mit dem Drachen noch nicht angerührt, sondern sich ausschließlich auf das Profil von Zanters Greif konzentriert. Ohne das Siegel auch nur in die Hand zu nehmen, hatte er stundenlang davor gesessen und das Flachrelief sowohl in seinem Gesamtentwurf als auch in seinen winzigsten Einzelheiten studiert. Er hatte zugelassen, daß sich seine Aufmerksamkeit völlig zwanglos gleichzeitig mit dem Ganzen und mit den Details beschäftigte – ja sogar daß seine Gedanken beim Betrachten des Gegenstandes abschweiften. Das war der erste Schritt, der es ihm erlauben würde, die Form des Siegels in aller Gründlichkeit zu verinnerlichen – eine Zeit, die es ihm ermöglichte, das Ergebnis eines Werkes zu beurteilen, bevor er noch damit begonnen hatte.

Angesichts der vielen Widrigkeiten, so überlegte er beim

Eintreten in die Taverne der Bruderschaft, mit denen er es im Laufe seiner Reise bereits zu tun gehabt hatte, und all der Zeit, die sie ihn bislang gekostet hatten, sollte das Gravieren des falschen Siegels keine auffällige Verzögerung darstellen. Und sofort nach Beendigung seiner Arbeit würde er in sicherer Begleitung nach Belsin aufbrechen können.

Er hatte vor, nach seinem Gespräch mit Tatini noch nach dem Wagen zu sehen. Er wollte den Stacheldegen, den er im Schloß Bedaran nicht benötigen würde, dort lassen und Rako beruhigen, denn dieser wäre zu diesem Zeitpunkt gewiß schon recht besorgt um ihn.

An diesem Abend war die Kneipe der Bettlerküste nicht so voll wie sonst. Tatini war noch nicht da, aber seine Freunde luden Damlo ein, sich zu ihnen zu setzen, und sagten ihm, der Meister müßte jeden Augenblick eintreffen. Damlo ließ sich an ihrem Tisch nieder, um sich den schlüpfrigen Bemerkungen – seine Retterin betreffend, die Dienstmagd – von neuem auszusetzen. Doch nun erschöpfte sich das Thema recht bald, und die Männer plauderten über dies und das.

Der Junge schwieg. Die Art, wie ihn diese Leute behandelten, weckte merkwürdige Empfindungen in ihm: Zwar richtete niemand das Wort an ihn, aber irgendwie war wie selbstverständlich klar, daß er von der Tischgesellschaft als Ihresgleichen betrachtet wurde. Die Gleichgültigkeit, die er selbst den anderen gegenüber empfand, wurde dadurch noch verstärkt. Der Umstand, daß er sich nicht wie ein Eindringling vorkam, verursachte ihm zwar das undeutliche Gefühl, ein falsches Spiel zu treiben, doch zugleich erfüllte er ihn mit einer Art wohliger, tröstlicher Sicherheit: Er verspürte nicht wie sonst den Drang, andauernd Blicke hinter sich zu werfen, wenn er sich in einer Gruppe befand. Das war ein bislang nicht gekanntes Gefühl, und Damlo fragte sich, ob es das gleiche war, wie es seine Schulkameraden in Waelton empfanden, wenn sie miteinander zusammensaßen.

Tatini brachte eine miserable Laune mit. Er nahm Damlo gleich zur Seite und führte ihn hinaus auf den Korridor, wo sie unter vier Augen waren.

»Es war schrecklich«, berichtete er. »Mein Kunde hat es ungemein eilig, und er war fuchsteufelswild. Er hat mich angeschrien und war nahe dran, mir an den Hals zu springen! Und ich? Was sollte ich tun? Es war doch nicht unsere Schuld, daß die Sache schiefgegangen ist!«

»Sei ganz ruhig, er wird das Siegel bald bekommen.«

»Was – nicht heute nacht?« Der kleine Mann schien außer sich vor Entsetzen.

»Ganz sicher nicht«, bestätigte Damlo rasch. Er dachte kurz nach und lieferte den Grund: »Die Kammermädchen machen abwechselnd Dienst, und meine Freundin kommt erst wieder in einigen Tagen dran.«

»Vielleicht sollten wir es doch so machen, wie ich es geplant hatte.«

»Unmöglich!« rief Damlo erschrocken. »Sie haben den Durchschlupf am Bach geschlossen und die Anzahl der Hunde verdoppelt. Außerdem patrouilliert jetzt auch eine Wachmannschaft im Park. Was sage ich – sogar zwei!«

»Hölle und Verdammnis! Und wer soll ihm das nun sagen, dem Hitzkopf?«

»Lange dauert es ja nicht mehr, nur ein paar Tage!«

»Du verstehst das nicht! ›Ein paar Tage‹ *ist* zu lange! Ich steige heute nacht ein.«

»Nein, warte! Das geht wirklich nicht! Sie sind alle in höchster Alarmbereitschaft! Man würde dich ohne jeden Zweifel schnappen!«

»Das wäre vielleicht gar nicht so schlecht ...«

»Übermorgen!« rief Damlo. Es war ein Entschluß des Augenblicks; wenn er seine ganze Konzentration und alle seine Fähigkeiten einsetzte, konnte er die Arbeit in achtundvierzig Stunden zu Ende bringen. Andernfalls würde er riskieren, daß Tatini auf eigene Faust loszog und das echte Siegel stahl! »Meine Freundin hat übermorgen wieder Dienst«, fügte er hinzu. »Es sind nur zwei Tage, und wenn du morgen abend zu ihm gehst, kannst du sagen, es wäre nur noch einer!«

»Zwei Tage, also gut. Aber du kannst Gift drauf nehmen, auch wenn's nur zwei Minuten wären, ich würde mich bis übermorgen nicht bei dem blicken lassen! Du kannst dir diesen schrecklichen Menschen gar nicht vorstellen! Der durchbohrt dich mit seinen Augen, als wollte er dir die Eingeweide aus dem Leib reißen!«

Es ist wirklich der Erste Diener, dachte Damlo schaudernd. »Wie heißt er denn?« fragte er mit gut gespielter Gleichgültigkeit.

»Das weiß ich nicht«, schnauzte Tatini ihn an, »und außerdem stellt man solche Fragen nicht!«

»Soll mir auch recht sein. Also, wie spielt sich die Sache dann ab? Was muß ich tun, sobald ich das Siegel in Händen habe?«

»Du kommst zum Tor in der Mauer – aber wie willst du der Patrouille und den Hunden entgehen?«

Diese Frage hatte der Junge erwartet. »Zerbrich dir deswegen nicht den Kopf«, antwortete er herablassend – ganz weltgewandter, erfahrener Berufsdieb. »Uwaen und Oljed haben mir einiges an entsprechenden Tricks beigebracht.«

»Wenn du meinst«, fügte sich Tatini, legte Damlo den Arm um die Schultern und setzte sich in Bewegung. »Hoffentlich meinen es die Götter gut mit uns, Junge. Wenn wir's auch diesmal nicht schaffen ... Verdammt, du kannst dir nicht vorstellen, wie der einen anstarrt!«

Sie durchquerten Seite an Seite die Eingangshalle, wo der Alte hinter dem Empfangspult von einem Mitglied der Küste ganz in Anspruch genommen war. Erst als die beiden sich anschickten, nach draußen zu gehen, hob er den Kopf.

»He, du, Rindgren!« rief er ihnen nach.

Der Junge drehte sich um, und Tatini folgte seinem Beispiel.

»Du hast mir schon vor zwei Tagen gesagt, daß du aus Eria abreisen wolltest!«

»Es haben sich Schwierigkeiten ergeben, und so bin ich noch geblieben.«

»Aber das wußte ich doch nicht!« Der alte Mann schien besorgt und ziemlich betreten.

»Na und?« fragte Damlo.

»Na, und so habe ich denen gesagt, daß du schon abgereist wärst, und sie sind gegangen. Tut mir leid, ich wollte ihnen nur behilflich sein.«

»Ihnen – wem?«

»Uwaen und seinen Zwergenfreunden, wem sonst?«

Da begann sich alles in Damlos Kopf zu drehen.

»Heute vormittag sind sie vorbeigekommen«, fuhr der Alte fort, »und haben nach dir gefragt. Aber ich sagte, du hättest die Stadt verlassen. Leider verstehe ich das Zwergische nur schlecht, aber ich glaube gehört zu haben, daß sie daraufhin vorhatten, deine Karawane einzuholen. Die, der du dich anschließen wolltest, will ich sagen.«

Der Junge lehnte sich mit dem Rücken an die Wand, dann gaben ihm die Knie nach und er glitt die Mauer entlang zu Boden. Die Unebenheiten des Putzes schoben ihm das Wams bis zum Nacken hoch und die Mütze hinab bis zur Nase.

Sie leben, wiederholte er immerzu bei sich. Er konnte an nichts anderes denken – sie leben alle drei!

Es wurde ihm gar nicht bewußt, daß er auf dem Boden saß, und ebensowenig, wie aufgeregt der Alte nun war. Er merkte nicht, wie Tatini seine Haare anstarrte, die er zum ersten Mal zu Gesicht bekam, und er merkte auch nicht, wie ihm der Meistereinbrecher, während der Alte hinter seinem Pult hervorkam, die Mütze zurechtsetzte. Sorgfältig, aber in aller Eile.

»Sehen wir erst mal zu, daß wir unter die Bäume kommen!« schrie Uwaen. »Dort werden wir versuchen, unsere Spuren zu verwischen.«

»Wird das Pferd durchhalten?« fragte Irgenas.

Mit Schaum bedeckt kämpfte sich Zurkin von Eranto in langsamem Galopp zwischen Gestrüpp und Felsen über das lehmige Terrain des Nordrandes von Ringenims Klinge. Die verbrannte Brücke lag schon weit hinter ihnen, die Orks aber hatten einiges von ihrem Rückstand gutgemacht, indem sie eine Abkürzung schräg über die Hochebene nahmen.

»Hoffen wir das Beste«, antwortete Uwaen. »Ich habe ihn seit gestern hart rangenommen.«

Während die Zwerge mit jeweils einem Fuß in einem der Steigbügel standen und einander über den Rücken des Hengstes hinweg an einem Arm gefaßt hielten, blickten sie ohne Unterlaß nach hinten, um das Vorankommen der Verfolger im Auge zu behalten.

»Sie werden auch schon müde«, stellte Clevas fest, der bemerkt hatte, daß sich die anfangs geschlossene Gruppe von Orks an den Rändern auszufransen begann.

»Bei dieser Geschwindigkeit würden sie lange durchhalten«, sagte Uwaen, »aber sie sind mehr als sechs Meilen in Höchstgeschwindigkeit gerannt. Trotz allem: täuschen wir uns nicht – entweder gelingt es uns, sie abzuschütteln, oder sie werden nicht ruhen, bis sie uns geschnappt haben!«

Der Halbelf trillerte dem Hengst etwas ins Ohr, und dieser wich ein wenig vom geraden Weg ab. Ganz langsam ließ Uwaen ihn einen weiten Kreis beschreiben, der von der Schlucht weg und erneut auf die Wälder und Hügel des Vallerotta zu führte, die jedoch noch etliche Meilen entfernt lagen. Die Orks nahmen wiederum eine Abkürzung schräg über die Ebene und holten noch weiter auf. Nunmehr lagen kaum mehr dreihundert Schritt zwischen ihnen und den drei Reitern auf dem Fuchs. Zwar waren die Schwächsten von ihnen zurückgeblieben, dennoch gelang es einer Meute von noch etwa vierzig Orks, mit dem müden Galopp Zurkins mitzuhalten.

Eine Zeitlang konnten die Flüchtenden diesen Abstand aufrechterhalten – bis der Hengst plötzlich strauchelte. Nur der meisterhaften Reitkunst Uwaens war die Vermeidung eines Sturzes zu verdanken, aber von diesem Augenblick an lahmte der Fuchs ein wenig, und die Orks holten wieder auf.

»So haben wir sie in Kürze am Hals!« schrie Uwaen. »Runter vom Pferd und so schnell wie möglich weg hier!«

Die Zwerge sprangen ab, und der Halbelf trillerte eine melodische Silbenfolge in Zurkins Ohr; dann glitt er aus dem Sattel, verlangsamte gewandt seinen eigenen Schwung und gesellte sich zu den Freunden.

Clevas erhob sich mühsam und mit schmerzverzerrtem Gesicht vom Boden.

»Verletzt?« fragte Irgenas und verbarg seine Besorgnis.

»Der Knöchel.«

»Kannst du laufen?«

Als er sah, wie der Alte den Kopf schüttelte, wollte Uwaen den Hengst schon zurückrufen. Doch er hatte dem Tier aufgetragen, sich möglichst schnell von den Orks zu entfernen, und nun war es schon zu weit entfernt.

»Verschwindet, ihr zwei!« brummte Clevas. »Ich versuche, sie aufzuhalten.«

Irgenas und Uwaen sahen einander an. Dann packten sie den Alten wortlos unter den Achseln, stemmten ihn zwischen sich hoch und liefen los.

Der Wald war noch etwa zwei Meilen entfernt, und es schien klar, daß sie ihn nicht rechtzeitig erreichen würden: Die ausdauerndsten der noch vorhandenen Orks waren sofort schneller geworden und hatten die restliche Gruppe hinter sich gelassen, als die drei vom Pferd gesprungen waren.

»Bei meinem Barte, laßt mich los!« schrie Clevas. »So werden sie uns alle drei umbringen!«

»Hör auf zu brabbeln und lauf!« knurrte Irgenas.

»Ich brabble nicht, junger Fant! Denk an den Drachenzahn! Damlo ist ganz allein und kennt nicht mal den Weg nach Belsin! Laßt mich los!«

»Lauf jetzt, zum Geier! Wir schaffen das!«

»Spart euch lieber den Atem!« fuhr Uwaen dazwischen. »Sie sind nicht mehr weit weg!«

Ein Grüppchen von fünf Orks hatte den Abstand zu den dreien bereits halbiert. Sie rasten wie tollwütige Wölfe hinter ihnen her und kamen rasch näher, wobei sie einander immer wieder überholten, da jeder der erste bei der Beute sein wollte. Hinter ihnen folgten auch die übrigen, so schnell sie es noch schafften, und die ganze Bande bildete nun einen unabsehbar langen Troß aus Orks, den die Fliehenden wie eine Schleppe hinter sich herzogen.

Und schließlich holten die fünf an der Spitze die drei ein. Doch sie hatten sich ziemlich verausgabt und kamen nicht nur völlig außer Atem an, sondern auch hintereinander. Den ersten von ihnen durchbohrte das Schwert von Uwaen, der unverhofft stehengeblieben und mit gezückter Waffe herumgewirbelt war, und den zweiten erledigte Irgenas, bevor er noch Anstalten machen konnte, sein Schwert zu benutzen. Der dritte und der vierte stolperten übereinander, als sie noch sechs oder sieben Schritte entfernt waren, und als sich Uwaen und der Prinz auf sie stürzten, suchten sie ihr Heil in der Flucht, wobei sie mit dem fünften zusammenstießen.

»Ber-Intaal!«

»Cuorsaldo! Und für die blaue Flamme!«

Wie Racheblitze fuhren sie auf die Orks hernieder, und nach einigen blutigen Hieben und dumpfen Schlägen war die Sache erledigt. Sie nahmen Clevas wieder zwischen sich und setzten die Flucht fort.

Die nächsten Verfolger verlangsamten ihre Schritte und warteten auf die Nachzügler. Durch das kurze Gefecht hatte ein

Großteil aufgeholt, und die zerstreute Schar war nun keine hundert Schritt mehr von den Fliehenden entfernt. Eilig schlossen die Orks die Reihen und nahmen von neuem die Verfolgung auf. Rasch verringerte sich der Abstand, und immer noch waren die ersten Bäume eine halbe Meile weit entfernt. In Schußweite angekommen griffen die Orks nach ihren Bögen, die sie auf dem Rücken trugen, und schossen ein paar Pfeile ab, doch sie schnauften so heftig, daß sie ihr Ziel verfehlten.

»Das schaffen wir nicht!« schrie Uwaen. »Dorthin! Wenigstens bis zu diesen Felsen dort!«

Etwa hundert Schritt vor ihnen ragten einige Steinblöcke aus der Erde. Alle waren übermannshoch und standen sehr eng beieinander, so daß sie einen gewissen Schutz bieten mochten. Mit letzter Kraft erreichten die drei die kümmerliche Dekkung, griffen nach ihren Waffen und lehnten sich mit dem Rücken an den größten Felsblock.

Die Orks griffen sofort an. Ohne sich zu organisieren oder auch nur die Laufgeschwindigkeit zu drosseln, stürzten sie mit wildem Gebrüll auf die drei Flüchtlinge zu. Sie rannten kopflos zwischen den Felsblöcken umher, stießen zusammen und waren einander im Weg – und verspielten so den Vorteil eines Massenangriffes. Behindert vom eigenen Ungestüm, fielen die ersten Angreifer sofort unter den Hieben Uwaens und der Zwerge, und die nachkommenden sahen sich dem unerwarteten Hindernis aus übereinandergefallenen Kadavern ausgesetzt, die rasch mehr wurden, sich anhäuften und damit eine weitere Barriere zu jener der wirbelnden gegnerischen Klingen bildeten.

Der Angriff wurde zögernder ausgeführt, und ein Weilchen gelang es den Verteidigern, sich die Orks vom Leib zu halten. Aber sie wußten genau, daß diese Atempause nicht lange andauern würde; in Kürze würden sich die Feinde zurückziehen, um neu Aufstellung zu nehmen, und den dreien war es klar, daß sie gegen eine gut vorbereitete Attacke keine Chance haben konnten.

Tatsächlich dröhnten plötzlich die dumpfen, rauhen Töne eines Hornsignales über die Ebene, und die Orks zogen sich zurück, ohne jedoch die Waffen zu senken, um einer möglichen Gegenoffensive der Verteidiger sofort begegnen zu können.

»Ich fürchte, unsere Geschichte endet hier«, murmelte Irgenas.

»Das glaube ich auch«, knirschte Uwaen. »Gleich werden sie merken, daß sie gar nicht herkommen müssen, um sich einer nach dem anderen von uns umbringen zu lassen. Sie brauchen nur nach Pfeil und Bogen zu greifen und können uns aus sicherer Entfernung erledigen. Sollten wir nicht besser Reißaus nehmen?«

In der Tat griffen bereits alle Orks, die über einen Bogen verfügten, hinter sich und holten ihn vom Rücken, während sie noch im Begriff waren, sich von der Felsgruppe und ihren Opfern zurückzuziehen. Das Horn muhte weiter wie eine Kuh, und kurz darauf flogen die ersten Pfeile. Aber jeder Schütze ließ, ohne auf das Tun seiner Kameraden zu achten, die Sehne seines Bogens los, sobald er schußbereit war. So trafen die Pfeile nicht alle auf einmal ein, und den dreien am Felsen fiel es nicht besonders schwer, ihnen auszuweichen.

»Ich bleibe hier«, erklärte Irgenas. »Sie sind schon zu nahe, und ich habe nicht vor, mit einem Pfeil im Rücken ins Gras zu beißen.«

»Das meine ich auch«, sagte Clevas und hüpfte auf einem Bein zur Seite, um einem Treffer zu entgehen, »aber du bist schneller als wir, Uwaen. Versuch dich in Sicherheit zu bringen, wir geben dir solange Deckung.«

»War doch bloß eine Idee!« grinste der Halbelf. »In Wirklichkeit würde ich niemals lebendig bis zu den Bäumen kommen. Aber etwas anderes: findet ihr nicht, daß sie sich ein bißchen zu weit zurückziehen?«

In Anbetracht des Umstandes, daß die Verteidiger weder Pfeil und Bogen noch Speere besaßen, formierten sich die Orks tatsächlich in viel größerer Entfernung, als es nötig schien. Und in ihren Reihen herrschte ein maßloses Durcheinander.

»Du hast recht!« rief Irgenas. »Und mir scheint, ich höre auch noch ein zweites Horn. Vielleicht warten sie auf Verstärkung.«

»Nein«, sagte Uwaen entschieden, drehte sich um und versuchte vergeblich, über den Felsblock hinwegzublicken. »Das ist kein Signal der Orks.«

Kurz darauf mischten sich in das dumpfe Muhen des Orkhornes klar und deutlich die drängenden Töne einer Trompete, die zum Angriff blies.

»Das ist doch unmöglich!« rief Clevas. »Die Soldaten der Garnison sind alle tot, und es gibt kein anderes Militär in dieser Gegend!«

»Warten wir ab«, sagte Uwaen.

Die drei traten hinaus aus ihrer Deckung und blickten nach Norden.

Unter dem unaufhörlich grellen Schmettern der Trompete näherten sich etwa zwanzig gelb gekleidete Reiter in gestrecktem Galopp dem wilden Haufen von Orks. Sie ritten mit eingelegten Lanzen in einer einzigen Linie, und die Hahnenfedern auf ihren Helmen hoben und senkten sich im Einklang mit den Schweifen ihrer Rösser.

»Lanzenreiter aus Drassol!« schrie Irgenas. »Beim Barte meines Vaters! Damit wäre allerdings die Rechnung beglichen, die wir wegen unserer Haft noch offen hatten!«

Die Orks zogen sich immer weiter zurück, rückten eng zusammen und streckten den Reitern drei Dutzend Piken entgegen. Die wenigen, die schon Pfeile aufgelegt hatten, schossen sie ab, trafen aber nicht. Die Spitzen der Klingen glitzerten im Sonnenlicht, als sich die Lanzenreiter auf sie stürzten, die ersten durchbohrten und beim Überspringen der nächsten Reihen andere überrannten, die unter den Hufen zertrampelt wurden. Der Ritt setzte sich noch etwa hundert Schritt weiter fort, ehe die Pferde anhielten. Die Wucht des Angriffes war so groß gewesen, daß ihm nur eine verschwindende Anzahl von Orks bis zuletzt mit erhobenen Piken widerstanden hatten. Und als die Reiter nun ihre Tiere wendeten und die Säbel zogen, fehlten nur ein Soldat und zwei Pferde.

»Los, wir geben ihnen Hilfestellung!« schrie Uwaen.

»Cuorsaldo! Und für die blaue Flamme!«

»Ber-Intaal!«

Irgenas und der Halbelf rannten auf die Orks zu; ihnen folgte ein humpelnder Clevas. Im selben Augenblick ertönten wieder die Trompetenstöße, und die Lanzenreiter preschten wie eine alles verschlingende Woge mit gezückten Säbeln voran.

Es war kein leichter Sieg, denn die verbliebenen Orks waren immer noch zahlreich und kämpften wie wild. Doch am Ende wurden die vereinten Kräfte von Reitern, Uwaen und Zwergen doch mit ihnen fertig. Als die Säbel der Soldaten die letzten Überlebenden aus dem Weg geschafft hatten, lagen fünfzehn tote Orks zu Füßen der drei Freunde.

»Kaufleute, wie?« grinste der Kommandant der Reiter, stieg vom Pferd und deutete mit einer Kopfbewegung auf die Kadaver der Orks.

Es war derselbe junge Offizier, der die Zwerge vor einigen Tagen vor den Toren von Drassol festgenommen hatte, und bei dieser Gelegenheit hatten sich die beiden in dem Versuch, unerkannt zu bleiben, als Kaufleute ausgegeben.

»Mein Name ist Irgenas«, sagte der Prinz mit einem vergnügten Funkeln in den Augen. »Und ich habe die Ehre, der Sohn von König Thundras Cuorsaldo zu sein. Im Namen des Steinernen Thrones danke ich Euch dafür, daß Ihr mir das Leben gerettet habt.«

Der Lanzenreiter schnappte nach Luft. »Dann verzeiht mir mein respektloses Verhalten, Hoheit«, sagte er und verbeugte sich tief. »Ich bin Tensival von Perten aus Drassol. Mein Onkel ist der dritte Ratsherr von König Vinathes. Ich bin glücklich,

Euch gerettet zu haben, und hätte ich beim letzten Mal gewußt, wer Ihr seid, so hätte ich Euch mehr Ehrerbietung entgegengebracht.«

»Ihr konntet es nicht wissen«, sagte der Prinz. »Ich reise inkognito.«

»Das ist mir jetzt klar, Hoheit, dennoch tut es mir leid, Euch hinter Gitter gebracht zu haben.«

»Heute habt Ihr das mehr als gutgemacht«, lächelte Irgenas. »Aber eines sagt mir: Wie kommt eine Patrouille aus Drassol in diese Gegend?«

»Ich fürchte, ich weiß es«, warf Uwaen ein.

»Ich glaube auch, daß du es weißt«, entgegnete der Lanzenreiter spitz und wandte sich wieder an den Zwergenprinz. »Darf ich wissen, ob dieser dort zu Eurem Gefolge gehört?«

»Nicht nur das«, erwiderte Irgenas, dem etwas schwante. »Er ist einer meiner persönlichen Freunde und hat sich große Verdienste um den Steinernen Thron erworben. Im übrigen ist ihm auch der Herrscher von Drassol zu Dank verpflichtet.«

»Selbstverständlich stelle ich Euer Wort nicht in Frage, Hoheit«, versicherte der junge Offizier. »Doch das, was Ihr mir da sagt, bringt mich einigermaßen in Verlegenheit.«

»Zurkin?« fragte Irgenas.

»Leider ja. Ich bin sicher, daß es sich um ein Mißverständnis handelt, doch ich habe Befehl, diesen Mann zu verfolgen und ihn zusammen mit dem Hengst, den er, so wurde mir jedenfalls erklärt, gestohlen hat, nach Drassol zurückzubringen.«

»Wer hat Euch den Befehl gegeben?« fragte Irgenas.

»Der Ratsherr Krider, mein Onkel.«

»Gut. Selbstverständlich handelt es sich um einen Irrtum. Ihr werdet zu Eurem Onkel zurückkehren und es ihm erklären.«

»Ihr bringt mich da in eine unerträgliche Lage, Hoheit«, erwiderte der junge Mann, der instinktiv strammstand. »Ich habe vom dritten Ratsherrn meines Königs einen Befehl erhalten und bin verpflichtet, ihn auszuführen, so sehr ich Euch auch achte und respektiere.«

Die anderen Lanzenreiter hatten sich um die vier versammelt und verfolgten die Unterredung mit kaum verhohlener Neugier.

»Also ehrlich, mein lieber Perten!« rief Irgenas. »Ihr wollt mich doch nicht ein zweites Mal gefangennehmen, oder?«

»Natürlich nicht, Hoheit! Aber ...«

»Oder ein Mitglied meines Gefolges?« unterbrach ihn der Prinz.

»Ganz bestimmt nicht! Trotzdem bitte ich Euch inständig, meine Lage zu verstehen. Ich bin ein Lanzenreiter von Drassol und habe einen Befehl erhalten.«

»Für Disziplin habe ich etwas übrig, Perten, aber diese Sache mausert sich langsam zu einer Frage des Prinzips. Mir weht bereits ein Gestank nach politischem Zwischenfall um die Nase!«

»Aber wenn Ihr diesem Mann die Erlaubnis dazu erteilt, könnte er mit mir aus eigenem freiem Willen nach Drassol zurückkehren. Ich würde ihn sofort zum König bringen – und das Mißverständnis wäre umgehend aus der Welt.«

»Ihr werdet es weit bringen, junger Freund«, stellte der Prinz fest, »denn vom formellen Standpunkt aus betrachtet wäre dies eine sehr interessante Lösung. Leider ist er mir zur Fortsetzung meiner Reise unentbehrlich, und daher kann ich ihm die Erlaubnis nicht erteilen.«

»Vielleicht wäre es besser, ich würde tun, was er sagt, Irgenas«, unterbrach Uwaen die Auseinandersetzung mit ruhiger Stimme, während Tensival – noch immer strammstehend – bereits schwitzte.

»Bist du verrückt?« rief Irgenas auf Zwergisch. »Krider steht im Sold des Schwarzen Degen! So schnell kannst du gar nicht schauen, wie du schon vergiftet wärst!«

»Und der Sack, den wir an der Brücke gefunden haben?« entgegnete Uwaen in derselben Sprache.

»Du hast recht, beim Barte meines Vaters!«

»Dieser junge Edelmann kann dann bezeugen, daß ich ihn unter den Sachen der Orks gefunden habe!«

»Perten«, sagte der Zwergenprinz.

»Jawohl, Hoheit?«

»Wir müssen sofort zur Brücke über Ringenims Klinge.«

»Eigentlich hatte ich vor«, wandte der Offizier ein, »hier das Nachtlager aufzustellen. Darf ich Euch um den Grund für diese Eile fragen?«

»Die Orks haben die Brücke verbrannt und die Garnisonsbesatzung von Drassol und Pecsa massakriert. In den Ruinen der Gebäude aber ...«

Der junge Soldat wurde blaß und wankte sekundenlang, ehe er sich wieder fing und seine Kiefer zu arbeiten begannen.

»Was ist denn mit Euch? Hattet Ihr vielleicht einen Freund in der Garnison?«

»Der Kommandant war mein Vetter, Hoheit. Wir sind zusammen aufgewachsen.«

»Das tut mir leid für Euch.«

»Danke. Darf ich fragen, ob Ihr persönlich gesehen habt, daß es die Orks waren, die die Brücke in Brand gesteckt haben?«

»Nein, aber als wir ankamen, waren sie dort.«

»Das hat nichts zu sagen. Es sind Schakale, die sich auch über die Beute hermachen, die von anderen erlegt wurde. Die Brücke wurde zweifellos von den irellianischen Soldaten zerstört.«

»Da irrt Ihr Euch. Ich habe gute Gründe anzunehmen, daß die Irellianer keine Schuld an diesem Vorfall sowie an vielen anderen Verbrechen trifft, die Irel zugeschrieben werden.«

»Sechzig Orks reichen nicht aus, wenn es gegen zwanzig Lanzenreiter von Drassol und ebenso viele Reiter aus Pecsa geht, Hoheit!«

»Bevor sie auf uns gestoßen sind, waren es fast doppelt so viele, Perten. Ihr könnt die Kadaver auf dem Weg dorthin zählen. Und nun wollen wir aufbrechen. Sobald wir an der Brücke sind, kann ich Euch beweisen, daß ich mich nicht irre.«

Sie machten sich langsam auf den Weg, denn die Verletzten erlaubten keine schnellere Gangart. Clevas hatte einen Stützverband um seinen Knöchel gelegt, der Schmerz aber war einfach zu heftig, und so mußte er sich nach weniger als hundert Schritten schweren Herzens auf ein Pferd helfen lassen, dessen Reiter gefallen war.

Nach einigen Meilen trafen sie auf Zurkin, der sich nur erschöpft, sonst aber in zufriedenstellendem Zustand zu befinden schien. Und zwei Stunden später, als die Sonne gerade unter den Horizont sank, waren sie an der Brücke angelangt. Sofort zeigte Irgenas dem jungen Offizier den Sack, den die Orks zurückgelassen hatten.

»Wie teuflisch!« rief der Lanzenreiter beim Durchsehen der Fragmente militärischer Rüstungen aus sämtlichen Städten, Drassol eingeschlossen.

»Also sind es immer die Orks gewesen, die zerstörten und töteten ... Und jedesmal, wenn wir dachten, wir hätten einen Hinweis auf die dafür Verantwortlichen entdeckt, handelte es sich in Wahrheit um eine geschickte Irreführung! Seht her: diese Schnalle gehört zum Sattel eines Lanzenreiters von Drassol! Es ist wirklich unfaßbar. Wärt nicht Ihr es gewesen, der mich darauf aufmerksam gemacht hat, oder hätte ich den Fund nicht mit eigenen Augen gesehen, ich würde ganz sicher an eine schamlose Übertreibung glauben!«

»Und deshalb komme ich mit zu König Vinathes«, sagte Uwaen. »Der Haß unter den Städten ist bereits so groß, daß ohne eine doppelte Zeugenaussage selbst ein offensichtlicher Beweis wie dieser hier Gefahr laufen könnte, nicht anerkannt zu werden.«

Der junge Offizier nickte nachdenklich. Und er blieb in

Gedanken versunken, während sich seine Männer alle Mühe gaben, wenigstens eines der ausgeplünderten Gebäude wieder bewohnbar zu machen.

»Dieser Fund ist von außergewöhnlicher Bedeutsamkeit«, sagte Tensival von Perten schließlich. »Dafür müssen Euch sowohl Drassol als auch die ganze Hegemonie dankbar sein. Und jetzt, wenn Ihr gestattet, werde ich nach meinen Verletzten sehen. Dann gebe ich Befehl, daß Euch ein Abendmahl serviert wird.«

Clevas verbrachte die Nacht bei den anderen Verletzten und murrte ohne Unterlaß, da er seine Heilkräuter nicht zur Hand hatte. Sein Knöchel war dick angeschwollen, und beim Gehen hinkte er erbärmlich. Dennoch humpelte er stundenlang zwischen den auf dem Boden liegenden Lanzenreitern umher, behandelte sie, so gut es ging, und sprach ihnen Mut zu. Doch trotz seiner aufopfernden Bemühungen überlebten zwei der Männer die Nacht nicht.

Bei Sonnenaufgang trafen Uwaen, Irgenas und Clevas zusammen, um zu entscheiden, wie es weitergehen sollte. Kurz darauf gesellte sich Tensival mit düsterer Miene zu ihnen.

»Also gut«, sagte Irgenas abschließend, »Uwaen kehrt nach Drassol zurück, Clevas bleibt bei den Verletzten, bis er wieder imstande ist zu laufen, und ich breche sofort in Richtung Süden auf, um Damlo zu suchen.«

»Ich bitte um Verzeihung, Hoheit«, schaltete sich der Lanzenreiter ein. Er schien in einiger Verlegenheit, aber sein Gesichtsausdruck wirkte entschlossen. »Leider bin ich gezwungen, Euch zu bitten, mich nach Drassol zu begleiten.«

»Was soll das heißen? Wir waren uns doch einig, daß Uwaen Euch begleiten soll!«

»Das ist richtig, doch nachdem ich die ganze Nacht überlegt habe, bin ich zu der Ansicht gekommen, daß nur Eure persönliche Zeugenaussage jeden Zweifel an der Echtheit der Beweise beseitigen kann.«

»Unsinn! Uwaens Wort wird doch wohl reichen!«

»Ich fürchte nein, Hoheit. Es gibt gewisse Faktoren, von denen Ihr keine Kenntnis habt.«

»Sprecht.«

»Am Hof zu Drassol haben mächtige Gruppierungen Einfluß, die nichts lieber als den Krieg gegen Irel und Mettenal wollen.«

»Das stimmt«, sagte Uwaen. »Es sind dieselben, die nach Unabhängigkeit von der Hegemonie streben.«

»Das habt Ihr gesagt, mein Herr. Wenn es seine Richtigkeit hätte, würde es sich um Verrat handeln, und so werde ich Eure Behauptungen nicht bestätigen.«

»Ich weiß Eure Aufrichtigkeit zu schätzen«, sagte Irgenas. »Aber Ihr habt mir noch nicht ausreichend erklärt, weshalb ich mit Euch kommen soll. Und auch nicht, weshalb Uwaens Aussage nicht ausreichen sollte.«

»In Drassol ist dieser Mann als fahrender Sänger und Dichter bekannt. Es ist sein Beruf, Geschichten zu erzählen, und nicht, die Tatsachen genauestens und der Wahrheit entsprechend wiederzugeben. Außerdem wird er darüber hinaus beschuldigt, ein Pferdedieb zu sein. Ihr behauptet zwar, daß er dies nicht sei, und ich hege nicht den geringsten Zweifel an Eurem Wort. Doch für alle Angehörigen jener Fraktionen, die sich den Krieg wünschen, wäre es nur allzu einfach, die Glaubwürdigkeit seiner Aussage anzufechten.«

»König Vinathes kennt Uwaen gut, und wie ich Euch schon gesagt habe, er hat gute Gründe, sich ihm verpflichtet zu fühlen. Das alles wird wohl mehr als ausreichend sein, um seinem Wort Gewicht zu verleihen.«

»Ich fürchte nein, Hoheit. In letzter Zeit ist König Vinathes …« Der junge Mann zögerte, offenbar auf der Suche nach den rechten Worten. Dann richtete er sich kerzengerade auf. »Er ist mein König, und ich sage nur, daß der Tod seiner Söhne ein schwerer Schlag für ihn war.«

»Das verstehe ich, und er hat mein vollstes Mitgefühl«, sagte Irgenas. »In der Tat habt Ihr triftige Gründe für meine Rückkehr, Perten, und ich möchte nicht, daß Ihr meine Weigerung für eine bloße Laune haltet. Daher will ich Euch sagen, daß ich Euch den Anlaß für diese meine Reise zwar nicht nennen kann, daß sie an Tragweite aber das Gewicht meiner persönlichen Aussage in dieser Angelegenheit bei weitem übersteigt.«

»Ich glaube Euch ja, Hoheit, aber ich stamme aus Drassol; meine Loyalität gehört meinem Herrn und König und der Bevölkerung meiner Stadt. Ich würde alles tun, um diesen Menschen die Schrecken und Verwüstungen eines Krieges zu ersparen. Das Zeugnis des Erben des Steinernen Thrones wäre unanfechtbar, und daher ersuche ich Euch von neuem, mir zu folgen.«

»Also, was soll das!« rief Irgenas ungeduldig. »Ich sagte Euch doch, daß meine Mission von allergrößter Wichtigkeit ist!«

»Und ich habe Euch geantwortet, daß es für mich nichts Wichtigeres gibt, als meiner Stadt einen Krieg zu ersparen.«

»Was für eine Dreistigkeit! Ich breche jetzt augenblicklich nach Süden auf, und wenn Ihr versucht, mich aufzuhalten, wäre ich gezwungen, zu meiner Streitaxt zu greifen!«

»Das hatte ich befürchtet, Hoheit. Und darüber habe ich die ganze Nacht gegrübelt. Dann sollt Ihr also wissen, daß ich in diesem Fall meinen Soldaten Befehl geben werde, Euch aufzuhalten, ohne die Waffen zu benutzen. Ich weiß, wie Ihr kämpft, und so werden viele von ihnen sterben, am Ende aber werden sie Euch festhalten. Und Ihr werdet gezwungen sein, mit mir zu kommen.«

»Ihr würdet als erster fallen.«

»Ich würde in jedem Fall sterben, denn nur mein Kopf könnte ein diplomatisches Fiasko dieses Ausmaßes wieder beheben. Ich nehme an, man wird ihn zusammen mit den Entschuldigungen seitens Drassols zu Füßen des Steinernen Thrones abliefern. Ich bin mir dieser Möglichkeit bewußt und akzeptiere sie. Und im übrigen ist es die Pflicht eines jeden Soldaten, für seine Stadt zu sterben, und wenn es sein muß, werde ich es ohne Zögern tun.«

»Ihr seid entsetzlich, Perten«, seufzte Irgenas. »Jetzt geht mir aus den Augen und kommt erst nach zehn Minuten wieder. Dann werde ich Euch meinen Entschluß bekanntgeben.«

»Mit Eurer Erlaubnis«, sagte der Offizier, verneigte sich und ging.

»Wenn mein Knöchel nicht in diesem Zustand wäre«, murrte Clevas, »könnte ich Damlo einholen und zusammen mit ihm am Riguario auf euch warten.«

»Nein, da würdest du ihn nicht rechtzeitig erreichen«, erklärte Irgenas besorgt. »Ich habe ihm aufgetragen, nicht länger als zwei Tage zu warten, und auch wenn er zur Sicherheit ein paar Stunden zugeben wird, ich bin doch sicher, daß er sich im wesentlichen daran halten wird. Daher wird er den Fluß überqueren und sich wieder auf den Weg machen, lange bevor du dort ankommen könntest.«

»Das habe ich doch gerade gesagt, junger Mann! Im übrigen haben wir, als wir von achtundvierzig Stunden sprachen, beide gedacht, daß wir in Kürze tot sein würden. Und jetzt sag nicht nein. Wer hätte je mit einer Rückkehr nach Drassol gerechnet? Bist du dir darüber im klaren, wieviel Zeit uns das kosten würde? Bei einer Zeugenaussage kannst du keinesfalls inkognito bleiben, woraus sich ergibt, daß das Protokoll zu befolgen wäre, eine Unmenge an Formalitäten ... Stell dir das einmal vor – der Erbe des Steinernen Thrones! All diese Höflichkeitsgesten, die zu berücksichtigen wären ... ein wahrer Leckerbissen für die Zeremonienmeister! Es wäre eine lange, lästige Angelegenheit. Sehr lang, sehr lästig.«

»Wenigstens zwei Wochen«, schätzte Uwaen. »Und was würde Damlo so ganz allein wohl machen? Verdammt, wenn diese Sache mit dem Hengst nicht wäre, ich könnte ihm nachreiten!«

»Tja«, gab Irgenas zu bedenken, »aber hättest du das Pferd nicht gestohlen, wärst du nicht rechtzeitig zu uns gestoßen. Und wir wären im Vallerotta umgekommen.«

Geistesabwesend strich der Prinz über den Stiel seiner Axt, während er einen Seitenblick auf die Soldaten warf, die geduldig in einiger Entfernung warteten.

»Wir haben nicht besonders viele Möglichkeiten«, stellte er dann fest. »Andererseits wäre hier auch eine grundsätzliche Frage aufzuwerfen: Muß sich der Erbe des Steinernen Thrones, nachdem er sich als solcher zu erkennen gegeben hat, an einen Ort bringen lassen, an den er sich zu begeben gar nicht wünscht?«

»Die Antwort kennst du genau«, murmelte Clevas.

»Allerdings«, schnaubte der Prinz. Dann seufzte er tief.

Als Tensival von Perten zurückkehrte, erwartete ihn Irgenas bereits mit finsterer Miene; die Rechte hatte er auf den Griff seiner Waffe gestützt. Noch ehe der junge Mann ein Wort sagen konnte, empfing ihn der Prinz mit einem kurzen Nicken, das man durchaus als anerkennende Geste deuten konnte.

»Ich habe mich entschlossen«, sagte er dann, »König Vinathes von Drassol einen formellen Besuch abzustatten und ersuche Euch hiermit offiziell, mir für diese Reise eine Eskorte zu stellen.«

10

Als sich Damlo von dem Schock erholt hatte, verließ er den Sitz der Bettlerküste und machte sich auf den Weg zu Rako. Der Sklave war tatsächlich schon in Sorge um ihn gewesen, aber es fiel dem Jungen nicht schwer, ihn zu beruhigen, denn selbst als er Rako darum bat, den Wagen noch weitere zwei Tage in seiner Obhut zu behalten, strahlte Damlo in einem derartigen Ausmaß vor Glück, daß der Gedanke, er könnte sich in Schwierigkeiten befinden, geradezu lächerlich war.

Die beiden plauderten ein Weilchen miteinander, während Damlo das Gefährt für die Abreise vorbereitete, den Stacheldegen an seinen Platz legte und anderen Kleinkram unter dem Kutschersitz verstaute. Dann verabschiedete er sich noch von Majestät und kehrte ins Schloß Bedaran zurück.

Der Zeitpunkt, den Tatini vorgegeben hatte, zwang den Jungen zu allergrößter Eile, dennoch schaffte er es an diesem Abend einfach nicht zu arbeiten. Die Nachricht, daß die Freunde am Leben waren, durchströmte ihn wie eine anregende Droge, die ihm in den Adern schäumte und seine Konzentrationsfähigkeit auf Null senkte.

Er versuchte es. Er versuchte es ehrlich, gut zwanzig Minuten lang. Aber statt einen Greif zu sehen, erschienen auf Zanters Siegel ausschließlich die Gesichter von Uwaen und den Zwergen. Und rundum vernahm er das Lachen, das in dem Augenblick ertönen würde, in dem sie alle vier wieder vereint wären. Was wohl die ersten Worte sein mochten? Und auf welche Weise ihn die Freunde auf den Arm nehmen würden – denn daß sie es täten, war ja klar! Und wie sollte er selbst darauf antworten? Ihnen fröhlich ihre eigene Verspätung unter die Nase halten?

Es gelang ihm nicht stillzusitzen. Seine Füße zappelten von ganz allein und waren ununterbrochen in Bewegung, vibrierten und schlugen den Takt zu seiner Freude. Sie taten dies in der Luft, wenn er die Beine übereinanderschlug, und auf dem Boden, wenn er die Füße nebeneinander stellte. Und die Knie zitterten und zuckten im Gleichklang mit. Eigentlich gab sein ganzer Körper keine Ruhe, und so mußte er unentwegt seine Sitzhaltung wechseln, ohne eine zu finden, die ihm für mehr als einige Sekunden gefallen wollte. Also stand er auf und lief ein wenig auf und ab. Dann setzte er sich wieder hin. Und abermals störte ihn etwas – von neuem brachte ihn die Unrast zum Tanzen, so als wäre sie eine lautlose, mitreißende Melodie.

Schließlich gab er es auf. Wie immer, wenn er Pause machte, übergab er das Siegel dem Diener von Gevan Bedaran, der damit beauftragt war, es zurück zum Kassenschrank zu bringen. Dann schlüpfte er in Hemd und Hosen – Pagenkleidung, die er bekommen hatte und die es ihm erlaubte, sich im Schloß frei zu bewegen, ohne aufzufallen – und rannte zu Ticla.

Er lief den weiten Weg durch all die breiten Korridore des Schlosses und trat ins Vorzimmer der Freundin ein, ohne zu klopfen, um dann wie ein Windstoß in ihr Zimmer einzufallen. Lachend und die Worte hervorsprudelnd, so daß er sich dauernd verhaspelte, berichtete er Ticla, daß Uwaen und die Zwerge am Leben waren.

Das Mädchen war gerade damit beschäftigt, unter den gestrengen Augen Angias zu nähen. Also wurden Damlos Worte anfangs von einem deutlichen Murren der Amme begleitet. Dieses quecksilbrige Herzenskind dazu zu bringen, eine Nadel in die Hand zu nehmen, war an sich schon schwierig genug, und da konnte man wahrlich keine zerzausten Bürschchen brauchen, die unangemeldet zur Tür hereinplatzten!

Die Freude des Jungen war jedoch dermaßen ansteckend, daß Angia recht bald aufgab. Sie erhob sich, begab sich langsam zu einem kleinen rosaroten Brokatsofa und ließ sich mit matronenhafter Würde darauf nieder. Von dort aus lauschte sie dem weiteren Gespräch mit schlecht verhohlenem Interesse, während sie sich den Anschein gab, anderweitig beschäftigt zu sein.

Ohne auf ihre Anwesenheit zu achten, unterhielten sich die beiden jungen Leute lachend und fielen einander immer wieder ins Wort. Damlo konnte sich nicht vorstellen, weshalb die Freunde, da sie doch den Überfall der Orks überlebt hatten, nicht rechtzeitig an der Brücke über den Riguario angekommen waren. Darauf gab es keine Antwort, und so konnte jede Hypothese die richtige sein. In der Folge entwickelte sich, ausgehend von einer spaßigen Bemerkung Ticlas, zwischen den beiden eine Art Wettkampf im Erfinden von tausendundein Erklärungen, jede davon verrückter als die vorangegangene. Doch dann wurde das Lachen nach und nach weniger schallend und der Gesprächston leiser, vertraulicher.

Ticla fragte Damlo nach dem Siegel des Zanter, und der Junge erzählte ihr in allen Einzelheiten von dem Greif, dessen Bild er in Kürze in den alten Schnabel einritzen würde. Es gelang ihm sogar, die Teile des Bildes anschaulich in Worte zu fassen. Im übrigen waren es gewiß nicht nur Worte, die zwischen den beiden hin und her flogen; ihre Blicke versanken ineinander, und auch wenn sie abwechselnd von eins bis hunderttausend gezählt hätten, wären dem anderen aufregende

Wohlklänge und Verheißungen bezaubernder Melodien in die Ohren gedrungen.

Eine Weile sprangen die Gespräche ungezwungen zwischen Bedeutungslosem und Wesentlichem hin und her, und irgendwann fanden sich die beiden jungen Leute plötzlich Seite an Seite auf der Bettkante wieder.

Damlo wurde sich dessen unversehens bewußt, als er sich anschickte, mit einem Stück Schneiderkreide etwas auf einen gelblichen Stoffrest zu zeichnen. Es war nicht das erste Mal, daß sich die beiden so nah waren, aber noch nie zuvor hatte der Junge Ticlas Nähe so heftig gespürt.

Er verstummte schlagartig, ohne es zu merken, und fing an, den Stoffrest in seiner Hand zu zerknittern. Dann wurde es ihm bewußt, und er hörte sofort damit auf. Die Gefühle, die ihn erfüllten, waren so stark, daß er sie wie einen Druck in den Ohren spürte, ähnlich dem Surren einer aufdringlichen Hornisse. Rund um ihn hingegen schien bleierne Stille zu herrschen. Wenn er nur etwas zu sagen wüßte … Mit dem Gefühl, der linkischste Junge des ganzen Universums zu sein, fing er wieder an, den gelben Stoffschnipsel zu bearbeiten. Sag doch was! gab er sich innerlich einen Tritt; los, sag was …! Nichts. Es kam ihm vor, in einem weißen, blendenden Nebel aus Gedankenfetzen zu stecken. Schließlich sprach er aus purer Verzweiflung wieder vom Siegel.

»Es ist wirklich schade«, sagte er mit leicht belegter Stimme, »daß man den alten Drachen darauf zerstören muß, um ein neues Bild herzustellen.«

»Da hast du recht. Gibt es wirklich keine Möglichkeit, ihn zu erhalten?«

»Man könnte den Drachen mit Ton bedecken und erst darauf den Greif einschneiden. Aber dann hätte es wohl keine Ähnlichkeit mehr mit Zanters Siegel.«

Plötzlich wurde seine ganze Aufmerksamkeit auf den linken Arm gelenkt, der von der Schulter bis zum Ellbogen den des

Mädchens neben ihm berührte. Obwohl kaum spürbar, rief dies ein komisches Gefühl in ihm hervor – eine Art Wärme, die ihm unter dem Hemd über die Haut lief und die Kehle zuschnürte. Und die ihm die Luft aus den Lungen zu jagen schien.

»Kann man den Drachen nicht vom Siegel entfernen, ohne ihn zu zerstören?« fragte Ticla nach einer langen Minute des Schweigens.

Seltsam, dachte Damlo. Jetzt klang auch ihre Stimme ein wenig gepreßt; so als ob ihr Atem mit einemmal für die gesamten Schwingungen der Töne nicht mehr ausreichte. Und dann merkte der Junge, daß die Freundin ganz langsam auch ihren Unterarm dicht an den seinen rückte. Absichtlich? Ja, absichtlich. Und jetzt reichte die Berührung von der Schulter bis zum Handgelenk.

Die Luft im Raum schien sich schlagartig um die Hälfte zu vermindern.

»Man kann nicht eine Schicht vom Schnabel abtragen«, erklärte Damlo mit kaum hörbarer Stimme. »Dazu ist er zu hart, er würde zersplittern.«

»Das kitzelt mich!« lachte Ticla plötzlich auf und bewegte den Arm um einen Viertelzoll. Das eigentümliche Vibrieren in diesem Lachen war für den Jungen wie ein köstlicher Messerstich mitten ins Herz.

»Mich auch«, antwortete er mit sehr leiser Stimme.

»Schau mal, was für eine Gänsehaut!«

»Bei mir auch«, sagte Damlo. Aus unerfindlichen Gründen war er auf einmal außer Atem. »Ich spüre jedes einzelne Härchen unter dem Hemd, und in der ganzen Narbe prickelt es!«

»Ja«, wisperte Ticla und senkte die Augen. »Der Wolfsbiß, nicht wahr?.«

Damlo schien es, als täte sich in seiner Brust ein Abgrund auf. »Möchtest du ihn sehen?«

Das Mädchen nickte langsam.

Und da tönte unversehens Angia von Ortis Stimme durch den Raum: »So, Kinder. Jetzt ist es Zeit zum Verabschieden.« Und als würde das nicht reichen, begleitete die Amme ihre Worte mit einem schroffen Händeklatschen. Worauf die beiden auf der Bettkante zusammenzuckten.

Der Abschied wurde zu einer wahren Qual. Während Damlo ihn seinerseits hinauszögerte, versuchte Ticla, Zeit zu gewinnen, indem sie heftig protestierte. Doch Angia zeigte sich unbeugsam, und schließlich mußte sich der Junge erheben.

Mit bleiernen Schritten trat er zur Tür. »Weißt du«, sagte er zu Ticla, bevor er über die Schwelle trat, »mir ist eine Idee gekommen, was das antike Siegel betrifft.«

»Wie man den Drachen darauf bewahren kann?«

»Genau. Ich könnte einen Gipsabdruck machen.«

»Und der würde das Bild retten?«

»Sicher! Wenn man einen Gipsabdruck hat, kann man Bronze hineingießen, und so erhält man eine vollkommene Kopie des Originales.«

»Großartig!« rief Ticla.

»Also, Schluß jetzt, junger Mann«, trat Angia dazwischen und zeigte vielsagend auf die Tür.

Die beiden jungen Leute verabschiedeten sich, indem sie einen hilflosen Blick austauschten, und Angia begleitete Damlo aus Ticlas Zimmer.

Der Gedanke kam ihm, noch ehe er zwei Schritte von der Tür entfernt war. Als sie sich hinter ihm schloß, fühlte er sich merkwürdig unvollständig, so als hätte er etwas Lebenswichtiges zurückgelassen, und er spürte ein unwiderstehliches Verlangen, sich umzudrehen und es sich zu holen. Und nun wurde ihm plötzlich bewußt, daß ihn ja schließlich nichts daran hinderte, es auch zu tun. Angia war ihm zwar sympathisch, sogar sehr; aber das hieß doch nicht, daß er ihr Gehorsam schuldete.

Glänzende Idee! gratulierte er sich selbst. Für den Augenblick würde er dem Wunsch von Ticlas Gouvernante nachkommen und gehen. Und dann geduldig abwarten, bis sie sich schlafen legte, und heimlich zu Ticla zurückkehren.

Lächelnd durchquerte er an Angias Seite das große Vorzimmer. Das Mädchen würde natürlich aufwachen, sobald er klopfte, aber das geschah ja nicht zum ersten Mal.

Angia öffnete ihm die Tür zum Korridor, drückte ihn sanft nach draußen und versetzte ihm einen freundschaftlichen Klaps auf den Kopf.

»Schlaf gut, Junge«, sagte sie und lächelte auch. Dann änderte sich ihr Tonfall, als sie hinzufügte: »Und vor allem: schlaf tief, du kannst das ja noch.«

Vom Korridor aus sah Damlo sie fragend an.

»Ja«, fuhr sie fort und warf ihm einen Blick zu, der ihn wie eine Stahlklinge traf, »denn mir ist das nicht mehr vergönnt. Ich schlafe heute nacht hier, in diesem Vorzimmer, und wenn ich nicht in meinem eigenen Bett liege, habe ich einen sehr leichten Schlaf ...«

Einerseits enttäuscht, andererseits jedoch vom Scharfsinn der Matrone amüsiert, kehrte Damlo in sein Kämmerchen zurück und ging zu Bett. Doch sein Kopf war noch zu voll von all den Empfindungen des Tages, und er konnte nicht einschlafen. Nachdem er es eine ganze Weile erfolglos versucht hatte, beschloß er, die Zeit nutzbringender zu verwenden.

Er stand auf und ging hinaus, um den jungen Soldaten zu wecken, der ihm von Gevan Bedaran als Hilfe zugeteilt worden war, um sich in der verwirrenden Welt von Schloß Bedaran besser zurechtzufinden. Er entschuldigte sich für die späte Stunde und bat um Gips, feuchten Ton, Bienenwachs und Siegellack. Und außerdem um unterschiedliche Stichel für die feinen Gravuren.

Die ersten vier Dinge zu finden, stellte kein Problem dar, doch Werkzeuge wie jene, die Damlo benötigte, waren im ganzen Schloß nicht aufzutreiben. Damlo und der Soldat zerbrachen sich deswegen gemeinsam den Kopf, und dann fragte sich der Junge, was seine Freunde wohl an seiner Stelle getan hätten. Darauf fand er zwar keine Antwort, als er aber an Irgenas und Clevas dachte, erinnerte er sich, wie letzterer den Wolfsbiß an seinem Arm behandelt hatte.

»Die Skalpelle des Heilers!« rief er.

Der Soldat lächelte und schlug sich mit der flachen Hand gegen die Stirn.

Und so wurde der alte und verehrte heilkundige Mann mitten in der Nacht mit dem unerhörten Ansinnen geweckt, einem jungen Soldaten seine kostbaren Arbeitsgeräte zu überlassen. Ungeachtet seiner heftigen Empörung blieb ihm jedoch nichts anderes übrig, als sich zu fügen. Zum Ausgleich gab es viele Entschuldigungen – und keine Erklärung.

Dafür waren die Klingen für Damlos Vorhaben hervorragend geeignet, was er voller Freude feststellte, nachdem er sie in Augenschein genommen hatte. Sehr wahrscheinlich würden sie ein wenig schartig und stumpf werden, denn die Substanz, aus der der Greifschnabel bestand, schien sehr hart zu sein. Aber es gab keine andere Möglichkeit.

Im Licht der Unmengen von Lampen und Kerzen, die der Soldat herbeigeschafft hatte, ging der Junge an die Arbeit. Die Skalpelle beiseite gelegt, widmete er sich für den Augenblick dem Gips, dem Ton, dem Wachs und dem Siegellack. Mit der größten Konzentration, die er aufbringen konnte, nahm er mit jedem dieser Materialien zahlreiche Abdrücke des alten Siegels des Turmes von Eria, wobei er das Ergebnis am Ende jeder Phase genauestens überprüfte. Nachdem der Drache auf die einzig mögliche Weise gesichert war, griff er nach den Instrumenten des Heilers und entfernte schweren Herzens das Originalrelief auf dem uralten Schnabel. Schließlich schliff er die Oberfläche, die künftig das Profil von Zanters Greif tragen sollte, zu vollkommener Glätte ab – und erst da überfiel ihn der Schlaf mit unerwarteter Heftigkeit. Langsam und sorgfältig löschte er sämtliche Flammen und ging zu Bett.

Er schlief nicht lange. Die ganze Zeit über träumte er von dem Wiedersehen mit den Freunden, und als er erwachte, war die Sonne kaum aufgegangen. Er fühlte sich in Höchstform, also machte er sich noch vor dem Frühstück an die Arbeit.

Heute war der Tag, an dem er mit der Gravur, also der echten Aufgabe, beginnen würde. Bevor er das äußerst harte Material des Schnabels jedoch in Angriff nahm, blieb noch viel zu tun. Von Falno Gallaspessa hatte er gelernt, daß die Ziselierung selbst nur der letzte Arbeitsgang bei der Erschaffung eines künstlerischen Werkes war – und auch im Hinblick auf ihre Wichtigkeit stand sie an letzter Stelle, so merkwürdig das auch anmutete. Denn die wahre Kunst verbarg sich stets hinter dem Sichtbaren. Bei der Wiedergabe eines wertvollen Flachreliefs wie diesem bestand das Wesentliche darin, seine ganze Seele in sich aufzunehmen. Nur so war es möglich, ein Kunstwerk zu schaffen, das den Vergleich mit dem Original aufnehmen konnte.

Aus diesem Grund verbrachte der Junge etliche Stunden ausschließlich mit dem Berühren von Zanters Siegel. Darüberstreichen, die Fingerkuppen darüberwandern lassen – erst mit offenen Augen und dann ohne hinzusehen – und dabei im Geiste alles abrufen, was er in den vergangenen Tagen bei der Betrachtung des Reliefs schon in sich aufgenommen hatte. So legte er bei sich nach und nach den Grund für jene Bewertungsmaßstäbe, dank derer er es jedesmal instinktiv als störend empfinden würde, wenn ein kleinster Teil des neuen Siegels nicht in vollkommener Übereinstimmung mit dem Original schien.

Am späten Vormittag wurde er hungrig, und so beschloß er, eine Pause zu machen. Er übergab dem dafür Verantwortlichen den kostbaren Schnabel und ließ sich hinterher zur Küche führen. Doch er trat nicht ein, denn er wußte: das lebhafte Treiben, das darin herrschte, würde ihn zu sehr von seiner Aufgabe ablenken. Selbst jetzt noch und ohne das Siegel vor sich, fuhr sein Geist fort, an Formen und Maßen zu arbeiten.

Der junge Soldat ließ Damlo von einem Diener Brot, Käse und einen Zinnbecher mit kaltem Wasser holen. Dann brachte er den Jungen über Treppen und Korridore zurück zu den Gemächern des Regenten.

Während sich seine Gedanken und Gefühle immer noch zu einem großen Teil um das Siegel drehten, begann Damlo umherzuwandern. Es fiel ihm auf, daß, im Gegensatz zu den Privatgemächern Ticlas und ihres Vaters, Schloß Bedaran in seiner Gesamtheit äußerst luxuriös ausgestaltet war und sich durchaus mit dem Sitz von König Vinathes in Drassol messen konnte: Auch hier gab es eine endlose Aufeinanderfolge breiter Korridore, die sich gelegentlich zu saalartigen Abschnitten ausweiteten und manchmal einen vorhersehbaren Verlauf nahmen, manchmal auch nicht – oder die jäh die Richtung wechselten. Zwischen all den Türen, die davon wegführten, hingen äußerst wertvolle Bilder oder Gobelins an den Wänden. Und nicht nur die Foyers, sondern auch die Korridore waren mit kostbaren Möbeln ausgestattet, auf denen herrliche Kunstwerke thronten.

Doch das Siegel des Zanter beherrschte Damlos Gedanken fast ohne Unterlaß, und deshalb blieb der Junge nicht immer stehen, um alles zu bewundern, woran er vorbeikam. Nur gelegentlich erweckten ein Gegenstand, ein Wandbild oder ein Möbel sein Interesse. Dann hielt er ein Weilchen inne und verneigte sich lächelnd vor dieser Schönheit, ehe er weiterwanderte.

Hin und wieder nahm er einen Bissen von Brot und Käse; und meist vergaß er dann das Kauen. Immer wieder verspürte er den Drang, sich das Gefühl einer bestimmten Krümmung oder Erhebung des Siegels unter seinen Fingerspitzen ins Gedächtnis zu rufen, und dieser Drang erwies sich jedesmal als so stark, daß er seine ganze Aufmerksamkeit beanspruchte. Gelegentlich aber war doch die Faszination dessen, was ihn hier umgab, stärker – und dann hatte der Junge den Eindruck, aus einem Universum der Tastempfindungen zu stürzen, um in einer ebenso fesselnden Welt aus Bildern, Formen und Farben zu landen.

Ein mit Intarsien verzierter Schreibschrank, der nicht weit vor der plötzlichen Abzweigung eines Korridores stand, hatte es Damlo mit seiner Anmut und Eleganz besonders angetan. Vielleicht weil es sich dabei um ein in Wahrheit massives und schweres Möbelstück handelte, das seine scheinbare Leichtigkeit nur der Harmonie seiner Maße verdankte. Oder weil die Patina der Zeit dem Holz eine ganz besonders hübsche Tönung verliehen hatte.

Wie auch immer, jedenfalls kam Damlo vor dem Schrank plötzlich eine bestimmte, merkwürdig vorstehende Kralle des Siegel-Greifs in den Sinn. Um sie besser auf den Fingerspitzen zu »spüren«, stellte er den Zinnbecher auf dem Schreibschrank ab und schloß die Augen. Er hob die Hand in die Luft und konzentrierte sich darauf, das Gefühl wieder einzufangen.

Wenn er sich in diesem Zustand befand, existierte die Zeit nicht für ihn, daher wußte er später nicht zu sagen, wie lange er sanft gestikulierend dort vor dem Schrank gestanden hatte. Alles, was ihm irgendwann zu Bewußtsein kam, war der Umstand, daß er Durst hatte. Und so streckte er, ohne die Augen zu öffnen, die Hand aus.

Doch statt des kühlen Zinns berührte er eine Nase.

Er zuckte zusammen und riß die Augen auf. Und dann riß er sie noch weiter auf, denn statt des Schrankes stand Ticla vor ihm. Und lachte ihn mit einem mehr als schelmischen Blick an.

Sofort begann der Junge an einen unbekannten Zauber zu denken, an Magie und okkulte Kräfte, die ihn an einen anderen Ort versetzt hätten, doch dann merkte er, daß er sich in Wahrheit nicht von der Stelle gerührt hatte. Gerührt hatte sich vielmehr das Möbelstück, das jetzt in eine Vertiefung in jener Wand geschwenkt war, vor der es bis vor kurzem gestanden hatte. Der Junge schüttelte den Kopf und sah noch mal hin. Tatsächlich: ein Stück Wand, so breit wie der Schreibschrank, hatte sich in lautlosen Angeln gedreht und damit eine Art Tür geöffnet.

»Aber wie …?« begann er.

Sie ließ ihn nicht ausreden, sondern legte einen Finger auf die Lippen, bedeutete ihm, still zu sein und trat dorthin zurück, von wo sie aufgetaucht war.

Von einem Teppich leicht gedämpft, waren Schritte zu hören, die näher kamen. Irgend jemand würde gleich um die Ecke biegen, zum Zaudern war also keine Zeit. Immer noch völlig verwirrt, trat der Junge hastig durch die Öffnung, die Ticla im nächsten Augenblick schloß, ohne dabei das geringste Geräusch zu verursachen.

»Geschafft!« rief sie.

»Schsch!« zischte jetzt Damlo. »Er muß genau da draußen sein!«

»Macht nichts!« kicherte das Mädchen. »Wenn sie geschlossen ist, hört man nichts.«

Obwohl immer noch ein wenig verwundert, fand Damlo seinen klaren Verstand langsam wieder, und nun merkte er, daß er sich in einem Geheimgang befand. Einem richtigen Geheimgang – einem solchen, deren Entdeckung er sich in seinen Phantasien tausendmal ausgemalt hatte! Höchst verwundert sah er sich um; Ticla trug eine Lampe, und im matten Licht des Flämmchens konnte Damlo nur feststellen, daß der Raum groß und kahl war. Das hier hatte rein gar nichts mit den engen Stollen und gewundenen Passagen zu tun, vor denen die Geheimgänge in Märchen und Sagen nur so strotzten!

»Wo sind wir hier?« fragte er. Seine Stimme hallte in dem leeren Raum.

»In meinem kleinen Geheimnis«, antwortete Ticla fröhlich. Ihre Augen glänzten, fast wie an dem Abend, als er sie im Licht des Mondes zum ersten Mal gesehen hatte.

»In *einem* meiner kleinen Geheimnisse«, korrigierte sich das Mädchen und faßte nach seiner Hand. »Und in ein anderes gehen wir gleich.«

Sie zog ihn hinter sich her, er folgte ein bißchen widerwillig. Natürlich war er glücklich, Ticla getroffen zu haben. Und die Aufregung über den Umstand, tatsächlich in einem echten Geheimgang zu stehen, war groß. Außerdem konnte er sich nichts Herrlicheres vorstellen, als dieses Abenteuer zusammen mit Ticla zu erleben. Dennoch – von irgendwoher hörte er die ferne Trommel des schlechten Gewissens schlagen: Seine Aufgabe bestand darin, eine Kopie von Zanters Siegel anzufertigen, und es war eine Aufgabe von allergrößter Wichtigkeit. Dazu kam, daß seine Zeit durch die Stunde, die Tatini ihm gesetzt hatte, äußerst beschränkt war. Durfte er wirklich einen Teil davon dazu verwenden, sich mit Ticla zu vergnügen?

Fünf Minuten, entschied er, nachdem er ein paar Sekunden lang geschwankt hatte. Nur fünf Minuten, und nur, um die Entdeckung dieses Ganges zu feiern!

»Los, komm!« trieb ihn das Mädchen an. »Laß dich nicht so ziehen!«

»Warte einen Augenblick! Renn nicht so! Ich habe noch nie einen Geheimgang gesehen!«

»Was für einen Geheimgang? Das sind doch bloß ein paar Kammern mit getarnten Eingängen!«

»Ja, richtig! Aber wohin führen sie? Was verbirgt sich in ihnen? Sind sie ein Zufluchtsort für jemanden?«

»Du bist wirklich lustig!« lachte Ticla.

»Warum?« fragte Damlo ein wenig beleidigt.

»Du bist wie ich, wenn ich mich von einem Märchen mitreißen lasse. Die Phantasie geht mit mir durch, und niemand kann mich aufhalten.«

»Genau«, lächelte Damlo, augenblicklich wieder versöhnt.

»Na, jedenfalls ist die Sache ganz einfach: Es sind vier Kammern ohne Fenster und ein kleiner Korridor. Aus irgendeinem Grund haben die Leute, die vor uns hier im Schloß lebten, sie abgetrennt und vergessen, uns von ihnen zu berichten. Oder vielleicht waren es schon diejenigen, die noch früher hier wohnten, das Schloß ist ja schon sehr alt. Jedenfalls befindet sich einer dieser Eingänge in meinem Zimmer, und ich habe ihn eines Tages entdeckt. Es gibt aber noch andere.«

»Wo führen sie hin?«

»Einen kennst du, und bei einem zweiten ist es mir nie gelungen, ihn zu öffnen. Den dritten zeige ich dir gleich, aber nur, wenn du aufhörst, zu bocken wie ein Maultier!«

Sie lachten und gingen zusammen weiter. Die dritte Geheimtür, die auf einen Treppenabsatz führte, verbarg sich in einem großen Bronzespiegel. An seiner Rückseite waren die schweren, mit Schmierfett bedeckten Angeln zu sehen.

»Ich erzähle dir besser nicht, wie ich ausgesehen habe, nachdem ich sie wieder in Bewegung gebracht hatte«, sagte Ticla und kicherte. Dann zeigte sie Damlo einige kleine Bohrlöcher. »Von außen sind sie unsichtbar«, erklärte sie. »Sie sind irgendwo in den Ornamenten des Rahmens versteckt. Auch hinter dem Schreibschrank gibt es welche. So kann man sich vergewissern, daß niemand in der Nähe ist, bevor man die Tür öffnet.«

Damlo ließ sich nicht lange bitten und lugte durch eine der Öffnungen; die Luft war rein, und so betätigte Ticla den Mechanismus. Kurz darauf standen sie beide auf dem Treppenabsatz, während hinter ihnen der große Spiegel wirkte, als könne ihn nichts von der Stelle bewegen.

»Jetzt bin ich aber neugierig zu erfahren, wohin der dritte Ausgang führt!« rief Damlo, beugte sich über die Balustrade und blickte hinab ins Treppenhaus. Nur ein einziger Soldat der Palastwache war in Sicht, der in einem Stockwerk weiter unten am Geländer lehnte.

»Der *vierte* Ausgang«, korrigierte ihn Ticla und wollte gerade die Treppe hochsteigen. »Denn man muß ja auch denjenigen mitzählen, der in mein Zimmer führt. Aber dazu kommen wir beim nächsten Mal. Jetzt zeige ich dir etwas. Beeil dich!«

»Beim nächsten Mal ...«, wiederholte Damlo bei sich und folgte ihr hastig; was für ein wunderbarer Klang! Nie zuvor in seinem Leben hätte er gedacht, daß eine einfache Erwähnung in der Zukunftsform ihn in derart überschäumende Laune versetzen könnte!

In vier langen Sätzen hatte er die Freundin überholt, und nun rannten die beiden in spielerischem Wettlauf die Treppen empor und kamen völlig außer Atem am oberen Ende an. Und dann öffnete Ticla, statt in den breiten Hauptkorridor einzubiegen, eine seitliche Tür und zog Damlo hindurch.

»Von hier aus geht's zum Dachgeschoß«, erklärte sie. »Wie sieht es mit Höhenangst aus? Wird dir leicht schwindlig?«

»Soll das ein Scherz sein? In Waelton bin ich immer gern auf den Ästen der Bäume entlanggerannt!«

»Sehr gut, denn um dorthin zu kommen, wo ich hinwill, müssen wir ein, zwei schwierige Passagen überwinden.«

Voller Lust an diesem Abenteuer legten die beiden genau denselben Weg zurück, den Ticla einige Tage zuvor genommen hatte, um einen Blick auf Zanters Zwillingssöhne zu werfen: Sie kämpften sich über den langen Gang zwischen Unmengen von Möbeln und Spinnweben hindurch, kletterten aus der Dachgaupe und stiegen aufs Dach. Von dort wechselten sie über das Gesims auf den anderen Flügel des Schlosses und stiegen durch die große Fensteröffnung ins Innere des Gebäudes. Schließlich balancierten sie über den Holzbalken, an dem der Gobelin hing, und kamen zu der breiten Öffnung, von der aus man den Zeremoniensaal überblickte.

Zu dieser Zeit war die große Halle zwar menschenleer, aber die beiden streckten sich trotzdem, halb verborgen hinter den drei Fahnen, flach auf dem Fenstersims aus. Hier war der Staub mittlerweile von den Hausdienern entfernt worden, als sie die schwere Fahne wieder an ihren Platz gehievt hatten, und die Kordeln, mit denen die Banner hochgehalten wurden, trugen nun doppelte Knoten. Was Ticla mit einem Schuß Belustigung auffiel – und so erzählte sie Damlo die Sache mit der Fahne, die über Zanters Thron gefallen war. Die vertraute Nähe, zu der dieser Ort die beiden zwang, empfanden sie dabei keineswegs als unangenehm.

Während ihm Ticla schilderte, wie die rivalisierenden Parteien im Saal stets die gleiche Aufstellung nahmen, geschah es, daß im Kopf des Jungen der erste zarte Trieb einer Idee keimte.

Eine Zeitlang war es kaum mehr als eine Art lästiges Bohren an jenem Ort im Kopf, wo sich die Gedanken sammeln, ehe sie gedacht werden. Dann aber, als Damlo mehr Klarheit darüber erlangte, erschien es ihm als reine Dummheit, und als solche geisterte es eine Zeitlang durch sein Hirn. Doch während Ticla sprach, huschte seine Aufmerksamkeit ständig zwischen den Worten des Mädchens und dem, was da in seinem Hinterkopf köchelte, hin und her. Und schließlich nahm unversehens alles Gestalt an, so als hätte irgend jemand jahrelang heimlich darüber nachgedacht und ihm die Ergebnisse nun zu einem hübschen Paket verpackt auf den Tisch gelegt.

Die Kühnheit des Planes tat sich vor seinem geistigen Auge auf und entzog der Erzählung des Mädchens jeden Rest seiner Aufmerksamkeit.

»Also, bitte!« protestierte Ticla auch schon, »du hörst mir gar nicht zu!«

»Aber klar! Das heißt ... na ja«, stammelte Damlo, »eigentlich nicht. Aber es war sehr interessant. Also, mir ist da eine Idee gekommen ...«

Plötzlich wurde dem Jungen bewußt, daß das Gelingen des

Planes von seiner Fähigkeit abhing, das falsche Siegel vollendet auszuführen. Und daß er im tiefsten Inneren nicht wirklich davon überzeugt war, der Aufgabe gewachsen zu sein. Wenn er nun, so fuhr es ihm durch den Kopf, seine Idee dem Mädchen zu diesem Zeitpunkt offenlegte, riskierte er für den Fall seines Versagens eine fürchterliche Blamage. Also würde er seinen Einfall vorläufig bei sich behalten.

Was an sich keine schlechte Entscheidung gewesen wäre, hätte Damlo nicht schon zu reden begonnen … und sich mitten im Satz zu unterbrechen und plötzlich nichts mehr zu sagen, erschien ihm denn doch zu ungezogen. Also fuhr er fort, seiner Stimme freien Lauf zu lassen, ohne rechte Vorstellung, was dabei herauskäme. Und nach zwei, drei Atemzügen befand er sich in der unangenehmen Lage, gezwungenermaßen etwas erklären zu müssen, ohne eine wirkliche Erklärung zu liefern.

Während sich die Wörter aus seinem Mund mühsam zu hoffnungslos wirrem Geschwätz verwickelten, sah ihn Ticla schweigend an. In ihren Augen glitzerte es bedrohlich, und langsam wurde dieses Glimmen und Blitzen immer kämpferischer.

Und dann mußte die Absurdität dessen, was Damlo da von sich gab, sie auf einmal an einem versöhnlichen Punkt getroffen haben, denn das Glitzern in ihren Augen veränderte sich plötzlich vom Ärgerlichen zum Amüsierten.

»Was, zum Teufel, redest du bloß daher?« fragte sie und unterdrückte ein Lachen.

Damlo verstummte schlagartig, bemühte sich, seine fünf Sinne wieder zusammenzunehmen, und wiederholte im Geiste die letzten Sätze dessen, was er dahergeplappert hatte. Beschämt schüttelte er den Kopf und grinste.

»Also gut«, räumte er ein. »Ich möchte dir die Idee lieber nicht verraten, weil ich nicht sicher bin, daß die Ausführung gelingt.«

»Und dafür brauchst du so viele Worte?«

Sie lachten zusammen.

»Du wirst sehen«, fuhr der Junge fort, »es ist ein phantastischer Einfall. Aber wenn alles glücken soll, dann brauche ich jede Sekunde der Zeit, die mir noch bleibt.«

»Ich verstehe«, sagte Ticla, nun etwas enttäuscht. »Also mußt du jetzt gehen?«

»Ja, aber du wirst sehen, es lohnt sich!«

»Das will ich hoffen«, gluckste das Mädchen und sah ihn mit leuchtenden Augen an.

Kaum in seine Unterkunft zurückgekehrt, besorgte sich Damlo Federn, Tinte und das allerfeinste Papier, mit dem er einen Abdruck des Greifsiegels anfertigte. Dann drehte er die Unterseite des Blattes nach oben und ging daran, das nachzuziehen, was in der Transparenz deutlich zu erkennen war. Er fertigte zahllose Kopien an, sowohl der komplizierten Ornamente rundum als auch von dem zugleich ebenmäßigen und furchteinflößenden Abbild des Tieres. Dank der Vorarbeiten in Form von Betrachtung und Studium des Gegenstands ging Damlo die Arbeit flott von der Hand, und als er damit zufrieden war, nahm er den nächsten Teil in Angriff.

Er nahm das Siegel des Zanter, und ohne den Reproduktionsvorgang mit der Rechten zu unterbrechen, fing er an, die Finger der Linken über das Greifrelief gleiten zu lassen. Damit fuhr er fort, bis es ihm ohne Schwierigkeit gelang, jedesmal, wenn er es versuchte, eine brauchbare Kopie des Siegels anzufertigen. Mit geschlossenen Augen.

Schließlich begann er mit der echten Aufgabe und pinselte die Umrisse von Zanters Greif auf den glattgeschliffenen Schnabel. Schon beim ersten Versuch gelang der Entwurf ausgezeichnet. Trotzdem verglich ihn Damlo noch tausendmal eingehend mit dem Original, ehe er den entscheidenden Schritt begann.

Er griff nach einem der Skalpelle des Heilers, um sich augenblicklich in der Welt der Rundungen und Vorsprünge, der Kerben und Erhebungen, der Spitzen, Rillen und Abschrägungen zu verlieren.

Am Ende war es wie das Erwachen aus einem Traum. Der Junge betrachtete das Ding in seiner Hand mit seltsamer Verständnislosigkeit: jetzt, da die Arbeit vollendet war, schien es ihm, als wäre es ein anderer gewesen, der sie ausgeführt hatte. Selbstverständlich war ihm jeder noch so kleine Part davon wohlvertraut, und einen nach dem anderen betrachtet, erinnerte er sich auch in sämtlichen Einzelheiten an den winzigsten Schneidevorgang. Doch als Gesamtwerk genommen, vermittelte ihm das neue Siegel den Eindruck, etwas völlig Fremdes zu sein. So als hätte es unversehens eine eigene Persönlichkeit angenommen. Aber das war ein Gefühl, das er gut kannte – noch aus Waelton; damals folgte ihm jedoch stets das Lob und die Beglückwünschung des Lehrers zu seinem Werk ...

Allerdings, dachte er, wenn man dieses Gefühl verspürte, dann hieß das, daß man gut gearbeitet hatte. Und tatsächlich war das falsche Siegel dem echten so ähnlich, daß selbst er, wenn er die Flachreliefs verglich, sie nicht unterscheiden konnte. Es lag auf der Hand, daß sich der Schnabel, den er von »Brunnen« erhalten hatte, im Farbton vom anderen unterschied. Aber den Greif, der nun anstatt des Drachen darauf zu sehen war, konnte man guten Gewissens als mit jenem des Zanter leicht verwechselbar bezeichnen.

Also doch! dachte Damlo, als er den Korridor durchschritt, der zum Schreibschrank vor der Geheimtür führte; ich habe es geschafft. Und dieses Bewußtsein versetzte ihn in Hochstimmung. Jetzt war der Augenblick gekommen, das Werk Ticla zu zeigen. Der Junge lächelte. Ticla, nicht Angia! Und so wollte er den Geheimgang nehmen, um ins Zimmer seiner Freundin zu gelangen.

Glücklicherweise hatte er sich, bevor er an die Arbeit gegangen war, daran erinnert, den Zinnbecher auf dem Schrank zurückgelassen zu haben. Und als er ihn zusammen mit Ticla holen gegangen war, hatte ihm das Mädchen den Schließmechanismus der Tür erklärt – sowohl von außen als auch von innen. Den Becher hatten sie jedoch nicht wegbringen können, denn der stand schon nicht mehr da. Irgend jemand mußte ihn in der Zwischenzeit gesehen und mitgenommen haben. Doch jetzt wußte Damlo immerhin, wie er zu Ticla kommen konnte, ohne daß es jemand bemerkte. Auch nicht übel …

Der Korridor, in den der Geheimgang mündete, hatte die Form eines »L«, und der Schrank an dem beweglichen Wandstück war das letzte Möbelstück des kurzen Armes des »L«. Erst hinter der Ecke fing, unterbrochen von Türen, Bildern und Gobelins, die Reihe von Schränken und intarsienverzierten Postamenten wieder an.

Als Damlo dort ankam, erblickte er einen dienstbaren Geist, der damit beschäftigt war, eine Wandlampe mit Öl zu füllen. Der Mann war ziemlich groß und sehr mager, fast kahlköpfig, mit einem leicht gebeugten Rücken. Die wenigen Haare, die ihm verblieben waren, hatte er lang wachsen lassen, aber offensichtlich wusch er sie nur selten. Die schüttere Mähne schien aus überbrühten, fettigen Spinatblättern zu bestehen, die in Zotteln vom Rand seiner Glatze herabhingen. Der Mann hatte den Ölbehälter auf einem silbernen Tischaufsatz abgestellt und arbeitete bedächtig. Jede seiner Bewegungen wirkte lustlos.

Damlo erstarrte. Ein unerwartetes Problem. Er konnte die Geheimtür nicht öffnen, solange der Diener in der Nähe war, aber er konnte auch nicht auf der Stelle stehenbleiben, um zu warten, bis er ging. In Anbetracht der Trägheit, die der Mann verströmte, war es mehr als wahrscheinlich, daß er sich noch einige Male müßig umsehen würde, bevor er seine Tätigkeit beendete und Damlo entdeckte.

Dieser war als Page gekleidet – eine hübsche Kostümierung

im Hinblick auf die Unzahl dieser jungen Bürschchen, die im Schloß Bedaran herumliefen. Außerdem wurden die Pagen gern als Boten eingesetzt, was ihnen einen freien Zugang zu fast allen Teilen des Gebäudes erlaubte. Und da jedermann wußte, welch ein Risiko es in sich barg, seine Nase in die Privatangelegenheiten irgendeines empfindlichen Würdenträgers zu stecken, unterließen es die Schloßbewohner lieber, sich zu sehr für die Ziele der jungen Boten zu interessieren. Alles in allem bedeutete also die Pagenuniform für Damlo einen echten Schutz – der jedoch nur wirksam war, solange er sich bewegte. Denn jeder Erwachsene hätte sich über einen Jungen gewundert, der mitten auf einem Korridor dastand und nichts zu tun hatte. Und hätte ungeachtet der Kleider Rechenschaft von ihm gefordert.

Daher mußte Damlo verschwinden, bis sich der Spinatkopf trollte.

Der Korridor war ziemlich breit, stellte er fest, als er langsam weiterging, und auch die Möbel hier waren von entsprechender Größe. Vielleicht konnte er sich unter einem von ihnen verstecken ...? Oder sollte er umkehren und auf dem Treppenabsatz abwarten? Dies schien dem Jungen die klügere Wahl – aber was würde der Diener dort wohl davon halten, wenn er sich umdrehte und einen Pagen davongehen sah, der zuvor *nicht* an ihm vorbeigekommen war?

Besser, sich hier zu verstecken, wo er gerade war. Gleich neben ihm stand eine Kommode mit herrlichen Intarsien. Wie fast alle Möbelstücke auf diesem Korridor besaß sie klare, elegante Linien und stand auf Beinen, die hoch genug waren, um darunterzuschlüpfen. Ob der Platz wohl ausreichte, um ihn völlig zu verbergen? Damlo bückte sich und warf einen Blick darunter. Ja, entschied er, es war alles ein wenig enger als gedacht, aber im großen und ganzen würde es genügen.

Er ließ sich auf die Knie nieder und ging daran, sich unter die Kommode zu winden.

»He, du!« unterbrach ihn eine schroffe, säuerliche Stimme. »He, Junge! Was machst du dort?«

Damlo hielt augenblicklich inne und erstarrte. Eine Sekunde lang fühlte er sich wie zurückversetzt in den Palast von König Vinathes. Aus dem Augenwinkel sah er, daß sich der Diener umgedreht hatte und auf ihn zukam – was für eine Geschichte sollte er ihm auftischen?

Ohne einen Muskel zu rühren, fing er an, hektisch über eine Antwort nachzudenken. Sicher, die Lage war keineswegs so ernst wie diejenige, die er in Drassol durchlebt hatte, und er befand sich auch nicht wirklich in Bedrängnis. Er hätte schließlich nur eine Person rufen lassen müssen, die ihn kannte, und damit wäre alles erledigt gewesen. Doch er mußte damit rechnen, daß Ticla – Angia zum Trotz – im Schloß umherwanderte, und es schien ihm einfach zu albern, bei der ersten Schwierigkeit um Hilfe bitten zu müssen.

Andererseits – wie sollte er dem Mann den Umstand erklären, daß er vor einer Kommode kniete? Eine ganze Weile hatte er seinen eigenen Anblick vor Augen, und der erschien ihm so komisch, daß er sich beherrschen mußte, nicht laut aufzulachen. Ernst bleiben! befahl er sich. Wenn er dem Spinatkopf ins Gesicht lachte, würde der noch aufgebrachter werden.

»Na, was ist, Junge, ich rede mit dir!« rief er. »Was tust du da?«

Jetzt stand der Mann neben ihm, bemerkte Damlo, immer noch ohne sich zu rühren. Aus dem Augenwinkel sah er, daß der Diener die Fäuste in die Seiten gestemmt hatte. In dieser Stellung wirkte er – lang und dürr, wie er war, und mit angewinkelten Ellbogen – wie eine Vogelscheuche, die Ferien machte. Wieder mußte der Junge ein Lachen unterdrücken, und dann fiel ihm plötzlich auf, daß er nicht nur vor einer Kommode auf den Knien lag, sondern bisher, während der Spinatkopf seit einer Weile auf ihn einredete, so stumm und starr geblieben war wie eine Wachsfigur. Wieder blubberte die komische Seite der Sache in ihm hoch und wollte als Lachen hervorprusten, und noch einmal gelang es ihm, sich zu beherrschen. Gerade noch ein schmales Lächeln gestattete er seinen Lippen.

»Frecher Bengel! Antworte mir! Was machst du denn da?« Der Tonfall der unangenehmen Stimme des Mannes stieg immer höher und wurde lauter, bis jene Schwelle der Vernehmbarkeit erreicht und überschritten war, ab der man nicht mehr so tun konnte, als hätte man nichts gehört. Und schlagartig wurde Damlo bewußt, daß er noch nicht einmal den Schatten einer Ausrede gefunden hatte.

»Wie? Was?« Sehr langsam drehte er den Kopf zur Seite und nach oben, um sich Zeit für irgendeine überzeugende Erklärung zu verschaffen. Doch im selben Augenblick, als die Worte aus seinem Mund kamen, wurde ihm schon klar, daß dem Mann diese Art des Verhaltens nur als weitere Fopperei erscheinen mußte.

»Was soll das heißen: Wie? Was?« schrie der Diener nun tatsächlich. »Glaubst du, ich lasse mich zum Narren halten? Sag mir sofort, wer du bist und was ... Ah!« Plötzlich blitzten seine Augen auf. »Ah, jetzt weiß ich, wer du bist! Klar! Du bist der mit dem Zinnbecher! Ich habe gesehen, wie du ihn bekommen hast, unten vor den Küchen! Und dann habe ich ihn hier im Korridor gefunden! Hat man dir nicht beigebracht, daß man seine Sachen nicht einfach irgendwo herumstehen läßt? Und ganz besonders nicht in der Nähe der Privatgemächer der Herrschaft!«

Plötzlich streckte der Mann die rechte Hand aus, packte Damlo am Ohr und zog ihn daran hoch, bis er auf den Füßen stand.

»Du tust mir weh!« jammerte Damlo.

»Ach, sieh mal einer an! Du hast deine Stimme wiedergefunden! Jetzt hörst du auf, den Schlaukopf zu spielen, stimmt's?

Aber dazu ist es zu spät, das kannst du mir glauben! Jetzt kommst du mit mir in die Küchen, und dort kannst du was erleben!«

Mit schiefgelegtem Kopf versuchte Damlo, sich dem Griff des Mannes zu entwinden, aber dieser zeigte unerwartete Kraft in den Fingern, und nun schmerzte das Ohr schon beträchtlich. Eine Sekunde lang meinte er, daß der Augenblick gekommen war, um Baldrin oder jemand anderen rufen zu lassen, der ihn kannte, aber dann sah er unmittelbar vor sich auf der Kommode eine prachtvolle Porzellanschale mit duftenden Rosenblättern stehen. Um hier aufgestellt und gezeigt zu werden, mußte sie sehr alt und jedenfalls besonders wertvoll sein.

Blitzartig griff Damlo danach, streckte den Arm aus und leerte den Inhalt der Schale auf den Boden.

»Was soll das? Stell sie hin! Stell sie sofort hin, hast du verstanden?«

»Laß mein Ohr los!« schrie der Junge als einzige Antwort. »Weg mit deiner Hand – oder ich lasse sie fallen!«

Quiekend wie eine Ratte in der Falle, aber ohne seine Beute loszulassen, bemühte sich der Mann, nach der Schale zu fassen, doch Damlo vergaß das schmerzende Ohr und nahm die Schale abwechselnd von einer Hand in die andere, wodurch sie stets außer Reichweite des Dieners blieb. Der Mann versuchte daraufhin, an sie heranzukommen, indem er den Jungen herumdrehte, und so tanzten die beiden ein Weilchen eine Art komisches Ballett zu zweit. Bis irgendwann die Schüssel mit einem kurzen, harten Geräusch gegen die Kommode stieß.

»Nein!« schrie der Diener und blieb wie angewurzelt stehen.

Damlo wußte, er hatte gewonnen.

»Laß sofort mein Ohr los!« kommandierte er, ohne die Stimme zu erheben. Und als der andere zögerte, stieß er erneut mit der Schale gegen die Kommode – ganz leicht, aber das Geräusch brachte den Mann noch mehr zum Erstarren.

»Nein! Hör auf!« rief er. »Das ist ein äußerst kostbares Stück!« Jetzt schwang Angst in seiner Stimme mit.

»Dann laß mich los.«

Spinatkopf gehorchte, und Damlo verbrachte die darauffolgende Minute damit, sich das Ohr zu massieren.

»Jetzt stell sie sofort wieder hin«, sagte der Mann versöhnlich, in seinen Augen aber glomm eine kaum unterdrückte Wut. Was Damlo bemerkte.

»Tja«, sagte er, »und was wirst du tun, wenn ich sie hingestellt habe?«

»Nichts«, antwortete der Diener mit einem Aufblitzen in seinem Blick.

Er log natürlich, das war dem Jungen klar. Aber was tun? Sollte er davonrennen – mit der Schale in der Hand? Na klar, dann hätte Spinatkopf ihn des Diebstahls beschuldigt, und er, Damlo, hätte doch noch jemanden rufen müssen, um diesen Verdacht zu zerstreuen. Was tun?

Ein schönes Dilemma, in dem er da steckte. Zur Warnung und um Zeit zu gewinnen, schwenkte er die Schale. Und das alles, weil sich dieser Mensch eine Sekunde zu früh umgedreht hatte! Eine Sekunde später nämlich, und statt sich auf den Knien vor der Kommode zu befinden, hätte er schon darunter gelegen! Einen Moment lang hatte er das Bild vor Augen, wie die Füße des Mannes an ihm vorbeizogen, ohne daß ihr Eigentümer irgend etwas ahnte …

Und da kam ihm plötzlich eine Idee. Um sie in die Tat umzusetzen, mußte er jedoch sein Gegenüber ablenken.

»Also gut«, sagte Damlo, um noch ein wenig Zeit zu gewinnen.

Der Korridor war in der Mitte mit einem langen olivgrünen Teppichläufer ausgelegt. Nachdem er ihn kurz beurteilt hatte, erschien er dem Jungen für seine Zwecke weich genug. Er bückte sich und stieß die Schale den Teppich entlang und weit von sich weg.

»Hol sie dir!« schrie er im selben Augenblick. »Sonst stößt sie gegen ein Möbelstück! Sie bricht! Hol sie!«

In Wahrheit hatte er Kraft und Richtung sorgfältig abgewogen, und die Schale schlitterte, wie vorgesehen, nur über das weiche Gewebe des Teppichs. Aber das Drängen in Damlos Stimme und die Angst des Dieners, daß die Schale tatsächlich zerbrechen könnte, ließen den Mann losschießen wie einen Pfeil. Und während er sich an die Verfolgung des kostbaren Porzellans machte, flitzte Damlo in der entgegengesetzten Richtung davon, bog um die Ecke und warf sich unter das erste Möbel, das groß genug war, um sich darunter zu verstecken.

Der Rest war ganz einfach: Spinatkopf erfüllte den Korridor mit seinen Flüchen, während er die Schale in Sicherheit brachte und sie zurück an ihren Platz auf der Kommode stellte. Dann machte er sich an die Verfolgung des Jungen.

Damlo sah seine Füße hinter der Ecke hervorkommen, entschlossen vorbeiziehen und wütend davonstampfen. Sobald er verschwunden war, kroch der Junge unter dem Möbel hervor und kehrte in den anderen Abschnitt des Korridores zurück.

Jetzt stand ihm alle Zeit der Welt zur Verfügung, daher leistete er sich den Luxus, die Porzellanschale wieder mit den Blütenblättern zu füllen, die er auf den Boden gekippt hatte. Danach säuberte er akribisch den Teppich, und erst danach betätigte er den Mechanismus, der die Geheimtür öffnete. Er zündete eine der Kerzen an, die Ticla als Reserve im Inneren des Ganges aufbewahrte. Daneben lagen auch ein Feuerstein und Zunder, aber Damlo zog es vor, die Flamme der letzten Wandlampe zu benutzen, mit der sich Spinatkopf so ausgiebig beschäftigt hatte. Was hätte er bloß darum gegeben, den Ausdruck im Gesicht des Mannes zu sehen, wenn er in Kürze zurückkehrte, um seine Arbeit fortzusetzen, und den Korridor blitzblank vorfand und die Schale, gefüllt mit allen Blütenblättern, fein säuberlich an ihrem Platz!

Damlo hätte sich dieses Vergnügen nicht entgehen lassen

müssen und durch die dafür vorgesehenen Löcher alles verfolgen können, aber er konnte es einfach nicht erwarten, Ticla das Siegel zu zeigen. Also durchschritt er rasch die leeren Kammern, und kaum eine Minute später klopfte er an die Geheimtür zu Ticlas Zimmer, nachdem er sich durch das Guckloch vergewissert hatte, daß Angia nicht in der Nähe war.

Das Mädchen war schon im Nachthemd und häkelte an einem Spitzendeckchen.

»Wie langweilig!« rief sie, nachdem sie Damlo geöffnet hatte, und zeigte auf die fast fertige Häkelarbeit, die sie zuvor auf das rosa Sofa geworfen hatte. »Das war meine Aufgabe für heute abend, und um sie morgen abzuliefern, muß ich mich dahinterknien!«

»Ich hingegen habe das Siegel fertig!« erklärte Damlo mit einem triumphierenden Lächeln.

»Phantastisch!« rief sie und klatschte vor Freude in die Hände. »Laß sehen! Du hast es doch mit, oder? Ist es dir gelungen? Hör mal, und jetzt mußt du mir verraten, welche Idee dir oben bei den Fahnen gekommen ist!«

Ihre Augen glitzerten vor Fröhlichkeit, und Damlo brach, davon angesteckt, in Lachen aus.

»Komm schon!« drängte sie. »Hör auf zu lachen und zeig es mir! Ich sehe doch, daß du etwas unter dem Hemd hast!«

Und da er nicht gleich reagierte, kitzelte sie ihn, indem sie ihm den Zeigefinger leicht in die Rippen stieß. So ging es eine Weile unter Gekicher weiter, bis Damlo aufgab und das Bündelchen mit dem Siegel unter dem Hemd hervorzog.

Als sie es erblickte, wurde Ticla sogleich ernst. Fast ehrfürchtig griff sie danach und betrachtete es eine Weile schweigend.

»Das ist ja wunderschön!« murmelte sie dann.

»Weil auch das Original schön ist«, sagte Damlo. »Die beiden Siegel stimmen ausgezeichnet überein.«

»Du kannst wirklich was«, stellte Ticla anerkennend fest.

»Du hattest es mir gesagt, und ich glaubte dir zwar auch, aber ich hätte nicht gedacht, daß du tatsächlich ein solcher Künstler bist«, fügte sie schwer beeindruckt hinzu.

»Sieh mal«, sagte Damlo und griff nach einem dünnen Stofftüchlein, auf dem sich zwei große rote Siegelwachstropfen befanden, die beide, sichtbar bis ins letzte Detail, den Abdruck des Zanter-Siegels trugen. Und einer der beiden trug natürlich den des falschen.

»Sieh mal«, wiederholte der Junge, »ich wette, du kannst keinen einzigen Unterschied erkennen.«

Immer noch erstaunt betrachtete Ticla lange die beiden Abdrücke.

»Du hast recht!« gab sie dann zu. »Sie sind gleich.«

»Aber nein«, lachte Damlo. »So kannst du das nicht feststellen! Das sind doch Siegel und keine Bilder! Die prüft man auf andere Weise.«

»Das verstehe ich nicht. Man muß sie doch vergleichen, oder?«

»Ja, aber nicht als Ganzes – dafür reicht es, zweimal hinzusehen! Hier dreht sich alles um die Einzelheiten – was sage ich? Um die Einzelheiten der Einzelheiten der Einzelheiten.«

»Meinst du den Kopf, die Beine und so weiter?«

»Noch detaillierter. Siehst du den linken Flügel da? Hier haben wir die Schwungfedern. Warte, wir brauchen mehr Licht.«

Gemeinsam sammelten sie alle verfügbaren Lampen und Kerzen ein, zündeten sie an und stellten sie zusammen an den Rand eines Schreibpultes. Dann legten sie das Tüchlein mit den Lacksiegeln an die am hellsten beleuchtete Stelle und steckten die Köpfe zusammen.

»Dies hier sind die Schwungfedern«, begann Damlo. »Aber du darfst nicht das Gesamtbild der Federn ins Auge fassen, das ist zu vielfältig. Nimm diese eine Feder zum Beispiel: die dritte. Merkst du, wie der Künstler den Eindruck erwecken wollte, als wäre sie am Ende ein wenig gezaust ... vom Wind? Es ist kaum zu sehen, weil die Einzelheiten so winzig klein sind. Aber schau genau hin: Siehst du, daß der Schaft der Feder hier eine leichte Einbuchtung hat?«

»Ich weiß nicht, das alles ist so winzig ... ah ja, jetzt sehe ich es: eine kaum angedeutete Delle.«

»Das ist genau jener Knick, bei dessen Anblick man an Wind denkt. Und jetzt sieh mal: Gleich daneben sind noch kleinere Details zu erkennen. Sie stellen die seitlichen Äste dar, die vom Schaft ausgehen, und die Fahne der Feder, die in einem Siegel dieser Größe nicht im einzelnen wiedergegeben werden kann. Daher hat sie der Graveur mit feinen Riffelungen angedeutet.«

»Ja, wenn ich mir Mühe gebe, sehe ich sie.«

»Also, so wird das gemacht. Du mußt einen Ausschnitt nach dem anderen prüfen und mit dem Original vergleichen.«

»Aber das ist doch unmöglich! Es gibt viel zu viele Feinheiten von dieser Sorte, da ist man ja ganz verloren!«

»Es gibt einen Trick«, erklärte Damlo und verbarg nur mühsam seinen Stolz. »Man überzieht die ganze Figur mit imaginären Quadraten und beginnt dann, sich eines nach dem anderen vorzunehmen –, also immer erst eine dieser Teilflächen vollständig und genauestens zu prüfen, ehe man zur nächsten übergeht. Und das Gesamtbild vergißt man während der ganzen Prozedur einfach.«

»Das ist ja gräßlich mühevoll!« rief Ticla und hob den Kopf. »Das könnte ich nie und nimmer!«

»Man braucht Talent dazu«, erklärte Damlo bescheiden. »Und natürlich gute Lehrer.«

»Ist das der Einfall, der dir dort oben hinter den Fahnen plötzlich gekommen ist?«

»Das ist der beste Teil. Sieh mal, als du mir vorgeschlagen hattest, Tatini ein falsches Siegel abzuliefern, habe ich mir vorgestellt ...«

Der Junge unterbrach sich. Beim Erwähnen von Tatini war

ihm unversehens in den Sinn gekommen, wie sehr die Zeit drängte.

»Warte«, sagte er. »Es ist schon spät, und ich muß die Arbeit noch deinem Vater zeigen. Komm mit, ich rede unterwegs weiter.«

»Gut, aber ich kann nur bis zu einem gewissen Punkt mit dir gehen. Um diese Zeit darf ich nicht mehr im Schloß herumrennen, wie ich will.«

Keine drei Minuten später traten die beiden aus der Mündung des Geheimganges hinter dem großen Spiegel hervor, nachdem sie sich vergewissert hatten, daß niemand in der Nähe war. Sie strebten den Privatgemächern Gevan Bedarans zu, weil Ticla sicher war, daß ihr Vater in seinem privaten Arbeitszimmer noch – wie so oft – bis spät in die Nacht über seinen Papieren säße.

»Also«, nahm Damlo das Gespräch von zuvor wieder auf, »der Originalplan sah vor, eine Kopie des Siegels anzufertigen, die Tatini zufriedenstellen und mich aller meiner Pflichten entledigen würde. Eine vollkommene Fälschung wäre nicht notwendig gewesen; eine Ähnlichkeit, die Tatini und seinen Auftraggeber täuscht, hätte gereicht.«

»Ja, ich entsinne mich«, warf Ticla ein. »So hättest du die Bedingungen des Bettlerküstenpaktes erfüllt, ohne der Hegemonie Schaden zuzufügen.«

»Aber als du mir oben, hinter den Fahnen, von den verfeindeten Parteien erzählt hast, kam mir in den Sinn, daß man den Schaden eigentlich ihnen zufügen könnte.«

»Wem – ihnen?«

»Den Parteien. Oder wenigstens der böseren, gefährlicheren von beiden: derjenigen des Ersten Dieners, die vermutlich den Diebstahl des Siegels in Auftrag gegeben hat.«

»Und auf welche Weise willst du ihr schaden?« fragte Ticla.

»Ganz einfach. Dazu genügte, die Arbeit vollkommen zu machen statt nur brauchbar.«

»Ich verstehe nicht, wo da der Schaden sein soll!«

»Denk nach, Ticla! Wenn das Siegel, das ich Tatini übergebe, von bester Qualität ist, dann wird er es für das echte halten!«

»Natürlich. Wollten wir das nicht von Anfang an?«

»Nein, wir wollten nur, daß ich mir den Pakt vom Hals schaffe. Ob Tatini nach der Übergabe die Fälschung erkannt hätte oder nicht, war zweitrangig. Aber jetzt ist diese Frage von allergrößter Wichtigkeit geworden!«

»Nein ... also, ich denke, das wichtigste ist doch immer noch, daß du dich aus der Klemme ziehen kannst, oder?«

»Hör mir gut zu, Ticla«, sagte Damlo mit einem Glitzern in den Augen. »Der Bettlerküstenpakt besagt, daß ich Tatini das Siegel bringen und es kurz darauf wieder an seinen Platz zurückbringen muß. Das bedeutet doch, daß er vorhat, es inzwischen heimlich zu benutzen, oder?«

»Na sicher«, nickte sie.

»Es zu *benutzen*, verstehst du? Nachts und in aller Heimlichkeit. Offenbar, um falsche Dokumente herzustellen. Und was für Dokumente könnte er wohl fälschen wollen, wenn nicht Papiere, die deinen Vater in Schwierigkeiten brächten?«

»Einverstanden, daran habe ich auch schon gedacht. Aber wenn der Erste Diener merkt, daß es sich bei dem Siegel um eine Fälschung handelt ... o weh!«

»Genau!« rief Damlo triumphierend aus. »Wenn das Siegel hingegen täuschend echt gefertigt ist, dann könnte niemand bemerken, daß es sich um eine Fälschung handelt! Und daher würden die Dokumente auch tatsächlich benutzt werden!«

»Bestimmt dazu, meinen Vater in Verruf zu bringen. Und dann läge die Sache so wie bei der Erpressung: Jeder Experte, der über genug Sonnenlicht und Zeit verfügt, könnte beweisen, daß es sich um Fälschungen handelt!«

»Sehr gut! Und damit wären diese Handlanger des Ersten Dieners als Lügner bloßgestellt, sobald sie die Papiere benutzen wollen!«

»Und mein Vater könnte sich diese Leute für immer vom Halse schaffen!«

»Wenigstens einen der beiden Flügel, die ihn bekämpfen, würde die Sache hinwegfegen, begreifst du? Und zwar sehr wahrscheinlich den stärksten, wenn man bedenkt, wer ihn unterstützt.«

»Und Vater würde auch den anderen Parteien gegenüber gestärkt daraus hervorgehen!« lachte Ticla.

»Und ob! So sehr, daß er den Bürgerkrieg ganz gewiß für einige Monate verhindern kann. Vielleicht sogar länger, denn jetzt, wo er um die Existenz der Schwarzen Degen weiß, wird es ihm leichter fallen, den Manövern des Ersten Dieners Einhalt zu gebieten.«

»Das ist wunderbar, Damlo, denn wenn sich die Dinge hier in der Hauptstadt ein wenig beruhigten, hätte mein Vater die Zeit, sich auch um den Rest des Reiches zu kümmern ... Vor einem Jahr, als die Nomaden im Westen unruhig wurden, hat er seine Generäle in dieses Gebiet entsendet, um zu vermeiden, daß sie sich in den politischen Kampf hineinziehen lassen. Aber wenn er in Eria keinen Verrat befürchten müßte, könnte er einige von ihnen zurückrufen und mit ihren Armeen in die Provinzen schicken. Nicht um zu kämpfen, nur um sich dort sehen zu lassen. Ich versichere dir, das würde genügen, um überall wieder Vernunft einkehren zu lassen!«

»Ganz recht. Verstehst du nun, was für eine Niederlage dies für den Ersten Diener wäre?«

»Und alles dein Verdienst!« lachte Ticla und legte vor Begeisterung den ganzen restlichen Weg hüpfend zurück.

»Er wird in der Bibliothek sein«, meinte Ticla, als sie herausfanden, daß Gevan Bedaran nicht in seinem Salon war. »Oder im Arbeitszimmer. Aber ich nehme eher an, in der Bibliothek.«

»Na, dann los.«

»Ich kann nicht weiter als bis hierher«, sagte das Mädchen

und verzog den Mund. »Bei dieser Wachrunde gibt es Soldaten, die ich nicht kenne ...«

»Aber das ist ja lächerlich!« protestierte Damlo. »Spät oder nicht spät, schließlich wollen wir zu deinem Vater! Es ist doch absurd, daß du nicht zu deinem eigenen Vater gehen kannst!«

»Tut mir leid«, seufzte sie, »aber in diesen Zeiten darf man gewisse Dinge eben nicht tun. Dank Ijssilien ...« Der Tonfall ihrer Stimme ließ zwar ein wenig Abfälligkeit durchklingen, blieb aber unerbittlich. »Geh jetzt«, fügte sie sodann mit einem Lächeln hinzu, »und das nimm mit.«

Sie küßte ihn auf die Lippen, flüchtig und federleicht wie ein duftender Windhauch. Dann rannte sie los, den ganzen Korridor entlang. Kurz vor der Ecke am Ende blieb sie stehen und drehte sich noch einmal um.

»Dafür, daß du ein Siegel geschaffen hast, das dem Original so täuschend gleicht!« raunte sie ihm von weitem zu.

Und dann verschwand sie hinter der Ecke, zusammen mit einem kleinen, silberhellen Lachen.

Es verging eine ganze Weile, ehe Damlo sich bewußt wurde, daß er mitten auf dem Korridor stand – wie ein Ölgötze. Er riß sich zusammen und grinste. Dann hob er die Schultern, drehte sich um und schritt entschlossen auf die Treppe zu.

In gewisser Beziehung, überlegte er, als er die Stufen hinablief, war jetzt, da er das Siegel vollendet hatte, die Zeit gekommen, Bilanz zu ziehen. Ein bißchen wie zum Schulschluß, wenn man auf die Arbeit zurückblickt, die man im Laufe des Jahres zu Ende gebracht hat. Oder wie in Drassol, als er vor der Wahl gestanden hatte, ob er die Reise mit den Freunden fortsetzen sollte oder nicht. Ja, es war der richtige Entschluß gewesen! Schwierig, aber richtig. Es genügte der Gedanke, daß er Ticla nie kennengelernt hätte, wäre er damals nach Waelton zurückgekehrt ...

Er hielt so plötzlich inne, daß der Wachsoldat auf dem Treppenabsatz herumfuhr und ihn anstarrte.

»Ist alles in Ordnung?« fragte der Mann freundlich.

»Ja, klar«, antwortete Damlo nach kurzem Zögern ein wenig geistesabwesend.

Ticla … irgend etwas ging ihm im Kopf herum, das mit Ticla zu tun hatte. Etwas Neues, Wichtiges, das ihm durch den Kopf schwirrte, ohne sich fangen zu lassen – eine Art versteckter Gedanke in irgendeiner Falte seines Gehirns, etwas, das seine Fröhlichkeit dämpfte, weil es den Charakter eines Mißtones hatte. Oder, besser, eines Alarmsignals.

Aber je stärker er sich darauf konzentrierte, desto flüchtiger wurde der Gedanke. Und je flüchtiger er wurde, desto überzeugter war Damlo von seiner Wichtigkeit. Er wußte nur, daß er in irgendeiner Weise mit Ticla zusammenhing, spürte aber, daß er nicht sie selbst als Person betraf. So zermarterte er sich mit der gleichen piesackenden Besessenheit, die auch Wörter verursachen können, die einem einfach nicht über die Zunge wollen, einige Minuten lang das Hirn.

»Ist auch wirklich alles in Ordnung?« fragte die Wache erneut.

Damlo zuckte zusammen, und dann merkte er, daß er sich keinen Schritt weit bewegt hatte. Minutenlang stand er nun schon auf diesem Treppenabsatz und starrte ins Leere. Vermutlich umwehte ihn längst der Hauch eines Halbidioten. Genau so wie vorhin, als Ticla …

Plötzlich ließ sich der flüchtige Gedanke einfangen.

»Das ist es!« rief der Junge, hob bedeutungsvoll den Zeigefinger und starrte dem Soldaten in die Augen.

Völlig verwundert starrte der Mann zurück.

Es war der letzte Satz, den Ticla gesagt hatte, rekapitulierte Damlo und setzte sich wieder in Bewegung. Das Mädchen hatte ihn gelobt, weil er *ein Siegel, das dem Original so täuschend gleicht,* gemacht hatte. In Wahrheit hätte er alles verdient, nur keine Komplimente! Denn in der Tat stellte genau diese außerordentliche Qualität seiner Arbeit ein außerordentliches Problem dar! Und leider aus eigener Schuld ... Denn bei dem Bestreben, ein Siegel zu schaffen, das dem Ersten Diener Sand ins Getriebe streuen möge, hatte er vergessen, einer grundlegenden Wahrheit Rechnung zu tragen.

Er legte die Hände auf das kleine Bündelchen, das er unter dem Hemd trug, und ging bis zu einer Nische, in der ein kleines Sofa und zwei Sessel standen. Dort setzte er sich und holte das kopierte Siegel hervor. An der Wand hing eine Öllampe, in deren Licht er sein Werk betrachtete – und da bereute er zutiefst, es so gut gemacht zu haben.

Das kleine Kunstwerk, das er in der Hand hielt – tatsächlich *glich* es dem Siegel des Zanter. Es stimmte bis auf jede winzige Einzelheit mit ihm überein. Was bedeutete, daß es keine Möglichkeit geben würde, sie voneinander zu unterscheiden. Und wenn niemand erkennen konnte, daß ein Siegel gefälscht war, dann machte es dieser Umstand im Grunde zu einem echten!

Mit einem Mühlstein im Magen und einem Herz, das ihm bis zur Kehle schlug, betrachtete Damlo den Gegenstand, dem er so viel Mühe geschenkt hatte. Er seufzte. Wenn der Erste Diener dieses Siegel benutzte, würde niemand mehr beweisen können, daß seine Dokumente eine Fälschung waren. Daher durfte er es Tatini nicht übergeben. Er durfte es einfach nicht!

Er ließ die Fingerspitzen zart über das Relief gleiten, das er mit so viel Sorgfalt aus dem Greifschnabel herausgearbeitet hatte. Diese ganze Anstrengung für gar nichts ... Außer natürlich, es gelang ihm irgendwie, den falschen Greif erkennbar zu machen ... Aber wie sollte das möglich sein, ohne daß es die Gegner merkten?

Er hatte einmal den Bericht über einen Fälscher gelesen, der seine Initialen in seinen Werken versteckte. Doch der hatte große Bilder gemalt, während dieses Siegel hier doch recht klein war. Außerdem wußte niemand zu sagen, mit welcher Genauigkeit Tatini es prüfen würde. Und nicht nur Tatini –

sehr wahrscheinlich der Erste Diener selbst. Vielleicht sogar unter Hinzuziehung eines Experten. Und jeder, der ein wenig von der Materie verstand, mußte ein derart auffälliges Zeichen sofort entdecken.

Er starrte den restlichen Inhalt an, der in dem Tüchlein eingeschlagen gewesen war; darunter befanden sich auch die Instrumente des Heilers. Wenn man den Gedanken an Initialen fallenließ, überlegte Damlo, war die Idee mit einem Erkennungszeichen doch gar nicht so schlecht …

Wieder strich er mit den Fingerkuppen leicht über die Oberfläche des Siegels. Was für ein Dilemma! Jede sichtbare Schramme würde mit Sicherheit vom Ersten Diener entdeckt werden, und eine weniger auffällige Markierung barg die Gefahr, auf den falschen Dokumenten nicht in Erscheinung zu treten. Und sie so zu echten zu machen.

Der Junge schlug das Tuch ganz auf und griff nach einigen Papierblättern. Dann legte er das Holzschächtelchen daneben, das das Stempelkissen enthielt. Mit behutsamen Bewegungen öffnete er es und preßte das falsche Siegel fest und gründlich in das tintengetränkte Gewebe, ehe er den Abdruck sorgsam auf das Papier setzte. Er kannte jede noch so geringe Einzelheit, sann er, als er sich in seinen Anblick versenkte. Jede Vertiefung, jede Erhebung. Auch jede kleine schadhafte Stelle, denn sie alle waren im Original enthalten und somit auch Teil der Kopie. Konnte es denn sein, daß ihm keine Möglichkeit einfallen wollte, ein Erkennungszeichen anzubringen?

Auf der Suche nach einer Lösung, ging er daran, immer mehr Abdrücke des Siegels auf das Blatt Papier zu stempeln. Die Abdrücke verblaßten mehr und mehr, je weniger Farbe auf dem Greif zurückblieb. Sonderbar, dachte Damlo: die schwächer gefärbten Abdrücke sehen offizieller aus! Das lag auf der Hand, erkannte er nach kurzem Überlegen; es passiert, weil derjenige, der diese Tätigkeit eine Zeitlang ausgeübt hat, im allgemeinen nicht mehr darauf achtet, das Siegel auch wirklich sorgfältig in das Stempelkissen zu pressen. Und das führt nun dazu, daß einige Details des Abdrucks eben blasser aussehen als die anderen. Und manchmal ganz fehlen.

Eben deswegen mußte das Erkennungszeichen klar zu sehen sein. Der Junge schüttelte den Kopf: deutlich sichtbar und zugleich vollkommen unsichtbar. Wenn man die Magie beiseite ließ, existierte so etwas nicht. Und er, Damlo, war ganz gewiß nicht imstande zu zaubern.

Er seufzte tief und entmutigt. Doch in seinem Inneren wiederholte ein Stimmchen unablässig: »… existierte so etwas nicht … existierte nicht …«

»Es existiert nicht!« rief der Junge plötzlich und sprang auf. »Ja, klar! Es existiert nicht!«

Er nahm das Siegel in die Hand und betrachtete den Greif; wieder einmal ließ er die Finger langsam und sehr genau über die Oberfläche gleiten. Schließlich lächelte er und holte die Instrumente des Heilers aus dem Tuch. Darunter befand sich natürlich kein Hämmerchen, und so hatte Damlo während des ganzen Arbeitsverlaufes eine Sonde benutzt, die mit einem birnenförmigen Metallgriff versehen war. Diese ergriff er nun mit der Rechten, während er mit der Linken nach einem geeigneten Skalpell suchte. Dann klemmte er sich das Siegel zwischen die Knie und stützte mit großer Sorgfalt die Spitze des Skalpells auf einen bestimmten Punkt des Flachreliefs.

»Adieu, Vollkommenheit!« murmelte er.

Er dosierte die Kraft mit äußerster Genauigkeit und schlug zu.

Gevan Bedaran befand sich auch nicht in der Bibliothek, und in der Hoffnung, ihn in seinem Arbeitszimmer anzutreffen, eilte Damlo die Treppe hoch. Er fand den Regenten in Gesellschaft von Baldrin mit den täglichen Aufgaben beschäftigt und legte ihm sofort nach dem Eintreten das Ergebnis seiner Bemühungen vor.

»Ganz außerordentlich«, kommentierte der Regent, nachdem er es des längeren mit dem Original verglichen hatte. »Wirklich außerordentlich. Ich bin natürlich kein Fachmann, aber ich kann nicht den geringsten Unterschied feststellen. Komm mit, ich möchte etwas probieren.«

Von einem Schreibpult nahm er ein Stempelkissen mit einer speziellen dicken, stechend riechenden grünen Farbe und machte sich auf den Weg zur Bibliothek. Während Baldrin zum Arsenal rannte, um sich besonders hell brennende Fackeln aushändigen zu lassen, legten Bedaran und der Junge in Ruhe jenen Weg in umgekehrter Richtung zurück, auf dem Damlo vor kurzem in aller Eile gekommen war.

An ihrem Ziel angelangt, zog der Regent ein altes Buch aus einem Regal und brachte auf der letzten Seite, die zwar vergilbt, sonst aber nicht beschädigt war, einen Stempel an. Nach einigen Minuten war die Farbe völlig trocken geworden, und in Damlos Augen wirkte der Abdruck des Siegels ebenso uralt wie das Buch.

»Baldrin«, befahl der Regent, »holt Vandesald.« Und dann, an Damlo gewandt: »Das ist der alte Staatskanzler und eine der wenigen Personen, zu denen ich vollstes Vertrauen habe. Er trägt seit vielen Jahren die Verantwortung für Zanters Siegel, und ich bin neugierig zu hören, was er von deiner Arbeit hält.«

»Es ist schon sehr spät«, wandte der Junge ein. »Vielleicht schläft er schon.«

»Keine Sorge«, beruhigte ihn Bedaran. »Am Hof wird seit langem darüber gelacht – auch in seiner Gegenwart –, daß es noch niemandem gelungen ist, einen Blick auf ihn zu werfen, während er schlief.«

»Ihr habt mich gerufen, Euer Gnaden?« murmelte Vandesald und betrat die Bibliothek. Er war ein weißhaariger und gebeugter alter Mann, dessen scharfer Blick den Stock, auf den er sich beim Gehen stützte, Lügen strafte.

»Schau mal, was ich da gefunden habe, mein Freund«, sagte

der Regent und legte ihm das Buch vor. »War dir bekannt, daß Zanter sein Siegel auch in Büchern benutzte?«

»Euer Gnaden erlauben sich einen Scherz mit mir«, rief der Alte gutmütig, nachdem er den Stempel der Hegemonie auf der Buchseite eingehend betrachtet hatte.

»Glaubst du das wirklich?«

»Dieser Abdruck ist frisch. Auch wenn die Tinte vollkommen eingetrocknet wirkt, bin ich in der Lage zu behaupten, daß er keinen Tag alt ist. Und da nur Ihr allein über das Siegel verfügt …«

»Ach, übrigens, was hältst du vom Abdruck selbst?«

Ohne Verdacht zu schöpfen, stapfte der Kanzler unter das Bündel der hellen Fackeln, von denen Baldrin doppelt so viele wie sonst in die dafür vorgesehenen Halterungen an der Wand gesteckt hatte. Er zog einen kleinen Rahmen, der die Reproduktion des Siegels enthielt, aus seiner Tunika und verglich die beiden Abdrücke unter dem starken Licht gute fünf Minuten lang.

»Das Siegel hat sich gegenüber dem letzten Abdruck, den ich davon angefertigt habe, ein wenig abgenutzt«, stellte er abschließend fest, »aber dies ist ohne Zweifel Zanters Greif.« Dann holte er tief Atem und fügte hinzu: »Ihr habt mich erschreckt, Euer Gnaden. Das Vorhandensein dieser Fackeln und der Tonfall Eurer Fragen hatten einen Augenblick lang schon die Befürchtung in mir geweckt, daß es sich um eine Fälschung handeln könnte.«

»Also bist du ganz sicher, daß es sich hier um Zanters Siegel handelt?«

»Wäre dem nicht so, dann müßte man den Urheber einsperren und den Schlüssel wegwerfen! Ein solcher Fälscher auf freiem Fuß wäre brandgefährlich!«

»Ich danke dir, Vandesald, du warst mir eine große Hilfe.«

»Ich empfehle mich, Euer Gnaden«, antwortete der Alte mit einer leichten Verbeugung und entfernte sich.

»Du wirst natürlich den Streich, den ich dir gespielt habe, sofort vergessen!« rief ihm Bedaran nach.

»Was für einen Streich?« gab der Kanzler zurück, ohne sich umzudrehen oder seine Schritte zu verlangsamen. »Ich ging in die Bibliothek, um ein wappenkundliches Werk zu Rate zu ziehen, und fand die Räume verlassen vor.«

»Also gut, mein Junge«, sagte der Regent, nachdem der Alte um die Ecke des Korridores verschwunden war, »es sieht so aus, als wäre es dir geglückt.«

»Wie versprochen«, lachte Damlo. »Aber das ist nicht alles.«

In wenigen Worten erklärte er Bedaran die Möglichkeit, die Partei des Ersten Dieners zu vernichten.

»Ja«, nickte Ticlas Vater lächelnd, »als du mir angeboten hast, das Siegel zu kopieren, dachte auch ich daran. Nur wagte ich nicht zu hoffen, daß derartige Fähigkeiten in dir stecken!«

»Danke schön«, sagte Damlo und war sehr stolz auf sich.

»Warte noch mit dem Danksagen, mein Junge, denn in Wahrheit bringt uns dein Talent in eine Klemme. Wenn nicht einmal der Staatskanzler der Hegemonie erkennen kann, daß dein Siegel eine Fälschung ist, so heißt das doch: es kann in jeder Hinsicht für das echte stehen.«

»Ich weiß, das habe ich berücksichtigt.«

»Was meinst du damit?«

»Daß ich eine Lösung für dieses Problem gefunden habe. Auch wenn man es nicht sieht, habe ich in das falsche Siegel ein Erkennungszeichen eingearbeitet.«

»Unmöglich! Vandesald hätte es entdeckt!«

»Eigentlich hat er es sogar entdeckt. Aber er hat ihm keine Bedeutung beigemessen, weil man es nicht durchschaut, wenn man nicht weiß, was es ist.«

»Drück dich bitte deutlicher aus.«

»Beim Üben mit dem echten Siegel war mir aufgefallen, daß einige Einzelheiten des Abdruckes blasser ausfallen, wenn man das Siegel zuvor flüchtig oder jedenfalls nicht gleichmäßig auf das Stempelkissen gepreßt hat. Gelegentlich fehlen diese Einzelheiten sogar ganz. Und nun seht Euch das falsche Siegel genau an.«

Neugierig geworden nahm es der Regent in die Hand.

»Seht hier: am Original hat der linke Hinterfuß des Greifs fünf Klauen, an meinem hingegen hat er nur vier. Seht Ihr? Wenn ein Fachmann den Abdruck prüft, so wie es eben der Kanzler getan hat, dann fällt ihm nichts auf, weil er nur eine Stelle sieht, an der die Tinte weniger gehaftet hat als am Rest, etwas, das sehr häufig passiert.«

Gevan Bedaran ergriff nun auch das Originalsiegel und verbrachte eine ganze Minute damit, die beiden Flachreliefs einander gegenüberzustellen.

»Nicht schlecht«, sagte er dann. »Und wenn der Erste Diener Siegellack verwendet?«

»Dann wird ihm auffallen, daß eine Kralle fehlt, so wie es bei Vandesald zweifellos der Fall war. Und wie Euer Kanzler wird er der Meinung sein, das Siegel wäre zu Boden gefallen oder etwas in dieser Art. Ich habe das Ende der Kralle mit einem einzigen Hieb weggeschlagen, so wie es bei einem Mißgeschick geschieht. Die Oberfläche des Reliefs ist nicht vollkommen glatt, und so habe ich ein Element gewählt, das ein wenig hervorstand, so daß sein Fehlen leichter erklärbar ist. Schließlich kann eine solche Kralle tatsächlich irgendwann abbrechen.«

»Du hast ja wirklich an alles gedacht«, kommentierte Gevan Bedaran anerkennend.

»Und dabei habe ich mir ganz schön den Kopf zerbrochen«, gab Damlo fröhlich zu. »Es gibt aber noch einen anderen Grund, weshalb ich genau dieses Detail verschwinden lassen wollte. Da es am weitesten vorsteht, ist es jenes am Original, das die Tinte am besten aufnimmt. Daher wird sich zum Zeitpunkt der Überprüfung in der ganzen Hegemonie kein einziges Dokument finden, bei dem diese Einzelheit fehlt. Außer bei jenen des Ersten Dieners.«

Der Regent starrte ihn eine Zeitlang wortlos an, dann bewegte er langsam den Kopf auf und ab. Sein Blick sagte mehr als tausend Worte.

Das Schweigen hielt an, während Bedaran von neuem die Kopie von Zanters Siegel betrachtete. Wieder nickte er langsam. Doch dann schien er sich zu erinnern, daß Damlo eigentlich in Eile war, und er geleitete ihn lächelnd zur Tür. Die Art und Weise, wie er dem Jungen zum Abschied die Hand drückte, enthielt eine Versicherung seiner Wertschätzung, wie sie kein gesprochenes Wort je auszudrücken vermocht hätte.

Als sich die Bibliothekstür hinter ihm geschlossen hatte, holte Damlo tief Atem. Er ließ die Luft so lange in seine Lungen strömen wie möglich und atmete dann kräftig aus. Als er sich wieder völlig entspannt fühlte, lächelte er glücklich.

Ja, dachte er, so richtig tief schnaufen, das war eine der Freuden des Lebens. Angenehmerweise nicht die einzige dieses Abends. In Kürze würde er sich den Bettlerküstenpakt endlich vom Halse geschafft haben, und daß ihm dies auf eine Weise gelungen war, die zugleich dem Ersten Diener einen harten Schlag versetzen würde, stellte eine Befriedigung dar, die er des längeren genüßlich auskosten wollte. Später in der Nacht würde er ins Schloß zurückkehren und sich von Ticla verabschieden. Heimlich natürlich: über die Glyzinie und den Balkon, wie beim ersten Mal. Nicht, daß es nötig gewesen wäre, aber so schien es ihm weitaus amüsanter. Und schließlich würde er am Morgen, begleitet von Baldrin und seinen Soldaten, zum Weißen Turm aufbrechen. Eine Reise in größter Sicherheit – auch mal eine weitere angenehme Neuigkeit.

Und das war nicht alles: Irgendwo auf dem Weg sollte er Uwaen, Irgenas und Clevas wiedersehen. Und zusammen mit ihnen würde er Britelvorills Zahn nach Belsin bringen. Und im Weißen Turm würde er Ailaram kennenlernen! Und unter seiner Anleitung würde er in die Geheimnisse der Magie eindringen! Und mit Hilfe dieser …

Er strahlte über das ganze Gesicht, während vor seinen Augen eine Zukunft glänzte, in der alle diese Aussichten einzeln funkelten. So verließ er Schloß Bedaran und schritt frohgemut auf die prachtvollen Bäume des Parks zu.

Personen

Damlo Rindgren – der »Rote«
Irgenas Cuorsaldo – Sohn und Erbe König Thundras'
Clevas Barbacciaio – alter Lehrer von Irgenas Cuorsaldo
Uwaen – Halbelf, Freund von Damlo
Vinathes – König von Drassol
Proco Radicupo – Anführer der Waelton-Legion
Busco Sinistronco – 2. Anführer der Legion
Kefrin – Favoritin von König Vinathes
Ratsherr Krider – dritter Ratgeber von König Vinathes
Madame Krider – Ehefrau des Ratsherrn
Tensival von Perten – Offizier der Lanzenreiter von Drassol
Ticla Bedaran – Tochter des Gevan Bedaran
Angia von Orti – alte Amme und Gouvernante Ticlas
Gevan Bedaran – Regent der Hegemonie von Eria
Ijssilien – Oberpriester in Eria
Zanter von Eria – vergifteter Herrscher von Eria
Gaalen von Eria – designierter Thronerbe des Zanter
Udrian von Eria – Zwillingsbruder Gaalens
Norzak von Suruwo – Fürst auf Besuch in Eria
Neila Rindgren – Wirtin, Damlos Tante väterlicherseits

Pelno Scalbulin – Wirt, Damlos Onkel
Ailaram von Belsin – Magiarch des Weißen Turms
Majestät – Zugpferd
Kaxalandrill – rote Drachin, Gründerin Waeltons
Maspo Gemmalampo – Gründer Waeltons
Britelvorill – weißer Drache aus uralter Zeit
Vodars – Taschendieb
Thundras Cuorsaldo – Zwergenkönig
Bralinas Scintillascia – Zwergenkönig aus der Vergangenheit
Rinelkind vom Lissomrim – Elfenprinz und Heiler
Pheron – Lieblingsschüler Ailarams
Kudron – alter Studienkollege von Ailaram
Ghaznev – früherer Magiarch des Turms von Gothror
Brabantis – legendärer Orkjäger
Zurkin – Kampfroß
Ringenim – legendärer Held und Liebster von Linfel
Linfel – Elfenprinzessin, Liebste von Ringenim
Saeltanir – Schwert mit »goldener Klinge«
Rojet Wernak – Edelmann in Eria
Denfos Mesintar – Anführer der Partei Gaalens von Eria
Isbur – rechte Hand von Norzak von Suruwo
Alter Felsbuckel – Hügel zwischen Pecsa und dem Fluß Riguario
Isandlan – früherer König von Laria
Dernel – Sohn von Fürst Norzak von Suruwo
Wobani – Waffenmeister der Familie Suruwo
Ruset Vedalin – Händler mit rotem Haar
Lya Vedalin – Ehefrau von Ruset
Primo Vedalin – Erstgeborener von Lya und Ruset
Tondo Vedalin – drittes Kind von Lya und Ruset
Bianco Vedalin – viertes Kind von Lya und Ruset
Bella Vedalin – fünftes Kind von Lya und Ruset
Pelo Vedalin – sechstes Kind von Lya und Ruset
Ultimo Vedalin – siebentes Kind von Lya und Ruset

Bithor – Verantwortlicher für die Brücke über den Riguario
Vankar von Charaznable aus Pecsa – der Held am Riguario
Ouklar – Händler aus Menitar
Vadde – Diener von Ouklar
Fineris – Händler aus Eria
Sikaf – Sklave von Fineris
Basner – Händler aus Eria, Zwillingsbruder von Vasner
Milo – Sklave von Basner
Vasner – Händler aus Eria, Zwillingsbruder von Basner
Rako – farbiger Sklave von Vasner
Falno Gallaspessa – Lehrer an der Schule von Waelton
Baldrin – Hauptmann der Wache im Schloß Bedaran
Lendea Pinvan-Geros – Edelfrau, half einst Lutan Reides
Caril Pinvan-Geros – Nachfahre von Lendea Pinvan-Geros
Alena Pinvan-Geros – Ehefrau von Caril
Lutan Reides – der Große König, Vater von Zanter
Oljed – berüchtigter Einbrecher
Dynu Mebars – Unterstützer von Udrian von Eria
Taelien vom Lissomrim – legendärer Elfenkönig
Tatini – Einbrecher
Trax – Vorstand der Bettlerküste von Drassol
Vandesald – Kanzler der Hegemonie von Eria

Maßeinheiten

Zoll – zirka 2,5 Zentimeter
Fuß – zirka 30 Zentimeter
Elle – zirka ein Meter
Schritt – zirka ein Meter
Meile – zirka 1,6 Kilometer

SERIE PIPER

Oisín McGann

Im Namen der Götter

Fantasy-Thriller. Aus dem Englischen von Irene Bonhorst. 320 Seiten. Serie Piper

Oisín McGann legt mit diesem Roman einen hoch brisanten Fantasy-Thriller vor, in dem zwei Welten aufeinander prallen: Der Albtraum des jungen Chamus beginnt, als er ein Massaker überlebt. Selbstmordattentäter des benachbarten Bartokhrin terrorisieren seine Heimat Altima und machen das Leben dort zu einer ständigen Gefahr. Als Chamus nach einem Flug im Feindgebiet notlanden muss, wird er von dem rebellischen Mädchen Rhiadni entdeckt. Diese verrät ihn an die Terrorgruppe Hadram Cassal. Für sie sind die Männer heldenhaft und mutig, stets bereit, für ihr Land zu sterben. Doch als sie den völlig unschuldigen Chamus töten wollen, erkennt sie, dass ihr Volk den falschen Weg geht. Sie befreit Chamus aus der Todesgefahr, und eine Hetzjagd durch die Wälder Bartokhrins beginnt.

05/2050/01/L

Heide Solveig Göttner

Die Priesterin der Türme

Die Insel der Stürme 1. 432 Seiten. Serie Piper

Die Bewohner der Stadt Caláxi werden vor einer verheerenden Katastrophe gewarnt. Doch die Menschen trauen der Überbringerin der Nachricht, dem Mädchen Lillia mit den türkisfarbenen Augen, nicht; denn sie fürchten, Lillia bringe das Ende der Zeit. Einzig Amra, die Dienerin des Totengottes Antiles, nimmt sich Lillias an. Als auch noch die kriegerischen Nraurn angreifen und Lillias Herausgabe verlangen, scheint das Unheil unabwendbar. Der Auftakt zum Zyklus »Die Insel der Stürme«, der die Leser bis zum Schluss gefangen halten wird.

Gefährliche Abenteuer, faszinierende Charaktere – eine Entdeckung für alle Freunde epischer Fantasy.

05/2071/01/R

Jo Walton

Der Clan der Klauen

Ein Drachen-Roman. Aus dem Amerikanischen von Andreas Decker. 384 Seiten. Serie Piper

In einem viktorianischen Zeitalter, einer Welt der Kirchenmänner und Könige, Ränkespiele und Intrigen: Nach dem Tod Agornins gerät die Familie in einen Erbschaftsstreit. Daverak, der mächtigste Magnat der Stadt, hat unrechtmäßig das Vermögen des Verstorbenen an sich gerissen und den Leichnam Agornins verspeist. Dessen Sohn Avan zieht Daverak vor Gericht und beschwört damit ein feuriges Duell herauf, das ihn und seine Familie in Lebensgefahr bringt – denn sie alle sind Drachen, bewehrt mit roten Fängen und Klauen …

Jo Waltons großartiger Roman: ungewöhnlich, farbig und von feinem Humor – ausgezeichnet mit dem World Fantasy Award.

05/1977/01/L

Richard Schwartz

Das Erste Horn

Das Geheimnis von Askir 1. 400 Seiten. Serie Piper

Ein verschneiter Gasthof im hohen Norden: Havald, ein Krieger aus dem Reich Letasan, kehrt in dem abgeschiedenen Wirtshaus »Zum Hammerkopf« ein. Auch die undurchsichtige Magierin Leandra verschlägt es hierher. Die beiden ahnen nicht, dass sich unter dem Gasthof uralte Kraftlinien kreuzen. Als der eisige Winter das Gebäude vollständig von der Außenwelt abschneidet, bricht Entsetzen aus: Ein blutiger Mord deutet darauf hin, dass im Verborgenen eine Bestie lauert. Doch wem können Havald und Leandra trauen? Die Spuren führen in das sagenhafte, untergegangene Reich Askir …
Ein sensationelles Debüt mit einer intensiven, beklemmenden Atmosphäre, die in der Fantasy ihresgleichen sucht.

05/2032/02/R